南京大學域外漢籍研究所專刊
國家"雙一流"建設學科"南京大學中國語言文學"資助項目
江蘇省 2011 協同創新中心"中國文學與東亞文明"資助項目
南京大學文科卓越研究計劃"十層次"資助項目

域外漢籍研究叢書　第四輯

張伯偉　主編

杜詩與朝鮮時代漢文學

左江　著

中華書局

圖書在版編目（CIP）數據

杜詩與朝鮮時代漢文學/左江著. —北京:中華書局,2023.9
（域外漢籍研究叢書.第四輯）
ISBN 978-7-101-16314-8

Ⅰ.杜… Ⅱ.左… Ⅲ.①杜詩-詩歌研究②漢語-文學史-
朝鮮 Ⅳ.①I207.227.42②I312.09

中國國家版本館 CIP 數據核字（2023）第 153480 號

書　　名	杜詩與朝鮮時代漢文學
著　　者	左　江
叢 書 名	域外漢籍研究叢書　第四輯
責任編輯	陳　喬
責任印製	陳麗娜
出版發行	中華書局
	（北京市豐臺區太平橋西里 38 號　100073）
	http://www.zhbc.com.cn
	E-mail:zhbc@zhbc.com.cn
印　　刷	三河市中晟雅豪印務有限公司
版　　次	2023 年 9 月第 1 版
	2023 年 9 月第 1 次印刷
規　　格	開本/920×1250 毫米　1/32
	印張 12　插頁 2　字數 300 千字
國際書號	ISBN 978-7-101-16314-8
定　　價	78.00 元

總　序

張伯偉

　　十六世紀以來，在一些西方的文獻中，往往提到中國人有這樣的自負：他們認爲惟獨自己纔有兩隻眼睛，歐洲人則只有一隻眼睛。這些記載出自英國人和葡萄牙人，而法國的伏爾泰也曾謙遜地認同這種說法："他們有兩隻眼，而我們只有一隻眼。"用兩隻眼睛觀察事物，是既要看到自己，也要看到他人。是的，作爲中國文化基本價值的"仁"，本來就是著眼於自我和他者，本來就是在"二人"間展開的。不過，當大漢帝國雄峙於東方的時候，儒家"推己及人"的政治理想，即所謂的"仁政"，實際上所成就的却不免是以自我爲中心的天下圖像。政治上的册封，貿易上的朝貢，軍事上的羽翼以及文化上的四敷，透過這樣的過濾網，兩隻眼所看到的除了自己，也不過是自己在他者身上的投影。這與用一隻眼睛去理解事物，除了自己以外看不到他人的存在，又有甚麼本質的區別呢？

　　從十三世紀開始，陸續有歐洲人來到東方，來到中國，並且記錄下他們的觀察和印象。於是在歐洲人的心目中，逐漸有了一個不同於自身的他者，也逐漸獲得了第二隻眼睛，用以觀察周邊和遠方。不僅如此，他們還讓中國人擦亮了第二隻眼睛，逐步看到了世界，也漸漸認識了自己。不過，這是在中國人經歷了近代歷史血和淚的淘洗，付出了沉重代價以後的事情。

　　同樣是承認中國人有兩隻眼，但在德國人萊布尼茨看來，他們還缺少歐洲人的"一隻眼",即用以認識非物質存在並建立精密科學的"隻眼"。推而廣之,在美國人、俄羅斯人、阿拉伯人及周邊各地區人的觀察中,形形色色、林林總總的中國,也必然是色彩各異、修短不齊的形象。我們是還缺少"一隻眼",這就是以異域人觀察中國之眼反觀自身的"第三隻眼"。正如一些國外的中國學家,曾把他們觀察中國的目光稱作"異域之眼",而"異域之眼"常常也就是"獨具隻眼"。

　　然而就"異域之眼"對中國的觀察而言,其時間最久、方面最廣、透視最細、價值最高的,當首推我們的近鄰,也就是在中國周邊所形成的漢文化圈地區。其觀察記錄,除了專門以"朝天"、"燕行"、"北行"及"入唐"、"入宋"、"入明"的記、錄爲題者外,現存於朝鮮/韓國、日本、越南等地的漢籍,展現的便是"異域之眼"中的中華世界。這批域外漢籍對中國文化的每一步發展都作出了呼應,對中國古籍所提出的問題,或照著講,或接著講,或對著講。從公元八世紀以降,構成了一幅不間斷而又多變幻的歷史圖景,涉及到制度、法律、經濟、思想、宗教、歷史、教育、文學、藝術、醫藥、民間信仰和習俗等各個方面,系統而且深入。

　　從學術史的角度看,域外漢籍不僅推開了中國學術的新視野,而且代表了中國學術的"新材料",從一個方面使中國學術在觀念上和資源上都面臨古典學的重建問題。重建的目的,無非是爲了更好地認識中國文化,更好地解釋中國和世界的關係,最終更好地推動中國對人類的貢獻。二十世紀中國學術新貌之獲得,有賴於當時的新材料和新觀念,用陳寅恪先生的著名概括,即"一曰取地下之實物與紙上之遺文互相釋證","二曰取異族之故書與吾國之舊籍互相補正","三曰取外來之觀念與固有之材料互相參證"。域外漢籍可大致歸入"異族之故書"的範圍,但其在今日的價值和意義,已不止是中國典籍的域外延伸,也不限於"吾國之舊籍"的補充增益。它是漢文化之林的獨特品種,是作爲中國文化對話者、比較者和批判者的"異域之眼"。所以，域外漢籍既是古典學重建過程中不可或缺的材料，其本身也應成爲古典學研究的對象。正是本著這一構想，我們編纂了"域外漢籍研究叢書"。其宗旨一如《域外漢籍研究集刊》：推崇嚴謹樸實，力黜虛誕浮華；嚮往學思並進，鄙棄事理相絶；主張多方取徑，避免固執偏狹。總之，我們期待著從"新材料"出發，在不同方面和層面上對漢文化整體的意義作出"新發明"。

　　"樂意相關禽對語，生香不斷樹交花。"宋儒曾把這兩句詩看作"浩然之氣"的形容；"山川異域，風月同天；寄諸佛子，共結來緣。"唐代鑒真和尚曾因這四句偈而東渡弘法。我願引以爲域外漢籍研究前景和意義的寫照：它是四方仁者的"同天"，是穿越了種種分際的交匯，是智慧的"結緣"和"對語"，因此，它也必然是"生香不斷"的光明事業。

　　是爲序。

目　次

引　言

　　羅伯特·達恩頓（Robert Darnton）説：“寫書的人常常是一些本來就屬於全人類的文人。”[①]被尊爲“詩聖”、被稱爲“中國最偉大的詩人”的杜甫自然也“屬於全人類”。[②]　同樣，杜詩也是屬於全人類的，在東亞漢文化圈的中日韓三國更被確立爲文學典範，雖然典範確立的時間、方式各有不同，但杜詩的刊印、翻譯、注解、編選、闡釋、評論等構成了系統嚴整的“杜詩學”，其中任一環節的研究成果都很豐富。筆者因學識所限，既無探討杜甫與全人類的野心，也無研究整個東亞漢文化圈中的杜詩的計劃，只想略窺其中一隅，即如書名所示“杜詩與朝鮮時代漢文學”的關係。

　　張伯偉曾分析東亞文明的四種模式：中國中心觀、影響研究、挑戰—回應模式、内在發展論，並且指出：“‘中國中心觀’遇上法國比較文學的‘影響研究’，兩者一拍即合，成爲東亞比較文學研究中

[①]　［美］羅伯特·達恩頓著，蕭知緯譯《拉莫萊特之吻——有關文化史的思考》第七章《書籍史話》，華東師範大學出版社，2010 年，頁 112。

[②]　有些學者以“詩聖”、“中國最偉大的詩人”作爲著作題名，如吕正惠《詩聖杜甫》（生活·讀書·新知三聯書店，2015 年）、洪業《杜甫：中國最偉大的詩人》（曾祥波譯，上海古籍出版社，2020 年），足見對杜甫及其文學史地位的推崇。洪業更是一再强調：“杜甫是獨一無二的。”“即使在成千上萬的中國詩人當中，杜甫也是獨一無二的。”（《杜甫：中國最偉大的詩人》，頁 2）

最常見的主題和方法。”①此論斷同樣適用於杜詩與朝鮮漢文學的情況。趙龜命(1693—1737)云：“我東之稱小中華，舊矣。人徒知其與中華相類也，而不知其相類之中又有不相類者存。”②以往的研究都更注重“相類”處，如杜詩在朝鮮的傳播與影響，朝鮮文人對杜詩的學習與模仿，等等。但正是“不相類者”才更能展現兩種文化的特別之處、魅力所在，“相類”與“不相類”之間矛盾與沖突、調和與交融的微妙關係也才能更好地展示文化的多樣性，這也正是我們更應關注的地方。

　　“影響研究”有主動與被動之分，會割裂影響者與被影響者的關係，將二者對立起來或將它們的關係簡單化。一方面，我們不能諱談“影響”，杜詩對朝鮮文人、朝鮮漢文學的影響就是一客觀存在的事實；另一方面，我們又不能僅用“影響”二字不加區別地一概而論。朝鮮文人在面對杜詩時，是閱讀者，是學習者，也是創作者。閱讀是一種個人行爲，會因時、因地、因人而異，閱讀在什麼情況下發生，在哪裏發生，又以何種方式加以表現，都是值得探討的問題。就閱讀學習杜詩而言，每個人的動因可能都不一樣，有些人也許是出於提升自身詩作技藝的意願，想學習杜詩的平仄韻律、物象運用、意境營造等；有些人也許是想從杜詩中尋求精神共鳴，汲取生活的力量。有些則超越了詩歌文本的制約，閱讀學習可能是對自我心性的磨礪，可能是教導門人子弟的需求，可能是對君王政策的呼應，也可能只是家人之間的共同話題。不同的學習動因，帶來的是不同的學習方法、不同的學習成果，最終也呈現出不一樣的寫作樣態。這一過程又必然與他們生活的環境、接受的教育、所處的時代等種種因素相關，所以我們要“注重文化意義的闡釋，注重不同

①張伯偉《東亞文明研究的模式與反思》，載《絲路文化研究》第 4 輯，商務印書館，2019 年。
②趙龜命《東谿集》卷一《貫月帖序》，《韓國文集叢刊》第 215 冊，頁 6。

語境下相同文獻的不同意義,注重不同地域、不同階層、不同性別、不同時段上人們思想方式的統一性和多樣性。"①以上種種,僅僅用"影響"來概括不免有些過於簡單。

杜甫、杜詩既然屬於全人類,對杜甫的研究評價、對杜詩的閱讀闡釋也就形成了一個龐大的網絡,所有的讀者、論述、典籍都是網絡上的一個個結點,有的結點關係著網絡是否堅固牢靠,有的結點則可能無關緊要,本書就是要對這張網絡中的一些結點進行梳理。就朝鮮漢文學而言,這一杜詩閱讀網絡中留下的文字達到二百多萬字,其中評述文字一百多萬字,次杜、集杜、擬杜等作品有七八十萬字,面對如此多的資料,我們很難面面俱到地一一研究,本書的方法是先進行全面考察,再選擇網絡上的一個個結點具體分析探討,對這些結點的選擇,有的是因為它們至關重要、影響深遠,有的是因為它們個性鮮明、特立獨行,而對具體結點的研究,又是為了更好地反觀網絡全貌,並提供方法的借鑒。

本書從注杜、次杜、集杜、評杜等幾個方面,分為七個章節論述杜詩與朝鮮漢文學的關係,如上所言,筆者在此過程中,更關注它們與中國文學的"不相類者",以及"相類"與"不相類者"之間的微妙關係,具體表現在以下內容:

杜詩在朝鮮時代被作為典範確立下來,獲得極高贊譽,與三位君王世宗、成宗、正祖的推動與引導密不可分,並產生了《纂注分類杜詩》《分類杜工部詩諺解》《杜陸分韻》《二家全律》《杜陸千選》等數種典籍,君王的欽定確立了杜詩的官方地位,這也是杜詩在朝鮮被閱讀、學習、接受的過程中最有特色的事件。在朝廷組織完成的數種典籍中,《纂注分類杜詩》作為朝鮮時代的第一種官方杜詩注本,曾被多次翻刻,也成為文人的手邊書,是他們次杜、集杜時的重

---

① 張伯偉《東亞漢文學研究的方法與實踐》導言《新材料·新問題·新方法》,中華書局,2017 年,頁 17。

要參考。參加《纂注分類杜詩》編纂工作的不但有集賢殿諸臣、白衣文人，還有兩位僧人：月窗義砠、千峰卍雨，正因爲有兩位僧人與文人的交往，才使得麗末鮮初學杜詩的兩條線得以合併，最終一起加入到編纂《纂注分類杜詩》這一文化工程中來。

《纂注分類杜詩》不是中國某一杜詩版本的翻刻，在其成書過程中，參與此項文化工程的諸人做了大量工作，他們收集了多種杜詩版本，對各家注進行選擇簡汰，加入詩話資料，增加"補注"。爲難讀難解的字詞注音、解釋常被中國注家忽略，却成爲"補注"的重要特色。有官方注杜，自然也有私人注杜，朝鮮時代大約有十種私家注杜集，但現存的只有李植《纂注杜詩澤風堂批解》。李植批解杜詩的目的是爲了教導兒孫及門人，因爲出發點不同，其杜詩批解也呈現出不一樣的面貌：一是注重字詞解釋，典故出處，梳理詩句；二是糾正中國諸家注之誤，並提出自己的見解。其所論大多比較準確，爲杜詩詮釋提供了更多可能性。

朝鮮時代大概一半以上的文人都寫過次杜詩，次杜詩也許可以最清楚地告訴我們這些文人在閱讀杜詩時讀到了什麽，學習了什麽，接受了什麽，又如何讓自己的情緒、情感、經歷在與杜詩的融通中得到釋放。李世龜次杜的原因最爲特別，他是性理學的踐行者，認爲詩文寫作是對心性修養的阻礙，但他又寫作了229首次杜詩，讓次杜成爲"每日一課"的修行，使詩文創作與性理學得以完美融合，次杜也成爲心性精進的助力。

朝鮮時代黨爭慘烈，黄㦿、李沃、柳命天都被卷入黨爭中，或被貶謫或被流配，在此過程中，他們都選擇次杜詩來澆一己之塊壘。但他們的次杜選擇各有不同，黄㦿是次作杜甫紀行五律，借杜詩傳達自己被外放邊城抑郁不得志的苦痛。李沃與柳命天在黨爭中針鋒相對，結果都被流放異鄉，這對黨爭中的政敵竟然都選擇用杜詩來調節心緒。柳命天的次杜詩强化了時間的流逝，李沃則專注於聯章體詩作，但在1680年的冬至，他們都次作了杜甫《至日遣興奉寄北省舊閣老兩院故人》中的一首。當兩個相隔千里的人在同一年同一天次作了同一首杜詩，如果他們是知交好友，我們會贊嘆心有靈犀的深厚情誼，但他們是誓不兩立的政敵，我們只能感慨命運之奇妙以及杜詩無與倫比的吸引力了。

　　杜詩有"日記"、"圖經"之稱，當然杜詩既不是日記也不是圖經，如果每首杜詩都有明確的寫作時間與地點，那又何來如此多的杜甫年譜與杜詩編年？但杜詩中的一些作品又的確有著極强的時間感與空間感，時間的流逝會强化人生不得意之悵惘，空間的轉移又會强化人在異鄉之孤獨，或被貶謫被拋棄之無助淒惶，所以杜詩中表示節序、時間以及行程的作品都深受文人喜愛。蔡濟恭、成大中、睦萬中選擇了一起次作杜甫的五古紀行之作，三人的身份、地位有別，出行的原因、目的不同，再加上個人閱讀經驗的差異，雖然這是一次同次杜詩的盛會，但三人次作却呈現出全然不同的面貌，展現了各自的詩作風格。

　　杜詩中被次和最多的可以算《秋興八首》，《秋興八首》難讀難解，並且作爲聯章體，八首詩互相勾連，前後呼應，中國文人都感慨《秋興八首》不易次作不能次作，但朝鮮文人並不爲聯章體之難所阻，大量次作《秋興八首》。一類次作能承繼"秋興"主題以及悲慨蒼凉的風格，可視爲正聲；另一類次作重點在"韻"，題材與主題都發生了很大變化，這一類作品可稱爲"變調"。朝鮮文人不但一人次作《秋興八首》，還經常多人一起同次，最大規模的一次是九人同次，形成《秋興唱酬》集，收詩 80 首。這些次《秋興》之變調寫"春興"、"夏興"，寫亭臺樓閣，寫人、記事、題畫，寫地方、紀行程，已與《秋興八首》之主題與風格大不相同。次杜時無視杜甫原詩主題、內容、風格的情況在朝鮮文人中很普遍，這時杜詩只是提供了一種用韻的方式，詩作之平仄、押韻、粘對才是文人的關注點，次《秋興八首》中的變調是如此，李世龜次作 229 首杜詩也是如此，聲韻之和諧準確才是他們的追求。

　　朝鮮文人次《秋興八首》注重的是學習聲韻，也就忽略了聯章
體的特點，學習多流於表面，很難在寫作手法上有所超越，在次作
其他聯章體詩作時也有同樣的情況，比如蔡濟恭、成大中、睦萬中
三人次和的紀行五古，李沃次作的《前出塞》《後出塞》，這些作品都
是聯章體，但他們在次和時仍主要在平仄韻律上努力，在內容、情
感上尋求變化，而就詩作的句法結構、典故運用、意象營造，以及聯
章體間的聯繫來看，他們做得並不是很成功。

　　朝鮮文人寫作集杜詩的不在少數，其中最重要的有三位：李民
宬、金堉、金昌集。三人寫作集杜詩的機緣各不相同，但都受到文
天祥集杜二百首的感召。李民宬集杜開始於出使明朝時，後又為
迎接被後金羈押的弟弟李民宬回國而作；金堉作為朝鮮王朝最後
一次出使明朝的使臣，也是在滯留北京時開始寫作集杜詩的，此後
他一共集杜 216 首；金昌集的集杜詩則寫於家庭遭受重創後，其父
金壽恒因黨爭被賜死，他也被迫退居永平山。由三人的創作，我們
可以看到集杜詩在朝鮮文人筆下有一逐漸完善的過程，一一考察
他們使用的上千條杜詩詩句，則可以分析杜詩版本在朝鮮的流傳
情況。金堉及其集杜詩與杜甫的忠君愛國、詩史意識一脉相承，特
別是他在明清之際曾四次進入中國，集杜詩記載了明清更替時的
時代風雲、社會狀況、百姓生活，真正起到了史的作用。

　　現當代學者對分類編次的杜詩集頗多批評，但在朝鮮文人次
杜詩及集杜詩的過程中，我們都能看到分體分類杜詩集的影響，文
人次作杜詩七律，如蘇光震、宋持養、李世龜，多按照《杜律虞注》的
順序而來，次作五律則按照《纂注分類杜詩》或其他分體分類杜詩
集如《唐李杜詩集》的順序而來。根據文人集杜詩考察杜詩詩句，
則與《纂注分類杜詩》最為接近。由此，我們必須關注分體分類杜
詩集在朝鮮漢文學史上的作用，重新審視它們的文學史地位。

　　在朝鮮時代次作杜詩的人群中，我們還看到了女性的身影，其
中最主要的有三位，她們是金浩然齋、徐令壽閣、洪幽閑堂，這也是

與中國文學史的大"不相類者"。這三位女性都出身於士族精英家庭，接受了良好的教育，她們次作杜詩深受家中男性成員的影響，得到父兄或夫婿的幫助與鼓勵。豐山洪氏家族的徐令壽閣、洪幽閑堂這對母女的次杜詩，更是對正祖倡導學杜的文化政策的呼應與支持。

朝鮮文壇對杜詩的評價與中國息息相關，在杜甫的形象塑造過程中，徐居正起到了重要作用，其所論已涉及杜甫及杜詩的方方面面，杜甫的形象也更爲豐滿立體，其後的文人論杜很難超越徐居正建構的框架。在朝鮮文人對杜甫及杜詩的評論中，性理學家的身影非常突出，而他們評論的方式與内容都受到朱熹的影響，對杜甫完美人格的要求已遠遠超出對於普通文人的期許。杜甫"詩聖"、"詩中夫子"的稱號，更强化了杜詩的道德内涵，杜詩也就越發被認爲是完美的，甚至被朝鮮文人用於地理、禮制的考證。隨著清乾嘉學派考據之風的東傳，以杜詩作爲考證依據的現象也越來越普遍。

以上内容是本書的主體，以及筆者在"不相類"處所做的努力，文學從來不是孤立的存在，它與一個時代的政治、社會、思想、文化、外交甚至科技等都有著千絲萬縷的聯繫。書中選擇了朝鮮漢文學中與杜詩相關的一些個案進行研究，希望能在對個案的分析中展示整體全貌，並剖析文學與方方面面的聯繫：

首先是國家的文化政策，如果没有三位君王的倡導與推動，我們可能不會看到《纂注分類杜詩》《分類杜工部詩諺解》等的出現，也不會看到杜詩被欽定爲典範，當然也可能看不到正祖外祖洪氏家族中的兩位女性徐令壽閣、洪幽閑堂的次杜詩。

其次，朝鮮時代黨争慘烈，書中的數人黄㦿、李沃、柳命天、金昌集都被卷入黨争中，成爲黨争的受害者，他們或沉淪下僚，或被遠謫外放，或遭受亡父之痛，他們看到的朝政變化，經歷的人生困境，在時事面前的無能爲力，都讓他們對杜詩感同身受，從而在次杜詩、集杜詩中找到情緒的宣泄口，獲得人生的慰藉。

再次，性理學特別是朱子學在朝鮮朝有著崇高的地位，書中的數人如李植、李世龜、李滉、宋時烈，都是性理學的踐行者、朱子的崇奉者。李植對杜甫夔州詩的評價就深受朱子詩論觀的影響；李世龜則是在次杜中磨礪心性，將"日課一詩"變爲次杜，在寫作與性理學的修習間獲得平衡。李滉、宋時烈都是朝鮮著名的性理學家，他們對杜甫提出了遠遠高於普通人的道德要求，讓人有過於嚴苛之感。

第四，朝鮮近五百年的歷史，不可能一直太平無事，與明、清、日本的關係影響著國家的安危、朝廷的決策。當戰爭突起，東亞局勢風雲變幻時，身處其間的文人們也用他們的筆觸記下這一切，次杜詩、集杜詩就是他們選擇的方式之一。壬辰倭亂時蘇光震次作了全部 151 首杜詩七律，李民宬爲迎接被後金羈押的弟弟寫下了集杜詩，金堉更是在四次出使明清的過程中大量集杜，這些都讓我們更好地看到了歷史轉折時期東亞三國的關係，以及文人身處其間的所見所聞所思所想。

第五，女性次杜是朝鮮漢文學中的獨特風景，這與她們的出身、家庭環境、當時的文化政策都有關係，但金浩然齋的創作不爲其夫所了解，徐令壽閣、洪幽閑堂的創作只有三五年，因爲閨訓、婦德的制約與束縛，她們並不能隨心所欲地寫作，她們的文學才華、創造力也不能得到充分展現。由她們的遭遇，我們可以略窺朝鮮時代的女性教育以及她們的生活狀況、艱難處境。

本書從注杜、次杜、集杜、評杜四方面選擇具體個案研究杜詩與朝鮮漢文學的關係，突破"影響"一說，希望能看到朝鮮文人入杜詩又出杜詩的努力，在"不相類"處審視兩國文化之差異，在"相類"、"不相類"的微妙關係中體會杜詩的魅力。本書也不是就文學而文學，而是以杜詩爲線索，切入杜詩在朝鮮生長與發展的社會環境、時代背景、國家政策、思想文化、外交關係、女性教育等，這些內容雖不能展開論述，也希望能由一斑略窺全豹，以見整個朝鮮時代的風貌。

最後還是用羅伯特·達恩頓的話結束本書的引言："古人的閱讀活動對我們來說既有熟悉的一面，也有陌生的一面，我們和古人讀同樣的東西，但却不會有完全一樣的感受。我們可以自欺欺人地想象自己能超越時代，同古代的作者溝通。但即便流傳下來的文本本身没有發生過變化，我們跟這些文本的關係也不可能像過去的讀者跟這些文本的關係一樣。更何况文本本身不可能一成不變。"①

筆者在努力做一件不可能的事，那么，就讓我們進入正文吧，看看不可能之可能性。

----

① 《拉莫萊特之吻——有關文化史的思考》第七章《書籍史話》，頁130。

第一章　朝鮮時代官方注杜研究

——以《纂注分類杜詩》爲主

引　論

　　杜詩最晚在十一世紀八十年代就傳入朝鮮半島,此後,高麗朝(918—1392)文人作文贊頌杜甫,詩中化用杜詩,在詩話中評論杜詩藝術成就者衆多,李奎報(1168—1241)有次杜詩 3 題 16 首,鄭樞(1333—1382)有次杜詩 7 題 11 首。[①] 李穡(1328—1396)以杜甫爲詩家正宗,認爲學詩必學少陵。[②] 李仁老(1152—1220)肯定了"自雅缺風亡,詩人皆推杜子美爲獨步"的現象,[③]崔滋(1188—1260)認爲"言

---

① 見李奎報《東國李相國集》(《韓國文集叢刊》第 1 册)、鄭樞《圓齋稿》(《韓國文集叢刊》第 5 册)。

② 李穡有一詩題爲《前篇意在興吾道大也不可必也,至於詩家亦有正宗,故以少陵終焉,幸無忽》(《牧隱稿》詩稿卷二十一,《韓國文集叢刊》第 4 册,頁285),鄭樞有一詩題爲《韓山君寄詩,有爲詩必學少陵之意》(《圓齋稿》卷中,《韓國文集叢刊》第 5 册,頁 204),"韓山君"即李穡。

③ 李仁老《破閑集》卷中,趙鍾業編《韓國詩話叢編》第 1 册,太學社,1996 年,頁51。

詩不及杜，如言儒不及夫子"。①略舉數例，足見杜詩在高麗朝已漸漸成爲學習的典範與衡量詩歌創作水準的尺度。但由李穡"遺芳賸馥大雅堂"，②李仁老以杜甫之偉大"在一飯未嘗忘君"之忠義，崔滋"言詩不及杜，如言儒不及夫子"等論述，又可看出高麗文人對杜甫及杜詩的評價明顯受到蘇軾、黃庭堅及宋人詩話的影響，③較少創見。

　　朝鮮朝（1392—1910）推行"排佛崇儒"的國策，杜甫"一生却只在儒家界内"，④他自稱"儒生"、"老儒"、"腐儒"，以儒者自居，其忠君憂國、濟世愛民、己飢己溺的精神正是儒家思想的踐行，因此，尊奉儒學的朝鮮君臣都很推崇杜甫，大力倡導杜詩，爲杜詩在朝鮮朝的進一步傳播與發展創造了條件，具體表現有以下兩點：

　　首先是刊印已有的杜詩集，如世宗十三年（1431），刊印《杜工部草堂詩箋》，尹祥（1373—1455）跋云：

　　　　惟子美詩，上薄風雅，下該聲律，而其愛君憂國之念，忠憤激厲之詞，未嘗不本於性情，中於音節，而關於世教也。……歲庚戌（世宗十二年，1430）冬，總制曹公致受觀風之任於是道，慨然有興詩教之志，旁求杜詩善本，得《會箋》一部於星州教授韓卷，欲繡梓而廣其傳。越明年秋，聚材鳩工，囑於密陽府使柳君之禮監督。自八月始事，至十一月而斷手焉。⑤

尹祥跋文提及三人：曹致、韓卷、柳之禮。據《世宗實錄》記載，曹致

①崔滋《補閑集》卷下，《韓國詩話叢編》第1册，頁111。
②李穡《牧隱稿》詩稿卷二十一《前篇意在興吾道大也不可必也，至於詩家亦有正宗，故以少陵終焉，幸無忽》，《韓國文集叢刊》第4册，頁285。
③參見張伯偉《東亞漢文學研究的方法與實踐》第五章《典範的形成與變異——東亞文學史上的杜詩》（中華書局，2017年）及鄭墡謨《高麗朝における杜詩受容：李奎報を中心として》（載《中國文學報》第69册，京都大學，2005年）。
④劉熙載著，袁津琥校注《藝概注稿》卷二《詩概》，中華書局，2009年，頁290。
⑤尹祥《別洞集》卷二《刻杜律跋》，《韓國文集叢刊》第8册，頁286。

於世宗十二年九月任中軍總制,十二月又兼任慶尚道監司,星州、
密陽爲慶尚道所轄地區,韓卷時任星州教授,柳之禮時任密陽府
使。① 曹致從韓卷處求得《草堂詩箋》,有感於杜詩愛君憂國、有關
世教,欲將其刻印傳播,並讓柳之禮監督執行。文中三人都是朝廷
官員、地方政要,他們的引導推動,必然會提升《草堂詩箋》的地位,
並刺激它的進一步流傳。

　　此後,除《杜工部草堂詩箋》外,朝鮮朝還先後刊刻過《黄氏集
千家注杜工部詩史補遺》《杜詩范德機批選》《虞注杜律》、單復《讀
杜詩愚得》《趙注杜律》《須溪先生批點杜工部排律》《須溪先生批點
杜工部七言律詩》等中國的杜詩版本,有的還多次重印。② 早在中
宗朝(1506—1544),在討論是否要將從中國收集購買的書籍印頒
時,金安國(1478—1543)就認爲"杜詩注解四册。我國多有印本,
不必印出"。③ 雖不知此處的杜詩注解是何版本,金安國認爲此書
印本甚多不需重複刊印則很明確。除了來自中國的杜詩版本,還
有朝鮮人自己注、譯、選的杜詩版本,如《纂注分類杜詩》《分類杜工
部詩諺解》《纂注杜詩澤風堂批解》《杜陸分韻》《二家全律》《杜陸千
選》等,據沈慶昊列表統計,朝鮮時代刊刻各種杜詩版本達五十八
次之多。④

---

①《世宗實錄》卷四十九世宗十二年(1430)九月乙卯(17 日)、十二月己亥(3 日)、
　世宗十三年十一月己巳(8 日),《朝鮮王朝實錄》第 3 册,頁 260、281、356。
②參見李立信《杜詩流傳韓國考》第三章《韓國歷代編注刊印及研究杜詩概況》
　(文史哲出版社,1991 年)、全英蘭《韓國詩話中有關杜甫及其作品之研究》第
　一章第一節第一點《高麗、朝鮮朝所刊行之杜詩著作》(文史哲出版社,1990
　年)、沈慶昊《〈纂注分類杜詩〉解題》(見《纂注分類杜詩》,以會文化社,1992
　年)及李丙疇《杜詩的比較文學研究》第二部第二節《漢文學上的杜詩》(亞細
　亞文化社,1976 年)。
③金安國《慕齋集》卷九《赴京使臣收買書册印頒議》,《韓國文集叢刊》第 20
　册,頁 174。
④沈慶昊《〈纂注分類杜詩〉解題》,見《纂注分類杜詩》,以會文化社,1992 年,頁
　11—15。

　　其次是透過王室之力,對杜詩進行編纂、注釋、翻譯等工作。其中最具代表性的有三次,第一次是在世宗二十五年(1443),據《世宗實錄》記載,是年四月:

　　　　命購杜詩諸家注於中外。時令集賢殿參校杜詩諸家注釋,會粹爲一,故求購之。[①]

　　　　命檜巖住持僧卍雨移住興天寺,仍賜衣,令禮賓供三品之廩。卍雨及見李穡、李崇仁,得聞論詩,稍知詩學,今注杜詩,欲以質疑也。[②]

世宗令集賢殿諸臣及當時杜詩學者編纂、注解杜詩,並於次年完成《纂注分類杜詩》,這是東國的第一部杜詩注解本,影響深遠,問世後曾九次重印,[③]也成爲在東國流傳最廣的杜詩集之一。

　　第二次是成宗十二年(1481),成宗又命柳允謙(1420—?)等用諺文翻譯注解杜詩,形成《分類杜工部詩諺解》。金訢(1448—1492)《翻譯杜詩序》云:

　　　　惟上之十二年月日,召侍臣,若曰:"詩發於性情,關於風教,其善與惡皆足以勸懲人。大哉,詩之教也!三百以降,惟唐最盛,而杜子美之作爲首,上薄風雅,下該沈、宋,集諸家之所長而大成焉。詩至於子美,可謂至矣,而詞嚴義密,世之學者患不能通。夫不能通其辭,而能通其訣者,未之有也。其譯以諺語,開發蘊奧,使人得而知之。"於是臣某等受命,分門類聚,一依舊本,雜采先儒之語,逐句略疏,間亦附以己意。又以諺字譯其辭,俚語解其義。向之疑者釋,窒者通,子美之詩至

---

① 《世宗實錄》卷一百世宗二十五年四月丙午(21日),《朝鮮王朝實錄》第4冊,頁474。

② 《世宗實錄》卷一百世宗二十五年四月壬子(27日),《朝鮮王朝實錄》第4冊,頁475。

③ 據沈慶昊《〈纂注分類杜詩〉解題》圖表2《朝鮮的杜詩集刊行狀況》。

是無餘蘊矣。①

曹偉(1454—1503)亦云：

> 成化辛丑(1481)秋，上命弘文館典翰臣柳允謙等，若曰：
> "杜詩，諸家之注詳矣，然《會箋》繁而失之謬，須溪簡而失之
> 略。衆説紛紜，互相牴牾，不可不研覈而一，爾其纂之。"於是，
> 廣摭諸注，芟繁釐枉，地里、人物、字義之難解者，逐節略疏，以
> 便考閲。又以諺語譯其意旨，向之所謂艱澀者，一覽瞭然。②

成宗認爲通行的杜詩各家注過於蕪雜，或太繁或太簡，且錯謬甚
多，於是令金訢、柳允謙等文臣綜合各家注本，將杜詩分門別類，並
用諺文翻譯梳理，使杜詩更易理解接受。用諺文翻譯杜詩，進一步
擴大了杜詩的影響以及在朝鮮社會的傳播。

第三次是正祖(1777—1800在位)時期，他將杜甫、陸游合爲一
體，經其"御定"者有《杜律分韻》五卷、《陸律分韻》三十九卷(合稱
《杜陸分韻》，刊本)、《二家全律》十五卷(寫本)、《杜陸千選》(刊本)
八卷。前兩種完成於正祖二十二年(1798)，《千選》完成於次年。
正祖《杜陸千選》序云：

> 夫子(指朱熹)又嘗曰："光明正大、疏暢洞達、磊磊落落、
> 無纖芥之可疑者，於唐得工部杜先生。"夫子，亞聖也，於人物
> 臧否一言重於九鼎，而其稱道杜工部乃如此者，豈非讀其詩而
> 知其人也歟？如陸務觀，與夫子同時，而夫子尚許之以和平粹
> 美，有中原昇平氣象，則當今之時，等古之世，教其民而化其
> 俗，捨杜、陸奚以哉？③

---

①金訢《顏樂堂集》卷二《翻譯杜詩序》，《韓國文集叢刊》第15册，頁241。
②曹偉《梅溪集》卷四《杜詩序》，《韓國文集叢刊》第16册，頁338。
③正祖《弘齋全書》卷五十六《題手編杜陸千選卷首》，《韓國文集叢刊》第263
册，頁372。

對杜甫、陸游的人品及詩作評價都很高。由於君王的大力倡導，杜詩的經典地位也就被"欽定"了。

　　以上數種杜詩注本、譯本及選本都是在君王的主導下完成的，但在杜詩史上的意義並不相同。《分類杜工部詩諺解》用諺文翻譯杜詩，對杜詩的普及推廣有一定作用。但朝鮮知識階層對諺文一般比較輕視，認爲這是下層民衆及女性用的文字，許多男性知識人根本就不學（至少是宣稱不學）諺文。金長生（1548—1631）是朝鮮大儒，當有人拿著《家禮諺解》向他請教時，他因爲"昧諺文"，根本無從指導。[1]　理學家宋浚吉（1606—1672）發現《家禮諺解》一書中有很多錯誤，想向父親求教，但他的父親"未習諺字，不能一一看過"。[2]　另一理學家朴世采（1631—1695）説自己"不識諺字"，[3]漢文學造詣極高的文人朴趾源（1737—1805）公然宣稱："吾之平生，不識一個諺字。"[4]所以諺解杜詩在朝鮮士人中影響並不大，甚至有人認爲諺解是對杜詩的極大破壞，如李德懋（1741—1793）云："韓退之集注家五百，蘇子瞻集注家九十六，囂囂泪泪，不勝其瑣，反有失於本旨者，亦季叔之事也。至東國《杜詩諺解》而其弊極矣。"[5]據沈慶昊統計，此書在問世後只重刻過兩次。另外三種杜詩集《杜陸分韻》《二家全律》《杜陸千選》，爲正祖"御定"，問世比較遲，加上正祖在三書完成後的不久 1800 年即去世，未能對三書加以推廣，所以三書的影響也比較有限（詳見第六章）。綜合而論，由朝鮮王室主導注釋、翻譯、編選的數種杜詩集，《纂注分類杜詩》作爲朝鮮的第

---

① 權緑《灘村遺稿》卷七《漫録》，《韓國文集叢刊續》第 52 册，頁 179。

② 宋浚吉《同春堂集》別集卷四《上慎獨齋先生》，《韓國文集叢刊》第 107 册，頁
　361。

③ 朴世采《南溪集》外集第四《答尹子仁》，《韓國文集叢刊》第 141 册，頁 317。

④ 朴趾源《燕巖集》卷三《答族孫弘壽書》，《韓國文集叢刊》第 252 册，頁 78。

⑤ 李德懋《青莊館全書》卷五《瑣雅》，《韓國文集叢刊》第 257 册，頁 102。關於
　朝鮮文人不習諺文參見張伯偉《漢字的魔力——朝鮮時代女性詩文新考
　察》，載《中國社會科學》2018 年第 3 期，頁 163—183。

一部杜詩注本,對杜詩在朝鮮朝的傳播與影響有著更爲深遠的意義,有必要進行深入研究。

關於《纂注分類杜詩》(以下簡稱《纂杜》,韓國以會文化社 1992年刊本)有很多問題值得探討,如:一、當時有哪些人參加了纂注杜詩的工作;二、"杜詩諸家注"有哪些;三、朝鮮文人在纂注杜詩的過程中做了哪些工作。

一　注杜之人與杜詩傳承

編纂注解杜詩是一項複雜的文化工程,因此,當時參與這項工作的人員構成也同樣複雜,除了朝廷文臣,還包括僧人與儒生。

(一)集賢殿諸臣

朴彭年(1417—1456)《三絶詩序》云:

> 正統八年(1443)夏四月,上命會粹子美詩注。于時,鷲山辛公(辛碩祖)以下凡六人爲屬官,匪懈堂實總裁焉。①

此處的時間與《世宗實録》二十五年四月丙午的記載相符,所指當爲同一事件。可知此事由匪懈堂領導,集賢殿包括辛碩祖在内的六人爲從事官。

匪懈堂即安平大君李瑢(1418—1453),字清之,號匪懈堂、琅玕居士、梅竹軒,爲世宗第三子,博學多才,尤擅書法。崔恒(1409—1474)在《匪懈堂詩軸序》中稱:"惟吾安平大君,宗英重望,大雅不群。嘗留心翰墨,集諸家大成而獨詣。其遒健似王,端雅似

―――――――

① 朴彭年《朴先生遺稿》,《韓國文集叢刊》第 9 册,頁 464。

顏,風流文彩絕似趙學士,而真、行、草三體俱入神。"①其書法技藝
亦爲明代使臣倪謙等賞識,並傳入中國。②

　　集賢殿六人除辛碩祖外,還包括哪幾位呢?朴彭年《題匪懈堂
瀟湘八景詩卷》題下有注云(點與橫線爲筆者所加):

　　　　匪懈堂得宋寧宗八景詩於東書堂古帖,寶其宸翰,因令揭
　　其詩、畫其圖,名其卷曰"八景詩"。取麗代詩人李仁老、陳澕
　　之作係焉。又請當世之善於詩者,賦五六七言以歌之。集賢
　　殿副修撰魯山李公永瑞爲之序。都承旨銀川趙公瑞康、右承
　　旨姜公碩德、右副承旨柳公義孫、鈐平君尹公季童、藝文提學
　　耽津安公止、直集賢殿鐵城南公秀文、釋千峰、成均注簿永陽
　　李公甫欽、直集賢殿鷺山辛公碩祖、承文院副校理昌寧成公
　　三問、校書校勘盆城金公孟、集賢殿副校理㠂梁崔公恒、知中
　　樞院事河東鄭公麟趾、刑曹判書竹溪安公崇善、集賢修撰高
　　靈申公叔舟、左贊成晋陽河公演、節齋金公宗瑞及先生(指朴
　　彭年),咸作詩,皆親筆。中朝人翁正春,以八分書其首曰"海
　　宇奇觀"云。○時先生爲集賢殿修撰。正統七年壬戌(1442)
　　八月也。③

由此可知,當時集賢殿參加此項工作者有下列六人:
　　辛碩祖(1407—1459),字贊之,初名石堅,號淵冰堂,靈山人,

<hr />

①崔恒《太虛亭集》文集卷一,《韓國文集叢刊》第 9 册,頁 192。
②《太虛亭集》文集卷一《匪懈堂詩軸序》:"景泰初元(1450)三月,翰林侍講倪
　謙、黃門給事司馬恂,奉使而至,皆博雅士也。見大君嘗所戲書數字,不覺驚
　服,遂請揮翰。於是立書數百紙以示。二公歎賞不已,詩以謝之。……二公
　之還也,獻所得書于帝,帝覽而嘉之,即詔繡梓,俾傳於世。"《韓國文集叢刊》
　第 9 册,頁 192。
③《朴先生遺稿》,《韓國文集叢刊》第 9 册,頁 457。柳義孫《檜軒先生逸稿》之
　《和匪懈堂安平大君瀟湘八景詩》(《韓國歷代文集叢書》第 103 册,頁 134—
　154)也記載了此次盛會,並附有參與者的詩作。

謚文僖。自少善屬文,丙午(1426)登第,補選爲集賢殿著作郎,後累升至集賢殿副提學、吏曹參判、大司憲、開城留守等。世祖己卯(1459)卒,年五十三,有文集存。

李永瑞(?—1450),生平不詳。《東文選》中收錄其詩《移病在家書懷寄仁叟》《無弦琴》《送金翰林歸金海》數首,文《希賢堂銘》一篇。

南秀文(1408—1443),字景質,固城人。聰明强記,世宗丙午(1426)生員、文科,丙辰(1436)重試狀元,以文名世,《高麗史》初草大抵皆出其手。官至集賢殿直學,有《敬齋遺稿》傳世。南秀文在接受使命後的四月底即病逝,①並未能真正參與注杜的工作。

崔恒,字貞夫,號太虛亭、幢梁,謚文靖。世宗甲寅(1434)謁聖試第一,任集賢殿修撰。參與《訓民正音》的制訂,參與編撰《龍飛御天歌》《東國正韻》《訓民正音解例》《高麗史》《經國大典》等。文采出衆,發往明朝的表箋多由其執筆。有《太虛亭集》等傳世。

申叔舟(1417—1475),字泛翁,號希賢堂、保閑堂,謚文忠。文科及第,歷任集賢殿副修撰、副提學等職,官至領議政。與成三問、鄭麟趾、崔恒等創制《訓民正音》。參與了《東國正韻》《世祖實錄》《國朝寶鑒》《國朝五禮儀》《永慕錄》等的編撰。另著有《海東諸國記》《北征錄》等。有《保閑齋集》等傳世。

朴彭年,字仁叟,號醉琴軒。謁聖文科及第,任職集賢殿,參與《訓民正音》的創制。世祖篡位(1455年)後,朴彭年與成三問、河緯地、李塏、柳誠源、金礩等圖謀端宗復位,後因金礩密告而被捕處死,爲"死六臣"之一。有《朴先生遺稿》傳世。

據朴彭年所言,當時注杜的工作交給集賢殿諸臣完成,集賢殿諸臣除上述六人外,還有副提學崔萬里(?—1445)、直集賢殿

①《世宗實錄》卷一百世宗二十五年(1443)四月甲寅(29日):"直集賢殿南秀文病劇,遣内醫二人救療,竟不能治,遂死,士林惜其才。"《朝鮮王朝實錄》第4册,頁475。

李季甸(1404—1459)、金汶(？—1448)等人,他們都可能參與到此項工作中來。這一時期,在匪懈堂安平大君周圍形成一個由當時重要文臣組成的文人群體,他們經常在一起雅集,並詩文酬唱,由《題匪懈堂瀟湘八景詩卷》題注即可知,除了集賢殿諸臣外,藝文館、承文院、成均館的文臣都參加了聚會,所以,雖然注杜一事主要由集賢殿承擔,其他文臣也可能提供了見解,部分地參與了此項工作。

(二)釋子

除了安平大君與集賢殿諸臣及其他文臣外,還有釋子參加了這項重要的文化工程:

> 命檜巖住持僧卍雨移住興天寺,仍賜衣,令禮賓供三品之廩。卍雨及見李穡、李崇仁,得聞論詩,稍知詩學,今注杜詩,欲以質疑也。[1]

卍雨,[2]即《題匪懈堂瀟湘八景詩卷》題注中提到的"釋千峰",爲著

---

[1]《世宗實錄》卷一百世宗二十五年四月壬子(27日),《朝鮮王朝實錄》第4冊,頁475。

[2]李能和《朝鮮佛教通史下編》亦提及題匪懈堂瀟湘八景詩這一文學聚會,並有小字注云:"世宗二十四年壬戌八月,又帖籤書云:千峰時年八十六。"(新文館,1918年,頁655)所以現有研究常根據此條資料推斷卍雨生於高麗恭愍王六年(1357)。李穡《牧隱稿》文稿卷九有《送峰上人遊方序》一文,云:"上人,素所不識也,遽然踵吾門求見,一見握手如舊。交未幾,吾耦喪亡,留二七對靈一語,誦經薦福,梵音清澈,聽者竦然。吾欲挽留,以久辭去者再。(中略)上人曰:子之言也是矣,然吾所提者,趙州無也。趙州七十更參禪,夫豈贅乎?峰也生今二十九年矣,去州年遠矣,不參訪,何從而見道乎?……甲戌(1394)八月日。"(《韓國文集叢刊》第5冊,頁75)又據《牧隱先生年譜》:"洪武廿七年甲戌八月,夫人權氏卒。"(《韓國文集叢刊》第3冊,頁505)可見,卍雨與李穡相識於1394年,八月,李穡夫人去世,卍雨亦遠遊。是年卍雨29歲,則他當生於恭愍王十五年(1366),到世宗二十四年(1442)時,年77。

名詩僧,其題八景詩有五言絕句 10 首,分別爲:序詩,八景各一首,終詩。詩如下:

> 邸下手中卷,人間席上珍。粧纘書畫妙,披味送清晨。
> 谷口雨初霽,山頭霧欲生。幾多花柳巷,歌吹樂昇平。
> 樹杪一竿日,江干數口家。因風問漁叟,莫是太公耶。
> 淡烟橫絕壁,斜日照空庭。鐘響出林表,闍梨應念經。
> 千里蓴方美,東吳客太忙。挐舟葦間去,蕭瑟朔風長。
> 一夜湘江雨,三秋楚客心。心應懸魏闕,通昔動哀音。
> 月色清無比,湖光湛不流。騷人意何限,楓葉政殺秋。
> 繞岸沙平布,隨陽雁欲來。相呼遵禮讓,人世所欽哉。
> 斷岸雲籠浦,殘山雪滿林。江天多暮景,想像興難禁。
> 詩是有聲畫,斯文光焰長。嗟嗟續貂客,句句不成章。①

自稱"續貂客",當然是自謙之詞,李能和稱其"非徒詩思清絕,亦其筆法遒美"。② 众人一起次和匪懈堂瀟湘八景詩是在 1442 年八月間,可見卍雨在世宗命令集賢殿注杜之前就已經與當時的文臣有文學交遊,此時更以顧問的身份被邀請參加注杜,可謂榮耀之極。

　　相對於集賢殿諸臣而言,卍雨應算前輩文人了。他與麗末文人李穡、李崇仁(1349—1392)尤爲亲近,李穡《牧隱稿》文稿中有《送峰上人遊方序》(卷九)、《千峰説》(卷十);李崇仁《陶隱集》中有《偶吟録奉千峰方外契》(卷二)、《送雨千峰上人游方序》(卷四)、《題千峰詩稿後》(卷五),這些詩文讓我們對卍雨有了更多瞭解。卍雨是麗末鮮初高僧幻庵混修國師的弟子,與當時的著名文人交遊甚密:

> 雨千峰在釋苑爲高弟,游儒門爲上賓,蓋幻庵龜谷曹溪之

---

① 柳義孫《檜軒先生逸稿》"附帖中諸詩",《韓國歷代文集叢書》第 103 册,頁 152—153。
②《朝鮮佛教通史下編》,頁 655。

儀表。韓山子(李穡)吾徒之領袖,實皆愛重而禮貌之,上人何
修而得此哉?其爲人年芳而學碩,形臞而神腴,出辭氣穆然如
清風,予亦願與之游者也。①

其詩才更爲衆人交口稱贊:"清而不至於苦,拙而不至於野,腴而不
至於膩,讀之愈久而愈不知倦焉。世傳唐九僧集,予嘗竊窺其梗
概,雨之所得豈肯多讓乎彼哉?"②卍雨受到當時文人的尊重,除了
他的文學修養外,還在於他高潔的品格。李崇仁以鄭夢周(1337—
1392)黨而被遠逐,③"自余遭放逐,爲東西南北之人,人率掉臂去,
戒勿相親",而"雨之於予,非有族黨之好也,鄉里之舊也,濡沫相資
之恩也,而相從於患難之中,略無畏忌"。④ 正因爲卍雨的人品、文
品都值得稱道,所以能與李穡、李崇仁相從遊學。他們往來的時間
雖短,但對卍雨寫詩、論詩都很有幫助,使他在世宗朝能以釋子的
身份參加注解杜詩的工作。

(三)白衣文士

除卍雨外,當時參加注杜的還有白衣文士:

> 斯文柳休復與其從弟柳允謙亨叟精熟杜詩,一時無比,皆
> 受業於泰齋先生。先生雖以文章著名,而緣父之罪禁錮終身。
> 斯文亦不得赴試。世宗嘗命集賢殿諸儒撰注杜詩,而斯文亦
> 以白衣往參,人皆榮之。⑤

①李崇仁《陶隱集》卷四《送雨千峰上人游方序》,《韓國文集叢刊》第 6 册,頁
604。
②《陶隱集》卷五《題千峰詩稿後》,《韓國文集叢刊》第 6 册,頁 609。
③鄭夢周爲高麗末期著名學者、文臣,他排佛崇儒,推行《朱子家禮》,爲高麗儒
學的代表人物之一。後因反對李成桂篡立,被李成桂之子李芳遠(後爲朝鮮
太宗)派人刺殺,與之相善者亦受牽連。李崇仁曾與鄭夢周一起編纂實錄,
亦被視爲鄭夢周黨人,遭流放。
④《陶隱集》卷五《題千峰詩稿後》,《韓國文集叢刊》第 6 册,頁 609。
⑤成俔《慵齋叢話》卷七,《大東野乘》卷二,朝鮮古書刊行會,1909 年,頁 628。

這裏提到三位人物：泰齋柳方善（1388—1443）及方善子柳允謙、侄柳休復。

柳方善幼聰穎，嗜讀書，有神童之稱。從卞季良（1369—1430）、權近（1352—1409）二先生問學，"時卞春亭季良以文章耆造，負世重望。權文忠公近退居陽村，大開明理之門。先生欣然負笈而往，講問經旨，授受論量之際，多有開發處。二公傾心獎與，不以後生遇之。一時英俊，亦自以爲不及也"。① 後因己丑（1409）之禍，柳方善被遠貶異地十九年，至世宗九年丁未（1427）才放歸故里。其人品才學爲朝廷所敬重，世宗"命集賢殿學士等往復質問，待以師禮。蓋致禮貌於畎畝，唐虞以下所未有也。士林榮之，望若星斗焉"。② 柳方善鄉居期間，以教育子弟爲業，其子侄如柳允謙、柳休復亦從其學，成爲精熟杜詩者。後柳休復得以白衣文士的身份參加注解杜詩，柳允謙至成宗（1470—1494 在位）時則組織領導了諺解杜詩的工作。

（四）杜詩傳承

據曹伸（1454—1528）③《謏聞瑣録》記載，柳方善的杜詩學是有師承的：

> 僧義砧號月窗，泰齋所從學杜詩者，柳參議允謙傳於父。泰齋，世稱能通杜詩。成廟嘗令以諺文注解杜詩，間有迂曲處，此月窗之所傳也。④

---

①柳方善《泰齋集》卷五附録《行狀》，《韓國文集叢刊》第 8 册，頁 667。
②《泰齋集》卷五附録《行狀》，《韓國文集叢刊》第 8 册，頁 667。
③曹伸生卒年據許筠《題適庵遺稿序》推斷，文中稱："曹伸者，梅溪之庶弟，生同年，月日後於偉。……年七十五，卒於金山家。"（《惺所覆瓿稿》卷五，《韓國文集叢刊》第 74 册，頁 181）梅溪曹偉生於 1454 年，卒於 1503 年；曹伸亦生於 1454 年，年七十五卒，則是 1528 年。
④曹伸《謏聞瑣録》卷二，《韓國詩話叢編》第 1 册，頁 620。

再結合上文關於卍雨的論述,可知麗末鮮初學杜詩者大概有兩系:
一系由李穡、李崇仁到卍雨;一系由月窗義砧到柳方善再到柳允
謙、柳休復。這兩系是什麼關係? 有沒有重合呢?

　　僧人月窗義砧爲麗末著名詩僧,與文人交遊廣泛,權近《贈華
嚴中德義砧序》云:

　　　　浮屠師義砧以吾座主牧隱相國詩來示予曰:我華嚴珠公
　　之徒也,子之兄南公之同門也。我雖遊方之外,縉紳先生若圃
　　隱鄭公、若齋金公、陶齋李公皆以我稍知讀書而不絶之矣。[1]

很清楚,義砧與牧隱李穡、圃隱鄭夢周、惕若齋金九容(1338—
1384)、陶隱李崇仁都有詩文往來,並爲他們所看重。現存李穡《牧
隱稿》文稿卷八有《送月窗序》、金九容《惕若齋學吟集》卷下有《送
砧上人歸金生寺》一詩,李崇仁《陶隱集》卷二有《送砧師歸山》一
首。權近的序寫於“洪武庚申(1380)夏五既望”,可推斷義砧當與
李穡等爲同輩或稍後。據李穡《送月窗序》,義砧長身釐面,多才多
藝,文武兼修,是很有個性也很有特點的僧人:

　　　　自恣後始吐言,則無蔬筍氣,詢其所自來,蓋嘗善於音律
　　者也,工於繪畫者也。其於酒也,如鯨吸川;其於棋也,如火燎
　　原;又其弄槍也,雖古驍將無及焉。其所諱而不言者,蓋不必
　　問也,而翻然舍去,面壁兀坐,步不動身,言不出口,天道再小
　　變矣。其氣之豪,其心之確,可知也。[2]

義砧與當時著名文人都有詩歌唱和,在此過程中,無論是詩歌創作
水準還是對詩歌的欣賞品鑒都應有所提高,也成爲精熟杜詩的重
要一員。

---

①權近《陽村集》卷十五,《韓國文集叢刊》第7冊,頁163。
②《牧隱稿》文稿卷八,《韓國文集叢刊》第5冊,頁66。

柳方善爲李穡的外曾孫，^①其 9 歲時，李穡方去世，所以柳方善當有從牧隱學習的可能。至 17 歲時，他又拜於李穡門生權近門下，除學習性理學外，文學造詣亦更爲精進。此外他還從義砧學杜詩，其《寄月窗上人》云："十年南北苦相思，有底浮生久別離。何日更參方丈去，焚香細讀杜陵詩。"^②二人如何相識已不可考，但泰齋曾從月窗仔細研讀學習杜詩則爲不爭之事實。世宗九年柳方善放歸故里後，集賢殿文臣常從其問學，所以他與以安平大君爲中心的文人群體也很熟悉。當世宗命集賢殿注杜詩時，他曾參與初期的準備工作，並認識了卍雨，《泰齋集》卷一有《奉贈雨千峰》一詩，詩云：

> 卓錫興天寺，禪家奕世孫。君王加禮貌，卿相謹寒暄。早透曹溪學，兼探闕里言。工詩曾破的，説法每逢原。胸次長江闊，詞華湛露繁。齊驅陶隱駕，優入幻庵門。釋苑名逾重，儒林望更尊。已能遺月指，肯復鬥風幡。寂滅爲師樂，奔馳喪我存。鼠侵藤欲絕，羊踏藥難蕃。精進功雖晚，歸依意自敦。眼思離鏡象，身愧縛塵喧。玉帶寧嫌賭，金鎞庶可援。願尋香穗去，一宿達真源。^③

詩中肯定了卍雨在禪林、儒林都負重望，贊揚了他的詩歌技藝及禪悟境界。據"卓錫興天寺"來看，該詩當寫於卍雨入住興天寺之後，即集賢殿接受世宗旨意開始注解杜詩的準備工作之時。不幸的是，柳方善不久就病逝了，"（正統）八年癸亥（1443），先生五十六歲。春，先生以風疾易簀于法泉村第，葬於鳴鳳山麓"，^④並未能真正著手杜詩的校注工作，柳休復繼承了他未竟的事業，以白衣文人

---

①《泰齋集》卷五附錄《行狀》："妣韓山郡夫人李氏，牧隱先生孫女也。洪武戊辰（1388）夏，先生生于松都之坊第。"《韓國文集叢刊》第 8 册，頁 667。

②《泰齋集》卷二，《韓國文集叢刊》第 8 册，頁 613。

③《泰齋集》卷一，《韓國文集叢刊》第 8 册，頁 585。

④《泰齋集》卷五附錄《年譜》，《韓國文集叢刊》第 8 册，頁 665。

的身份參與其中,爲時人所艷羨。

　　經以上分析,我們可以看出東國麗末鮮初對杜詩的傳承並非
兩個不相干的系統,而是錯綜複雜地交織在一起,且没有非常明晰
的傳承關係。在這兩系中,兩位僧人卍雨、義砧尤爲關鍵。義砧略
微年長,與李穡等人更多是友朋間的交誼,這點在李穡的《送月窗序》
中表現得很明顯。卍雨與他們相比已是後輩,與李穡、李崇仁更多的
是師生之誼。因爲兩位僧人與李穡、李崇仁都相識,所以這兩系從開
始就呈現交織狀態。此後柳方善從義砧、權近學習,又與卍雨相識;
柳休復從方善學,又與卍雨共事集賢殿。可以説到柳方善時兩系已
經慢慢合二爲一了。爲了更清楚地表示他們之間的關係,圖示如下
(實線表示明確的師承關係,虛線表示交遊影響關係):

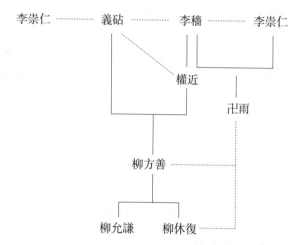

這兩條線上的人互相認識,甚至是師生、友朋或曾經共事,彼此間
有很多機會交流對杜詩的感受,這樣的切磋、學習對杜詩在東國的
傳播,對東國之人更準確地理解杜詩都大有裨益。至此,東國無論
是校注杜詩還是翻譯杜詩都有了比較充分的條件與基礎,這才能
在世宗朝完成《纂注分類杜詩》、在成宗朝完成《分類杜工部詩諺
解》這樣的文化工程。

二　《纂注分類杜詩》底本分析

在確定校注杜詩的機構及人選後，接著就要收集各種杜詩版本並加以選擇了。世宗要求"購杜詩諸家注於中外"，可見朝鮮朝文臣在注解杜詩前已做了大量資料積累的工作。那當時的"諸家注"有哪些呢？

尹祥在《刻杜律跋》中提及曹致曾"得會箋一部於星州教授韓卷"，成宗在命令柳允謙、金訢等諺解杜詩時稱："杜詩，諸家之注詳矣。然會箋繁而失之謬，須溪簡而失之略。""會箋"當爲蔡夢弼《杜工部草堂詩箋》，"須溪"則爲劉辰翁批點杜工部詩。朝鮮朝與中國的文化交流極爲廣泛，就書籍而言，除了中國朝廷賜書外，朝鮮還從中國求購大量書籍，兩國民間的商人、文士也會帶書入朝鮮，所以朝鮮不但能及時獲得中國出版的圖書，甚至有可能還保存了一些在中國國內已不見的善本圖書。[1] 可以想見，當時也有多種杜詩版本流入了朝鮮，因此，除了上面提到的兩種外，朝鮮的杜詩版本情況要豐富得多也複雜得多。[2]

---

[1] 如《增補文獻備考》卷二百四十二《藝文考一》在總論"歷代書籍"時稱："宣宗八年(1091)，户部尚書李資義、禮部侍郎魏繼廷等還自宋，奏曰：帝聞我國書籍多好本，命館伴書所求書目授之。仍曰：雖有卷第不足者亦須傳寫附來。凡一百二十八種。"(弘文館纂輯校正，刊寫地未詳，1908 年，第 48 冊，頁 3b) 此爲高麗朝事，《高麗史·宣宗世家》亦有記載。中國與朝鮮朝的交流更爲廣泛，應該也有一些書籍只留存在朝鮮。

[2] 據李立信《杜詩流傳韓國考》第三章《韓國歷代編注刊印及研究杜詩概況》、全英蘭《韓國詩話中有關杜甫及其作品之研究》第一章第一節第一點《高麗、朝鮮朝所刊行之杜詩著作》、沈慶昊《〈纂注分類杜詩〉解題》及李丙疇《杜詩的比較文學研究》所言，在《纂杜》之前，朝鮮刊行的杜詩集有宋魯訔編次、蔡夢弼會箋的《杜工部草堂詩箋》，宋黃希、黃鶴注《黃氏集千家注杜工部詩史補遺》，元鄭韶編次、范梈批選的《杜詩范德機批選》初刻本。實際上傳入東國的杜詩版本遠不止這三種。

　　《纂杜》爲分門編次的杜詩集，全書二十五卷，分七十一門：紀行、述懷、疾病、懷古、古迹、時事、邊塞、將帥、軍旅、宮殿、宮詞、省宇、陵廟、居室、鄰里、題人居室、田圃、皇族、世胄、宗族、外族、婚姻、仙道、隱逸、釋老、寺觀、四時（實指春）、夏、秋、冬、節序（千秋節附）、晝夜、夢、月（星、河附）、雨雪、雲雷、山嶽、江河（陂池、溪潭附）、都邑、樓閣、眺望、亭榭、園林、果實、池沼、舟楫、橋梁、燕飲、文章、書畫、音樂、器用、食物、鳥、獸、蟲、魚、花、草、竹、木、投贈、簡寄、懷舊、尋訪、酬答、惠貺、送別、慶賀、傷悼、雜賦，共收詩 1447 首。將《纂杜》與現存的分類編次的杜詩集相較，其分類、編次、篇目與題徐居仁編次、黃鶴補注的《集千家注分類杜工部詩》（以下簡稱《集千家注》）①完全一致。② 只有二十五題有個別字的差異，列表比較如下：

書名 卷次	《纂注分類杜詩》	《集千家注分類杜工部詩》
卷五	喜聞官軍已臨賊境	喜聞官軍已臨賊寇
卷八	狂歌行贈四兄	狂歌行贈四只
	送舍弟穎赴齊州三首	送舍弟頻赴齊州三首
	送大理封主簿親事不合	送大理封主簿親事不答
卷十	春水生二首	春水生二
	七月三日晚涼呈元二十一曹長	七月三日晚涼呈元二十一曹

①本書所用徐居仁編次、黃鶴補注《集千家注分類杜工部詩》見黃永武編《杜詩叢刊》（大通書局，1974 年）第一輯第 10—12 冊，據元皇慶元年(1312)建安余氏勤有堂刊、元末葉氏廣勤堂印本影印。

②《集千家注分類杜工部詩》在目錄前有一"門類"，與目錄相比，無"疾病"、"題人居室"兩門，又將"夏"、"秋"、"冬"三門合併入"四時"，"星河"爲獨立一門，"陂池"、"溪潭"二門從"江河"中分出，"絶句"、"歌"、"行"從"雜賦"中分出，這樣"門類"比目錄少了五門，多了六門，就成爲我們常説的七十二門類。

續表

書名 卷次	《纂注分類杜詩》	《集千家注分類杜工部詩》
	早秋苦熱堆案相仍	早秋苦熱堆按相仍
卷十一	返照	反照
卷十四	登牛顧山亭子	登牛頭山亭子
卷十五	陪李七司馬皂江上觀造竹橋即日成往來之人免冬寒入水聊題短作簡李公二首	陪李七司馬皂江上觀造竹橋即日成往來之人免寒入水聊題短作簡李公二首
	蘇端薛復筵簡薛華	蘇端薛使筵簡薛華
	冬末以事之東都湖城東遇孟雲卿復歸劉顥宅宿宴飲散醉歌	湖城東遇孟雲卿復歸劉顥宅宿宴飲散醉歌
	與鄠縣源大少府宴漢陂	與鄠縣源大少府宴渼陂
卷十六	槐葉冷淘	槐葉冷
	秋日阮隱居致薤三十水束	秋日阮隱居致薤三十水
卷十七	房兵曹胡馬	房兵曹胡馬詩
卷十九	暮秋枉裴道州手札率爾遣興寄遞呈蘇侍御	暮秋枉裴道州手札率爾遣興寄近呈蘇侍御
卷二十	寄彭州高使君虢州岑長史三十韻	寄彭州高使君虢州岑長史三十韻
卷二十一	奉待嚴大夫	奉侍嚴大夫
	奉贈嚴八閣老	奉贈嚴八閣
	赴清城縣出成都寄陶王二少尹	赴清城縣出成都寄陶王三二少尹
	戲寄崔評事表姪蘇五表弟韋大少府諸姪	戲寄崔評事表姪蘇五表弟韋大少府諸姝
	題鄭十八著作丈	題鄭十八著作主人

書名 卷次	《纂注分類杜詩》	《集千家注分類杜工部詩》
卷二十三	奉送蘇州李二十五長吏丈之任	奉送蘇州李二十五長史丈之任
	送田四弟將軍將夔州柏中丞命 起居江陵節度陽城郡王衛公幕	送田四弟將軍夔州柏中丞命起 居江陵節度陽城郡王衛公幕

　　除了表格中的二十五首詩題略有差異外，還有篇目次序稍有不同的地方，《集千家注》卷十六《除架》在前，《廢畦》在後，《纂杜》正好相反。卷十七《集千家注》有《杜鵑行》《杜鵑行》《杜鵑行》(新添)三首，《纂杜》則爲《杜鵑》《杜鵑行》《杜鵑》(新添)三首。

　　上文表格中《集千家注》的目次缺字、誤字較多，《纂杜》應是有針對性地對目次中的錯誤進行了糾正，如《秋日阮隱居致薤三十束》一首，在《集千家注》目次中詩題爲《秋日阮隱居致薤三十水》，《纂杜》中作《秋日阮隱居致薤三十水束》，很明顯地留下了糾錯的痕迹。又如《纂杜》目次中的《與鄠縣源大少府宴漢陂》《寄彭州高使君號州岑長史三十韻》《奉送蘇州李二十五長吏丈之任》，三題中加點的字應分別爲"渼"、"虢"、"史"。在正文中，《秋日阮隱居致薤三十束》與這三首詩的詩題都是正確的。

　　由於《纂杜》在分類、編目上都與《集千家注》完全一致，我們基本可以斷定《集千家注》就是集賢殿諸臣[1]用以注解杜詩的底本。詩集分門編次，後人多有批評，王國維云："杜詩須讀編年本，分類本最可恨，偶閱數篇注，支離可哂。少陵名重身後，乃遭此酷，真不幸也。"[2]萬曼云："分類本，最爲宋人陋習。"[3]周采泉云："詩集分門類，爲編

---

[1] 當時參加注杜詩者人員構成比較複雜，除集賢殿諸人，還有釋子、白衣文士等，爲了行文的方便，下文將這些人統稱爲"集賢殿諸臣"。

[2] 王國維《王國維遺書》第三册《觀堂別集》卷三《宋刊分類集注杜工部詩跋》，上海書店出版社，1983年，頁159。

[3] 萬曼《杜集叙錄》，載《杜甫研究論文集》三輯，中華書局，1963年，頁327。

詩之下乘。"①此類批評更多著眼於作者與作品，分類編排的確會割裂創作的完整性，從而難以考察作者的時代、生平、情感變化以及詩藝進展等，也就很難從整體上對詩人、詩作進行把握與評價；但如果換個角度，就閱讀、學習而言，詩作按題材或體裁分門別類，便於"查考和就題摹擬"，②也可以幫助讀者體悟同類別詩作的結構、層次、情感表達、修辭手法、典故運用等，從而在比較中更好地學習詩歌的寫作技巧，這應該是集賢殿諸臣選擇《集千家注》爲底本的原因之一。

徐氏《集千家注》爲僞書，周采泉《杜集書録》稱此書"殆與現存之《分門》本異流同源，蓋坊賈取次《分門》本及《集百家注》等，附益黃、蔡二家之注，雜糅而成此編，非出於通人之手也"。③《杜集書目提要》也稱："宋元杜詩諸本，此書成因最爲複雜，以今見諸本及諸家題録度之，乃坊賈取黃氏補注本，依徐居仁分類本排列，采擷蔡夢弼本、劉辰翁評點本，增益而成。"④結合二家所言，我們可以知道《集千家注》是分類集注本，收入了黃希、黃鶴補注、蔡夢弼會箋、劉辰翁批點等宋元間重要的杜詩研究成果。其"最爲複雜"也最爲豐富，據書中所列"集注姓氏"，"始韓愈、元稹，終以文天祥、謝枋得、劉會孟，共一百五十六家"，⑤這也就成爲集賢殿諸臣以之爲底本的另一重要原因。關於《集千家注》是否僞書，當時無論是中國人還是朝鮮朝人，對此並無認識。

《纂杜》雖以《集千家注》爲底本，並非全部轉録，而有較大的改動。以《北征》爲例，《集千家注》詩題下有"洙曰、鮑曰、蘇曰、黃庭堅曰、鶴曰"數家注解，《纂杜》在詩題下爲"洙曰、鮑曰、東坡曰、詩

---

①周采泉《杜集書録》卷十一，上海古籍出版社，1986 年，頁 654。

②《杜集叙録》，載《杜甫研究論文集》三輯，頁 327。

③《杜集書録》卷十一，頁 664。

④鄭慶篤等編著《杜集書目提要》，齊魯書社，1986 年，頁 41。

⑤《杜集叙録》，載《杜甫研究論文集》三輯，頁 331。

眼曰",二家有相同之處,王洙與鮑彪注解的内容完全一致,但相異
之處也很多:《纂杜》無黄鶴補注;將"蘇曰"改爲"東坡曰";《集千家
注》的黄庭堅語摘自《詩眼》,《纂杜》因而直接轉録《詩眼》中更爲詳
細具體的内容。再將《纂杜》詩題中的"東坡曰"、"詩眼曰"與現存
其他杜詩注解本比較,會發現與劉辰翁批點、高楚芳編次的《集千
家注批點補遺杜工部詩集》(以下簡稱批點本)①完全相同,可以推
斷集賢殿諸臣在注解杜詩時曾參照批點本。關於此點還有更爲有
力的證據,《集千家注》在"集注杜工部詩姓氏"中列舉了劉辰翁的
名字,但在實際操作中並没有收録劉氏評點,《纂杜》在《北征》一詩
中則有四條劉氏批語:

> "甘苦齊結實。"批:長篇自然不可無此。(卷一,第 1 册,
> 頁 104)②

> "殘害爲異物。"批:秋(愁)結中得從容諷刺語,此大篇興
> 致。(卷一,第 1 册,頁 106)

> "新歸且慰意,生理焉得説。"批:《北征》精神全得一段畫
> 意,他人窘態有甚不能自言,又羞置勿道。(卷一,第 1 册,頁
> 110)

> "園陵固有神,掃灑數不缺。"批:謂每有喪亂終必反正。
> (卷一,第 1 册,頁 115)

此四條不見於《集千家注》,與批點本相校,除了"愁"誤爲"秋"外,
其他内容完全相同。由此可推斷,《纂杜》吸收了批點本中的劉辰
翁評點,並使其成爲書中出現頻率較高的一家。同樣值得注意的
是,《纂杜》中的劉辰翁評點,有些並不見於批點本,如《夢李白二

---

①本書所用劉辰翁批點、高楚芳編次《集千家注批點補遺杜工部詩集》見黄永
　武編《杜詩叢刊》(大通書局,1974 年)第一輯第 6—9 册,據明嘉靖己丑(八
　年,1529)靖江王府刊本影印。
②本章引用《纂注分類杜詩》只在文中標明卷數、册數、頁碼,不再一一出注。

首》之一“水深波浪闊，無使蛟龍得”一句下，《纂杜》中有劉批：“言蛟龍則又因應歷江湖而言，下篇‘舟楫’語同意。”（卷十一，第 3 册，頁 112）此條不見於批點本，但在《須溪批點杜工部詩》中有相同内容。可見，集賢殿諸臣非常重視劉辰翁批點，在收録劉評時除了批點本外還參照了劉評的其他版本，儘可能做到全面而詳盡。

除了劉辰翁評點，《纂杜》還引用了魯訔編次、蔡夢弼會箋的《杜工部草堂詩箋》（以下簡稱《草堂詩箋》）①的内容。上文已論及《纂杜》以《集千家注》爲底本，而蔡夢弼注解是《集千家注》中的重要一家，同樣，“夢弼曰”在《纂杜》中也是出現最多的數家之一，但二本相較，兩家的“夢弼曰”並不完全相同。有的《纂杜》對《集千家注》做了删簡，如：

山果多瑣細，羅生雜橡栗。

《纂杜》夢弼曰：《高唐賦》：“芳草羅生。”晋虞摯流離鄠杜間，拾橡栗而食。（卷一，第 1 册，頁 103）

《集千家注》夢弼曰：《西京賦》：“珍物羅生。”《高唐賦》：“芳草羅生。”後漢李恂徙居新安，拾橡實以自資。晋虞摯流離鄠杜間，拾橡栗而食。②

又如“青雲動高興，幽事亦可説”一句在《集千家注》中有“夢弼曰”，而在《纂杜》中則無。這些都比較容易理解，集賢殿諸臣在注解杜詩時以《集千家注》爲底本，又有所取捨，做了一些選擇簡汰、删繁就簡的工作。但這還不能完全解釋《纂杜》中出現的問題，因爲《纂杜》中的“夢弼曰”很多不見於《集千家注》，或者内容要比《集千家注》要豐富。如：

至尊尚蒙塵。

---

①本書所用《杜工部草堂詩箋》見王雲五主編《叢書集成初編》（商務印書館，1985 年）第 2220—2231 册，據《古逸叢書》本影印。
②《集千家注分類杜工部詩》卷一《北征》，頁 141。

《纂杜》夢弼曰：至尊謂肅宗也，蒙塵謂暴露也。左傳·僖公二十四年：天子蒙塵于外。（卷一，第 1 冊，頁 110）

《集千家注》夢弼曰：至尊謂肅宗也，蒙塵謂暴露也。[1]

除此以外，更多的内容則是"夢弼曰"只見於《纂杜》而不見於《集千家注》，如《纂杜》中"詔許歸蓬蓽"、"君誠中興主"、"人烟眇蕭瑟"、"屢得飲馬窟"、"邠郊入地底"、"緬思桃源内"、"顛倒在短褐"、"老夫情懷惡"、"移時施朱鉛"、"聖心頗虛佇，時議氣欲奪"、"昊天積霜露"、"胡命其能久"、"憶昨狼狽初"、"周漢獲再興，宣光果明哲"、"淒涼大同殿，寂寞白獸闥"等數句下的"夢弼曰"就是這樣的情況。再將此數句與《草堂詩箋》相校，則可找到幾乎完全相同的蔡夢弼注解。如：

詔許歸蓬蓽。

《纂杜》夢弼曰：蓬門蓽户，甫言所居三川是也。（卷一，第 1 冊，頁 100）

《集千家注》無。

《草堂詩箋》：蓬門蓽户，甫自言所居三川是也。

人烟眇蕭瑟。

《纂杜》夢弼曰：曹植送應氏詩"中野何蕭條，千里無人烟"。（卷一，第 1 冊，頁 102）

《集千家注》無。

《草堂詩箋》：曹植送應氏詩"中野何蕭條，千里無人烟"。[2]

《纂杜》中的"夢弼曰"與《草堂詩箋》如此接近，我們甚至可以大膽推斷，《纂杜》中的"夢弼曰"是從《草堂詩箋》直接轉錄，並没有經過《集千家注》這一中介。

又如《纂杜》中《北征》一首下文的兩條"夢弼曰"：

---

①《集千家注分類杜工部詩》卷一《北征》，頁 144。
②《杜工部草堂詩箋》卷十一《北征》，頁 419。

坡陀望鄜畤。

《纂杜》夢弼曰:坡陀,高大貌。鄜音孚;畤,諸市切,祭天所也。前漢郊祀志:秦文公東獵汧、渭,夢黃蛇自天下屬地,其口止於鄜衍。文公問史敦,敦曰:"此上帝之徵,君其祠之。"於是作鄜畤,用三牲郊祭白帝焉。(卷一,第1冊,頁105)

《草堂詩箋》:鄜音孚;畤,諸市切,祭天所也。前漢郊祀志:秦文公東獵汧、渭,夢黃蛇自天下屬地,其口止於鄜衍。文公問史敦,敦曰:"此上帝之徵,君其祠之。"於是作鄜畤,用三牲郊祭白帝焉。

谷巖互出没。我行已水濱。我僕猶木末。

《纂杜》夢弼曰:時甫家在鄜,故甫喜望鄜畤,而見其巖谷迭相出没,心欲速至,故先行已到水濱,而僕從遲在木末也。(卷一,第1冊,頁105)

《草堂詩箋》:坡陀,高大貌。時甫家在鄜,故甫喜望鄜畤,而見其巖谷迭相出没,心欲速至,故先行已到水濱,而僕從遲在木末也。鄜畤乃漢武祭祀之田,在鄜州以祀太一。[①]

由這兩條同樣可看出《纂杜》的"夢弼曰"對《草堂詩箋》進行了整合與删簡,内容基本一致,而《集千家注》中這兩句並没有"夢弼曰","坡陀望鄜畤"一句下的注解尤爲繁複:

坡陀望鄜畤。

《集千家注》鄭曰:鄜,芳無切。畤,諸市切。

洙曰:鄜畤,漢武郊祀之所,春秋時白狄之地。

修可曰:前郊祀志:秦文公夢黃蛇自天而下屬地,其口止於鄜衍。文公問吏敦,敦曰:"此上帝之徵,君祠之。"於是作鄜畤,用三牲郊祀白帝焉。以此考之,鄜畤乃文公所作,非漢武也。[②]

---

①《杜工部草堂詩箋》卷十一《北征》,頁420、421。
②《集千家注分類杜工部詩》卷一《北征》,頁142。

這三家注解與《纂杜》有很大區別，由此亦可以推斷《纂杜》中的"夢弼曰"應直接源於《草堂詩箋》。

《纂杜》中劉辰翁批點與蔡夢弼注解的情況比較複雜，集賢殿諸臣較多地參照了批點本與《草堂詩箋》，與此相類的還有《纂杜》中大量出現的趙次公注解。"趙曰"多與《集千家注》一致，如：

> 雖乏諫諍姿，恐君有遺失。
>
> 《纂杜》趙曰：甫不忍輕去其君，恐君又有過而欲諫之。（卷一，第 1 冊，頁 101）
>
> 《集千家注》趙曰：甫不忍輕去其君，恐君又有過而欲諫之。①

但另一方面，"趙曰"也有很多見於《纂杜》而不見於《集千家注》者，如：

> "君誠中興主。"趙曰：中興主指言肅宗也。（卷一，第 1 冊，頁 101）
>
> "緬思桃源內。"趙曰：今見其果實而思之也。（卷一，第 1 冊，頁 105）
>
> "見耶背面啼，垢膩脚不韈。"趙曰：見耶背面啼，使"耶"字乃出《木蘭詩》"不聞耶娘喚女聲"。垢膩脚不韈，王祺（琪）以爲轉石於千仞山之勢。（卷一，第 1 冊，頁 107）

以上三條都不見於《集千家注》，而在郭知達編《九家集注杜詩》（以下簡稱《九家注》）②中都可找到相似的"趙曰"，只是《纂杜》在引用時略有簡省。如"緬思桃源內"一句《九家注》中趙次公注解爲："桃

---

① 《集千家注分類杜工部詩》卷一《北征》，頁 140。
② 本書所用郭知達編《九家集注杜詩》見黃永武主編《杜詩叢刊》（大通書局，1974 年）第一輯第 1—5 冊，據文瀾閣四庫全書本影印。此處所引三條見《九家集注杜詩》卷三《北征》，頁 221、223、225。

源在鼎州，陶潛有記有詩，今因見果實而思之也。"①相比而言，《纂杜》的引用要簡單很多，也更爲明瞭。

更爲有趣的是，集賢殿諸臣似乎爲了强調《纂杜》引用的趙次公注與《集千家注》有區别，全書共有 46 條標明"補注趙曰"，《北征》中有兩條：

> "顚倒在短褐。"補注趙曰：短褐字長短之短。班彪論云：貧者衣短褐。（卷一，第 1 册，頁 108）

> "事與古先别。"補注趙曰：蓋謂古先亦有衰亂，而今日與之殊别焉。其殊别者何也？奸臣如楊國忠既誅，其黨與失勢而蕩析矣，此與古先别之一也。夏、殷亦衰矣，而褒、妲不誅，上皇乃能割情忍愛而誅貴妃，此與古先别之二也。（卷一，第 1 册，頁 113）

與上文的三條一樣，這兩條也不見於《集千家注》，而與《九家注》中的内容基本相同。② 由此同樣可以推斷，集賢殿諸臣在以《集千家注》爲底本注解杜詩時，還參照了《九家注》，並從中大量吸收了趙次公注的内容。那爲什麽從《九家注》補入的"趙曰"，有的會標明"補注"，有的則没有？ 由於没有直接資料，很難作出論斷，大概可以推測的是，《纂杜》並非成於一人之手，而是由集賢殿諸臣共同完成。這就存在兩種可能，一是因爲成於衆人之手，又無人最後把關，就導致了體例上的差别；一是在衆人完成注解後，由一人把關審閲，他再加入一些内容，並標明"補注"字樣。相對而言，前一種情況的可能性更大一些，下文在分析"補注"内容時會詳細論及。

同樣的情況也出現在了黄希、黄鶴父子的注解中。《纂杜》中

---

① 《九家集注杜詩》卷三，頁 223。
② 《九家集注杜詩》卷三，頁 226、230。"班彪論云"、"黨與"、"割情忍愛"在《九家注》中分别爲"自出班彪云"、"黨又"、"割恩捨愛"。

的黃氏父子注多見於《集千家注》，或略有減省改動，但也有不見於《集千家注》的内容，如：

> "怵惕久未出。"《纂杜》希曰："怵惕久未出，殆是久得此命而不敢行也。"（卷一，第 1 册，頁 101）

此條就不見於《集千家注》。①

綜合以上分析，我們可以清楚看出，《纂注分類杜詩》是朝鮮世宗朝文臣以徐居仁編次的《集千家注分類杜工部詩》爲底本，參照當時杜詩的重要版本——劉辰翁批點、高楚芳編次《集千家注批點補遺杜工部詩集》、郭知達編《九家集注杜詩》、蔡夢弼會箋《杜工部草堂詩箋》、黃希、黃鶴父子的《補注杜詩》等，進行編纂，再加上自己的"補注"而形成的東國第一部分類集注杜詩集。

三　《纂注分類杜詩》中的"補注"

"補注"是集賢殿諸臣在編纂杜詩時加入的部分。"補注"成於

---

① 筆者將此條與《文淵閣四庫全書》本黃希原注、黃鶴補注《補注杜詩》相校，也未能找到此條。關於四庫本《補注杜詩》，周采泉認爲："黃氏父子《補注杜詩》，爲現存宋人注杜中之較爲存眞者。然一則竄亂於蔡夢弼《草堂詩箋》中之補遺，又混淆於徐宅編次之分類本，已失黃氏之本來面目。"（《杜集書録》卷二，頁 65）萬曼也認爲："黃氏父子的補注就一面和坊行集千家注的三十六卷本發生關係，成爲《黃氏集千家注杜工部詩史》；一面又和徐居仁編次的二十五卷分類本發生關係，成爲《集千家注分類杜工部詩》。"（《杜甫研究論文集》三輯，頁 331）可知，黃氏父子補注在流傳過程中已喪失了本來面目，《集千家注》中的黃氏父子補注是其中的一部分，四庫本《補注杜詩》中的黃氏父子補注也非全部。世宗朝文臣當是參照了宋元刊本的黃氏補注，並將部分内容吸收到《纂杜》中，由於筆者暫未看到宋元刊本的黃氏父子補注，不能輕易作出論斷。

一人之手,還是成於衆人之手,很難作出判斷。其形式大概可分爲兩類:一種是交待出處的,如"補注《詩人玉屑》"、"補注趙曰",其作用是引用中國的詩話評論杜詩,或補充不見於《集千家注》的杜詩注解。一種是沒有出處的,主要是注音、解釋字詞、交待出典,並對詩句進行串講。

《纂杜》"補注"中引用的詩話内容很值得注意,不但涉及的詩話種類多、數量多,而且情況很複雜,列表如下:

詩話	數量	詩話	數量	詩話	數量
詩人玉屑	14	苕溪漁隱叢話	8	碧溪詩話	4
誠齋詩話	4	韻語陽秋	3	石林詩話	3
室中語	3	三山老人語録	2	西清詩話①	2
藝苑雌黄	2	休齋詩話	1	學林新編	1
許彦周詩話	1	滄浪詩評	1	梅聖俞金針詩格	1
唐子西語録	1	冷齋夜話	1	幕府燕閑録	1
呂氏童蒙訓	1	遁齋閑覽	1	緗素雜記	1
瑤溪集	1	螢雪叢説	1	碧溪詩話②	1
後村詩話	1	步裏客談	1	漫叟詩話	1
蔡寬夫詩話	1	劉攽詩話	1		

"補注"共引用 29 種詩話 64 條内容,另外還有未説明出處的朱子語兩條,潘邠老、王安石、蔡正孫、洪邁語各一條。集賢殿諸臣在運用這些材料時,是直接引用還是間接轉録? 這也是一個

---

① 《西清詩話》兩條,不包括"補注趙曰"中的兩條與"苕溪漁隱"中涉及的一條。
② 此條内容在《纂杜》中如下:"臨風默惆悵。"補注:"《碧溪詩話》:老杜《劍閣》詩云'吾將罪真宰,意欲鏟叠嶂',與太白'槌碎黄鶴樓,剗却君山好',語亦何異? 然《劍閣》詩意在削平僭竊,尊崇王室,凛凛有義氣。'槌碎'、'剗却'之語,但一味豪放了。故昔人論文字以意爲主。"(卷一,第 1 册,頁 169)此條在《詩人玉屑》中出自《碧溪詩話》,今本《碧溪詩話》中也確有相同内容。"碧"恐爲集賢殿諸臣筆誤。

疑問。

　　中國的詩話類作品在問世後很快傳入東國，受此影響，東國在高麗朝就出現了第一部詩話，即李仁老的《破閑集》。到世宗朝注解杜詩時，究竟有多少種中國詩話傳入東國，集賢殿諸臣親眼過目的詩話又有多少，已很難確知。稍後的曹伸在《謏聞瑣録》中稱：

> 　　中國文籍日滋月益，編録紀載之多無慮千百，如段成式《酉陽雜著（俎）》、張鷟《朝野僉載》、嚴有翼《藝苑雌黄》、沈括《筆談》、歐公《詩話》《歸田録》《後山詩話》、惠洪《冷齋詩話》、蔡寬夫《詩話》《唐子西語録》《吕氏童蒙訓》《陵陽室中語》《王直方詩話》《潘子直詩話》、蔡絛《西清詩話》、范元寔《詩眼》、葛常之《韻語陽秋》、莊季洛《鷄肋編》、趙與時《賓退録》、伍雲《鷄村志》《許彦周詩話》《復齋漫録》、趙德麟《侯鯖録》《桐江詩話》《漁隱叢話》《雪浪齋日記》《石林詩話》《遯齋閑覽》《高齋詩話》《漫叟詩話》《隱居詩話》《古今詩話》《滄浪詩評》《容齋隨筆》《緗素雜記》《青箱雜記》《學林新編》、陶宗儀《輟耕録》、吾衍《閑居録》、瞿佑《翦燈新話》、李昌琪《翦燈餘話》之類，嘉言善行，奇怪文雅，評論無遺。吾東方罕見，而僅有著載，傳之不遠。今存酠（此字或爲“麗”字之誤）代之小説惟李仁老《破閑集》、崔滋《補閑集》、益齋《櫟翁稗説》而已，抑有之而不傳播，使後生未得見邪？是可歎已。①

曹伸所列書目有詩話也有小説，有部分爲明代典籍，如瞿佑《翦燈新話》等，大部分還是宋、元兩代的作品，有一些就出現在了《纂杜》中。

　　除了曹伸所列書目外，當時還有其他的詩話集傳入朝鮮朝，姜希孟（1424—1483）《東人詩話序》云：

----

① 《謏聞瑣録》卷三，《韓國詩話叢編》第 1 册，頁 640。

　　蓋詩不可舍評而袪疵，醫不可棄方而療疾。自雅亡而騷，
騷而古風，古風而律，衆體繁興而評者亦多，如《總龜集》《苕溪
叢話》、菊莊《玉屑》等編，議論精嚴，律格備具，實詩家之良
方也。①

姜希孟提到的是宋代三部重要詩話彙編集：阮閱的《詩話總龜》、胡
仔的《苕溪漁隱叢話》、魏慶之的《詩人玉屑》。

　　詩話種類繁多，但集賢殿諸臣真正能見到的可能並不多，當他
們需要運用詩話材料時，詩話彙編本無疑極大地方便了他們的查
找、閱讀，因此，《詩人玉屑》與《苕溪漁隱叢話》就成爲集賢殿諸臣
的重要資料庫。在《纂杜》中，集賢殿諸臣直接標出了 29 種詩話，
實際上所引內容基本是從《詩人玉屑》或《苕溪漁隱叢話》轉錄而
來，而《詩人玉屑》的影響又更大一些。如：

　　《自京赴奉先縣詠懷五百字》：補注："《碧溪詩話》云：《孟
　子》七篇，論君與民者居半，其欲得君，蓋以安民也。觀杜陵詩
　云'窮年憂黎元，歎息腸內熱'，又云'誰能扣君門，下令減征
　賦'，《寄柏學士》詩'幾時高議排金門，長使蒼生有環堵'，《屋
　爲秋風所破歌》'安得眼前突兀見此屋，寧令吾茅廬獨破受凍
　死亦足'，見其志，大庇天下，仁心廣大，真得孟子之所存矣。
　東坡問老杜何如人，或言似司馬遷，但能名其詩耳；吾謂老杜
　似孟子，蓋原其心也。"（卷二，第 1 册，頁 291）

這段話在《詩人玉屑》中爲：

　　《孟子》七篇，論君與民者居半，其欲得君，蓋以安民也。
　觀杜陵詩云"窮年憂黎元，歎息腸內熱"，又云"誰能扣君門，下
　令減征賦"，《寄梅學士》詩"幾時高議排金門，長使蒼生有環
　堵"，《茅屋爲秋風所破歌》"安得眼前突兀見此屋，寧令吾廬獨

①姜希孟《私淑齋集》卷八，《韓國文集叢刊》第 12 册，頁 118。

破受凍死亦足"，見其志，大庇天下，仁心廣大，真得孟子之所
存矣。東坡問老杜何如人，或言似司馬遷，但能名其詩耳；吾
謂老杜似孟子，蓋原其心也。《碧溪》①

只比《纂杜》中的諸臣補注詩題多了一個"茅"字，引文少了一個
"茅"字，而"梅"當爲"柏"字之誤。再將《纂杜》中的這一段內容直
接與《碧溪詩話》相校，差別則大得多：

> 《孟子》七篇，論君與民者居半，其餘欲得君，蓋以安民也。
> 觀杜陵"窮年憂黎元，歎息腸內熱"，（省略）"誰能叩君門，下令
> 減征賦"，《寄柏學士》云"幾時高議排君門，各使蒼生有環堵"，
> "寧令吾廬獨破，受凍死亦足"，而志在大庇天下寒士，其心廣
> 大，（省略）真得孟子所存矣。東坡問老杜何如人，或言似司馬
> 遷，但能名其詩耳。愚謂老杜似孟子，蓋原其心也。②

《纂杜》除刪簡了兩段話，有個別字的增減、改動外，"見其志，大庇
天下，仁心廣大"與"而志在大庇天下寒士，其心廣大"的差異是顯
而易見的。

　　下面的例子可以更清楚地看出《纂杜》中詩話轉錄的情況：

> 《陪鄭廣文遊何將軍山林十首》："綠垂風折筍，紅綻雨肥
> 梅。"補注："碧溪曰：世俗喜綺麗，知文者能輕之；後生好風花，
> 老大即厭之。然文章論當理與不當理耳，苟當於理，則綺麗、
> 風花同入於妙；苟不當理，則親切皆爲長語。上自齊梁諸公，
> 下自劉夢得、溫飛卿輩，往往以綺麗、風花累其正氣，其過在於
> 理不勝而詞有餘也。老杜云'綠垂風折筍，紅綻雨肥梅'、'岸

---

① 魏慶之編，王仲聞校勘《詩人玉屑》（下）卷十四，上海古籍出版社，1978年，頁
　303。
② 黃徹撰《碧溪詩話》卷一，丁福保輯《歷代詩話續編》（上），中華書局，2006年，
　頁347。

花飛送客，檣燕語留人'，亦極綺麗，其模寫景物意自親切，所
以絕妙古今。至於言春容閑適，則有'穿花蛺蝶深深見，點水
蜻蜓款款飛'、'落花遊絲白日靜，鳴鳩乳燕青春深'；言秋景悲
壯，則有'藍水遠從千澗落，玉山高並兩峰寒'、'無邊落木蕭蕭
下，不盡長江袞袞來'；其富貴之詞，則有'香飄合殿春風轉，花
覆千官淑景移'、'麒麟不動爐烟轉，孔雀徐開扇影還'；其吊
古，則有'映階碧草自春色，隔葉黃鸝空好音'、'竹送清溪月，
苔移玉座春'，皆出於風花，然窮盡性理，移奪造化。又云'絕
壁過雲開錦繡，疏松隔水奏笙簧'。自古詩人，巧即不壯，壯即
不巧。巧而能壯，乃如是也。"（卷十五，第 3 冊，頁 391）

在詩話集中，《苕溪漁隱叢話》有這段內容，但標明出自《詩眼》；①
《詩人玉屑》中除了引文中加點的"親切"作"一切"，其他完全一致，
並説明出自"碧溪"，②實際現存《碧溪詩話》中並無此條。由此可
見，《纂杜》此條是由《詩人玉屑》轉録而來，因受其影響，也標明"碧
溪曰"。

《纂杜》中還有一條也有相似的情況：

　　《遊龍門奉先寺》："天闕象緯逼，雲卧衣裳冷。"補注："《石
　　林詩話》：'天闕象緯逼，雲卧衣裳冷'，先生詩該衆美者，不惟
　　近體嚴於屬對，至於古風句對者亦然，觀此詩可見矣。近人論
　　詩多以不必屬對爲高古，何耶？少陵詩正異。"（卷九，第 2 冊，
　　頁 404）

現存《石林詩話》不見此條，《詩人玉屑》中標明出處爲《少陵詩正
異》。③　諸臣在編纂杜詩時，此條亦是從《詩人玉屑》轉録，但在轉録

---

①胡仔編纂，廖德明校點《苕溪漁隱叢話・前集》卷十《杜少陵五》，人民文學出
　版社，1984 年，頁 66。
②《詩人玉屑》（上）卷十，頁 222。
③《詩人玉屑》（上）卷七，頁 168。

時將"少陵詩正異"誤認爲是正文中的一句話，所以又另外編造了一個出處。①

　　其他在《纂杜》中標明出自《許彥周詩話》《石林詩話》《唐子西語録》《藝苑雌黄》的内容實際上都更接近《詩人玉屑》與《苕溪漁隱叢話》。

　　除了《詩人玉屑》與《苕溪漁隱叢話》，集賢殿諸臣還集中引用了另一部詩話，即蔡正孫的《詩林廣記》。雖然"補注"的所有内容中並没有出現《詩林廣記》一書，蔡正孫的名字也只出現一次，好像《纂杜》只引用了書中的一句話，實際並非如此。如：

> 《羌村三首》：補注："誠齋云：杜子美《羌村》詩，讀之真有一倡三歎之聲。《幕府燕閑録》云：盛文肅夢朝上帝，見殿上執扇有題詩云：'夜闌更秉燭，相對如夢寐。'意其爲天人詩，識之。既寤，以語客，乃杜甫詩也。《三山老人語録》云：《羌村》詩'夜闌更秉燭，相對如夢寐'，一小説謂有人過驪山，夢明皇稱美此二句。然子美詩云'世亂遭飄蕩，生還偶然遂'，乃有'秉燭'之語。則致世之亂者誰邪？明皇得不慚乎？猶誦其語而譽之，可謂無恥矣。此小説之所以無稽也。"（卷二，第 1 册，頁 343）

這一段涉及楊萬里語、《幕府燕閑録》《三山老人語録》，其中楊萬里語見於《誠齋詩話》，《幕府燕閑録》《三山老人語録》的内容見於《苕溪漁隱叢話》，但文字都與"補注"有較大不同，在《詩林廣記》中却有與"補注"完全一致的内容。② 又如：

---

① 《苕溪漁隱叢話・前集》卷八《杜少陵三》（頁 51）中也有相同的内容，並很清楚地指明"《少陵詩正異》云"，所以可以推想諸臣不是由《苕溪漁隱叢話》轉録，否則不會發生這樣的誤讀。

② 蔡正孫撰，常振國、降雲點校《詩林廣記》前集卷二，中華書局，1982 年，頁39。

　　《戲作花卿歌》:補注:"《苕溪叢話》云:細考少陵此歌,想
花卿當時在蜀中,雖有一時平賊之功,然驕恣不法,人甚苦之,
故子美不欲顯言之,但云:'人道我卿絕世無。既稱絕世無,天
子何不喚取守京都。'語句含蓄,其意蓋可知矣。《西清詩話》
云:有病瘧者,子美曰:'吾詩可以療之。'病者曰:'云何?'曰:
'夜闌更秉燭,相對如夢寐。'其人誦之,瘧猶故也。子美曰:
'更誦吾詩云:子璋髑髏血模糊,手持擲還崔大夫。'其人誦之,
果愈。胡苕溪云:世傳杜子美詩可以愈瘧,此未必然。蓋其辭
意典雅,讀之者脫然不覺沉痾之去體也。好事者乃爲此論,殊
可笑。借使瘧誠有鬼,若知杜詩之佳,是賢鬼也,豈復屑屑求
食於嘔泄之間哉? 觀子美有詩云:'三年猶瘧疾,一鬼不銷亡。
隔日搜脂髓,增寒抱雪霜。'則是疾也,杜陵正自不免耳。"(卷
五,第 1 册,頁 663)

這一段引用了《苕溪漁隱叢話》《西清詩話》的内容,實際上二書及
《詩人玉屑》中都只有意思近似的部分,文字差别很大,但在《詩林
廣記》中這一條也是一字不差完全相同。① 甚至連《苕溪漁隱叢話》
的内容如見於《詩林廣記》,《纂杜》都會直接轉録,如:

　　《秋雨歎》:補注:"胡苕溪云:杜子美《秋雨歎》有三篇,其
第一篇語意尤爲感概,意必東坡所書於壁者云。"(卷十二,第 3
册,頁 154)

　　《詩林廣記》:胡苕溪云:杜子美《秋雨歎》有三篇,其第一
篇語意尤爲感概,意必東坡所書於壁者云。②

　　《苕溪漁隱叢話》:苕溪漁隱曰:子美《秋雨歎》有三篇,第
一篇尤感慨,必東坡所書者。③

---

①《詩林廣記》前集卷二,頁 28。
②《詩林廣記》前集卷二,頁 29。
③《苕溪漁隱叢話·後集》卷六《杜子美二》,頁 38。

其間的同與異非常明顯。

經以上分析可以看出，"補注"中引用的詩話内容看似很複雜，實際上主要來源於《詩人玉屑》《苕溪漁隱叢話》與《詩林廣記》，而《詩林廣記》又尤爲重要，集賢殿諸臣至少引用了其中的 13 條内容。[①]

《纂杜》中引用的詩話内容很豐富，除標明"補注"的幾十條外，還有不少未標"補注"二字，如：

> 《北征》："不聞夏殷衰，中自誅褒妲。"胡仔元任曰："褒姒，周幽王后也。夏字疑誤，當作商周。"（卷一，第 1 册，頁 113）

情況與標明"補注"的部分相類，並無特別之處。

再來看看"補注"中標明人物姓氏的注解内容，這一部分包括：趙曰 46 條，何曰 12 條，[②]劉曰 2 條，胡曰、蘇曰、師曰各 1 條。

如上文所論，"趙曰"爲趙次公注解，與《九家注》基本一致，只有少數有字詞差異，《自京赴奉先縣詠懷五百字》中的一條差異比較明顯：

> "恐觸天柱折。"補注："趙曰：'北轅就涇渭'，則因經度涇渭，見以冰之崒屼，其狀如崆峒山之流來。崆峒固不能冰，而山蓋有飛走徙移，則有來之理矣。既冰爲崆峒山之來，則又可寓言其觸天柱矣。此詩人張大之勢也。"（卷二，第 1 册，頁 288）

---

① 張伯偉在《〈東人詩話〉與宋代詩學》一文（《中國詩學》第八輯，人民文學出版社，2003 年 6 月）論及徐居正《東人詩話》多受宋人詩話影響時稱："《東人詩話》中涉及的宋代詩話種類頗多，但我認爲，對作者影響最大的可能是幾種詩話總集，即《詩話總龜》《苕溪漁隱叢話》《詩人玉屑》《詩林廣記》等，尤其是《詩人玉屑》。"並有詳實的論證，可資參證。

② "何氏"所指何人，尚待進一步論證。宋人方深道《諸家老杜詩評》輯有《樗叟詩杜拾遺》十一事，張忠綱疑爲何頠所撰，則何氏或指此人。參見張忠綱編注《杜甫詩話六種校注》，齊魯書社，2002 年，頁 58。

《九家注》此處爲："趙云：……'北轅就涇渭'，則因經度涇渭，見水
之崢嶸，其狀如崆峒山之流來。崆峒固不能來，而山蓋有飛走移
徙，則有來之理矣。既以水爲崆峒山之來，則又可寓言其觸天柱
矣。此詩人張大之意也。"①仔細比較，《九家注》的內容更爲清楚明
晰，《纂杜》可能在轉錄過程中有筆誤，所以意思不明，頗爲晦澀。

"蘇曰"一條如下：

> 《解憂》："拳拳期勿替。"補注："蘇曰：杜甫詩固無敵，然自
> '致遠'已下，句真樸陋也。此取其瑕摘，世人雷同不復譏評，
> 過矣。然亦不能掩其美也。"（卷二，第 1 册，頁 339）

此句爲蘇軾所言，並非僞蘇注，《詩人玉屑》與《苕溪漁隱叢話》都有
收錄。②

"劉曰"兩條如下：

> 《遣興五首》："赫赫蕭京兆，今爲時所憐。"補注："劉曰：此
> 言諸舊尹之爲宰輔者尚皆無恙，唯蕭至忠托附太平公主權勢，
> 以事被誅，爲可憐也。"（卷二，第 1 册，頁 349）
>
> 《後出塞五首》：補注："劉曰：《出塞》本漢樂府橫吹曲名，
> 其詞不傳，如王仲宣《從軍詩》即其體也。按：仲宣詩五首，不
> 過頌美其主將曹公戰伐之功，詞氣卑諂，無足觀者。若此前後
> 諸篇，則極叙其征夫離怨勞苦之情，軍中奮勇策畫之態，併與
> 其目前所見，意中欲言者而盡得之，且以見夫主將位崇而氣
> 驕，朝廷賞費之過厚，是以或刺或閔，可憤可傷，殆有風雅之遺
> 意，豈但突過黃初而已哉？"（卷五，第 1 册，頁 646）

---

①《九家集注杜詩》卷二，頁 182。
②見《詩人玉屑》卷十四，頁 313；《苕溪漁隱叢話·前集》卷十《杜少陵五》，頁
　68。二書內容完全相同，與《纂杜》略有差異，"樸"作"村"，"摘"作"璃"。

兩條都出自元人劉履的《風雅翼》卷十二。①

“胡曰”一條如下：

> 《贈衛八處士》：“訪舊半爲鬼，驚呼熱中腸。”補注：“胡曰：
> 嘗於內閣見子美親書《贈衛八處士》詩，字甚怪偉，‘驚呼熱中
> 腸’作‘嗚呼熱中腸’。”（卷十九，第 4 冊，頁 368）

此爲明人胡廣語，收入程敏政編《明文衡》卷五十五。②

劉履，字坦之，入明不仕，編《風雅翼》，“其去取大旨，本於真德
秀《文章正宗》；其銓釋體例，則悉以朱子《詩集傳》爲準”。③ 胡廣，
字光大，明初重臣，奉命編撰《周易傳義大全》《書經大全》《詩經大
全》《禮記大全》《春秋大全》《四書大全》《性理大全》等，是明朝著名
的儒家學者。由於東國熱衷於搜集中國典籍，二人的著述當較早
傳入朝鮮。對於以儒學立國，又崇奉朱子的朝鮮文臣而言，他們也
很熟悉二人的著作，所以在編撰杜詩集時會很自然地加入二人的
見解。

最後再分析一下未說明出處的“補注”內容，看看沒有出處是
否就都是集賢殿諸臣自己的見解。這類補注分兩種，一是注音、解
釋，交待字詞出處，僅《北征》中這樣的內容就很多，如：

> “憂虞何時畢。”補注：“《易》：得失憂虞。注：憂，慮也；虞，
> 度也。”（卷一，第 1 冊，頁 102）

> “涇水中蕩潏。”補注：“潏，以律切，水流貌。”（卷一，第 1
> 冊，頁 103）

---

①劉履《風雅翼》卷十二，《景印文淵閣四庫全書》第 1370 冊，頁 199、196。

②《明文衡》卷五十五《雜著·杜詩阿咸辯》，《欽定四庫全書薈要》第 482 冊，頁
113。《明文衡》卷五十五爲胡廣《雜著》，內容多見於《胡文穆雜著》，但也有
不同，如上引內容在《明文衡》中爲胡廣《杜詩阿咸辯》，即不見於《胡文穆雜
著》。

③《四庫全書總目》卷一百八十八《總集類三》，中華書局，1995 年，頁 1711。

　　“蒼崖吼時裂。”補注：“吼，許后切，厚怒聲。”（卷一，第 1
冊，頁 103）

　　“粉黛亦解苞。”補注：“苞通作包，裹也。”（卷一，第 1 冊，
頁 108）

　　“衾裯稍羅列。”補注：“裯，直留切。《詩》：抱衾與裯。注：
衾，被也；裯：襌被也。”（卷一，第 1 冊，頁 108）

　　“奸臣競菹醢。”補注：“《楚辭》：后辛之菹醢。注：藏菜曰
菹，肉醬曰醢。”（卷一，第 1 冊，頁 113）

又如《桔柏渡》中：

　　“絕岸黿鼉驕。”補注：“黿，愚袁切，似鱉而大。鼉，唐何
切，似蜥蜴長丈餘，甲如鎧。”（卷一，第 1 冊，頁 165）

這些加了補注的內容，或者字詞比較生僻、讀音比較複雜，或者出
現的是東國人不熟悉的事物。朝鮮雖有“小中華”之稱，但因受到
不同地域的限制，加上語言系統的差異，文化上的隔閡與生活上
的疏離客觀存在。中國人在注解杜詩時，注音、解釋字義的內容
相對比較少，如上文所引數條，中國注杜諸家可能認爲比較簡單，
沒有出注的必要，集賢殿諸臣却不這麽認爲，所以基本可以推斷
此類注音、釋義的內容確爲集賢殿諸臣所補，這也成爲《纂杜》的
特色。

　　在未注明出處的“補注”中還有一部分是對詩句進行串講解釋
或加以評論的，這一部分的情況又如何呢？經仔細查考，這一部分
內容基本也都是中國各注家之言，其中趙次公注最多，還有少數出
自師尹注及劉履的《風雅翼》。如：

　　《八哀詩・故司徒李光弼》：“二宮泣西郊，九廟起頹壓。”
補注：“至德二載，郭子儀收復兩京，權移神主於大內長安殿，
上皇謁廟請罪。今云二宮，蓋并肅宗言之。西郊，則上皇自蜀
歸京師之郊。”（卷二十四，第 5 冊，頁 354）

《新安吏》:"僕射如父兄。"補注:"子儀事上誠,御下恕,寬厚得人,故公有父兄之稱。"(卷四,第 1 册,頁 511)

《潼關吏》:"百萬化爲魚。"補注:"易則利戰,險則利守。持重守險,古之良法。哥舒翰逼於君命,輕去潼關而戰。故'桃林'正言翰進戰之所。蓋潼關於唐在華州之華陰,桃林於唐乃陝州之靈寶。按《哥舒翰傳》:帝使使者督戰,翰窘不知所出。六月,引師而東,慟哭出關,次靈寶西原,與賊將崔乾祐戰。由關門七十里道險隘,其南依山阻河,既爲賊所勝,是時軍自相鬥,又棄甲而奔,陷河死者十一二,故有爲魚之喻。"(卷四,第 1 册,頁 514)

以上數條實際上都爲趙次公語,只有一兩個字的差别。[①] 再如:

《畫鷹》:"何當擊凡鳥,毛血灑平蕪。"補注:"班孟堅《西都賦》:風毛雨血,灑野蔽天。"(卷十六,第 4 册,頁 98)

《又上後園山腳》:"窮秋立日觀,矯首望八荒。"補注:"漢官儀曰:泰山東南名日觀。"(卷二十五,第 5 册,頁 462)

這兩條爲師尹注。[②]

《三韻三篇》:補注:"此六句法,但可放言遣懷,不可寄贈。"(卷二十五,第 5 册,頁 480)

此條出自《詩人玉屑》卷二的《六句法》。[③]

《石壕吏》:"暮投石壕村。"補注:"投,謂投宿也。"(卷四,

---

① 此三條,第一條見趙次公注、林繼中輯校《杜詩趙次公先後解輯校》(中)丁帙卷之一,上海古籍出版社,2012 年,頁 695;第二、三兩條見《杜詩趙次公先後解輯校》(上)乙帙卷之六,頁 276、274。"故",在《先後解》中作"故敗",語意與《纂杜》有别。"依"作"薄"。

② 分别見《九家集注杜詩》卷十八,頁 1247;卷十二,頁 784。

③《詩人玉屑》(上)卷二,頁 35。

第 1 册，頁 515）

　　“獨與老翁別。”補注：“‘語聲絕’，則老婦已從吏去可知，故天明子美獨與老翁別耳。此詩唯‘捉人’及‘更無人’兩語，雖若鄙淺，然不害其終篇之美。且與《新安》篇‘肥男’、‘瘦男’以下，至‘眼枯見骨’、‘天地無情’一節去古絕遠者，自不侔矣。”（卷四，第 1 册，頁 517）

　　《垂老別》：“塌然摧肺肝。”補注：“塌，徒盍反，墮也。‘三吏三別’似出一時之筆，若此篇‘牙齒存’、‘骨髓乾’兩語，亦與‘眼枯見骨’同一鄙俚，借使建安樂府中容或有之，終非雅韻。大抵此數篇用意大迫切，而乏簡遠之度。然其情詞周至，誦之終篇不厭，譬若《書》典謨之後而有殷盤、周誥。蓋至此時，風氣變移既久，而自不能不如此耳。”（卷四，第 1 册，頁 521）

　　這三條出自劉履《風雅翼》卷十二，①也只有個別字句的不同。

　　綜合以上對“補注”的分析，我們發現集賢殿諸臣在纂注杜詩的過程中，所做的最主要工作就是彙集各家注，再篩選撿擇、刪繁就簡，另外就是對杜詩中難讀難解的字詞進行注音或解釋，他們自己對杜詩的理解或評論並未能在《纂杜》中體現出來。又因爲《纂杜》成於衆人之手，未經最後整理，體例上也顯得有些混亂，增加了後人在閱讀使用時的困難。

餘　論

　　經過集賢殿諸臣的努力，《纂注分類杜詩》於世宗二十六年（1444）脱稿。在編纂《纂杜》的同時，世宗還組織集賢殿諸臣鄭麟

①《風雅翼》卷十二，《景印文淵閣四庫全書》第 1370 册，頁 197、198。

趾、崔恒、朴彭年、申叔舟、成三問等創製諺文。世宗二十七年
(1445)正月，世宗想用創製完成的諺文翻譯漢字文獻，就派遣集賢
殿修撰申叔舟、成均館注簿成三問(1418—1456)等前往遼東，問韻
於罪貶遼東的明前翰林院庶吉士、刑部主事黃瓚，前後往返凡十三
度。[1]　申叔舟與成三問是知交好友，申叔舟是編纂注解《纂注分類
杜詩》的集賢殿六臣之一，成三問大概也參與了此項工作，二人在
前往遼東及問韻學習之餘，即以共同次杜酬唱來打發閑暇時光，二
人次作杜詩及杜詩原韻見下表：

	申叔舟	成三問	杜甫
1	次工部夜雨詩韻示謹甫		夜雨(五律)
2	次工部韻示謹甫		孤雁(五律)
3	次工部韻示謹甫	次工部韻	日暮(五律)
4	次工部秋晴韻示謹甫	次工部秋晴	秋清(五律)
5	次工部中宵韻示謹甫	次工部中宵	中宵(五律)
6	在遼陽館次工部韻三首示謹甫		《陪鄭廣文遊何將軍山林》十首之十、一、二(五律)
7	《取杜工部懷古五首，與成謹甫探韻得二首，每一韻三和之，題義州牧使俞公詩卷》(勞、疑，各三首)		《詠懷古迹五首》之二、五(七律)

---

[1]《世宗實錄》卷一百零七世宗二十七年正月辛巳(7日)：“遣集賢殿副修撰申
　叔舟、成均注簿成三問、行司勇孫壽山於遼東，質問韻書。”(《朝鮮王朝實錄》
　第4冊，頁603)李承召撰申叔舟《碑銘》所言甚詳：“世宗以諸國各製字以記
　國語，獨我國無之，御製字母二十八字，名曰諺文，開局禁中，擇文臣撰定，公
　獨出入内殿，親承睿裁，定其五音清濁之辨，紐字諧聲之法，諸儒受成而已。
　世宗又欲以諺字翻華音，聞翰林學士黃瓚以罪配遼東，命公隨朝京使入遼
　東，見瓚質問。公聞言輒解，不差毫釐，瓚大奇之。自是往返遼東凡十三。”
　見申叔舟《保閑齋集》附錄，《韓國文集叢刊》第10冊，頁167。

續表

	申叔舟	成三問	杜甫
8	登義州望華樓，次杜工部登樓詩韻示謹甫		登樓（七律）
9	次杜工部韻示謹甫	用工部韻和泛翁詩	院中晚晴懷西郭茅舍（七律）
10	次謹甫用工部韻，見示僕與子厚詩韻	次工部韻	玉臺觀（七律）
11	次謹甫用工部韻，效簡齋體見示詩韻		《十二月一日三首》之二（七律）
12	次工部韻示謹甫	次工部韻	水會渡（五古）
13	《次謹甫工部韻見示》二首	用工部韻和泛翁	寄裴施州（七古）
14	次工部韻示謹甫	用工部韻和泛翁	嚴氏溪放歌行（七古）
15	次謹甫用工部韻見示	用工部韻和泛翁	錦樹行（七古）

　　申叔舟次杜詩 15 題 23 首，成三問次杜詩 9 題 9 首，這是現存朝鮮文人文集中第一次出現的集中次和杜詩的情形。

　　由上表來看，在申叔舟與成三問次杜的過程中，申叔舟是主導者，因其文集中的詩作是按詩體編排，現已不能確定這些次杜詩的寫作順序，但由詩題或詩中出現的龍灣、義州、鴨江、遼陽館等可知這些詩作寫於前往中國途中及進入遼東後。二人此時集中次作杜詩，原因大概有二：

　　一、世宗的提倡引導，加上《纂注分類杜詩》的編纂完成，進一步刺激了朝鮮文人真正關注杜詩學習杜詩，而不是僅僅被動地停留在接受蘇、黃的影響上。比如與申叔舟、成三問同時的徐居正（1420—1488），在其《四佳集》中近 200 次提到杜甫及杜詩，還有 15 次"李杜"、"甫白"並稱，其中明確將自己與杜甫相比，甚至以自己爲杜甫在後世之輪迴的表述就有十多次，正因爲他對杜甫極其欽慕向往，最終在其筆下完成了朝鮮文人對杜甫的形象塑造（詳見第七章），而申叔舟、成三問二人親自參與到《纂注分類杜詩》的編纂中來，必然對杜詩有更深刻的理解與體會。

二、申叔舟與成三問二人前往遼東問韻於黃瓚，而杜詩以對仗工整、格律謹嚴著稱，杜甫夫子自道説"晚年漸於詩律細"，這裏的詩律並不局限於近體詩，"杜甫的五古和七古在作法乃至音律節奏方面努力突出古體的體式特點與律詩的區別，也是'漸於詩律細'的體現"。① 其在用韻、聲調、韻部的選擇上，都能切合詩作的内容與情感特點，真正做到聲情並茂、韻與意合，申、成二人在問韻過程中，以杜詩爲典範學習、模仿、創作，正是在運用中更好地理解聲韻的好辦法。

在申叔舟15題23首詩作中，只有五律、七律、五古、七古四種詩體，没有絶句。申叔舟《保閑齋集》收入五絶兩卷、七絶三卷，五律、七律、五古、七古都只有一卷，就數量而言，絶句遠多於其他詩體，但其中没有一首次杜詩，可見杜甫的五七言律詩以及五七言古體才是他們學習模仿的對象，絶句是他們所不取的。在杜甫的各種詩體中，關於絶句的爭議最多，宋人嚴羽即云："五言絶句，衆唐人是一樣，少陵是一樣，韓退之是一樣。"②明人胡應麟説得更直白："子美於絶句無所解，不必法也。"③由申叔舟次作杜詩的選擇，大概也能推斷出他對杜詩絶句的態度。

就整個高麗、朝鮮漢文學史來考察，在申叔舟、成三問之前李奎報有次杜詩3題16首，鄭樞有次杜詩7題11首，除一題一首外，其他都是和李穡的次杜詩，已可見杜詩的影響力，但申叔舟、成三問是同一情境下的次作，數量也更多，這與當時君王的倡導推動、

---

① 葛曉音《杜詩藝術與辨體》餘論《杜甫的詩學思想與藝術追求》，北京大學出版社，2018年，頁353。

② 嚴羽《滄浪詩話》之《詩評》，何文焕輯《歷代詩話》（下），中華書局，2004年，頁695。

③ 胡應麟《詩藪》内編卷六，上海古籍出版社，1979年，頁109。

《纂杜》的編纂完成、詩壇的風尚變化等都有著緊密關聯。申叔舟、成三問二人的次杜詩爲我們考察世宗朝的文化政策打開了一扇窗，從編纂杜詩集到創製諺文再到以諺文翻譯漢文典籍，通過二人的一個小小舉措聯繫起來，從中可略窺一個時代的面貌、一代君王的魄力、一本書的影響力、一代文人蓬勃的創造力。

　　《纂杜》是東國在政府組織下集合衆人之力完成的第一部杜詩注解集，由申叔舟、成三問二人集中次和杜詩已可見此書在當時影響之一斑，在後世更是九次重印，成爲在東國流傳最廣的杜詩集之一。後來成宗朝諸臣諺解杜詩是以此爲底本，兩個世紀後的文人李植批解注釋杜詩亦以此爲底本，甚至文人在次和杜詩時也常按照其分類編排的順序依次寫作（詳見下文各章節論述）。

第二章　朝鮮時代私家注杜研究

——李植《杜詩批解》與諸家注杜比較

引　論

在王室的倡導下，朝鮮私人選杜、注杜之作也不斷出現。就注杜而言，除了學術界較熟悉的李植《纂注杜詩澤風堂批解》以外，據張伯偉考證尚有以下七種：成文濬（1559—1626）《杜律注評》、金楷（1633—1716）注杜、朴泰淳（1653—1704）《杜詩排律集解》、徐海朝（1691—1770）《杜詩補注》、徐命膺（1716—1787）《詩史八箋》、李忠翊（1744—1816）《杜詩略説》、李勉訥（1761—1815）注杜。① 實際除上述八種外，李回寶也有注杜之作，李沃大概也曾注解杜詩。

李回寶（1594—1669），字文祥，號石屏，據金養根（1734—1799）所撰《行狀》云：“癸酉（1633），移户曹佐郎，以事忤當路，遞職還鄉。杜門却掃，益肆力於文章，注解李白、杜甫、李商隱遺響等詩。又潜心易學参同契，傍及天文地志，外流百家書，無不貫會融

---

① 張伯偉《東亞漢文學研究的方法與實踐》第十一章《朝鮮時代私家注杜考》，中華書局，2017 年。

通,亦多有發揮語。"①可知李回寶曾注解杜詩。

　　李沃(1641—1698),字文若,號北㟭、博泉,延安人。顯宗元年(1660)增廣文科及第,歷任京畿道觀察使、高陽郡守等職,著有《博泉集》。李沃酷愛杜詩,曾對權重經(1658—1728)說:"吾非老杜不爲也。"②後學請教爲詩之道,"公即拈行囊中杜詩全集而言曰:'更無可刪,讀此一帙足矣。'"③其文集中現存次杜詩 36 題 73 首,是朝鮮文人次杜詩較多的一位。因爲喜愛杜詩,所以曾爲杜詩著述立說,其子李萬敷(1664—1732)記載云:"詩喜草堂,爲之著説。"④

　　除了注杜之作外,另有選杜數家,一並介紹如下:

　　一、申之悌《杜詩抄選》

　　申之悌(1562—1624),字順夫,號梧峰、龜老,鵝洲人。宣祖二十二年(1589)增廣文科及第,歷任成均館直講、昌原府使等職,著有《梧峰集》。其《書杜詩抄選卷後》云:

　　　　余少時遊學於佳野,時先師案上有杜詩全帙,取而見之,乃友人金君光門氏家藏也。壬辰來守宣城,值兵禍亂中,心事有與子美同者,思見其詩。光門氏,宣人也,於是借覽之。就其中抄其適於己好者分爲五卷。但手品拙澀,作字甚不正,可恨。俟善字者改書,思與友生及後生子弟共之也。⑤

壬辰倭亂中,申之悌出守宣城,身處戰亂,與杜甫感同身受,所以跟金光門借來杜詩閱讀,並抄選了五卷。申之悌對自己抄選的五卷

----

①李回寶《石屏集》附録金養根撰《行狀》,《韓國文集叢刊續》第 25 册,頁 517。
②李沃《博泉集》權重經序:"公於文,壹遵太史公節度,其獨詣處皆稱射鵰手。而詩,則公嘗從容謂不佞重經曰:'吾非老杜不爲也。'"《韓國文集叢刊續》第 44 册,頁 110。
③《博泉集》丁思慎撰《博泉集跋》,《韓國文集叢刊續》第 44 册,頁 293。
④李萬敷《息山集》文集卷二十二《先府君家狀》,《韓國文集叢刊》第 178 册,頁 468。
⑤申之悌《梧峰集》別集,《韓國文集叢刊續》第 12 册,頁 547。

杜詩有較高期待,希望能遇到擅長書法者幫他謄抄,以便與友人及後生子弟共賞。

二、金昌協《浣溪百選》

金昌協(1651—1708),字仲和,號洞陰居士、農巖、三洲,安東人,謚號文簡。肅宗八年(1682)增廣文科狀元,歷任禮曹參議、大司憲等職,著述有《農巖集》《二家詩選》等。據南有容(1698—1773)《新編少陵古詩序》云:

> 余因杞溪俞守父(受基,1691—1729)得農巖所編《浣溪百選》者,蓋守父在公甥館時,爲之選而教之者也。公於子美詩用力素深,而當是選也,又諷讀滿十遍後加黜陟焉,故其擇尤精云。然獨恨專取五言,於七言闕如也,豈其好偏於五言歟?[①]

金昌協爲朝鮮中後期著名文人,於杜詩"用力素深",曾編選《浣溪百選》用以教授子侄。此選是他讀杜詩滿十遍後完成的,尤爲精深,但美中不足的是專取五言而無七言。

三、南有容《新編少陵古詩》

南有容,字德哉,號少華、雷淵,宜寧人,謚號文清。英祖十六年(1740)文科及第,歷任大司憲、刑曹判書等職,著有《雷淵集》。他對《浣溪百選》只選五言的情況深感遺憾,其《新編少陵古詩序》接著又説道:

> 將欲長弟續編而未暇也,輒不自揆,遂取全集七言詩,沉潛究賾,頗見其蘊奧,然後就加删述,得六十篇。又繕寫農巖所選,合爲二編。雖其取捨未悉當公意,藏之篋笥,私自誦習,奚不可也?至訓解評批之事,諸家詳之,余無贅焉。惟大戾於本旨者,輒以己意正之云耳。[②]

①南有容《雷淵集》卷十一,《韓國文集叢刊》第 217 册,頁 254。
②《雷淵集》卷十一,《韓國文集叢刊》第 217 册,頁 254。

南有容又選擇杜詩七言六十篇，與《浣溪百選》合二爲一，完成了
《新編少陵古詩》的編選，此選五言、七言古詩並存，對於後學學習
杜詩應是更好的選擇。此選無訓解批評，但南氏如認爲通行之説
違背了杜詩本意，亦會加以糾正。

四、金正喜《詩盦録定杜少陵七言絶句》

金正喜（1786—1856），字元春，號阮堂、秋史、禮堂、詩庵、果老
等，慶州人。純祖九年（1809），隨冬至兼謝恩副使金魯敬（1766—
1837）進入北京，與阮元、翁方綱等結交。金正喜是朝鮮後期著名
書畫家、金石家，著述有《阮堂全集》《阮堂尺牘》《覃揅齋詩稿》等。
他曾編選杜甫七絶，有《詩盦録定杜少陵七言絶句》一書，這是除李
植《纂注杜詩澤風堂批解》外，現能發現的尚存世的第二種朝鮮人
編選杜詩集。是書現有高麗大學藏本，四周單邊，正文 18 張 36 頁，
每頁 7 行 15 字，上下向黑魚尾（見圖一）。①

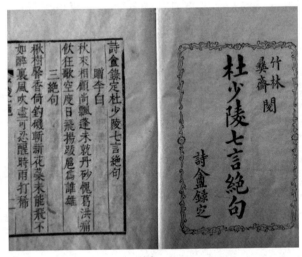

圖一

---

① 金正喜的《詩盦録定杜少陵七言絶句》由韓國成均館大學校金榮鎮教授相助
拍攝，謹致謝忱！

　　全書收録七絶如下：《贈李白》《三絶句》《漫與九首》《贈花卿》《少年行》《覓桃栽》《覓綿竹》《覓檀木栽》《覓松樹子》《覓果栽》《贈鄭煉赴襄陽》《江畔獨步尋花七絶句》《春水二絶》《官池春雁二首》《中丞嚴公雨中垂寄見憶奉答二首》《謝嚴中丞送青城山道士乳酒》《得房公池鵝》《戲作寄上漢中王二首》《投簡梓州幕府兼簡韋十郎官》《答楊梓州》《惠義寺園送辛員外》《乞大邑瓷盌》《奉和嚴鄭公軍城早秋》《絶句四首》《李司馬橋了承高使君自成都回》《漫成一截》《承聞河北諸道節度入朝歡喜口號絶句十二首》《喜聞盜賊蕃寇總退五首》《存歿口號二首》《上卿翁請修武侯廟遺像缺落時崔卿權夔州》《解悶十二首》《夔州歌十截句》《書堂飲既夜復邀李尚書月下下馬賦絶句》《戲爲六絶句》《少年行》二首，共 35 題 100 首，全書無圈點，亦無批注。金正喜之所以編選杜甫七絶，因爲他認爲“杜詩古近體，當以七絶爲第一”，但洪翰周（1798—1868）對此大不以爲然，認爲“是皆崖異之乖論，不可從也”。①

　　除了上述十種箋注杜詩、四種編選杜詩外，抄寫杜詩者更多，其中又以盧守慎最爲著名。盧守慎（1515—1590），字寡悔，號穌齋、伊齋、十青亭等，光州人，謚號文簡。中宗三十八年（1543）文科初試、會試、殿試狀元，官至領議政。明宗二年（1547）因“良才驛壁書事件”被流配珍島，至宣祖即位年（1567）的十月才被重新啓用。在珍島期間，他曾手寫杜詩。李萬敷《書穌齋先生手書杜詩後》云：

　　　　盧穌齋先生流海島十有九年，成文章，手自寫老杜詩，五七長短雜體無不該載，凡爲二册。一藏于子孫；一遺，不尋餘三世矣。丙戌，先生曾孫上舍公有行，邂逅合浦鄉士，自言家畜寫杜詩小册子，審印章爲先生，則護之惟謹已。公遂索取來，即非他，乃先生手筆逸去之半者也。公驚喜上手，以先生遺集印本謝之，奉而歸。於是，先生所致功者復完，而并藏於

①洪翰周《智水拈筆》卷八，韓國國立中央圖書館藏筆寫本，第 4 册，頁 40b。

盧氏。一日,上舍公進萬敷而曰:"子其識之。此希有於世,不可令後人無徵也。"俄又遣小郎,袖其卷而申命焉。萬敷敬受而撫翫,爲之嗟嘆不已也。夫自先生之世,祇今百餘年,世故多端,累經兵燹,凡舊家文籍鮮克傳於其子孫。惟是卷也,即離析遺落,而保於路人,而歸完於後裔,可見大君子遺馥必有所陰護者也。然其引致巧遇者,無亦殆上舍公之誠,有以格之也乎。且世之借人物者,親相授受,而污壤闕失之患常有之,然則合浦士亦可謂慎善知所尊者也。然卷第一紙多缺裂不可尋字,而獨印章處完,故令合浦士考徵焉,則又莫非天也。天者,何也? 凡先生早自騫騰,明良相遇,中值否運,幽囚滄海之上,而琢磨古人文字,大放厥辭。晚復起廢,秉勻軸而致力於時者,皆是也。是卷之離合隱見,又豈獨徒然而已乎? 上舍公之命,既不敢終孤,遂書所感者以復焉。①

尹根壽(1537—1616)云:"蘇齋手寫杜詩不遺一首,細書作二卷,常諷誦。"②李萬敷又稱"五七長短雜體無不該載",則蘇齋手寫杜詩似爲杜詩全集。盧守慎是公認的朝鮮時代學杜成就最高者,梁慶遇(1568—?)云:"盧蘇齋五言律酷類杜法,一字一語皆從杜出。"③金昌協云:"盧穌齋詩在宣廟初最爲傑然,其沈鬱老健,莽宕悲壯,深得老杜格力,後來學杜者莫能及。"④成涉(1718—1788)云:"我國得杜法者惟蘇齋先生詩耳。"⑤則蘇齋學杜之成就與其抄寫杜詩的努力不無關係。

――――――――

①《息山集》文集卷十八,《韓國文集叢刊》第 178 冊,頁 404。
②尹根壽《月汀集》別集卷四《漫録》,《韓國文集叢刊》第 47 冊,頁 388。
③梁慶遇《霽湖集》卷九《詩話》,《韓國文集叢刊》第 73 冊,頁 501。
④金昌協《農巖集》卷三十四《雜識·外篇》,《韓國文集叢刊》第 162 冊,頁 378。
⑤成涉《筆苑散語》編上第一,趙鍾業編《韓國詩話叢編》第 11 冊,太學社,1996年,頁 19。

其他抄寫杜詩者還有：黄暹（1544—1616）曾抄選杜律，[1]金虎運（1768—1811）手抄杜甫五言古詩，[2]黄在英（1835—1885）之季祖怡齋公年六十四時還抄録杜律一卷，[3]如此種種足以讓人充分感受到朝鮮文人對杜詩之熱愛與關注。

　　雖然朝鮮私人注杜、選杜者不在少數，但真正流傳至今並對後人產生深遠影響的只有李植的《纂注杜詩澤風堂批解》，李忠翊在《題杜詩略説後》云：

　　　　余家藏書少，杜陵詩只有《纂注》一本，澤堂李公所補録，頗警切，然時有未契。舊注蔡、趙二家最詳核，而蔡傷繁曲，趙未該悉。余業之四十餘年，輒就紙頭手録新見及考證遺漏，久之，旋省差誤，不住刊更，朱墨交錯，塗乙狼藉，尚不敢爲修整成書計。年前鄭弟文謙屬兒子勉伯輯爲此卷，還以相示，余反覆數回，復有添改，名之爲《略説》，與文謙深藏，無輕傳示人，未保他日無可更添改也。然余今年七十有三矣，縱有添改，能得幾段也？此所裁別，皆依《纂注》李本爲説，非可孤行，覽者知之。丙子（1816）春忠翊書。[4]

李氏對宋人蔡夢弼、趙次公的注釋都有批評，《纂注杜詩澤風堂批解》（以下簡稱《杜詩批解》）雖"時有未契"，却"頗警切"，所以以之爲讀本，"業之四十餘年"，將讀書所得隨手記録在書上，且反覆修改。後其子勉伯（1767—1830）輯成一卷，再經他"反覆數回，復有添改，名之爲《略説》"。據其所言，《略説》須與《杜詩批解》並觀，可

----

[1]黄暹《息庵集》卷四《書杜律後》，《韓國文集叢刊續》第 5 册，頁 471。

[2]金虎運《雨潤集》卷三《書杜詩五言抄集後》，《韓國歷代文集叢書》第 3306 册，頁 213。

[3]黄在英《大溪遺稿》卷五《書季祖怡齋公手抄杜律後》，《韓國文集叢刊續》第 140 册，頁 719。

[4]李忠翊《椒園遺稿》册二，《韓國文集叢刊》第 255 册，頁 553。

見朝鮮士人對李植書的重視，我們也有必要對《杜詩批解》進行深入研究。

　　李植（1584—1647），字汝固，號澤堂，又號澤風子、澤癯居士，朝鮮京畿豐德郡德水縣人。《杜詩批解》是李植近二十年心血之所在，他從四十六歲時便開始進行批解杜詩的工作，[1]至五十七歲（仁祖十八年，1640）作《杜詩批解跋》時，僅止於律詩，尚未及古詩和排律。此後至他去世的數年間，這一工作仍在繼續，最終批解完整部杜詩。[2]英祖十五年（1739），其曾孫李箕鎮（1687—1755）將《杜詩批解》付梓刊行。被金澤榮（1850—1927）稱爲“吾韓五百年之第一大家”[3]的申緯（1769—1847）推崇此書爲“時從《批解》窺斑得，先數功臣李澤堂”，[4]認爲對朝鮮學杜詩的人來説，此乃入門要籍。

　　《杜詩批解》二十六卷，前有《新唐書·杜工部本傳》以及包括王琪、王安石、黃庭堅、蔡夢弼、嚴羽、劉辰翁、虞集等人評論的《杜詩總評》，其次爲目録與正文；後有朱熹《章國華杜詩集注跋》、宋時烈《杜詩點注跋》、澤堂《杜詩批解跋》及澤堂曾孫李箕鎮按語。正

①李植《澤堂先生遺稿刊餘》第九册《雜録》云：“（己巳）時批解杜詩，偶及《文上人房》詩‘久被詩酒污，回向心地初’等語，慨念人生老而迷途，如杜公之賢，晚乃有悟，而所欲以祛詩酒之污者不過異教，則當時道學不明之故也，乃杜公本心則不失爲己。異教之善者不猶愈於詩酒流湎喪性者耶？仍欲和其韻以示同病之人，而多務未遑也。”可知澤堂在己巳（1629）年間已開始批解杜詩的工作。

②李端夏《畏齋集》卷九《先考府君行狀》：“跋杜詩批解。府君於杜詩著功最深。就舊本《纂注分類杜詩》削去脣注，發明奧義。首卷書晦庵先生《章國華杜詩集注跋》，跋下題辭。至是又題小跋於末卷，以爲評釋止於律詩，不及於古詩、排律云。而然其後遍加批解，有本册及謄本藏於家。”《韓國文集叢刊》第125册，頁467。

③金澤榮《金澤榮全集》第二卷《韶濩堂集》卷八“雜言”六《紫霞詩集序》，亞細亞文化社，1978年，頁128。

④申緯《警修堂全稿》册十七《東人論詩絶句三十五首》之第三十四首，《韓國文集叢刊》第291册，頁375。

文體例先抄録杜詩,然後於每句下以小字抄引各家注,下附澤堂自注或批語,共有 2200 多條。①

　　澤堂《杜詩批解跋》及李箕鎮按語,可以幫助我們瞭解《杜詩批解》成書及刊行經過,筆者不避繁冗將全文引録如下:

　　　　始鄭甥②以此冊來贈,請校定以遺後。余於舊讀唐板有小注解,旋失之,故更就此隨寓目評釋證貶,皆非前人眼目所及。同好李子時(李敏求)、吳汝完(吳竣)皆請見,以其所有注本相斤正,而余以未盡刪定靳不許。兵亂後,兩家皆乖離未合,此冊幸全。趙甥備、兒冕③以此冊共讀,更有省悟增補。然止於律詩,而不及古詩、排律,觀者詳之。庚辰(1640)至月初吉澤堂。

　　　　惟我曾王考澤堂先生批解杜詩顛末,卷尾跋語可考也。然於古詩、排律評釋實無遺焉,蓋後來所增補多於庚辰以前矣。初先生既失唐本,晚更就鄉本用工,而不獨於疏家諸説厭其謬繞,亦以分類所編次序顛倒病之。後余小子幸而得舊失唐本於一士友家而讀之,點注手迹宛然,旨意往往如合符契。其編帙又一循年次,無顛倒之失。益恨其不早出於鄉本之前,得先生卒業以成完書也。顧批解藏在巾衍久矣,從祖畏齋公(李端夏)嘗欲鋟梓以廣其傳而不果焉。今小子忝按嶺臬,始營斯役。遂取兩本而合之,編次則依唐本,箋注則主鄉本,而

_____

① 參見左江《高麗朝鮮時代杜甫評論資料彙編》附録《朝鮮李植〈纂注杜詩澤風堂批解〉評語輯録》,上海古籍出版社,2021 年。

② 指澤堂長婿鄭鈵。李端夏《畏齋集》卷九《先考府君行狀》:"生三男三女,男長冕夏,弘文館修撰,早卒;次前府使紳夏;次判敦寧端夏。女長適郡守鄭鈵,次適佐郎安光郁,次適濟用正趙備。"《韓國文集叢刊》第 125 册,頁 482。

③ 趙甥備,指澤堂三婿趙備;兒冕,指澤堂長子李冕夏。趙備(1616—1659),字士求,號叢桂窩,趙纘韓之子,漢陽人,有《桂窩集》八卷傳世。李冕夏(1619—1648),字伯周,號白谷,仁祖二十年(1642)式年試文科狀元,有《白谷集》傳世。

其箋注取舍一從先生點抹,或引喻煩複無關於考據者益加删節以從簡,若先生前注中有可以補後注之闕略者輒敢收入,一事兩解可相發明者亦並存,而圈而別之云爾。庚辰後百年已未(1739)孟夏,不肖曾孫嘉善大夫慶尚道觀察使兼兵馬水軍節度使巡察使大丘都護府使箕鎮謹書。①

澤堂之子李端夏(1625—1689)亦有相關叙述:"府君於杜詩著功最深,就舊本《纂注分類杜詩》削去贋注,發明奧義。首卷書晦庵先生《章國華杜詩集注跋》,跋下有題辭。至是又題小跋於末卷,以爲評釋止於律詩,不及於古詩、排律云。而然其後遍加批解,有本册及謄本藏於家。"②結合三人之語,我們可以得出以下推論:

第一,《杜詩批解》非成於一時一地,而是澤堂在研讀杜詩過程中點點心得體會的積累。這一過程大概可分爲三個階段:先讀唐板杜詩,有小注解,此本後不幸遺失;再應鄭鈐之請就鄉本《纂注分類杜詩》進行評釋,並於庚辰(1640)大體完成,當時只批解了律詩(包括絶句),未及古詩與排律;這以後至其逝世的數年間,澤堂又對《杜詩批解》進行增補,評釋詩篇已包括了全部杜詩。

第二,澤堂在批解杜詩時曾用過兩種杜詩版本,一是中國的版本,按年編次;一是朝鮮本,分類編次。

第三,李端夏曾打算刊行《杜詩批解》,他在《上尤齋》書中又云:"先人嘗批解杜詩大全,此蓋遵朱夫子欲注之意,其用力亦深矣。……如欲刊行,則於古注中當盡書其點取者,不書其削去者,

---

①《杜詩批解》,見黄永武編《杜詩叢刊》(大通書局,1974年)第三輯第44—47册,頁1861—1863。本章引用《杜詩批解》只在文中標明卷數與頁碼,不再一一出注。關於《杜詩批解》的版本,編者云是書據"清康熙十八年(1679)朝鮮李氏家刊本"影印。實際上,《杜詩批解》後附宋時烈《杜詩點注跋》寫作時間"戊午九月日",即1678年,並非是書刊行的時間。《杜詩批解》最早刊行於1739年(清乾隆四年,朝鮮英祖十五年)。
②《畏齋集》卷九《先考府君行狀》,《韓國文集叢刊》第125册,頁467。

補以自解之説，而加堂號以表之。侍生精力恐不能及此，奉化地有伯舅庶子能詩閑住者，欲屬此人爲之。又欲先禀於先生前，得一題叙之語，而書役纔了，有未遑矣。"①李端夏對刊行體例已有了初步想法：前人注解只保留爲澤堂所吸取者，其他的都删去；再加上澤堂自己的注解，並用堂號區分。甚至連進行整理的人選都有了，但最終却未能實現。不過宋時烈還是應其所請，於肅宗四年戊午（1678）九月寫作了《杜詩點注跋》，這應該也是李端夏準備刊印《杜詩批解》的時間。

第四，《杜解批解》最終於英祖十五年（1739）由李箕鎭付梓刊行，他對《杜詩批解》進行了一定的加工整理，其所做工作如下：一是編次依據唐本，箋注則根據鄉本；二是收入了第一階段所做的部分批解，二者間加圈以區別；三是做了一些删繁就简的工作。

杜詩自宋以後大爲世人推崇，收集、整理、訓解、箋注、研究者蜂擁而起，在宋代已有千家注杜之説。但其中只有蔡夢弼《杜工部草堂詩箋》與郭知達《九家集注杜詩》二家經過收集整理、讎校辨析，其他大都是商賈爲獲利而出，多穿鑿附會，汗漫支離。元好問就認爲："杜詩注六七十家，發明隱奧，不可謂無功。至於鑿空架虛，旁引曲證，鱗雜米鹽，反爲蕪累者亦多矣。"②杜詩注解可謂魚龍混雜，塵沙俱下。澤堂對箋注之類也有自己的看法，他在《谿谷張公陰符經注解序》中稱：

> 古今箋注家，率忠於所爲注者，而攻乎異端，則援墨而附儒；騖於詞辯，則郢書而燕説，要皆無補於作者，而道自弊矣。③

此雖不爲杜詩各家箋注而發，但其中反對曲爲解説，反對强爲辨詞

①《畏齋集》卷六，《韓國文集叢刊》第 125 册，頁 379。
②元好問《遺山集》卷三十六《杜詩學引》，《景印文淵閣四庫全書》第 1191 册，頁 415。
③李植《澤堂集》卷九，《韓國文集叢刊》第 88 册，頁 152。

的精神在《杜詩批解》中同樣得到體現。

　　文學作品的意義是一個不斷生成、不斷流動的過程。後人的欣賞、研究，源源不斷地爲之注入生命力，如離開了接受者，文學作品亦將與時泯滅。既然文學欣賞在某種意義上是讀者的藝術"再創造"活動，那麼在對具體文學作品的欣賞中，也常常會出現仁者見仁、智者見智的複雜性和差異性。魯迅曾指出，"看人生是因作者而不同，看作品又因讀者而不同"。① 無論誰要準確把握作者的本意和作者的思想脉絡都是困難的，又如伽達默爾所言："一切傳承物、藝術以及往日的其他精神創造物、法律、宗教、哲學等等——都脱離了它們原來的意義，並被指定給了一個對它們進行解釋和傳導的神靈。"② 雖然作品大於作家，對作品的理解可莫衷於一，但也有一些基本的原則，任何曲爲解說，牽强附會的解釋都不是正確的接受態度。

　　歷代對杜詩的注釋批評注重的是分析杜詩中的歷史事件，考辨杜詩用典，剖析杜甫情感，錢謙益《注杜詩略例》云："杜詩昔號千家注，雖不可盡見，亦略具於諸本中。大抵蕪穢舛陋，如出一轍。其彼善於此者三家：趙次公以箋釋文句爲事，邊幅單窘，少所發明，其失也短；蔡夢弼以捃摭子傳爲博，泛濫踳駁，昧於持擇，其失也雜；黄鶴以考訂史鑑爲功，支離割剥，罔識指要，其失也愚。"③ 爲錢氏賞識的三家各有所短，也各有偏重，趙次公重在解釋詩句，蔡夢弼重在考證出處與典故，黄鶴偏重於考訂史實。各注本一般很少解釋杜詩字詞，如浦起龍就明言："其詩詞明瞭，初學悉能通曉，則

────────

① 魯迅《魯迅全集》第七卷《集外集·俄文譯本〈阿Q正傳〉序及著者自叙傳略》，人民文學出版社，2005年，頁84。
② [德]伽達默爾著，洪漢鼎譯《真理與方法——哲學詮釋學的基本特徵》，商務印書館，2010年，頁227。
③ 錢謙益《錢注杜詩》"略例"，上海古籍出版社，1979年，頁1—2。

不贅一語。"①各注家的不同目的決定了闡釋杜詩的不同風格,澤堂的《杜詩批解》又是爲何而作呢?

申緯以《杜詩批解》爲杜詩入門要籍,此判斷大體不差。首先此書是澤堂應後輩之請而完成的:鄭銓"請校定以遺後",澤堂遂"隨寓目評釋證貶",趙備及李冕夏也的確通過是書對杜詩有了更多理解。其次,澤堂去世前曾手書遺誡,命勿刊遺集:

> 又況生竊高秩華銜,專以文字之故,則國之公器由我而濫,此罪也。死或撓害州縣鋟刻文稿,罪又大矣。所有亂稿平日不曾整頓,完篇殊少,欲舉而焚之,恐或別惹讒謗,但束之箱籠,爲汝等寓慕之地。雖後日子孫富貴,切勿托公刻板,無負我謙挹之志可也。②

他對自己文稿的處理態度,只是作爲家藏典籍,以供子孫"寓慕",這自然包括了《杜詩批解》,所以《杜詩批解》帶有明顯的啓蒙性質,這就使他的批解與考證典故、考訂史實的其他杜詩注本有著明顯不同,他更關注杜詩用字、句法、結構的分析,杜甫內心情感的解讀,對歷代杜詩注解也各有褒貶,批解簡明扼要,客觀上起到了教育子弟門人的作用。

《杜詩批解》的編次根據劉辰翁批點、高楚芳編纂的《集千家注批點補遺杜工部詩集》而來,底本爲朝鮮世宗集賢殿諸臣編纂的《纂注分類杜詩》,但並非全部照搬,除保留了《纂杜》的補注及劉辰翁批點外,還較多地保留了王洙、蔡夢弼、黃鶴、黃希、趙次公、王彥輔、師尹等人的注解與批點,並對各家注有一選擇簡汰、由繁返約返精的過程。

澤堂自己的杜詩批解有 2200 多條,內容很廣泛,除對杜詩字、句、篇的解釋,句法、篇章結構的分析,還論及杜詩在詩史上的地

①浦起龍《讀杜心解·發凡》,中華書局,2000 年,頁 8。
②李端夏編《澤堂年譜》,見曹承龍影印發行《澤堂集》,1977 年,頁 688。

位、杜詩中的史實等，其所論常針對前人諸家注，有同意者，如：

　　　《重過何氏五首》："犬迎曾宿客，鴉護落巢兒。"

　　　夢弼曰："犬迎客，鴉恐犬害其子，故護之。此十字句法也。"

　　　澤堂曰："此句輕重不等，蔡批近是。"（卷二，頁213）

　　　《聽楊氏歌》："玉杯久寂寞，金管迷宮徵。"

　　　趙曰："以玉杯之寂寞言不敢爲聲，以金管迷宮徵言其聲之不逮於歌，皆以形容歌聲之妙。"

　　　澤堂曰："此注是。"（卷十七，頁1253）

　　　《三絕句》："門外鸕鷀久不來，沙頭忽見眼相猜。自今已後知人意，一日須來一百回。"

　　　師曰："此詩言貪利小人畏君子之譏其短也。然君子以蒙養正，瑜瑾匿瑕，山藪藏疾，不發其隱，而小人來革面諂諛，不能愧恥也。"

　　　澤堂曰："俗情以數來相見爲信義，如溪鳥久不來亦令人相猜，況於人乎？此公久客經事，傷歎之意。注意皆是。"（卷十，頁742）

以上三條對蔡夢弼、趙次公、師尹之論都表示贊同。

　　除了明確贊同前人注解，與諸家注意見相左的看法也不少，約有280條之多。在這近三百條的不同意見中，有的澤堂會直接指明各家注"非是"，如：

　　　《過宋員外之問舊莊》："枉道祗從入，吟詩許更過。"

　　　批："謂之問往矣，一任作詩過之，尊慕前輩，自歉（謙）之詞。"

　　　趙曰："凡枉道而游者有任其入，況能詩者而不許其過乎？則公自負可知矣。"

　　　澤堂曰："題有'過'字，乃枉過。既不憚枉入，又許更過而

吟詩，皆珍重思慕之意。批與注皆失之。"（卷一，頁106）

《贈翰林張四學士垍》："無復隨高鳳，空餘泣聚螢。"

批："謂鳳飛於高，何物小兒。政是用人名戲筆，與桃紅、李白、驥子、鶯歌等，其親狎怨別不見痕迹轉換，而故人厚者自知之耳。"

澤堂曰："劉批似謬。"（卷一，頁149）

兩條都直接指明趙次公注與劉辰翁批有誤，第一條還提出了自己的理解。有的雖未明言，從表述中也能發現批解有很強的針對性，多是認爲前人注有不合理、錯繆處而寫下的大相徑庭的解釋。如：

《白絲行》："春天衣著爲君舞，蛺蝶飛來黃鸝語。"

趙曰："蛺蝶飛，以況舞之輕；黃鸝語，以況歌之巧。"

澤堂曰："蝶、鶯見舞衣，疑其爲花草也。"（卷二，頁183）

趙次公認爲"蛺蝶飛"是形容舞者姿態輕盈，而澤堂認爲蝶飛鶯舞爲實景，因爲衣服上所繡花草栩栩如生，引來了蝴蝶與黃鶯，從而映襯衣服之美麗、繡工之精良。

《冬末以事之東都湖城東遇孟雲卿復歸劉顥宅宿宴飲散因爲醉歌》："疾風吹塵暗河縣，行子隔手不相見。"

夢弼曰："河縣乃河陽也，謂郭子儀、李光弼與賊相抗於河陽。疾風吹塵，屯兵所在風揚塵土，河縣爲之暗而不見人也。"

澤堂曰："以手隔塵，故不得相見。此是收京後事，乃眼前即景，非李、郭戰塵也。"（卷六，頁491）

蔡夢弼以"疾風吹塵"爲郭子儀、李光弼與叛軍作戰的戰塵，澤堂認爲此詩的寫作時間在收復京城後，"疾風吹塵"爲眼前實景，與戰争並不相干。

　　澤堂批解與諸家注的不同大概有三方面，一是對杜詩的寫作時間及詩中所及歷史事件、歷史人物有不同見解；二是認爲前人注解過於拘泥，多牽强附會處，因此"太拘"、"失之曲"、"紕剌"、"膚末"、"繁雜"等語時常出現在澤堂批解中；三是因爲澤堂對杜詩的理解與他人有異，也就使他的批解表現出不同的面貌。下面從這三方面略舉數例，以見澤堂批解與諸家注的差異。

一　論杜詩寫作時間及詩中史實

　　因爲杜詩有"詩史"之稱，詩中反映的歷史事件很多、社會生活面很廣，要對杜詩的寫作時間及詩中所及歷史事件都有準確判斷，實非易事，如浦起龍所言："昔人云：不讀萬卷書，不行萬里地，不可與言杜。今且於開元、天寶、至德、乾元、上元、寶應、廣德、永泰、大曆三十餘年事勢，胸中十分爛熟。再於吴、越、齊、趙、東西京、奉先、白水、鄜州、鳳翔、秦州、同谷、成都、蜀、緜、梓、閬、夔州、江陵、潭、衡，公所至諸地面，以及安孽之幽、薊，肅宗之朔方，吐蕃之西域，洎其出没之松、維、邠、靈，藩鎮之河北一帶地形，胸中亦十分爛熟。則於公詩，亦思過半矣。"[1]即使對杜甫生活的時代、遊歷的地點、經歷的事件都爛熟於胸，也只能"思過半"，由此可見理解注釋杜詩難度之大，所以雖有梁權道、魯訔、黃鶴等人爲杜詩編年，後人仍常有不同意見，澤堂在批解杜詩時也對一些詩作的寫作時間及詩中的歷史事件提出了自己的看法。如：

　　　　《曲江三章章五句》："鶴曰：曲江蕭條秋氣高，當是至德元載陷賊中時。若曰乾元元年，則六月已出爲華州椽（掾）矣。"

────────

①《讀杜心解·發凡》，頁6。

澤堂曰："按：二説皆欠據，詳味詩意，乃甫布衣時作。讀
者若並與《秋雨歎》《和薛華醉歌》《樂遊園歌》《簡成華二子》等
作而參其語意，則知爲布衣時無疑，但未知的在何年也。"(卷
四，頁313)

在澤堂之前，關於《曲江三章章五句》的寫作時間有兩種説法，一是
至德元載(756)，一是乾元元年(758)。乾元元年六月，杜甫已出爲
華州掾，詩中描寫的是曲江秋色，此説有誤，黄鶴已批駁。澤堂又
針對黄鶴之言提出不同看法，認爲此詩具體寫作時間雖不可考，但
爲布衣時所作無疑，詩中"哀鴻獨叫、沙石相蕩、菱荷枯折乃歲暮江
間之景"(頁314)，非如蔡夢弼所言有"黍離"之感。[1] 關於此詩的寫
作時間確有爭議，有人持"陷賊"説，如吳見思將此詩編年在"天寶
十五載秋，陷賊中"，[2]盧元昌云"曲江三章，自傷陷賊也"。[3] 但更多
的還是認爲杜甫作於布衣時，並有具體的時間判斷，如單復在編目
中將此詩編在天寶十載(751)，[4]仇兆鰲云："此詩三章，舊注皆云至
德二載公陷賊中時作。按：詩旨乃自歎失意，初無憂亂之詞，當是
天寶十一載獻賦不遇後，有感而作。"[5]以此詩作於天寶十一載
(752)獻《三大禮賦》後。浦起龍在《目譜》中將此詩編排在天寶五

---

①《杜詩批解》"白石素沙亦相蕩，哀鴻獨叫求其曹"下引蔡夢弼箋注云："當時
　曲江風物盛傳天下，經禄山之亂焚爇殆盡，子美覽此風物已非昔日之盛，復
　自傷年老，兄弟間隔，豈非黍離閔宗周之比乎？"(卷四，頁313)
②吳見思《杜詩論文》卷六，頁363。本書所用《杜詩論文》見黄永武編《杜詩叢
　刊》(大通書局，1974年)第四輯第54—57册，清康熙十一年(1672)吳郡寶翰
　樓刊本。
③盧元昌《杜詩闡》卷四，頁194。本書所用《杜詩闡》見黄永武編《杜詩叢刊》
　(大通書局，1974年)第三輯第50—53册，清康熙二十五年(1686)書林刊本。
④單復《讀杜愚得・杜詩目録》，頁26。本書所用《讀杜愚得》見黄永武編《杜詩
　叢刊》(大通書局，1974年)第二輯第26—28册，明宣德九年(1434)江陰朱氏
　刊本。
⑤仇兆鰲注《杜詩詳注》卷二，中華書局，1999年，第1册，頁137。

載(746)至十三載(754)數年的詩作中。①《杜詩言志》云:"此詩三章,諸家多叙在陷賊時作,亦有叙在未亂以前者。然玩其語意,則似爲林甫專權而發。當在奉詔來長安,命尚書復試退下之時,遊曲江感興而作,非刺國忠語也。"②天寶六載(747)春,杜甫應詔就試,但因李林甫的詭計,應試之人無一及第,"林甫乃上表賀野無遺賢",③《杜詩言志》的作者認爲此詩即是針對此事有感而發。無論是哪種看法,以《曲江三章章五句》爲杜甫布衣時的作品是比較一致的認識,澤堂對黃鶴等人的批駁有一定道理。④

又如:

> 《送孔巢父謝病歸游江東兼呈李白》:洙曰:"永王璘赴江淮,聞其賢,以從事辟之。巢父察其必敗,側身潛遁,由是知名。"

> 澤堂曰:"永王出鎮,在天寶亂初蒼黃西幸之際,巢父此時自京歸江東,則其詩似不如此。此詩乃巢父亂前自歸江東也。"(卷四,頁325)

王洙認爲這首詩作於安史之亂後,孔巢父不赴永王璘召,澤堂則認爲詩應寫於亂前。二者孰是孰非?考察各家注,王洙之説響應者甚少,與澤堂見解相同者更多。朱鶴齡云"此詩乃天寶中公在京師作。……舊注云巢父察永王必敗,謝病而歸,公作此送之,大謬",⑤

---

① 《讀杜心解》卷首《目譜》,頁21。
② 佚名《杜詩言志》卷二,江蘇教育出版社,1983年,頁38。
③ 司馬光《資治通鑒》卷二百一十五《唐紀三十一》,中華書局,1995年,第15册,頁6876。
④ 李植之論也爲當代學者所認可,蕭滌非主編《杜甫全集校注》卷二在《曲江三章章五句》的解題中就引用了李植之語"詳味詩意,乃甫布衣時作"(人民文學出版社,2014年,第1册,頁305)。
⑤ 朱鶴齡《杜工部詩集》卷一,頁160。本書所用《杜工部詩集》見吉川幸次郎編《杜詩又叢》(京都中文出版社,1977年)第4—6册,景清康熙九年(1670)刊本。

明確批駁了王洙之論。浦起龍也支持朱説,將此詩編在天寶五載
至天寶十三載間。① 張綖還根據詩歌内容詳細分析了寫作時間:
"説者以此詩送巢父辭永王璘之辟,然未(末)有'南尋禹穴見李白'
之語,考白居會稽在天寶初,而璘辟巢父在至德二載,相距後十餘
歲,其非辭璘辟明甚。"②認爲此詩作於天寶初,李白隱居會稽之時。
《杜詩言志》也有自己的看法:"天寶時事,李林甫擅權於前,楊國忠
怙寵於後,明皇深居宴溺,真滿朝昏亂,禍亂將作,正天地閉、賢人
隱之時。太白放還之後,繼之以巢父謝病而歸。"③天寶年間國事混
亂,在李白被賜金放還後,孔巢父也隨後歸隱了。澤堂曾尖鋭批評
杜詩注解中各種牽強附會的解釋,"自天寶末至子美殁,胡狄迭亂、
河朔腥膻者迄二十餘年未已,而注杜詩者言盜賊必曰禄山,言播遷
必曰明皇在蜀,言流落必曰甫在成都,至於天寶以前傷時之作亦以
爲亂離後作,曲爲援比,其孤陋可笑皆此類"(卷二十三,頁 1645),
王洙在此就有"曲爲援比"之嫌,將孔巢父不願同流合污,視富貴如
露珠,決意歸隱之事與安史之亂發生後永王璘事件聯繫起來理解,
也就影響了對此詩寫作時間的判斷。

　　澤堂除了對作品的寫作時間提出異議,有時還針對詩歌涉及
的歷史事件、歷史人物發表自己的不同看法。如:

　　　　《行次昭陵》:"往者灾猶降,蒼生喘未蘇。"

　　　　夢弼曰:"謂隋之亂,蒼生僅存殘喘也。"

　　　　澤堂曰:"魏徵勸帝行仁義,帝從之。貞觀初歲,旱,關中
　　　大饑,上勤而撫之,未嘗嗟怨,其後果致豐富,至斗米三四錢。
　　　上有'惜不令封德彝見之'之語。此詩所謂'蒼生喘未蘇'等

----

① 《讀杜心解》卷首《目譜》,頁 21。

② 張綖《杜工部詩通》卷二,頁 65。本書所用《杜工部詩通》見黃永武編《杜詩叢
　刊》(大通書局,1974 年)第二輯第 31—32 册,明隆慶壬申(1572)張守中浙江
　刊本。

③ 《杜詩言志》卷二,頁 36。

語，正指此事。若謂指隋亂，則與首句架叠。其曰'灾猶降'
者，亦大歇矣。注說非是。"（卷一，頁114）

蔡夢弼認爲"灾猶降"指的是隋末之亂給百姓帶來的深重灾難。澤
堂從歷史事件及整首詩的結構關係出發，認爲是指太宗初年，關中
大旱給百姓民生造成的苦痛。關於此點，在杜詩注解中可謂衆説
紛紜，趙次公認爲指太宗末年大興土木，遠征高麗，龜兹而導致的
日食、太白晝見等灾異之事；①何焯引安溪先生語，認爲"唐雖受命
而武德之間亂猶未弭，貞觀之初，始致太平，故曰'灾猶降'"；②顧炎
武以之爲武后、韋后之亂；③錢謙益則云"蓋言天寶之亂，乃隋末之
灾再降於今日也"；④張溍也認爲指安史之亂。⑤《杜詩詳注》對各家
説做了一個小結："此詩中段，向有三説：以灾降爲隋末旱灾，仍降
唐初者，張南湖説也。以灾降爲韋后亂宮，明皇廓清者，錢牧齋説
也。以灾降爲禄山倡亂，如隋末兵戈者，朱長孺説也。黄白山謂指
天寶季年禄山未亂之先，此説得之，故附於五卷之末。"⑥一是指唐
初旱灾，此爲張綖説；二是韋后之亂，此爲錢謙益説；三是安史之
亂，此爲朱鶴齡之論；四是天寶季年安史之亂爆發前的社會狀況，
此爲黄山之言。再結合上引趙次公、安溪先生語，對此句的理解多

---

①郭知達集注《九家集注杜詩》卷十七，趙云："此六句言太宗末年，有日食、太
　白晝見之灾，興翠微、玉華之役，高麗、龜兹之戰，相繼用師，則太宗之意，猶
　欲好大喜功，勤兵於遠。立思方如此，遽爾升遐，故繼之以壯士悲陵邑也。"
　頁1169。

②何焯著，崔高維點校《義門讀書記》卷五十三，中華書局，1987年，頁1101。

③顧炎武著，黄汝成集釋《日知録集釋》卷二十七《杜子美詩注》："'往者灾猶
　降，蒼生喘未蘇'，謂武、韋之禍。"上海古籍出版社，1985年，頁2053。

④《錢注杜詩》卷十，頁322。

⑤張溍《讀書堂杜詩集注解》卷一："四句謂平安史之亂者皆賴前烈。"頁310。
　本書所用《讀書堂杜詩集注解》見黄永武編《杜詩叢刊》（大通書局，1974年）
　第四輯第58—61册，康熙三十七年（1698）滏陽張氏刊本。

⑥《杜詩詳注》卷五，第1册，頁411。

達 6 種。其中張綖之説有更多的支持者,仇兆鰲認爲張説"文意平順",[1]史炳更明確批駁顧炎武之論、肯定張綖之説:"《日知録》又以往者爲武、韋之禍,元(玄)宗再造唐室,本於太宗遺德在人,故詩中及之云云。案,開元初,政誠不愧於安率土、撫洪爐,但武、韋之禍止於毒流搢紳、兵起宫壼,而天下承平已久,於'蒼生喘未蘇'之句亦殊不合。惟仇注取張南湖、王右仲之義,謂隋末唐初水旱之灾猶降,民困未蘇,太宗勤恤以安民修省以回天,遂能安率土、撫洪爐,此再叙當時仁政以補上文所未備,其説得之。"[2]澤堂之論正與張氏相合。而蔡夢弼"隋之亂"的説法在其後並無回應者,澤堂認爲如指隋亂則文意重疊,對蔡氏的批駁也很有道理。[3]

又如:

> 《憶昔二首》之一:"張后不樂上爲忙。"
>
> 夢弼曰:"張后,肅宗皇后也;上,指代宗爲太子時也。按:張后能牢寵干預政事,後與李國輔(按:應爲李輔國)謀徙上皇,又屢欲危害太子,故太子爲之驚忙。"
>
> 澤堂曰:"上指肅宗。言張后怒,則肅宗爲之遑遑。此語雖褻而有理,注説非是。"(卷十三,頁 934)

"張后"指肅宗皇后張良娣,二者没有差别,但蔡夢弼以"上"指代宗,澤堂以"上"指肅宗。《舊唐書》記載:"皇后寵遇專房,與中官李輔國持權禁中,干預政事,請謁過當,帝頗不悦,無如之何。"[4]明言張后專寵弄權,肅宗無可奈何。《憶昔》一詩可分成上下兩部分,前

---

[1]《杜詩詳注》卷五,第 1 册,頁 409。

[2] 史炳《杜詩瑣證》卷上"玉衣鐵馬"條,上海書店,1988 年,頁 69。

[3]《杜甫全集校注》同樣肯定了李植之論,全文引用李植此條,並認爲比仇氏之論"更進一層",也就是更符合杜甫原旨。《杜詩全集校注》卷一,第 1 册,頁 189。

[4]《舊唐書》卷五十二《后妃傳》(下),中華書局,1997 年,第 7 册,頁 2185。

言肅宗事迹,後言代宗時事,"張后不樂上爲忙"之"上"當指肅宗,"至今今上猶撥亂"之"上"指代宗。關於"張后不樂上爲忙"之"上"指誰各家注一直有分歧,在《九家集注杜詩》中就有不同的意見,王洙云:"上爲忙,以代宗畏后也。"趙次公云:"'上爲忙'指肅宗,舊注以代宗畏后,非是。'今上猶撥亂',代宗撥亂也。"①此後以"上"爲肅宗者占多數,如單復云:"李輔國、張皇后專權預政,謀徙上皇,屢危太子,肅宗畏之。"②吳見思云:"'上爲忙'三字,寫得懼内人刻骨。"③仇兆鰲云:"后不樂,狀其驕恣;上爲忙,狀其跼蹐。此分明寫出懼内意。"④浦起龍云:"首章,歷叙肅宗臨御,以及代宗之蒙塵。其中關目,在肅宗,則以輔國、張后之蔽,致師潰鄴城,遺憂繼世。"⑤以上四例都以"張后不樂上爲忙"中的"上"指肅宗,與澤堂對詩句的分析理解一致。

澤堂批解杜詩時,對杜詩寫作時間或詩歌涉及的歷史事件、歷史人物提出不同見解的批語不在少數,能充分展現他對杜詩理解之深刻、體會之仔細,但因爲杜甫的忠君愛國在他心中有著極高的地位,所以不免有爲尊者諱的想法,這會影響他對杜甫生平的梳理。如:

　　《述懷》:"脱身得西走。"

　　洙曰:"按《新唐書》:天子幸蜀,甫走避三川。肅宗立,自鄜州嬴服奔行在,爲賊所得。至德元年亡走,謁帝鳳翔。"

　　澤堂曰:"王弇州以《新唐書》爲贗古書,此注果然。鄜州去鳳翔遠,祿山兵未嘗至,其間有何賊兵,而乃微服奔行乎?杜在京陷賊中,以官微故不爲賊調,得潛隱得脱,本末甚明。

---

①《九家集注杜詩》卷八,頁531。

②《讀杜愚得》卷十,頁739。

③《杜詩論文》卷二十六,頁1067。

④《杜詩詳注》卷十三,第3冊,頁1161。

⑤《讀杜心解》卷二之二,頁286。

若先爲賊得，則不死必污，豈復爲子美耶？作史者泛看杜詩，不考前後，掇取爲傳，故其失如此。"（卷四，頁340）

關於杜甫陷賊的經歷，前人多有説明，趙次公云："此篇叙事甚明。'去年潼關破'，天寶十五載六月爲賊將崔乾祐所破也。先是，公於五月挈家避地鄜州，有《高齋詩》及《三川觀漲》《塞蘆子》詩。即自鄜州挺身赴朝廷，而逢潼關之敗，遂陷賊中。既而是月肅宗即位靈武，治兵鳳翔。公於至德二載夏四月自賊中亡走鳳翔，所謂'今夏脱身走'是也。"①趙氏言事情始末甚詳，杜甫是在潼關失守後，在從鄜州前往靈武的途中被亂軍俘虜的。澤堂因對《新唐書》的理解有偏差，所以對其記載進行了批評，首先"羸服"是指衣衫襤褸，並非説"微服"；其次澤堂認爲"爲賊所得"則必失節，品行必污。爲了替杜甫洗刷"不死必污"的嫌疑，他强調杜甫是被困於爲安史亂軍把守的長安，而不是被亂軍捕獲。② 至於杜甫雖陷賊却未被污的原因，莫礪鋒《杜甫評傳》云："杜甫到了鄜州，把家安置在城北的羌村。八月，聽説肅宗已在靈武即位，杜甫便隻身北上延州（今陝西延安），想從蘆子關（今陝西横山附近）投奔靈武。可是此時叛軍勢力已蔓延到鄜州以北，杜甫在途中不幸被捕，被押往淪陷了的長安。幸虧他官階很低，叛軍對之不甚注意，所以並没有把他與其他的被俘官員一起送往安禄山僞朝廷所在的洛陽，也没有對他施以嚴格的看管。"③杜甫因爲官階低微，不必受僞職並能趁機逃脱。澤堂雖也看到杜甫因"官微"、"得潛隱得脱"，但因不願其有被捕的經

---

① 《九家集注杜詩》卷三，頁214。

② 澤堂認爲杜甫未曾被亂軍擄獲，可能也受到了劉辰翁批語的影響。劉辰翁批、高楚芳編《集千家注批點補遺杜工部詩集》卷三劉辰翁批語云："詩中未見有爲賊所得一節，豈非以脱身西走語致誤耶？但自鄜州出即脱身也。"（頁277）劉氏認爲"脱身"是指離開鄜州而言。

③ 莫礪鋒《杜甫評傳》第二章《廣闊的時代畫卷與深沉的内心獨白》，南京大學出版社，2019年，頁75。

歷,所以針對《新唐書》的記載提出了頗多主觀意願的駁斥,他在批
評其他注家"曲解"時,自己也不免陷入如此窠臼。

　　除了因爲替杜甫辯解而對杜甫生平的理解出現偏差,澤堂亦
會因閱讀不够細緻影響對杜詩寫作時間的判斷,如:

　　　　《哀王孫》:"竊聞太子已傳位,聖德北服南單于。"

　　　　鶴曰:"詩云'竊聞太子已傳位',當在至德元年(756)七
　　月作。"

　　　　澤堂曰:"本史明皇戒太子曰:西北諸胡,吾撫之甚厚,汝
　　必得其力。且欲傳位。此句蓋傳聞之説也。此詩作於禄山初
　　陷西都時,以爲八月即位後作,則與詩之意境頓異,恐注者失
　　之。"(卷四,頁 310)

關於此詩相關歷史事件,《舊唐書》記載:天寶十五載六月九日,潼
關失守。十二日凌晨,玄宗"自延秋門出,微雨霑濕,扈從惟宰相楊
國忠、韋見素、内侍高力士及太子、親王,妃、主、皇孫已下多從之不
及。"[1]叛軍占領長安後,大肆殺戮。七月丁卯,"安禄山使孫孝哲殺
霍國長公主及王妃、駙馬等於崇仁坊……已巳,又殺皇孫及郡、縣
主二十餘人",[2]宗室王孫四處逃避,也就有了杜甫在詩中描寫的情
景。黄鶴認爲是詩作於至德元年七月,澤堂認爲作於"禄山初陷西
都時",亦即是年六月。詩曰:"已經百日竄荆棘,身上無有完肌
膚。"盧元昌解釋云:"自六月中,長安被陷,經今百日,形傷貌毀,身
無完膚,其苦如此。"[3]自六月中以後百日,當是九月間,所以無論説
是寫於七月、八月,還是澤堂認爲的六月都不準確。仇兆鰲即云:

---

① 《舊唐書》卷九《玄宗本紀》(下),第 1 册,頁 232。《資治通鑒》卷二百一十八
　　《唐紀三十四》亦記載:"乙未,黎明,上獨與貴妃姊妹、皇子、妃、主、皇孫、楊
　　國忠、韋見素、魏方進、陳玄禮及親近宦官,宫人出延秋門,妃、主、皇孫之在
　　外者,皆委之而去。"第 15 册,頁 6971。
② 《資治通鑒》卷二百一十八《唐紀三十四》,第 15 册,頁 6984。
③ 《杜詩闡》卷四,頁 199。

"詩云'已經百日竄荆棘',蓋在九月間也。詩必此時所作。"①

　　關於杜詩的寫作時間及詩中史實,澤堂通過自己的閱讀體味,常有新見,在批駁諸家注時也多有理有據,但這一過程也有牽强處或不够精準處,我們要有所區分辨別。

二　論諸家注杜之誤

　　澤堂常直截了當地指出前人的批語或注解有誤,這主要是由兩個原因造成的:一是他認爲諸家注過於牽强,一是他對杜詩有與衆不同的理解。當然,第一點也是因爲澤堂與注杜諸家理解不同而產生的分歧,之所以將此點單獨提出,因爲這是杜詩諸家注中很突出的問題,直接影響到注杜的成就與水準。杜詩在歷史上有三點最爲人津津樂道:一是"詩史"之稱,"甫又善陳時事,律切精深,至千言不少衰,世號'詩史'"。② 二是杜甫忠君愛國,一飯不忘君,蘇軾云:"古今詩人衆矣,而杜子美爲首,豈非以其流落飢寒,終身不用,而一飯未嘗忘君也歟?"③三是杜詩無一字無來處,黃庭堅云:"自作語最難,老杜作詩,退之作文,無一字無來處,蓋後人讀書少,故謂韓、杜自作此語耳。"④這三點極大地影響了各家對杜詩的認

---

①《杜詩詳注》卷四,第1册,頁310。
②《新唐書》卷二百一《文藝上》,中華書局,1997年,第18册,頁5738。
③孔凡禮點校《蘇軾文集》卷十《王定國詩集叙》,中華書局,1986年,頁318。關於杜甫忠君愛國、一飯不忘君云云,前人多有稱頌,如曾噩《九家集注杜詩序》云:"況其遭時多難,瘦妻饑子,短褐不全,流離困苦,崎嶇埋厄,一飯一啜,猶不忘君,忠肝義膽,發爲詞章,嫉邪憤世,比興深遠。讀者未能猝解,是故不可無注也。"頁8。
④黃庭堅《豫章黃先生文集》卷十九《答洪駒父書》,《四部叢刊初編縮本》第212册,上海商務印書館,1936年,頁204。

識，也使得在注杜的過程中出現了各種問題，宋犖云："大抵諸家注杜有二病，曰摭實之病，曰鑿空之病。摭實者，謂子美讀書萬卷，用字皆有據依，捃摭子傳稗史，務爲泛濫，至無可援證，或僞撰故事以實之。鑿空者，謂少陵號詩史，又謂一飯不忘君，每一字一句必有寄托，乃穿鑿單辭、傅會時事，而曲爲之説。而所爲深刺隱詗，往往陷少陵於險薄而不自知。"① 在注解杜詩時注重字句的出處、典故的使用，以及詩中的歷史事件，努力挖掘其隱喻象徵意義，從而使杜詩注釋不免牽强。此點與"物象類型"② 分析相聯繫，就加深了注杜的拘泥與偏執。"宋人在運用'物象類型'以説詩時主要犯了兩點錯誤，一是將'象徵物象'與'自然物象'混爲一談，以爲物物皆有所托喻。二是在解説的過程中充滿了拘執的自由。"③ 以這樣的思路去批評注解杜詩必然造成對杜詩的主觀比附，影響對杜詩的準確閱讀、深入理解，甚至有損於杜詩的藝術性。

澤堂在批解杜詩時，也注意到諸家注的穿鑿附會，如上文所引"自天寶末至子美歿，胡狄迭亂，河朔腥羶者，迄二十餘年未已，而注杜詩者言盜賊必曰禄山，言播遷必曰明皇在蜀，言流落必曰甫在成都，至於天寶以前傷時之作亦以爲亂離後作，曲爲援比，其孤陋可笑皆此類"（卷二十三，頁 1645），澤堂對諸家注過於拘執的批駁是否有道理呢？他自己是否能完全克服其間存在的問題呢？下面亦略取數例進行分析。

如《樂遊園歌》中"却憶年年人醉時，只今未醉已先悲"一句：

> 夢弼曰："甫游此，悲感當年之樂，翻爲此日之憂。風物已非舊時華麗，但睹碧草萋萋，《黍離》之作與同意也。"

---

①《讀書堂杜詩集注解》之宋犖序，頁 161。

②"'物象類型'，它指的是由詩中一定的物象所構成的具有某種暗示作用的意義類型，其主要特色是通過'物象'來表達'寄托'。"見張伯偉《中國古代文學批評方法研究》，中華書局，2023 年，頁 78。

③《中國古代文學批評方法研究》，頁 80。

　　澤堂曰:"此與花相似、人不同者同意,所以未醉而先悲者,以白髮未抛、賤士無歸也。前景後情,語意一串。而蔡氏以上三句爲追述昔年事,又以碧草萋萋爲黍離之悲。果然,則華筵歡賞豈黍離中所宜耶? 杜注蔡氏最競爽,而紕剌如此,他可概矣。"(卷二,頁 169)

蔡夢弼在此同樣將杜甫的人生與情感簡單化了,認爲其悲其痛其感慨都與安史之亂有關。關於此詩的寫作時間,張綖曰:"天寶十載,公獻賦詔試集賢院,爲宰相所忌,但得參列選序。詳詩中'聖朝已知賤士醜,一物自荷皇天慈',似當在此歲。"①認爲此詩寫於安史之亂前的天寶十載(751)。清人注杜多持此意見,盧元昌在串講詩意時説:"獨我賤士,見醜聖朝,今幸三賦,得叨宸賞,乃待命集賢。又復踰年,夫豈皇天閔覆,終遺賤士乎?"②亦認爲是獻《三大禮賦》後待命集賢院時所作。楊倫將此詩編在卷二,明言"天寶中公在京師作";③浦起龍所言更具體,"大抵皆天寶十載後獻賦召試屢見擯斥時所作"。④ 澤堂未對此詩的寫作時間作出推斷,但認爲詩中傳達的只是作者在人生困頓時的感慨,與劉若虛的"年年歲歲花相似,歲歲年年人不同"一樣,畢竟"華筵歡賞"不是在家國動盪山河破碎時能有的舉措。澤堂對詩句的理解更符合杜甫的經歷與性情,對蔡注的反駁與批評也很有道理。《杜詩言志》對這兩句有很深切的體味:"此樂不自今日始,年年如是,人人如是,遊而樂,樂而醉。即或有人知盛衰之理,於醉後樂極而生悲;安有未醉之先,早抱杞人之憂,而先悲不自勝,如我今日者乎? 夫我之先悲,固自有故。"⑤兩句在詩中尚有承上啓下的作用,下文即轉入老而無位的身

①《杜工部詩通》卷二,頁 67。
②《杜詩闡》卷二,頁 92。
③楊倫箋注《杜詩鏡銓》卷二,上海古籍出版社,1998 年,頁 43。
④《讀杜心解》卷二之一,頁 230。
⑤《杜詩言志》卷一,頁 22。

世之歎。

　　如果説蔡夢弼在解《樂遊園歌》時過於膠著於歷史，從而將杜甫的人生簡單化，那下面這首則是他用"物象類型"來解詩的範例：

　　　《示從孫濟》："萱草秋已死，竹枝霜不蕃。"

　　　夢弼曰："翻今作蕃。堂前者，堂之南也；堂後者，堂之北也。竹以喻父，萱以喻母。男正位乎外，故堂前父之所居；女正位乎內，故堂後母之所居。萱草已死，言杜濟之已喪母矣。竹之不蕃，兄弟譬則連枝，言杜濟之父所存者獨甫，兄弟無人。此序濟已喪父母，惟叔父甫在，爲至親也，無以數來爲嫌。蓋同姓之恩刻薄，於至親者尚然，況疏者乎？"

　　　澤堂曰："貧家不能裁（栽）植，所以有自生之物，亦不免凋悴，極言荒寂之狀，親戚存亡之感亦在中矣。此注亦巧，然未必杜本意。"（卷三，頁244）

在這兩句詩中，蔡夢弼以竹指代父親，萱指代母親，得出杜濟父母俱亡，唯剩杜甫一親人的結論，此説頗爲牽強。前言"宅舍如荒村"，這裏進一步描寫萱草已死，竹枝凋零，渲染住所的荒涼冷落，從而引發親人凋零之感，即澤堂所言"極言荒寂之狀，親戚存亡之感亦在中矣"。認爲此詩有象徵意義的還不止蔡氏一人，"淘米少汲水，汲多井水渾。刈葵莫放手，放手傷葵根"，這是一個長者日常生活經驗的總結，並將之傳授給後輩，但趙次公認爲："此段方有興致，蓋淘米炊刈葵烹，少汲水莫放手，因以興焉。族之有宗，猶水之有源，葵之有根也。水有源，勿渾之而已；葵有根，勿傷之而已；族有宗，則亦勿疏之而已。受外嫌猜者，亦猶汲水之多也。苟以嫌猜而不敢同姓，亦猶放縱其手於采葵也。"[①]仇兆鰲也認爲此詩有隱喻意，寫竹與萱，"此見宅舍之景，而傷本支零落，賦而比也"；寫汲水、

_____

①《九家集注杜詩》卷一，頁92。

刘葵，"此見朝饔之事，諷其加意根源，比而興也"。① 施鴻保《讀杜詩説》本爲仇兆鰲糾誤，在此却强化了比興説，"四句皆當是比，非但傷本支零落也。萱草，古人多以比母，或濟母方死，故云；竹枝，似亦用竹林籍、咸事，比其子侄，或濟子侄無多，又或其時有短折者，故云。"②與蔡夢弼之論如出一轍，只是竹不再指父親，而是指子侄。此詩本寫日常景、生活事、訓誡語，亦有一定的人生感慨，非要説他是比興，則太過拘執。王嗣奭云："'淘米'四句，是家人語。因其汲水、刘葵，而示以作家之法如此。……以爲比興，恐未然。"③此當爲中肯之論，與澤堂論竹、萱四句正暗合。

用"物象類型"注解杜詩是各家較常用的手法，下文亦是一例：

《得舍弟消息》："風吹紫荆樹，色與春庭暮。花落辭故枝，風回反無處。"

洙曰："周景式《孝子傳》：古有兄弟忿，欲分異出門，見三荆同株接葉連陰，歎曰：木猶欣聚，况我而殊哉？又田真兄弟欲分，其夜，庭前三荆便枯，兄弟感歎，遂不分，樹還榮茂。"

夢弼曰："詩人多以風雨喻患難，如曰'風雨所飄搖'是也。風吹，謂禄山之亂方作；風回，謂禄山之亂已平。紫荆，兄弟之比也。色暮，甫自謂顔色已衰也。花與枝辭，謂兄與弟別。甫既丁暮年，只恐患難平後，弟得還鄉，又遭甫已老死，無處可依歸故也。"

澤堂曰："但亂離、分散、衰老、不相見之意，而分析注解似巧而拙。"（卷六，頁445）

王洙引用兩個典故，説明紫荆樹的榮與枯象徵兄弟間的聚合與分離，此處花落不返正暗示兄弟間的分隔，如盧元昌所言："紫荆，兄

---

①《杜詩詳注》卷三，第1册，頁206。

②施鴻保著，張慧劍校《讀杜詩説》卷三，上海古籍出版社，1983年，頁26。

③王嗣奭《杜臆》卷一，上海古籍出版社，1983年，頁30。

弟樹也。不幸爲風所吹，風能吹花落樹，不能吹花上樹，所由色與
春庭俱暮。一落之後，已離故枝，縱使風回，花無處所，我與弟是
矣。"①與下文"骨肉恩書重，漂泊難相遇"的詩意正吻合。後人也多
沿襲王洙之説，在注解此詩時一般都會點明這兩個典故，②仇兆鰲
在分析詩意時，進一步説明："荆花吹落，喻兄弟分張。風回不返，
喻漂泊難遇。"③此詩借紫荆比興，這樣的理解没有問題，但蔡夢弼
在解釋時受"物象類型"的影響，努力尋求詩作背後更深遠的引申
意與隱喻意，將詩之背景與安史之亂再一次聯繫起來，"風吹"比喻
安史之亂，"風回"比喻安史之亂已平息，"紫荆"比喻兄弟，"色暮"
比喻杜甫年老，花與枝辭比喻兄弟分離。詩人由紫荆起興，引發兄
弟離別之感，經蔡夢弼如此分析，詩意支離破碎，不堪卒讀，而由此
得出的"恐患難平後弟得還鄉，又遭甫已老死，無處可依歸故也"的
解釋就顯得尤爲可笑。澤堂認爲此詩表達"但亂離、分散、衰老、不
相見之意"，看似簡單，却平和深切，對蔡注"似巧而拙"的批評也很
中肯準確。

　　澤堂認爲諸家注過於牽強，有時不免矯枉過正，忽略了杜詩的
比興意，如：

　　　　《歎庭前甘菊花》："籬邊野外多衆芳，采擷細瑣升中堂。"
　　　　趙曰："此詩蓋刺餘子碌碌皆得貴近。言芳，則非不謂之
　　才也，特細瑣而已。言升中堂，則貴之意也。公之言傷時，細
　　碎微瑣者用，而出類者廢也。"
　　　　澤堂曰："衆芳在野，細瑣者升堂，自是直説。趙注太拘。"
　　　　（卷三，頁242）

---

①《杜詩闡》卷七，頁340。
②《讀杜心解》卷一之二（頁45）、《杜詩鏡銓》卷四（頁187）都引用了第二個典
　故，並明確指出出自《續齊諧記》；《杜詩詳注》卷六（頁461）則在注釋中交待
　了這兩個用典。
③《杜詩詳注》卷六，第2册，頁461。

趙次公認爲此詩是感慨有材者不得重用，一般之人却得顯貴。將
“庭前甘菊花”與“籬邊野外”之花相對照，菊花不堪摘，野花則登堂
入室爲人寵愛，詩中的比興意非常明顯。香草美人是中國古代文
學中的傳統比興意象，杜詩在此以花比人，各家注也認識到這點，
紛紛加以説明，王洙曰：“此詩譏小人在位，賢人失所也。”①黄鶴曰：
“天寶十三載長安作，公蓋自傷見用之晚，當是獻《西岳賦》後。”②二
人都認爲此詩有爲而作，但有爲人而發與自發的區别。師尹結合
屈原之作及《詩經》對整首詩有更爲詳盡的解釋，曰：“移晚，謂失其
時也；盡醉醒者，人盡泛菊而醉，唯我無菊可泛，但醒而已。殘花雖
開，已無況味，夫復何益？此正與屈原不遇其時而云‘舉世皆醉唯
我獨醒’之意同。甘菊喻君子，衆芳細瑣以喻小人，君子不遇時不
見采擢，小人反獲超升登於廟堂之上，此與《隰桑》詩‘小人在位，君
子在野’無異也。然賢者所涵養雖大，奈何結托不得其人，故至於
失所而埋没乎風霜。甫作此詩，觀其辭意含蓄，其情可知矣。”③點
明此詩的比興傳統，進一步闡發其中的象徵意義。

　　此點在其後的諸家注中也得以延續與發揮，盧元昌云：“甘菊
曰大枝葉，衆芳曰細瑣。君子小人，分明劃出。”④王嗣奭云：“詩以
自況，甘菊可入藥，有用之物也，而悲其失時不爲人所采。”⑤楊倫
云：“此公自喻負經濟才，過時而無以自見，反不如小人之見用
也。”⑥仇兆鰲云：“此詩借庭菊以寄慨，甘菊喻君子，衆芳喻小人，傷
君子晚猶不遇，而小人雜進在位也。”⑦浦起龍云：“比也。賢士之

---

①《補注杜詩》卷一，《文淵閣四庫全書》第 1069 册，頁 57。
②《補注杜詩》卷一，《文淵閣四庫全書》第 1069 册，頁 57。
③《補注杜詩》卷一，《文淵閣四庫全書》第 1069 册，頁 57。
④《杜詩闡》卷三，頁 158。
⑤《杜臆》卷一，頁 29。
⑥《杜詩鏡銓》卷二，頁 60。
⑦《杜詩詳注》卷三，第 1 册，頁 211。

顯，乘時以興，失其時則小材先之矣。"①《杜詩言志》云："此喻良材
大器之不得於時，不若曲藝偏長之見用於世也。老杜多有此感，不
必定其爲人而發或自喻也。"②諸家對此詩比興意的理解是一種共
識，差別仍是此種情感是杜甫自傷懷才不遇，還是對小人得志賢才
棄用的普遍現象的感慨，但也正如《杜詩言志》所言，對此本不必拘
執，它既可以是自喻也可以是爲天下賢才而發。

　　綜合各家之論，《歎庭前甘菊花》確有明顯的比興意，而澤堂反
認爲趙次公注解太過拘泥。仔細體味澤堂之意，他對此句詩的理
解與諸家有明顯差異，各家是將衆芳、細瑣放在一起，與庭前甘菊
形成對比，澤堂則將衆芳與細瑣者分開理解，二者之間形成對比，
衆芳在野、細瑣升堂就成爲杜甫對自然之景的直接描寫。澤堂因
對這首詩的理解有偏差，也就影響了對其比興意的體會與分析。

三　杜詩新解

　　澤堂與諸家注的差異包括多個方面，除了上文所論，其他如對
詩中用典的把握、字句的理解、詩意的體會等都表現出一定的不
同。如：

　　　　《龍門》："相閱征途上，生涯盡幾回。"
　　　　趙曰："在龍門閱視征行之人，盡此生涯能幾回。"
　　　　澤堂曰："謂人與山相閱於途上，到幾番來往，生涯盡乎？
　　　甚苦辭。"（卷一，頁101）

"相閱征途"，趙次公認爲指詩人與路上行人相視，澤堂認爲指詩人

---

①《讀杜心解》卷二之一，頁232。
②《杜詩言志》卷二，頁32。

與龍門山之相遇。誰的理解更準確呢？關於此詩的寫作背景，各家都認爲是詩人再次經過龍門時所作，[①]前四句寫景，後四句抒情。但對於"相閱"者是人與人，還是人與山？唯張溍云："'相閱'字好，見人已皆不能免。"[②]明言是人與人相閱。其他各家所言則很模糊，如盧元昌云："望征途之日悠，本無涯也；歎勞生之彌促，實有涯也。誠不知川陸上，往來幾回，相閱始盡耶？"[③]吳見思云："我於其間一往一來，爲時已改，凌川越陸，日以悠長，則相閱於征途之上，望龍門而奔馳，生涯有限，百年能幾回耶？"[④]仇兆鰲云："閱征途而生涯無幾，歎後遊難必也。"[⑤]《杜詩言志》云："但見相閱於其上者，爲時屢改。"[⑥]仔細推敲四家之言，似亦指詩人與龍門及龍門之景"相閱"。詩人因數次往來於龍門，雖時間不同，景色有異，而川陸長存，由此生發感慨：與此山此水之相逢，一生能有幾次呢？相較而言，澤堂的解釋與詩意詩境更爲吻合，所以當代學者在解釋這兩句時，更爲直截了當："'相閱'二句説：在往來奔波的旅途上，人與龍門彼此相看的機會一生能有幾回！"[⑦]

又如：

　　　《贈翰林張四學士垍》："内分金帶赤，恩與荔枝青。"

---

① 《杜詩詳注》卷一："鶴注：龍門一山，連跨數郡，此詩蓋指東京而言。天寶元年，公在東京，爲姑萬年縣君制服，又爲墓誌。四載，又爲皇甫妃范陽大君盧氏作墓誌，當是其時作。鰲按：此再至龍門也，故曰'往來時屢改。'"（頁 29）《讀杜心解》卷三之一："前有《遊龍門奉先寺》五古，此再經其地也。後半，俱由屢過發慨。"（頁 341）《杜詩鏡銓》卷一："前有《遊龍門奉先寺》五古，此當係途次再經作。"（頁 10）《杜詩言志》卷一："此再至東都，道經龍門而發歎也。"（頁 9）
② 《讀書堂杜詩集注解》卷一，頁 298。
③ 《杜詩闡》卷二，頁 76。
④ 《杜詩論文》卷一，頁 181。
⑤ 《杜詩詳注》卷一，第 1 册，頁 29。
⑥ 《杜詩言志》卷一，頁 9。
⑦ 李壽松、李翼雲編著《全杜詩新釋》卷一，中國書店，2002 年，頁 18。

　　　洙曰:"翰林拜命日,賜金荔枝帶。"
　　　澤堂曰:"以生荔枝與之,故謂之青。"(卷一,頁 149)

王洙認爲荔枝爲"金荔枝帶",澤堂認爲是"生荔枝",孰是孰非,亦可稍加分析。趙次公支持王洙説,並提供了證據:"楊文公《談苑》載:腰帶凡金、玉、犀、銀之品。自樞宰、節度使,賜二十五兩金帶。舊用荔枝、松花、御仙三品。"因爲楊氏所言爲宋朝制度,所以趙氏進一步説明:"雖是本朝名式,然稱'舊用',則亦循唐故事矣。三品以荔枝爲首,本以賜樞宰、節度,今詩句則言出於殊恩,非常例故也。"認爲本朝制度沿襲唐代,所以楊氏所言亦可指唐,但没有提供關於唐代典章的直接證據,其推論也就缺乏説服力。既然是金荔枝帶,又爲何是青色? 趙氏也試圖作出解釋:"謂之荔枝青,言金色之青熒也。公詩又曰:'君看銀印青。'"[1]對趙氏之論,朱鶴齡進行了反駁:"舊注引《楊文公談苑》,'荔枝金帶'乃是宋制,且與上句複出。"[2]所謂"與上句複出"指如荔枝爲金,則與"内頒金帶赤"的意思重複。這樣的分析很有道理,王嗣奭也從這一角度批駁王洙云:"'荔枝青',注謂翰林拜命日,賜金荔枝帶。然一物而分作兩句,有赤、青二色,恐屬臆解。"[3]"荔枝"究竟指什麽? 朱鶴齡云:"史:貴妃嗜生荔枝,明皇置驛傳送。垍尚主,宅在禁中,得與此賜,所謂'恩與荔枝青'也。"結合張垍的身份地位,説明他可能享有賜金帶與生荔枝的恩寵,張溍與盧元昌亦持相同看法。[4] 爲何是"荔枝青"? 朱氏也提供了佐證:"《海録碎事》載:戎州出緑荔枝,肉熟而皮猶緑。又曾子固《荔枝狀》云:江家緑,出福州。又色紅而有青斑者,名虎

---

①《九家集注杜詩》卷十八,頁 1297。

②《杜工部詩集》卷一,頁 128。

③《杜臆》卷一,頁 13。

④《讀書堂杜詩集注解》卷一:"荔枝或指别賜。謂荔枝、金帶作一物,非。或即以鮮荔枝賜之。"(頁 333)《杜詩闡》卷二:"循翰林之職,金帶應分;因尚主之親,荔支兼賜。……貴妃嗜生荔支,垍在禁中,宜有此賜。"(頁 81)

皮,亦出福州。荔枝青殆即此類乎?"①青可能指某一品種的荔枝。
朱氏所言詳細且明晰,清代其他注家也都採納了他的見解。② 澤堂
亦以荔枝爲生荔枝,正與朱氏暗合。

　　杜詩多比興意,要精確解讀會比較困難,對同一首詩諸家常有
不同思考,澤堂批解亦時有新見,在諸家中可備一說。如:

　　　　《江頭五詠・丁香》:"晚墮蘭麝中,休懷粉身念。"
　　　　洙曰:"末句言丁香結實則墮於蘭麝間而有粉身之患也。"
　　　　鶴曰:"此篇言公見棄遠方,漁樵爲伍,不復更懷末路之
　　　　榮,自貽粉身之患。"
　　　　澤堂曰:"幸得參於衆賢,則不容以粉身爲患。"(卷十,頁
　　　　738)

關於這兩句詩的意思,這裏已經提供了三種解釋,而各家的理解遠
不止這三種,如:

　　　　趙次公云:"末句言結實而墮蘭麝中,俱以體香相類,雖不
　　　　念粉身可也。"③
　　　　王嗣奭云:"丁香體雖柔弱,氣却馨香,終與蘭麝爲偶,雖
　　　　粉身甘之,此守死善道者。"④
　　　　湯啓祚云:"丁香柔弱,花艷枝卑,爲近幽人托根深固,晚
　　　　節不立,遂致粉身。眘哉逐膻,毋貽自悔。"⑤
　　　　吳見思云:"丁香以柔弱之姿,故結而猶剩也。細葉二句
　　　　詠其狀。今種近小齋,可供幽人之玩,而結實之後,反和入蘭

①《杜工部詩集》卷一,頁128。
②《讀杜心解》卷五之一,頁690;《杜詩鏡銓》卷一,頁30。
③《九家集注杜詩》卷二十三,頁1668。
④《杜臆》卷四,頁139。
⑤湯啓祚《杜詩箋》卷七,頁586。本書所用《杜詩箋》見黃永武編《杜詩叢刊》
　(大通書局,1974年)第三輯第48—49册,影印舊鈔本。

麝之中。自處既卑，則粉身不足惜矣。"①

　　朱鶴齡云："丁香與幽僻相宜，晚而墮於蘭麝，則非其類矣。雖粉身豈足惜哉。"②

　　張溍云："此公自喻見棄遠方，安分隱退，不復更懷末路之榮，自貽粉身之患也。……末句不欲晚節好名以賈禍。"③

　　盧元昌云："喻柔弱者當自守。丁香纖卉，幸而結實，其枝猶墊，柔弱故也。葉帶浮毛，花披素艷，以植小齋，但堪與幽人作緣耳。使晚節不堅，搗入蘭麝，一墜之後，隨即粉身，此時而念，亦云晚矣。抱弱質者宜自裁哉。"④

　　浦起龍云："幽芳之品，墮入靡麗，鮮不自失矣。"⑤

此詩有寓意是各家的共識，但如何理解分歧却很大。

　　首先是對丁香與蘭麝的看法，一種是將丁香與蘭麝對立，丁香代表高潔，蘭麝代表世俗，高潔者墮入世俗中，則有粉身之患，王洙、湯啓祚、浦起龍、朱鶴齡、盧元昌即持此説。數家對"粉身"的理解又有差别，王洙、湯起祚、浦起龍、盧元昌認爲丁香的高潔被玷污，不能保持自己的節操。這似乎不能解釋"休懷粉身念"的意思，比較牽强。朱鶴齡則認爲丁香墮入蘭麝中，不惜粉身碎骨保持自己的節操。由丁香與蘭麝的對立，有人進一步引申，將兩種花比喻成人生的兩種處境，以丁香的幽僻比喻不受器重落拓江湖的狀況，蘭麝則比喻高官厚祿榮華富貴的生活，黄鶴與張溍即持此種理解，因此説明詩人不願人到晚年還爲尋求榮華招致禍端。

　　第二種看法是將丁香與蘭麝看成一類，蘭麝甚至是更高貴的

----

①《杜詩論文》卷十八，頁825。
②《杜詩鏡銓》卷九，頁385。此條不見於朱鶴齡輯注《杜工部詩集》。
③《讀書堂杜詩集注解》卷八，頁882。
④《杜詩闡》卷十三，頁624。
⑤《讀杜心解》卷一之三，頁95。

存在,如趙次公認爲丁香、蘭麝芳香相類,丁香不必爲墮入蘭麝中
而有粉身之念。澤堂將蘭麝比喻成衆賢,王嗣奭將蘭麝比喻成善
道,吳見思以蘭麝更高貴,則丁香墮入蘭麝中即使粉身碎骨也心甘
情願。在諸家注中,無論是將丁香與蘭麝對立,還是以丁香與蘭麝
相類,都有自己的道理,但如將"休懷粉身念"理解爲"不要擔心粉
身碎骨"、"不要以粉身碎骨爲患"、"不要有粉身碎骨的想法"等,則
將丁香與蘭麝看成一類,與上文"晚墮蘭麝中"的承接才更爲自然
合理。

　　在衆説紛紜的杜詩諸家注解中,澤堂常有新穎之論,如:

　　　　《登白馬潭》:"宿鳥行猶去,花叢笑不來。"

　　　　批:"鳥則宿矣,吾行猶去;笑亦吾笑,作者自然別。"

　　　　澤堂曰:"批意亦晦。吾舟行故視宿鳥如去鳥,花叢似來
　　　　而不來,故不覺自笑。此舟行之景。"(卷十五,頁 1735)

關於此詩的爭論頗多,首先是詩題,一作《登白馬潭》,一作《發白馬
潭》。究竟是"登"還是"發"? 澤堂曰:"登字疑誤。"如爲"登"字,潭
如何能登? 前人亦有自己的解釋,唐元竑云:"詳詩意,白馬潭似是
遊宴之所,公登此別有感慨。"[1]以白馬潭爲遊宴之地,而非潭或湖,
所以登覽成爲可能。王嗣奭云:"潭在上水,故云登。"[2]聽來未免牽
強,仇兆鰲即認爲王説"於詩不合"。[3]

　　此詩寫舟行之景及途中感慨,"宿鳥行猶去,花叢笑不來"是發
船後所見之景,對這兩句的理解,各家差異較大,劉辰翁批語認爲
行是吾行,笑是吾笑,而宿鳥與猶去、花叢與不來是什麼關聯,批語
很模糊,所以澤堂認爲劉批晦澀難懂。澤堂認爲此句描寫舟行之

---

①唐元竑《杜詩攟》卷四,頁 276。本書所用《杜詩攟》見黃永武編《杜詩叢刊》
　(大通書局,1974 年)第三輯第 41 册,影印舊鈔本。
②《杜臆》卷十,頁 370。
③《杜詩詳注》卷二十二,第 5 册,頁 1972。

景，行是吾舟行，笑是吾自笑，船行中有一種物動船不動的感覺，則宿鳥如飛鳥，花叢也盈盈欲動。澤堂對舟行之景的解釋很生動，但根據他的理解，這兩句應爲"（舟）行宿鳥猶去，（吾）笑花叢不來"，杜詩雖多語法倒置的用法，這裏如此解讀，仍不免牽强。

　　再看看其他各家的解釋。趙汸注："日暮鳥宿，而吾舟猶去；花叢在岸，吾雖笑而不來。見舟中未泊之景。"①吳見思注："宿鳥初飛，舟行而反若其去；花叢方在，一笑而不見其來，舟之疾也。二句早發之景。"②此是舟行、吾笑。張溍注："宿鳥乃偶見，鳥宿樹上，而我之行猶去而未已，非謂夜宿之鳥也。岸上花若望舟而笑，然我舟自行，不能招之使來也。"③此是舟行、花笑。盧元昌以前四句寫發白馬潭之狀："宿鳥成行，出林都去；叢花薄倖，笑我不來。我不發何爲？"④王嗣奭以此詩是寫逆水行舟，"宿鳥必水宿之鳥，鳥雖步行，猶先我舟而去。岸有叢花，對我而笑，不肯便來，狀逆水行舟之難也"。⑤浦起龍更有獨到之見，認爲這兩句是比興手法："此詩注家不一，俱未愜心。愚謂當由客途情面不可倚恃而發。首聯叙事，次聯興也。謂'宿鳥'之成'行'者，猶背我而去；'叢花'之含'笑'者，不隨我而來。物情且然，而況世情乎！"⑥三種解釋，都是鳥行、花笑。而對於"行"字的讀音，王嗣奭讀爲 xíng，盧元昌、楊倫、浦起龍及仇兆鰲四家讀爲 háng，對這個字的不同理解，也是造成諸家注差别的原因之一。各家對此聯的理解可謂莫衷一是，澤堂之言亦

---

①趙汸《杜律五言注解》卷上，頁 73。本書所用《杜律五言注解》見黃永武編《杜詩叢刊》（大通書局，1974 年）第二輯第 18 册，明萬曆十六年（1588）新安吳氏七松居藏本。
②《杜詩論文》卷五十二，頁 1963。
③《讀書堂杜詩集注》卷十九，頁 1814。
④《杜詩闡》卷三十一，頁 1562。
⑤《杜臆》卷十，頁 370。
⑥《讀杜心解》卷三之六，頁 584。

可備一説。①

　　注杜解杜之難爲世人公認，魯超云："自古著書難，注書爲尤難，學殖不富則援據不覈，一難也；害辭害志，穿鑿武斷，二難也；摻剔事類，以博爲奇而不得古人精意之所在，三難也。古今注杜者無慮數十家，如僞蘇注之紕繆人皆知之，惟趙次公、蔡夢弼、黄鶴三家爲稍優，然猶不能無遺議焉。其餘又可知也。"②澤堂通過自己對杜詩的研讀，能針對各家注，特別是"稍優"的趙次公、蔡夢弼、黄鶴及劉辰翁等人的注解、批點、評論提出不同看法，無論是對詩歌的寫作時間、詩中歷史事件的分析，還是對詩歌的解讀，都有自己的判斷與理解，雖偶有不夠精準之處，但更多的還是精彩論斷，所以澤堂的《杜詩批解》在杜詩研究史上自應有其一席之地，應引起更多的關注與重視。

----

① 陳貽焮在《杜甫評傳》中申講這兩句云："棲宿於近旁的水鳥隨著船走了一段還是離去了；岸邊叢花仿佛對著我微笑，無奈上水船走得慢它好久也到不了我的身旁來。"（《杜甫評傳》第二十章《瀟湘夕霽》，生活·讀書·新知三聯書店，2022 年，頁 1389）與王嗣奭所云"狀逆水行舟之難"暗合。
②《杜詩闡》之魯超序，頁 1。

第三章　朝鮮文人次杜詩研究之一

引　論

　　杜詩在朝鮮時代如此流行，一般文人都以正宗、大家來評杜，如鄭經世（1563—1633）云"宇宙詩宗杜少陵"，[①]丁若鏞（1762—1836）云"後世詩律，當以杜工部爲孔子"。[②]帝王、群臣、大儒、文人、僧人、女流也都成爲杜詩的接受者、學習者，他們的身份幾乎涵蓋了社會的各個層面。[③]

　　杜詩用典精切，相關歷史事件、歷史人物豐富，並不易讀，徐居正（1420—1488）云："自有詩家以來，推杜甫爲首，騷人雅士皆祖而尚之，惟其詞深意奧，病於難讀，不得無待於鄭鼎、虞律之精選也。"[④]所

---

①鄭經世《愚伏集》文集卷一《招杜術士思忠》，《韓國文集叢刊》第 68 册，頁 25。
②丁若鏞《與猶堂全書》第一集詩文集卷二十一《寄淵兒戊辰冬》，《韓國文集叢刊》第 281 册，頁 453。
③參見張伯偉《東亞漢文學研究的方法與實踐》第五章《典範的形成與變異——東亞文學史上的杜詩》，中華書局，2017 年。
④徐居正《牧隱詩精選序》，見李穡《牧隱集》附錄，《韓國文集叢刊》第 5 册，頁 178。

以又有"不行萬里地，不讀萬卷書，不可看杜詩"①之説，但這並不妨礙杜詩成爲朝鮮讀書人學習的範本，有人還特意拜師學杜，如金宗直（1431—1492）是一代大儒也是著名文人，其門人姜訢與洪裕孫都曾專門跟從他學杜詩。② 杜詩甚至被當作課子教材，黄赫（1551—1612）説他的父親在年幼時其曾祖父就"手抄杜詩五七言律若干首口授云"；③哲宗元年（1850），申佐模（1799—1877）在給兒子的書信中交待："受讀杜詩長篇，勿闕課；開硯後每日做古風，勿闕作。"④一直到朝鮮末期，李定稷（1841—1910）在給友人王師瓚的書信中仍在强調學習杜詩的重要性："愿老兄熟讀杜工部詩，得其分章成篇之法，則何遽不若古人哉？ 今人之不好杜詩者，專由於不得其篇章之妙，所見只在於字句之間故。甚則有痛詆之者，其亦不量力之甚矣。老杜用意深遠，取諸風騷，豈時月間可測其涯涘哉？"⑤讓王師瓚不要拘泥於字句解釋，而要細究杜詩的結構層次，領會杜詩之妙，從而提升自己詩歌寫作的技藝。

　　由於"子美詩中聖"⑥的號召力，整個朝鮮時代的文壇似乎人人都在學杜詩，因此讀杜、擬杜、次杜（泛指唱和杜詩）、集杜的風氣在朝鮮文人中頗爲盛行，《韓國文集叢刊》及續刊共 500 册，收録了 1255 位文人的文集，僅就作品題目來統計，其中有 570 多位作者的

①崔瀣《拙稿千百》卷一《李益齋〈後西征録〉序》，《韓國文集叢刊》第 3 册，頁 6。
②金宗直《佔畢齋集》附録《門人録》記載："姜訢，字時可。……受杜詩於先生。""洪裕孫，字餘慶。……涉獵經史，放達不檢，不喜科舉。步歸嶺南，謁先生，受杜詩。"《韓國文集叢刊》第 12 册，頁 501、503。
③黄赫《獨石集·先府君行狀》，《韓國文集叢刊續》第 7 册，頁 220。
④申佐模《澹人集》卷十四《寄羽兒庚戌》，《韓國文集叢刊》第 309 册，頁 504。
⑤李定稷《石亭集》卷四《答王贊之師瓚》，《韓國歷代文集叢書》第 373 册，頁 202。
⑥周世鵬《武陵雜稿》卷一《讀東坡詩，與眉叟同賦》，《韓國文集叢刊》第 27 册，頁 77。

作品與杜詩相關，散見於文本中的論及杜甫及杜詩的資料更加豐富。① 在這 570 多位寫作次杜、集杜、用杜詩分韻寫詩的文人中，作品超過三十首的就有 22 人，茲列表如下：②

作者	次杜	次秋興八首	集杜	以杜詩爲韻
金堉(1580—1658)	7 題 13 首		216	
李敬輿(1585—1657)	34 題 105 首	8		
黄㦿(1604—1656)	26 題 35 首	7		
南龍翼(1628—1692)	15 題 41 首	8		
金壽恒(1629—1689)	3 題 28 首	10		10
朴守儉(1629—1698)	35 題 42 首	3		
李沃(1641—1698)	35 題 65 首	8		
李世龜(1646—1700)	227 題 229 首	4		7
金昌集(1648—1722)	6 題 37 首		32	
蔡彭胤(1669—1731)	29 題 56 首	8		
趙泰億(1675—1728)	14 題 38 首			
安重觀(1683—1752)	49 題 53 首	8		
金鎮商(1684—1755)	37 題 45 首	10		
金致垕(1692—1742)		34		
李獻慶(1719—1791)	18 題 20 首	8		24
蔡濟恭(1720—1799)	25 首	8		
睦萬中(1727—1810)	47 題 63 首	8		

①參見左江《高麗朝鮮時代杜甫評論資料彙編》，上海古籍出版社，2021 年。
②次《秋興八首》亦屬於次杜詩，爲了第五章論述的方便，此處單獨列出，但李世龜的 4 首次《秋興》包括在他的 229 首次杜詩中。

續表

作者	次杜	次秋興八首	集杜	以杜詩爲韻
崔潤昌(1727—?)	45 題 63 首	12		
成大中(1732—1809)	27 題 32 首	8		
洪仁謨(1755—1812)	52 題 63 首	41		
成海應(1760—1839)	31 題 51 首			
李若烈(1765—1836)	3 題 3 首	8		40

　　朝鮮文人寫作次杜詩的當然遠不止這些人,如黄中允(1577—1648)有次杜 3 題 29 首、擬杜 1 題 5 首,還有集句詩使用杜詩 15 句;李挺膺(1681—1728)有次杜詩 21 題 33 首,鄭雲五(1846—1920)有次杜詩 3 題 33 首。[①] 甚至寫作次杜詩最多的人都不在上表二十二人中,如蘇光震(1566—1611)按照《杜律虞注》的順序次作了全部的 124 題 151 首七律,另有五言排律《次秋日夔府書懷百韻記行》一首。[②] 尹愭(1741—1826)《又贈七律》云:"磬濱年老謾棲遲,古貌古心世孰知。步盡千篇工部韻,閑消一局夏黄棋。浮榮已謝塵羈外,晴賞都收遠眺時。衰境卜鄰堪慰意,洪厓況又數追隨。磬濱,景遠自號;洪厓,指釋行。景遠近次杜律韻將盡之,故首聯及之。"[③] 根據尹愭的其他詩作考察,景遠姓睦,他差不多次作了杜甫的全部律詩,有近千首。宋持養(1782—1860)與蘇光震一樣,也根據《杜律虞注》次和了全部的杜詩七律,其《題草堂步韻録》云:"士生百世下

①分別見三人文集:黄中允《東溟集》(《韓國歷代文集叢書》第 303 册)、李挺膺《杏村集》(《韓國歷代文集叢書》第 3389 册)、鄭雲五《碧棲遺稿》(《韓國歷代文集叢書》第 580 册)。

②蘇光震《後泉遺稿》卷二《杜律次韻》(韓國國立中央圖書館藏本,木活字本,1898 年刊刻)。就第一首《次恨别》"兵戈搶攘今三歲,始自辰年逮午年"來看,這組次杜七律開始寫作於壬辰亂後的 1594 年(甲午),此時蘇光震於肅寧避亂。

③尹愭《無名子集》詩稿册四,《韓國文集叢刊》第 256 册,頁 95。

苟志學詩,必先學杜,不失作家津筏。余閒居調痾,偶借虞文靖註解杜律,三復諷誦,有契于心,用其題依其韻各和一篇,盡卷乃已。……余于少陵好之篤,故誦其詩,和其韻,不覺紙窮卷終,若其字句牽强,旨義湊泊,難掩衆疵,思之靦顏。"①可惜現已無從查考睦景遠與宋持養的次杜之作,也就不能將他們作爲我們的研究對象了。

在次杜、擬杜、集杜、以杜詩爲韻等數種方式中,次杜應是更爲普遍更爲重要的一種手段。次杜泛指唱和杜詩,唱和之作根據用韻的不同,有不同的分類,陸游云:"古詩有倡有和,有雜擬追和之類,而無和韻者。唐始有之,而不盡同。有用韻者,謂同用此韻耳。後乃有依韻者,謂如首倡之韻,然不以次也。最後始有次韻,則一皆如其韻之次。自元、白至皮、陸,此體乃成,天下靡然從之。"②清人吳喬《答萬季埜詩問》對唱和詩的用韻亦有説明:

> 又問:"和詩必步韻乎?"答曰:"和詩之體不一:意如答問而不同韻者,謂之和詩;同其韻而不同其字者,謂之和韻;用其韻而次第不同者,謂之用韻;依其次第者,謂之步韻。"③

二人都將唱和詩分爲數種,一是不同韻,二是韻同字不同,三是韻同字同字序不同,四是韻同字同字序相同。第四種情況,無論是陸游所説的"次韻",還是吳喬所説的"步韻"都是要求最爲嚴格、制約最多的一種。對此,吳喬又云:

> 步韻最困人,如相毆而自縶手足也。蓋心思爲韻所束,於

---

① 宋持養《朗山文稿》,《韓國歷代文集叢書》第 3319 册,頁 352。
② 陸游《跋呂成叔和東坡尖叉韻雪詩》,曾棗莊、劉琳主編《全宋文》卷四千九百三十九,上海辭書出版社、安徽教育出版社,2006 年,第 223 册,頁 46。
③ 見丁福保輯《清詩話》(上),上海古籍出版社,1978,頁 25。關於唱和詩用韻的起始、發展和形成的過程及時間,參見鞏本棟《唱和詩詞研究——以唐宋爲中心》第一章第四節《關於唱和詩和韻的方式》,中華書局,2013 年,頁 20—21。

　　命意布局，最難照顧。今人不及古人，大半以此。①

步韻不但要求韻同、字同，且字的順序也要相同，對和韻者的要求
很高，不然作品將爲韻所縛，只見韻不見詩，更不見作者性情。都
穆在《南濠詩話》中也説到：

　　　　古人詩有唱和者，蓋彼唱而我和之。初不拘體製兼襲其
　　韻也。後乃有用人韻以答之者，觀老杜、嚴武詩可見，然亦不
　　一一次其韻也。至元、白、皮、陸諸公，始尚次韻，爭奇鬬險，多
　　至數百言，往來至數十首，而其流弊至於今極矣，非沛然有餘
　　之才，鮮不爲其窘束。所謂性情者，果可得而見邪？②

步韻之時，因爲要遵循對韻字的嚴格要求，不免讓人左支右絀，疲
於應付，很難在作品中展現作者的才情與詩作水準。

　　嚴格的次韻有各種弊端，但朝鮮文人爲了更好地學習杜詩、模
擬杜詩，大多使用的是次韻的方式。鞏本棟將唱和分成幾個類型，
如同好之唱和、同處之唱和、同境遇之唱和、同體驗、同感慨之唱
和、同聲氣之唱和等，③可以説同愛好層次的唱和是最基本的唱和，
也就是"一方對另一方的作品一見傾心，至於拿它作範本，揣摩學
習之不足又從而和之"，④這正是朝鮮士人創作次杜詩的最重要
原因。

　　下面我們將具體分析朝鮮文人的次杜作品，看看他們是否能
在嚴格的次韻與自我性情間找到一條出路。570 多位文人的數千
首次杜詩我們不可能一一分析，只能選擇其中最具代表性的人物
及詩作來討論，從中大致可以了解朝鮮文人次杜詩的整體狀況，既

---

① 吳喬《答萬季埜詩問》，見《清詩話》(上)，上海古籍出版社，1978 年，頁 25。
② 見丁福保輯《歷代詩話續編》(下)，中華書局，2006 年，頁 1352。
③ 參見鞏本棟《唱和詩詞研究——以唐宋爲中心》第三章《唱和詩詞的類型與
　　評價》，頁 53—99。
④《唱和詩詞研究——以唐宋爲中心》，頁 53。

能看到杜詩在朝鮮時代的廣泛傳播與深遠影響，也能看到朝鮮文人在學習中創新、在次杜中突破，從杜詩入又從杜詩出的努力，從而形成頗具自身特點的詩歌創作。這一章分爲三個部分，一是分析李世龜的次杜作品，他是朝鮮文人中現存寫作次杜詩最多的一位，其次杜的出發點頗爲特别；二是在杜甫詩作中，紀行之作是最受朝鮮文人喜愛的主題之一，次作者雲起，次作數量也很多，這一現象同樣值得探討；三是朝鮮時代黨争激烈，雖然很多人在政治上是死敵，但在文學上却都喜歡通過次杜詩尋求情感寄托，我們選擇李沃與柳命天這一對政敵的作品進行分析，足見杜詩在朝鮮時代是文人的共同追求，其影響是超越黨派超越階層的。

一　李世龜的次杜實踐

　　李世龜（1646—1700），字壽翁，號養窩，爲朝鮮歷史上著名文臣白沙李恒福（1556—1618）的後人。他以儒學著稱，並不以文學名世，"少也志道學，日夕以孜孜。潛心究墳典，探溯殆無遺。踐履篤淵冰，窮格分毫釐。"[1]現存《養窩集》共十二卷，詩作三卷，文九卷，文的大部分内容都是對儒學義理的闡釋，包括《家禮》《心經問目》《近思問目》《小學問目》等，所以後人對他的評價是："先生發藻儒林，其將爲指門户而表梯級也。"[2]這樣一位致力於朱子學的朝鮮士人，自不以詩文創作爲重，他論文與道的關係云：

　　　　"文以貫道"，文章固重矣，然而余於此竊有慨焉。何則自

---

①崔錫恒《損窩遺稿》卷五《養窩遷葬挽》，《韓國文集叢刊》第 169 册，頁 425。
②李裕元《嘉梧稿略》册十二《養窩先生文集序》，《韓國文集叢刊》第 315 册，頁 492。

六經以後世無真儒，千五百年之間，才多志高者率皆文章焉自
娛，馳騁於荒怪之域，摽竊乎六藝之文，肆然自大，以爲莫己
若。如司馬子長、李翰林輩，剡是奇士，竭精焦思，生死於文字
之間，而不知文章之外有他事業。韓文公力去陳久（言），因文
見道，而唯其無真知實踐之功，故未免爲南粵王左纛，平生所
就文公而止耳，豈不惜哉？至於讀書攻文，高談王霸，以干時
君，以取富貴，自以爲方駕曾□比肩稷契，一遇患難之至便喪
所學，爲世大戮者亦有之，是何異於鸚鵡之能言也？然而往者
不知悔，後人又浮慕之。程朱既出，斯道大行，則向所謂高步
學海礴硪千古者，率皆如秋風落葉。明月在天，眾星不得不爲
之稀矣，其所以垂教後世者炳若丹青。①

他的意思非常清楚，文章雖然重要，但自六經以後，世間竟無真儒，
多是一些文學之士的炫藝之作。即使如司馬遷、李白這樣的傑出
人物，於文字之外也不知另有一番天地；韓愈雖然因文見道，但因
無真知實踐的功夫，亦未能真正成就一番事業。其他人物更加等
而下之，不值一提了。只有程朱之學才能彪炳於天地之間，是真學
問真事業。

　　李世龜可謂朱子學的忠實信徒，但這樣一位讀書人，却在學習
杜詩上花費了大量時間與精力，其現存詩作三卷，次杜之作就達
229首，②其中《同伯吉宿汝和家》《甕遷》③分別次杜《題鄭縣亭子》

━━━━━━━━━━

① 李世龜《養窩集》册一《走筆次伯吉韻》附小札，《韓國文集叢刊續》第 48 册，
頁 32。
② 李世龜的次杜 229 首，包括未標明次杜的 8 首，分別爲：册一《李白》，次《贈
獻納使起居田舍人澄》；册二《昔與亡友李皓卿讀書于奉恩寺……漫成一
律》，次《送鄭十八虔貶台州司户》；册二《寄別遠人》，次《見螢火》；册三《溪如
洞》，次《自閬州領妻子却赴蜀山行三首》其一（邊）；册三《倦游》，次《去蜀》；
册三《叩枻》，次《野望》；册三《吟鏡湖》，次《散愁》其一（河）；册三《鳳崗》，次
《獨坐》。
③ 《養窩集》册二，《韓國文集叢刊續》第 48 册，頁 65。

《遣意二首》其二（賒），各寫作兩首，其他都是每韻各一首，占全部詩作的一半以上，在現存朝鮮時代所有文人作品中呈現出一道獨特風景。他究竟是如何處理次杜詩的寫作與"真知實踐"之間的關係的呢？

（一）次杜三階段

現存《養窩集》中最早與杜詩相關的作品是寫於顯宗五年（1664）的《以杜律"長夏江村事事幽"爲韻，賦七絶》，[1]這時李世龜剛十九歲，開始有學習杜詩的想法，但如何學習，他還沒有確定，所以次杜寫作有些混亂，這是李世龜學習杜詩的第一個時期，這一時間段一直持續到1678年（肅宗四年），這十數年間他陸續寫作了一些次杜之作，數量並不多，列表如下：

時間	李世龜詩題	杜詩詩題
1666	陳摶	將赴成都草堂途中有作先寄嚴鄭公五首其五（衣）[2]
	趙鼎	奉待嚴大夫
	李白	贈獻納使起居田舍人澄
	老將	奉寄高常侍
	至日即景，有懷朴晦叔	贈韋七贊善
	雪後	見螢火
1669	出龍江，與朴晦叔次杜獠奴韻	示獠奴阿段
	又次杜韻	重泛鄭監前湖
1670	渡荆江，次杜律覽物韻	覽物
	次杜律韻，并和其意	去蜀

①《養窩集》册一，《韓國文集叢刊續》第48册，頁3。
②詩題後括號中的字爲尾聯韻字，下同。

續表

時間	李世龜詩題	杜詩詩題
	次遊子	遊子
	次恨別	恨別
	次杜鹽亭	行次鹽亭縣聊題四韻奉簡……諸昆季
	登甘文山,漫步杜律曉發公安韻	曉發公安
	八月病寒數日,塊坐無聊,口呼次杜律九首,唯取依韻寄興,顛倒橫斜,不復照管	立春、人日、小寒食舟中作、九日五首（催）、九日、九日藍田崔氏莊、小至、至日遣興奉寄北省舊閣老兩院故人二首
1675	余頗喜作韻語,數年以來,幾乎全抛,蓋非徒病懶,亦附恥詩人之意焉,適教傍人以杜子五律漫步其韻,不復點檢聲律,口號書之,凡五首	晚出左掖、春宿左省、陪鄭廣文游何將軍山林十首（遙、苔、行）

這一時期李世龜次杜詩 28 首,沒有很明顯的規律,大概能看出以下幾點:

首先,李世龜雖喜歡寫詩,但又不甘心以"詩人"立世,所以曾經有數年的時間放棄了詩歌寫作,包括次杜詩。

其次,這一段時期李世龜次杜具有很強的隨意性,1666 年的六首次作都是七律,前面的五首在分類編排的杜詩中屬於"簡寄"類作品,最後一首却屬於"蟲"類;1669 年的兩首也是七律,在分類杜詩中從後往前倒序編排;1670 年的《覽物》是七律,屬于"述懷";從《去蜀》到《曉發公安》,有五律也有七律,屬於"紀行"類,基本是從前往後順序排列;其後的九首律詩屬於"節序",都爲七律,在分類杜詩中也是順序編排;1675 年的五首次杜詩又爲五律。從此表可看出,這一時期李世龜對如何學習杜詩不是很明確:是次作五律還是七律? 是從前往後依次次作還是從後往前倒序次作? 這些他都還没有確定下來，但由相對較集中的簡寄、紀行、節序可以看出，他受分類編排的杜詩集影響較大。

　　再次，李世龜的次韻之作並不追求與原詩的相似性。略舉一例，其《陳摶》一首云："龍鬥虎争事業微，雲邊華嶽策驢歸。千年巢父心先獲，當日丹丘計亦非。石室烟霞閑愛睡，瑶溪漁鳥淡忘機。若非此老輕天下，宋祖終難定一衣。"①這首詩頌揚了陳摶老祖超凡脱俗、瀟灑出塵、輕視功名利禄的品行。第三聯巧妙引用陳摶"愛睡"的典故，營造石室烟霞、瑶溪漁鳥的世外之境，一位得道高人的形象躍然紙上。杜甫原詩爲《將赴成都草堂途中有作先寄嚴鄭公五首》之五，詩云："錦官城西生事微，烏皮几在還思歸。昔去爲憂亂兵入，今來已恐鄰人非。側身天地更懷古，回首風塵甘息機。共説總戎雲鳥陣，不妨游子芰荷衣。"②這組詩共五首，寫詩人將赴成都時的想象之辭，此是最後一首，也是對五首詩的總結，寫自己離開成都的原因，身在亂世的感受，以及對嚴武的贊美。李世龜的次杜詩寫人，風格冲和清麗；杜詩叙事抒懷，難掩愁苦煩惱的情緒，兩首詩無論是内容還是情感、風格，差别都很大。李世龜次杜大多只是用杜詩之韻，偶及杜詩之意的時候，他會加以説明，如《次杜律韻，并和其意》一首，次作杜詩《去蜀》，不但次韻，且與原詩意思相應，作者會有所交待。

　　從李世龜最早寫作與杜詩相關作品的 1664 年到 1678 年的十四年間，他在詩歌寫作與實踐儒家理念間一直存在著冲突。到 1678 年八月，李世龜終於擺脱了在學者與詩人間摇擺不定的狀態，於詩歌寫作與閲讀精研儒家經典之間取得了一種平衡，這源於他是年八月初一日寫下的《養壽窩憲式》，規定了自己每一天的生活起居，内容如下：

---

①《養窩集》册一，《韓國文集叢刊續》第 48 册，頁 13。
②蕭滌非主編《杜甫全集校注》卷十一，人民文學出版社，2014 年，第 6 册，頁 3131。

　　　　每日昧爽早起，斂衾枕，櫛髮盥面，省親寢省其寢睡安否。
使婢僕灑掃庭宇。誦《夙興夜寐》《敬齋》等箴及所讀經傳。待
既明復省親。讀《小學》《家禮》《近思》《心經》等，念書數葉訖，
課讀經傳如四書、五經及諸儒傳記。及食時，侍食訖，步庭下數十
步，作律古一首或律或古隨意。待食下，略寫字臨帖或冊子，字畫
必端。訖，看窮格諸書《性理大全》及諸子或語類。訖，又讀經傳。
至暮及食時，如朝侍食、步庭等事。訖，溫誦舊所記誦文字傳記及
句説。既昏省親，又誦諸箴朝所誦者。點燈讀經傳至夜半春秋則
初更，夏則初昏。將就睡省親寢從戶外省察寢睡安否，曉亦同。又誦
諸箴夜短時則省夕後所誦，或午間誦之，乃睡。客至或倦時看史書
綱目或諸史數葉。勿觀雜書古談、衍義之類，勿爲雜戲，勿見雜客，
勿聽雜談。一月之內，以初五、十五、廿五、初十、二十、三十日
爲六餘日，或誦繹，或試做科場文字。而雖當六日，朝前工夫
及臨臥誦箴并如前憲。雖有事出入，必在朝食後以專朝工。
凡有閑漫酬應，必趁朝夕食後，以便消食做工。逐日所爲，大
略抄録爲日記。[1]

這一憲式如同作息時間表，規定了每天必做的事情，其中最重要的
內容就是誦讀儒家經典及研習程朱之學，作詩只在飯後散步消食
時，讀史也只在有客人來或困倦時看幾頁。雖然如此，李世龜總算
在自己的生活中給詩與史留出了一點空間，這也就使他可以系統
深入地學習杜詩，更多地寫作次杜之作。根據"作律古一首或律或
古隨意"的規定，李世龜爲自己選擇的是次作杜甫的五七言律詩。
　　這時進入了李世龜次杜詩的第二個階段，即大量創作次杜七
律之作，這一時間從1678年八月至1685年四月。他采取的方法是
按照分類杜詩的編排，從後往前依次次作。詩集分類編次"便於查
考和就題摹擬"，此點在李世龜這裏得到了最好的印證。在李世龜

----

[1]《養窩集》册十二《養壽窩憲式》，《韓國文集叢刊續》第 48 册，頁 426。

次杜第一階段，我們已經看到了分類杜詩集對他的影響，那他究竟用的是哪種分類杜詩呢？通過對其次杜七律的考察，可以斷定他的七律是根據《杜律虞注》倒序次作的。

托名虞集的《杜律虞注》是僞書，僞書並不可怕，重要的是看如何利用它。陳寅恪云："真僞者，不過相對問題，而最要在能審定僞材料之時代及作者，而利用之。蓋僞材料亦有時與真材料同一可貴。如某種僞材料，若逕認爲其所依託之時代及作者之真産物，固不可也。但能考出其作僞時代及作者，即據以説明此時代及作者之思想，則變爲一真材料矣。"①布克哈特亦云："即使是僞造者，一旦被我們識破，瞭解到他這樣做的目的，其僞作也能够不自覺地提供非常有價值的信息。"②《杜律虞注》就是一本被充分利用的僞書，在朝鮮時代更成爲流傳最廣、影響最大的杜詩選本。③ 此選本分爲紀行、述懷、懷古、將相、宮殿、省宇、居室、題人屋壁、宗族、隱逸、釋老、寺觀、四時、節序、晝夜、天文、地理、樓閣、眺望、亭榭、果實、舟楫、橋梁、燕飲、音樂、禽鳥、蟲類、簡寄、尋訪、酬寄、送別、雜賦三十二類，收入全部 151 首杜詩七律，爲後人集中學習研讀提供了便利，朝鮮文人就多根據此選本進行次和，如上文所言，蘇光震次作了全部 151 首七律，宋持養也是"用其題依其韻各和一篇，盡卷乃已"。

李世龜同樣也是根據《杜律虞注》次作七律，從 1678 年八月到十一月中旬，從第一首次杜"雜賦"類《示獠奴阿段》到和"四時"類《秋興》第五首，李世龜共寫作了 82 題 83 首次杜七律詩作，不斷地

①陳寅恪《馮友蘭中國哲學史上册審查報告》，載《金明館叢稿二編》，生活・讀書・新知三聯書店，2001 年，頁 280。

②［瑞士］雅各布・布克哈特《希臘人》第一章《導言》，收入雅各布・布克哈特著，王大慶譯《希臘人和希臘文明》，上海人民出版社，2012 年，頁 55。

③關於《杜律虞注》在朝鮮時代的刊刻、傳抄、辨僞、批評等情況參見杜慧月《〈杜律虞注〉在朝鮮時代的流傳》（載《域外漢籍研究集刊》第 19 輯，中華書局，2020 年 4 月）。

磨礪自己詩歌創作的技藝。他與蘇光震、宋持養略有不同，一是倒序次杜詩，從《杜律虞注》的最後一首《示獠奴阿段》依次往前次作；二是他並未次作全部七律，未次和的杜詩有《至後》《冬至》《小至》《人日》《立春》《十二月一日三首》，集中在"節序"與"四時"類，也許這幾首杜詩時間性太強，與李世龜寫作時的時節相距較遠，所以他沒有次作。這一段時間次作的第 14 首爲《雨後》，作者標明是"次杜高適"，詩云："旭日東升新雨收，秋山洗出廣陵州。三江水色神俱爽，萬壑松聲意自由。滿眼雲林皆可樂，關心世事不須愁。高崗緩步歸禪榻，更有詩書在案頭。"①實際上這首詩的韻脚與杜甫的《和裴迪登蜀州東亭送客逢早梅相憶見寄》完全相同，也正是《杜律虞注》從最後一首《示獠奴阿段》往前數的第 14 首詩，次作與虞注編排順序正好對應。李世龜可能記憶有誤，錯題爲"次杜高適"。

　　李世龜這一時期的次杜七律至《秋興八首》的第五首戛然而止，是年的十一月十五日，其父李時顯（1622—1678）舊疾復發，於同月二十五日去世。② 如果從制定《憲式》的八月初一算起，到父親生病的十一月十五日，一百天左右的時間裏，李世龜的確嚴格遵循了《憲式》中每日"作律古一首"的規定，差不多每天寫作次杜詩一首，如他自己所言："歲在戊午，曾步杜七律韻，自下而遡上，以爲日課，未畢而輟。"③寫作次杜詩，對李世龜來説是一種"日課"，④也就是説這是每天必須完成的功課，每天必做的修行。

　　李世龜是儒家倫理堅定的實踐者，在《憲式》中就特別強調對

①《養窩集》册二，《韓國文集叢刊續》第 48 册，頁 61。
②《養窩集》册十《先考贈通政大夫吏曹參議行通政大夫公州牧使公州鎮兵馬僉節制使府君家狀》，《韓國文集叢刊續》第 48 册，頁 353。
③《養窩集》册三《三叠，寄贈汝和學士》小注，《韓國文集叢刊續》第 48 册，頁 72。
④"日課一詩"是古代詩人的一種創作方式，杜甫的紀行詩被視爲源頭之一，後經梅堯臣的實踐、蘇軾的肯定，而在文人中盛行。參見胡傳志《日課一詩論》，《文學遺產》2015 年第 1 期，頁 82—89。

父母的朝夕省問，父親去世令他異常悲痛，“其事親也，恒以父母之心爲心。親有言，終身奉持；親有愛，終身愛護；親有賜，終身服用，雖弊必表而出之。贊成公疾亟，割指股進血。及喪，盧墓三年，曉夕哀號，隣人掩涕不忍聞。經營墓地，手種松柏，像設石物，誠力俱至。遇忌日，則哀慕如喪初；已祭，號毀不自勝。每當是月，家人以爲憂。”①在這種狀況下，李世龜也就中止了詩歌寫作。可謂禍不單行，1682 年（肅宗八年），其母申氏又於二月二十日去世。② 李世龜在守制期間同樣没有寫作詩歌，如他自己所説：“連經草土，不觀韻事近六七年矣。”③這樣時間到了 1685 年乙丑（肅宗十一年），這年正月他才重新開始寫作次杜詩。

　　這次的第一首是《雲雷》，次杜詩《早秋苦熱堆案相仍》，在《杜律虞注》中仍屬“四時”，正在《秋興八首》之前，可見李世龜是接著上一階段繼續次作杜甫七律，此次共一個月，次杜 30 首，仍遵循著自己“日課一詩”的規定，到《召谷》次杜“省宇”類《院中晚晴懷西郭茅舍》。因爲生病，李世龜的次杜寫作再次中斷，到四月份，他又寫作兩首次杜詩《聞沈都正迎諡戒成》《晚覺》，分別次作“宮殿”部分的《紫宸殿退朝口號》《宣政殿退朝晚出左掖》，未次作“省宇”類的另兩首《宿府》《題省中院壁》。他自稱：“今上春仍舊序而續步僅一月，因病中止，兹又續成。哦詩固末業，君子所不屑，而以其未究而篔虧也。”④李世龜也認爲“文章本小技”，⑤寫詩是“末業”，但如果不

①沈鏥《樗村遺稿》卷四十三《養窩李先生墓碣銘》，《韓國文集叢刊》第 208 册，頁 311。
②《養窩集》册十《先妣贈淑夫人平山申氏家狀》，《韓國文集叢刊續》第 48 册，頁 356。
③《養窩集》册三《三叠，寄贈汝和學士》小注，《韓國文集叢刊續》第 48 册，頁 72。
④《養窩集》册三《三叠，寄贈汝和學士》小注，《韓國文集叢刊續》第 48 册，頁 72。
⑤《養窩集》册一《走筆次伯吉韻》，《韓國文集叢刊續》第 48 册，頁 32。

堅持下來，難免有功虧一簣的遺憾。至此，他次杜七律的計劃終於完成了。

　　如第一章所論，《纂注分類杜詩》是世宗朝以朝廷之力組織編纂的杜詩集，在問世後曾多次刊印，影響深遠，那如何斷定蘇光震、李世龜等人是根據《杜律虞注》次作七律，而非根據《纂注分類杜詩》而來呢？理由很簡單，蘇光震的次杜七律151首，無論是數量還是詩作順序都與虞注完全相同；李世龜雖未次作虞注中的全部七律，但將其次作與《杜律虞注》以及《纂杜》的詩作編排順序進行比較，自能判斷次作的依據，特別是在李世龜這一時期的次杜32首詩中，三者的順序同異尤爲明顯：

李世龜次杜詩題	杜律虞注	《纂注分類杜詩》中的位置
雲雷	早秋苦熱	卷十秋
閑暇	多病執熱奉懷李尚書	卷十夏
綺樹	曲江對雨	卷十一節序
春歸	曲江對酒	卷十一節序
良誨	曲江二首之二	卷十一節序
野人	曲江二首之一	卷十一節序
清景	暮春	卷十春
茲丘	即事	卷十春
……		
村巷	留別公安大易沙門	卷九釋老
盥水	南鄰	卷七鄰里
中表	題張氏隱居二首（舟）	卷九隱逸
……		
盥櫛	又呈吳郎	卷七鄰里

　　《杜律虞注》將"曲江"數首歸於"四時"類的春，《南鄰》歸入"隱逸"類，李世龜次作與《杜律虞注》的編排次序完全相同。在《纂杜》中，曲江數首在"節序"類，《南鄰》在"鄰里"類，將李世龜次杜七律

的順序與《纂杜》的編排相較,就有兩組不同,存在前後混雜的問題。由此可以斷定,李世龜是根據《杜律虞注》次作杜詩七律。

次杜七律告一段落後,到 1687 年丁卯(肅宗十三年),李世龜的詩作中又出現三首次杜詩,《蟾江》二首分別次杜《去蜀》與《游子》,《溪如洞》次《自閬州領妻子却赴蜀山行三首》其一"邊"韻,這三首都是五律,在分類杜詩中歸入"紀行"類。看起來李世龜似乎有次杜五律的計劃,但不知什麼原因沒有能堅持下來。至 1691 年辛未(肅宗十七年)八月,他因眩病,久治不愈,準備前往楓嶽也就是金剛山游歷散心。① 以此為契機,他開始了次杜的第三個階段,即集中精力次和杜詩五律之作。

此次的金剛山之行他並非直奔目的地,而是先去了鴻阡,由此開始了次杜五律的實踐,這組次杜詩他稱為《西行録》,在《倦遊》一首的題注中云:"將遊楓嶽,治任束裝,忽回彎向鴻阡,途中感懷,漫步老杜五律。余抛鉛槧久矣,不復細檢聲律,聊以寄興云爾。"② 與次杜七律不同的是,這次他不再是"自下而遡上",而是由上而下依次步韻,《西行録》的第一首次和之作為《倦遊》,原詩為"紀行"類的《去蜀》,這首詩寫於八月初九日,最後一首為《蓬萊》,題下小注云:"次杜《青草湖》,始還家,欲更謀東遊。"這首詩次和的是杜甫的《宿青草湖》。此次西行他共寫作次杜詩 13 首。

李世龜從鴻阡回家後略加修整,九月初二日,終於真正踏上了他的楓嶽之旅,這一路的次杜詩他稱為《東遊録》:"崇禎後辛未九月壬子朔越二日,出宿於朴晦叔家,六日始啓程向楓嶽,收録緣路所得,皆漫興口號,不事雕琢矣。"③第一首為《遠遊》,次杜《宿白沙驛》,這是

①《養窩集》册十二《東遊録》:"余有眩症,醫治少效,或云:'虛而有火,久鬱生病,恣游名山大川,疏散舒暢則勝於服藥。'遂有遠遊之志焉。……時崇禎後辛未八月,束裝將向楓嶽。"《韓國文集叢刊續》第 48 册,頁 429。
②《養窩集》册三《倦遊》,《韓國文集叢刊續》第 48 册,頁 85。
③《養窩集》册三《遠遊》小序,《韓國文集叢刊續》第 48 册,頁 86。

分類杜詩"紀行"類緊承《宿青草湖》之後的五律。最後一首寫於十月初八日歸家，題爲《衡宇》，次杜詩《憶鄭南玭》，屬於"述懷下"。此次東行李世龜共次和杜詩44題45首。關於此次楓嶽之行，李世龜不但有次杜詩《東遊録》，還有散文《東遊録》，記載了每天的行程、沿途的景觀以及與路上遇到的各色人物的交往。《東遊録》文與次杜詩都是按日書寫，如一部旅行日記，二者可以參照閱讀。

　　李世龜《西行録》與《東遊録》共次杜詩58首，此次次杜有兩處稍顯特別：一是《宿洪川》一首，用的是《曉發公安》韻，而不是次韻，詩云："千里蓬萊無伴儷，新詩題罷但吟之。秋花錦樹人來少，白石清川馬去遲。佳節偶從仙路近，閑情聊與海雲期。名亭可惜輪塵吏，虛負波心落月時。"①韻字與原詩"遲、時、期、之"的順序不同。對於次韻與用韻的差別，李世龜有嚴格區分，如這首詩的題注是"用韻，七律《曉發公安》"，另一首標明用韻的是寫於1678年的《五代祖進士府君神主，因長房親盡，今日移奉於親家，府君養德不仕，"玉藴蘭芳"乃墓道語也》，題注爲"用杜至日韻"，②李詩的韻字是"間、班、還、顏"，原詩《至日遣興奉寄北省舊閣老兩院故人二首》之一的韻字是"顏、還、間、山"。

　　二是這一階段李世龜以寫作次杜五律爲主，但《宿洪川》爲七律；當九月六日出發到砥平時，寫作了《砥平道中》及《宿砥平縣底》，兩首詩分別次《恨別》與《寒峽》，一首是七律，一首是五古。九月八日他到達春川以後，③更難掩興奮之情，一連寫下了《入春川》《詠春川》《宿春川》三首詩，分別次《聞官軍收河南河北》《江上值水

---

① 《養窩集》册三，《韓國文集叢刊續》第48册，頁87。
② 《養窩集》册二，《韓國文集叢刊續》第48册，頁67。
③ 此處時間據《東遊録》文而來，文中云："八日己未，西北行幾五十里，秣馬於春川之原昌驛。自洪川以北，石角多峻層，椴葉已衰，楓葉如染，往往紅樹外飛泉有聲，令人悠然有遠想矣。踰安昌峴又行二十五里，夕宿春川邑底老吏朴雲虎家。"《韓國文集叢刊續》第48册，頁429。

如海勢》《發秦州》，前兩首是七言律詩，後一首是五言古詩。也就是説，此時李世龜次作的 58 首杜詩中，有 51 題 52 首五律，四首七律，兩首七古，其中次韻或用韻的四首七律《恨別》《曉發公安》《聞官軍收河南河北》《江上值水如海勢》正是《杜律虞注》開篇的四首詩，前兩首屬"紀行"類，後兩首屬"述懷"類，由此亦能看出李世龜次杜七律是根據《杜律虞注》而來。

再看看 51 題 52 首五律，正好是《纂注分類杜詩》從卷二第一首《去蜀》到卷三《憶鄭南玭》的全部 51 首五律，編排順序也完全相同，沒有任何偏差之處。雖如此，我們並不能確定李世龜是根據《纂杜》的順序次和杜甫五律，因爲《纂杜》雖在每一門類下又分古詩與律詩，但五七言律及排律是混雜在一起的，要從中挑選出五律一一次作似乎有些困難，那是否有像《杜律虞注》一樣將五律集中在一起方便學習使用的版本呢？ 現在能見到的有明人邵勳編《唐李杜詩集》，收錄李白、杜甫詩各八卷，共十六卷，是書"合正德李濂所刊李集、嘉靖許宗魯所刊杜集而合刻之"，[1]"因既分體又分類，頗便模擬與比較"，[2]將李世龜這一時期的次杜五律 51 題 52 首與《唐李杜詩集》卷十三的杜甫五言律相比較，編排順序完全相同，僅缺少次《避地》一首。因未查找到許宗魯所刊杜詩集及邵勳編《唐李杜詩集》流傳東國的痕迹，我們同樣不能確定李世龜是根據這兩種杜詩集來次杜五律，但大概可以推測的是，李世龜手頭也許有一種"既分體又分類"的杜詩刊本，可以幫他比較方便地依次次作杜詩。

此後，李世龜又有五次次杜五律的經歷，第一次是 1692 年元月，他去京口探訪諸妹，寫作兩首《爲訪諸妹向京口》《過慶安驛》，分別次杜《懷灞上遊》及《江上》。第二次是 1693 年八月八日，他前往鴻阡，寫作次杜詩 5 首，分別次杜《江漢》《垂白》《秋峽》《獨坐》二

---

①邵勳編《唐李杜詩集》，見黃永武編《杜詩叢刊》第三輯第 35－37 册（明嘉靖二十一年無錫知縣萬氏刊本），大通書局，1974 年，頁 1。
②黃永武主編《杜甫詩集四十種索引》，大通書局，1976 年，頁 3。

首。第三次是1697年,他八月九日出發往鳳阡,二十一日還家,此
行寫作次杜10首。第四次是同年十月九日他再次出行,十八日歸
家,寫作次杜6首;第五次是1699年臘月二十八日,他自洪州出發
往鴻阡,二十九日到鳳凰山,寫作次杜詩2首,分別爲次杜《巴山》
及《喜達行在所》(來)。這五次次杜情況如下表:

序號	時間	李世龜詩題	杜詩詩題	《纂杜》中的位置	《唐李杜詩集》中的位置
1	1692年元月	爲訪諸妹向京口	懷灞上遊	卷三述懷下	卷十三述懷
2		過慶安驛	江上		
3	1693年八月	向鴻阡	江漢		
4		勵志	垂白		
5		連床	秋峽		
6		樵歌	獨坐		
7		樵歌	獨坐		
8	1697年八月九日	向鳳阡	覽鏡呈柏中丞		
9	八月十日	霜露	東屯北崦		
10	八月十一日	霜風	有歎		
11	八月十二日	希顏	悶		
12	八月十三日	鳳崗	獨坐		
13	八月十七日,離並堤	曾賴	戲作俳諧遣悶之一		
14	八月十八日	驅馬	戲作俳諧遣悶之二		
15	八月十九日	駐馬	遣憂		
16	八月二十日	孤抱	長吟		

序號	時間	李世龜詩題	杜詩詩題	《纂杜》中的位置	《唐李杜詩集》中的位置
17	八月二十一日,還家	柴衡	樓上		
18	1697年十月九日,發行	搔首	耳聾	卷三疾病	卷十三疾病
19	十月十日	夙駕	老病		
20	十月十一日,入城	古城	公安縣懷古	卷三懷古	卷十三懷古
21	十月十七日,回程	別懷	過宋員外之問舊莊		
22	十月十八日,發山城	雄劍	石鏡	卷三古迹	卷十三古迹
23	十八日,還	更聞	琴臺		
24	1699年十二月二十八日	促駕	巴山	卷五時事下	卷十三時事
25	十二月二十九日,望鳳凰山	節序	喜達行在所(來)		

　　這五次李世龜共次作杜詩五律25首,第一首次《懷灞上游》是緊承《東遊録》的最後一首次《憶鄭南玭》而來,第25首是次《喜達行在所》其一,而《纂注分類杜詩》從卷三"述懷下"的《懷灞上游》到卷五"時事下"的《喜達行在所》(來)也正好是25首五律,這也是《唐李杜詩集》卷十三從《懷灞上游》到《喜達行在所》(來)的所有五律,三者的編排順序完全一致,沒有任何顛倒混亂的情況。

　　至此,李世龜次杜的創作歷程也結束了。就李世龜第三階段的次杜來看,這些詩作都寫於出行途中,同樣帶有"日課一詩"的特點。人在途中,每日所經之地、所見之景、所遇之人都不同,所思所感自然也會更豐富，更能刺激創作的激情。閉門造車式的"日課一詩"雖能磨礪詩歌技藝，但日復一日無甚變化的尋常日子大概很難讓人産生"情動於中而形於言，言之不足故嗟嘆之，嗟嘆之不足故咏歌之"的創作衝動，勉强爲詩難免缺乏真情實感，也就無法保證詩歌創作的水准。杜詩有圖經之説，又有日記之稱，[1]實際上杜詩中大多數的作品都没有標明具體的寫作時間與地點，很難真正將其與"圖經"或"日記"等同視之，否則關於杜詩編年及闡釋也就不會有那么多的爭議了，但李世龜在遊歷過程中次作杜詩時，會特別强調次杜的時間與空間，將"日課一詩"的日記體詩歌創作與杜詩的時空特點相融合，他也終於在此過程中摸索出了學習杜詩、寫作詩歌與磨礪心性之間最爲自然、順暢的方式。

（二）次杜詩特點

從 1666 年至 1699 年的三十三年時間裏，李世龜次杜詩可以分爲明顯的三個階段：第一階段從 1666 年到 1675 年，其次杜實踐還没有明確的計劃，略顯混亂；第二階段從 1678 年到 1685 年，專門次杜七律，按照《杜律虞注》的編排順序自後往前共次作 115 首七律；第三階段從 1687 年到 1699 年，主要次作五律，按照分體分類編排的杜詩集如《纂注分類杜詩》或《唐李杜詩集》之類的順序，由上而下次作了從《去蜀》到《喜達行在所》其一的全部 76 首五律（比《唐李杜詩集》少一首）。這三十三年裏雖時有間斷，李世龜還是基本上堅持了次杜詩的寫作。

除了次杜詩以外，李世龜留下的詩作達三卷之多，這似乎與他

---

① 劉克莊《後村詩話》新集卷二引林亦之（網山）《送蘄帥》云："杜陵詩卷是圖經。"（中華書局，1983 年，頁 176）當代學者也認爲杜詩有時有日記的作用，莫礪鋒在論及杜甫"發秦州"、"發同谷"兩組紀行詩作時稱，這些作品"在時間和空間上具有很强的連續性"（莫礪鋒《杜甫評傳》，南京大學出版社，2019 年，頁 98）。金啓華也稱："杜甫幾十年如一日，把寫詩當作日記。"（金啓華、胡問濤《杜甫評傳·引言》，陝西人民出版社，1984 年，頁 4）

"文章本小技"的想法相悖，所以他自我解嘲云："壽翁非是愛狂吟，詩到成時自不禁。"①自己並不是刻意爲詩，只是詩思泉涌，擋也擋不住。在衆多詩人中，杜甫是他最爲欽服的一家，詩中常提及，作爲自己學習與仿效的榜樣，《冒雨向弓院越大嶺，嶺路崎嶇》云："群岫紛參錯，攀躋上險巇。陰崖深莫測，危石巧相支。雨歇雲猶晦，人疲馬亦遲。真如夔峽路，唯欠杜翁詩。"②山路崎嶇，正如夔峽一般，只可惜自己没有杜甫的詩才不能描摩出其險峻之勢。又如《宿殷山驛村，距鴻山三十里，明日將到官》一首云："行行南邁地難窮，霜葉寒花處處同。秋日欲沉孤岫外，村燈遥閃暝烟中。草長原曠疑無逕，橋迥溪深自有風。焉得杜翁如畫句，寫從南岳到飛鴻。"③同樣希望自己能有杜甫的如椽筆力，描畫出旅途中的美景。

　　李世龜作爲儒家學者，以事功爲重，他認爲："人生斯世，直以文章流名百代，不過司馬子長、班孟堅而已，豈不戚戚乎哉？"④即使有文章流芳千古，最多也不過達到如司馬遷、班固一樣的成就，仍只是生命、才華的浪費，是件悲哀的事情，但因爲不可抑制的詩情，他還是有較多詩歌創作，並選擇自己欣賞的杜詩作爲學習的對象。如果説其他人寫作次杜詩是將杜詩當作範本，"揣摩學習之不足又從而和之"的話，那么李世龜更多地還是將次杜詩當作"日課"，特

①《養窩集》册二《十一月晦日夜，閑坐偶成，效康節首尾吟》，《韓國文集叢刊續》第 48 册，頁 25。
②《養窩集》册一，《韓國文集叢刊續》第 48 册，頁 9。
③《養窩集》册一，《韓國文集叢刊續》第 48 册，頁 9。
④《養窩集》册一《余頃日來訪晦叔于此，仍連床累日語。余云："人生斯世，直以文章流名百代，不過司馬子長、班孟堅而已，豈不戚戚乎哉？或有纔有少得，充然自滿以傲人者，真可發一笑。"晦叔曰："善。"其後余茫然不記矣。今日又來訪，適值淡月連江，露氣入簾，便歡然笑談。少焉，主人先困就睡，余獨坐，偶閲小册子，見晦叔記余前所道者笔之於尾。怳然驚悟，因即景口號一絶書其後。連床共語之日，甲辰閏六月念後；書小絶之夜，九月旬二日也》，詩云："萬里秋空净如水，浮雲一點起崢嶸。文章垂後真堪笑，况復當年浪竊名。"《韓國文集叢刊續》第 48 册，頁 6。

別是 1678 年的 8 月到 11 月初，以及 1685 年的正月間，差不多每天
一首七律，是對自己《憲式》的堅守，也是對自己意志的磨練。李世
龜將次杜詩變成修養心性的手段，就在詩歌寫作與儒家的"真知實
踐"間獲得了一種平衡。但用這樣的態度寫作次杜詩，一般不會仔
細揣摩杜甫心思或杜詩意思，那麼，次杜詩無論在內容、情感，還是
作品風格上必然會與原詩存在明顯差異。

如《漫題即景》一首，詩云：

> 八月禪房負笈來，一床緗帙展千回。林中密葉紅初暈，石
> 上寒花淨自開。山容野色朝昏改，蟲語江聲日夜催。靜坐蕭
> 然絕塵想，何須騰展到天臺。①

這首詩寫於 1678 年 8 月，首聯交待時間、地點、緣由，即八月間入禪
房苦讀一事。頷聯寫景，林中茂密的樹葉已染上淡淡的紅暈，石頭
上秋花自開自落。頸聯仍寫景，山間田野的景色朝夕變化，蟲語、
江聲催促著日夜的變更。尾聯寫感想，如此環境讓人遠離了世俗
之想，又何必千辛萬苦去天臺山隱居求道呢？全詩情景交融，風格
平和從容，寫我所看、所思，體現的是一人一天地、一花一世界的渾
融。其所次杜詩爲《送李八秘書赴杜相公幕》，詩云：

> 青簾白舫益州來，巫峽秋濤天地回。石出倒聽楓葉下，橹
> 搖背指菊花開。貪趨相府今晨發，恐失佳期後命催。南極一
> 星朝北斗，五雲多處是三台。②

杜詩寫於大曆二年（767）秋，送李八秘書入杜鴻漸幕府。事情雖然
很明確，對詩意的理解卻有很多爭議，如"青簾白舫"是不是官船？
"倒聽"如何理解？"南極"與"三臺"指誰？"倒聽"、"背指"用字新

---

①《養窩集》册二，《韓國文集叢刊續》第 48 册，頁 60。
②《杜甫全集校注》卷十六，第 8 册，頁 4743。

奇,顧宸曰:"'倒聽'字奇。""'背指'字更奇,巧寫乘舟順流而下之景。"①二詞奇巧,強化了舟行峽中的危險跌宕之感。第三聯寫李秘書舟行的原由,作者用了"貪"、"恐"二字,頗有譏諷之嫌,李因篤也忍不住感慨"先生奈何亦有此語"。②這首詩並非杜甫的代表作,用詞有過於新巧處,亦有失粗疏處。李世龜僅是借用了原詩的韻字,並未刻意追求與杜詩的相似性,其風格的平和,意境的靜謐,自我的圓融都與杜詩的奇巧、跌宕形成對照。

李世龜按照一定的順序次杜詩,並無借杜詩澆心中塊壘之意,也不追求與原詩情感的共鳴、情緒的相似,就不會刻意選擇與自己當下境遇或心情相近的作品次和,甚至相同主題的詩作也可以寫得完全不同。如他寫於1691年的西行之作與東游金剛山的詩作,是從杜詩的"紀行"類作品開始次和的,很難得地次杜詩與原詩主題一致,但他這些人在旅途的作品與杜詩的紀行詩仍呈現截然不同的面貌。

如《重陽》一首,詩云:

　　　　客裏重陽日,強登紅樹邊。未餐籬下菊,虛繫渡頭船。何意香醪嫩,從他錦石圓。閑行猶役志,蓬島愧群仙。欲渡昭陽江而未渡,又無菊度重陽,故云。③

這首詩寫於他游歷金剛山途中,九月初九日到達儀鳳山,因行裝未齊備只能稍作停留。《東遊錄》一文有詳細記載,"九日庚申,因行具未備仍留。北行五里餘,登昭陽亭。亭臨渡頭,眼界廣濶,氣像雄渾矣。旅舍無菊,悄然度重陽。是夜風雨達曉。"④詩中有重陽無菊、渡江不得的遺憾,並感慨自己在閑遊散心時仍心繫世俗事務,

――――――――――

①《杜甫全集校注》卷十六,第8冊,頁4745。
②《杜甫全集校注》卷十六,第8冊,頁4747。
③《養窩集》冊三,《韓國文集叢刊續》第48冊,頁88。
④《養窩集》冊十二,《韓國文集叢刊續》第48冊,頁429。

完全没有蓬萊神仙的逍遥自在。詩中用了"强"、"未"、"虚"等詞，有一些事事不如意的勉强，但全詩的基調仍是從容自得，平和悠然。這首詩的原韻是杜甫的《舟中》，詩云：

> 風餐江柳下，雨卧驛樓邊。結纜排魚網，連檣並米船。今朝雲細薄，昨夜月清圓。飄泊南庭老，秖應學水仙。①

這首詩寫於大曆三年（768），杜甫以舟爲家，漂泊於江陵，紀舒容曰："江柳之下，衝風而餐；驛樓之邊，冒雨而卧，皆舟中貧况也。"顧宸曰："昨夜、今朝，變態不同，而我之飄泊如故。"②此時詩人 57 歲，老病窮愁，漂泊無依，所以發出强烈的感慨"秖應學水仙"。李詩與杜詩，一寫山行，一寫舟中；一是悠然，一是沉郁。雖都是紀行之作，且韻字相同，但傳達出的詩人的情緒、詩歌的風格完全不同。

李世龜在按順序次杜五律的過程中，旁入杜甫七律與五古作品，似乎已不滿足於僅僅利用杜詩的韻脚，而希望"同聲相應，同氣相求"，在更適合的作品中找到情感的宣泄口，事實並非如此。其《砥平道中》云：

> 千崖一路砥平縣，九月初旬辛未年。村落遥分紅葉下，峰巒漸入白雲邊。霜凋深洞半如畫，日暖細花渾似眠。山水有名清絶地，請論南越北之燕。③

詩作與李世龜大多數的作品風格一致，平和安静，有著淡淡的喜悦，中兩聯寫景細致，紅葉掩映下的村落，高聳入雲的山巒，讀來如在目前。"日暖細花渾似眠"一句尤爲生動，形象描繪出大自然的安逸自適，只見暮秋暖陽下，花兒如人一般慵懶愜意得昏昏欲睡，似乎隨時都會打個哈欠伸個懶腰。《東遊録》中的記載可以作

---

① 《杜甫全集校注》卷十九，第 10 册，頁 5528。
② 《杜甫全集校注》卷十九，第 10 册，頁 5529。
③ 《養窩集》册三，《韓國文集叢刊續》第 48 册，頁 87。

爲這幅美麗畫面的補充："時霜葉未爛,紅緑相間;野菊初開,日候暄暖,不覺爲九秋矣。"①字裏行間都流露出作者對大自然的欣賞,以及身處其間的輕松愉悦。這首詩的原韻之作是《恨别》,詩云:

> 洛城一别四千里,胡騎長驅五六年。草木變衰行劍外,兵戈阻絶老江邊。思家步月清宵立,憶弟看雲白日眠。聞道河陽近乘勝,司徒急爲破幽燕。

這首詩寫於上元元年(760)詩人在成都時,關於寫作的背景,顧宸曰:"公於乾元二年春自東都回華州,客秦州,寓同谷,至成都,奔走四千里,尚未得所依,故以别爲恨。"原來這首詩寫於"一歲四行役"的艱難歲月之後,所以感喟沉重,"詩中抒寫詩人流落殊方的感慨以及對故園親人的懷念,表達了盼望早日平叛的愛國情思。沉鬱頓挫,扣人心弦"。② 如此苦痛的經歷,如此沉重的心情,與李世龜作品如隔霄壤。

如上所論,李世龜雖致力於杜甫詩作的次和,三十三年時間裏寫作了兩百多首作品,但大都只是次韻,以磨礪提高自己的詩歌技藝,他並不刻意模仿杜詩,並不追求與杜詩一樣的"沉鬱頓挫"。這主要源於兩方面的原因:

其一,這與李世龜次杜詩的目的有關。他將次杜詩作爲"日課",是自己心性修養的一個環節,是"真知實踐"的一種方式。這樣的目標更多地受到程朱之學"格物致知"的影響,針對"格物"一説,李世龜先後寫過《格物説》《後格物説》,又與從兄李世弼(1642—1718)、友人崔錫鼎(1646—1715)書信往還,③分析辯難,花了很多時間與精力進行探討。由理學討論進入文學實踐,就表現

---

①《養窩集》册十二,《韓國文集叢刊續》第 48 册,頁 429。

②《杜甫全集校注》卷七,第 4 册,頁 2040。

③參見《養窩集》册五相關内容。

爲將次杜詩當成“日課”,這是一個儒家學者的追求,而非一個詩人的追求,並且他自己是不屑於以詩人名世甚至以此爲恥的。

　　其二,李世龜的詩作風格與他個人的生活環境、人生經歷密切相關。李世龜主要生活在朝鮮孝宗(1650—1659 在位)、顯宗(1660—1674 在位)、肅宗(1675—1720 在位)三朝,這一時期朝鮮雖然對外與清朝、日本偶有外交摩擦,在内朝廷有朋黨之爭,但没有戰亂没有動蕩,是朝鮮歷史上社會比較穩定的階段。李世龜出生於名門望族,是著名文臣李恒福的後人,身爲兩班,①處於社會上層,生活比較安逸。李世龜自己的人生也比較平順,他是 1672 年壬子(顯宗十三年)進士,生性淡泊,不樂仕進,至 1685 年(肅宗十一年)才步入仕途,多任地方官員或比較低級的京職,没有遭遇過貶謫流放的挫折。加上他“一意向裏用工”,②對沉淪下僚的經歷也處之泰然。

　　總之,李世龜的人生比較平順,没有太多的大風大浪。他没有像杜甫那樣經歷“安史之亂”帶來的國家由極盛至極衰的突變,没有經歷“朝扣富兒門,暮隨肥馬塵。殘杯與冷炙,到處潛悲辛”的酸楚與耻辱,没有“麻鞋見天子,衣袖露兩肘”的狼狽,没有“支離東北風塵際,漂泊西南天地間”的無依無靠,也没有“奈何迫物累,一歲四行役”的奔波困頓,更没有“竊比稷與契”與無所施爲的理想與現實之間的落差,所以李世龜雖然次杜詩,但很難真正進入杜甫的精神世界與杜甫感同身受,這也就使他的詩歌與杜詩“沉鬱頓挫”的

————————

①朝鮮時代,當君王朝會的時候,下面的官員,文官站東邊,稱“東班”,武官站西邊,稱“西班”,所以用“兩班”指代士大夫官僚階層。“兩班按實際慣例已被免除勞役和軍役這些通常對國家應盡的服役義務。”“兩班只在他們中間通婚,兩班的地位當然也就成了世襲的。兩班與那些不是兩班的人甚至不住在一起。”參見李基白著,厲帆譯《韓國史新論》,國際文化出版公司,1994年,頁 183—185。關於兩班的生活可參見韓國奎章閣韓國研究院編,王楠、[韓]安正燻譯《朝鮮兩班的一生》,江蘇人民出版社,2020 年。

②沈銷《樗村遺稿》卷四十三《養窩李先生墓碣銘》,《韓國文集叢刊》第 208 册,頁 310。

風格有著遥遠的距離。

　　李世龜以次杜詩爲"日課"、爲"真知實踐"的功夫,開啓了學習杜詩的新方式。他隨情適性,次杜詩而不爲杜詩所囿,在韻脚的嚴格束縛下,堅持寫具有個人特色的詩作,寫景細膩,情感平和,風格從容,這些是他的詩作標籤,也是他的成功之處,其出入杜詩的方法也爲我們研究杜詩與朝鮮漢文學的關係提供了新的角度。

二　次杜紀行之作分析

(一) 黄㦿的次杜紀行詩

　　李世龜的 229 首次杜詩中有不少是紀行類作品,朝鮮文人次和杜詩時,杜甫的紀行之作一直是他們非常感興趣的一類題材,次作、擬作的數量都很多,黄㦿是其中頗具代表性的人物。

　　黄㦿(1604—1656),字子由,號漫浪。他可謂少年得名,"公才性幼成,文藝夙達,年二十一,既陞進士,又登文科"。① 這是仁祖二年(1624),自此他開始步入仕途,但太過順利的開端有時也許會帶來更多磨難,這一切都源於朝鮮社會激烈的黨争。

　　朝鮮社會政治的特點之一是從燕山君(1494—1560 在位)開始,士禍不斷,黨争不斷。② 仁祖(1623—1649 在位)即位後,組成以西人與南人爲主的朝廷。因爲擁戴仁祖反正、推翻光海君政權的功臣多是西人,勳西派(功西)一時掌握了政權。勳西與南人在

---

① 李瀷《星湖全集》卷六十二《漫浪黄公墓碣銘》,《韓國文集叢刊》第 200 册,頁 55。
② 參見左江《李植杜詩批解研究》附録二《略論澤堂李植的黨派關係》,中華書局,2007 年,頁 279—320。

政治主張上處處對立，其中與黃㦿直接相關的有兩件事：一是選尹毅立(1568—1643)女爲世子妃，南人贊成，勳西反對。① 尹毅立是黃㦿外祖父，很自然地，黃㦿也被卷入黨爭中。二是關於如何處置仁城君珙。仁城君(1588—1628)是宣祖第七子，在光海朝(1609—1622)時曾參與"廢母論"，②西人主張治其罪，南人反對。仁祖即位初，朝鮮發生多起叛亂事件，在李适叛亂③與朴弘耉之亂④中，賊人都有推戴仁城君之説，如何處置仁城君再次被提上議程，南人主張保全，勳西主張按律處置，"時仁城君珙當殺云者，諸功臣西人之意；不當殺云者，南人主之"。⑤

　　仁祖三年(1625)十月，持保全之説的睦性善(1597—1647)與柳碩(1595—1655)上疏言："珙之名屢出賊口，而珙無相應之迹，是珙無罪也。無罪而猶且竄逐者，徒以天下之事變無窮，末世之人心難測，過生疑慮，以爲防患之策。是不過心懷恐懼，見事不明，自不覺其陷殿下於不測之地，其亦不思之甚也。"⑥二人之疏讓反對派很

---

①參見李肯翊《燃藜室記述》(下)卷二十四《仁祖朝故事本末》"睦性善疏"，景文社，1976年，頁 367。參見姜周鎮《李朝党爭史研究》第二篇第十七章《仁祖反正後西人專權下的勳西派與清西派》，首爾大學校，1971 年，頁 98—99。

②光海君即位後，因既非長子，又非嫡子，爲鞏固王位發動了一系列政治事變，其中之一是將宣祖嫡子永昌大君流放，又提出"廢母論"，將永昌大君生母仁穆大妃廢黜，幽閉西宮。

③李适(1587—1624)爲光海朝將領，1622 年被任命爲北兵使，1623 年參與了仁祖反正，後任副元帥，駐守寧邊。論功行賞時因對自己的二等功大爲不滿，於1624 年正月起兵攻入漢城，很快被政府軍打敗，在撤出漢城時爲同黨所殺。

④朴弘耉(1552—1624)爲光海朝官員，仁祖反正後被削職。李适叛亂期間，他趁機擁戴光海君爲太上王並推舉仁城君，事發被處死。

⑤《燃藜室記述》(下)卷二十四《仁祖朝故事本末》"朴弘耉之獄"，頁 366。至於西人與南人在處置仁城君一事上的差異，《二大源流》有一分析："仁城君珙曾於廢母收議時主凶論，又入於賊适凶檄中爲推戴，故諸功臣及西人之議皆以爲當殺，鄭經世一隊南人則以爲不當殺云，蓋深懲光海之牋殺同氣，以活仁城爲清論也。"李離和編《朝鮮黨爭關係資料集》第 1 册，驪江出版社，1988 年，頁 646。

⑥《仁祖實録》卷十仁祖三年十月癸巳(18 日)，《朝鮮王朝實録》第 34 册，頁 38。

不安,有"亟焚其疏"之請。① 在勳西派與南人的對立中,有部分人既没有完全加入勳西又與南人有明顯不同,這部分人被稱爲清西,黄㦿本屬於此派,此時却上疏支持睦、柳二人:

> 蓋其言雖惡其論雖邪,而傳布流播明示於人,公論謂之邪、國人謂之惡,然後後世之是非定,一時之公議正矣。今未見其疏辭,而但怒其異己,即爲論啓,且請亟焚。臣意以爲二人者所論果邪惡則明示直斥,罪之可也;果非邪惡則使吾君衾受而敷,施之可也。何汲汲於攻擊,而不待其疏之下,先發亟焚之論,有若暗昧隱諱者然乎? 臣誠怪訝惶惑,未曉其意也。且夫逆獄不實之事,非但此二人者言之,國人皆言,公論皆然,雖欲一手以掩,其如衆視何?②

二十二歲的黄㦿年輕氣盛,疏詞直斥反對派想一手遮天掩人耳目,言辭激烈,結果他被視爲南人的代表人物,③被罷職,並給人留下了"年少輕妄"、"性本輕躁"④的印象。

從此,黄㦿的仕途變得格外艱難,不是奔波於路途,就是被安排至偏遠之地任職,任京職的時間很短。仁祖五年(1627),出使椵島,與毛文龍交涉。其後"出莅外郡,興陽也,白川也,平山也"。⑤ 仁祖十四年(1636),以通信使從事官出使日本,次年回朝,任掌令等職。仁祖十八年(1640)十月又被派往灣上也就是義州,作爲接伴使與清人周旋。仁祖十九年(1641),他又被外派爲咸鏡道鏡城判官,在此一待就是三年,到仁祖二十二年(1644)才得以回

---

①《仁祖實録》卷十仁祖三年十月癸巳(18 日),《朝鮮王朝實録》第 34 册,頁 39。
②黄㦿《漫浪集》卷七《乙丑疏》,《韓國文集叢刊》第 103 册,頁 477。
③《燃藜室記述》(下)卷二十四《仁祖朝故事本末》"朴弘耉之獄":"癸亥後,李聖求、敏求附托西人,黄㦿以西人附托南論。"頁 366。
④《仁祖實録》卷十仁祖三年十月丙午(1 日)、十二月辛巳(7 日),《朝鮮王朝實録》第 34 册,頁 46、51。
⑤《星湖全集》卷六十二《漫浪黄公墓碣銘》,《韓國文集叢刊》第 200 册,頁 55。

朝爲官。黃㦿前二十年的仕宦生涯可謂坎坷,對年少成名的他而言是沉重的打擊,其抑鬱不得志的情緒時時流露在詩文中。

1641 年,黃㦿被任命爲咸鏡道鏡城判官,咸鏡道是朝鮮最東北端的領土,與中國的東北接壤,緯度高,山地多,是既偏遠又貧瘠的"窮荒"①之地,這一時期黃㦿寫有《北行錄》詩一組,分別編入其文集《漫浪集》的七絶、五律、七律中,根據這些詩作來看,他前往鏡城的行程如下:五月二十五日辭朝,六月初一日過普尼坂,初二日經過江原道淮陽,初五日到達咸鏡道的安邊,與金世濂(1593—1646)共登駕鶴樓。② 此後經過文川,十一日到達洪原,十二日到北青,十三日到利城,十五日翻越磨雲嶺,十六日到端川,十九日越過磨天嶺,到達吉州,二十二日到明川,隨後到達鏡城。七月初四日在駐地度過自己的三十八歲生日,開始了長達三年的邊塞生活。

在《北行錄》中,黃㦿一再感慨自己是"孤臣",如《七月四日,乃余初度,兵使爲之置酒》云:"幕府開筵仍燭夜,孤臣去國又霜風。"《中秋望夜》云:"孤臣心久折,誰唱美人歌。"③又以此行爲"出塞",《入喬口磨天嶺》云:"出塞土風異,憑危星斗斜。"《次安邊使君趙胤之錫胤韻》云:"三年出塞身猶滯,萬里登樓意共悲。"④甚至認爲自己是被"放逐"的罪人,《宿朱村驛次板上韻》云:"罪大宜投界,恩深

①《漫浪集》卷一《十三日過利城大松亭》,《韓國文集叢刊》第 103 册,頁 372。
②《漫浪集》卷四《初五日安邊府伯金道源邀登駕鶴樓,次壁上韻》,《韓國文集叢刊》第 103 册,頁 429。金道源即金世濂,1641 年(仁祖十九年,辛巳)正月,被任命爲安邊府使。許穆撰《資憲大夫戶曹判書兼弘文館提學世子左副賓客贈謚文康公金公行狀》云:"十九年辛巳正月,以承旨上章乞養,上許之。適安邊缺府使,以公授之。至則一如治玄時,不煩而政成,民庶安業。"金世濂《東溟集》附錄,《韓國文集叢刊》第 95 册,頁 349。
③《漫浪集》卷四,《韓國文集叢刊》第 103 册,頁 430;《漫浪集》卷三,《韓國文集叢刊》第 103 册,頁 403。
④《漫浪集》卷三,《韓國文集叢刊》第 103 册,頁 405;《漫浪集》卷四,《韓國文集叢刊》第 103 册,頁 432。

幸見原。"次杜詩《自閬州赴蜀山》其一之《自遣》云:"放逐固吾分,
親如能念無。"①出塞之悲壯孤獨、罪臣被逐之傷感苦痛充斥於《北
行録》中。

《北行録》有一組五律也是次杜詩,黄㦸的次杜方法與李世龜
一樣,按照分體分類編排的杜詩順序依次次和,從"紀行"類的《去
蜀》開始到"述懷"類的《至德二載……有悲往事》,共 22 題 24 首,②
與《纂注分類杜詩》或《唐李杜詩集》中的五律順序完全相同。《漫
浪集》不是按時間順序編排的,但從詩句内容可以推斷,這一組次
杜詩的具體寫作時間應該是他任鏡城判官的第二年,即 1642 年。
首先,次杜《自閬州領妻子却赴蜀山行三首》其一"端川"云:"忽云
復催返,無端消一年。"其二"磨雲嶺"云:"又踏磨雲路,仍愁宿霧
迷。"他前往鏡城赴任時曾經過端川與磨雲嶺,這裏説"又踏"、"消
一年",可知時間已過去了一年,此時是舊地重游。其次,次《客夜》
一首題注云:"此聞東溟擢拜方伯。""東溟",指金世濂。仁祖十四
年(1636),黄㦸以從事官出使日本時,金世濂是副使,二人結下了
深厚的情誼,多唱和之作。"方伯"是觀察使也就是"監司"的别稱。
據史書記載,金世濂於仁祖二十年(1642)五月被任命爲咸鏡道監
司,六月初辭朝。③ 由以上兩點可以推斷黄㦸的這組次杜詩寫於
1642 年的五六月間,這時黄㦸任鏡城判官已一年,被遠逐的感受更
爲强烈。同時,這也是朝鮮與明、清關係最爲緊張複雜的一段時

---

① 《漫浪集》卷三,《韓國文集叢刊》第 103 册,頁 403、404。

② 收入《漫浪集》卷四,《韓國文集叢刊》第 103 册,頁 404—406。下文引用此組
次杜詩不再一一出注。

③ 《仁祖實録》卷四十三仁祖二十年(1642)五月己卯(11 日):"以趙全素爲正
言,閔聖徽爲慶尚監司,金世濂爲咸鏡監司。"六月壬寅(4 日):"咸鏡監司金
世濂辭朝,上召見之。"《朝鮮王朝實録》第 35 册,頁 132、133。許穆撰《資憲
大夫户曹判書兼弘文館提學世子左副賓客贈謚文康公金公行狀》亦云:"二
十年壬午五月,陞授咸鏡道觀察使,辭不許,遂就任。"金世濂《東溟集》附録,
《韓國文集叢刊》第 95 册,頁 349。

期，黃杲身爲邊境地方官員，同樣肩負重任。

　　此組次杜詩的第一首是"自述"，詩云："客轍遍大地，君憂分四州。如何遲暮景，復作窮荒遊。强疾逐戎馬，低頭慚海鷗。殘生得歸去，高卧枕清流。"首聯是他對自己近二十年仕宦生涯的概括，這些年裏，他的足迹已踏遍朝鮮的邊境之地，《廿七日出宿東郊外》一詩小注云：

　　　　余行遍三邊，今作北役。南使日本之時，有"東西南北任吾生"之句；西到灣上之日，有"男子平生四方志"之詩。人或謂詩讖，豈其然歟？ 數年前有北謫之夢，實前定也。①

前往日本、灣上時，他還壯志滿懷，到這首"自述"，他已只能用奔波四境是爲君分憂來安慰自己了。跋涉路途任職邊官的經歷，讓他難免有些抑鬱不平，所以發出了如下追問："如何遲暮景，復作窮荒遊？"爲什麽我人到暮年，還要來這窮荒之地？ 作者此時才 39 歲，正值壯年，正是建功立業的大好時光，但坎坷仕途令他平添人生遲暮的哀傷。頸聯作者仍沉浸在惆悵中，自己支撐著病弱的身軀繼續著戎馬生涯，與那些自由自在翱翔的海鷗相比，只覺自慚形穢。尾聯繼續感慨：如果我還能活著重返家園，那我定要歸隱山林，高卧東窗，靜聽溪流，逍遙度日。這首詩有對過去的總結，有對現實的描繪，也有對未來的暢想，"高卧枕清流"氣象開闊，勾勒出一幅高人隱士灑脱出塵的畫面。但整首詩中"遲暮"、"窮荒"、"强疾"、"殘生"等詞語的使用，營造出一種沉鬱、壓抑、悲苦的氛圍，讀來頗爲沉重。

　　"自述"一首的原韻之作是《去蜀》，杜甫寫於永泰元年（765）離開成都之時，詩云："五載客蜀郡，一年歸梓州。如何關塞阻，轉作瀟湘遊。萬事已黃髮，殘生隨白鷗。安危大臣在，何必淚長流。"②

---

①《漫浪集》卷三，《韓國文集叢刊》第 103 册，頁 402。
②《杜甫全集校注》卷十二，第 6 册，頁 3390。

首聯是對五六年間漂泊西南生活的概括;次聯寫被迫離開成都,想回歸中原,却只能輾轉前往瀟湘;頸聯是感慨,歷經世事,人生已至老境,餘生仍不得安寧,只能如白鷗般漂泊於江湖;尾聯故作寬慰語:國勢動蕩,自有得力的大臣救國於危難,我何必放心不下,泪水長流呢? 浦起龍云:"只短律耳,而六年中流寓之迹,思歸之懷,東遊之想,身世衰遲之悲,職任就舍之感,無不括盡,可作入蜀以來數卷詩大結束。是何等手筆!"①

　　黄庥次作與杜詩原作在結構上很接近,首聯都是人生總結,次聯用反問句式,杜詩是"如何……轉作……",黄詩是"如何……復作……",二者相似,都有萬般無奈、身不由己、隨命運搬遷之感,"轉作"將想回歸中原而不得的無可奈何表現得更強烈,"復作"更多的是人在仕途不得不聽命於君王的複雜情緒。第三聯二詩都用了"鷗"這一形象,但象徵意義大不相同。杜詩中的"白鷗"漂泊江湖無依無靠動蕩不安,黄詩中的"海鷗"翱翔於大海上,與人在仕途的不自由形成對比。尾聯杜詩由己及家國,故作寬慰語;黄詩由現在及未來,用"高卧枕清流"的高士形象抒發對歸隱生活的向往。

　　由兩首詩的對比閲讀,可以很清楚地看到黄庥學習模仿的痕迹,二詩結構相似,風格相近,甚至使用了相同的意象、相同的句式、相同的詞語,但黄庥在學習中也有創造,力求做到同中有異,特别是尾聯,杜詩由自己的漂泊無依,想到國家的動蕩飄摇,感慨深重,與他忠君愛國的形象吻合;黄庥則由海鷗的自由自在,想到歸隱的逍遥自適,在沉重中多了一份清俊之氣。

　　黄庥雖然與李世龜一樣都是按照杜詩集依次次和杜詩,但二人對杜詩的理解體悟並不相同。李世龜的時候家國安寧,他自己人生平順,對杜詩也就比較隔膜,杜詩於他而言更像是一本韻書,他據此次韻,以做到詩作韻律的平和妥帖爲追求,所以次作中並無

①浦起龍《讀杜心解》卷三之四,中華書局,2000 年,頁 485。

太多杜詩的痕迹。黃㦿則不一樣,他近四十年的人生裏,先後經歷了 1627 年、1636 年後金(清)侵擾的兩次胡亂,家國岌岌可危,又經歷了戰敗後被迫與清結盟的耻辱;此時他身處與清接壤的邊陲,更能切實感受到兩國的緊張形勢,以及明、清、朝鮮之間的複雜關係。他自己的人生也經歷了各種挫折,由少年得志的意氣風發到沉淪下僚、蹉跎四境的不得意,巨大的反差必然讓他對杜甫"竊比稷與契"却無處施展的抱負有著更多理解與同情。如此家國環境、如此人生境遇,都讓黃㦿對杜詩感同身受,所以隔著千年時空他用自己的方式向杜甫表達了敬意。如鞏本棟對唱和詩總結所言:"當彼此的生活境遇(包括同時與異時的境遇)相同或相近,尤其是雙方都處於不利的環境中時,更容易觸發思想感情上的共鳴,更容易借唱和以發抒不平。"①黃㦿次杜詩已經不是簡單的學習模仿,而是用這樣一種方式來抒發自我的情緒,借杜詩來澆一己之塊壘。

　　由上面兩首詩的比較我們可以看出,黃㦿寫作次杜詩有模仿也有突破。當杜詩原作與黃㦿當下心境相符時,次作與原詩在内容與風格上都比較接近,那當二者不相符時,黃㦿是如何處理的呢? 是否能在次作與原詩之間找到一種平衡呢? 杜詩《遠遊》云:

　　　　江闊浮高棟,雲長出斷山。塵沙連越嶲,風雨暗荆蠻。雁矯衛蘆内,猿啼失木間。弊裘蘇季子,歷國未知還。②

雖然關於這首詩具體的寫作時間、地點、背景頗多爭議,但内容是寫船行過程中的所見所思所感則毫無疑問。首聯寫舟行之景,次聯"上句乃是言西望,下句則是言東顧",③表現舟行時間之久、地方之遠。第三聯寫形勢危急,自己好像大雁衛蘆避弋、猿猴失木無依。第四聯更進一層,説自己像貂裘已破的蘇秦,雖然歷時已久,

――――――――――

① 鞏本棟《唱和詩詞研究》,中華書局,2013 年,頁 66。
②《杜甫全集校注》卷十四,第七册,頁 3912。
③《杜甫全集校注》卷十四,第七册,頁 3913。

仍須遠遊列國，不知何時才能歸家，悲苦之狀溢於言表。黃床的次韻詩爲"登山觀海"，詩云：

> 宿昔聞青海，今朝倚白山。勢來從北狄，流去接南蠻。日月浮沉裏，寰區指顧間。男兒四方志，肯向半途還。

黃床的這組次杜詩整體基調比較低沉，罪臣的身份、被貶謫的不得志壓得他喘不過氣來，但在"登山觀海"的時刻，他難得地輕松起來。前四句寫地形地勢，交待大海的流向。後四句是登山觀海的感受，登上山頂，視野開闊，整個人的氣魄也闊大起來，似乎日月沉浮乃至整個世界都盡在自己的掌握中，久違的壯志激情又重新在血液間燃燒，忍不住發出豪邁之語：男兒志在四方，怎麼可以半途而廢呢？

當杜甫原詩與黃床的心境不符時，他會根據自己的實際情況進行調整。這首次作與原作一樣氣勢都比較闊大，結構也相近，前半寫景，後半抒懷。但寫作方法並不同，杜詩多典故，黃詩直白淺顯；情緒表達差別更大，一悲苦，一昂揚。同中求異正是朝鮮文人的次杜追求，他們對杜詩有學習有模仿，也有變奏有超越，在次杜的過程中力求做到不爲韻字拘縛，更好地表達個人情性，探尋多樣的創作路徑，爲朝鮮漢詩詩壇增添了一抹生動的色彩。

(二)次杜紀行五古盛會

李世龜與黃床的次杜紀行之作以五七言律詩爲主，杜甫的紀行之作當然不是只有五七言律詩，乾元二年(759)，他"一歲四行役"，趙次公解釋云："蓋嘗考是年歲在己亥，春三月，公回自東都，有《新安吏》《潼關吏》《新婚別》《垂老別》《無家別》詩。……公夏在華州，有《夏日嘆》《夏夜嘆》。時秋七月，公棄官往居秦州，有寄賈至、嚴武詩。……冬則以十月赴同谷縣，有紀行十二首、《七歌》《萬丈潭》詩。今十二月一日，又自隴右赴劍南。此爲一歲之中自東都西趨華，自華而居秦，而赴同谷，自同谷而赴劍南，爲四度行役也。"①杜甫在從秦州到同谷、從同谷到成都這兩段行程中，各寫了十二首古體紀行詩，共二十四首作品，在同谷逗留的一個月裏又創作了《乾元中寓居同谷縣作歌七首》《萬丈潭》等古體詩，這些作品都是杜甫的代表作，也成爲後人爭相學習的範本。

　　朝鮮文人對杜甫的古體詩評價很高，甚至有人認爲古體詩是杜甫各類詩體中最好的一種，黃玹（1855—1910）云："就言乎杜，則古體上也，五律次也，七五絶又其次也。若七言律則往往橫厲恣肆，險崛粗拙，實有不可以爲常法者。"②他將杜詩水準按古詩、五律、七五絶的順序排列，對七律的態度則比較矛盾。朴宗輿（1756—1785）在給兒子的信中大發雷霆："汝書以爲杜詩、李白兼讀云，是何言也？兩詩豈兼讀者耶？即此可見汝離親之害也。姑讀杜詩五古諸篇好者，日讀數十篇。而待稍凉，讀《孟子》章下注，亦並讀如《詩傳》之大旨可也。"③他認爲：將李白、杜甫詩放在一起學習是一種荒唐行徑，是自己離家後兒子無人教導之失，正確的做法是每天習讀杜五言古詩。信中將杜詩與儒家經典《孟子》等同視之，可見對杜詩的尊崇。澤堂李植（1584—1647）更從學習的角度將杜甫的五言古詩分成三類，第一類是"不可不熟讀摹擬，以爲準的"者，以《自京赴奉先縣詠懷五百字》《北征》《前出塞》九首、《後出塞》五首、"三吏三別"以及紀行之作爲代表。④杜甫的古體紀行之作主要指《發秦州》一組十二首、《發同谷縣》一組十二首以及"同谷七歌"、《萬丈潭》，澤堂認爲這類詩作"分明可愛"，稱贊道："紀行諸

①趙次公著，林繼中輯校《杜詩趙次公先後解輯校》（上）乙帙卷之十《發同谷縣》，上海古籍出版社，2012年，頁377。
②黃玹《梅泉集》卷七《小川詩集序》，《韓國文集叢刊》第348册，頁528。
③朴宗輿《冷泉遺稿》卷二《與子雲壽》，《韓國文集叢刊續》第109册，頁377。
④參見左江《李植杜詩批解研究》第六章《〈杜詩批解〉之理論探源》，中華書局，2007年，頁214。

作，起頭、造意、説景皆創新詣極，篇篇各殊，如韓碑，人人體各不同，是其觸景起興處。"①

　　因爲對杜甫五言紀行古詩的喜愛與推崇，朝鮮文人學習、仿作、次和者不在少數，如丁若鏞有《和杜詩十二首》，小序云："昔杜甫入蜀，有古詩十二首。春州者，我邦之成都也，山險江濤若相似然，故次韻和之。"②就是次和杜甫從同谷到成都的一組十二首詩。這是庚辰（1820）三月，丁若鏞"陪伯氏，領淳兒委禽之行，乘小艓溯汕水，將向春川"。③此時春光明媚，丁若鏞已 59 歲，還能與兄長同行，爲子侄的婚事奔忙，心情是愉悦的，如詩中所云："六十翁隨七十兄，瓜皮容易溯江行。年年此樂寧云少，只是池塘草又生。"④這十二首詩題分別爲《早發南一原和同谷縣》《虎吼阪和木皮嶺》《笠川渡和白沙渡》《超然閣和飛仙閣》《三嶽和五盤》《懸燈峽和龍門閣》《石門和劍門》《新淵渡和桔柏渡》《昭陽渡和水迴渡》《馬迹山和鹿頭山》《幾落閣和石櫃閣》《牛首州和成都府》，⑤由題目來看，丁若鏞因春川與成都"相似然"，努力在地形地貌上尋找兩地的共同點。杜甫這組紀行詩所寫地形有山、嶺、閣、渡，僅"渡"就有白沙渡、桔柏渡、水迴渡，"閣"也有飛仙閣、龍門閣、石櫃閣，丁若鏞根據自己的行程對十二首詩的詩序進行了調整，並一一找到對應的地形及地名，分別寫作和詩。杜甫的紀行五古"將極貌寫物的精緻和傳神寫意的巧妙結合起來，使每首詩的表現方式都各不相同，尤其善於

①左江《高麗朝鮮時代杜甫評論資料彙編》附録《朝鮮李植〈纂注杜詩澤風堂批解〉評語輯録》卷八《白沙渡》批語，上海古籍出版社，2021 年，頁 603。

②丁若鏞《與猶堂全書》第一集詩文集卷七，《韓國文集叢刊》第 281 册，頁 154。

③《與猶堂全書》第一集詩文集卷七《穿年紀行序》，《韓國文集叢刊》第 281 册，頁 153。

④《與猶堂全書》第一集詩文集卷七《穿年紀行·七言詩》，《韓國文集叢刊》第 281 册，頁 153。

⑤《與猶堂全書》第一集詩文集卷七《和杜詩十二首》，《韓國文集叢刊》第 281 册，頁 154—155。下文引用《和杜詩十二首》，不再一一出注。

在同類景物中用不同的視角和處理方式寫出不同的境界,凸顯其
主要特徵",①如"三渡"中的《白沙渡》是寫白日渡江的過程,《水迴
渡》是寫夜間渡江的感受,《桔柏渡》則重在寫竹橋渡江的趣味。丁
若鏞是否能體會這樣的不同呢? 笠川渡是"洪川水、春川水合流
處",丁若鏞在詩中極言水流之細,"細流静相過,未足方江漢。眠
我門前水,且爲半之半",這笠川渡的水流不要説無法與長江、漢水
相比,即使與自家門前流過的汕水、濕水相比,水流量大概只有四
分之一。但就是這樣的小小河流也自有一種静謐從容的氣象,"夕
靄澹青嶂,餘霞復靡漫,停舟頮魚隊,百慮淨蕭散"。新淵渡水源出
金剛山,又是狼川、昭陽二江的合流處。丁若鏞一直心向往之,本
以爲"今行可窮覽",却不料"悵然中改路,後期不可要。妻孥絆閒
身,愧報顔發潮",因爲世俗事務的牽絆,竟與新淵渡擦身而過,也
許後會無期,不免深感惆悵。至昭陽渡,已接近都市,再無山林之
僻遠安静,詩云:

> 牛馬立渡頭,沙水復平安。氣色近都邑,曠莽無險難。江繞
> 朱樓乪,山遠平蕉寬。便娟有柔態,魘惡羞狂瀾。土性利稻棉,終
> 古無饑寒。仙源抵雪嶽,到此九折盤。吾聞洗蔘水,不令津液乾。
> 痟痲五色泉,何由得一餐。雪嶽之東即襄陽,五色嶺有靈泉。

此地地勢平坦開闊,無崇山峻嶺,水流亦平緩;土地肥沃,物産豐
富,人居也繁密。水流直抵雪嶽山,讓人對洗蔘水、五色泉也多了
份向往。

　　由丁若鏞的次杜十二首紀行五古來看,他能結合自身的行程,
力求在同類景致中既寫出不同,又能突出各地的特色,注意到了詩
作内容的變化,如上面的三首詩,都是寫"渡",第一首重點寫笠川
渡水流之"細"與"静",第二首寫不能親臨新淵渡的悵然、不甘,第

---

①葛曉音《杜詩藝術與辨體》,北京大學出版社,2018年,頁326。

三首寫昭陽渡的地形、環境以及風土、物産,引發對成仙之暢想。但這種不同與杜詩"不同的視角和處理方式"又不一樣,就大膽豐富的想象力、創新求變的新思路、自覺主動的技巧追求而言,與杜詩還有一定的距離。

　　以上是丁若鏞一個人的次杜五古紀行詩作,在他之前,朝鮮漢詩壇上還有一次三人齊聚一堂共同次和杜甫五古紀行之作的盛會,這三位是蔡濟恭(1720—1799)、成大中(1732—1809)、睦萬中(1727—1810)。

　　蔡濟恭,字伯規,號樊巖,是朝鮮英祖(1725—1776 在位)、正祖(1777—1800 在位)朝著名文臣,深受兩代君主器重。他去世時,正祖下教曰:"予於此大臣,實有人所不知,而己所獨知之奧契。此大臣,間氣人物也。……且況五十餘年立朝,所秉之固,即尤所歎服者。"[1]在下葬之日,又"親祭文,遣閣臣賜祭,隱卒崇終之典備矣",[2]並下令編撰其文集,多次閱讀,提出修改建議,"故領相蔡文肅徵稿看閱屢回,以義例問其家人。……以如此之人,有如此之文,有如此之詩,而詩文編次若不亭亭當當,俾後人無以見廬山真面目,則是豈黷其人之意哉?凡例之可合淘洗,部居之可合裁製者,列之左方。"[3]正祖非常推崇蔡濟恭的詩文作品,贊賞有加,説他的詩作:"悲壯忼慨,人云有燕趙之遺風。"[4]《題左議政蔡濟恭樊巖詩文稿》又云:"傑氣驅來筆力勁,七分如對畫中卿。奔騰處有浪濤勢,慷慨時多燕趙聲。北極風雲昭晚契,滄江鷗鷺屬前盟。湖洲以後模楷在,更喜

────────────

① 《正祖實録》卷五十一正祖二十三年(1799)一月丁丑(18 日),《朝鮮王朝實録》第 47 册,頁 156。

② 丁範祖《海左集》卷二十四《領議政諡文肅蔡公神道碑銘並序》,《韓國文集叢刊》第 239 册,頁 493。

③ 蔡濟恭《樊巖集》之《御定凡例》,《韓國文集叢刊》第 235 册,頁 4。

④ 正祖《弘齋全書》卷三十六《判府事蔡濟恭隱卒教》,《韓國文集叢刊》第 263 册,頁 29。

東山詠洛生。"①一位君王如此關注一位臣子的文集編輯事宜，又不遺餘力地爲其作品發聲，可見蔡濟恭生前君臣相得之融洽。

　　成大中，字士執，號青城，一號醇齋。他出身庶孽，因朝鮮"禁錮庶孽"的政策本來無法參加科舉，更不能進入官場，但英祖朝的"庶孽通清運動"令他成爲受惠者。英祖二十九年(1753)參加生員試，合格；三十二年(1756)更以庭試別試第六名登第。英祖三十九年(1763)以通信使從事官出使日本，與日本人詩文唱和，聲名遠揚，"倭之求和詩者甚衆，皆以宿搆待之。府君應之，未常淹思而就。倭人皆叉手拜，驚以爲神。有井潛者曰'成公有一舉凌雲之氣'云"。至正祖朝，他的文才更受賞識，進入奎章閣任校書職，"上方興右文之治，建奎章閣儲文學之士，移校書館爲奎章外閣，首舉府君而管之，凡有校讐編摩之役則輒命之"。在正祖倡導的"文體反正"中，他也是一代表人物，"時上以時文噍殺，命諸臣之文體不馴者進文以訟愆。又命府君製進感恩之作，府君悉陳古今文路之執正執偏，繼之以曠絕恩數，銘鏤心肝，殆數千餘言。讀者服其博"。②在思想上，他深受"北學派"③影響，與當時北學派代表人物也是著名文人的洪大容(1731—1783)、李德懋(1741—1793)、朴趾源(1737—1805)、柳得恭(1748—1807)、朴齊家(1750—1805)等有著廣泛的交流。

　　睦萬中，字幼選，號餘窩。英祖三十五年(1759)七月別試獻賦丙科及第。他一生未任顯職，致力於詩文創作，曾與蔡濟恭、申光洙(1712—1775)、丁範祖(1723—1801)等著名文人組成詩社，唱和

①《弘齋全書》卷六，《韓國文集叢刊》第 262 册，頁 83。
②以上內容見成海應《研經齋全集》卷十《先府君行狀》，《韓國文集叢刊》第 273 册，頁 216—217。
③北學派是朝鮮實學的一個流派，實學強調"經世致用"、"利用厚生"等，北學派不再視清人爲"夷狄"，而主張以實事求是的態度，學習、吸收清朝的制度、技術等，以尋求解決國內社會問題的改革方案。

其中,深受推重。"時樊巖蔡公濟恭建詩社,招携爲樂,而府君實與之執耳。石北申公光洙、海左丁公範祖尤所相推長也。"睦萬中著述豐富,"詩文集四十二卷,弱冠以前有《童游録》,以後所著甚富,而弗戒於火。"①現存《餘窩集》仍有二十四卷。

英祖五十年(1774),蔡濟恭被任命爲平安道監司。② 同一年,成大中陞掌令,被任命爲平安道雲山郡守。③ 次年(1775)暮春,蔡濟恭巡視平安境内。此時成大中仍在雲山任上,跟隨蔡濟恭出巡,而睦萬中正好有關西之游,④三人得以在關西相遇,開始了詩歌唱和的盛會。蔡濟恭記載這一盛事云:

> 乙未暮春發巡,歷遍江邊郡邑。時,雲山郡守成君大中,使以差員從。睦餘窩萬中適西遊,仍與之偕。二人者以能文名於世,沿途千餘里,爛然有酬唱。顧余行則有民人之訴,坐則有簿書之困,實有未遑暇及於詞翰述作。而田間觀獵之興自不能禦,信口信筆率意尾續,要以名列軸上而已,何足備太史氏風謡之采也?後之覽者亦宜恕焉。⑤

蔡濟恭的巡視路線主要是鴨緑江沿岸的郡邑,從寧邊出發,到達魚川、熙川,經過白山、江界、滿浦、渭原、理山(楚山)、碧潼、昌城、朔州、義州、龍川、宣川、定州、安州等地,渡過清川江,回到平壤。一路上,蔡濟恭、成大中、睦萬中三人每到一地每見一景都有詩歌唱

①以上内容見睦萬中《餘窩集》卷二十三附録睦台錫撰《先祖考資憲大夫知中樞府事兼五衛都摠府都摠管府君狀》,《韓國文集叢刊續》第90册,頁434、441。

②《英祖實録》卷一百二十二英祖五十年四月丙申(14日):"蔡濟恭爲平安監司。"《朝鮮王朝實録》第44册,頁473。

③《研經齋全集》卷十《先府君行狀》,《韓國文集叢刊》第273册,頁217。

④《餘窩集》卷二十四附録《年譜》,《韓國文集叢刊續》第90册,頁447。

⑤《樊巖集》卷十二《關西録·練亭即事》詩注,《韓國文集叢刊》第235册,頁226。

和,現將三人這一時期的次杜之作列表如下：

蔡濟恭	成大中	睦萬中
長安遷在江界,用老杜青陽峽韻	長安遷,用老杜青陽峽韻	長安遷,用老杜青陽峽韻
發江州,用發秦州韻		發江州,用杜發秦州韻
伐登鎮在江界,望五國城,用木皮嶺韻		伐登鎮,望五國城,用木皮嶺韻
渭原郡,次赤谷韻		
南川橋在渭原,用水會渡韻		
楚山館,用鳳凰臺韻		楚山館,用鳳凰臺韻
阿耳鎮在楚山,用鐵堂峽韻	阿耳鎮,用老杜鐵堂峽韻	阿耳鎮,用鐵堂峽韻
受降樓在阿耳,用法鏡寺韻		受降樓,用法鏡寺韻
小坡兒在碧潼,用白沙渡韻		小坡兒,用白沙渡韻
發昌洲,行可十餘里,經遷路,景物正佳,用五盤韻	發昌洲鎮,行可十餘里,經遷路,景物正佳,用老杜五盤韻	發昌洲,行可十餘里,經棧路,景物正佳,用五盤韻
馬郎洞在昌洲隔岸,用飛仙閣韻	馬郎洞,丙子虜兵所從路,用老杜飛仙閣韻	馬郎洞,用飛仙閣韻
延坪嶺在昌城,用鹿頭山韻		延坪嶺,用鹿頭山韻
觀農亭在朔州,用寒峽韻	朔州觀農亭,用老杜寒峽韻	
玉江亭在義州,用桔柏渡韻		
威化島,用劍門韻		威化島,用劍門韻

續表

蔡濟恭	成大中	睦萬中
白馬山城,用石龕韻	白馬山城,用老杜石龕韻	白馬山城,用石龕韻
聽流堂在龍川良策館,用石櫃閣韻	龍川良策館聽流堂,用老杜石櫃閣韻	聽流堂
左峴在宣川,用發同谷韻		左峴,用發同谷韻
倚劍亭,用成都府韻	倚劍亭,用老杜成都府韻	
清川江,用萬丈潭韻	清川江,用老杜萬丈潭韻	
還平壤,用積草嶺韻		

　　其中蔡濟恭唱和杜詩 21 首,成大中 9 首,睦萬中 14 首。三人中,蔡濟恭地位最高,年齡最長,自然成爲這次唱和的主導者,寫作的次杜詩也最多。

　　三人爲何選擇次杜詩? 首先是源於對杜詩的熱愛。蔡濟恭的詩作被正祖誇贊爲"悲壯忼慨,人云有燕趙之遺風",可謂與杜詩風格一脉相承,而他關心百姓民生也與杜甫有相似處,其《催科嘆》云:"老夫行飯里門前,是時微月山城出。試教兒輩暫問之,答云民走探其室。杜陵之老一布衣,默念失業猶惻怛。況我廊廟舊相君,見此自然腸内熱。"[1]看到百姓缺衣少食、流離失所,讓他忍不住以杜甫爲標準進行自我反思,内心深感不安。在他的作品中,用杜詩來評價他人詩作水準的論述也很多,如論姜樸(1690—1742)的作品云:"公之文章,蒼鬱老健,力挽古道。以詩乎則五七言近體非少陵不屑,五言古風言有盡而意無窮。"[2]如此種種,都可以看出他對杜甫的尊重及對杜詩的熟識欣賞。成大中同樣深愛杜詩,其文集中次杜之作達到 28 題 40 首(包括次《秋興八首》)。杜甫也是他自

---

①《樊巖集》卷十七,《韓國文集叢刊》第 235 册,頁 325。
②《樊巖集》卷三十二《菊圃集序》,《韓國文集叢刊》第 236 册,頁 57。

我衡量的標準之一,晚年他寫過一篇《寢居小記》,是對自己一生的小結,文中説到:"吾貴於老聃,富於陶潛,壽於白樂天。生老太平,勝於杜子美;終始君恩,勝於李太白。"①從多個角度將自己與中國歷史上的著名哲學家、文人相比,其中優於杜甫的就是自己一直生活在風平浪静的太平時期,爲此深感慶幸。對於成大中的創作,後人評價云:"未嘗以詩自名,然學老杜,法勝而格高。"②與蔡濟恭、成大中不同,睦萬中有更直接的表述"余平生喜讀杜詩",③現存文集中有次杜詩48題71首(包括次《秋興八首》)。三人都喜愛杜詩,深受杜詩影響,很自然地選擇了唱和杜詩。其次,平安道位於朝鮮半島的西北端,隔鴨綠江與中國相望,境内山地較多,自然環境比較惡劣,幾個月的巡視也讓他們對杜甫奔波路途的生活有了更深刻的體會。杜甫的兩組五古紀行之作"在時間與空間上具有很強的連續性",兼具日記與"圖經"的功能,也就爲他們提供了最好的寫作範本。

　　蔡濟恭、成大中、睦萬中三人此次次杜與李世龜、黄㦷不一樣,既非按照分類杜詩的編排順序,也非按照杜甫的實際行走路線,而是行經一處,會選擇與此地地理特點比較接近或者與彼此心境更爲契合的作品進行次和。如行經楚山的阿耳鎮,三人都有次《鐵堂峽》之作。

　　杜甫原詩云:

　　　　山風吹遊子,縹緲乘險絶。峽形藏堂隍,壁色立積鐵。徑摩穹蒼蟠,石與厚地裂。修纖無垠竹,嵌空太始雪。威遲哀壑底,徒旅慘不悦。水寒長冰横,我馬骨正折。生涯抵弧矢,盜賊殊未滅。飄蓬踰三年,回首肝肺熱。

①成大中《青城集》卷七,《韓國文集叢刊》第248册,頁478。
②《研經齋全集》卷十《先府君行狀》,《韓國文集叢刊》第273册,頁219。
③《餘窩集》卷十三《漸喜堂記》,《韓國文集叢刊續》第90册,頁245。

這首詩寫於詩人由秦州往同谷的路途中，鐵堂峽"在今甘肅天水市秦州區天水鎮東北鐵堂山西麓，張家峽、趙家磨之間，南北走向，因其山石爲鐵青色，南北峽口狹窄，峽中間寬敞如堂室，故稱"。① 詩作首四句介紹鐵堂峽形勢及得名原因。中間八句，仇兆鰲注云："此記高下諸景。上四，狀其峭削幽秀，此仰視所見。下四，狀其深峻陰寒，此俯視所見。皆所謂乘絕險也。"② 最後四句由行程之艱辛引發感慨，國事多憂亂，自己飄泊無依，内心滿是焦慮與感傷。這首詩用仄聲韻，如仇兆鰲所云："蓋逢險峭之境，寫愁苦之詞，自不能爲平緩之調也。"③

阿耳鎮屬於理山郡（又名楚山、理州），是朝鮮西北部的軍事要地，設有阿耳堡關防，地形與鐵堂峽頗相類，地勢險峻，下有童巾江，經過阿耳堡流入鴨綠江，蔡濟恭次韻詩云：

> 傑壁四環拱，其上飛鳥絕。刻畫浮雲頂，堅城鎔白鐵。大江束成襟，華夷地脉裂。民力創綫路，四月斲冰雪。關防始有得，徇譙我顔悦。標巖戴受降，萬古立不折。但使兵食足，何有攙搶滅。袖中孫吳傳，腔血長時熱。④

蔡詩結構與杜甫原詩略有不同，分爲兩部分，上八句寫景，下八句抒懷。寫景的前四句是仰視，寫阿耳堡之高險、堅固；後四句是俯視，寫阿耳堡爲大江環繞，與中國隔絕，如此地形要靠百姓鑿開冰雪才能開辟一條小徑上去。後八句感慨，阿耳堡關防堅固，足以讓我安心。受降樓作爲標志性的建筑，固若金湯，永不會被摧毁。"攙搶"，指彗星，主兵禍。只要軍備充足，就不必擔心戰争爆發。

---

①《杜詩全集校注》卷七，第 4 册，頁 1712。

②《杜詩詳注》卷八，第 2 册，頁 677。

③《杜詩詳注》卷八，第 2 册，頁 679。

④《樊巖集》卷十二《阿耳鎮在楚山，用鐵堂峽韻》，《韓國文集叢刊》第 235 册，頁228。

我隨身携帶著孫吳傳,要像孫氏政權堅守江東一樣保證一方平安,如此想法不免讓人熱血沸騰心情激蕩。

睦萬中詩云:

> 童巾會鴨江,滔滔地紀絶。阿耳山頂堡,削壁如踏鐵。鳥道中臺坼,線流南崖裂。譙樓半空雲,陰洞朱夏雪。所歷足虞憂,到此稍欣悦。真宰信周防,化迹多曲折。建州復滿州,驕虜何時滅。長歌轆轤劍,杯觴滌内熱。[1]

這首詩與蔡濟恭詩作前半寫景後半抒情的結構相應,但他是從童巾江開始寫起,與蔡濟恭又有區别。寫景仍强調阿耳鎮的高峻奇險,但視角不斷變化,一、二句寫江水,是俯視;三、四句寫山頂、絶壁,是仰視;五、六兩句寫小徑如鳥道,江水如一線,是遠景、俯視;七、八兩句寫譙樓、陰洞,是近景、仰視。雖然景致更豐富,但因視角多變,不免有凌亂瑣碎之感。後半回到感懷,如此形勢,足以讓人放下憂慮,放松心情。這都要歸功於宰臣的努力,使這一關防如此堅固,民風如此淳樸。寫到此處,作者忽然轉入對中國大地的感慨,與阿耳鎮相鄰的中國經歷了女真建州、後金滿州的更替,這些蠻横的野人什麼時候才能被消滅呢?讓人不禁長歌浩嘆,要借酒澆愁了。此處的轉折頗爲牽强,使詩意被阻隔。

成大中詩云:

> 阿鎮最奇險,三面勢斗絶。沿江不設堞,壁立似鑄鐵。挺特高穹逼,衝激大荒裂。亭譙剥雲霧,烟火抱冰雪。東岸出飛樓,清賞亦可悦。肩輿撫輕緑,石栈垂百折。塞雨倏開合,胡山互生滅。驅車兩岸側,花氣烘人熱。[2]

---

[1]《餘窩集》卷三《阿耳鎮在楚山,用鐵堂峽韻》,《韓國文集叢刊續》第 90 册,頁 38。

[2]《青城集》卷二《阿耳鎮在理山,用老杜鐵堂峽韻》,《韓國文集叢刊》第 248 册,頁 362。

這首詩通篇寫景，情在景中。首四句同樣寫阿耳鎮的地形特點，三面環山，一面大江，地勢險要。接著四句從大處著眼，寫阿耳鎮的全景，山峰高峻，江流洶涌，亭臺樓閣在雲霧中顯現。後面八句仍然寫景，但是從細處著筆，東岸有一處樓閣，好像飛翔在半空，景色怡人。詩人坐著肩輿行走在一片淺綠中，石頭棧道在山間千折百回。邊塞的雨來了又去，山間雲蒸霧繞，群山在雲霧間若隱若現。驅車行走在岸邊，春天花氣襲人，讓人身上暖融融的，只覺昏昏欲睡。

三人在詩中都描繪了阿耳堡的地形地勢，形容其高聳陡峭，但三人的作品又各有不同。蔡濟恭作爲一方之長，考慮的是邊境安全、家國安危，其感慨與他的身份吻合。情緒比較平和，氣象也更爲雍容大度。睦萬中的作品頌揚了蔡濟恭的政績，符合他下士的身份特點。詩中的情緒表達最爲慷慨激昂，有著消滅清人的壯志，但不免有老生常談、無的放矢之感。這時是乾隆四十年，清朝已進入王朝的鼎盛期，朝鮮人也經歷了由敵視清人到向清人學習的轉變，睦萬中的議論也就成了空談，顯得非常突兀。成大中的作品與二人的差別最大，打破了上半寫景下半感懷的章法結構，通篇都寫景，既寫出了阿耳堡的地形、全貌，還寫出了阿耳堡的石棧、塞雨、胡山等獨特景色。這首詩用字最爲尖新，寫景也最爲生動，"剝"、"抱"二字奇巧，"花氣烘人熱"則刻畫出春天撲面而來的溫暖氣息。成大中這首詩重在寫景，並不憑空議論。他是"北學派"也就是向清朝學習的思想流派的支持者，所以不會像睦萬中那樣提出清人何時滅亡的疑問；他也只是雲山郡守，一介地方官員，所以也不會像蔡濟恭那樣抒發關於邊防、關於家國的感慨，而是沉浸在阿耳鎮獨特的山光水色中，寫出眼中所見心中所感。

蔡濟恭、成大中、睦萬中之所以選擇《鐵堂峽》次和，主要因爲阿耳鎮與鐵堂峽一樣地勢奇險。這時候的朝鮮國家安寧、社會穩定，三人或爲一方大員巡視邊境，或因興致所致游歷山水，行程比較從容，心情比較愉悅，更不會有風餐露宿的磨難，他們的作品雖與杜詩一樣寫山、寫峽、寫壁、寫石、寫雪，並無困頓艱辛之狀，風格或雍容或激昂或新奇，與杜詩形成強烈反差，也形成了各自的特色。

此後他們繼續巡視的行程，經過碧潼，到達昌城。在離開昌洲後，大概走了十餘里，沿途風景頗佳，於是三人又有次杜之作，這次他們選擇的是杜甫的《五盤》。《五盤》在杜甫的五古紀行之作中是相對比較輕鬆的作品，詩云：

> 五盤雖云險，山色佳有餘。仰凌棧道細，俯映江木疏。地僻無罟網，水清反多魚。好鳥不妄飛，野人半巢居。喜見淳樸俗，坦然心神舒。東郊尚格鬪，巨猾何時除？故鄉有弟妹，流落隨丘墟。成都萬事好，豈若歸吾廬。①

五盤位於秦、蜀分界處，杜甫離開同谷前往成都，在登上五盤嶺後，秦川蜀地盡收眼底，於是寫下了這首詩。詩中描寫五盤景致幽清，風俗淳樸。作者心情愉悅，但又念及戰亂未平，弟妹離散，不禁興起鄉關之思。雖然詩中仍然擔憂家國安危、懷念故園親人，但景物疏朗，作者難得地表現出比較輕鬆開朗的心境。詩中美麗的景致與作者放鬆的心情讓蔡濟恭一行產生了共鳴，三人分別寫下了次韻之作。

蔡濟恭詩云：

> 濃綠被兩崖，照映新雨餘。暗香入褰帷，晚花留不疏。旗影落江水，往往奔大魚。時鳥不勝嬌，樹枝無定居。我車故徐徐，化日盡情舒。對此一怡顏，客愁爲掃除。雲歸建州山，草没野人墟。浩歌撫天運，皇極亦蘧廬。②

---

① 《杜甫全集校注》卷七，第 4 冊，頁 1853。
② 《樊巖集》卷十二《發昌洲，行可十餘里，經遷路，景物正佳，用五盤韻》，《韓國文集叢刊》第 235 冊，頁 229。

睦萬中詩云：

> 程期意常急，經過味每餘。歇轡瞰江流，仄崖林木疏。色淨勝綠鴨，渚暖游錦魚。臨江蓋多山，擁塞不可居。自從過昌洲，野曠峽氣舒。殷庶雖已極，憂虞未全除。別堡謾棋置，凋弊類荒墟。隔水一指顧，落日滿穹廬。①

成大中詩云：

> 峻嶺奔江麓，回磴却紆餘。緣崖草樹暗，旗纛落花疏。野曠多飲鹿，灘暖或上魚。山川轉明媚，雜種豈長居。遽然捲入關，讓我幅員舒。荒忽六部夷，爲我自驅除。隔河見胡山，甌脱但空墟。何用玉帛使，谿谷枉填廬。②

三人都寫了此地的美景，有山，有花，有鹿，有水，有魚，有鴨，同樣的美景却激發了三人不同的思緒。蔡濟恭又回到了自己一方重臣的身份，雖然美景換來了"怡顏"掃却了"客愁"，但看到對面清人的地盤，讓他仍不免對朝代更替、世事變幻生發無限感慨。睦萬中則是對一路的觀察略微發表意見：昌洲雖然比較富庶，是個好地方，但還是讓人難消憂愁，因爲其他地方都還比較貧瘠，"凋弊類荒墟"。比較有趣的仍然是成大中的感慨，與上一首睦萬中希望清人滅亡的空疏之論相比，他的想法要實際得多。他説：因爲清人忽然入關，邊境百姓也跟著涌入中原，使大片土地荒蕪，這樣無形中增加了我們的國土面積；清人六夷部落也隨之消失，邊境上少了很多威脅。如此一來，哪裏還用得著外交使節，自然的山峰溪谷就成爲最好的屏障。

---

① 《餘窩集》卷二《發昌洲，行可十餘里，經棧路，景物正佳，用五盤韻》，《韓國文集叢刊續》第 90 册，頁 38。
② 《青城集》卷二《發昌洲鎮，行可十餘里，經遷路，景物正佳，用老杜五盤韻》，《韓國文集叢刊》第 248 册，頁 362。

　　蔡濟恭、成大中、睦萬中三人一路上都有次杜五古紀行之作，形成很有特色的文學盛會。首先，他們是有選擇地次杜詩，一般選擇地理環境比較相似或者與自己心境比較接近的作品次和，可以更好地揣摩杜詩、學習杜詩。其次，他們的次杜詩不是簡單地模擬仿作，而是各有特點，次作與各自的身份吻合，能吐露心聲、抒情感懷，在學習中又有變化。最後，三人的次韻之作受到韻字的嚴格限制，在一定程度上會影響作者才情的發揮，三人詩作水準參差不一，相對而言，成大中的詩作變化最大，成就最高；睦萬中相對較弱，如"建州復滿州，驕虜何時滅"的議論頗爲牽強，可能就是受制於韻字，詩作水準未能得到充分施展。

　　除了次杜之外，三人此行還有其他唱和之作，如在寧邊西將臺，蔡濟恭先有《西將臺》一首，成大中與睦萬中都有次作，詩題分別爲《寧邊西將臺，和使相樊庵蔡公》《西將臺》；在江界，三人都有題爲《謁晦齋書院》的詩作，都是嚴格的韻同、字同、字序同的次韻詩。一路上的嘯詠唱和讓三人結下了深厚情誼，現存三人文集中，彼此間的唱和之作、書信往來很多。此行次杜詩既是他們向中國著名詩人學習、致敬的過程，也是彼此之間切磋技藝互相學習提升詩歌水準的過程，在三人的人生中烙下了深刻印迹。正祖十六年壬子(1792)冬，成大中被任命爲渭原郡守，[①]睦萬中贈詩云："賦罷西征二十年，江邊併馬憶周旋。君材自致青雲上，主渥頻霑紫綬前。春晚烟花歌出塞，夜闌星斗夢朝天。舊游觸忤衰翁意，點檢床頭和杜篇。"[②]十七年後，睦萬中仍對此次行程以及在行程中彼此次和杜詩一事記憶猶新，想來，這已成爲三人的共同回憶。

---

① 《研經齋全集》卷十《先府君行狀》："是年(壬子)冬，特除渭原郡守，進秩通政大夫。府君踰薛罕之險，取道江界，觸冒風雪，行千里而之任。"《韓國文集叢刊》第 273 册，頁 218。

② 《餘窩集》卷六《寄贈渭州守成士執》，《韓國文集叢刊續》第 90 册，頁 109。

　　蔡濟恭、成大中、睦萬中三人次和杜詩，不但是他們自己詩歌創作中的一件大事，也是朝鮮文人學習杜詩的一次盛舉。他們學習杜詩，又在次杜過程中切磋詩藝，不但力求與原詩之新變，還追求彼此間之差異，這種在學習切磋中尋求變化創新的努力值得我們尊敬。

三　政敵的共同選擇

　　朝鮮文人學習杜詩、次和杜詩如此普遍，甚至出現了家庭成員間互相影響彼此傳承的特點。如成大中有次杜詩27題32首，另有秋興八首，其子成海應（1760—1839）有次杜詩31題51首。金壽恒（1629—1689）有次杜詩3題28首，另有次《秋興》10首，以杜詩爲韻之作10首；其子金昌集（1648—1722）有次杜詩6題37首，另有集杜詩32首。家庭中男性成員的創作，也會影響到他們的妻子兒女，如洪仁謨（1755—1812）有次杜詩52題63首，次《秋興》41首，其妻徐令壽閣（1753—1823）有次杜詩28題37首，其女洪幽閑堂（1791—？）有次杜詩38題44首（關於朝鮮女性與杜詩的論述詳見第六章）。家族成員之間因喜好杜詩彼此影響，都寫作較多次杜詩，這一現象比較容易理解。有趣的是，在朝鮮激烈的黨爭氛圍下，不同陣營的政敵在遇到挫折時，也會選擇相同的方式——次和杜詩來抒情感懷，這種“不約而同”，更能體現杜詩深入人心的廣度與深度，這裏選擇兩位人物李沃（1641—1698）與柳命天（1633—1705）來進行考察。

　　朝鮮朝黨爭慘烈，至孝宗（1650—1659在位）、顯宗（1660—1674在位）朝，黨人主要仍爲西人與南人之爭，宋時烈（1607—1689）爲西人領袖，許穆（1595—1682）、許積（1610—1680）爲南人領袖。顯宗十五年（1674）甲寅，宋時烈等在"甲寅禮訟"①中落敗，宋時烈被削職，南人掌權。在如何處置宋時烈的問題上，南人之間又分裂成兩派，以許穆爲首的强硬派主張將宋時烈處以極刑，此爲"清南"，李沃屬於此派；另一派是以許積爲代表主張保全的穩健派，稱爲"濁南"，柳命天屬於此派。②

　　肅宗三年（1677）秋，李沃出補平安道淮陽府，③此事與柳命天有關，"先是，李沃嘗詔附宋時烈，李師顔疏論其反復狀。吏曹參議柳命天以此塞清望，出補淮陽，沃及其門黨皆怨之"。至肅宗四年（1678），吏曹有召李沃回朝任副學的計劃，柳命天再次上疏反對：

　　　　至是，沃之從叔校理李鳳徵啓請差出副學，蓋意在沃也。吏曹判書洪宇遠、參判李堂揆與沃皆姻親，而不待命天之言，復擬沃於副學，命天上疏辭職曰："……翌日政，直以沃備擬於副學之望，而終不簡問於臣，趁臣未參政而擬望。臣見輕僚席，何顔仍叨官次乎？"④

於是兩派之間展開激烈論辯，柳命天之兄柳命堅（1628—1707）、李沃之弟李渟（1653—？）皆被卷入其中。結果清南失敗，李沃與李渟分別被流配至平安道的宣川與鐵山，次年（1679）才被放回。"余自西州蒙宥歸，葺茅屋於坡山先壟下，仍作撿農計。閑中和子美詩篇，次

---

①甲寅禮訟，指朝鮮顯宗十五年（1674）甲寅，孝宗王妃仁宣王后去世，西人和南人圍繞仁祖繼妃慈懿大妃（莊烈王后）如何爲她服喪的問題展開爭論，最終西人敗北，南人大勝。甲寅禮訟結束了仁祖反正以來持續五十多年的西人政權，南人短暫掌權。
②參見李離和編《朝鮮黨爭關係資料集》第 1 册之《解題》，内有《人物系譜》及《黨爭年表》，驪江出版社，1983 年。
③李萬敷《息山集》文集卷二十二《先府君家狀》："（丁巳，1677）秋，出補淮陽府。"《韓國文集叢刊》第 178 册，頁 461。
④《肅宗實錄》卷七肅宗四年二月癸丑（12 日），《朝鮮王朝實錄》第 38 册，頁 379。

考亭《感興》,遂成一什云。"①這一時期李沃有次杜詩 8 題 10 首。

蕭宗六年庚申(1680),發生朝鮮歷史上著名的"庚申換局",②濁南許積、清南尹鑴都被賜死,宋時烈等被放還,西人重新掌權。隨著局勢變化,本來屬於不同陣營又是死敵的柳命天、李沃遭遇了相同命運。是年八月,李沃被流放至咸鏡北道的會寧(別稱鼇山),③兩年後(1682),又移配咸鏡南道的甲山。④ 柳命天則於庚申十月被流配至慶尚道的知禮(別稱龜城),次年六月又移配忠清道的陰城。⑤ 李沃在此次流放生涯中寫作了大量詩歌,編成《北州録》;柳命天也同樣留下大量詩作,是爲《龜城録》。這一時期兩位政敵都寫了較多次杜詩,他們表現出的相似性成爲值得分析研究的有趣現象。

(一)柳命天的次杜詩

總體來説,在朝鮮文人中,柳命天的次杜詩並不算多,共 12 題 22 首,其中的 10 題 12 首寫於他此次流放過程中。⑥ 詩題很有特點,分別爲:《十一月初吉即冬至也,次杜子美至日韻二首》《至日,

---

① 李沃《博泉集》詩集卷九《田居録》序,《韓國文集叢刊續》第 44 册,頁 152。

② 庚申換局,又稱"庚申大黜陟",是朝鮮蕭宗六年(1680)庚申,西人爲打擊南人重掌政權發動的政治事變。

③《博泉集》詩集卷十《北州録》序:"庚申八月,因前愆配北之鼇山。"《韓國文集叢刊續》第 44 册,頁 157。

④《息山集》文集卷二十二《先府君家狀》:"壬戌(1682),同府校生崔慎者,自托時烈門徒,至京投疏言:某(指李沃)結徒邊上,唱邪説惑人心。金壽恒以首相,傅會慎,言白,移甲山。"《韓國文集叢刊》第 178 册,頁 463。

⑤ 柳命天《退堂集》詩集卷一《龜城録》題注:"龜城,知禮別號。庚申十月,因臺啓編配。翌年六月,量移陰城縣。"《韓國文集叢刊續》第 40 册,頁 372。

⑥ 柳命天另有《悲秋八首,次杜子美秋興八首韻,録呈蔚謫》及《九日,偶次杜子美九日詩二首韻,録呈蔚謫》,收入其詩集卷四的《烏川録》中。這兩組次杜詩都寫於蕭宗二十年甲戌(1694),他再次被流配時。《退堂集》詩集卷四《烏川録》題注云:"甲戌四月,時事大變,遭臺彈。初配康津,六月移珠迎日縣。"《韓國文集叢刊續》第 40 册,頁 418、422、414。

又次杜子美小至韻》《十二月初十日即臘日也，次杜子美臘日韻》
《十二月十五日即立春也，次杜子美立春韻》《次杜子美杜位宅守歲
韻》《人日，次杜子美人日韻》《僑居在溪上，新春不聊，次杜子美春
日江村五首韻》《二月十六日即清明也，次杜子美清明韻二首》《二
月十七日即寒食也，次杜子美小寒食韻》《又次杜子美寒食韻》，①詩
題的時間感非常強，即使沒有確指哪一天，也會用"新春"二字點明
大致的時間段。

　　杜詩有"詩史"之稱，關於"詩史"的内涵有很多討論，有的認爲
是對一代史實的記載，也有人認爲詩中具體的"年月地理數字人
物"具有實録的功能。② 關於"地理"，我們在紀行詩中已經討論，這
裏我們再來看看時間。杜甫生活在一個比較動蕩的時代，歷經播
遷，遠離故土，生活艱難，對時間流逝、季節變更、物候變化等會有
更爲强烈的感知，體現在分類編撰杜詩中，不但有"四時"還有"節
序"，涵括的詩作數量也較多。這種時間感成爲杜詩的特色之一，
而杜甫的時間意識又是十分理智、現實的，③也就更接近世俗日常
生活，清明、寒食、端午、重陽、至日、除夕、元日、人日、社日等時間
點一再出現在他的詩歌中。即使不是時令節日，一些具體的日子
他也有詩作表現，如《大曆二年九月三十日》《十一月一日》《十二月
一日》《十六夜玩月》《十七夜對月》等，讓詩作部分地替代了日記的
功能。杜甫此類詩作會讓讀者對"逝者如斯夫"產生强烈共鳴，這
也深深打動了柳命天，所以在被流配的時光裏他選擇了這一類時

①以上詩作都收入柳命天《退堂集》詩集卷一《龜城録》中，《韓國文集叢刊續》
　　第 40 册，頁 375—383。下文引用這組詩，不再一一出注。
②參見張暉《中國"詩史"傳統》第二章《以詮釋杜詩爲中心的宋代"詩史"説》，
　　生活・讀書・新知三聯書店，2012 年。
③參見蔣寅《視角與方法——中國文學史探索》十四《反抗・委順・淡忘——
　　李白、杜甫、蘇軾的時間意識及其思想淵源》，北京大學出版社，2018 年，頁
　　299—314。

間性極强的詩歌進行次和。

　　柳命天於 1680 年十月十日到達鳥嶺，十四日到達目的地知禮，此後，他寫了一系列的詩作，有《紀行七十二韻，古體》《戀君》《思親》《憶兄弟》《憶妻》《憶女》《自悼》等，主題都是抒寫被流配的感傷，表達對君王、對家人深深的眷戀與不捨。這時他剛到達流配地，還滿懷期待，希望肅宗能早日將自己召回，《思親》一首云："忍離堂上九旬親，步步回頭拭淚頻。老去起居依一子，別來甘旨托誰人。辭庭不肯爲遊宦，渡嶺那知作逐臣。猶幸聖朝敦孝理，日望歸養趁新春。"①家中有九旬老母，自己却成了被放逐的罪人，不得不遠離家門，再難在母親身邊盡孝。只希望君王能遵循儒家的孝道倫理，最好在明年新春前就將自己召回，讓自己能好好侍奉老母。在《紀行七十二韻，古體》一詩的最後亦云："天鑑本自昭，聖怒終應霽。忘憂酒滿酌，遣懷詩多製。君子貴素位，聖訓當勉勵。"②同樣希望肅宗能盡快消除怒氣，自己則要努力寫詩化解內心愁苦。身在逆境又有所期待，對時間的感受也就更爲强烈。

　　這一時期柳命天次杜詩的第一首即《十一月初吉即冬至也，次杜子美至日韻》，其中之一云：

　　　　謫來多病臥藜床，身世都輸野老行。紅縷尚傳添繡俗，黄封遥憶滿樽香。衰年可耐紉湘珮，昭代曾慚補舜裳。豆粥清晨兒少樂，家山回望嶺途長。

杜詩原作是《至日遣興奉寄北省舊閣老兩院故人》，同韻之作云：

　　　　去歲兹辰捧御床，五更三點入鵷行。欲知趨走傷心地，正想氤氲滿眼香。無路從容陪語笑，有時顛倒著衣裳。何人錯憶窮愁日，愁日愁隨一線長。③

────────────

① 《退堂集》詩集卷一，《韓國文集叢刊續》第 40 册，頁 374。
② 《退堂集》詩集卷一，《韓國文集叢刊續》第 40 册，頁 373。
③ 《杜甫全集校注》卷五，第 3 册，頁 1204。

這首詩寫於乾元元年（758）杜甫被貶謫至華州時。前兩句追述他任左拾遺時在長安參加冬至日朝賀的榮耀，中四句寫他現在身爲華州功曹的辛苦勞碌，兩厢對比，引發感慨：當時的故人還有誰會想起我這窮愁潦倒的人呢？我的愁緒如綿延的繡線般越來越長沒有盡頭。詩中並未直言貶謫一事，貶謫之意盡在其中。"何人錯憶窮愁日，愁日愁隨一線長"，運用頂針格，連用三個"愁"字，生動地表現了愁緒的綿延不絕。愁隨線長，將抽象的情緒具象化，"愁"也變成可觸摸的事物，並且在不斷生長不斷強化。

　　柳命天次詩與杜詩的寫作方法並不相同，他直接點明自己身在貶謫中，病弱窮困，身世淒凉，比身處鄉野的村夫都不如。中二聯，先回憶自己任京職時的富貴恩渥，接著自我寬解：雖然現在流配在外，仍不能忘記報國的抱負。最後回到當下的境況，生活清貧無趣味，回首眺望鄉關，山路相隔，長路漫漫，似乎再也沒有回去的可能了。這首詩與杜詩相比，雖然内容上開門見山，直接抒寫被流配的境遇，情緒表達却比較含蓄，思鄉之意也只是淡淡道來。相反，杜詩雖然沒有直接寫貶謫，但詩中對掾吏工作的厭苦不耐形諸文字間，表達出的愁苦也更加強烈。

　　時間一天天過去，柳命天並沒有等來蕭宗的召喚，對朝政的關注、對家鄉親人的思念，讓他更有度日如年之感，他也會自我安慰，要淡泊、要認命，説"鼎肉飯蔬皆有命，不妨隨分送殘年"，又説"擬向并州存活計，耦耕方與共隣翁"，[1]似乎已經逐漸適應了田間勞作，努力説服自己好好待下去。但無法回歸朝廷，不知未來路在何方的不安根深蒂固，很難消解，《二月十七日即寒食也，次杜子美小寒食韻》，詩云：

　　　　節回寒食客厨寒，異域覊囚類楚冠。古墓紙錢隨處酹，鄉

──────────

[1]《退堂集》詩集卷一《二月十六日即清明也，次杜子美清明韻二首》，《韓國文集叢刊續》第 40 册，頁 383。

山梓樹幾時看。泥融社燕初營壘,波暖河豚欲上湍。明歲茲
辰駐何地,浮生難卜一枝安。

首兩句交待時間與自己被流配的身份,與上一首開門見山的寫法
一致。中四句寫異鄉寒食節的景象:到處是祭祀掃墓的人群,山間
的梓樹尚未長出新葉。房檐間燕子在筑巢,河面上河豚在暢游。
這是一幅春日美景,既有人世間的温情牽絆,又有大自然的勃勃生
機。如此美景却讓詩人越發地惆悵:明年這個時候我會在哪裏呢?
人生動蕩,自己都無法像鳥兒一樣有個安身立命的枝頭。他對朝
廷、對君王的期待似乎已消失,只有戴罪之人身不由己的不安與滄
桑。這首詩的原韻是杜甫的《小寒食舟中作》,詩云:

佳辰强飲食猶寒,隱几蕭條帶鶡冠。春水船如天上坐,老
年花似霧中看。娟娟戲蝶過閑幔,片片輕鷗下急湍。雲白山
青萬餘里,愁看直北是長安。①

這首詩寫於大曆五年(770)作者在潭州以船爲家的時候。在舟中
遇寒食節,所見美景與自己的老病形成對比,又引發對長安的無限
相思。這首詩"妙在前六句平叙,忽接'雲白山青'一句,突起波瀾,
使人不測"。②

　　柳命天次作與杜甫原詩結構一致,前六句都是寫寒食節所見,
最後兩句感懷。杜詩無論寫景還是寫自己的老態都很生動新穎,
柳詩寫的是尋常景尋常事,雖然能緊扣時節,但景物平淡,詩作也
平淡。杜詩氣象更爲闊大,將個人命運與家國緊緊聯繫在一起;柳
詩偏於議論,"一枝安"有搖搖欲墜之感。兩詩雖同寫寒食,無論是
内容,還是寫景、抒情,差别都很明顯。

　　時間意識貫穿於柳命天這一時期的作品中,除了次杜詩以外,

①《杜甫全集校注》卷二十,第10册,頁6002。
②《杜甫全集校注》卷二十,第10册,頁6005。

還有《至日偶占》《至月初二日,聞國哀偶占》《十一月三十日,即大寒也,偶占》《臘月初六日》《辛酉春帖》《元日偶占》《正月二十三日,有小雨偶占》《三月三日》《三月十四日,月色甚明,偶占》《三月二十四日》等,時間的流逝清晰可見。二者結合,大概能勾勒出柳命天從 1680 年十一月至 1681 年三月間的生活狀況與心理歷程,詩作如日記的功能被再次強化,詩中是與異鄉之景、異鄉之人的隔膜疏離,充溢著濃濃的被流配的惆悵抑郁情緒,如《三月十四日,月色甚明,偶占》云:"疏疏凉月下林端,清影依然故國看。惆悵此身今萬里,夜深風露坐凄寒。"[1]月凉如水,本是美景,但想到家園,想到自己罪人的身份,只覺更深露重,滿目凄凉。

　　柳命天沒能等來朝廷的召喚,而是於 1681 年六月被移配陰城。又過了兩年,一直到肅宗九年(1683)才從陰城被放回。現存柳命天文集中沒有這兩年的詩歌作品,是作品散佚不存? 還是在度日如年的等待中消磨了時光,也失去了希望,失去了熱情,放棄了寫作呢? 有期盼的光景裏還能數著日子慢慢熬慢慢等,時間被一遍又一遍地強調;當由希望而失望甚至絶望時,流水似的日子也讓人逐漸變得麻木,一天又一天能有什麼區別呢? 對時間的流逝、季節的變更也就不再敏感。柳命天在被貶之初能強烈感受到杜詩中的時間感,抓住這一特點寫作次杜詩,使他爲數不多的次杜作品別具特色,爲我們提供了一個研究杜詩與朝鮮時代漢文學的獨特範例。

(二)李沃的次杜詩

　　由於"庚申换局"帶來的朝政變更,李沃與柳命天一樣也離開了朝廷,被流放異鄉。李沃從小跟隨李敏求(1589—1670)學杜詩,"府君始受業於東州公(指李敏求),東州公即議政公(指李聖求)弟

---

① 《退堂集》詩集卷一,《韓國文集叢刊續》第 40 册,頁 386。

也。府君讀《春秋》、班氏漢史暨工部詩，以基軸於文學"。① 李沃一生都喜讀杜詩，甚至爲之著書立説。② 當有後學向他請教爲詩之道時，他"即拈行囊中杜詩全集而言曰：'更無可删，讀此一帙足矣。'"③李沃的學習經歷，加上自身對杜詩的熱愛，讓他的詩歌創作深受杜甫影響，其文集中現存次杜之作 35 題 65 首，④另有次《秋興》8 首，是朝鮮文人中次杜作品較多的一位。

　　李沃此次流配的時間較長，他於 1680 年被流配會寧，1682 年秋移配甲山，1686 年秋因西北大饑，他又被移謫南方全羅道的谷城，一直到 1689 年才被重新召回。在這被流配的十年中他的次杜作品共有 19 題 38 首（不包括補遺卷一中的 1 首），占他全部次杜作品的一半以上，其中大部分作品都寫於貶謫途中及在會寧期間，共 35 首，在甲山只有 2 首，在谷城 1 首。

　　李沃這一時期的次杜詩開始於前往會寧的路上，行至樂民樓，他寫下第一首次杜詩《樂民樓，次杜子美岳陽樓韻》，其後他與李世龜、黄㦿一樣，唱和了數首杜甫紀行五律，分别是《投宿北青城下，次泊岳陽城下》《谷口驛，次白沙驛韻》《磨谷次喬口韻》《行到城津，次遊子韻》。與李世龜、黄㦿不同的是，他並非按照分類編排的順序次和，而是選擇與自己所處情境更爲契合的作品次作。《磨谷次喬口韻》，詩云：

　　　　地底郵村撲，雲間嶺路賒。縱愁登嶭嵲，猶幸望京華。木落關霜下，天寒峽日斜。聖朝輕罪籍，莫學賦懷沙。⑤

---

①《息山集》文集卷二十二《先府君家狀》，《韓國文集叢刊》第 178 册，頁 456。
②《息山集》文集卷二十二《先府君家狀》："而詩喜草堂，爲之著説。"《韓國文集叢刊》第 178 册，頁 468。
③《博泉集》丁思慎撰《博泉集跋》，《韓國文集叢刊續》第 44 册，頁 293。
④包括《博泉集》詩集卷十《至日述感》（《韓國文集叢刊續》第 44 册，頁 166），此首是《至日遣興奉寄北省舊閣老兩院故人》（長）的次韻之作。
⑤《博泉集》詩集卷十，《韓國文集叢刊續》第 44 册，頁 157。

杜甫原詩《入喬口》云：

> 漠漠舊京遠，遲遲歸路賒。殘年傍水國，落日對春華。樹
> 蜜早蜂亂，江泥輕燕斜。賈生骨已朽，悽惻近長沙。[1]

這首杜詩寫於大曆四年（769）春，詩人離開岳陽前往潭州，沿湘江南下經過喬口時所作。首言長途漫漫，自己不知何時才能回歸故里；次聯感慨自己人到暮年，却要依舟而居，只能對春景傷懷；頸聯寫春天景色，"亂"、"斜"用字巧妙，外物的自得自適，正與自己的窮愁潦倒漂泊無依形成反差。由此引發尾聯沉重的感慨：賈誼在長沙英年早逝，自己這樣的衰暮之人又將如何呢？離長沙越近越讓人覺得心情悽惻難安。這首詩雖有明媚春光，但總體風格比較沉郁。

　　李沃的《磨谷次喬口韻》寫於流配途中，地點是端川的磨谷驛，時間已是冬季。端川有兩座高山，磨天嶺與磨雲嶺，這首詩首聯寫地形，次聯寫登山遠眺紓解心頭愁悶，似乎隔著千山萬水還能看到京城所在地，這是強烈的家國之思，也是對自我的寬慰。第三聯寫冬天山間景色，最後一聯由"望京華"引發感慨：聖明的君主從輕發落我這樣的罪人，我不能像屈原一樣輕易放棄自己的生命。雖然作者在最後一聯振作精神鼓勵自己，但整首詩還是比較壓抑，特別是第三聯的景色，落葉、關霜、天寒、峽日都渲染了一種蕭條蒼茫的氛圍，與詩人内心的沉重感相應，強化了詩中的愁緒。

　　在此我們還可以將這首詩與黃㦷的同韻之作對照閱讀。李沃流配會寧，行走路線與黃㦷基本相同，只是會寧比鏡城更北，環境也更爲惡劣。兩人都曾經過磨天嶺、磨雲嶺，雖相隔四十年，却次和了杜甫的同一首作品，這也是有趣的現象。黃㦷的《入喬口磨天

---

[1]《杜甫全集校注》卷十九，第10冊，頁5722。

嶺》詩云：

> 故國杳何許，歸途行復賒。窮愁坐文字，壯志惜年華。出塞土風異，憑危星斗斜。驅車上重嶺，極目盡飛沙。①

如上文所論，黃㦂寫作次杜詩時已在鏡城判官任上待了一年，詩作開篇就感慨磨天嶺遠離故土，自己什麼時候能回去還遙遙無期。這一切都是受文字拖累，大好年華就只能消耗在邊塞之境了。三四兩聯寫景兼抒懷，塞外的風景與關内大不相同，驅車登上峻嶺，極目遠眺，只有滿眼飛沙。這首詩以感懷爲主，寫景只有"星斗斜"、"盡飛沙"六個字，勾勒出關外別樣的景致，開闊而荒凉。這首詩寫於五六月間，與李沃詩中滿目落葉寒霜的冬季蕭瑟景象有很大差別。詩作的最後一句與首句照應，第一句寫故土遥不可及，最後一句寫極目遠眺滿眼飛沙，根本看不到故土家園的影子，與李沃"猶幸望京華"的自我寬解形成對比。

李沃與黃㦂的兩首詩同爲杜詩《入喬口》的次韻之作，寫於差不多相同的地點，但因爲寫作時間不一樣，所見景致不一樣，詩人心境也不一樣，作品内容與風格也就有了較大差異。由這兩首詩的分析比較，大概也能看出朝鮮文人學習杜詩且創新改造的努力，他們能寫我所見，發我所感，次作雖受到韻字的束縛，他們還是儘可能地擺脱杜甫原詩的桎梏，形成自己的風格特色。

雖然李沃與柳命天是政敵，但作爲人的情感是相通的，離開家園的凄惶、被流配的哀傷是他們的共同感受，柳命天到達知禮後，寫了一組思君憶親的作品；李沃到達會寧以後，也同樣寫下了《戀主》《思親》《尚友》等詩作，其《思親》云："親老諸兒病，三年別四州。未能隨處養，何得有方遊。信札期春雁，歸魂幻海鷗。中宵萬行淚，暗暗枕邊流。"②李沃的處境比柳命天更凄凉：柳命天

①《漫浪集》卷三，《韓國文集叢刊》第103册，頁405。
②《博泉集》詩集卷十，《韓國文集叢刊續》第44册，頁158。

還可以不作"遊宦"，李沃數十年間一直任外職或被遠貶他鄉，根本不可能在父母跟前盡孝；柳命天是離家時一步一回頭頻頻拭淚，李沃則是中宵淚流，濕了枕頭；柳命天還指望朝廷盡快召他回去，李沃完全沒有這樣的幻想。雖有諸多不同，思親想家的情感是一致的。

　　作爲人的情感雖有很多共通點，二人畢竟還是有很多不同。當被貶謫的時候，柳命天已四十八歲，此前一直是朝中重臣；李沃四十歲，入仕以來一直身處下僚，多次被派外任或被貶謫。此時面對相同的逆境，柳命天更難適應，易有遲暮之感，時間意識更爲强烈，會選擇杜詩中時間點明確的作品次和以表達内心的緊迫與焦慮。李沃所在的會寧自然條件雖然更爲惡劣，但他似乎更快地接受了現實，其《遂志》賦序云：

　　　　遂志者，博泉子在謫自爲賦。……然榮枯否泰，有命在天，匪容人力。其威武之所不屈，富貴之所不淫，凡在吾方寸中，吾可自由者，非吾之志乎？是以君子遭困，但當致命於天，遂志於己而已。若不能平心坦懷，恐懼於險難，隕穫於窮阨，而喪其守、失其生，則無益於命而反傷其志，是命困而志亦困也，寧不悲哉？……今余明時三黜，蓋盡言竭忠，欲報主澤民，而事乃有不然者，困也，然亦命也。惟將内省愆過，无所怨尤，伏首讀書，尚友千古，以無與於我者，一任於彼，而遂吾之所樂而已矣。此吾取困象之辭而名吾賦者也，後之君子，其亦察余之志也。①

即使遭遇困厄，也要不改初衷，無怨無悔，保持平和的心態，多讀書，多自省。如李萬敷所描述："會寧，窮髮之北，而接野人界，距京師數千里。府君別丘墓、離君親，有難平之境。然任分傲屋，益肆

─────────────

① 《博泉集》文集卷一，《韓國文集叢刊續》第 44 册，頁 221。

力於文學。磨礱經術，探討古今，有時會心，手劄爲《進修録》。又
取易困之象，著《遂志》賦以自廣焉。"①

　　在如此心境下，李沃又寫作了較多次杜詩，有《次子美前出塞》
九首、《次子美後出塞》五首、《六鎮多虎患，既寓鰲山，命僕隷編楊
作藩，次子美課伐木韻》《次杜子美諸將》五首，所次和作品大多是
杜詩中著名的聯章體詩篇。李沃次韻杜甫聯章體作品，始於戊午
年(1678)他被貶宣川時，那時他次作了《詠懷古迹》五首與《秋興八
首》。

　　聯章體組詩重在時空的延續性、內容的完整性，數首詩構成一
整體，不可隨意拆分，是杜詩中水準很高而又比較難學習、難模仿
的作品，如《前出塞》九首，結構上，浦起龍云："漢魏以來詩，一題數
首，無甚銓次。少陵出而章法一線。如此九首，可作一大篇轉韻詩
讀。"②楊倫亦云："九首承接只如一首，杜詩多有此章法。"③李沃在
次和這類組詩時，是否能注意到詩作之間的聯繫與完整性呢？李
沃的《次子美前出塞》九首如下：

　　　　生男既長大，遠戍走長河。可憐閨裏婦，離別泣秋羅。戰
　　　死固難免，生還者亦多。君恩要當報，臨陣莫倒戈。
　　　　搜丁急星火，編戶敢蔽欺。非無骨肉戀，勳業當及時。弓
　　　橐插白羽，馬首餙朱絲。川原散部曲，月照大將旗。
　　　　選日師徒發，居者來摻手。且慰行子意，防戍豈必久。盛
　　　代威方暢，醜虜復何有。功名在此行，青史垂不朽。
　　　　怯夫戀其妻，勇士輕其身。寧與勁敵死，肯受文吏嗔。家
　　　鄉漸能忘，塞俗循相親。且問朱門客，亦能知酸辛。
　　　　寒月滿關山，蕭蕭宵行軍。軍情倍思家，昨日秋聲聞。部

---

①《息山集》文集卷二十二《先府君家狀》，《韓國文集叢刊》第178册，頁463。
②《讀杜心解》卷一之一，頁9。
③楊倫箋注《杜詩鏡銓》卷二，上海古籍出版社，1998年，頁50。

伍縱有分，鄉人自成群。臨老莫怨嗟，在邊方樹勳。

　　聖武舞干戚，虜技莫誇長。綏遠重報禮，款關保名王。天心均有愛，宜各守封疆。伐叛始用兵，何暇顧殺傷。

　　漠漠風起沙，蒼蒼雪滿山。故鄉日以遠，生死赴此間。關鴻已南飛，幾時向北還。縱欲寄書去，已矣莫能攀。

　　夜聞山後鬧，應是胡塵昏。遲明秣千騎，誓欲乘其奔。犍兒盡朔方，猛將復花門。單于亦遁逃，小醜安足論。

　　飲至來太廟，凱歌獻膚功。俾無梗王化，萬國方會同。聖主重用兵，長策在和戎。戰士賜錦衣，豈憂長貧窮。①

第一首寫出征前，征夫與妻子告別；第二首寫朝廷征兵，部隊的威儀；第三首是正式出征，他人的安慰之語；第四首寫駐守邊關，已逐漸習慣了邊塞的風俗；第五首是邊關秋夜的思鄉之情，以及鄉人的抱團互助；第六首表達對戰爭的看法，熱愛和平，但也不懼用兵；第七首表達久別家園的強烈思鄉之情；第八首寫一場敵軍夜襲的戰爭；第九首是得勝歸來，論功行賞的熱鬧。

　　就整體而言，這組詩與杜甫《前出塞》九首相類，都是用第一人稱，從征夫的視角寫部隊生活，以點代面，由一個人反映一個群體的生活狀態。但不同之處同樣明顯，首先就整體性而言，這組詩不及杜詩的渾融一體，前三首都寫出征前，第一、三首寫告別，第二首卻寫征兵，詩意的連貫性被阻隔。第四、五、七首寫戍邊生活及思鄉之情，第六首卻又寫對戰爭的態度，轉折比較牽強。其次，就思想內容而言，杜詩有較強的批判精神，對軍隊生活也有更爲豐富多層次的抒寫，如對窮兵黷武的憤慨，"君已富土境，開邊一何多"；對軍隊黑暗的不平，"軍中異苦樂，主將寧盡聞"；對艱苦戍邊的同情，"徑危抱寒石，指落層冰間"。② 李沃這組詩的內容主要有三點：一

────────────

① 《博泉集》詩集卷十，《韓國文集叢刊續》第 44 冊，頁 163。
② 《杜甫全集校注》卷一，第 1 冊，頁 241。

是充溢對建功立業、青史留名、報君恩的渴望,如"君恩要當報"、"勳業當及時"、"功名在此時,青史垂不朽"、"臨老莫怨嗟,在邊方樹勳";二是强烈的思鄉之情,如"軍情倍思家,昨日秋聲聞。部伍縱有分,鄉人自成群"、"故鄉日以遠,生死赴此間。關鴻已南飛,幾時向北還";三是表達對戰爭的態度,"天心均有愛,宜各守封疆。伐叛始用兵,何暇顧殺傷"、"聖主重用兵,長策在和戎"。内容重複,詩意複沓,征夫的形象也無太明顯的特點。一般認爲,杜甫《前出塞》是寫"天寶間哥舒翰征吐蕃時事",①杜甫親歷了戰爭,是用樂府寫時事;李沃對戰爭的理解更多來自於想象,並無太多實感,而建功立業、思鄉懷人、向往和平都是邊塞詩中的常見主題,唯"部伍縱有分,鄉人自成群",寫軍隊中同鄉之人團結互助甚至排外排他的現象,略有新意。

　　李沃次作杜甫的聯章體是其次杜詩的特色,但這些作品内容較松散,語義多重複,聯章體的整體性、延展性並未能得到充分體現。李沃爲何在他作爲待罪之人被流配邊塞、人生最低落的時候次作此類杜詩呢? 他夫子自道云:

　　　　余幼而好讀書,紬繹千古。夫六經載道之器,經世之典,尚矣,曷不深敬而篤信之乎? 後世子集,亦不一其家,最好韓文公、杜拾遺之書,未嘗一日去手也。

文人作品,他最愛杜甫與韓愈,二人之書一日不離手。有人勸他廣收博覽,讀書不可偏廢,他説:

　　　　稻粱膾炙,人賴以生,無不嗜之,性所同也。至如奇羞異饌,各有所嗜,性所偏也。夫六經,譬則粱肉也;二公之書,譬則異饌也,適近吾性情愉快而已,非欲專乎此而廢乎彼也。

因爲杜甫、韓愈的作品與他性情相近,所以深愛之。喜愛到什么程

①王嗣奭《杜臆》卷三,上海古籍出版社,1983年,頁100。

度呢？他説：

> 平而讀之則氣益以泰，困而讀之則志益以固，怒而讀之則
> 山岳低昂，喜而讀之則風月光明。豈二公平生所處所遭，亦有
> 以激余懷者耶？曷使余嗜尚之至斯也。……余獲戾於時，五
> 載四遷，流離顛踣。寒不得衣，飢不得食，衣食猶可無也，不可
> 無二公之書也。坐與吾坐，卧與吾卧，行與吾行，自西塞而北
> 漢而又窮髮之北，而經歷險阻數千里與余相終始如此。吾亦
> 知吾癖已痼，癖者病也，誰得醫吾病哉。①

因爲"二公平生所處所遭，亦有以激余懷者"，他可以缺衣少食，但
身邊不能没有杜甫、韓愈的文集，在他顛沛流離的人生中，二人的
文集與他坐卧相依，陪他南來北往數千里，此時身在會寧，二書也
一直陪伴在他身邊。李沃在杜甫、韓愈身上找到了戰勝困難、安頓
身心的力量，所以在人生最艱難的時候，他很快接受了命運的安
排，静心從事詩文寫作，包括次杜詩。雖然李沃次杜聯章體的寫作
不算太成功，但在此過程中，他不但可以磨礪詩藝，還可以獲得内
心的安寧，更好地走出人生低谷。李沃相對平和的心態，與柳命天
的焦慮不安形成反差，這也讓二人選擇了不同類型的杜詩來次和，
次作也呈現出不同的面貌、不同的水準。

最後我們看一首李沃的次杜詩，題爲《至日述感》，詩云：

> 客土殘年病在床，空餘涕淚下千行。幾懷經卷思前席，時
> 拂宫衫减舊香。愁裏歌吟悲楚調，夢中雲日近虞裳。孤臣羈
> 抱難消遣，却怕青臺報景長。②

這首詩雖未標明次杜，實際上是杜甫《至日遣興奉寄北省舊閣老兩

①《博泉集》文集卷五《讀韓文公、杜拾遺二先生書説》，《韓國文集叢刊續》第44
　册，頁264。
②《博泉集》詩集卷十，《韓國文集叢刊續》第44册，頁166。

院故人》其一的次韻之作。柳命天也次作了這首杜詩，上文我們已
經進行了分析，現在再來看看李沃的這首詩。柳命天的詩寫於到
達知禮的第一個至日，即 1680 年的冬至，李沃的這首詩應寫於同
一年的同一天。雖然李沃看似更快地適應了北地的流配生活，但
時逢節序，自己却病卧在床，也難免感傷深重。李詩首聯即寫自己
謫中病痛的凄凉，柳詩只是覺得自己的處境還不及村野之人，李沃
則内心悲苦無以言説，只剩涕泪千行。中二聯，柳詩先回顧過去的
榮耀，再回到當下，感慨自己雖遇明主却未能好好報效國家。李詩
則全寫當下：現在唯有書卷相伴，重歸朝廷的可能越來越渺茫。愁
苦時唱出凄惻的離騷之音，夢寐中渴望重新爲君王賞識。遠離京
師被貶謫的愁苦難以消愁，更害怕每天時間的漫長。與柳命天之
作相比，李沃次詩更加凄苦，柳氏還有重回家園的期待，而李氏只
有在夢中才能重歸朝廷。

　　將兩首詩與杜詩原作進行比較，李沃的次作無論是典故的運
用，還是情緒的悲慨，都與杜詩更加接近。就詩作水準來看，柳詩
顯得比較平淡，李沃次作要更勝一籌。李沃因爲深愛杜詩，會花更
多的時間與精力揣摩杜詩，做到與杜甫詩作的神似，而不像有人批
評嘲笑的那般："近世學杜者，多用悲愁困窮之語，殆亦無病而呻吟
者。"①後人對李沃詩作也有更高評價："淵乎其趣也，瀏乎其響也，
蒼如奧如，有若老杜夔州後詩格。"②

　　柳命天與李沃的流配生涯中出現了一些巧合，看起來很偶然，
實際上有其必然性。杜甫形象有老病窮愁、忠君愛國等幾個特點，
當文人身處逆境時，很容易與杜甫產生共鳴。文人們由杜甫的老
病窮愁看到自己的身影，從中獲得安慰，找到宣泄的途徑；杜甫的
忠君愛國又能給文人們以鼓勵，成爲他們人生的航標，所以柳命天

---

① 申靖夏《恕庵集》卷十六《雜記·評詩文》，《韓國文集叢刊》第 197 册，頁 475。
② 《博泉集》丁思慎撰《博泉集跋》，《韓國文集叢刊續》第 44 册，頁 293。

與李沃雖然是一對政敵，却不約而同地選擇了次和杜詩，作爲流配
生活裏表情達意的手段。由柳命天與李沃的文學選擇來看，對於
朝鮮文人而言，杜甫以及杜詩都是一種精神象徵，能夠給他們以慰
藉，給他們以力量，幫他們更好地走出人生的困境，由此亦可見杜
甫及杜詩在朝鮮流傳之廣影響之深了。

結　語

　　朝鮮文人非常尊崇杜甫與杜詩，他們視杜甫爲人生楷模，杜詩
爲詩歌典範，僅《韓國文集叢刊》及續中的作者就有 570 多人寫作
了次杜詩，内容達數十萬字，我們從三個角度舉例分析了朝鮮文人
次杜詩的多種形態，略概括如下：
　　一、朝鮮文人次作杜詩的主要出發點是向杜甫致敬，學習詩歌
寫作，以提升自己的詩作技藝，但受“文章一小技，於道未爲尊”的
影響，加上性理學的强力介入，朝鮮文人對杜甫有近乎完美的期
待，提出了更高的道德要求（詳見第七章），從而對致力於詩文寫作
頗爲猶疑。如何才能在詩文寫作與格物致知間獲得一種平衡呢？
李世龜提供了一種思路，他視次作杜詩爲“日課”内容，與性理學的
“真知實踐”功夫相結合，次杜也就成爲磨礪心性的手段。另一方
面，朝鮮時代的黨争極爲慘烈，文人無論在朝在野常會被卷入其
中，從而影響到他們的仕履歷程乃至人生走向，黃㦿、李沃、柳命天
都是黨争的受害者，因此被流配，被外放，對國事朝政的關心、人生
大起大落的轉變、千里奔波的苦痛、缺衣少食的困頓會讓他們對杜
詩有更爲充分的理解，他們也在杜詩中獲到了安慰，找到了情感的
契合點，寫下了較多的次杜詩。
　　二、朝鮮文人次作杜詩的出發點不同，寫作風格自然也千差萬

別。李世龜沉浸在自己的精神世界中，將次杜當作一種修行，杜詩
爲他提供了平仄韻律的便利，他並不追求與杜詩内容、情感、寫作
手法的相似性，表現出的是他獨有的平和、從容的氣質。更多的還
是如黄庩、李沃、柳命天這樣的文人，他們借次杜澆胸中之塊壘，努
力學習杜詩，又在學習模仿中求新求變。對杜詩的喜愛讓他們超
越了自己的集團、政黨、立場，在不同的時間、場域下他們創作了很
多情感相通的次杜之作，這甚至讓讀者忘記了他們曾經是政敵，曾
經在你死我活的鬥爭中誓不兩立。

　　三、現當代學者對分門編次的杜詩集頗多批評，但在朝鮮文人
次作杜詩的過程中，我們却能看到《纂注分類杜詩》《杜律虞注》以
及如《唐李杜詩集》之類的分體分類杜詩集發揮了極大的作用，它
們是文人的手邊書，也是文人學習詩歌寫作的教材，蘇光震、宋持
養、李世龜是按照《杜律虞注》或順序或逆序依次次作七律；李世
龜、黄庩則是按照分體分類的杜詩集依次次作五律。除了以上幾
位，李敬輿的次杜詩達到 112 首，其中一組是《次工部韻》①二十五
首，第一至第十四首就是從《纂杜》卷二十一“簡寄下”中選擇詩歌
依次次和的。② 南龍翼《重陽日獨酌無聊用老杜韻七首》，③分別次
作《九日曲江》《九日楊奉先會崔明府》《雲安九日鄭十八携酒陪諸
公宴》《九日五首》（來、雲）二首、《九日諸人集於林》《九日登梓州
城》，與《纂杜》卷十一“節序”的順序完全一致。④

　　四、杜詩被譽爲“詩史”，其“圖經”、“日記”的性質被誇大了，但

---

①李敬輿《白江集》卷三，《韓國文集叢刊》第 87 册，頁 261—263。
②杜甫原詩如下《寄高三十五詹事》《贈陳二補闕》（生）兩首、《奉答岑參補闕見
　贈》《奉簡高三十五使君》《寄楊五桂州譚》《奉寄李十五秘書》（淪）兩首、《路
　逢襄陽少府入城戲吃呈楊員外》《寄高適》《得廣州張判官書使還以詩代意》
　《重簡王明府》《寄邛州崔録事》《官亭夕坐簡顔十少府》，《纂注分類杜詩》卷
　二十一，以會文化社，1992 年，第 5 册，頁 27—63。
③南龍翼《壺谷集》卷五，《韓國文集叢刊》第 131 册，頁 91—92。
④《纂注分類杜詩》卷十一，第 3 册，頁 60—69。

却爲朝鮮文人所關注,因此次和杜甫紀行詩作及表示四季、節序等時間點明確的作品尤其豐富,李世龜、黃㦿、李沃次和紀行律詩,這三人是互不相關的創作行爲,寫出了各自的特點;蔡濟恭、成大中、睦萬中則是三人同和杜甫五古紀行之作,也能在同中求異,形成別開生面的文學盛會。柳命天被貶窮鄉僻壤,對時間的流逝深感焦慮,次作了一些杜甫表示節序的詩作,他甚至將時間具體到每一天,大大强化了度日如年的煎熬感。南龍翼對杜詩中的時間也很敏感,除了上面重陽節的七首次作外,他還有《乞暇歸山晚登寺樓用老杜九日藍田韻》《除夕用老杜守歲韻》《苦寒次老杜人日韻呈南澗丈》《九日登高忽憶去年龍湖泛舟事次老杜九日曲江韻》,①杜詩中與當下的時事政治、現實人生緊密相聯的時間,特別能打動讀者,無論是時光流逝、年華老去,還是由此引申而來的懷才不遇、命運多舛都能直擊人心引發共鳴,自然成爲文人次作的心頭之好。

　　五、朝鮮文人熱衷於次和杜詩,那是否真正能體會杜詩的獨特魅力呢?比如杜甫的"發秦州"、"發同谷"兩組紀行古詩,是以聯章紀行詩的形式來描繪山水,在時間和空間上具有很强的連續性,當蔡濟恭、成大中、睦萬中三人次和時,是否能做到這種連續性,又能抓住山、嶺、渡等的地形地貌特點,從不同角度、不同層次寫出山川景物的個性特點呢?又比如《前出塞》《後出塞》也是聯章體作品,李沃在次和時是否能關注到詩作間的聯繫,以一個人展現一個時代,邏輯分明地展現大背景之下人的成長故事呢?就我們前面的分析來看,朝鮮文人次和杜詩大多在平仄韻律上努力,在内容、情感上尋求變化,但就詩作的句法結構、典故運用、意象營造,以及聯章體間的聯繫來看,朝鮮文人做得並不是特別成功,也就很難有所

---

①四詩分別見南龍翼《壺谷集》卷三,頁 56;卷五,頁 92;卷五,頁 96;卷六,頁 109,分別次作杜甫《九日藍田崔氏莊》《杜位宅守歲》《人日兩篇》(絲)、《九日曲江》。

超越。

　　朝鮮文人留下的大量次杜之作，是我們研究杜詩與朝鮮漢文學關係的重要資料，從中我們看到杜甫及杜詩在朝鮮時代的影響力，也看到了朝鮮文人學習杜詩，由杜詩入而由杜詩出的努力，而由這些次作的不足之處，我們可以更深刻地體認到杜甫了不起的創造力，以及他留給後世的這一千四百多首作品的偉大與精妙。時至今日，其人仍值得我們景仰尊敬，其詩仍需我們認真學習研讀。

第四章　朝鮮文人次杜詩研究之二

——次《秋興八首》研究

一　次《秋興八首》之概況

　　如果要問杜詩中哪些詩是朝鮮文人次和次數最多的,《秋興八首》必在其中,據《韓國文集叢刊》及續刊統計,僅在詩題上標明次作或用韻的就有140多人,①其中洪仁謨(1755—1812)的次《秋興八首》達到41首,金致垕(1692—1742)34首,趙秉鉉(1791—1849)25首,金尚憲(1570—1652)24首,李胤永(1714—1759)24首,甚至有見人詩集輒斷言"必有《歸去來辭》《秋興八首》"②者。此雖是笑談,却生動反映了次《秋興八首》的廣泛程度。

　　《秋興八首》是杜詩七律代表作,清人云:"蓋唐人七律,以老杜

---

①實際次《秋興》的文人還更多,如李復鉉(1777—1813)有《石見樓詩鈔》,其《初到高城郡衙試書八》就是《秋興八首》的次作。見李復鉉《石見樓詩鈔》,韓國精神文化研究院藏本。
②任天常《窮悟集》卷一《次杜工部秋興八首並小叙》,《韓國文集叢刊續》第103冊,頁219。

爲最，而老杜七律又以此八首爲最者。"①當代學者葉嘉瑩也認爲，這八首詩"無論以内容言，以技巧言，都顯示出來杜甫的七律，已經進入了一種更爲精醇的藝術境界"。②《秋興八首》是七律典範，但中國詩論家大多認爲不易學、不能學，陳廷敬曰："杜此詩古今獨絶，妄儗者尤非。"黃生曰："若後人動擬杜之八首，縱能抵掌叔敖，未免捧心里婦。"③爲何如此？清人吳瞻泰的説法透露出其中秘密："苟不得少陵悲秋之故，與夫長篇之法，動擬《秋興》，以爲善學柳下惠，吾不敢也，吾不能也。"④不僅要有悲秋之實感，還要精通聯章體七律的技法，這是摹仿《秋興八首》的前提條件。因爲這八首詩不易學是文人的共識，所以在中國詩歌史上，擬《秋興八首》的作品並不算多，與朝鮮時代相比就更是如此。

　　吳瞻泰特別提及的"長篇之法"，實際揭示的是《秋興八首》聯章體七律的特色。而將這八首詩視爲不可分割的整體，是中國文人的另一共識。如錢謙益云："此詩一事叠爲八章，章雖有八，重重鈎攝，有無量樓閣門在。"⑤這是以建築上相互貫通的樓閣門爲喻。陳廷敬云："杜此八首，命意練句之妙不必論，以章法論，章各有法，合則首尾如一章，兵家常山陣庶幾似之。……或謂八章摘取一二者，非。"⑥這又以兵法上首尾相應相顧的"常山陣"爲喻。王嗣奭則從另一角度揭示其整體性："《秋興八首》以第一首起興，而後七首俱發中懷；或承上，或起下，或互相發，或遙相應，總是一篇文字，拆

①佚名《杜詩言志》卷十一，江蘇人民出版社，1983年，頁225。
②葉嘉瑩《杜甫秋興八首集説》之《論杜甫七律之演進及其承先啓後之成就》，河北教育出版社，1997年，頁46—47。
③蕭滌非主編《杜甫全集校注》卷十三引陳廷敬《杜律詩話》卷下、黃生《杜詩説》卷八，人民文學出版社，2014年，第7册，頁3835。
④《杜甫全集校注》卷十三引吳瞻泰《杜詩提要》卷八，第7册，頁3835。
⑤錢謙益《錢注杜詩》卷十五，上海古籍出版社，1979年，頁504。
⑥《杜甫全集校注》卷十三引陳廷敬《杜律詩話》卷下，第7册，頁3835。

去一章不得，單選一章不得。"①所以，若有選家將八首割裂，截取一二，便會遭到批評，如自方回《瀛奎律髓》以下僅選其"聞道長安似奕棋"一首，明萬曆以前選家多承其意，就受到顧嗣立的譏諷。② 發表上述見解的明清學者不乏名流大家，但最早將《秋興八首》當作不可分割的整體，却出自元代"不登大雅之堂"的詩法類著作，如舊題《楊仲弘注杜少陵詩法》及佚名之《杜陵詩律五十一格》等，八首作品不僅每一首都有一格名目（如"接項格"、"交股格"、"纖腰格"等），總括起來也是一個整體。比如王恭云："《秋興》一題，分作前三章與後五章，以夔州、長安自是二事，此其綱也。八章之分，則又各命一題以起興，觀諸興聯可見矣，此其目也。"③這些童蒙讀物將中國詩學的基本概念固定下來，慢慢形成了詩壇共識，這大概也是藐視這些讀物的大人先生們所始料未及的。

作爲杜甫七律典範的《秋興八首》，在朝鮮也同樣獲得很高評價。身爲君王的正祖（1752—1800）之論堪作代表："跋履山川之間，從容憲度之中，忠君愛國之誠，油然湧發於《秋興》諸作。"④自從蘇軾以"一飯未嘗忘君"評價杜甫的忠君愛國，這幾乎成爲後人言及杜甫的門面語、"杜殼子"。高麗朝文人深受蘇軾影響，也往往從這個方面理解杜甫。進入朝鮮王朝之後，朝鮮國王以最高統治者的身份"欽定"了杜甫的地位。所以，正祖的這番議論，從内容上來看，不過是掇拾宋人之餘論，但承續的却是朝鮮王室的傳統，其代表性和影響力不容小覷。朝鮮文人次杜《秋興》者衆多，這樣的背

①王嗣奭《杜臆》卷八，上海古籍出版社，1983年，頁277。

②參見顧嗣立《寒廳詩話》，丁福保輯《清詩話》（上），上海古籍出版社，1978年，頁85。

③《詩解》（即《楊仲弘注杜少陵詩法》），見張健《元代詩法校考》，北京大學出版社，2001年，頁52。

④正祖《弘齋全書》卷五十六《題手編杜陸千選卷首》，《韓國文集叢刊》第263册，頁373。

景是不能忽視的。由於次作《秋興》的風氣興盛,無論是官方或民間對年輕學子的"月課"中,往往以"次杜《秋興》"爲題,如宋純(1493—1583)、李景奭(1595—1671)、姜柏年(1603—1681)、權斗經(1654—1725)、金光炫(1584—1647)、曹文秀(1590—1647)、申弘望(1600—?)文集中的次杜《秋興》之作,都明確標明是出於"月課"。① 因爲可以請人捉刀,所以也有"代人作"者,以至於同樣的作品會出現在不同人的文集之中。②

　　《秋興八首》作爲七律典範,是文人爭相學習、效仿的對象,這是一種"取法乎上"的路徑。跟中國文人相較,朝鮮文人長於律絶而不擅古詩,成俔(1439—1504)就說:"我國詩道大成,而代不乏人,然皆知律而不知古。"③洪良浩(1724—1802)也說:"獨我東俗專尚近體,……開口綴辭,便學律絶,不知古風長句之爲何狀。"④並引用"華人詩話"云:"高麗人好作律絶,不識古詩。"所謂"華人詩話",當指王士禛的《漁洋詩話》。⑤ 因爲喜作近體律絶,許筠(1551—

<hr>

① 分別見宋純《俛仰集》卷一《次杜子美秋興八首》(《韓國文集叢刊》第 26 册,頁 197)、李景奭《白軒集》卷一《次杜詩秋興八首》(《韓國文集叢刊》第 95 册,頁 381)、姜柏年《雪峰遺稿》卷五《和杜甫秋興八首壬午秋》(《韓國文集叢刊》第 103 册,頁 49)、權斗經《蒼雪齋集》卷四《次秋興八首代杜子美自述》(《韓國文集叢刊》第 169 册,頁 79)、金光炫《水北遺稿》卷一《次杜詩秋興》(《韓國文集叢刊續》第 21 册,頁 277)、曹文秀《雪汀詩集》卷七《次杜詩秋興韻》(《韓國文集叢刊續》第 24 册,頁 468)、申弘望《孤松集》卷一《次杜詩秋興八首》(《韓國文集叢刊續》第 28 册,頁 426)。

② 尚震(1493—1564)《泛虚亭集》卷一有《次老杜秋興》八首(《韓國文集叢刊》第 26 册,頁 11)與宋純的《次杜子美秋興八首》内容一樣,宋純八首缺"思"韻一首,尚震的八首也無"思"韻,而代之以一首"開"韻七律。

③ 成俔《虚白堂集》文集卷六《風騷軌範序》,《韓國文集叢刊》第 14 册,頁 463。

④ 洪良浩《耳溪集》卷十五《與宋德文論詩書》,《韓國文集叢刊》第 241 册,頁 261。

⑤ 參見張伯偉《清代詩話東傳略論稿》第三章《清代詩話東傳朝鮮之時間及數量》,中華書局,2007 年,頁 135—136。

1588)指導其妹蘭雪軒(1563—1589)學習寫詩，提供的樣板是邵寶的《杜律》一冊。① 宋人的五絶選本《唐賢詩範》三卷(中國已佚，現存韓國)，朝鮮世宗朝文人孫肇瑞對其163首詩一一次韻，而有《格齋廣韻唐賢詩》一卷。金正喜(1786—1856)編選杜詩重七絶，纂成《詩盦録定杜少陵七言絶句》。所以，《秋興八首》作爲杜甫七律的最高代表，從詩體的角度看，能引起朝鮮文人的高度關注，也是很正常的。

在漢文化圈中，儘管朝鮮半島也通行漢字，但言文不一，字形一致，讀音各異。從近體詩的要求來看，最基本的就是韻律，其中用韻更在格律之上，孫肇瑞的"廣韻"便是一例，他嚴格使用了韻字，但在平仄上却不甚講究。② 學習律絶創作，首先需要掌握的就是韻律，次韻便是快捷方式之一。以《秋興八首》作爲次韻對象，最初的動機就在於此。所以，這就導致了一種與中國人的不同看法，朝鮮文人僅僅將《秋興八首》看成是七律典範，而非不可分割的整體。在大量次作中，出現了衆多僅次其中一首或數首的現象，如上文曹文秀月課《次杜詩秋興韻》爲"砧、花、肥"三首。權榘(1672—1749)《枝谷路上次杜秋興首韻》一首；又《海行道中次杜秋興韻二首》，分別次"砧"與"花"韻。③ 又如洪仁謨《又次杜秋興韻二十一首》，雖然連篇累牘，也仍然是雜取其韻而次之。④ 這都是因爲其著眼點在"韻律"而非章法的緣故。

文人交遊時，《秋興八首》常被拈來作爲他們交往的媒介及風流雅集的載體。麗末鮮初的權近(1352—1409)就記載了一則雅事，生員李文和回安東省親，"薦紳先生及國學生凡知生者，用老杜《秋興》

---

① 許筠《荷谷集》雜著補遺《題杜律卷後奉呈妹氏蘭雪軒》，《韓國文集叢刊》第58冊，頁393。
② 孫肇瑞《格齋集》卷二爲"廣詩"，共282首，"五言，次唐詩韻；七言，次宋詩韻"，都有重韻不重平仄的特點，可參看。《韓國文集叢刊》第15冊，頁67—85。
③ 權榘《屏谷集》文集卷一、卷二，《韓國文集叢刊》第188冊，頁19、28。
④ 洪仁謨《足睡堂集》卷一，《韓國文集叢刊續》第103冊，頁578。

詩一篇，分韻詠歌，以美其歸，予亦賦‘樹’字焉”。① 衆人取其中“玉露
凋傷楓樹林”一首分韻賦詩以送別。至朝鮮朝，文人交遊更常常提及
《秋興八首》。它是文人雅集的媒介，也是彼此切磋詩藝的手段。如
安東金氏一門，對杜詩用功甚深，史稱金昌協（1651—1708）“爲文章
典則醲鬱，深得六一精髓……。詩亦出入漢、魏，翼以少陵，高古雅
健，不事膚革。”②昌協文承歐陽修，詩得杜甫真諦，可謂朝鮮一代文
宗，其《農巖雜識》中亦多論杜之語。金氏兄弟六人皆文學之士，彼
此談詩論文及詩文唱和的情形很多，金昌翕（1653—1722）《三淵
集》中就有與金昌業（1658—1721）討論次杜《秋興》的書信。

　　肅宗四十年甲午（1714），金昌業請兄長昌翕指正其《次杜詩秋
興韻》，昌翕云：

　　　　投來《秋興》詩，良喜，酬唱圓成，而所排各項俱有情致，殊
　　可諷。但起三首，似只個中境狹語演，欠歷落。或特起一題，
　　如赤城、栗北等地排景抒感，以成第三首，而破此二三首合爲
　　一篇，要令峻潔不瑣絮，如何如何。曾閲前人集，爲此體者則
　　多就窄境小題中趁韻牽押，故不堪著眼。今此只掇一字，而所
　　排情境亦不窄窄，則頗自謂肆筆。而持較于老杜則巨麗磊落
　　若是懸絶，豈所謂如天之不可梯者耶？好笑好笑。來詩中一
　　二疵欠未暇點出，只可自加磨礱，一以聲韻包廣爲主如何？③

現存金昌業《老稼齋集》僅有一組次《秋興八首》，寫於 1714 年，上
文討論的即是此組詩。詩云：

①權近《陽村集》卷十五《送生員李文和歸覲安東序》，《韓國文集叢刊》第 7 册，
　　頁 161。卷四《樹字用古人韻，送生員李文和歸覲》云：“昨夜秋風來，蕭蕭入
　　庭樹。遊子戀庭闈，長揖飄然去。”（《韓國文集叢刊》第 7 册，頁 46）
②《肅宗實錄》卷四十六肅宗三十四年（1708）四月丁巳（11 日），《朝鮮王朝實
　　錄》第 40 册，頁 294。
③金昌翕《三淵集》拾遺卷十四《答大有甲午》，《韓國文集叢刊》第 166 册，頁
　　479。

　　東門老屋負青岑，四望蕭條盡栗林。墟落暮光烟火廻，水
亭秋氣葦花深。田境僅給王家口，牛澤應虛有里心。可道柴
門偏寂寞，獵徒圃客每相尋。

　　塲稼初同菊有華，松溪秋色老田家。柴門葉脫千重柳，圃
蔓霜凋五色瓜。鄰曲壺觴頗爛熳，城中歌吹正喧譁。虛亭獨
上徘徊久，天半新譙落日斜。

　　悲歌平昔自噓唏，身世於今竟此歸。雪隴攀號餘翠柏，沙
堤來往舊朱扉。年光荏苒偷生久，人事因循苦志違。寂寞稼
齋伴劍宿，五更霜月入空幃。雪隴地名

　　昔我家人遇百罹，天寒初到歇庵時。乞葵燕谷爲朝茹，賣
酒鷹巖繼夕炊。嬌女衣裳移舊繡，窮山井臼寄疏籬。秋來何
事常難忘，蒸橡無時奉我慈。

　　玉洞名園非世間，入門花鴨一雙閑。朝衣退食清暉晏，春
服趨庭五色斑。萬事眼前桑變海，孤亭夜半澤藏山。三年不
踏溪邊路，古柳依依忍更攀。

　　茫茫匹馬出遼東，萬里中原入眼中。華表長城空舊迹，金
臺易水自悲風。千重雪嶂居庸口，百歲春光暢苑官。屠肆英
雄識一二，別來書信許相通。

　　千里全家徙朗州，天涯樂土四年留。鳩林美酒清疑水，曹
老高談好破愁。通夜樗蒲梅院鬧，三冬馬史竹房幽。他鄉勝
事腸堪斷，尚遺居人說舊遊。

　　西山楓檜百年池，我輩追遊亦一時。群會定而常善謔，初
筵士敬已陳詩。巖間流水春杯洗，亭畔繁陰夏榻移。人事風
光俱夢幻，新齋突兀又堪疑。①

八首詩各寫人生的一些經歷，前三首主要寫在稼齋的生活，昌翕認

---

①金昌業《老稼齋集》卷四《次杜詩秋興韻》，《韓國文集叢刊》第 175 册，頁 80—
　81。

爲境界比較偏狹，不够疏落有致，特別是二三兩首，時間由"落日斜"到"五更霜月"，情緒由"虛亭獨上"到"悲歌唏噓"，感情雖越發强烈，仍是同一地同一情，所以他建議將兩首合併，另以赤城、栗北等地寫景抒懷成第三首。昌翁所言頗有見地，這組詩的第四首寫家人遭遇，第五首寫個人仕宦，第六首寫遊歷中國，第七首寫遷徙朗州，第八首寫同輩交遊，五首詩各有主題，中心明確，而前三首同寫稼齋，的確不够開闊。這組詩詩題説是"次韻"，實際上只是用韻，嚴格的次韻之作需韻同字同序同，加上"秋"這一主題的限制，大多"就窄境小題中趁韻牽押"，相比而言，金昌業的用韻之作就更多發揮空間，所以金昌翁認爲這組詩雖有一二瑕疵，但"所排情境亦不窘窄"。即便如此，這組作品與杜甫原詩"巨麗磊落"慷慨悲歌的特點仍相去甚遠，昌翁甚至認爲原詩似已達到一種高不可攀的境界，竟無階梯可上。金昌業認真聽取了兄長的意見，在將詩作修改之後又提請批評，金昌翁回復云："《秋興》改本，較初未知其頓勝，恐或仍舊爲可。白雲鹿門，亦犯後條，始意別排一境者亦有妨礙，尤覺轉動爲難矣。"①昌翁似乎對昌業的改作有些不以爲然，讓他"仍舊爲可"，所以我們現在見到的金昌業次作應是原稿，前三首仍有境界偏狹的缺點。

　　《秋興八首》深受朝鮮文人的喜愛，他們仿作之、吟誦之、討論之，甚至還抄録下來傳給後人作爲家藏寶帖，如李萬敷（1664—1732）"家藏寶迹帖一，金字寫黑絹，工部《秋興》八律"，②爲其王考李觀徵（1618—1695）所書。還有人將《秋興八首》製作成屏風隨時觀賞，成海應（1760—1839）即請李京山爲其書《秋興八首》製成屏風。③

①《三淵集》拾遺卷十四《答大有》，《韓國文集叢刊》第 166 册，頁 480。

②李萬敷《息山集》文集卷十八《敬書王考筆帖匣》，《韓國文集叢刊》第 178 册，頁 396。

③成海應《研經齋全集》續集册十六《題李京山所書寢屏小記後》："（李京山）筆畫勁正，如鐵索。公之小篆，老益精鍊，又爲余書杜工部《秋興八首》，已製屏風。"《韓國文集叢刊》第 279 册，頁 408。

以上種種，構成了《秋興八首》在朝鮮的一道道風景。

二　次《秋興八首》之正聲

　　《秋興八首》寫於杜甫入夔之時，詩中憶舊懷古，反思唐由盛轉衰的原因，寄寓無限感慨。元代人已經指出其章法，前三首詳寫夔州略寫長安，後五首詳寫長安略寫夔州。張綖在《杜工部詩通》中言簡意賅地概括了這組詩的主旨："凡懷鄉戀闕之情，慨往傷今之意，與夫夷狄亂華，小人病國，風俗之非舊，盛衰之相尋，所謂不勝其悲者，固已不出乎言意之表矣。"①可見主題之豐富與複雜。朝鮮文人在接受過程中，對這組詩的大旨也有自己的理解，正祖將其概括爲"忠君愛國之誠"，權以鎮（1668—1724）稱之爲"羈旅感慨、不遇悲傷之懷"，②主題的多樣性爲他們的學習提供了更多路徑、更廣空間。當次韻《秋興八首》之作超越了步趨韻律，進入自由王國抒發情愫時，他們因秋起興，感慨深沉，與杜甫原詩有明顯的承繼關係，我們將此類作品稱之爲"正聲"。其寫作方法主要有三種：一是代杜甫立言，二是評論杜甫的人生，三是寫自己的境遇。下面以崔鳴吉（1586—1647）、金尚憲（1570—1652）、李敬輿（1585—1657）三人的次詩爲代表略作分析。

　　仁祖二十年壬午（1642），金尚憲因反對與清議和被拘至瀋陽，崔鳴吉因支持僧人獨步往來明朝傳遞消息也被押至瀋陽。1644年，李敬輿出使瀋陽亦被扣押，與金尚憲、崔鳴吉關押在一起。三人關押期間，彼此多有唱和，其中就包括了共同的次杜《秋興》

----

①張綖《杜工部詩通》卷十四《秋興八首》，見黃永武編《杜詩叢刊》第二輯第
　31—32冊，大通書局，1974年，頁429—430。
②權以鎮《有懷堂集》卷一《擬古》，《韓國文集叢刊續》第56冊，頁159。

之作。

　　崔鳴吉《次杜工部秋興》寫於甲申（1644）重陽節之後，是對杜甫的緬懷與追憶，第一首云："先主行宮修竹林，孔明舊廟柏森森。瞿塘峽束奔濤隘，白帝城連古塞陰。一棹東歸他日計，長安北望老臣心。空江月落丹楓暗，山鬼時時答曉砧。"[1]暗用杜甫詩句，寫出了詩人對回歸長安的渴望以及抑鬱不得志的落寞心緒。崔鳴吉經歷了家國之亂，直至淪爲異國囚徒，其人生際遇的變化比杜甫有過之而無不及。這令他能感同身受，代杜甫立言，真切描寫詩人漂泊西南的苦痛、忠君愛國的情懷，深得老杜心思。詩作悲涼悽愴，感慨深重透徹，與原詩"沉雄富麗，哀傷無限"的風格很接近，金尚憲贊歎曰："真得老杜心事，子美再生不覺墮淚云。"[2]於是援筆次韻。

　　金尚憲《瀋陽館中次杜詩秋興韻》既是次韻杜詩之作，也是對崔作的次韻。但金尚憲另闢蹊徑，他不是代杜甫立言，而是寫自己的際遇，如第一首云："銅輦西行輟羽林，舊時兵衛憶森森。寒蟾一鎖長收牡，病鶴孤鳴絕和陰。經雨敗磚難記迹，倒霜殘菊不開心。宮衣未送嚴風急，愁聽家家早晚砧。東宮留一鶴守館，折脛哀鳴，見者悲之。"[3]詩中交待了當下的生活，病鶴、殘垣、敗菊等意象，營造出秋天的蕭颯之景，令失去自由的人更感凄涼，全詩籠罩著森冷的氣息。接著作者用三首詩具體描寫被拘禁的生活：無聊、孤寂、思鄉。五、六兩首在濃烈的鄉愁中魂歸故里，回想自己在故居石室山安静閑適自由自在的生活。七、八兩首重新回到當下的不自由，第八首的頷、頸兩聯"喪亂幾年遺戰骨，良辰何處對花枝。人生有恨心如結，天地無情歲自移"讀來尤爲沉痛。次杜詩，需要真正體悟杜甫的精神氣質，否則難免"爲賦新詞强説愁"，申靖夏（1680—1715）就批評

①崔鳴吉《遲川集》卷五，《韓國文集叢刊》第 89 册，頁 349。
②崔昌大《昆侖集》卷二十《遲川公遺事》，《韓國文集叢刊》第 183 册，頁 371。
③金尚憲《清陰集》卷十三，《韓國文集叢刊》第 77 册，頁 195。

道:"近世學杜者,多用悲愁困窮之語,殆亦無病而呻吟者。"①金尚憲這組詩有爲而作,寫自己的人生境況,所以更能打動人心。

李敬輿《次杜甫秋興》②作於同時,雖然也寫杜甫,但與崔鳴吉又有不同。崔詩揣摩老杜心迹,站在杜甫的立場述説其心聲,李敬輿則從他者視角評述杜甫的人生,如誇贊杜甫的文學地位,特別强調他晚年夔州之作的成就:"少陵光焰映詞林"、"暮年詞賦數夔州"。但作者又有疑問:在全國都動盪不安的情況下,杜甫爲什麽偏偏要去蜀地呢? 如"何事少陵來白帝,當年萬國盡金笳"、"胡爲工部此投迹,幾處畏途多苦顔"。作者甚至如此感慨"假使當年歸杜曲,歡娛無那鬢絲垂",以杜甫"忠君愛國一飯不忘君"的特點,即使他能夠回歸長安,也不可能真正心情愉悦。由李敬輿的述評來看,他對杜甫的瞭解似乎還隔著一層,也不太能理解老杜"此生那老蜀,不死會歸秦"(《奉送嚴公入朝十韻》)的執著。所以這組次杜作品與崔鳴吉、金尚憲的詩作相比,缺少一種感發人心的力量。

崔鳴吉、金尚憲、李敬輿的三組次杜《秋興八首》,既是對杜詩的次作,也是彼此間的唱和,他們爲避免雷同,有意識地從不同的視野、不同的角度來寫作,或代杜甫立言,或寫自己境遇,或評論杜甫,各有特點,他們所展示的三種次《秋興》的角度也是大多數文人的寫作手法。由三人的次作來看,唯金尚憲的八首詩略有承接,對杜詩體會較深,也當得起王士禛"果然東國解聲詩"③之贊。崔、李二人的作品未能表現杜甫原詩之間互相映照、彼此勾連的情況,這也是朝鮮文人次《秋興八首》比較普遍的共性。

一般而言,唱和詩在内容上應桴鼓相應,上述三種情況無論是代杜立言還是緬懷評述杜甫,都跟杜詩原作比較接近,而金尚憲的

①申靖夏《恕庵集》卷十六《雜記・評詩文》,《韓國文集叢刊》第 197 册,頁 479。
②李敬輿《白江集》卷四,《韓國文集叢刊》第 87 册,頁 277。
③王士禛《戲效元遺山論詩絶句》三十五首,郭紹虞等編《萬首論詩絶句》,人民文學出版社,1991 年,頁 237。

次作則擺脱了杜詩内容的束縛,完全結合自己的人生際遇寫一己
之感受,有較大的變化。金尚憲是朝鮮文人中次杜《秋興》較多的
一位,一共寫了三組二十四首。其《海南館候風次秋興》八首寫於
宣祖三十四年(1601),①是年金尚憲被任命爲濟州按撫御史,前往
濟州島。作者根據需要對用韻順序進行了調整,詩作同樣專注於
自己的所見所聞所思所想,詩中有人在旅途思念家人的憂傷——
"鄉思不禁消又滿";有即將乘船渡海的不安——"玉堂遥隔登瀛
路"。更多的還是要完成君命的使命感——"王事敢論千里遠,歸
期剩待一年遲",以及對陌生環境的憧憬期待,"聞説耽羅尤勝絶,
黄橙緑橘亂垂垂",甚至要"歸來細撰南行録,異事傳誇百歲翁",作
品基調比較激昂,與杜詩的蒼凉形成强烈反差。

　　朝鮮文人在次《秋興八首》的過程中,尋求變化創新的努力顯
而易見,而抒發"羈旅感慨、不遇悲傷之懷",仍是其中最常見的主
題。對於朝鮮文人來説,最漫長最辛苦的"羈旅"就是出使中國與
日本,遠離家國的經歷特别能激發他們與《秋興八首》的共鳴,所以
不少文人會在行程中留下次作。如趙絅(1586—1669)、南龍翼
(1628—1692)、申維翰(1681—1752)之出使日本,李夏鎮(1628—
1682)、李喆輔(1691—1770)之出使中國,都留下了次杜《秋興》
之作。②

　　現各舉一例來看,申維翰《次杜工部秋興八首》寫於中秋節,作
者交待了寫作的背景:

---

①《清陰集》卷五,《韓國文集叢刊》第 77 册,頁 62。
②分别見趙絅《龍洲遺稿》卷二十三《東槎録》之《十七日次老杜秋興八首》《韓
　國文集叢刊》第 90 册,頁 430),南龍翼《壺谷集》卷十一《扶桑録》之《次杜工
　部秋興八首》(《韓國文集叢刊》第 131 册,頁 242),申維翰《青泉集》續集卷四
　《海槎東遊録第二》之《次杜工部秋興八首》(《韓國文集叢刊》第 200 册,頁
　448),李夏鎮《六寓堂遺稿》册一《次秋興韻》(《韓國文集叢刊續》第 39 册,頁
　54),李喆輔《止庵遺稿》册一《燕都述懷,次秋興八首》(《韓國文集叢刊續》第
　71 册,頁 28)。

十五日……以中秋名日，爲一年之最，感念家國，五內交熱。但聞隔浦蠻舡悲歌互答，其音嗚嗚淅淅，如怨如訴，自是一種梵唄。誦子美"蠻歌犯星起"之句，覺此生蹤迹，不過得"奉使虛隨八月槎"七字矣。天明雨作，晚而大注，大風又起，獰波擊船，船之欄板盡碎。各船惶急，不知所爲。軍官、譯官與倭奉行、裁判，至夜奔遑，皆言有必破之慮。余則留在寺中，屋角亦爲風雨所漂搖，瓦翻石走，束襟耿坐，四更無寐。與諸僚咄咄言："此非中秋月夕乎？山河之異不暇論，天象又如此，鬱悒奈何？"夜半風乍定，各船幸保。因念航海以後，凡經大風雨者三，皆在繫纜登陸之日，若於行舟時值此，骸骨不可得矣。王靈所及，百神齊護，竣事歸國，亦當有日，以是自慰。[1]

這天是中秋節，正是"每逢佳節倍思親"卻又月圓人不圓的時候，作者内心激蕩，覺得杜詩《秋興八首》中"奉使虛隨八月槎"一句簡直就是自己的人生寫照。本應秋高氣爽、明月高懸，偏偏大雨如注，狂風大作，他們乘坐的船差點不保，哪裏還能有千里共嬋娟的雅致與心情？作者頗多感慨，寫下了這組次《秋興》。詩中描繪了日本獨特的景色、風俗民情以及相關傳說，如第四首云："聞道樵柯爛著棋，百年塵土蟪蛄悲。相隨漢客乘槎地，忽憶秦童采藥時。筆下狂吞坤軸大，髯邊留繫日輪遲。滄波極目秋天遠，西北浮雲惹夢思。"詩中用了"樵柯爛盡"、"蟪蛄不知春秋"、"漢客乘槎"、"秦童采藥"等傳說與典故，寫出時間之悠遠，空間之縹緲，勾勒出一個既遙遠又神秘的國度，但詩中更多的還是對鄉關的思念，悵惘慨歎溢於字裏行間。

再看看李喆輔的《燕都述懷，次秋興八首》。朝鮮朝雖然與中國的明朝、清朝都保持著藩屬關係，但這種關係的建立是在完全不

---

①《青泉集》續集卷四《海槎東遊録第二》，《韓國文集叢刊》第 200 册，頁 447—448。

同的歷史條件下形成的。朝鮮與明朝宗藩關係的確立，源於自己
"事大以勤"的自覺自願；朝鮮與清的關係，則是武力脅迫的結果。
所以在朝鮮人眼中，同是使行，却有著不同的意義，使明是"男兒事
業"，使清則是不得不奉行的君命。①　當李喆輔出使清朝時，清已建
朝百年，逐漸發展至王朝的巔峰狀態，但由李喆輔的詩來看，他仍
然沉浸在對明朝的緬懷中，如云"羞稱禮義三韓使，泣誦升平萬曆
時"；後悔自己生不逢時，未能在明朝的時候來朝拜，詩云"吾行早
值嘉隆際，也好留連在帝州"，又云"事楚徒緣邦力弱，觀周苦恨我
生遲"。對清朝他仍以蠻夷視之，稱之爲"胡情"、"腥塵"；自己出使
清朝，是"羈囚"，是身處"樊籠"之中。中華大地以清代明，禮樂文
明、衣冠制度都已淪落了，"禮樂誰尋華夏制，衣冠盡化女真風"，作
者連連感慨"春秋大義無人識"，世間再無文天祥，"柴市傷心遺廟
在，千秋正氣獨斯翁"。李喆輔的這組次《秋興》，是對歷史對時局
的感慨，展現了他的華夷觀及對清認識。杜甫在夔州時創作了大
量反思人生與歷史的作品，其中"最能體現杜詩憶舊懷古之豐富内
涵與飛動思緒的作品則首推《秋興八首》"，②這也許正是吸引李喆
輔學習、次作的原因，其作品中的懷舊情緒、濃郁感傷都與原詩
接近。

　　杜甫寫作《秋興八首》的背景，在詩中傳達的豐富内涵、塑造的
多種意象、表達的複雜情緒以及沉雄壯麗的風格隔著千年時空在
朝鮮文人心中引發共鳴，喚起他們學習與寫作的激情，所以在他們
的文集中出現了較多的次《秋興》之作，以"寓歎身世"。這些作品
已經出現了一些變化，特別是在描寫自己的人生時與原作會有較
大差異。但這一類作品無論是寫杜甫還是寫自己，都緊緊圍繞
"秋"這一背景、"興"這一主題，秋天的蕭瑟之景與詩人的感傷惆悵

①參見左江《朝鮮士人的對清認識》，載《域外漢籍研究集刊》第七輯，中華書
　局，2011年。
②莫礪鋒《杜甫評傳》，南京大學出版社，2019年，頁143。

之情融爲一體，與原作一脉相承，所以我們將這類作品稱爲“正聲”。實際上，在朝鮮文人次作《秋興八首》的過程中，還有大量的作品不再寫“秋”，也不再因秋而起興，這一類我們稱之爲“變調”。

三　次《秋興八首》之變調

朝鮮文人次杜，有時重點在“韻”，因此也就完全可以僅僅關注其韻，輕視乃至無視原詩的題材或主題，如此，《秋興八首》的悲慨沉痛與秋天的蕭瑟景象也就不再是朝鮮文人次作時的重心，杜甫寫“秋”，他們寫“春”、寫“夏”，秋興的主題被打破，悲慨的基調也發生著變化。雖然朝鮮文人並非有意識地對原作加以突破，客觀上還是擴大了“秋興”的題材與主題，形成了《秋興八首》的變調。

較早寫“春興”的是白洲李明漢（1595—1645），其詩題爲《戊午三月晦，送姑氏至漢，仍卧所乘船順流而下，將抵楊浦新居。到龍山，水悍，捨舟登岸。在舟也，無以遣懷，誦老杜秋興八首，誦罷步原韻。時春也，命曰春興。……》①，清楚交待了寫作緣由。這組詩寫於1618年戊午春天，八首詩用韻爲“班、思、翁、肥、花、垂、砧、州”，與原作順序不同，第一首寫春天景象，頸聯“稚柳細如梳後髮，殘花嬌似鏡中顏”寫景新穎生動。第二、三首是對出處進退的感慨，第四首寫江上景，“篙師運柁穿蘋去，烏鬼銜魚掠水飛”使詩作靜中有動，更富張力。第五、六首是上岸後的所見所感，第七、八首寫春雨過後的景色及心緒。全詩雖有出處進退的兩難、惆悵，更多的還是欣賞愉悦之情，寫景亦清新可愛，如“柳眼初斜杏臉肥”，春意盎然、生機勃勃。

---

① 李明漢《白洲集》卷七，《韓國文集叢刊》第97册，頁324。

　　此後用次《秋興八首》來寫"春興"者不乏其人，如柳尚運
（1636—1707）有《白洲用杜草堂秋興八首韻，名曰春興，田家逢春，
聊復效之》，明確説明受到李明漢的影響。李殷相（1617—1678）有
《東郊春興次杜少陵秋興韻寄諸益》，李敏輔（1717—1799）有《竹西
樓春興八首次子美》，金致垕有《渭陽次老杜秋興八首，爲春興要
和》，姜奎焕（1697—1731）有《次菊窩翁春興八首韻》。[①] 這些作品
大多與李明漢作品相類，勾勒春天生機勃勃的景象，詩人身處其中
的愉悦，或者塑造瀟灑出塵的形象，或者表達歸隱田園的願望。如
李殷相其中一首云："樹頭殘日閃餘暉，望裏終南一髮微。細草無
心經雨潤，宿雲多意近人飛。年光荏苒浮生老，世故參差夙計違。
聞道東湖春事爛，軟風吹浪鱖魚肥。"詩上半寫景，前兩句由大處著
眼，寫樹梢的夕陽餘暉，寫遠處的一線峰巒。後兩句寫雨後細草，
似乎觸手可及的雲彩，用筆細緻，又能別出新意。後四句感慨，人
老事違，不如歸去。歸去之意非直白道來，而用"春事爛"、"鱖魚
肥"進行點染。這首詩可謂寫"春興"的經典之作，但已與杜甫的
《秋興》相去遥遥。

　　在一系列次《秋興》寫"春興"的作品中，有必要看看黄㦿
（1604—1656）的次作。孝宗二年辛卯（1651）十一月，黄㦿出使清
朝，於第二年正月在北京玉河館寫下《春興七首次老杜秋興韻》（無
"垂"韻）。[②] 第一首云："萬歲高山即禁林，千章古木鬱森森。春生
鳳闕浮佳氣，日照龍池破積陰。宮柳苑花堪濺淚，天時世事剩傷
心。城中處處聞羌笛，月下橫吹雜夜砧。"春景唯堪濺淚、世事只剩
傷心，奠定蕭條悲慨的基調，詩作雖寫於春天，却如同秋日，正如作

①柳尚運《約齋集》卷三（《韓國文集叢刊續》第 42 册，頁 11），李殷相《東里集》
　卷一（《韓國文集叢刊》第 122 册，頁 393），李敏輔《豐墅集》卷二（《韓國文集
　叢刊》第 232 册，頁 324），金致垕《沙村集》卷一（《韓國文集叢刊續》第 71 册，
　頁 250），姜奎焕《賁需齋集》卷一（《韓國文集叢刊續》第 75 册，頁 178）。
②黄㦿《漫浪集》卷五，《韓國文集叢刊》第 103 册，頁 442。

者所云"燕都春景入搔頭,寥落羈懷似遇秋"。上文論及的李喆輔
《燕都述懷》用詞激烈,直斥清人是"胡"、"女眞",提到"萬曆"、"嘉
(靖)、隆(慶)"等年號。黃㦿則是通過"世事何如賭局棋,眼看翻覆
使人悲"、"風景不殊頻舉目,衣冠已變若爲顔"等詩句,婉曲地表達
中華文明淪落、世事滄桑今非昔比的悲凉情懷。黃㦿的這組"春
興",正使麟坪君李㴭(1622—1658)亦有次作,①他對清人入主中原
深感憤慨,甚至有驅逐清人重建中華文明的强烈願望,詩云"百年
文物從新制,一代衣冠異舊時"、"何日重光萬壽山,聖靈應在五雲
間"、"赤子秖今思漢俗,蒼天何日變胡風"。

　　黃㦿、李㴭、李喆輔三人都是借次《秋興》表達對朝代興亡、歷
史變更的感受,但情緒表達又有差別。黃㦿、李㴭出使時,清人入
關才數年,與朝鮮的關係很緊張,對朝鮮人的控制也就很嚴格,這
在黃㦿詩中表現爲壓抑隱忍。李㴭作爲朝鮮王室成員,曾經在"丁
丑約條"簽訂後被當作人質拘禁瀋陽多年,對清人的仇視更爲直
接。到李喆輔的時候,清、鮮關係已較融洽,環境相對寬鬆,他的詩
作也就最爲大膽,但這時的"反清"只是文人在作品中傳遞的一種
姿態,並無太多新意。黃㦿與李㴭的次杜《秋興》是抒寫"羈旅感
慨、不遇悲傷之懷"的繼續,但詩中寫的是春景,多議論,與原作有
很大不同,這使他們的次《秋興》成爲變調中的一種重要聲音。

　　除了"春興",還有"夏興",這類作品較少,目前所見僅一組,即
丁若鏞(1762—1836)的《夏日遣興八首》。丁若鏞很有創造力,他
有《秋風八首次杜韻》,此實爲用韻之作,第一首云:"衆竅齊吹雜嘯
吟,長天揮闔蕩秋陰。寒雲萬壑蛟螭變,烟雨千林燕雀深。綠藕摧
垂承露掌,紅蕉鬭斷耐霜心。冉冉群芳趨歲暮,幽愁撩亂倚枯
琴。"②詩作緊扣"秋風"二字,描寫大風肆虐的景象,慘淡的畫面讓

①李㴭《松溪集》卷二《答子由春興》,《韓國文集叢刊續》第35册,頁209。
②丁若鏞《與猶堂全書》第一集詩文集第二卷,《韓國文集叢刊》第281册,頁
　28。

人平添無限憂傷。至《夏日遣興八首》，他既非用韻更非次韻，而是用《秋興八首》“憶舊傷今”的情懷，小序云：“暑月臥病擁塞，有懷漢陽樓亭，風門颯沓無補，發狂大叫。然憶舊傷今，不失老杜《秋興》遺意云。”①這一組詩寫於純祖元年辛酉（1801）夏日。是年，丁若鏞因捲入基督教案，被流配至慶尚道長鬐縣，這裏濱臨大海，自然環境極爲惡劣。與死神擦身而過的經歷，被流放窮鄉僻壤與家人隔絕的遭遇，讓他對杜詩有了更深刻的體認，《別家五十有八日，始得家書，志喜寄兒》云“杜詩先獲我”，《有歎》云“去國張平子，思家杜少陵”，②《秋興八首》中的追憶與反思更能引發他的共鳴，於是他寫下了這組《夏日遣興》，借漢陽的亭臺樓閣抒發胸懷。第一首云：“彰義門前石徑通，華峰三角插天中。回溪不斷澄心水，高柳長吹拂面風。名士開筵關氣象，寧王洗劍想豪雄。如今瘴熱鰕夷界，竹壓榱簷海日紅。”這首寫漢陽的洗劍亭，交待其地理位置、周圍景色，當年自己也曾“名士開筵關氣象”，如今則是“瘴熱鰕夷界”，處境淒涼。其後七首分寫漢陽的天然亭、流霞亭、書香閣、挹清樓、望海亭、君子亭、洗心臺，這些地方都曾留下他的蹤迹，過去的榮耀緣於正祖的賞識器重，如詩中所云“咫尺揮毫稱獨步，幾回天語獎菲才”，詩中“憶昔傷今”的同時表達的是對正祖的深深懷念與感激之情。

　　丁若鏞的《夏日遣興》是《秋興八首》在朝鮮文壇引發的特殊變化。他完全拋開了原詩韻律的束縛，已非次韻之作，但這是學習《秋興八首》過程中出現的變化，所以有必要放在一起討論。總的來說，在次杜《秋興八首》的變調中，憶舊抒懷的特點越來越淡化。另一方面，這八首詩每首寫一地點，每一地點都承載著詩人的回憶。這種八首各寫一地借此抒懷的寫作方法大大開拓了次作《秋

---

① 《與猶堂全書》第一集詩文集第四卷，《韓國文集叢刊》第281冊，頁79。
② 《與猶堂全書》第一集詩文集第四卷，《韓國文集叢刊》第281冊，頁75、76。

興》的空間,此後,次《秋興》的内容及作用越來越廣泛,不但可以用來寫亭臺樓閣,也可以用來寫人物、寫地方,甚至可以用來題畫、紀行程。

　　在洪仁謨的 41 首次杜《秋興》中,有一組詩寫於純祖九年(1809),專門寫自己生活或遊歷過的地方,八首分寫八地,分別是隴西、平壤、鷗湖、華城、清潭、延安、松京、漢城,其中一首云:"澄江朝日吐新暉,十里烟波澹欲微。鏡裏高樓臨水聳,灘頭輕帆帶風飛。魚龍自得如相識,鷗鷺無猜不與違。回首滄洲秋已晚,范公鰕菜幾時肥。"①這首詩寫鷗湖之景,江上日出,湖上烟波,湖邊樓閣,湖面風帆,構成一幅風景怡人的畫面。在如此美景中,動物也怡然自得毫無心機地生活著,讓人不由得想像范蠡一樣及時歸去,次作已完全看不到原詩的影子。

　　李學逵(1770—1835)有一首《秋生鳳來,家藏金剛圖八幅,圖是箕壄老人作,清道倅竹下金箕書所贈也。秋生次老杜〈秋興八首〉韻以叙其事,要竹下和之,仍以示余,請題卷頁》,②這是文人間借《秋興八首》的一次次和,涉及下面幾位人物:朴岐壽(1792—1847),字鳳來;李昉運(1761—1815),字明考,號箕壄、箕野等,是朝鮮後期著名的士大夫畫家;金箕書,生卒年不詳,字稚圭,號梨湖,是朝鮮後期著名的文人畫家。由詩題來看,朴岐壽家中藏有八幅李昉運畫的金剛山圖,畫作又是經由金箕書贈送的。朴岐壽次《秋興八首》記載了這件事,並且要金箕書、李學逵一起次和。李學逵和作的主題是題畫,如第二首云:

　　　孤峰斷髮夕陽斜,驚喜諸天偏雪華。指數定窮塵墨劫,周遊應憶桂星槎。瀑流始見千尋練,林籟如聞百拍笳。待到歇

---

① 洪仁謨《足睡堂集》卷三《次老杜秋興八首》,《韓國文集叢刊續》第 103 册,頁 636。
② 李學逵《洛下生集》册十六,《韓國文集叢刊》第 290 册,頁 513。

惺樓上望，滿山霜葉炫空花。

這首描寫金剛山八幅圖中的斷髮嶺，由斷髮嶺可以看到金剛山全景，以及山上的積雪、瀑布等，作者想象如登上歇惺樓，應該可以看到滿山絢爛的紅葉吧。一幅靜態的畫作，在作者的筆下有瀑流有林籟，靜中有動，使整個畫面都生動起來。除了斷髮嶺，畫作中的九龍淵、青鶴峰、迦葉洞、業鏡臺、黃泉江、玉鏡臺、衆香城等景致，都在詩人的筆下得到呈現，讓觀畫者也能身臨其境，如入金剛山中遊歷了一番。

在李秉遠（1781—？）的詩作中，有《石廩寓中兄弟對榻甚樂也，臨歸，拈杜秋興韻共賦》，首寫兄弟相別的過程，從"紀行"到"法田"、"海底"、"川城"，其後是"臨別贈言"、"家伯撤歸"，[①]八首次作其中六首，韻字也不盡相同，次《秋興》的功用被進一步擴大了。

上面介紹的幾組次《秋興》，洪仁謨寫地方，李學逵題畫，李秉遠紀行程，都擴大了"秋興"的主題與範圍。同時我們看到，這幾組次《秋興》都是作者與他人的唱和之作。其他如尹順之（1591—1666）有《次龍洲用杜陵秋興八首韻》，尹鳳朝（1680—1761）有《同伯氏、瑞膺、季章會玄巖，同次杜律韻》，韓元震（1682—1751）有《和成君允烈次示杜詩秋興八首韻》。李胤永（1714—1759）有三組二十四首次《秋興》，分別是《和贈伯愚諸人所次夔州八興》八首、《同里中諸人次秋興八詩》《和贈李仁夫最中東海秋興韻用老杜八章》。[②]這時，杜甫原詩只是爲文人提供了一種用韻的方法，他們彼此間的唱和才真正形成一種呼應。李喜朝（1655—1724，字同甫，號芝村）有一詩題爲《壺谷爺先以秋懷八律，用明八子韻寄；赤谷又次老杜

①李秉遠《所庵集》卷一，《韓國文集叢刊續》第115冊，頁36。
②以上內容分別見尹順之《涬溟齋詩集》卷三（《韓國文集叢刊》第94冊，頁505）、尹鳳朝《圃巖集》卷二（《韓國文集叢刊》第193冊，頁123）、韓元震《南塘集》卷一（《韓國文集叢刊》第201冊，頁29）、李胤永《丹溪遺稿》卷九、卷十（《韓國文集叢刊續》第82冊，頁289、301、325）。

秋興八首，次第書來，仍要余兄弟和之。顧以不閒吟詠，未敢生意矣。近者，魯望兄偶見壺翁寄來之紙，次明八子韻以送；樂甫又並和二韻，合十六篇。余亦有未可獨自默然者，不揆拙澀，敢慕效嚬。錄上壺谷、赤谷二丈案下，仍示魯望兄》，[①]壺谷指南龍翼（1628—1692，字雲卿），赤谷指金益廉（1622—?，字遠明），魯望指徐宗泰（1652—1719，號晚靜），樂甫指李賀朝（1664—1700，號三秀軒）。先是南龍翼次韻明七子《秋懷》八首，金益廉又次作杜甫《秋興八首》，二人並將詩作交與李喜朝、李賀朝兄弟求次和。李喜朝開始未參與。此後，徐宗泰見到南龍翼之作，亦有次明七子七律八首；李賀朝則一併次作明七子及杜詩《秋興》。至此，李喜朝終不甘示弱，也分別次作。

由此次五人間的詩歌酬和可以看出，次《秋興八首》已是朝鮮文人間文學交流的一種重要方式，或者説《秋興八首》爲文人間的交流提供了重要素材，所以在衆多次杜《秋興》之作中，彼此同和的情況很多。

四　《秋興唱酬》文本解讀

朝鮮文學史上最大規模的一次文人同和《秋興八首》發生在純祖三十二年壬辰（1832）暮秋的一天。此次唱和的發起人是趙萬永（1776—1846），字胤卿，號石厓。參加者有八人：趙寅永（1782—1850），字義卿，號雲石，爲萬永弟；李止淵（1777—1841），字景進，號希谷；李紀淵（1783—?），字京國，號海谷，爲止淵弟；趙秀三（1762—1849），字芝園，號秋齋，一號經畹；權敦仁（1783—1859），

---

① 李喜朝《芝村集》卷一，《韓國文集叢刊》第 170 册，頁 27。

字景義，號彝齋；趙秉鉉（1791—1849），字景吉，號羽堂；李復鉉
（1757—1853），字見心，號石見樓；姜溍（1807—1858），字進汝、進
如，號對山。趙秀三的詩題爲《壬辰暮秋，和雲石相公與諸公作餞
酒之會於東嶽，時在座八人，而石厓公不能從焉，庸老杜秋興八首
韻賦詩分屬，各要和章》，①據此可知，壬辰暮秋，本是九人的聚會，
趙萬永因事未能參加，但他捎來了次杜《秋興八首》，八首詩是爲座
中八人而作，並且要求大家都寫作和詩。此次文人雅集後被編成
《秋興唱酬》，②申緯（1769—1845）序云：

> 李海谷樞密紀淵寄示《秋興唱酬》卷，索余題評。卷中之
> 海谷兄希谷冢宰止淵、趙石厓尚書萬永、雲石尚書寅永、羽堂
> 侍郎秉鉉、權彝齋方伯敦仁、李石見明府復鉉，皆當世鴻儒哲
> 匠，而亦皆余墨緣深結者。海上開函，鬚眉森列，離索中足以
> 當把臂入林也。其詩皆用老杜《秋興八首》韻，互相贈答，準八
> 而止，故曰《秋興唱酬》。是唱也，始自石厓，酬遍諸公，人各以
> 一獲八，如連環、如旋宮。凡友于之樂，交好之篤，期勉之深，
> 與夫出處所係，志業所在，一開卷而瞭然具在，是豈但一時興
> 會之繁而止哉？③

此次次杜《秋興》的特點是"互相贈答，準八而止"。

酬和始於趙萬永，他選擇《秋興》的原因大概有二：一來因爲此
次聚會時間是暮秋時節，二來座中聚會者是八人，可以用八首詩分
贈座中八人。其詩題爲《楓菊方闌，樽酒將餞，諸公約雲石作東巖
夜會，余無以從焉，拈老杜秋興韻分屬以志懷》，第一首"屬雲石胞

---

①趙秀三《秋齋集》卷五，《韓國文集叢刊》第 271 册，頁 450。
②《秋興唱酬》，筆寫本，半郭 20.5×13.1cm，有界，6 行 15 字，現藏高麗大學圖
　書館。
③申緯《警修堂全稿》册二十《題秋興唱酬卷並序》，《韓國文集叢刊》第 291 册，
　頁 446。

弟",詩云:"秩然朋飲坐東林,君亦於焉鬢影森。昭代文章傾嶽下,
晴秋臺榭俯城陰。野人莫笑優閑意,宰相寧忘賑濟心。黃葉溪村
疏雨裏,紡車聲歇又寒砧。"①其他七首同此,每一韻次作一首,每一
首贈一人,《秋興》的主題再次被拓展。其他八人按照趙萬永的體
例次作,同樣每韻一首贈一人,八首分贈八人。唯一不同的是李復
鉉,他寫了兩組次《秋興》,一組詩題是《東巖之集,石厓大先生無由
來臨,以老杜八韻各賦,集中枉惠,恭依元韻和呈》,八首分呈在座
的八人,其中一首是"自屬",沒有贈送趙萬永之作。因此他又寫了
第二組,詩題爲《又賦,全屬石厓先生,恭請郢政》,全部贈送趙萬
永。將九人次和《秋興八首》的情況列表如下:

作者	砧	花	肥	思	班	州	翁	垂
趙萬永	趙寅永	李止淵	李紀淵	權敦仁	趙秉鉉	李復鉉	趙秀三	姜溍
趙寅永	趙萬永	李止淵	李紀淵	權敦仁	趙秉鉉	李復鉉	趙秀三	姜溍
李止淵	趙寅永	趙萬永	李紀淵	權敦仁	趙秉鉉	李復鉉	趙秀三	姜溍
李紀淵	趙寅永	李止淵	趙萬永	權敦仁	趙秉鉉	李復鉉	趙秀三	姜溍
權敦仁	趙寅永	李止淵	李紀淵	趙萬永	趙秉鉉	李復鉉	趙秀三	姜溍
趙秉鉉	趙寅永	李止淵	李紀淵	權敦仁	趙萬永	李復鉉	趙秀三	姜溍
李復鉉	趙寅永	李止淵	李紀淵	權敦仁	趙秉鉉	李復鉉	趙秀三	姜溍
李復鉉	趙萬永	趙萬永	趙萬永	趙萬永	趙萬永	趙萬永	趙萬永	趙萬永
趙秀三	趙寅永	李止淵	李紀淵	權敦仁	趙秉鉉	李復鉉	趙萬永	姜溍
姜溍	趙寅永	李止淵	李紀淵	權敦仁	趙秉鉉	李復鉉	趙秀三	趙萬永

　　九人酬唱次和,雖有"秋"之背景,却是贈人之作,與原詩抒寫
身世之悲、亂離之苦、故園之思的主題相距甚遠,風格也不再是悲

---

①本節如未特別說明,所引次《秋興八首》都出自《秋興唱酬》,如與各人文集中
　的詩作文字有差異,直接在引文中標出。

壯蒼凉，同樣是次《秋興八首》之變調。因爲是寫人，就必須先瞭解九人的身份與彼此間的關係，才能更好地分析此次聚會的十組八十首作品。

壬辰雅集的主人是趙寅永，地點在其東巖別墅，次作《秋興八首》的發起人是趙萬永，趙秉鉉與萬永兄弟同祖不同宗，是二人的子侄輩，三人都出自豐壤趙氏。趙萬永長女爲世子妃，趙氏一族正處於權勢的上升期。李止淵、紀淵兄弟與趙氏兄弟年齡相仿，是少年友人，有通家之好，也是政治上的盟友。權敦仁此時正在罷職賦閑中，有與趙氏結交以尋求支持的打算，由其仕履經歷來看，1832年秋天的確是其仕途的轉折點。李復鉉爲王室後裔，但一直沉淪下僚，生活困頓。他與李氏兄弟特別是李止淵關係密切，此時他被罷黜歸京，應是由李止淵帶著參加了此次聚會。他也有與趙氏結交的想法，但他又是趙氏政權的對立面安東金氏金祖淳（1765—1832）的友人，處境頗爲尷尬。趙秀三與姜溍都屬於朝鮮的中人階層，趙秀三曾六次隨朝鮮使團進入中國，五次到達北京，一次前往瀋陽。姜溍爲豹庵姜世晃（1713—1791）庶出曾孫，承家學，亦有"詩書畫三絶"之稱。趙氏兄弟很賞識二人的才華，在生活及仕途上都給予他們較多幫助。[①]雅集的九人身份差別較大，有世家子弟，有王室後裔，亦有閭巷中人；此時的人生境遇也各有不同，或顯達，或困頓，或得意，或失意；與趙氏的關係也不盡相同，有的是核心盟友，有的是附庸門客，還有的只能游離於圈外。這些差別也就決定了他們酬唱《秋興》時不同的寫作方式及不同的情緒表達。

《秋興唱酬》中的作品是贈人之作，多圍繞被贈者的人生經歷、品行以及與被贈者的交誼而來，即抒寫"友于之樂，交好之篤，期勉之深，與夫出處所係，志業所在"，我們可以根據上表來看看各人所

---

① 關於九人之關係以及朝鮮後期政治對他們人生的影響，參見本書附錄一《相聚與流散：勢道政治下的墨莊雅集》。

獲贈詩情況。

首先是衆人贈送趙寅永之作。趙萬永在首聯即點明此次是友朋聚會，趙寅永也白髮其間，並誇贊其文才出衆，“昭代文章傾嶽下”。作爲同胞兄弟，趙萬永很理解寅永歸隱背後的濟世之心，詩云：“野人莫笑優閑意，宰相寧忘賑濟心。”趙萬永奠定了贈寅永之作的基調，七人贈詩都圍繞文才政績、山林美景以及仕隱矛盾三方面展開。

李止淵説他“身居鐘鼎志巖林”，但“廊廟良籌應備預”；李紀淵説他“買山曾有謝官心”，但“明朝内院多公事，歸意先催聞曉砧”。權敦仁詩作内容較豐富，既寫了趙寅永的文彩學識，“書帶風光映士林，詞源瀾翠互沈森”，又寫了東巖別墅的閑適生活，“西清佩履依蘭馥，東郭樓臺有柘陰”；但忘不了的仍是朝政，“月下空罇文字夢，秋來短髮廟堂心”。李復鉉重點描畫隱居的環境，但仍强調趙寅永身在廟堂，心繫黎民百姓，“請看殿上握中算，算在鎡鋤及鞁砧”。姜溍似乎想消解仕與隱的矛盾，認爲廟堂與山林並無差別，所以説“明時鐘鼎亦山林，論道優閑道氣森”、“定知風月全真樂，不是江湖有退心”，但“忽憶湘（緗）簾秋竹院”一句，又讓人覺得這只是無可奈何的自我寬解。

趙秀三之作同樣寫到趙寅永的歸隱之意，但又與他人略有不同，他比趙寅永年長二十歲，與寅永之父趙鎮寬（1739—1808）相交，可謂是看著趙氏兄弟長大的，對他們也就有更多了解，寅永“弱冠英華動士林”，在官場上也一帆風順飛黄騰達，豈是想離開就能離開的？最終還是回到仕與隱的矛盾，用“金門聽漏”與“小雨村墟”對照，有些無奈，有些失落。

相較而言，趙秉鉉之作寫當下之事，更爲應景，詩云：

> 聯蹄選日入東林，洞裏文星氣肅森。白傅親朋遊洛下，王家叔侄到山陰。田園晚節思歸賦，軒冕秋毫大耐心。緑墅（野）鞝莊生活畫，匏籬風戞數聲砧。

前兩聯寫雅集之盛，東巖別墅位於東大門外的安巖洞，所以稱"洞裏"。此時的安巖洞車蓋絡繹，文人薈萃，作者用了白居易與瑯玡王氏的典故。聚會的八人最年長者趙秀三71歲，最年輕的姜溍26歲，平均年齡51.5歲，用白居易晚年的洛下相聚很貼切；趙秉鉉與趙寅永也是子侄與叔輩的關係，與王家叔侄也吻合。頸聯落到主人身上，也有仕隱的矛盾。尾聯寫別墅環境，"匏籬"多了幾分野趣素樸，隨風傳來的砧聲又平添了幾分幽遠蒼凉。仕，還是隱？如此靜謐雅致的環境，不如歸去吧，言外之意都在尾聯中傳遞出來。

　　第二位是希谷李止淵。趙萬永與李止淵是少年友人，二人在官場上亦屬同一陣營，萬永贈作中頗多年華逝去的感慨，如"薄莩輕楓對映斜，含杯强欲借韶華"，衆人相聚，對酒賞菊賞楓，回憶著舊日時光，更感時光飛逝，韶華不再，所以是"强"、是"欲"、是"借"；隨著老之已至，也就難免死之永别，"白衣送别知來日，惆悵其於老圃花"，坦然面對老去、談論死亡，只有至親好友才能如此毫無顧忌吧。

　　寅永之作盛贊止淵"文章價重連城璧"，並認爲他"鄉山入望歸無術"，同樣有仕與隱的挣扎。李止淵在東郊也有別業，與寅永東巖別墅相距不遠，可以"又送籬東一度花"，以慰其田園鄉野之思。李紀淵與止淵爲兄弟，本可以在他的作品中獲得更多信息，但詩作沒有注解，二人又無詩文集傳世，就很難判斷詩中所言何事，大概可知兄弟二人感情深厚，有蘆渚同釣之閑適，也有仕途攀爬之艱難，只有退出官場，才能於晚香亭下安閑度日吧。

　　權敦仁之作全寫美景以及逍遙江湖的愜意，最後一句"一川麋鹿長相對，開遍年年百結花"，由李止淵的鹿川莊引申而來，又營造了一種空曠開闊的境界，令人心生向往。純祖三十一年（1831）秋，權敦仁、趙秉鉉、李紀淵曾同遊止淵鹿川莊，趙秉鉉有詩《鹿川李尚書止淵莊，共李侍郎紀淵、權侍郎敦仁拈賦》紀事。① 權敦仁贈詩時，

――――――――――
①趙秉鉉《成齋集》卷五，《韓國文集叢刊》第301册，頁307。

大概想起了那次雅集之樂事，詩作蕭散從容。趙秉鉉之作也由此而來，首聯即言"鹿川東畔草橫斜，忽憶前遊感髮（鬢）華"，與敦仁詩作一樣，全篇雖有年華老去之感慨，更多的還是風景之美、清談之雅、飲酒賦詩之暢快。

　　李復鉉的記憶則更久遠一些，將時光拉到了五年前的1828年，李止淵任廣州留守期間曾邀他共賦觴詠，李復鉉《希谷之南城留營邀余觴吟，其中李景陽晦淵同集》詩云："門對江聲日夜聞，閑看鷗鳥集成群。"①此時贈送之作首聯即言"憶上僊舟帆勢斜，江聲今度五年華"，正與上一首的"江聲"相應，中間二聯也是當時春夏間的景色以及江邊垂釣的樂趣："背雲鵬指摶霄路，面水鯿登釣漢槎。南汜芳菲歌緩節，西洲楊柳聽繁筎。"最後以贊美李止淵的文章政績結尾。趙秀三應該也曾去過李止淵的鹿川莊，首聯也寫鹿川之景，"鹿川川路接脩斜，錦葉離離向髻華"，但點到即止，未深入書寫，而是泛稱止淵的學識才華，將他與陶淵明作比，文章風流、仕隱矛盾都蘊含其中。由姜溍的詩作來看，他與李止淵沒有太多私交，全篇都是贊美之詞，無甚真情實感。

　　第三位是海谷李紀淵。就給紀淵的詩作來看，大多是泛泛而談，並無具體的交往實例。趙萬永之作是圍繞當下雅集的時間、地點、環境而來，最後回到仕隱矛盾這一主題："平生謾説張公去，空使鱸魚自在肥。"此詩可以贈予與會的每一個人，並不僅僅適用於李紀淵。姜溍之作與贈希谷之作一樣，都是贊美之辭，詞藻華麗，無太多情感投射。趙寅永與權敦仁都寫到了紀淵的一個特點"瘦"，權敦仁詩云"太瘦吾曾相鶴飛"；寅永自注云"公與我俱有羸病"，但相較於隱居山林之人，似乎還不夠仙風道骨，所以戲稱"癯容底事總嫌肥"。李復鉉提到了李紀淵的一件事，説他"嘗設匏采包木麥圓餅，味淡可茹"，相關詩句稱"大家拗項去毛設，寧近持粱

①《石見樓詩鈔》卷下，頁2b。

刺齒肥”，則不知所云。趙秀三對李紀淵亦多贊美之辭，其頷聯“鳴
珂北闕鷄人報，返節東藩馹牡飛”似指紀淵於純祖二十八年（1828）
任江原道觀察使一事。① “十年記得芝山語，咬菜從容勝嚼肥”，應
也是對他們交往的記錄，但已不能確指何事。

　　作爲兄長的李止淵對弟弟更爲賞識，將其詩才與謝朓、杜牧相
比。中間兩聯“朝日雙驪城北出，秋天一雁水南飛。聚星亭下名難
副，聽雨床前約共違”，雖未特指某一事，也可見兄弟二人同遊共處
的快樂，以及各奔前程相思離別的苦痛，經歷了人生的風風雨雨，
還能“根共老”，也是莫大的安慰了。

　　趙秉鉉與李紀淵關係親密，稱他爲“仁兄”，詩云：

> 陽春相答靄秋暉，流水高山隱影微。吟橐共携紅葉落，芒
> 鞋暫躡白雲飛。蓬洲（山）過躅緣何重，竹徑鄰居夢恐違，仙漏
> 未殘歸未得，江鄉蟹稻自香（生）肥。

他們的足迹踏過了春夏秋冬，也賞遍了高山流水，求仙問道渺不可
尋，想退隱林下毗鄰而居都擔心美夢成幻影。想退退不得，想歸歸
不去，真是辜負了花開花落、稻香蟹肥。流連山水的瀟灑散淡映襯
得仕隱矛盾更爲强烈，失落惆悵之情亦瀰漫於詩中。

　　第四位是彝齋權敦仁。趙萬永、李紀淵、趙秉鉉、李復鉉的贈
作都是泛泛而談，可以紀淵之作爲代表：

> 宦情零落似枯棋，老去何堪閱世悲。經濟文章非異道，風
> 流儒雅又明時。偉觀烟樹詩聲壯，仙迹香壇月欲遲。感激主
> 恩涓埃地，知應難得賦歸思。

首聯感慨仕途曲折、年華老去；中間兩聯分別誇贊其經濟文章、風
範氣度，以及詩才詩聲；最後還是回到仕與隱的主題。

────────────

① 《純祖實錄》卷三十純祖二十八年七月己未（21 日）：“李紀淵爲江原道觀察
　使。”《朝鮮王朝實錄》第 48 册，頁 313。

　　李止淵之作提到一事，詩云："與卯君爲同歲好，知申事每退朝
遲。""卯君"、"知申事"都指李紀淵，權敦仁與李紀淵都出生於正祖
七年（1783），二人同齡，關係親近，大概常在一起交流朝政以致每
每較遲歸家。此聯句式拗峭，七言句較多"二二三"或"四三"格式，
此聯則爲"三一三"格式，讀來有頓挫之感。

　　寅永之作有一自注："公於十年前北竄，時余在館寮（僚），屢疏
請寢之。"此是指純祖二十二年（1822）權敦仁論綏嬪朴氏喪儀被貶
謫一事，爲我們探討他們的交遊保留了重要資料。由趙秀三詩作
"漫天風雪安陵館，跋燭論文耿所思"一句來看，他與權敦仁曾有在
安陵館秉燭夜談的經歷，關係也較親厚。趙詩對權敦仁頗多勸解
寬慰之語，仕途如奕棋，不必爲一時的輸贏耿耿於懷，"已知歐老能
求士，難道坡公不合時"，既然有歐陽修般的有識之士在廣納賢才，
那你如蘇軾亦會被賞識提拔，似乎暗示著趙氏兄弟與權敦仁的
關係。

　　姜潛作爲年輕後輩，非常尊崇權敦仁，稱他"精通造句"、"丹心
酬國"，並舉了兩個例子來説明其詩文造詣：一是他曾見過敦仁題
寫的扇面"白松扇面神全合"，注云："余曾見公書一絶於扇面，至今
未忘。"①"未忘"的原因當然是因詩作、書法絶佳，讓人難忘。另一
事是他牢記權敦仁的一首贈行詩作，並將其中的詩句"楊子江頭行
柳緑"引入自己的詩中，亦可見他對權氏詩的欣賞推崇。

　　第五位是羽堂趙秉鉉，諸人贈送他的作品同樣多誇贊之詞。
趙萬永稱他"愧他九老遺衰殼，安得八仙長醉顏"，"九老"指香山九
老，趙秉鉉時年 42 歲，在雅集衆人中僅年長於姜潛，且官居三品，
與九老相比自可謂是年輕少壯之人；其瀟灑磊落的個性又足以讓
他厠身飲中八仙間。爲何用"九老"作比？權敦仁有"樂天緣締曾

────────────

①此自注出自姜潛《對山集》卷一《暮秋，陪雲石諸公往遊東嶽，謹次石厓公秋
　興詩韻分呈》（《韓國文集叢刊續》第 128 册，頁 295），《秋興唱酬》此句云："潛
　曾見公書公詩一絶于扇面以贈人，今尚未忘。"

留社，開府文詞晚動關"，自注云："羽堂齋顏扁以香山書屋。"可知白居易是趙秉鉉的偶像；由"十年洛下苔岑契，不是匆匆舊筍班"來看，權敦仁與趙秉鉉二人已是相交十年的志同道合的好友，而非普通的同僚。李止淵之作回應了趙秉鉉的"鹿川東畔草橫斜，忽憶前遊感鬢華"，首聯即云："前秋訪我鹿門山，三笑依然一夜間。"也是指1831年秋，權敦仁、趙秉鉉同遊鹿川莊一事，更將三人的相聚比作慧遠、陶淵明、陸修靜的"虎溪三笑"，自視頗高。次聯將趙秉鉉與何遜、庾信相比，盛贊其少年得名，文才出眾。三聯寫二人曾共渡風波艱難，亦曾共對平林雨露，似別有深意。

此次九人酬和，因為次作的規則，除趙萬永外，其他八人收到的八首贈詩都是同韻之作，且韻字相同，如贈送趙秉鉉的八首詩尾聯韻字都是"班"，班大多指行列、朝班等，詩意易趨同，眾人力爭同中求異，寫出差別來。趙萬永、趙寅永、李止淵、李紀淵、權敦仁、趙秀三都用"朝班"之意，趙寅永的"定識清朝推聞望，俄躋卿列又經班"一聯，自注云："公（君）方擢亞卿，即拜經筵，故云。"權敦仁之作如上所言，是說二人相交十年，非普通的同僚可比。其他幾位用"朝班"之意都是講仕隱矛盾，趙萬永云"却想涼宵聯枕几，諸公錯認是朝班"，李止淵云"只可忘年詩酒裹，何須馳逐戀朝班"，李紀淵云"有約滄洲身未到，黑頭軒冕耀清班"，趙秀三云"認想竹林豪飲夜，山王應復趁晨班"。本想退隱江湖，詩酒人生，却不能擅離職守。趙秀三尾聯最清楚：雖想如竹林七賢般痛飲狂歌，却不得不像山濤、王戎一樣上朝應卯，處理朝政事務。

李復鉉、姜溍則不同，李復鉉使用"班"的"行列"之意，詩云"共接謝家文酒會，懸知江左一流班"；姜溍用"班"的姓氏之意，詩云"五典笙簧經國字，漢京何獨擅枚班"。前者稱趙秉鉉如王謝家族、江左風流一般的人物，後者將他與枚乘、班固並舉，既肯定了趙秉鉉的氣質風神，又誇贊了他文章詩賦的成就。

第六位是李復鉉。諸人贈送李復鉉之作，由趙萬永奠定了基

調,詩云:

> 頎然行色雪盈頭,不待潘郎已感秋。半畝薄田同鶴餉,數
> 間寒屋使人愁。吟詩擬古驚山鬼,垂老無機伴海鷗。從此龍
> 鍾非得已,歸鞭蕭瑟見南州。

詩中涉及四個方面:一是年老,二是貧窮,三是精於詩作,四是罷官
歸家。其他人贈送李復鉉之作也都圍繞這幾個方面而來,但各人
表達的方式、抒發的情感又各有千秋。就其罷官一事而言,趙萬永
說“歸鞭蕭瑟”,多同情之意;李止淵云“卸却民憂方足快,還他本分
更何愁”,是寬慰之語。李復鉉因考績殿後被罷職,似乎無吏治之
能,李紀淵却說“十年尚驗賢侯惠,民口如碑海上州”,從認可他的
官聲來撫平他考績最下的失落與羞恥感。權敦仁則是從罷職歸
家、隱居園林的閑適自在來幫他忘記當下的失意,詩云:“十笏吾廬
同托鳥,一帆何處有盟鷗。萬竿修竹玲瓏月,坐憶名湖舊佐州。”但
李復鉉自己並無歸隱之意,更希望能重返官場,其自屬一詩尾聯云
“尚能拜跪恭趨否,擬乞弘農坐嘯州”,拜謁企援之意非常明顯。

　　趙寅永與姜溍之作談及一些具體事件。寅永詩尾聯云:“記取
蒼茫投綬日,贈行多賴李潭州。”自注云:“公於今夏南邑罷歸日,白
澗李公方任潭陽,委往治送,故云。”“李潭州”指李晦淵(1779—?),
止淵弟、紀淵兄,是年李復鉉罷職歸京時,李晦淵給了他諸多幫助。
姜溍曾祖父姜世晃與李復鉉爲鄰居,詩云“吾家山水緣何重”,自注
云:“公與溍家舊鄰,每説山色水聲樓,皆溍家樓名。”

　　第七位是秋齋趙秀三。秀三是座中最年長者,雖只是一中人,
但人生閱歷豐富,其六入中國的經歷亦讓人羨慕折服,八人贈作多
突出了他年老貧窮、喜漫遊、多才藝、有俠氣的特點。如論其多才
藝,趙萬永云“四民以外寸無功,祇在琴棋翰墨中”,李止淵云“百種
奇書消遣功,玄玄悟在不言中……歷論方技文章外,字學先稱墨妙
翁”,李紀淵云“紫芝曲奏鍊丹功,晚計遨遊酒社中”,趙秀三博學多

識，於琴、棋、書、畫都很精通。

又如論其遊歷中國，趙寅永云"域外幽燕多舊雨，席（世）間歧（岐）鵲有遺風"，李止淵云"商嶺手談靈秀紫，燕都首唱瑞陽紅"，權敦仁云"萬里同心燕趙士，千篇一律宋元風"，趙秉鉉云"平吟鍊嶺金剛月，快受長城碣石風"，姜潛云"千年鬢古金臺色，萬里身輕海嶽風"。李紀淵之作形容其風神最爲生動，詩云："蓬海訪仙名記石，竹樓吟劍筆生風。塵埃閱歷看頭白，譚笑淋漓剪燭紅。"讓人仿佛看到一位遊走人間、仗劍天涯、嘯詠風月的俠客，不由心生向往，所以權敦仁云"倩誰圖畫紫芝翁"、姜潛云"端似祇園畫裏翁"，都以趙秀三爲畫中人。稍有不同的是李復鉉，他與趙秀三是座中最年長者，二人却是初相識，詩云"嗟吾於世本相忘，七十之年初見翁"，初見是遺憾，相見是安慰。

第八位是對山姜潛。姜潛最爲衆人看重的一是年輕，趙萬永稱他"對山少年"；二是詩書畫三絶的家學傳承。如李止淵之作云：

> 我馬穿郊欲右迤，少年先到澗西陂。臨罇瘦髮憐霜葉，即席豐儀映玉枝。可許才宜東閣召，寧憂文作北山移。傳家三絶名當世，兹會須君繪事垂。

"豐儀映玉枝"的少年在一群"瘦髮"之人中，更顯突出，也很讓人羨慕。少年雖出身庶孽，但有才華，擅詩文，更能承繼家學，以詩書畫三絶名世，也足以在這群身名顯赫的人中間立足了。趙秉鉉云"英年三絶承先美，虹月何江永夜垂"，李紀淵亦贊他"大覺後生元可畏，中州先播筆名垂"。

權敦仁也注意到了這位年輕人，很看重他的詩作，贈姜潛詩作有"續續秋香欄一曲，閏重陽句露濃垂"一句，自注云："對山閏重陽詩有'秋香續續上闌干'之句。"姜潛有《閏月對菊》一首，詩云："秋香續續上闌干，無酒金錢買辟寒。今歲重陽兼有閏，一黃花作兩年看。"①二人在給對方的贈詩中都化用了對方的詩作,形成一種映照,也體現了互相間的欣賞尊重。

　　再將李復鉉、趙秀三贈姜溍之作放在一起看看,李復鉉詩云"我家南洞上逶迤,紅葉仙樓接近陂",自注稱:"與豹庵公於南山之下數十年結鄰,喜見先輩之高矩。今露竹之齋、紅葉之樓,樓前瀑布松聲,一一可憶。"則李復鉉與姜溍曾祖父豹庵姜世晃隔鄰而居,二人頗有淵緣。趙秀三云"曾到水聲山色裏,豹翁霜髮見垂垂",他與姜世晃也相識。"水聲山色"乍一看是對景致的概括,或是對姜世晃畫作的描述,實則不然。姜溍贈李復鉉詩作云"吾家山水緣何重",自注稱:"公與溍家舊鄰,每説山色水聲樓,皆溍家樓名。"則"水聲"、"山色"是姜家樓榭之名。姜溍此條自注將李復鉉與趙秀三二人詩作混淆了,"溍家舊鄰"指李復鉉,"山色水聲樓"又是呼應趙秀三之作(李復鉉提到的是露竹齋、紅葉樓)。由此條注也能對當時的酬和情境稍加還原:衆人次作並非完成於一時一地,姜溍之作就有可能是雅集之後完成,手頭無衆人原作,在回憶時發生了誤差。因此條自注出現疏漏,這組詩在收入姜溍文集時,自注被删除了。

　　最後看看各人贈送此次唱和發起者趙萬永的詩作。根據唱和規則,座中諸人與趙萬永之作都是同韻唱和,在詩意上也多相承。如萬永贈寅永之作"野人莫笑優閑意,宰相寧忘賑濟心",寫的是仕隱矛盾;寅永贈萬永之作亦如是,"年衰謾抱優閑計,位重終懸報答心",權高位重之人,雖有退隱山林優游度日的願望,終因心繫廟堂難以放手。

　　李止淵之作也與趙萬永之作詩意相承。止淵首聯"別意蒼凉感歲華",既與萬永尾聯"白衣送別"相應,又是對首聯"借韶華"的回應。中間兩聯二人寫法又有不同,萬永的"如今狄相收籠藥,畢

①姜溍《對山集》卷一,《韓國文集叢刊續》第128册,頁287。

竟張仙泛海槎。北社無人同秉燭，南城有月幾聽笳”兩聯，頷聯是
記止淵人生中的具體事件，頸聯則是對同遊之事的回憶。李止淵
之作的中間二聯“春燕自來尋繡幌，白鷗如夢理漁槎。將軍元不離
城闕，詩令何能代鼓笳”，頷聯是泛寫自由閑適的生活，頸聯則是寫
當下之事，萬永如重任在身的將領，不能輕易離開自己的崗位參與
他們的雅集，但他的次和《秋興》之作如同吹響了戰爭的號角，引發
了今天酒席上的文戰。最後一聯萬永是想象未來，李止淵則是回
憶過去，“却憶前冬風雪夜，煨鵝壓酒賦梅花”，時間是去年冬天的
風雪之夜，他們也曾一起煨鵝飲酒賦詠梅花。二人詩作在詩意上
極好地承應銜接，亦可見二人私下交往甚多，是同僚亦是好友。

　　再如李紀淵與趙萬永的唱和之作，詩意也互相承接，二人
詩云：

　　　　日聽晨雞退晚暉，招携東郭帶霏微。翻驚屋裏衣裾冷，共
　　約郊端鴻雁飛。談海波瀾傾已倒，心田杞菊種應違。平生謾
　　説張公去，空使鱸魚自在肥。　　屬海谷知申

　　　　墨池樓影澹輕暉，尚憶圍棋坐翠微。漫與禽魚曾結約，忽
　　如鴻燕不同飛。桑鄉休沐秋應好，蓬島逢迎計已違。惆悵斗
　　湖亭上月，主翁多負錦鱗肥。　　屬石厓

趙萬永首言今日聚會，“晚暉”、“東郭”、“霏微”，點明了時間、地點
以及天氣情況。頷聯緊承首聯，進一步點明時間及事件，暮秋季節
天氣寒冷，數人相約郊野別墅共渡閑暇時光。在天南地北、廟堂在
野的閑談中，忽然意識到隱居田園、種植桑麻的願望已很難實現。
最後用張翰的典故，雖然羨慕張翰辭官的灑脱，自己却做不到，只
能辜負鱸魚的肥美了。李止淵的首聯則是回憶，“墨池”指萬永的
墨溪山莊，大家在山光水色間下圍棋。從第二聯開始就轉入了仕
隱矛盾，歸結於歸隱之無望。雖與禽魚結盟，要與它們共賞山水，
現在却違約了，恰如鴻燕分飛。休沐的秋日好時光，能獲得片刻的

閑適,但歸隱漫遊求仙訪道的願望終難實現。尾聯"斗湖"也是趙氏別墅,[①]同樣辜負了斗湖明月、湖中錦鯉。二詩結構略有不同,趙萬永重點寫當下歡聚的愉悅,以襯托無法歸隱的失落惆悵;李止淵將重點放在仕隱矛盾上,用三聯表達遺憾悵然之情。但二詩的主旨相同,連詩中運用的物象、表達的情緒都大體相同。

其他數人與趙萬永的唱和也如此,大多都注意到詩意的承接應和。比較特殊的是李復鉉,他一人次作八首贈送趙萬永,全部誇贊趙萬永位高權重、在政治上的建樹。如此大肆頌揚,大概也是因爲有拜謁的想法,在考績最下被罷職之時希望能得到援引吧?

以上分析了《秋興唱酬》集中九人的詩作,雖說九人十組八十首作品是次和杜甫《秋興八首》,實際上杜詩仍只是爲此次雅集提供了用韻的方法,無論是原詩的主題、風格,還是聯章體的結構特點,都未能在次作中得以體現。正如前文所言,這八十首詩作是贈人之作,與寫地方、題畫、紀行程一樣,都是次《秋興八首》中的變調,進一步拓展了此類作品的主題。

九人在酬和的過程中,寫作上又有不同。趙萬永作爲次和的發起人,成爲一個中心,這又體現在兩點上,一是他贈送各人的作品大多奠定了一種基調,其他人在次和時多圍繞基調而來或加以深化補充;二是其他人贈送趙萬永之作都會注意與其原詩詩意的承接呼應,充分體現了發起人在雅集中的中心位置。如果說趙萬永是一個中心圓,那他身邊還有八個小圓,每個小圓裏的人會獲贈八首詩作,這八首詩之間無需承接呼應,而是作者根據自己與被贈者的關係來確定抒寫的方式,如無私交,那就多寫無需情感投入的頌揚之辭;如有交往,則可以寫入二三事,或者抓住人物特點來

---

① 趙寅永《雲石遺稿》卷二《伯氏歷省先楸,仍覽谷雲而歸,李斗臣、成稚文憲曾二客從之,有詩成軸,謹次首篇韻》有詩注云:"時伯氏管訓局,而有'仍佩戎符從便往來'之令,先出斗湖別墅,轉向永平云。"《韓國文集叢刊》第 299 册,頁 41。

進行描摩，如李止淵的鹿川莊、李紀淵的瘦、李復鉉的罷職、趙秀三的中國行、姜溍的詩書畫三絕就不斷在詩作中出現。

《秋興唱酬》中的作品已擺脫了不遇感傷的主題，詩作中最多的還是仕與隱的矛盾挣扎，以及對人的摹描抒寫。由九人的作品我們能考察他們之間親疏遠近的關係，分析他們的人生經歷、仕履歷程。在互贈之作中，雖多誇贊之辭，但並不雷同，還是能清楚地看到衆人年齡、身份、境遇之差異。相對而言，李復鉉、趙秀三、姜溍三人身份較低，離朝政較遠，也就更容易被界定，對他們的摹描就更爲直接，如李復鉉、趙秀三的衰老、貧困在詩中都有表現，二人又風神各異，各有特點。姜溍最爲年少，但能傳承家學，有詩書畫三絕在手，亦不容小覷。另六人除權敦仁暫時失落，都手握實權，也就很難給他們定位，當筆墨集中在他們的仕途上時，關注點自然轉移到仕與隱的矛盾上，這也就成爲《秋興唱酬》中最引人注目的主題。

《秋興唱酬》是一次大型唱和《秋興八首》的輯集，是特定時空下的産物，與當時的時間、地點、天氣、景物相關，更與當時在座諸人的年齡、身份、地位相關，也就呈現出特別的面貌。

結　語

朝鮮文人深愛杜甫《秋興八首》，他們吟誦之、討論之，並留下了大量次作，抒發"羈旅感慨、不遇悲傷之懷"是最常見的主題，多寫於文人人在旅途或遠離家國親人之時，這些作品的"秋興"主題以及悲慨蒼涼的風格，與原作一脉相承。從寫作角度來看，這些作品又可分爲三類：一是代杜甫立言，二是評論杜甫的人生，三是寫自己的境遇。這一類次《秋興八首》我們可以稱之爲"正聲"。另一方面,朝鮮文人次杜,重點在"韻",因爲最初的重心不在題材與主題,也就可以只用《秋興八首》之韻,不再寫"秋",情緒不再悲涼,客觀上令《秋興八首》的題材與主題都發生了很大變化。如寫"春興"、寫"夏興",詩歌風格或清新或明快,主題也更爲多變,可以用來寫亭臺樓閣,也可以用來寫人、記事、題畫,甚至用來寫地方、紀行程,這一類作品可稱爲"變調"。

　　朝鮮文壇的風尚變化與中國文壇密切相關,金萬重(1637—1692)評論朝鮮一代詩體變化時說:"本朝詩體,不啻四五變。"①或學宋詩,推崇蘇軾、黃庭堅,或轉學唐詩,其後又尚明人之習……都是以中國詩壇爲圭臬,其間杜詩的經典地位從未改變。但學習接受並非亦步亦趨,而是"相類之中又有不相類",次《秋興八首》的"變調"就是很典型的例子,更值得關注。變調的形成頗爲複雜,除了朝鮮文人學習漢詩寫作的特殊體驗、文人自身求新變異之外,還與時代背景、文學思潮、文壇風尚有著密切關係,在此大概有兩點可以討論:

　　一是朱熹詩論的影響。朱熹不喜杜甫夔州以後詩,說:"杜甫夔州以前詩佳,夔州以後自出規模不可學。"②又說:"杜詩初年甚精細,晚年橫逆不可當,只意到處便押一個韻。"③朱熹對杜甫夔州詩持否定態度,是其重法、重古、重正的文學觀的反映。朱子學在朝鮮極爲盛行,其對文學的理解、評價也影響了朝鮮文人。李植(1584—1647)曾經批解杜詩,但他論及杜甫律詩時也認爲:"然其橫逸艱晦之作不可學,專取其精細高邁者以爲準的。"④對朱熹詩論

①金萬重《西浦漫筆》,趙鍾業編《韓國詩話叢編》第5册,太學社,1996年,頁510。
②黎靖德編,王星賢點校《朱子語類》卷一百四十《論文下》,中華書局,1986年,第8册,頁3324。
③《朱子語類》卷一百四十《論文下》,第8册,頁3326。
④李植《澤堂集》別集卷十四《學詩準的》,《韓國文集叢刊》第88册,頁517。

的承繼非常明顯。《秋興八首》意蘊豐富，手法多變，意境精美，可謂"艱晦"之作的代表，的確不易學。但這組詩又是在詩法格律上近乎完美的七律詩，這就為學詩者提供了最好的藍本，於是朝鮮文人在學習的過程中將次作《秋興八首》視作磨礪詩藝的一種手段。這時，他們並不注重這組詩的聯章體特色，未將八首視作一整體，次作時也不太注意八首詩之間的起承轉合內在聯繫，甚至在次作時只寫作其中的一兩首。同時我們還看到，朝鮮文人次《秋興》常是在與他人的唱和之中完成的，甚至形成多次大規模的唱和盛況，這時，杜甫原詩只是為文人提供了一種用韻的方法，文人彼此間的唱和才真正形成呼應。

　　另一點是朝鮮文壇對復古運動的反思。朝鮮文壇的風尚變化與中國文壇桴鼓相應，當明朝復古之風大盛之時，朝鮮文壇也深受影響，到宣祖朝後期、光海君時期，復古的弊端也逐漸顯現，許筠（1569—1618）云："明人作詩者，輒曰：吾盛唐也，吾李、杜也，吾六朝也，吾漢魏也。自相標榜，皆以為可主文盟。以余觀之，或剽其語，或襲其意，俱不免屋下架屋，而誇以為自大，其不幾于夜郎王耶？"①復古難以突破創新，難免有摹擬、剽竊之嫌。求新求變的呼聲表現在次《秋興》中就是主題的擴大，風格的多變。朝鮮文壇次作《秋興八首》的人數眾多、詩作豐富，頗有"眾聲喧嘩"之勢，但並不是所有的聲音都能成為變調中的一種，如何在眾聲喧嘩中尋找、發現有力量的聲音，影響甚至改變文學風尚的聲音也是一種挑戰。

　　雖然朝鮮文人次作《秋興八首》的過程中有創新有變革，但我們也不能過於誇大"變調"的水準。杜甫七律共 151 首，寫於夔州前的有 74 首，作於夔州及荊湘時期的有 77 首，杜甫七律被稱為"聖矣"，同時也被認為是"變格"、"變體"，特別是夔州之後的七律，而《秋興八首》更是其中的代表作。語言學家們曾用語言學批評的方

---

① 許筠《惺所覆瓿稿》卷四《明四家詩選序》，《韓國文集叢刊》第 74 冊，頁 176。

法來分析這八首詩，從音型、節奏的變化、句法的模擬、語法性歧義、複雜意象以及不和諧的措詞等方面來討論，認爲：“詩是卓越地運用語言的藝術，根據這個內在標準——創造性地運用語言並使之臻於完美境界，杜甫的確是一個無與倫比的詩人。”[①]葛曉音從辨體的角度分析《秋興八首》，也認爲這八首詩充分利用了七律各句相對的獨立性，將許多典故和故事轉化爲一個個美麗的畫面或片斷的印象，在不連貫的組合中，營造夢境似的片斷，適宜表現回憶、夢幻等深層的心理感覺。[②]但朝鮮文人在次作時，更關注詩歌的韻律、平仄，在詩歌節奏、句法變化、意象組合等方面並未有太多留意，這樣的學習也就多流於表面，很難在寫作手法上有所突破超越。所以在衆多次作中，包括《秋興唱酬》中的八十首作品大多是更傳統的以雙句或四句爲一詩節，在詩節之間表現詩意的層次轉折和跳躍，內容多寫實，意象也較平實，即使對未來的想象也無迷離夢幻之感。

　　文學的交流從來不是單向的輸入、全盤的接受，接受方也有自我的能動性，會結合自身條件爲外來文化、文學創造更爲適合的土壤。朝鮮文人學習、接受《秋興八首》的特點，爲我們研究杜詩影響提供了新的角度新的視野，也爲我們研究兩國的文化交流與互動提供了例證，對進一步研究杜詩的接受史大有裨益。

---

① 高友工、梅祖麟著，李世躍譯《杜甫的〈秋興〉：語言學批評的嘗試》，載《唐詩三論——詩歌的結構主義批評》，商務印書館，2013 年，頁 37。

② 參見葛曉音《杜詩藝術辨體》第六章《“融各體之法”的七律聖手》，北京大學出版社，2018 年，頁 220—269。

第五章　朝鮮文人集杜詩研究

引　論

　　朝鮮文人對杜詩的接受是全方位的，除了讀杜、擬杜、次杜，當然不乏集杜之作。集句詩由來已久，早在西晉傅咸就有集句《七經詩》，因此他被視爲集句詩的開創者。至宋代，在石曼卿、王安石等的推動下，集句的風氣才真正形成。①

　　集句詩大致可分爲兩種：一以所集詩句的作者或出處來區分，這又可分爲兩類：一爲“雜集”，即雜采各家詩句；一爲“專集”，即專采集某家或某一專書之作。另一種分法，是以所集詩句完成後的詩體分，亦可分爲兩類，一爲古詩，一爲近體。② 如傅咸所集就爲專集經書的四言古詩。專集除集經詩以外，較常見的有“集李（白）”、“集杜（甫）”、“集陶（淵明）”等，其中集杜詩早在北宋時就

①參見吴承學《中國古代文體形態研究》第十章《集句》（北京大學出版社，2013年，頁180—199）；裴普賢《集句詩研究》（學生書局，1975年）、《集句詩研究續集》（學生書局，1979年）。
②參見裴普賢《集句詩研究》，學生書局，1975年，頁2。

已出現,如孔平仲有《寄孫元忠·俱集杜句》,共三十一首。[①]　至文天祥《集杜詩》二百首,將集杜之作大大推進了一步,如吳承學所言:"文山集杜,與以往集句詩人不同,其意既非遊戲筆墨,亦非炫巧誇博,而是在特定的環境中,對於杜詩的一種心理體驗方式,其集句創作是一種與集句對象同化的過程。"[②]這一改變無論是對此後的集句詩還是集杜詩都有著深遠影響。

　　集句詩在中國源遠流長,在朝鮮的歷史也很悠久。如高麗時期的文人林惟正(1159?—1214?)有《百家衣詩集》,其中五言絶句、律詩、排律共 95 首,七言律詩、排律 79 首,七言絶句 115 首,合計 289 首。[③]　到了朝鮮朝,金時習(1435—1493)有《山居集句》百首,這百首集句都爲七言絶句,共 400 句。林惟正、金時習都是東國集句詩的代表文人,他們的作品都屬於雜集。相比而言,專集出現得比較遲,特別是集杜之作出現得更遲。直到十六世紀中葉以後在高敬命(1533—1592)、李義健(1533—1621)等人的作品中才出現,數量也不多,現將朝鮮時代專集杜詩的作品列表如下:[④]

作　者	詩　題	詩體及數量
高敬命(1533—1592)	書不盡意漫集杜句附李守溉奉呈關西李伯春按使	五絶,一首
	集杜句寄李伯春按使	五絶,八首
	集杜詩	五絶,一首
	庚辰立春有感集杜詩漫書	五絶,一首;七絶,二首

①孔文仲等著,孫永選校點《清江三孔集》,齊魯書社,2002 年,頁 475。
②《中國古代文體形態研究》第十章《集句》,頁 187。
③琴知雅《林惟正〈林祭酒百家衣詩集〉研究》,載《中國語文學論集》第 49 期,2008 年,頁 368。
④本章統計範圍以《韓國文集叢刊》及《韓國文集叢刊續》爲限。

續表

作　者	詩　題	詩體及數量
李義健(1533—1621)	北青醮樓集杜句	五絕,一首
	亂後入城有感集杜句	五律,一首
柳思規(1534—1607)	集杜陵詩句記事	五律,一首
申之悌(1562—1624)	次寬甫憶弟,集杜詩十絕	五絕,十首
李光胤(1564—1637)	效文文山集杜句體	五絕,六首
李民宬(1570—1629)	憶舍弟集杜詩	五絕,十首
	續集杜詩十絕	五絕,十首
	六公詠·宋丞相文信公	五言排律,一首
任叔英(1576—1623)	次韻集杜詩句	五律,一首
申敏一(1576—1650)	次使君集杜句	七絕,一首
高用厚(1577—1652)	集杜詩六首寄清陰、畸庵、遲川	五絕,六首
金堉(1580—1658)	集杜五言古詩	五言古詩,一首
	集杜五言律詩	五言律詩,三首
	集杜五言絕句	五言絕句,二百首
	集杜七言絕句	七言絕句,十二首
申楫(1580—1639)	集杜工部詩句	五律,二首
朴瀰(1592—1645)	春日,懷漢城弟妹集杜句	七絕,一首
河溍(1597—1658)	集杜句寄友人	五律,一首
	集杜詩,次尹善叔集杜詩韻	五律,一首
	集杜句贈尹善叔	五律,一首
姜柏年(1603—1681)	用前韻集杜句	五律,一首
	舟中集杜句成一絕	七絕,一首
	禹生,乃故申參判君澤門生也,寄書求詩,集杜句以贈之	五絕,一首

續表

作　者	詩　題	詩體及數量
黃暐(1605—1654)	集杜工部詩句	五律,二首
	立春集杜詩句	七律,一首
沈攸(1620—1688)	新春集句	五絕,一首
洪柱國(1623—1680)	和起之集杜	七律,一首
	和梧灘集杜	七絕,一首
	灘樓會飲和灘翁集杜	五絕,一首
	中秋賞月集杜	五絕,一首
宋奎濂(1630—1709)	即事集杜詩句	五絕,二首
金昌集(1648—1722)	杜詩集句	五律,三十二首
李漢輔(1675—1748)	集杜詩句自述	五律,一首
南漢紀(1675—1748)	集杜句成詩	五律,一首
申靖夏(1681—1716)	十三夜,復飲集杜詩	七絕,二首
金履萬(1683—1758)	上元日訪土谷鄭兄瑾,集杜律成篇	五律,二首
李南珪(1855—1907)	集杜八韻爲排律	五言排律,一首

　　由上表可以很直觀地看出,集杜詩較多的有金堉、金昌集、李民宬三人。表中所呈現的並不是朝鮮文人集杜詩的全部,如沈廷熙就有集杜詩百篇,據崔奎瑞(1650—1735)記載:沈廷熙,字明仲,號孤松,其"爲詩文,或陶寫性情,或直書事實,皆贍暢可觀。於《心》《近》諸書,掇其開警語,爲詩累十篇。集杜律句,成律絕凡百篇,所著述凡五編藏於家"。[①] 可惜現在已經無法看到沈氏的集杜詩了。

　　除了專集杜詩外,在雜集作品中,杜詩出現的頻率也很高,這

---

①崔奎瑞《艮齋集》卷十《處士孤松齋沈公墓碣銘》,《韓國文集叢刊》第 161 册,
　　頁 189。

樣的例子很多，如申楫（1580—1639）《聞金兵犯邊，疾馳赴營，集杜韓句以舒憤懣之懷》五絶一首，用到杜詩兩句；俞瑒（1614—1690）《憶漢陽二絶，集李杜詩句》七絶二首，用到四句杜詩。① 南龍翼的詩歌中有《江村即事，集唐賢詩句，寄赤谷七首》七律、《次赤谷集句韻》七律、《月夜聞笛，集唐人詩句》七絶等，② 都屬於雜集，杜甫詩句也都出現其中。

　　在此，我們重點對寫作集杜詩最多的李民宬、金堉、金昌集的作品進行研究，從中可以分析朝鮮時代集杜之作的發展狀況與大體風貌，而所用杜詩詩句中出現的異文對我們進一步探討朝鮮的杜詩版本源流也大有裨益。

一　集杜詩的寫作機緣

（一）李民宬與金昌業

　　李民宬（1570—1629），字寬甫，號敬亭，他有《六公詠》一組詩，詩序云：“自遼抵燕，沿途數千里，上下數千載人物，有感於懷者得六人焉，賦之。效顏光禄、李北海，人各一篇云。”③ 宣祖三十五年（1603）正月，李民宬差王世子册封奏請使書狀官進入明朝，頗多感觸，寫下了這組作品。④ 六人分別指望諸君樂毅、田子春疇、管幼安

---

① 申楫《河陰集》卷二（《韓國文集叢刊續》第 20 册，頁 52）、俞瑒《秋潭集》卷之元（《韓國文集叢刊續》第 33 册，頁 86）。
② 南龍翼《壺谷集》卷十、卷十一，《韓國文集叢刊》第 131 册，頁 217、218、226。
③ 李民宬《敬亭集》卷一，《韓國文集叢刊》第 76 册，頁 211。
④《敬亭集》年譜卷一：“三十一年（指萬曆三十一年）癸卯（1603），先生三十四歲。正月，到孤竹城，謁夷齊廟有詩。到廣寧望醫閭，憶賀先生欽……作《六公詠》并序……”《韓國文集叢刊》第 76 册，頁 409。

寧、劉越石琨、南宋末的家鉉翁、文信公文天祥。其中詠文天祥一首爲集杜詩,詩云:

> 丞相名天祥,字宋瑞,一字履善。拘燕獄六年,不屈,死於柴市。高皇帝命立祠於順天府學之傍。

> 管葛本時須別張建封,復漢留長策先主廟。首唱恢大義衡州縣學,仗鉞奮忠烈北征。正當艱難時送樊侍御,扶顛待柱石入衡州。社稷堪流涕呈元二十一,賊臣表逆節往在。斯文去未(矣)休送王信州,北風破南極北風。已具浮海航壯游,不知萬乘出嚴武。揮涕戀行在北征,恨望王土窄王思禮。閽會滄海潮桔柏渡,崔嵬扶桑日幽人。握節漢臣回鄭駙馬,扈聖登黄閣贈嚴八閣老。雷霆走精銳送樊侍御,熊虎亘阡陌八哀。感激動四極八哀,血戰乾坤赤送李判官。向使國不亡九成宮,經綸中興業述古。蓋棺事則已奉先縣,事與雲水白八哀。星坼台衡地送李長史,南紀阻歸楫八哀。回首望兩崖柴門,天高無消息幽人。浩蕩想幽冀夏日歎,行行見羈束寫懷。恨無匡復姿送樊侍御,未念將朽骨戲呈元二十一。詞氣浩縱橫春陵行,呻吟更流血北征。死爲殊方鬼客堂,魂魄猶正直南池。終古立忠義陳拾遺宅,高天意凄惻送韋諷。千秋萬歲名夢李白,顧步涕橫落郭代公故宅。①

全詩42句用到了35首杜詩,②詩中抒寫了文天祥的忠義節烈,頌揚

---

① 《敬亭集》卷一,《韓國文集叢刊》第76册,頁213。
② 這35首杜詩分別爲:《別張十三建封》《謁先主廟》《題衡山縣文宣王廟新學堂呈陸宰》《北征》《送樊侍御》《入衡州》《西閣口號呈元二十一》《往在》《奉送王信州崟北歸》《北風》《壯遊》《九日奉寄嚴大夫》《八哀詩》的王思禮、嚴武、李光弼三首、《桔柏渡》《幽人》《鄭駙馬池臺喜遇鄭廣文同飲》《奉贈嚴八閣老》《送樊二十三侍御赴漢中判官》《送靈州李判官》《九成宮》《述古三首》之三("漢光得天下")、《自京赴奉先縣詠懷五百字》《奉送蘇州李二十五長史丈之任》《柴門》《夏日歎》《寫懷二首》之一("勞生共乾坤")、《春陵行》《客堂》《南池》《陳拾遺故宅》《送韋諷上閬州錄事參軍》《夢李白》《過郭代公故宅》。

他救國於危難的努力,再三致以欽慕之意。

　　李民宬另有《憶舍弟集杜詩十絕》,詩云:

　　　　死去憑誰報,三年望汝歸。　　愁思胡笳夕,東西消息稀。
　　　　汝書猶在壁,心死著寒灰。　　浪嗔烏鵲喜,天遺幾時迴。
　　　　別離經死地,握節漢臣回。　　何時一樽酒,辛苦賊中來。
　　　　眼穿當落日,反畏消息來。　　生還今日事,淚落強徘徊。
　　　　何當有翅翎,雁足繫難期。　　側身千里道,深負鶺鴒詩。
　　　　挺身艱難際,昔著從事衫。　　豈意賊難料,三年獨此心。
　　　　胡行速如鬼,非汝能周防。　　骨肉恩豈斷,與君永相望。
　　　　古人不可見,蘇武是吾師。　　皇天存老眼,見日敢辭遲。
　　　　曉達兵家流,主憂急良籌。　　未濟失利涉,龍吟回其頭。
　　　　百年賦命定,成敗子何如。　　倘歸免相失,眷言終荷鋤。①

這十首詩 40 句來自杜甫的 29 首詩,②詩的平仄押韻大多較妥帖。
“舍弟”指李民寏(1573—1649),字而壯,號紫巖。光海君十年戊午
(1618),後金攻陷撫順,明朝向朝鮮徵兵,李民寏以文官出征,“時
建虜陷撫順衛,天朝徵兵於我國,紫巖公以文從事赴陣。”結果,朝
鮮軍隊戰敗,李民寏被後金扣押十七個月才得以回國。“西師之
没,紫巖公被執不屈,拘縶虜柵,經十七個月。時我國刷送逃胡,虜

----

①《敬亭集》卷四,《韓國文集叢刊》第 76 册,頁 251。
②這 29 首詩杜詩分別是:《喜達行在所》三首、《憶弟二首》之二(“且喜河南
　定”)、《得舍弟消息》(“亂後誰歸得”)、《得舍弟消息》二首、《送翰林張司馬南
　海勒碑》《鄭駙馬池臺喜遇送廣文同飲》《春日憶李白》《述懷一首》《彭衙行》
　《遣興》(“驥子好男兒”)、《送韋十六評事充同谷郡防禦判官》《魏將軍歌》《新
　安吏》《奉贈王中允維》《塞蘆子》《瘦馬行》《前出塞九首》之二(“出門日已
　遠”)、《新婚別》《解悶十二首》之五(“李陵蘇武是吾師”)、《聞惠二過東溪特
　一送》《八哀詩》的王思禮、李光弼、李邕三首、《送從弟亞赴安西判官》《寄柏
　學士林居》《得家書》。

人感其意,出送將官三人,紫巖公與焉。"①這一組詩就寫於"庚申季夏",即光海君十二年(1620),李民宬即將回國,李民宬去關西等待迎接他的時候。

李民宬在完成上面十首集杜詩後,仍然意猶未盡,又寫下了《續集杜詩十絕》,詩云:

> 白頭趨幕府,容易即前程。彼此無消息,不知死與生。
> 傷哉文儒士,垂淚方投筆。白首壯心違,膽銷豺虎窟。
> 歸羨遼東鶴,看羊陷賊庭。未能易其節,意鍾老柏青。
> 朝廷非不知,所以分黑白。是非何處定,明月照我膝。
> 風吹紫荊樹,三年門巷空。浩歌彌激烈,哀怨何時終。
> 我今日夜憂,補綻纔過膝。花時甘溫飽,九月猶絺綌。
> 干戈送老儒,慘澹鬭龍蛇。願見傅介子,斬鯨遼海波。
> 嗣宗諸子姪,驥子好男兒。排風有毛質,語默可端倪。
> 衰病那能久,兒童惠討論。看雲淚橫臆,無夢寄歸魂。
> 燈影照無睡,何須花燭繁。未知歸定處,招得幾時魂。②

上面的40句出自37首杜詩。③

---

①《敬亭集》年譜卷一,《韓國文集叢刊》第76冊,頁412。李民宬《紫巖集》卷七附錄申悅道撰《嘉善大夫刑曹參判紫巖李公行狀》對這件事的經過有更詳細的記載,"戊午,天朝徵兵於我國,公以元帥從事萬里赴敵。……己未(1619)二月,隨元帥渡江"。四月被俘,"因被拘留,移置山城,圍植木柵,晝夜守直,威怯困殛十七個月,而公處之泰然。……翌年庚申七月……被拘將官三人出送,時我國褊裨在柵中者五員,胡將以五個木牌書五員姓名,使其率胡頂戴祝天,拈出三牌,則公與焉。"《韓國文集叢刊》第82冊,頁143—144。
②《敬亭集》卷四,《韓國文集叢刊》第76冊,頁251。
③這37首杜詩分別是《正月三日歸溪上作,簡院內諸公》《奉送郭中丞兼太仆卿充隴右節度使三十韻》《哀江頭》《遣興五首》之一("朔風飄胡雁")、之三("我今日夜憂")、之四("蓬生非無根")、《送韋十六評事》《送楊六判官使西蕃》《夜》《覽鏡呈柏中丞》《卜居》《題鄭十八著作虔》《自京赴奉先縣詠懷五百字》《送率府程錄事還鄉》《兩當縣吳十侍御江上宅》《戲作俳諧體(轉下頁注)》

　　在論及李民宬的集杜詩時,不能不提及申之悌。申之悌(1562—1624),字順夫,號梧峰、梧齋,與李民宬是友人。在李民宬的文集中,有較多與申之悌的次韻唱和之作,如《申梧峰酬難字韻,走次請教》《次梧峰寄懷而壯韻》《依前韻寄梧峰》《謝梧峰寄青藜杖》《次梧峰韻》《次前韻,贈梧峰》《次梧峰設膾韻》《奉答梧峰和示鄙韻,篇數如之》《次梧峰韻》等,在申之悌去世後,李民宬還有《祭申承旨順夫令公文》,可見二人交誼深厚。申之悌與李民寏同樣也是知交,就在李民寏出征的前一年光海君九年丁巳(1617),三人還曾相聚冰溪,飲酒賦詩。是年“二月,(李民宬)與申梧峰之悌會冰溪,設酌賦詩。紫巖公亦往會焉”。② 李民寏的文集中收錄了《冰溪酬唱》,附有申之悌及李民宬的作品。③ 因申之悌與李氏兄弟都是好友,李民宬懷念弟弟的詩作也激起了他的共鳴,所以他也寫作了一組和詩,題爲《次寬甫憶弟,集杜詩十絕》,詩云:

> 不謂生戎馬,如今歸未歸。寄書長不達,戎馬何時稀。
> 奮飛既胡越,丹心一寸灰。舊時元日會,頻爲草堂迴。
> 迢迢萬餘里,汝去幾時來。大君先息戰,聖慮窅徘徊。
> 待爾嗔烏鵲,高秋念却回。沈思歡會處,好與雁同來。
> 戰伐何由定,應無見汝期。生還偶然遂,到日自題詩。
> 翻思在賊愁,風雪濕重衫。生死向前去,平生方寸心。衫

（接上頁注）遣悶二首》之二(“西歷青羌板”)、《寫懷二首》之二(“夜深坐南軒”)、《得舍弟消息》(“風吹紫荊樹”)、《歲晏行》《北征》《遣遇》(“磬折辭主人”)、《舟出江陵南浦奉寄鄭少尹》《喜晴》《憶昔二首》之一(“憶昔先皇巡朔方”)、《觀兵》《示侄佐》《遣興》(“驥子好男兒”)、《醉歌行》《水宿遣興奉呈群公》《遣興》(“干戈猶未定”)、《贈比部蕭郎中十兄》《苦哉行》《東屯月夜》《大雲寺贊公房四首》其二(“燈影照無睡”)、《日暮》《立春》《得舍弟消息二首》之一(“近有平陰信”)。

② 《敬亭集》年譜卷一,《韓國文集叢刊》第 76 册,頁 411。

③ 李民寏《紫巖集》卷一《冰溪酬唱》,《韓國文集叢刊》第 82 册,頁 70。

字杜詩無他韻，用他人句。

　　　　歸飛隔暮雲，矰繳絕須防。　眼枯却見骨，萬里遥相望。

　　　　群胡血洗箭，殘害百萬師。　書成無過雁，頗覺寄來遲。

　　　　丈夫誓許國，暮齒借前籌。　直爲心危苦，催人自白頭。

　　　　發日排南喜，跋涉體何如。　連枝不日并，巡圍念携鋤。①

這是李民宬第一組集杜詩的次韻之作，40 句出自 34 首杜詩。②

　　七十多年後，在另一位文人的創作中又出現了較多集杜詩，這就是金昌集。金昌集（1648—1722），字汝成，號夢窩，寫有《杜詩集句》五律 32 首，共 256 句，出自杜甫的 201 首詩作。③ 這組詩寫於蕭宗十九年癸酉（1693），同樣有特定的寫作背景。

　　蕭宗朝（1675—1720）是朝鮮歷史上黨爭尤爲慘烈的時期，蕭宗十五年己巳（1689）是著名的“己巳換局”，④西人失敗，南人掌權。

---

①申之悌《梧峰集》別集，《韓國文集叢刊續》第 12 册，頁 541。

②34 首杜詩分別爲：《鄭附馬池臺喜遇鄭廣文同飲》《見螢火》《月夜憶舍弟》《甘林》《苦雨奉寄隴西公兼呈王徵士》《遠懷舍弟穎觀等》《舍弟占歸草堂檢校聊示此詩》《前出塞九首》之三（“磨刀嗚咽水”）、之四（“送徒既有長”）、之五（“迢迢萬餘里”）、《送舍弟穎赴齊州三首》之二（“風塵暗不開”）、《有感五首》之二（“幽薊餘蛇豕”）、《秋日荆南述懷三十韻》《喜觀即到，復題短篇二首》之二（“待爾噴烏鵲”）、《舍弟觀歸藍田迎新婦送示兩篇》之一（“汝去迎妻子”）、《述懷一首》《暮春題瀼西新賃草堂五首》之一（“久嗟三峽客”）、《遣興》“干戈猶未定”、《奉使崔都水翁下峽》《北征》《舟中苦熱遣懷奉呈陽中丞通簡臺省諸公》《官池春雁二首》之一（“自古稻粱多不足”）、之二（“青春欲盡急還鄉”）、《新安吏》《壯游》《悲陳陶》《贈王二十四侍御契四十韻》《佐還山後寄三首》之二（“白露黄粱熟”）、《立秋雨院中有作》《得舍弟消息》（“亂後誰歸得”）、《和裴迪登蜀州東亭送客逢早梅相憶見寄》《續得觀書，迎就當陽居止，正月中旬定出三峽》《秋日荆南送石首薛明府……三十韻》《將別巫峽贈南卿兄瀼西果園四十韻》。

③金昌集《夢窩集》卷四《杜詩集句》，《韓國文集叢刊》第 158 册，頁 89—92。下文引用不再一一出注。

④己巳換局，是指 1689 年朝鮮王朝發生的政局變更事件。景宗爲蕭宗長子，爲寵妃張禧嬪所生，在其出生後，圍繞“元子”定號和廢黜仁顯王后的問題，西人與南人展開激烈論争，西人落敗，南人掌權，此爲己巳換局。

金昌集之父金壽恒(1629—1689)爲西人領袖,先被流配珍島,後又
被賜死。① 金昌集隨父前往珍島,却遭此大厄,此後退居永平山。
一直到肅宗二十年甲戌(1694)更化,才重新出來爲官。② 這組詩就
寫於家庭遭受重創的這一時期,詩序云:

> 余有事雲莊,來住送老菴者殆半月餘矣。春深晝永,山扃
> 静寂,鳥啼花落,悄然送暑。適案上見留少陵詩一部,其句語
> 往往有仿像於今日之情景與物態者,余遂就五言詩中掇取,而
> 集成之爲短律,凡得數十篇。余自禍釁以來,固已絶意鉛槧,
> 而昔宋文文山在燕獄,目見天地之翻覆,身罹犬羊之傺辱,旃
> 雪充其中,刀鑊森其側,其危迫痛憫人理之所難堪,而方且日
> 哦其間,以泄其忠憤不平之氣,至於集少陵詩句者,又不翅百
> 餘篇之多焉。近吾伯父谷雲先生(指金壽增),遯迹華陰深谷
> 中,閉關塞兑,萬事灰心,而亦於其間集少陵七言,爲古詩數十
> 首,此亦文山遺意也。今余之倣效爲此,蓋亦古今一致,而恐

---

① 金昌協《農巖集》續集卷下《先府君行狀》(下):"遂以明年(1689)正月南行,
未歸,而時事變矣。到東郊疏陳,病未復,命待罪。既而,兩司合啓,削奪官
爵,門外黜送。翌日,又請絶島安置,三啓既允,配珍島,退憂公(指金壽興)
亦安置長鬐。群小意猶未已,又請府君極律。上初不即從,賊黯又倡率卿宰
十數人,不從者,以威禍脅之,合疏請從臺啓。遂以閏三月二十八日下後
命。"《韓國文集叢刊》第 162 册,頁 504。
② 金信謙《檜巢集》卷九《伯父夢窩府君行狀》:"己巳(1689),用其勞陞通政,拜
兵曹參議。未幾,時事大變,文忠公兄弟(指金壽恒與金壽興)首被竄棘。府
君陳疏得遞,從文忠公於珍島,遂遭大禍。既返,葬故山,入永平山中。甲戌
(1694)更化,上特示悔旨,文忠公兄弟並復官賜祭。復拜府君兵曹參議。時農
巖公(指金昌協)决意自廢,府君亦無當世意,而若並不謝恩命,則顧於義分
爲不安,於是府君一出而謝,旋歸楊州墓下。"《韓國文集叢刊續》第 72 册,
頁 287—288。可惜,金昌集最終還是在黨爭中越陷越深,景宗二年(1722)因
建儲事件,他遭遇了跟父親金壽恒相同的命運,先被流配巨濟,後在星州被
賜死。金元行《渼湖集》卷十三《先伯祖夢窩集後序》:"辛丑(1721),建儲禍
作,梏棘巨濟。明年,受後命於星州。"《韓國文集叢刊》第 220 册,頁 257。

或無害於義，姑存其稿云。時癸酉暮春下澣也。①

金昌集在遭遇家庭變故後，本無意於詩文寫作，但杜詩還是讓他"心有戚戚焉"。特別是文天祥身處囹圄寫作了 200 首集杜詩，其伯父金壽增（1624—1701）雖不與世事也有七言集杜詩，二人的創作給了他一個寫作的理由，心靈相通、"古今一致"，文字成爲古今遇合的載體。

（二）金堉集杜詩時間考述

金堉的生活時間介於李民宬與金昌集之間，因爲他的集杜詩尤爲豐富，所以我們要另行考察。金堉（1580—1658），字伯厚，號潛谷，是朝鮮朝仁祖與孝宗時期的重要朝臣，是一代政治家，也是朝鮮歷史上著名的實學家。金堉不以文學著稱，但在朝鮮漢文學史上自有一席之地，如正祖云："故相臣金堉用事業稱，而不以文章著。今取其遺集見之，信是近世不易得之文字。"②其傳世文字中最引人注目的還是他的《集杜詩》。③ 相對於李民宬的 20 首五絶 80 句杜詩、金昌集的 32 首五律 256 句杜詩，金堉的集杜詩有五言絶句 200 首 800 句，七言絶句 12 首 48 句，五言律詩 3 首 24 句，五言古詩 1 首 80 句，共計 216 首 952 句，出自杜甫的 515 首詩作，已占全

①金昌集《夢窩集》卷四《杜詩集句》，《韓國文集叢刊》第 158 册，頁 89。

②正祖《弘齋全書》卷一百六十三《日得錄三》，《韓國文集叢刊》第 267 册，頁 202。

③金堉《集杜詩》收入《潛谷遺稿》卷三，《韓國文集叢刊》第 86 册，頁 47—65。金堉文集有兩種版本：一是由成均館大學大東文化社 1975 年刊印的《潛谷全集》，分爲九個部分，分別是《潛谷先生遺稿》《潛谷先生別稿》《潛谷先生遺稿補遺》《潛谷先生續稿》《潛谷先生筆譚》《種德新編》《潛谷先生年譜》《潛谷先生家狀》《潛谷先生世乘》。另一版本是由韓國民族文化推進會編刊的《潛谷遺稿》，收入《韓國文集叢刊》第 86 册，這是前一版本的第一部分。本章引用資料出自《韓國文集叢刊》第 86 册者，只在文中標明卷數與頁碼，不再出注。另外，金堉的《朝京日録》與《朝天録》也收入林基中編《燕行録全集》（東國大學校出版部，2002 年）第 16 册，文中亦有引用。

部杜詩的三分之一强。

金堉寫作集杜詩始於朝鮮仁祖十四年(1636),是年六月十七日,金堉以冬至聖節千秋進賀正使的身份出使明朝,這是朝鮮王朝最後一次派使臣出使明朝,因此在中朝外交史上具有重要意義。①此次使行經海路,使團一行歷經千辛萬苦五個月後的十一月初五才到達北京。同年十二月,皇太極親率大軍入侵朝鮮,丙子胡亂爆發,金堉等人被迫滯留北京,直到第二年四月二十二日才起程回國。因此,金堉一行在北京滯留的時間竟長達五個半月,大大超出了朝鮮使臣在北京逗留約四十天的期限。②

在北京期間,金堉接觸到文天祥的《集杜詩》二百首,深受啓發,也創作了五十首集杜五言絶句:"丙子歲,余奉使北京,卧病經冬,見文山集杜二百首,皆奇絶襯著,若子美爲文山而作也,余亦試爲之。不雜他詩,專集杜爲絶句,謂之'文山體'。"(卷三,頁65)③這是金堉集杜之始,此後一發不可收拾,"前後并二百餘首,長篇短律,間或爲之"(卷三,頁65),共留下了二百一十六首集杜之作。

金堉的集杜詩具有很强的時間性,其中五言絶句,寫作於丙丁年間的五十首,有四十七首被收入文集,題作《丙子朝天録》。除此之外,另有一百五十三首:

仁祖十六年(1638)六月,金堉拜忠清道觀察使,七月辭朝上

---

① 關於金堉此次使行的經過、見聞、意義及影響參見孫衛國《朝鮮王朝最後一任朝天使——金堉使行研究》,載《域外漢籍研究集刊》第六輯,中華書局,2010年。

② 《通文館志》卷三《留館日子》:"舊例使行留館定以四十日,出《大明會典》。"民昌文化社,1997年,頁48。

③ 據金堉《朝天録》(收入林基中編《燕行録全集》第16册,東國大學校出版部,2002年,頁257—433),此次實際寫作集杜詩五十首,其中三首未收入文集中,三首分别爲:"氣衰甘少瘝,野月滿庭隅。頭白燈明裏,空悲清夜徂。""久客宜旋旆,鳴橈總發時。吾人淹老病,雖在命如絲。""皇天久不雨,苦見塵沙黄。農事聞人説,田家戒其荒。"

任,至次年七月瓜滿,八月還朝。[①]　此行有《巡湖録》,共 15 題 15 首。

仁祖二十一年(1643),作爲人質被扣留瀋陽的昭顯世子要回國省親,清朝要求元孫入質,金堉作爲輔養官陪同前往,十二月出發,甲申(1644)正月入瀋陽,七月回國。在瀋陽期間,金堉有《感遇》1 題 8 首,又稱之爲《行矣堂録》。

仁祖二十四年(1646),金堉以謝恩副使的身份第二次出使北京,二月出發,四月到北京,六月回朝復命,此次有《感慨録》17 題 23 首。

仁祖二十五年(1647)四月,金堉拜開城府留守,至己丑(1649)三月秩滿,在任上有《居留録》,共 24 題 49 首。

孝宗元年(1650),是年正月起金堉回平丘,屢次上疏乞致仕,但未能如願,三月被任命爲進香正使,只能返回京城。在平丘的數月間,他創作了《歸田録》,共 1 題 38 首。關於《歸田録》的寫作時間,研究者一般認爲是 1649 年金堉由開城府留守卸任後。[②] 仔細考察全堉這一時期的行迹,他於 1649 年三月從開城留守卸任,先寓居於漢城城西藥峰,此後忙於在平丘、檜巖之間掃墓,又埋誌先考墓。五月,聽説仁祖病重即返回京城,這一兩個月中當無暇考慮歸田事宜並從容寫作。與此相反,1650 年的正月至三月,金堉數次乞致仕,歸田的想法很强烈,《歸山居賦並序》云:"辛卯(1591)夏,嘗讀《五柳先生傳》《歸去來辭》,心甚樂之,效之而作《六松處士傳》《歸山居賦》,其傳曰:楊州平丘里,有一山,⋯⋯今六十年而余退居於此⋯⋯"(卷一,頁 9)由序可知,他意欲歸隱的地方是平丘,1591

①文中關於金堉的生平仕履見《潛谷先生年譜》,收入《潛谷全集》,成均館大學大東文化研究院,1975 年,頁 463—503。

②參見南潤秀《潛谷金堉的集杜詩考》,載《中語中文學》第四輯,中語中文學會,1982 年,頁 1—35;金相洪《韓國的集句詩研究》,載《漢文學論集》第五輯,檀國漢文學會,1987 年,頁 3—74。

年以後的六十年正是 1650 年，大概可以推斷《歸田録》創作於金堉
退隱平丘的 1650 年正月至三月之間。

　　孝宗元年（1650），金堉以進香正使第三次出使北京，三月出
發，五月到北京，六月復命，此行有《三塗録》8 題 16 首。

　　五言絕句最後收入的是《洪勉叔謫大靜》一首及《題宋生民古
書畫詩帖》三首，有學者將兩組詩納入《三塗録》中，實際上這 2 題 4
首詩跟《三塗録》中的作品並非完成於同一時期。洪勉叔指洪茂績
（1577—1656），仁祖二十三年（1645）四月，昭顯世子由清回國後不
久即去世，次年（1646）二月，仁祖要將昭顯世子嬪姜氏賜死，洪茂
績時爲大司憲，上疏云：“姜嬪可廢，絕不可殺。殿下必欲殺姜嬪，
先殺臣然後乃可爲也。”[1]仁祖大怒，將其流放至濟州島的大靜，一
直到己丑（1649）年七月，孝宗繼位後，才將其放歸田里。所以這首
詩當寫於洪茂績被流放大靜的 1646 年。《題宋生民古書畫詩帖》
三首應與集杜五言律詩《次白洲兄弟韻，贈宋進士民古》寫於同一
時期（詳見下文分析）。據《潛谷先生遺稿·凡例》所言，《遺稿》由
金堉之子金佐明（1616—1671）根據家藏草稿初刊於 1670 年左
右，1683 年左右又由金錫胄（1634—1684）增補使行日録後重刊，
則遺稿編於金堉後人之手，他們不能確定《洪勉叔謫大靜》《題宋生
民古書畫詩帖》的寫作時間，又不忍割愛，所以將其附在五言絕句
之末。

　　再看三首集杜五言律詩。《送俞子修出宰江陵》，俞子修指俞
省曾（1576—1649），仁祖十六年（1638）九月，俞省曾被任命爲江原
監司，[2]金堉當是在此時寫作這首集杜詩送別俞省曾。

　　《次白洲兄弟韻，贈宋進士民古》，白洲兄弟指白洲李明漢

（1595—1645）、玄洲李昭漢（1598—1645）；宋民古（1592—？）爲當時著名的書畫家，人稱文章、書法、繪畫三絕。李明漢贈宋民古之作題爲《次舍弟韻，題宋上舍民古扇面》，[1]則此次詩作次韻始於李昭漢，其詩題爲《方伯鄭君則世規爲其表弟設慶席於臨陂，要我同參，不獲辭，赴會。宋上舍民古在韓山，聞余至，涉海而來。將還，求題便面爲別，口占書贈》。[2]李昭漢的文集是按時間順序編排的，這首詩收入卷三《僑寓録》，注云："自晋州遞歸，寓居於全州。"據李殷相（1617—1678）《先府君行狀》所云，李昭漢於"己卯（1639）服闋，五月拜禮曹參議，力求外補，出爲晋州牧使。……壬午（1642）秩滿，入爲承旨"。[3]又據《仁祖實録》的記載：壬午十一月初二日，李昭漢被任命爲同副承旨。[4]則李昭漢在晋州牧使任滿後至十一月被任命爲同副承旨期間，曾短暫寓居於全州，並見到宋民古，有贈詩之作。李昭漢返回京城後，與金堉同朝爲官，金堉大概看到兄弟二人的次韻詩，亦以集杜次韻相和。集杜五言絶句中的《題宋生民古書畫詩帖》一題三首，可能也創作於這一時期。

又《發燕京》一首，未收入金堉《朝天録》，大概可以判斷這首詩並非寫於第一次朝天之行，由"長吁翻北寇，從此更南征"（卷三，頁49）來看，更接近清人入主中原以後的情形，所以這首詩當寫於金堉第二或第三次出使之時。

五言古詩《北征，詩呈石室金尚書》一首，金尚書指金尚憲（1570—1652），號清陰、石室山人等，他因阻礙清鮮和議從1640年12月起被囚禁於清朝，至1645年2月方被放還回國。金堉在1644

---

① 李明漢《白洲集》卷六，《韓國文集叢刊》第97册，頁317。
② 李昭漢《玄洲集》卷三，《韓國文集叢刊》第101册，頁233。
③ 李殷相《東里集》卷十四，《韓國文集叢刊》第122册，頁561。
④《仁祖實録》卷四十三仁祖二十年壬午十一月戊辰（2日），《朝鮮王朝實録》第35册，頁139。

年正月以元孫輔養官進入瀋陽，金尚憲也在瀋陽，①所以有這首集杜之作。有學者認爲這首詩是金尚憲1640年十二月入清時金堉的送別之作，但由詩中"衰顏會遠方，重與細論文"（卷三，頁48）來看，這首詩應寫於二人相遇於瀋陽時。同一時期，金堉與金尚憲唱和的詩作還有《瀋陽館中次石室韻甲申》（卷二，頁36）、《在瀋館次石室夢過安州韻》（卷二，頁40）、《次石室送別韻》（卷二，頁40）等。

　　另外在五言絶句《居留録》24題中有《養老宴》六首，據《年譜》記載，戊子（1648）"十月，設養老宴"，②其集杜七言絶句亦有《老人宴》五首，應該寫作於同一時期。

　　綜上所述，金堉集杜詩列表如下：

時間	題目	詩體	篇數	備註
1636—1637	丙子朝天録	五言絶句	34題47首188句	第一次，以正使出使明朝
1638	送俞子修出宰江陵	五言律詩	1首8句	九月俞省曾被任命爲江原監司
1638—1639	巡湖録	五言絶句	15題15首60句	任忠清道觀察使
1642年11月後	題宋生民古書畫詩帖	五言絶句	3首12句	
	次白洲兄弟韻贈宋進士民古	七言律詩	1首8句	
1644	北征，詩呈石室金尚書	五言古詩	1首80句	以元孫輔養官入瀋陽

---

①《仁祖實録》卷四十五仁祖二十二年（1644）正月丁巳（28日）："備局啓曰：崔鳴吉、金尚憲等留瀋已久，尚無還期，請依他人入瀋例，令本家備送衣資食物，而以四時各二馱爲定式。"《朝鮮王朝實録》第35册，頁172。
②《潛谷先生年譜》，收入《潛谷全集》，頁478。

續表

時間	題目	詩體	篇數	備註
1644	行矣堂録	五言絶句	1題8首32句	以元孫輔養官入瀋陽
1646	洪勉叔謫大静	五言絶句	1首4句	洪茂績被貶濟州島大静
1646	感慨録	五言絶句	17題23首92句	第二次,以謝恩副使出使清朝
1647—1648	居留録	五言絶句	24題49首196句	拜開城府留守
1648年10月	老人宴	七言絶句	5首20句	拜開城府留守
1650年1—3月	歸田録	五言絶句	1題38首152句	在平丘,屢次上疏乞致仕
1650	三塗録	五言絶句	8題16首64句	第三次,以進香正使出使清朝
1646或1650	發燕京	七言律詩	1首8句	
	邀客看花	七言絶句	1首4句	
	有感	七言絶句	2首8句	
	投壺	七言絶句	1首4句	
	燕山途中	七言絶句	1首4句	
	憶任賓客	七言絶句	1首4句	
	作籬	七言絶句	1首4句	

　　由上表可以看出,金堉的集杜詩除6題7首不能判斷寫作時間外,其他作品與他的人生歷程息息相關,他也以四次進入中國的不同感受記載了那一時期劇烈動蕩的東亞形勢,具有很強的詩史意識。

　　李民宬、金堉、金昌集都是寫作較多集杜詩的朝鮮文人,由對他們寫作原由的分析，可以看出他們之間有一些相通之處，一是都受到文天祥集杜詩的啓發，此點具有普遍性，如李光胤的一組集杜詩詩題即爲《效文文山集杜句體》，[①]再次證明了文天祥集杜詩對集句詩以及杜詩傳播與接受的影響，有進一步深入研究的價值。二是這幾位寫作較多集杜詩的文人都是有爲而發，集杜不是炫耀才華，更不是文字游戲，而與時代動蕩、家世變遷、個人人生密切相連，這些作品也是杜詩詩史性質的再現。

二　集杜詩的版本意義

（一）從集杜詩看對杜詩的更改

　　李民宬、金堉、金昌集在寫作集杜詩時，運用了大量的杜詩詩句，這些詩句是否與杜詩原句一致呢？研究發現，他們引用的一些杜詩句與原詩有一些差別，有些差別明顯是作者有意改動杜詩而來。

　　在對杜詩詩句的更改中，一種情況是改七言爲五言，這在李民宬的集句詩中比較多。其第一組《憶舍弟集杜詩十絕》，“昔著從事衫”，《魏將軍歌》原作“將軍昔著從事衫”；“非汝能周防”，《瘦馬行》原作“委棄非汝能周防”；“蘇武是吾師”，《解悶十二首》之五原作“李陵蘇武是吾師”；“成敗子何如”，《寄柏學士林居》原作“古人成敗子何如”。第二組《續集杜詩》刪七字爲五字的情況達六句之多：“彼此無消息”，《哀江頭》原句作“去住彼此無消息”；“看羊陷賊庭”，《題鄭十八著作虔》原句作“蘇武看羊陷賊庭”；“哀怨何時終”，《歲晏行》原句作“此由哀怨何時終”；“願見傅介子”，《憶昔》原作

---

①李光胤《漢西集》卷四，《韓國文集叢刊續》第 13 册，頁 264。

“願見北地傳介子”；“排風有毛質”，《醉歌行》原作“會是排風有毛質”；“看雲淚橫臆”，《苦哉行》原作“時獨看雲淚橫臆”。杜甫一千四百五十餘首詩作，大部分都是五言，李民宬在集杜詩的過程中要刪七言爲五言爲自己所用，多少有些勉強。

申之悌的《次寬甫憶弟，集杜詩十絶》中也有改七字爲五字的情形，只有三例，“歸飛隔暮雲”，在《官池春雁》之一中爲“更恐歸飛隔暮雲”；“矰繳絶須防”，在《官池春雁》之二中爲“力微矰繳絶須防”；“群胡血洗箭”，在《悲陳陶》中爲“群胡歸來血洗箭”。而到金堉集杜詩中，只有一處刪七言爲五言的情況，《鴻山》中“愁殺白頭翁”一句出自《清明二首》（翁）的“白蘋愁殺白頭翁”。在 904 句五言詩中僅一例，實不足爲其瑕疵。金昌集的 32 首五律集杜詩共 256 句，已完全沒有刪七言爲五言的情況。

李民宬及申之悌的集杜詩中有較多刪七言爲五言的情況，也有失粘失對出韻的地方，就嚴格的集句詩要求而言，還不夠完善，這反映了朝鮮較早期集杜詩的面貌。此後，隨著文人對杜詩越來越熟悉，對杜詩的運用也越來越純熟，集杜詩的成就也發展到更高水準。

集杜詩中的詩句與杜詩原句不同，情況比較複雜，可能是異文，可能是誤用，也可能是故意更改。關於誤用與異文的情況我們下文討論，這裏我們看看更改杜詩文字並且改動比較大的情況。

申之悌集杜次韻之作的第八首云：“群胡血洗箭，殘害百萬師。書成無過雁，頗覺寄來遲。”第二句在《北征》中爲“潼關百萬師”，這一句應該是作者有意改動。申之悌要通過集杜詩來反映時事，“潼關”二字與事實戰況不相符，更改爲“殘害”二字，表現“群胡”的殘暴、戰争的慘烈，與“血洗箭”三字正相呼應。

金昌集的集杜詩中有三個地方比較特別，一是第十六首的首句爲“雲山尚百里”在杜詩中並無此句，比較接近的是《積草嶺》中有“卜居尚百里”一句；另一句是第二十首有“雲山興不盡”一句，同

樣在杜詩中找不到原句，比較接近的是《陪李北海宴曆下亭》中的
"雲山已發興"一句；第三處是第二十六首"爛醉即爲家"一句，在杜
詩中也未找到原句，《杜位宅守歲》中相近的爲"爛醉是生涯"。結
合杜甫原詩及金昌集的集杜詩來看，這三處很有可能是作者有意
識的改動。

　　《積草嶺》一首寫於杜甫由秦州往同谷的途中，説"卜居尚百
里"，指離目的地還很遥遠。金昌集是去雲山游歷，並非移居山中，
所以説"雲山尚百里，吾得及春遊"，雲山雖然比較遠，但我還是可
以去春游，欣賞美好春光。

　　第二十首詩云："門徑從榛草，無營地轉幽。生涯已寥落，春氣
漸和柔。社稷堪流涕，行裝獨倚樓。雲山興不盡，容易往來遊。"這
首五律的平仄是仄起式，最後兩句應該是"⊕平平仄仄，⊗仄仄平
平"，"雲山興不盡，容易往來遊"兩句完全符合平仄的要求，整首詩
的平仄韻律也很準確。但如果第七句是"雲山已發興"的話，平仄
就會出現問題，金昌集應該是在考慮到詩律的情況下對詩句做了
改動。

　　第三處也就是第二十六首的情況比較複雜，原詩如下：

　　　　有客過茅宇，傾壺就淺沙。今朝好晴景，落日對春華。湍
　　　駛風醒酒，溪虛雲傍花。怡然共携手，爛醉即爲家。

"爛醉即爲家"與"爛醉是生涯"兩句的平仄相同、用韻相同，不存在
因格律要求改動的情況。如果不是記憶錯誤的話，那金昌集就是
根據整首詩的内容修改了原詩句。杜甫的《杜位宅守歲》寫於四十
歲的除夕，感慨的是自己四十已過壯志難酬的命運，縱酒爲樂舉杯
消愁，滿腹牢騷不平在"爛醉是生涯"中得以體現。金昌集的這首
集杜詩是寫友人來訪，兩人把酒言歡，春色宜人，携手賞景，大醉中
只覺天地間的一切都是自己的家園。詩中抒發的是詩人身處自然
的愉悦，與友人的契合，並無人生感喟，"爛醉即爲家"更符合此詩

詩意。

　　以上分析了朝鮮文人集杜詩中部分更改原詩詩句的情况，就更改的效果而言，的確更符合當下的情境，與作者内心的情緒更契合，在平仄韻律方面也更妥帖。但如此改動，與杜詩原句相距較遠，這是否還能稱之爲集杜詩就頗值得懷疑。另一方面，這些詩句流傳後世，對於不甚熟悉杜詩的人來説，也不免以訛傳訛，干擾了杜詩的原貌。

（二）從集杜詩看杜詩異文

　　在本章重點討論的四位文人的集杜詩中，除上文所論有意更改的地方，還有一些與杜詩通行版本不一樣的詩句。這些不同之處是否能成爲我們考察杜詩版本流傳以及文人學杜方法的一個新角度呢？爲了研究的方便，我們以《杜甫全集校注》（人民文學出版社，2014）、《纂注分類杜詩》（以會文化社，1992）來進行比對。《杜甫全集校注》以《宋本杜工部集》（商務印書館影印本，1957）爲底本，以其他十四種版本進行校勘，對杜詩異文有詳細的校記，基本能够幫助我們瞭解杜詩異文與版本流傳的關係。《纂注分類杜詩》是朝鮮的第一部杜詩注解本，問世後曾九次重印，影響很大，成爲在朝鮮流傳最廣的杜詩集之一，也成爲文人學習杜詩的重要讀本。如高敬命有《庚辰立春有感集杜詩漫書》二首，其中律詩云：“抱病江天白首郎時事，詩成吟詠轉凄凉節序。寒盡春生洛陽殿燕飲，感時撫事增惋傷音樂。獨立蒼茫自詠詩園林，忽憶兩京梅發時節序。彩筆昔曾幹氣像宮詞，天顏有喜近目知宮殿。”①每句詩後所標“時事”、“節序”等，並非詩題，而是每句詩所屬詩作在分類杜詩中的位置，由此亦可見分類杜詩對文人的影響。

　　朝鮮文人集杜詩與杜詩原句不一致的情況又可分爲兩種，一種可以確定是杜詩異文，如李民宬第二組，“所以分黑白”一句出自

———————

①高敬命《霽峰集》卷四，《韓國文集叢刊》第 42 册，頁 94。

《兩當縣吳十侍御江上宅》,此句他本又作"所以分白黑";"招得幾時魂"出自《得舍弟消息》("近有平陰信"),他本又作"招得幾人魂"。在申之悌的集杜次韻之作中,也有異文,如"寄書長不達"出自《月夜憶舍弟》,他本爲"寄書長不避";"應無見汝期"出自《遣興》("干戈猶未定"),他本爲"應無見汝時";"眼枯却見骨"出自《新安吏》,他本爲"眼枯即見骨"。由這幾句我們是否能夠推斷李民宬與申之悌所使用的杜詩版本呢?

　　在"招得幾人魂"一句下,《杜甫全集校注》有校記云:"人,底本校語:'一作時。'錢鈔本、宋百家本、宋千家本、宋十注本、元千家本、元分類本同;宋分門本冠以'洙曰'二字;宋九家本、三蔡本無此校語。魂,蔡丙本誤作'魄'。"[1]這裏提及了杜詩的十二種版本,"時"全部作"人",只有有校語與無校語或者校語表述不一樣的區別。這十二種版本確定傳入朝鮮的有蔡夢弼《杜工部草堂詩箋》,即《杜甫全集校注》中所説的"蔡乙本";[2]徐居仁編次的《集千家注分類杜工部詩》,即元分類本;郭知達編《九家集注杜詩》,即宋九家本;黃希、黃鶴父子補注《黃氏補千家集注杜工部詩史》,即宋千家本。可以推測,李民宬所用杜詩版本可能與以上諸家都不一樣。

　　除上列數種杜詩版本外,還有一種在朝鮮影響比較大的是劉辰翁批點、高楚芳編次的《集千家注批點補遺杜工部詩集》(簡稱批點本),在批點本中,此句作"招得幾時魂";[3]同樣,在《纂注分類杜詩》中,此句亦作"招得幾時魂",並有小注:"時,一作人。"[4]將李民

---

①《杜甫全集校注》卷三,第 2 册,頁 786。

②《杜工部草堂詩箋》傳入朝鮮後,曾於世宗十三年(1431)在朝鮮翻印,爲四十卷,與蔡乙本相符。而蔡甲本與蔡丙本爲五十卷本。

③劉辰翁批點、高楚芳編次《集千家注批點補遺杜工部詩集》,頁 250。見黃永武編《杜詩叢刊》(大通書局,1974 年)第一輯第 6—9 册,據明嘉靖己丑(1529)靖江王府刊本影印。

④《纂注分類杜詩》卷八,第 2 册,頁 280。

戎、申之悌其他有異文的數句與《纂注分類杜詩》以及批點本進行
對校，也完全相同。雖然不能由此斷定李、申二人使用的杜詩版本
爲《纂注分類杜詩》或者批點本，大概也能看出二人對杜詩的學習
接受與這兩種版本有更深的淵源。

　　這樣的異文在金堉與金昌集的集杜詩中更多，分別列表如下：

	集杜詩詩題	集杜詩詩句	杜詩詩題	原詩詩句
金堉集杜詩異文	送俞子修出宰江陵	直欲泛仙槎	舟泛洞庭	底處上仙槎
	玉河旅懷	更深愛燭紅	酬孟雲卿	更長愛燭紅
	三河	遊子恨寂寥	桔柏渡	遊子恨寂寥
	留別序班（棲）	苦被微官縛	獨酌成詩	共被微官縛
	寧遠衛（梅）	往來時屢改	龍門	往還時屢改
	林川海倉	城隅集小船	與任城許主簿游南池	城隅進小船
	感遇（土）	安得廉頗將	遣興三首（眠）	安得廉耻將
	感遇（土）	指揮安率土	行次昭陵	指麾安率土
	早歇（途）	徐行得自娛	陪李金吾花下飲	余行得自娛
	遊華藏寺	寺憶曾遊處	後遊	寺憶新遊處
	有感（魂）	衰年甘屛迹	屛迹三首（破）	衰顏甘屛迹
	蓮堂	長洲芰荷香	壯遊	長洲荷芰香
	秋思	悲秋回白首	獨坐	悲愁回白首
	九日（風）	木落更天風	客亭	落木更天風
	枸杞	枸杞固吾有	惡樹	枸杞因吾有
	歲暮	松竹遠還青	泊松滋江亭	松竹遠微青
	送錫兒向安邊修撰謫所（論）	訓子覺先門	孟氏	訓子學誰門
	養老宴（頭）	喧闐慰衰老	雨過蘇端（端置酒）	喧闐畏衰老
	養老宴（徊）	萬事已黃髮	去蜀	世事已黃髮

續表

	集杜詩詩題	集杜詩詩句	杜詩詩題	原詩詩句
金堉集杜詩異文	收穫	不厭北山薇	秋野五首（薇）	不厭此山薇
	歸田（知）	峽裏歸田客	從驛次草堂復至東屯二首（爲）	峽內歸田客
	歸田（徊）	步屧深林晚	獨酌	步屧深林晚
	歸田（徊）	隨意坐蒼苔	陪鄭廣文游何將軍山林十首（苔）	隨意坐莓苔
	歸田（楹）	萬慮倚簷楹	西閣雨望	萬慮傍簷楹
	歸田（抱）	時來知宦達	寄高三十五詹事	時來如宦達
	歸田（抱）	名聲閣中老	送長孫九侍禦赴武威判官	名聲國中老
	館中登樓（同）	絕境與誰同	送裴二虬作尉永嘉	絕境興誰同
	苦熱	十里浸江樹	詠懷二首（步）	千里浸江樹
	東還（斑）	他鄉閱遲暮	歸	他鄉悅遲暮
	洪勉叔謫大靜	何必淚長流	去蜀	不必淚長流

	集杜詩詩題	集杜詩詩句	杜詩詩題	詩句異文
金昌集集杜詩異文	第四首	艱難昧生理	春日江村五首（今）	艱難賤生理
	第五首	林疏鳥獸稀	秦州雜詩二十首（圍）	旌疏鳥獸稀
	第五首	隣家問不違	寒食	鄰家鬧不違
	第六首	步屧深林晚	獨酌	步屧深林晚
	第六首	渚花張素錦	渡江	渚花兼素錦
	第十二首	萬事已黃髮	去蜀	世事已黃髮
	第十五首	峽裏歸田客	從驛次草堂復至東屯二首（爲）	峽內歸田客
	第十六首	狂歌遇形勝	陪王侍御宴通泉東山野亭	狂歌過於勝

續表

	集杜詩詩題	集杜詩詩句	杜詩詩題	詩句異文
金昌集集杜詩異文	第十六首	浩蕩風烟外	寄邛州崔録事	浩蕩風塵外
	第十八首	白髮須多酒	春夜峽州田侍禦長史津亭留宴(得筵字)	白髮煩多酒
	第十八首	萬慮倚簷楹	西閣雨望	萬慮傍簷楹
	第十九首	心弱恨容愁	不寐	心弱恨和愁
	第二十四首	吾知養拙尊	晚	吾知拙養尊
	第二十八首	不覺自長吟	長吟	不免自長吟
	第二十九首	絶境與誰同	送裴二虬作尉永嘉	絶境興誰同

　　上表列出了金堉與金昌集集杜詩中的異文,每條之下,《杜甫全集校注》都寫有詳細的校記,如《行次昭陵》"指揮安率土"一句校記云:"麾,宋百家本、宋千家本、宋分門本、元千家本、范本作'揮'。"①對以上異文的全部校記進行分析,會發現朝鮮文人所集杜詩與宋百家本、宋千家本、宋分門本、元千家本、元分類本更爲接近,與宋本、宋九家本差異很大,由此大概可以看出杜詩版本系統在朝鮮的流傳情況。

　　再將以上異文與批點本進行對校,二者也有數條相異,如金堉所引的"游子恨寂寥"一句,批點本作"游子悵寂寥";"隨意坐蒼苔"作"隨意坐莓苔"。金昌集的"浩蕩風烟外",批點本作"浩蕩風塵外"。可見,金堉與金昌集所用的杜詩版本也不是批點本。

　　金堉集杜詩中可以確定的異文是 30 條,金昌集是 15 條,其中"萬事已黃髮"、"峽裏歸田客"、②"步屧深林晚"、"萬慮倚簷楹"、"絶境與誰同"5 條一樣,也就是總共 40 條異文,與《纂注分類杜詩》校

①《杜甫全集校注》卷一,第 1 冊,頁 198。
②高用厚《集杜詩六首寄清陰畸庵遲川》之一也用到了"峽裏歸田客"一句。高用厚《晴沙集》卷一,《韓國文集叢刊》第 84 冊,頁 154。

對的結果是文字完全一致。由此可以看出，金堉與金昌集最熟悉的還是《纂注分類杜詩》，這也從另一角度證明了這一杜詩版本在朝鮮流傳之廣泛、影響之深遠。

（三）從集杜詩看杜詩誤用

在我們重點論述的四位文人的集杜詩中，還有一些與杜詩原文文字不一樣的地方，而我們無法確定他是誤用還是異文，如李民宬第一組中的《得舍弟消息二首》之二（"汝懦歸無計"）的"浪傳烏鵲喜"，作者寫作"浪嗔烏鵲喜"。又如申之悌的"直爲心危苦"，在《得舍弟消息》（"亂後誰歸得"）中一般都寫作"直爲心厄苦"。因爲無法窮盡杜詩的所用版本，所以不能斷定"嗔"、"危"二字是異文還是誤用，但最大的可能還是因爲字形相近出現的誤字。

下面是可以判斷爲誤用的兩個例子。李民宬《續集杜詩》的第六首云："我今日夜憂，補綻纔過膝。花時甘温飽，九月猶絺綌。"第三句出自《遣遇》，原作"花時甘緼袍"，緼袍指舊絮袍。第四句出自《遣興五首》之一，原作"九月猶絺綌"，"絺綌，音癡細，葛也"。① 從李民宬這首詩的用韻來说，當作"綌"，而非"絡"，這明顯是一個誤字。關於三四兩句的意義，趙次公曾放在一起解釋云："以九月授衣，而猶絺綌；花時已暖，當有春服而甘緼袍，則公之貧如此。"②九月天凉，該穿厚衣的時候却只能穿單裳；春天漸暖，該換春服的時候却只能穿舊絮袍，二者的不合時宜，都説明作者生活之艱難。李民宬這首詩是替弟弟李民宬立言，形容被拘禁時的困境，如用"花時甘温飽"一句，與整首詩的情緒、意境完全不吻合，所以這句當是李民宬誤用。

李民宬集杜詩中另有一句"衰病那能久"出自《遣興》（"干戈猶

---

①《杜甫全集校注》卷五，第 3 册，頁 1396。

②趙次公著，林繼中輯校《杜詩趙次公先後解輯校》（上）甲帙卷之四，上海古籍出版社，2012 年，頁 129。

未定"),此句在各杜詩版本中都作"衰疾那能久",雖然《艇齋詩話》引《唐詩類選》作'病'",[1]但這不能作爲此句有異文的證據,更可能是因爲"疾"、"病"字形、字義相近的誤用。

　　金埥的集杜詩數量之大引用杜詩詩句數量之多已是前無古人,除了上文能確定有異文的 30 處,不能確定是否有異文的亦列表如下:

次杜詩題	次杜詩句	杜詩詩題	原詩詩句
送俞子修出宰江陵	聞道江陵府	峽隘	聞説江陵府
蒽秀山	臨風獨惆悵[2]	劍門	臨風默惆悵
姜尚書逢元(曹)	我何從汝曹	飛仙閣	我何隨汝曹
姜尚書逢元(鑴)	君子慎知足	鹽井	君子慎止足
山海關(心)	浩蕩及關心	秦州雜詩二十首(留)	浩蕩及關愁
石多山	中原渺茫茫	成都府	中原杳茫茫
寧遠衛(舟) 館中登樓(州)	行裝獨倚樓	江上	行藏獨倚樓
千山村(過)	居人茫牢落	送樊二十三侍禦赴漢中判官	居人莽牢落
感遇(月)	羌人豪猪靴	送韋十六評事充同谷郡防禦判官	羌父豪猪靴
金臺	城中千萬户[3]	水檻遣心二首(家)	城中十萬户
養老宴(何)	兒扶仍杖策	別常徵君	兒扶猶杖策

---

① 《杜甫全集校注》卷七,第 4 册,頁 1982。

② 《杜甫全集校注》校記云:"默,蔡甲本、蔡乙本、蔡丙本校語:'一作黯。'"没有作爲"獨"的異文。第 4 册,頁 1885。

③ 這一句在金埥的集杜詩裏出現了兩次,《金臺》中作"城中千萬户",《薊州》中作"城中十萬户"。

續表

次杜詩題	次杜詩句	杜詩詩題	原詩詩句
歸田（徊）	熟知江路近	舍弟占歸草堂檢校聊示此詩	孰知江路近
歸田（蒒）	豈識悔吞先	寄題江外草堂（梓州作，寄成都故居）	豈識悔吝先
歸田（辛）	北極奉星辰	奉送嚴公入朝十韻	北極捧星辰
歸田（哉）	聞道花門使	遣憤	聞道花門將
東還（叢）	反撲時難遇	風疾舟中伏枕書懷三十六韻，奉呈湖南親友	反樸時難遇
百祥樓	樓高屬晚晴	陪裴使君登岳陽樓	樓孤屬晚晴
作籬	生理秖應黃閣老	將赴成都草堂途中有作，先寄嚴鄭公五首（難）	生理只憑黃閣老
作籬	柴門深鎖閉松筠	崔氏東山草堂	柴門空閉鎖松筠

　　異文的出現可以幫助我們考察杜詩在朝鮮的版本流傳情況，而不能確定是否有異文的地方同樣很有價值。這種不同可能有兩種情況：

　　一種應是單純的誤用，或者將字序顛倒，如"柴門深鎖閉松筠"；或者誤用了意思相近的字，如"聞道江陵府"、"我何從汝曹"、"中原渺茫茫"等；或者誤用了字形相近的字，如"臨風獨惆悵"、"豈識悔吞先"、"反撲時難過"等。

　　第二種可能源於作者有意識的改動，這裏一般只有一個字的不同，與上文所講對杜詩的較大更改還有些差別，很容易將其視爲異文或者單純的誤字，如"君子慎知足"，杜詩原文皆作"君子慎止知"。《老子》第四十四章云："知足不辱，知止不殆。"①知足與知止是做人的兩種境界，杜詩原意是君子要謹慎對待"止"與"足"。金

―――――――――

①陳鼓應著《老子注譯及評價》，中華書局，2008，頁239。

埁雖只改動一字，却令詩意變成只針對"知足"而言。爲什么筆者
認爲作者是有意識地改動了一個字呢？因爲這首詩寫於作者第一
次出使中國時，亦是有爲而作。當時明朝的官員極爲貪婪無耻，金
埁《朝京日録》記載云：

> 禮部尚書姜逢元，瀆貨無厭。頃以謀文事，歸罪小甲于
> 文，累次杖之，仍爲拘繫冷堡，蓋索賄也。于文每來恐嚇云：尚
> 書貪甚，不可不行賂，以免我罪。（卷十四，頁275）

禮部尚書姜逢元藉故索賄，金埁在集杜詩中就寫了《姜尚書逢元》
二首，一云："尚書踐臺斗，於利競錐刀。白日中原上，我何從汝
曹。"一云："君子慎知足，撿身非苟求。物情尤可見，疾惡信如讎。"
（卷三，頁50）詩中直指姜逢元的貪腐，希望他能够"知足"，正如文
天祥所言"抑揚褒貶之意，燦然於其中"，[①]從另一方面展現了"詩
史"的特徵。通過對這些被改動的文字進行分析，我們可以進一步
看到作者的創作意圖。

　　金埁的集杜詩每句都會交待出處，可以幫助後人查檢原詩，但
也偶有將詩題標錯的情況："衰顏會遠方"出自《戲題寄上漢中王三
首》（堂），誤作《寄陳中丞》；"情在强詩篇"出自《哭韋大夫之晋》，誤
作《哭常大夫》；"接葉製茅亭"出自《高楠》，誤作《枯楠》；"平沙列萬
幕"出自《後出塞五首》（姚），誤作《前出塞九首》；"慘慘中腸悲"出
自《送高三十五書記》，誤作《壯游》；"莽莽天涯雨"出自《對雨》，誤
作《對酒》；"徑路通林丘"出自《寄贊上人》，誤作《謁先主廟》；"爲爾
獨相憐"出自《題郪縣郭三十二明府茅屋壁》，誤作《江頭》；"斑白徒
懷囊"出自《八哀詩·故著作郎貶台州司户榮陽鄭公虔》，誤作《故
秘書少監武功蘇公源明》；"松竹遠還青"出自《泊松滋江亭》，誤作
《縛松滋》。將以上內容一一列出，同樣也是爲了幫助更好地核檢

---

① 文天祥《文山先生全集》卷十六《集杜詩·自序》，收入大本原式精印《四部叢
　刊正編》第64册，臺灣商務印書館，頁330。

原詩。

金昌集的集杜詩中也有不能確定是否有異文的情況,列表如下:

集杜詩詩序	集杜詩詩句	杜詩詩題	杜詩原句
第六首	川原紛杳冥	橋陵詩三十韻,因呈縣內諸官	川原紛眇冥
第六首	種藥扶衰老	遠遊	種藥扶衰病
第七首	爲農山磵曲	所思(得台州鄭司户虔消息)	爲農山澗曲
第十一首	日兼春又暮	又呈竇使君	日兼春有暮
第十八首	樓高屬晚晴	陪裴使君登岳陽樓	樓孤屬晚晴
第二十首	行裝獨倚樓	江上	行藏獨倚樓
第二十一首	潛通少有天	秦州雜詩二十首(邊)	潛通小有天
第二十九首	應門試一童	獨坐二首(耋)	應門試小童
第三十首	歸時路恐迷	佐還山後寄三首(攜)	歸時恐路迷
第三十一首	疇能任漂寓	送高司直尋封閬州	疇能忍漂寓
第三十二首	緩步移斑杖	曉望白帝城鹽山	徐步移斑杖

這裏與杜詩原句不一樣的情況同樣有數種:將字序顛倒的,如"歸時路恐迷";誤用了意思相近的字,如"川原紛杳冥"等。同樣也有可能是作者有意識改動的地方,如"日兼春又暮"一句,原詩爲"日兼春有暮",與下句"愁與醉無醒"對仗,王嗣奭對"有"與"無"的運用大爲贊賞,云:"此時日與春俱暮,而愁與醉不醒,'有'、'無'相呼應,最爲妙句。"[1]"有"是"俱、一起"的意思,與"又"相通,與"無"相對,在原詩中構成嚴整的對仗,構思也很巧妙。當金昌集引用此句時,"日兼春又暮,久坐惜芳辰"兩句構成尾聯,沒有對仗的關係,所以直接將"有"改爲"又",使意思更爲明瞭。

―――――――

[1] 王嗣奭《杜臆》卷五,上海古籍出版社,1983年,頁165。

　　將金堉與金昌集集杜詩中不能確定是否爲異文的詩句放在一起考察,我們驚訝地發現竟然有兩句是一樣的,那就是"樓高屬晚晴"與"行裝獨倚樓"。這兩句在《杜甫全集校注》提到的版本中都沒有異文,《纂注分類杜詩》中也沒有異文,但在金堉與金昌集的集杜詩中卻相同,這就不能僅僅用巧合、誤用或者是故意改動來解釋了。特別是"行裝獨倚樓"一句在朝鮮文人的詩作中出現過多次,李滉(1501—1570)《追次金惇叙西行留別諸友韻》云:"圖南君去慕鵬遊,事異行裝獨倚樓。我亦今爲天放客,回頭何奈却生愁。"[1]柳道源(1721—1791)考證時特別注明:"'行裝獨倚樓',用杜全句。"[2]可見"行藏獨倚樓"一句在朝鮮也以另一版本"行裝獨倚樓"在流傳。我們是否可以考慮朝鮮時代還流傳著其他杜詩版本,與我們現在所見到的衆多版本有一定差別呢？因此,筆者不厭其煩,將集杜詩中與現通行本杜詩不同的地方一一羅列出來,希望以後能對朝鮮時代杜詩版本的流傳有一更清晰的梳理與考訂。

三　集杜詩的詩學成就

(一)李民宬、申之悌與金昌業

　　最後我們來看看朝鮮文人集杜詩的詩學成就,李民宬《六公詠》中的"文天祥"一首,全詩拼湊的痕迹明顯,用韻也很混亂,但到了他的《憶舍弟集杜詩十絶》與《續集杜詩十絶》,集句詩的水準已有極大提高。

---

[1]李滉《退溪集》文集外集卷一,《韓國文集叢刊》第31冊,頁57。

[2]《退溪集》附柳道源撰《退溪先生文集考證》卷八"追次金惇叙云云"條,《韓國文集叢刊》第31冊,頁433。

第一組詩，作者從自己的角度寫對弟弟被拘禁一事的所思所想，有兄弟生死相隔不通音訊的痛苦，有對弟弟不辱王命的肯定，有對親人歸來的期盼，有親人即將歸來的焦慮迫切，有團聚後歸隱田園的憧憬。心緒千折百回，都在詩中得以體現，讀來感人至深，如第四首：“眼穿當落日，反畏消息來。生還今日事，淚落強徘徊。”每天迎來日出送走夕陽，望眼欲穿地等待著弟弟的歸來，但又很害怕聽到後金傳來的消息，擔心會是什麼噩耗，也許從此天人永隔再無相見的可能。現在弟弟終於要回來了，想著弟弟所受的苦難，想著久別後竟然還能重逢，心中悲喜交集，忍不住泪水上涌，只能來回徘徊強抑激蕩的心緒。雖然只是簡單的四句話二十個字，卻將作者複雜的心緒表達得非常細膩真切，讓人感同身受。再如第七首：“胡行速如鬼，非汝能周防。骨肉恩豈斷，與君永相望。”這一首是對弟弟的安慰鼓勵：戰敗被俘不是你的過錯，只因後金的作戰速度太快了，這不是你能夠預料的。不管發生了什麼事，我們都是血肉相連的兄弟，我會一直站在你身邊。李民宬在經歷了戰爭的殘酷及失敗、經歷了階下囚的屈辱與痛苦後，聽到這樣的話一定會感到格外溫暖感動吧。

第二組集杜詩作者則變換了寫作手法，從弟弟李民宬的角度出發，揣摩弟弟的心思，代其立言，先寫從幕、被拘，接著寫自己的處境，對家人的思念，對子弟的期望，以及不知何時才能回歸故里的孤寂，讀來同樣感人至深。如第四首：“朝廷非不知，所以分黑白。是非何處定，明月照我膝。”這首是對朝廷態度的懷疑，自己戰敗被俘，朝廷會不會認爲我消極怠戰、怯懦投降甚至與敵方勾結呢？雖然詩的前兩句説朝廷會明辨是非，其實内心非常不安，所以有下面兩句：是非如何才能判斷呢？讓明月爲我作證吧。這首詩抒寫被俘之人患得患失的心緒非常準確，但押韻不够穩妥，在入聲韻中，“白”屬“十一陌”，“膝”屬“四質”，兩個字並不同韻。

如果説李民宬出使明朝，用集杜詩來紀念文天祥，是受到文天

祥集杜二百首的啓發,那家人被拘禁異國、生死相隔的世間悲劇,
又讓他從杜詩中找到了抒發心聲的方法,所以利用集杜詩寫下了
二十首絕句。"文天祥"一首是李民宬較早的集杜詩嘗試,還很不
成熟,加上長達 42 句,很難照應到每句的用韻及平仄、粘對的情
況,所以這首長詩難以用詩的標準去衡量。到這二十首集杜絕句,
作者表情達意都很細膩,用韻、平仄、粘對等都比"文天祥"一首有
了極大的提高改善,已達到較高的水準。

　　申之悌的《次寬甫憶弟,集杜詩十絕》是李民宬第一組集杜詩
的次韻之作,集杜且次韻必須符合三個條件,一是取自杜詩;二是
所取詩句不能與先出者相同;三是韻同字同序同。除了這些,當然
還要符合詩作押韻、平仄、粘對的要求。要符合所有的條件,那可供
使用的杜詩就非常有限,作者自由發揮的空間更爲有限。這是一次
充滿挑戰性的寫作,可謂是集杜詩歷史上的一個創舉。約三百年後,
金允植(1835—1922)曾集唐人詩句送呈紫泉黃鍾教(1815—?),"紫
泉集唐宋詩句以和之",於是金允植有了如下感慨:"昔有宋文文山暨
吾祖文貞公(指金墳),皆有集杜詩,其所遇情事及地名物名,靡不吻
合,殆若杜工部爲二公而作者。然未聞有次韻和之者,集句次韻,自
紫泉始,豈不爲詩壘之故實乎?"①他以爲集句次韻是黃鍾教的創舉,
不想早在三百年前,已經有人做了這樣的事,並且還是專集杜詩。

　　作爲次韻之作,申之悌的作品與李民宬第一組集杜詩在意思、
内容上都桴鼓相應,表達了對被拘禁異域的李民宬的擔憂、思念之
情,如第五首:"戰伐何由定,應無見汝期。生還偶然遂,到日自題
詩。"戰争什麽時候才能結束呢? 我以爲再也見不到你了。現在你
能活著回國真是萬幸啊,等你到達時我一定要好好題詩慶賀一番,
抒發了對友人即將歸來的喜出望外的情緒。再如第八首:"群胡血
洗箭,殘害百萬師。書成無過雁,頗覺寄來遲。"先寫戰争的殘酷,

───────────

①金允植《雲養集》卷十《雲泉集句序》,《韓國文集叢刊》第 328 册,頁 396。

表達對友人深切的擔心。所有的擔心都寫在了信中，却没有大雁幫忙傳書，只覺消息來得太遲太慢了，詩中傳達出對戰爭的痛恨及對友人的思念。將這十首詩與李民宬的原作相比，二者的差異也很明顯，這與二人的身份角色相關。李民宬作爲兄長，與弟弟血脉相連，作品中的情緒更爲迫切，情感也更爲悱惻動人。申之悌作爲友人，相對比較平和克制，議論也較多。申之悌能在嚴苛的次韻集杜中寫出如此水準的詩歌，實屬不易。

如果説李民宬、申之悌的集杜詩還需要删七言爲五言，還有失粘出韻等情形，反映了朝鮮較早期集杜詩的面貌。那到金昌集集杜詩時，對杜詩已更爲精熟。根據詩序，這組詩寫於暮春季節，作者特別描寫了景色之美、環境之静，云"春深晝永，山局静寂，鳥啼花落，悄然送晷"，時光悄然流逝，頗覺歲月静好。前面我們已經略及數首，特別是第二十六首，春光明媚，友情彌足珍貴，整首詩明朗歡快。但作者這一時期畢竟經歷了家庭的重大變故，被迫隱居山野，在較多詩作中仍不可避免地流露出抑郁不平之氣。

第二首云："散地逾高枕，幽居近物情。鷄鳴還曙色，鷗泛已春聲。几杖將衰齒，漁樵寄此生。長安若箇畔，餘孽尚縱橫。"前四句寫隱居生活，作者遠離城市遠離朝政，更能親近自然。頷聯用"鷄鳴"、"鷗泛"寫出春天的氣息、隱居的特點，並且使畫面静中有動，富有活力。作者此時只有 45 歲，面對如此美景，却有强烈的衰暮之感，只想從此漁樵了餘生。什麼讓他如此心灰意冷呢？又是什麼讓他對世事不能完全無動於衷呢？原來在京城中還有"餘孽"在爲非作歹，禍害朝綱。最後一聯的轉折消解了前面散淡瀟灑的詩境，作者的心思得到更清晰的呈現。

又如第十首，詩云："幽獨移佳境，人烟時有無。日斜魚更食，水宿鳥相呼。衰謝多扶病，飢寒迫向隅。蒼茫步兵哭，處處是窮途。"詩作同樣描寫了鄉村美景，田園風光下流露出的仍是作者的焦慮與感傷。最後用阮籍的典故，描寫人生困頓、寸步難行的窘境。

金昌集運用201首杜詩完成了集杜詩的寫作,詩歌的平仄、押韻、粘對等都比較穩妥,没有勉强拼凑的痕迹,已經達到很高的水準。金昌集集杜詩的成就源於他精熟杜詩,他除了集杜詩32首外,文集中還有次杜詩6題37首,其中最有特色的是《用老杜秦州雜詩韻追記燕行二十首》。^① 金昌集不但有集杜詩,還有次杜詩,他對杜詩的接受是全面的,這在朝鮮文人中並非個案,很多文人的作品中都同時有次杜、擬杜、集杜之作,也有不少論杜之語,足見他們對杜甫及杜詩的關注,對此進行綜合研究,可以更清晰地看到杜詩在朝鮮傳播與接受的狀況。

(二)金堉集杜詩的詩史意識

金堉寫作集杜詩是源於文天祥集杜二百首的啓發。文天祥在詩中將自己忠君愛國的情懷、顛沛流離的艱難處境都已融入其中,如他自己所言:"凡吾意所欲言者,子美先爲代言之,日玩之不置,但覺爲吾詩,忘其爲子美詩也,乃知子美非能自爲詩,詩句自是人情性中語,煩子美道耳。子美於吾隔數百年,而其言語爲吾用,非情性同哉?"在集杜的過程中,文天祥已與杜甫融爲一體,兩人高度同化。金堉受文天祥影響,其集杜詩亦非單純的游戲之作。在集杜的過程中,其性情、其人格與杜甫相合,詩歌的風格也與杜詩更爲接近。文天祥又云:"昔人評杜詩爲詩史,蓋其以詠歌之辭寓紀載之實,而抑揚褒貶之意,燦然於其中,雖謂之史可也。"^②杜詩被稱爲詩史的原因有兩點,一是以詩記載一代之歷史,二是詩作如春秋筆法,抑揚褒貶都寄予其中。文天祥深得其中三昧,金堉對此也了然於胸,所以其集杜作品亦可視爲"詩史",不但記事且有對人對事

①《夢窩集》卷三《燕行塤篪錄》,《韓國文集叢刊》第158册,頁70。肅宗三十八年壬辰(1712)十一月,金昌集以謝恩兼三節年貢行正使的身份出使清朝,次年四月回朝復命。此次行程金昌集有《燕行塤篪錄》記録出使過程。
②《文山先生全集》卷十六《集杜詩·自序》,頁330。

的評判。

　　丙子六月，金堉第一次出使中國，關於此次使行，他有大量的文字記載，有《朝京日録》，有詩歌，有上疏、奏劄、書信，還有集杜詩。明朝於壬辰倭亂救朝鮮於危難之中，對朝鮮有再造之恩。此次使行由於清人的阻隔，金堉一行只能經由海上，路途不但漫長而且危險，即便如此，金堉仍然滿懷期待，如《次樂全韻》云："奉表來經弘濟院，橋邊祖帳日斜時。朝京路遠三千外，祝聖年宜億萬斯。天下壯游誠可喜，人間乍別又何悲。明春畢事辭皇極，好趁清和拜玉墀。"①詩中雖有離別的惆悵，更多的還是對"天下壯游"的向往，以及對完成使命的堅定信念。

　　但此次使行非常不順利，首先，因爲明朝與清朝戰事激烈，路途中頗多阻礙。當接近寧遠時，金堉一行雖在船中，炮聲已是不絶於耳，"（八月）二十六日，晴。聞關内之賊到永平府。炮聲自關内而來，連續不絶"。"（九月）十八日，晴。炮聲猶不止。""（九月）二十三日，晴。……寧遠城中，炮聲亦大震。"（卷十四《朝京日録》，頁268、269）

　　等十一月終於到達北京入住玉河館，接觸到的官員却又貪婪無恥，金堉記載云：

　　　　禮部尚書姜逢元，瀆貨無厭。頃以諮文事，歸罪小甲於文，累次杖之，仍爲拘繫冷堡，蓋索賄也。于文每來恐嚇云：尚書貪甚，不可不行賂，以免我罪。……以書册事呈文於主事（何三省）。主事曰：此皆題本已定之事，決難更改。蓋皆欲賄也。近來搢紳之間，貪風益熾。行賂者以黄金作書鎮挾於册中而進之。金價甚高云。（卷十四《朝京日録》，頁275—276）

禮部尚書姜逢元與主事何三省都藉故索賄，所以金堉説："中朝之官貪婪成風,政以賄成,禮部尚書爲尤甚,當奏之事亦不上請。"①由此,他感慨云:"外有奴賊,内有流賊。天旱如此,而朝廷大官只是愛錢,天朝之事亦可憂也。"(卷十四《朝京日録》,頁 279)

在《朝京日録》以及給朝廷的疏劄中,金堉如實反應了他所見到的明清戰事情况,以及明朝官員貪賄成風的腐敗狀况,但在詩作中,却只有對戰事的描述,如《海中望遼陽有感》云:"一自深河役,戎虜大充斥。居民各星散,强半罹鋒鏑。生者剃其頭,劫勒隸胡籍。從兹左海濱,百里斷人迹。川原莽空闊,有似黄沙磧。"(卷一,頁 10)真實反映了戰争對百姓的傷害、對生産的破壞,以及清人入侵對中原文化的摧殘。但關於明朝官場的黑暗、官員的腐敗,這些作品却只字未提,相關内容只出現在集杜詩中。

金堉寫作集杜詩始於逗留玉河館期間,詩中描寫了他思鄉盼歸的心情,朝見、領賞、開市、驗包等程序,對暹羅使臣的觀感,以及回國的具體路程。辭朝後,經通州、三河、薊州、玉田、豐潤、夷齊廟、沙河驛,至山海關、寧遠衛,然後重新入海,經覺華島、鐵山觜、平島、鹿島,到石多山,仍由水路返回朝鮮。無論是對重要事件的記載還是對歸程的描述,都很詳盡,充分體現了"詩史"的特點。而金堉對人物的褒貶、對中華民風的評判更是通過集杜詩來體現的,《嘆俗》云:"家家急競錐,漢道盛於斯。識者一惆悵,慎哀漁奪私。"《何提督三省》二首云:"郎官幸備員,謬通金閨籍。刻剥及錐刀,衣冠兼盗賊。""古人稱逝矣,能詩何水曹。索錢多門户,後生血氣豪。"(卷三,頁 50)詩中毫不隱諱地直指中國民風的貪婪,以及官員的索賄腐敗。對何三省的諷刺尤爲尖鋭,説他是穿著官服的盗賊,没有先人何遜能詩善文的才華,在索取賄賂上却能花樣百出。對中國民情以及官員作風的評價,如文天祥所言"抑揚褒貶之意,燦然於其中",從另一方面展現了"詩史"的特徵。

①《朝天録》之《回泊石多山》,《燕行録全集》第 16 册,頁 430。

　　金堉作爲朝鮮出使明朝的最後一任使臣，在丙子胡亂爆發後，明朝君臣給予他們從未有過的厚待與優禮，雖然在北京期間有諸多不愉快，但在他們回程時，明朝加倍賞賜禮物，派遣官兵隨行護送，並且敕令沿途各司，不得爲難朝鮮使行等。[①] 這樣的禮遇深刻影響了金堉對明清兩朝的看法，明亡後，他在緬懷明朝的同時對清人的憎惡也就更爲强烈。此後他兩次出使北京一次進入瀋陽，再無第一次出使時的激情，留下的文字只有少數詩歌及集杜詩。這些作品除了描述旅程及沿途風情，多表達對明清更替的感傷之情。如果説第一次出使金堉充滿期待的話，其後三次進入清朝他唯有深入虎穴的憂懼，如《次上使白軒韻》云："萬里東歸客，驅車乘月行。人心憂必樂，天道夏方亨。虎口千山遠，龍灣一水盈。翻思玉河鎖，時復夢魂驚。"《渡鴨江，次柳書狀韻》又云："百里驅征馬，三江夜已深。土疆離北國，人語喜東音。只樂炎暉去，何嫌露氣侵。鄉園如在目，歸興自難禁。"（卷二，頁 29）這兩首詩寫於第二次出使回國的途中，喜悦之情難以抑制，有逃離虎口重返家園的快樂。雖然第一次出使明朝入住玉河館後，深受幽閉之苦，[②]但當他此後不得不三次進入清朝時，第一次的不自由也值得懷念了，所以説"翻思玉河鎖，時復夢魂驚"，不時地想起玉河館不自由的幾個月，魂牽夢繞，當時的記憶一遍遍地進入夢鄉，讓他有不知今夕何夕之感。

　　無論是對中國人還是對朝鮮人而言，以清代明都是一件天翻

---

① 參見孫衛國《朝鮮王朝最後一任朝天使——金堉使行研究》，頁 230—236。
② 參見左江《明代朝鮮燕行使臣"東國有人"的理想與現實》，《域外漢籍研究集刊》第五輯，中華書局，2009 年 6 月。金堉《玉河館紀行書懷示書狀》亦云："自從此後便歸館，門鎖三重加棘刺。沉沉幽室積塵埃，冷壁寒簷落塗墍。耳無所聞目無見，無罪翻如有罪纍。空庭寥落寒漏永，明月滿窗愁不寐。雖非内服亦何疑，自古吾邦稱禮義。從前優待法令寬，柔遠鴻恩雲雨施。陪臣遠來父母國，出入何妨任其意。皇朝盛治冠古今，禮樂文物宜誇示。胡爲拘繫縮凍軀，十分未得窺一二。丁寧赤心欲上訴，九重高遠身難致。"（卷一，頁 19）

地覆的大事,但金堉一般的詩作中情緒表達非常含蓄。他也有表現時局變化的詩句,如"今逢地覆天翻日,痛哭關山淚濕纓"(卷二《有感》,頁34),又如"頻年來往惜名山,淪陷腥羶在此間。恰似西施臨老境,坐於塗炭整雲鬟"(卷二《鳳凰山》,頁44),但更多的只是對物是人非的感慨,如《謁夷齊廟》云:"砥柱亭前細磧堆,清風臺下水縈回。無顏更入夷齊廟,前度行人今又來。(卷二,頁42)到了集杜詩中,金堉則不再委婉也不再含蓄,將自己內心的悲憤以及對清人的鄙視都不加掩飾地表達出來。如《感遇》八首其中三首云:"羌人豪豬靴,其俗喜馳突。萬馬蕭騷騷,挾矢射漢月。""胡虜何曾盛,中原鼓角悲。煙塵繞閶闔,拔劍撥年衰。""降將飾卑詞,隱忍用此物。破竹勢臨燕,雜種抵京室。"(卷三,頁54)這一組八首詩寫於以輔養官入瀋陽時,詩中直接將清人比作禽獸,斥爲"胡虜"、"雜種",並且對明朝重整旗鼓收復舊河山充滿期待,其八云:"聖圖天廣大,樹立甚宏達。舊物森猶在,皇綱未宜絕。"(卷三,頁54)

　　隨著時間流逝,清人爲鞏固在中原的統治派兵四處征戰,平定各種反抗力量,驅逐南明殘餘勢力,金堉發現"反清復明"已是不可能,對明朝的期待也慢慢消失了。集杜詩如實描寫了硝煙四起的時代裏百姓的苦難生活,這也是不見於其他使行作品的內容,《感慨錄》中數詩云:

　　　　《千山村》二首之一:"四海一塗炭,千山空自多。居人茫牢落,喪亂飽經過。"

　　　　《風沙》:"陰風千里來,慘慘帶沙礫。宇宙一羶腥,中原氣甚逆。"

　　　　《山海城樓》:"戎馬關山北,城高絕塞樓。中原何慘黷,喪亂幾時休。"

　　　　《出軍》:"中原戎馬盛,突將且前驅。血戰乾坤赤,搶急萬人呼。"

　　　　《故宮》:"社稷纏妖氣,宗廟尚爲灰。興衰看帝王,回首一

悲哀。"（卷三，頁 54—56）

《三塗録》中《有感》數首云：

> 帝京氛祲滿，關輔久昏昏。黃圖遭污辱，無力正乾坤。
>
> 公主歌黃鵠，都人慘別顏。中原戎馬盛，慟哭望王官。
>
> 戎馬交馳際，衰年强此身。人憐漢公主，嗚咽淚沾巾。
>
> （卷三，頁 63）

《感慨録》與《三塗録》分別寫於金堉第二、第三次出使之時，詩中描寫了中華大地成一戰場的悲慘情景，百姓飽受戰爭的摧殘，整個中原似已成一片鬼域。對於清人統一全國的進程及政權的鞏固，無論是南明小王朝還是其他勢力都已無能爲力，詩中彌漫著傷感却又無可奈何的氛圍。以詩記史，以詩抒懷的功能在這些集杜作品中再一次得以充分發揮。

(三)金堉集杜詩的忠君愛民情

杜甫之所以爲杜甫，不僅僅因爲杜詩被稱爲"詩史"，如實記録了唐代由盛轉衰的歷程，還因爲他忠君愛國、一飯不忘君的精神爲後人所頌揚。金堉在朝鮮歷史上"操行經術爲世模楷，文章是其餘事"（尹新之《潛谷遺稿》序，頁 3），作爲一代政治家，他更是心懷國事，操勞不息。1650 年正月至三月期間金堉短暫退居平丘，數次上疏君王請求致仕，並將這一時期的心緒寄托在了《歸山居賦》中，賦中有數句云：

> 人生貴於適意，已息念於塵寰。納佩符於九重，爲野夫於林間。嗟莫救於蒼生，豈更押於朝班。慨世道之已焉，孰知余之投閑。時登皋而退矚，挂過眉之鳩斑。慕七里之羊裘，臨八節之清灣。遂平生之素志，味古人之一般。足可了於垂白，歸去來兮何慳。庶不墜於祖訓，疇余讖以孫屛。每一飯而不忘，獨此心之難删。（卷一，頁 9）

作爲七十一歲高齡的古稀老人，金堉希望能遠離朝政遠離喧囂，歸隱田園遁居山林，過上閑適自在的生活。但即便如此，"一飯不忘君"的忠君愛國情懷却絲毫不會改變。

這種對國家對民生的關注就成爲金堉其他幾組集杜詩《巡湖録》《居留録》《歸田録》的主旋律。1638 年至 1639 年間，他任忠清道觀察使，"時去亂未久，瘡痍甫起，北使相望，策應旁午，先君竭誠調度，凡所徵收並皆蠲省。歲又兇歉，講求荒政，凡諸奏條，言無不盡，或至再三，不得請不已。"①一年的時間裏，金堉請行大同均役法、造水車，刊行《救荒撮要》《辟瘟方》《己卯八賢傳》《薦科榜目》《己卯録》《楓巖集》，減輕百姓負擔，改善一方生產條件，提供必要的救荒治病的知識，建設地方的文化環境……，凡此種種，都如他詩中所言"憂國願年豐"（卷三《巡湖録》之《連山》，頁 53），跟他的愛國之情緊緊相連。

1647 年四月至 1649 年三月，在任開城留守期間，他亦是誠惶誠恐，詩云："居守付宗臣，小臣議論絕。新渥照乾坤，恐君有遺失。"（卷三《居留録》之《拜開城留守》，頁 56）因此他要不負君恩，努力爲一方百姓造福，同樣做了很多事情。

首先是抓教育，"先君到任，首先帖諭館儒院生及童蒙，且諭府内：凡民開敏可學者，使於月朔或以製述或以講讀或以書字來試於府。""又刊《孝忠全經》《論語正文》《童蒙先習》《史略》等書，以勸蒙學。""著《松都志》，以記家國之興喪，教化之得失，人才之盛衰，古今之風俗。"②

其次，節用度，減輕百姓負擔；又請推廣用錢法、井田制，爲一方百姓謀福利。輕斂薄賦也是金堉造福於民的一件功德，《收穫》三首云："吏呼一何怒，田家最恐懼。不獨陵我倉，糧粒或自保。"

---

① 《潛谷先生家狀》，收入《潛谷全集》，頁 519。
② 《潛谷先生家狀》，收入《潛谷全集》，頁 526。

"荒年自糊口,不厭北山薇。我倉戒滋蔓,脱粟爲爾揮。""租税從何
出,薄斂近休明。愿聞鋒鏑鑄,人藏紅粟盈。"(卷三,頁58)對於百
姓之疾苦金堉感同身受,所以他希望朝廷能薄斂輕賦,更希望不再
有戰争,兵器都改鑄成農具,家家糧滿倉足。

再次,設養老宴,推動敬老之風氣,彰顯君王之愛民,如其序中
所云:"瞻望北闕,在彼東方。明明聖主,視爾如傷。惟芹惟曝,尚
欲獻王。各獻爾壽,萬歲其長。"(卷九《松京養老宴詩序》,頁174)
養老宴是金堉在開城府留守任上的重要政績,他不但有序記事,而
且有集杜詩五言絶句六首、七言絶句五首記事。《養老宴》五絶四、
五兩首云:"喧闐慰衰老,隨時成獻酬。坐從歌妓密,舞罷錦纏頭。"
"接宴身兼杖,相逢皆老夫。真供一笑樂,擊鼓吹笙竽。"(卷三,頁
58)《老人宴》七絶三、四兩首云:"南極一星朝北斗,人生七十古來
稀。細推物理須行樂,來歲如今歸未歸。""風飄律吕相和切,横笛
短簫悲遠天。此日此時人共得,知章騎馬似乘船。"(卷三,頁64)在
一片喧囂熱鬧中,是對百姓安康的祝福,對國家富足的期待。

這種爲國、爲君、爲民的心聲在其他集杜詩中同樣得到了體
現,如:"幽燕通使者,供給悉誅求。回首黎元病,何時免客愁。"(卷
三《居留録》之《有感》其三,頁57)開城是中國使臣進入朝鮮王京的
必經之路,這時朝鮮與清朝剛建立藩屬關係不久,兩國關係緊張,
清朝爲監視朝鮮的情况,向朝鮮派出大量使臣,並且使臣多由滿人
及武臣擔任,這些人一路上誅求無極,朝鮮百姓深受其害,金堉對
此也憂心忡忡。

1650年,金堉已七十一歲,一邊是爲國爲民的熱情,一邊是歸
隱田園的憧憬,二者在心中糾結,令他難以平静,《歸田録》三十八
首就是這種心境的反映。"通籍踰青瑣,維時遭艱虞。聖情常有
眷,廊廟偶然趨",自己很幸運地步入仕途,深受君王的信任與器
重,自己也有爲君爲國的信念與理想,但又擔心力不從心,辜負了
君王的信任,不能真正爲國效力:"乾坤一腐儒,竊比稷與契。飛騰

急濟時,似欲忘饑渴。""恨無匡復姿,毫髮裨社稷。飄然去此都,出郊已清目。"既然於國於事無補,又年老體衰,不如退隱吧:"社稷堪流涕,論材愧杞梓。衰老不敢恨,搖落任江潭。""徐步移斑杖,官應老病休。時危人事急,獨立萬端憂。"隱居生活寧静而閑適,讓身心都得到了放松:"步屧深林晚,隨意坐蒼苔。熟知江路近,倚杖更徘徊。""閉户人高卧,喧争懶著鞭。自今幽興熟,送老白雲邊。"如此清幽的環境隔絶了塵世之紛擾,可以在此安享晚年了,但忠君愛國爲民生的想法總不時冒出來,撓亂了他内心的平静:"聞道花門使,捧擁從西來。蒼生今日困,供給亦勞哉。"聽説清朝的使臣又出使朝鮮了,他們求索無極,欲壑難填,沿途的百姓又要被盤剥,生活更爲困苦了吧。

　　如此心繫朝政,心繫民生,他又如何能安然隱居,真正地不問國事呢? 其忠君愛國的思想、一飯不忘君的精神的確與杜甫一脉相承,在集杜詩中得到了體現。

餘　論

　　關於集句詩的體制風格與創作特點,吴承學所論甚詳,他認爲"集句絶不是單純熟練地把前人的句子凑合起來,切合聲律就行了,其妙處在于思致,在于構成新的意藴","優秀的集句詩往往是詩人借他人酒杯,澆自己壘塊之作……交織著集句詩人與古人的雙重情意",[1]金堉及其集杜詩正驗證了這一點。他與杜甫有一種精神上的契合,其忠君愛國、一飯不忘君恍若杜甫再現;集杜詩以詩記事,表現劇烈動蕩的時代風貌,在描寫中寄予褒貶,揭示那一

―――――――――

[1]《中國古代文體形態研究》卷十《集句》,頁196、197。

時代朝鮮士人的心理特點，帶有明顯的"詩史"特徵。

　　吳承學認爲："集句之所以會引起人們的濃厚興趣，原因之一就是它在某種程度上暗合'陌生化'的美學原理。……在集句創作中，原作一般都是衆所共知的熟悉作品，但在欣賞集句時，人們大可不必去對原作知人論世，也不必去以意逆志。……語言形式對於集句詩人，就如'魔方'一樣，信手扭轉，變化無窮，所有的句子重新組合構成一個新的整體而具有新的意蘊，從而産生出人意外的'陌生化'效果，使讀者産生强烈的興趣。"①如果集句詩的一般原則是"陌生化"，那在集杜詩中却不甚適用，因爲不必知人論世、以意逆志，讀者對杜甫的人生都很熟悉，很容易將這樣的熟悉感帶入對集杜詩的欣賞評鑒中，而集杜詩的作者在利用杜詩時，多因爲對杜甫人格的推崇，對杜詩"詩史"性質的欣賞，在創作中也不由自主地在這些地方向杜甫學習靠攏，所以集杜詩跟一般的集句詩就呈現出差異性，詩中讓讀者感興趣的不是"陌生化"的閱讀體驗，而是似曾相識的親切感。如文天祥集杜詩中顛沛流離的生活情境、對時局的强烈關心，金堉詩中的詩史意識與爲國爲民的情懷，很難將他們跟杜甫區別開來，相反，集杜詩的作者似乎已與杜甫合二爲一，也正是吳承學所説的，這是"對於杜詩的一種心理體驗方式，其集句創作是一種與集句對象同化的過程"。

　　金堉在集杜詩中營造的親切感，首先是充分利用了杜詩所提供的廣闊時空，讓讀者在閱讀過程中感覺似曾相識，從而引發閱讀的快感，如《北征詩呈石室金尚書》（卷三，頁48）一首，這首詩寫於他作爲元孫輔養官入瀋陽時，詩中記載了他入清的過程，出發的時間是1643年十二月，作者在詩中首言："歲暮遠爲客歲暮，吾道竟何之秦州雜詩。"非常巧妙地點出了時間，以及遠行之惆悵與無奈。行至定州，遇上大雪紛飛的天氣："客行新安道新安吏，大雪夜紛紛舟中

―――――――――
①《中國古代文體形態研究》卷十《集句》，頁198。

夜雪○定州。"金堉行程中的真實地點是定州,與詩中的新安道並不相符,但夜逢下雪却讓人身臨其境。行至龍骨山城,詩云:"山城僅百層登白帝城,石角皆北向劍門○龍骨山城。"至連山館、高嶺,詩云:"連山晚照紅秋夜○連山館,雪嶺界天白錦水居○高嶺。"至甜水站、遼山,詩云:"天水相與永浼陂○甜水站,歸羨遼東鶴卜居○遼東。"作者在現實中行走的路線竟與作者引用的詩句完美一致。

　　這樣的一致性在集杜五言絶句《巡湖録》(卷三,頁53—54)中達到了極致。一種是詩題就直接出現在詩句中,如《連山》:"連山晚照紅。"《懷德雙清堂》:"宋公舊池館,心迹喜雙清。"《青山》:"青山自一川。"《石城》:"石城除擊柝。"《忠州彈琴臺》:"忠州三峽内,俛視大江奔。戰哭多新鬼,琴臺日暮雲。"一種是將詩題藏在了詩句中,如《黄澗》:"白露黄粱熟,侵籬潤水懸。"《鴻山》:"鴻雁幾時到,山深苦多風。"《報恩》:"報主身已老,恩榮錯與權。"《清風寒碧樓》:"樓雨霑雲幔,寒江動碧虚。清風爲我起,臨眺獨躕躇。"《文義憶重峰》:"文傳天下口,義仗知者論。"看起來像是文字游戲,但作者對杜詩的利用是如此嫻熟,毫無生澀勉强之感,並且能生動地表現出各地特色以及作者自己的所思所感。

　　金堉集杜詩所營造出的親切感,無論是文字的使用,還是其中的詩史意識、精神内涵,都難以讓讀者有陌生感,但這樣的熟悉又不會讓人覺得是在模擬抄襲,這大概就是"言盡矣"與"吾以己言言之"的關係,二者並不矛盾,雖然同樣的思想被一再重複,但"文學的定義既是必然的重複,同時又是自我消化:作者可以通過一種新排列或是未曾有過的表達成爲其話題的'所有者'"。[①] 金堉正是在這樣的"新排列"中延續了杜甫的精神,再現了杜詩的特色,也展示了自己一代朝臣的風貌。

---

① [法]蒂費納·薩莫瓦約著,邵煒譯《互文性研究》,天津人民出版社,2003年,頁60。

　　杜詩有"詩史"之稱,詩中反映的歷史事件很多、社會生活面很廣,我們再來重溫一下浦起龍的這段話:"昔人云:不讀萬卷書,不行萬里地,不可與言杜。今且於開元、天寶、至德、乾元、上元、寶應、廣德、永泰、大曆三十餘年事勢,胸中十分爛熟。再於吳、越、齊、趙、東西京、奉先、白水、鄜州、鳳翔、秦州、同谷、成都、蜀、縣、梓、閬、夔州、江陵、潭、衡,公所至諸地面,以及安犖之幽、薊,肅宗之朔方,吐蕃之西域,洎其出没之松、維、邠、靈,藩鎮之河北一帶地形,胸中亦十分爛熟。則於公詩,亦思過半矣。"①即使對時代、地點、事件都爛熟於胸,也只能"思過半"。即便如此,杜甫仍以其人格魅力以及精湛的詩作水準,吸引了衆多後世文人向他致敬。他的忠君愛國之心、他對時事的關注、他對親人友朋的深情讓人感動,他的窮愁潦倒、他的艱難困頓讓人動容,文人們學習他、模仿他,向他頂禮膜拜,這反映在朝鮮漢文學中,就是大量次杜、擬杜、集杜之作的出現。對朝鮮文人的集杜詩進行研究,可以更好地看到杜詩以及杜詩版本在朝鮮的傳播與影響,這對重新構建"杜詩史"同樣很有價值。

---

① 浦起龍《讀杜心解·發凡》,中華書局,2000 年,頁 6。

第六章　朝鮮知識女性與杜詩

引　論

　　相對於男性創作的繁榮，東國的女性創作要冷落得多，雖然女性文學的歷史也很悠久，可以上溯到漢代朝鮮津卒霍里子高妻麗玉的《箜篌引》，但就有文集流傳者而言，則盡出於朝鮮時代，張伯偉主編，俞士玲及筆者參編的《朝鮮時代女性詩文集全編》雖廣爲搜羅，也只收集到 39 種女性著作，其中別集 34 種，總集 3 種，專書 2 種。[①] 即便如此，在並不興盛的朝鮮女性創作中，還是可以看到杜詩的影響。略舉數例如下：

　　金三宜堂（1769—1823）《夫子久游不得意……即吟一律》一首，其中一聯云："才敵歐蘇否，詩如李杜何？"[②]視歐、蘇、李、杜爲詩文創作之評價標準。

　　金清閑堂（1853—1890）論詩曰："詩言志也，言志莫如老杜，其

---

①張伯偉主編，俞士玲、左江參編《朝鮮時代女性詩文集全編》，鳳凰出版社，2011 年。

②金三宜堂《三宜堂稿》，《朝鮮時代女性詩文集全編》中册，頁 753。

餘吐芳咀華、買櫝還珠之不能使人屈膝者流，無足齒算。"①除却杜詩皆不能入眼。

　　吳孝媛(1889—?)《龍巖社雅集十二首》之七云："題詩稱杜甫，種柳憶淵明。"②其《和寒雲袁公子克文》詩，被李能和評爲："漂泊異域，對境傷感，如讀一篇老杜之詩。"③

　　雖然朝鮮社會並不注重女性教育，但有些士大夫家庭還是會將杜詩當作女性的讀物，李縡(1680—1746)記載，其從弟婦出自安東金氏，"其聰明絕人，觀書過目成誦，尤喜讀《小學·立教》篇、《三綱行實》，錄杜甫詩若而首"。④ 金氏不但誦讀而且抄錄杜詩若干首，可見對杜詩喜愛與接受的程度。成海應亦曾記載，其仲侄婦柳氏能背誦《北征》。⑤

　　除了以上士大夫家庭的女性，亦有妓女學杜的例子，如琴仙金泠泠(1581—?)《逢故人》云"耽佳欲學杜工部，獨醒長隨屈大夫"，⑥其《次楚葵堂所贈韻》中"偶逢文士乞佳句，開口何能詠鳳凰"，⑦顯然是從杜詩《壯游》"七齡思即壯，開口詠鳳凰"脫胎而來。

　　雖然朝鮮女性會誦讀杜詩，或在詩文中提及杜甫、使用杜詩典故，但次杜、和杜之作却僅見於三位女性的作品。這三位女性分別是浩然齋金氏(1681—1722)、令壽閣徐氏(1753—1823)、幽閑堂洪

---

①金商五《清閑堂散稿序》，《朝鮮時代女性詩文集全編》中冊，頁 1361。

②吳孝媛《小坡女士詩集》上編，《朝鮮時代女性詩文集全編》下冊，頁 1535。

③《小坡女士詩集》中編，《朝鮮時代女性詩文集全編》下冊，頁 1571。

④李縡《陶庵集》卷四十六《從弟婦孺人安東金氏墓誌》，《韓國文集叢刊》第 195 冊，頁 466。

⑤成海應《研經齋全集》卷十六《仲侄婦文化柳氏墓誌》云："且傍從群兄學經史，於《孟子》尤熟。古今人賢不肖，以及天文醫藥，皆知其概。然一事韜晦，不輕以語人。其舅嘗令誦杜工部《北征》詩，雖不辭而不再誦也。"《韓國文集叢刊》第 273 冊，頁 383。

⑥金泠泠《琴仙詩》，《朝鮮時代女性詩文集全編》上冊，頁 263。

⑦《琴仙詩》，《朝鮮時代女性詩文集全編》上冊，頁 261。

氏(1791—?)，①她們生活的時間已是十七世紀末至十九世紀中葉，相對於男性作品中大量出現次杜、和杜之作的高麗時期而言，已遲了七八百年。那么，爲什么杜詩在朝鮮女性文人中的反響如此之遲？爲什么又只在這三位女性的詩文集中有較多的次杜、和杜之作？這是一個有趣的問題。

一　家庭環境與士族女性創作

李淑姬在《女性漢文學再考》一文中，將朝鮮的女性作品按照作者的身份差異分爲正室漢文學、妾室漢文學、妓房漢文學，並且認爲："從文學意義上講，應該把妾室漢文學歸類到妓房漢文學當中。享有漢文學教育的妾室大體有一個共同特性，那就是她們自身或她們的母親都是妓女出身。"②按照這樣的劃分方法，三位寫作和杜之作的女性都出身士族之家，爲嫡出子女，並以正室的身份嫁爲人妻，當歸於正室文學之列。

作爲士族女性，她們受到更爲嚴格的倫理道德的束縛，李能和云："朝鮮婦女之無教育普遍皆然，蓋以爲女子者，惟酒食是議，衣裳是縫，井臼是役而足矣。何用識字爲也？若女子識字，則反有玷累閨範之虞，而不爲教之也。"③婦女一般没有接受教育的機會，最

---

① 此外，淑善翁主(1793—1836)《宜言室卷》有《次杜甫絶句》一首(《朝鮮時代女性詩文集全編》中册，頁 974)。因數量太少，文中不特别討論。
② 李淑姬《女性漢文學再考》，載《忠南大學校人文科學研究論文集》第 20 卷第 1 號，1993 年，頁 213—241。論文原文爲韓語，此引用爲筆者翻譯。
③ 李能和《朝鮮女俗考》第二十二章《朝鮮婦女知識階層》，翰南書林、東洋書院，1927 年，頁 132。

多是在家塾中趁兄弟讀書時，從旁偷學。[①] 即便如徐令壽閣這樣聰明絕倫的女子，因祖母認爲"女子能文辭者多薄命"，也被禁止"學書，惟時時從諸兄弟傍聞其所讀誦"。[②] 雖然士族女性求學之路頗爲艱難，但畢竟家中父兄或出嫁之後的夫婿多是才學之士，爲她們營造了一個親近知識施展自身文學才能的環境。特別是到了朝鮮中後期，有些士人相對比較開明，會鼓勵家中的女孩子或者自己的妻子進行詩文寫作，也就出現了比較多的知識女性。因此，在士族女性漢文學修養的形成過程中，家庭環境起著至關重要的作用。

《朝鮮時代女性詩文集全編》除《歷代東洋女史詩選》《洌上閨藻》《李朝香奩詩》三種總集以外，其他 36 種文集共涉及 39 位女性作者，其中妾室或妓女 11 位，其他都爲士族女性，從中可以清晰地看出家庭環境在她們從事創作的過程中所起的作用。兹略舉數例：

《光州金氏逸稿》的作者金氏（約 1575—?），是雪月堂金富倫（1531—1598）之女、溪巖金坽（1577—1641）之姊、菊窗李燦（1575—1654）之妻。李敏求（1589—1670）評論道："令人金氏，考縣監富倫，退陶門人。弟司諫坽，……以風節獨行名。令人習於家，叶於從，美行懿範，宜甲於女史。"[③]金氏父、兄、夫都以文學著稱，她也是"習於家，叶於從"，有作品傳世。

《貞夫人安東張氏實記》的作者張氏（1598—1680），父張興孝

---

① 徐居正《東人詩話》卷下記載云："吾東方，絕無女子學問之事。雖有英姿，止治紡績而已，是以婦人之詩罕傳。有士族鄭氏，其弟兄有學者，鄭從傍竊學，頗能詩。"趙鍾業編《韓國詩話叢編》第 1 册，太學社，1996 年，頁 511。

② 洪奭周《淵泉集》卷三十五《先妣貞敬夫人大邱徐氏家狀》，《韓國文集叢刊》第 294 册，頁 101。

③ 李敏求《東州集》文集卷九《工曹正郎李公墓碣銘並序》，《韓國文集叢刊》第 94 册，頁 425。

（1564—1633），有《敬堂集》傳世。“（敬堂）先生惟一女，奇愛之，授以《小學》《十九史》，不勞而文義通”，①則張氏從小在家中接受了良好的教育。

《允摯堂遺稿》的作者任氏（1721—1793），號允摯堂。父親爲任適（1685—1728），適有五男二女，其中鹿門聖周（1711—1788）、雲湖靖周（1727—1796）都是朝鮮著名道學家。任氏自認爲“男女雖曰異行，而天命之性則未嘗不同”，②“婦人而不以任、姒自期者，皆自棄也”，③所以少時即受教於聖周，在兄弟之間亦以討論學問爲樂：“每諸兄弟會坐親側，或論經史義理，或論古今人物、治亂得失，姊徐以一言決其是非，鑿鑿中竅。諸兄歎曰：‘恨不使汝爲丈夫身。’”④任氏的家庭環境頗爲鼓勵女子受教育，任氏也有以著述求不朽的理想，生前即已編輯諸稿，留下了較多作品。

《山曉閣芙蓉詩選》作者申氏（1732—1791），號芙蓉堂，又號山曉閣。高靈申澈之女，石北光洙（1712—1775）、騎鹿光淵（1715—1771）、震澤光河（1729—1792）之妹。“高靈之申，世以文學顯”，申澈“聰明博洽，尤長於史學”，⑤三兄弟亦以能文稱譽一時。芙蓉堂生長於如此家族與環境中，耳濡目染，故學有所成。據其姪申奭相（1738—？）所撰《祭姑母尹夫人文》云：“昔我祖考妣以德義教於家，吾父兄弟三人以文詞震一世。夫人以我祖考妣之少女，興於三公

---

① 李玄逸《葛庵集》卷二十七《先妣贈貞夫人張氏行實記》，《韓國文集叢刊》第128 册，頁 330。

② 任允摯堂《允摯堂遺稿》之《祭仲氏鹿門先生文》，《朝鮮時代女性詩文集全編》上册，頁 566。

③ 《允摯堂遺稿》原集附録任靖周撰《遺事》，《朝鮮時代女性詩文集全編》上册，頁 583。

④ 《允摯堂遺稿》原集附録任靖周撰《遺事》，《朝鮮時代女性詩文集全編》上册，頁 581。

⑤ 申光洙《石北集》卷十六附録申光河撰《行狀》，《韓國文集叢刊》第 231 册，頁506。

之風,於書讀《内則》《曲禮》《列女傳》,於文章學漢魏古詩,其五七言有《安世房中》之遺音,自以爲《芙蓉堂集》者亦且數卷。"①申氏同樣也追求著述不朽,在世時已自編《芙蓉堂集》。

《静一堂遺稿》的作者姜氏(1772—1832),亦出身文獻世家,其家有《晋山世稿》《續世稿》行世。年二十嫁坦齋尹光演(1778—?)爲妻,丈夫號之曰静一堂。光演讀書,則"隅坐而聽,或問字畫,或問音義,諦視一過,遂即闇誦,又解奥義"。泊晚年,遍讀十三經,"又博觀典籍,古今治亂之迹瞭如指掌"。多與光演討論經史,有《答問編》。聞人有一言一行之善,輒録入以爲楷模,成《言行録》。②姜氏的知識素養受到丈夫的影響,著述則是在與丈夫的討論中完成的。③

由以上數例可以看出家庭環境,無論是出身還是嫁後,對士族女性從事創作都有著重要影響,而這樣的影響同樣反映在她們對杜詩的學習與接受之中。這裏我們不妨先看看許蘭雪軒(1563—1589)的情況。

從麗玉的《箜篌引》到真德女王的織錦詩,朝鮮女性從事文學創作的歷史可謂悠久,但直到有"海東第一女詩人"之稱的許蘭雪軒的出現,才慢慢建立了朝鮮女性文學的典範。④許蘭雪軒出身於陽川許氏,陽川許氏爲名門望族,在高麗朝五百年中,"作相者十一人,莞樞者六人,學士者九人,尚主五人,入仕於元者二人,封君者十四人,而代各有文章及名人",在朝鮮朝則"相者三人,贊成者二

---

① 申氏《山曉閣芙蓉詩選》附録申奭相撰《祭姑母尹夫人文》,《朝鮮時代女性詩文集全編》上册,頁611。

② 參見姜静一堂《静一堂遺稿》原集附録姜元會撰《行狀》,《朝鮮時代女性詩文集全編》中册,頁842—844。

③ 關於各位女性文人的情況參見張伯偉《朝鮮時代女性詩文集全編》各人文集解題。

④ 參見張伯偉《論朝鮮時代女性文學典範之建立》,載《中國文化》2011年第1期,頁192—208。

人，六卿者四人，功臣三人，學士十二人"。① 至蘭雪軒之時，家族文學之盛達到頂峰。父許曄之外，兄弟行中有許筬(1547—1612)、許篈(1551—1588)、許筠(1569—1618)，父子四人，俱掌制誥。筠稱"當時文獻之家，必以余門爲最云"。② 洪萬宗(1643—1725)《小華詩評》云："許氏自麗朝埜堂以後，文章益盛。奉事澣生曄，是爲草堂。草堂生三子，其二篈、筠，季女號蘭雪軒。澣之從叔知中樞珤，再從兄忠貞公琮、文貞公琛，皆以文章鳴。"③陽川許氏可謂是文學世家，許蘭雪軒成長於這樣的家庭環境中，爲她成爲"海東第一女詩人"創造了良好的條件。

許蘭雪軒生活的時代，杜詩在朝鮮社會可謂深入人心，先後刊刻過多種杜詩版本。除了刊行已有的各種杜詩版本外，朝鮮還透過王室之力，對杜詩進行翻譯、注釋工作，進一步擴大了杜詩的影響以及在朝鮮社會的傳播。杜詩影響之大，許蘭雪軒的兄弟們深有體會，其兄長許篈，在宣祖七年(1574)以書狀官出使明朝，途中遇到陝西舉人王之符，二人曾進行了長時間的筆談。分別時，王之符將邵寶《杜律鈔》贈予許篈。④ 許篈將書帶回國，在宣祖十五年(1582)又將此書轉贈許蘭雪軒，有書信云：

> 杜律一册，邵文端公寶所鈔。比虞注尤簡明可讀。萬曆甲戌，余奉命賀節，旅泊通州，遇陝西舉人王君之符，接話盡日，臨分，贈余是書。余寶藏巾箱有年，今輙奉玉汝一覽，其無

---

① 許筠《惺所覆瓿稿》卷二十四《惺翁識小録》下，《韓國文集叢刊》第74册，頁355。
② 《惺所覆瓿稿》卷二十四《惺翁識小録》下，《韓國文集叢刊》第74册，頁355。
③ 洪萬宗《小華詩評》卷下，《韓國詩話叢編》第3册，頁522。
④ 許篈《荷谷集》之《朝天記》中"八月初三日"記載，《韓國文集叢刊》第58册，頁446—448。

　　負余勤厚之意，俾少陵希聲復發於班氏之手可矣。①

《杜律鈔》或指邵寶的《杜律抄本》，②信中交待了得到此書的經過。許筠對它有較高評價，認爲比假托虞集的《杜律虞注》更爲簡明，可讀性更強。數年後他將此書轉贈許蘭雪軒，希望"少陵希聲復發於班氏之手"，將許蘭雪軒比作班昭，期待她能寫出像杜詩一樣的名篇佳作。現存的《蘭雪軒集》由其弟許筠編纂，或非許氏創作的全貌，但就現存作品來看，其中完全沒有受杜詩影響的痕迹。

　　如前所言，朝鮮士族女性的詩文寫作深受家庭影響，她們的創作很多是在與父兄或丈夫的唱和中完成的。就許蘭雪軒的情況來看，兄長許筠雖贈她杜詩，並以班昭期許，但在其存世不多的詩作中只有一首《次杜詩》。弟許筠是朝鮮歷史上的著名文人、詩論家，認爲杜詩雖是評價的標準，卻不是不可超越的，③其作品中亦無次杜、和杜之作。由此大概也能看出許氏兄弟雖推崇杜詩，但學習的熱情並不高，這或許也影響了許蘭雪軒對杜詩的接受。直至許蘭雪軒之後的一百多年，杜詩才終於在朝鮮女性文人的創作中得到積極的響應，而這三位女性學習、次作杜詩明顯受到家庭的影響。

---

① 許筠《荷谷集》雜著補遺《題杜律卷後奉呈妹氏蘭雪軒》，《韓國文集叢刊》第58 册，頁 393。

② 署名邵寶的杜詩選本、注本有三種，《杜律抄本》二卷、《杜少陵先生分類詩注》二十卷、《杜詩七言律注》三種，後兩種一般認爲是僞書。參見周采泉《杜集書録》卷三、卷十一的辯證，上海古籍出版社，1986 年，頁 129—132、頁672—673。

③ 如其在《惺叟詩話》云："先君送行詩帖，蘇相有'白玉堂盛久，黃金帶賜今'之句，人以爲佳。然朴守庵詩有'忽看卿月上，誰惜我衣華'之語，此乃警策。其挽眉庵詩'千秋滄海上，白日大名垂'，何必杜陵？"《惺所覆瓿稿》卷二十五，《韓國文集叢刊》第 74 册，頁 364。

二　三位士族女性的次杜詩

（一）金浩然齋的次杜詩

　　金浩然齋出身於安東金氏，爲仙源金尚容（1561—1637）四世孫、高城郡守金盛達（1642—1696）之女。安東金氏也是朝鮮歷史上的名門望族，至金盛達一家則爲著名的文學之家，其家庭創作有《安東世稿》一種，爲金盛達跟其妻延安李氏（1643—1690）的唱和之作。又有《宇珍》一種，收録了金盛達、其側室蔚山李氏及二人之女的詩作。金盛達“酷好吟詩，殆於成癖，一時詞伯諸人皆嘆服，往往閣筆而讓一頭。……有詩稿數卷藏於家”。① 其妻延安李氏，號玉齋，爲月沙李廷龜（1564—1636）曾孫女、玄洲李昭漢（1598—1645）孫女、月塘姜碩期（1580—1643）外孫女，父母兩系皆能文，李氏秉承此一傳統，故亦能詩。金盛達自己酷好吟詩，也鼓勵妻妾寫作詩歌，延安李氏的作品就較多金盛達指導的痕迹，如《安東世稿》第三首《次内詩》小序云：“十年前，客游長安，君在鰲山本家，以詩寄之，律法誤處，略加點改。”②其他金氏評語亦有若干，如“清妍有思”、“聲韻自高”、“清新高超”等。一家之長的態度決定了這個家庭文學創作的氛圍，所以金盛達與延安李氏、側室蔚山李氏及子女十有三人俱能詩。金氏家族另有《聯珠録》一種，也是家中成員的詩歌唱和集，金盛達與延安李氏所生子女共八人，其中次女（四弟）因嫁與王族密城君李栻，未能參與家人間的詩歌唱和，其他七人金

---

①尹拯《明齋遺稿》卷四十《高城郡守金公墓碣銘》，《韓國文集叢刊》第 136 册，頁 346。
②《朝鮮時代女性詩文集全編》上册，頁 328。

時澤（1660—1713）、李命世室（？　—1702）、金時潤（1666—1720）、李恒壽室（1674—1742）、金時濟（1677—1742）、金時洽（1679—1699）、金浩然齋、金時凈（1685—1723）以及側室蔚山李氏的唱和之作都收録其中。金浩然齋生長於這樣的文學家庭，亦深受熏陶，通經史，能詩文。①

《聯珠録》的創作與編輯源於長兄金時澤的倡導，其在《聯珠録》序中稱：

> 今吾年已四十有四矣，計餘日無多，而花樹團圓，未易爲期，思戀之情，日甚一日。有時念到，至忘寢食，而亦無可奈何。乃拈杜工部五言近體中同氣間酬贈詩十五，隨所思雜次以寄諸弟，以有和者，無論工拙亦皆編録。②

這是癸未（1703）季春，金時澤因爲思念弟妹，以次杜詩十五首分寄諸人，以求酬和，隨即將各人作品編撰成集，是爲《聯珠録》。集中除癸未春的唱和之作還包括壬申（1692）、辛巳（1701）兩次家庭成員的唱和詩作。③

杜甫有"情聖"④之稱，於人於事的關注廣泛而真摯，他關心妻兒、兄弟、親朋，關切國事社會民生，甚至一草一木一飛禽一走獸都會引發他的感慨，杜甫詩作中思念兄弟的作品與金時澤相契合，所以他選擇其中的十五首進行了次和。兹將杜詩及各人次韻之作列表如下（括號中的字爲尾聯韻字，下同）：

---

① 關於安東金氏注重女性教育、鼓勵女性創作的情況參見左江《安東金氏家族的女性教育與女性創作》，載《深圳大學學報》（人文社會科學版），2015年第3期。
② 《朝鮮時代女性詩文集全編》上册，頁391。
③ 參見具智賢《從〈安東世稿〉附〈聯珠録〉看金盛達家族文學活動之面向》，載《韓國古典女性文學研究》第九輯，2004年，頁45—83。
④ 梁啓超《情聖杜甫》，載《杜甫研究論文集》一輯，中華書局，1962年。

杜甫	金時澤	金時潤	李恒壽室	金浩然齋
遣興（期）	次杜工部憶弟娣遣興之作寄示諸弟	謹步伯氏次杜韻述懷		襄伯氏思戀諸弟，次杜律十五首，乃以一軸見投，阻面慕想之餘，得此顏以慰情。信筆次韻，先得十餘首録呈
憶弟二首（流、稀）	次工部憶弟韻二首	去年正月娣氏喪出於京第，而余方在洪州，兒輩以重病出入死生之關，畢竟季女夭化於痘症，相守悲憂，不能捨而之遠。娣氏之葬，竟未得臨穴，永抱終身之痛焉。伯氏有爲姊氏悼亡之作，謹步其韻，以述悲恨（流）		次屬四兄（流）次屬五兄（稀）
得舍弟消息（床）	次工部得舍弟消息悼洽			次韻悼念七兄
得弟消息二首（魂、絲）	次工部得舍弟消息韻示道以二首		孤索忽奉伯氏次工部同氣間酬贈詩一軸，不勝欣聳，謹次其屬六弟詩韻仰復二首	次韻悼念仲氏（魂）憶家雜次（絲）
月夜憶舍弟（兵）	次工部月夜憶舍弟韻示諸弟			憶家雜次

續表

杜甫	金時澤	金時潤	李恒壽室	金浩然齋
送舍弟穎赴齊州三首（迷、哉、鴻）	春日憶弟妹次工部贈弟穎詩韻三首			次韻效古體（哉、鴻）
得舍弟觀書，自中都已達江陵。今茲暮春月末，行李合到夔州，悲喜相兼團圓可待賦詩即事情見乎詞(憂①)	道以棲遑魯中，近又見殤歸，其情益可悲也。次工部得弟觀書詩韻却寄			次韻效古體
喜觀即到復題短篇二首（秦、星）	次工部贈觀詩二首寄弟妹			次韻效古體
舍弟觀歸藍田迎新婦送示二篇（杯、樓）	次工部贈觀歸藍田韻寄兩妹二首			次韻效古體（杯）
遣興（期）	弟妹各歸他處，而獨仲君相隨在此，甚慰我懷。今令渠同和此軸，而獨無爲渠作一詩，是爲可恨，故疊首韻以屬之			

　　其中金時潤次韻二首,李恒壽室二首,金浩然齋次韻多達十三首,唯"迷"、"樓"二韻未有次和。

　　金浩然齋是金氏家族女性中作品流傳至今數量最多者,著述

────────────

①憂,杜甫原詩韻字爲"憂",無異文,金時澤誤作"愁",金浩然齋改回"憂"。

有《鰲頭追到》《自警篇》《浩然齋遺稿》三種，其中詩作有兩百餘篇。
但除次和兄長金時澤的這十三首以外，再無其他次杜、擬杜之作，
其受家庭成員的影響之迹非常明顯。

（二）徐令壽閣與洪幽閑堂的次杜詩

再看另兩位寫作擬杜、次杜詩作的女作家——令壽閣徐氏及
其女幽閑堂洪氏。令壽閣徐氏，爲監司徐逈修（1725—1778）之
女，母親（1726—1775）也出身安東金氏，爲清陰金尚憲（1570—
1652）七世孫、渼湖金元行（1702—1772）之女。父母兩系皆有文
學傳統。十四歲嫁豐山洪仁謨（1755—1812），豐山洪氏也是文學
世家。徐氏生長於文學家庭，其父“居家，常閉戶讀書，不問家有
無”，兄弟三人“皆蔚然有文行”，而她“尤聰悟好書，識度絶常人”。
雖未正式開蒙受書，“時時從諸兄弟傍聞其所讀誦，未及笄已博涉
經籍”。[1] 歸洪仁謨後，丈夫喜爲詩，“晚歲在郡邑無可與唱和者”，
乃“以唐律詩一卷與之，未浹旬即能作律詩，長篇硬韻，無不立
就。……前後得數百餘篇”。[2] 所以徐氏的漢文學素養一來源於父
兄的熏陶，二來源於丈夫的鼓勵。

幽閑堂洪氏爲洪仁謨與徐令壽閣之女，是淵泉奭周（1774—
1842）、沆瀣吉周（1786—1841）之妹，永明尉顯周（1793—1865）之
姊。在此文學家庭中，人人都有文集傳世。父有《足睡堂集》，母有
《令壽閣稿》，伯氏有《淵泉集》，仲氏有《沆瀣集》，季弟有《海居詩
抄》，幽閑堂亦有詩作數百篇，去世後由其婿李大愚編輯成《幽閑
集》。

令壽閣與幽閑堂雖都有文集傳世，但她們實際從事創作的

---

[1]《淵泉集》卷三十五《先妣貞敬夫人大邱徐氏家狀》，《韓國文集叢刊》第 294
　册，頁 101。
[2]《淵泉集》卷三十五《先妣貞敬夫人大邱徐氏家狀》，《韓國文集叢刊》第 294
　册，頁 102。

時間並不長。《令壽閣稿》中的作品寫於癸亥（1803）至壬申
（1812）年間。癸亥，洪奭周以書狀官出使清朝，"先考爲五絶句
以送之，先姚亦用其韻。……先姚平生未嘗爲詩，爲詩蓋自此
始"。① 至壬申年，洪仁謨去世，"自先考喪後，遂絶不復作"。② 實
際上癸亥年只有《寄長兒赴燕行中》五首，其後的作品開始於戊辰
（1808）年，所以她真正從事詩歌寫作的時間只有戊辰至壬申的五
年間。

　　幽閑堂的情況稍微複雜一些。她的詩作較多與家庭成員的唱
和之作，加上父母的《足睡堂集》與《令壽閣稿》都是按年代編次，將
幽閑堂現存作品與父母的詩作進行比照，大致可以推斷其創作時
間。《幽閑集》的第一首爲《次仲氏韻》，與《足睡堂集》中的《次兒輩
排律韻》爲同韻之作，寫於丁卯（1807）年。集中最後四首爲《和永
明寄示韻四首》已遲至壬寅年（1842），但在此之前的三首爲《次
杜》，原詩爲杜甫的《佐還山後寄》，《足睡堂集》中亦有同韻《次杜》
之作，寫於1810年，則幽閑堂的《次杜》三首也可能寫於是年。此
後足睡堂與令壽閣寫於辛未（1811）、壬申（1812）兩年的作品再無
幽閑堂的酬和之作，並且這兩年洪氏家族成員中比較重要的詩歌
活動她都沒有參加。如1811年，足睡堂有《自東至咸各命題共賦
（三十首）》，令壽閣有和作《自東至咸命題定韻各賦一律（選八）》，
洪奭周亦有《敬次家大人雜詠韻（三十選五）》，洪顯周有《分平聲三
十部命題共賦七律以紀名勝樂事（選四）》，③却没有看到幽閑堂的

---

① 《淵泉集》卷四十三《家言下》，《韓國文集叢刊》第 294 册，頁 239。
② 《淵泉集》卷三十五《先姚貞敬夫人大邱徐氏家狀》，《韓國文集叢刊》第 294
　　册，頁 102。
③ 數人詩作分別見《足睡堂集》卷四（《韓國文集叢刊續》第 103 册，頁 655）、《令
　　壽閣稿》（《朝鮮時代女性詩文集全編》上册，頁 659）、《淵泉集》卷三（《韓國文
　　集叢刊》第 293 册，頁 75）、《海居齋詩鈔》卷一（首爾大學校奎章閣韓國學研
　　究所藏筆寫本《洪顯周詩文稿》第 6 册，頁 3b）。

身影。幽閑堂之夫爲沈宜轃（1796—1827），二人何時成婚不得而
知，考慮到幽閑堂比沈年長五歲，1810 年沈宜轃 15 歲，幽閑堂已 20
歲，也許二人即於是年成婚，所以幽閑堂的作品基本都創作於其陪
伴在父母身邊之時，在其嫁爲人妻後就停止了詩歌寫作。正如李
大愚在序中所云：“及恭人没，而胤子誠澤檢箱筐故紙，得少日所爲
詩數百篇。”①與詩作呈現的時間情況一致。因爲其 1807 年只有詩
作一首，則幽閑堂的創作集中在戊辰（1808）至庚午（1810）的三年
之間。

　　令壽閣與幽閑堂生活在濃郁的文學氛圍之中，作品亦以次韻
及唱和之作爲多，②如張伯偉在解題中所云：“徐氏詩稿以次韻、唱
和之作居多，其對象一爲古人，二爲家人。古人中以杜甫居首，凡
二十七題，王維次之，凡九題，以下李白四題，陸游四題，陶淵明三
題，孟浩然兩題，蘇軾一題。”③“洪氏生長於文學家庭，……故《幽閑
集》中頗多家庭内部唱和之作。……《幽閑集》以次韻之作居多，從
中可見洪氏廣泛學習諸家作品，除《古詩十九首》、陶淵明、李白、杜
甫、王維、孟浩然、李商隱諸大家名作外，如宋之問、劉長卿、李益、
武元衡、許渾、劉滄等，皆在次韻之列。又於東國詩人作品，如梅月
堂（金時習）、芝峰（李睟光）等人，亦有追和之作。”④令壽閣與幽閑
堂的次和古人之作，能清楚看到家中男性成員的影響，如令壽閣有
次陸游詩四首，分別爲《擬放翁白帝泊舟》《擬放翁雙柏》《次陸夕

---

①《幽閑集》序，《朝鮮時代女性詩文集全編》中册，頁 883。

②寫作《次杜甫絶句》一首的淑善翁主也是洪氏家族的一員。她是正祖之女，
　年十二嫁與洪顯周。其《宜言室卷》中作品大致有兩類：一爲次韻之作，所
　次多爲唐詩，自許敬宗至皇甫冉。一爲自吟、偶吟、即景、雜詠之作，皆爲其
　興之所至，信筆而成”（《朝鮮時代女性詩文集全編》中册，頁 933）。

③《朝鮮時代女性詩文集全編》上册，頁 616。次杜詩實際是二十八題，包括《憶
　清潭》一首，這首跟足睡堂的《春日憶鷗湖拈杜韻》一起次杜甫的《寄高三十
　五詹事》。

④《朝鮮時代女性詩文集全編》中册，頁 871。

雨》《次陸夜意》，後三首在《足睡堂集》中都能找到同樣的次韻詩。
又如《次東坡詠雪》在洪仁謨、令壽閣、幽閑堂作品中有同題同韻
詩作。又如對《古詩十九首》的擬作，洪奭周有《和憲仲步古詩十
九首韻》，其文集中所選七首韻脚分别爲“飯、守、迫、爲、時、期、
衣”七個字，可見對《古詩十九首》的擬作源於洪吉周，其後家中成
員分别擬作，洪仁謨有《擬古詩仍次其韻》，韻脚爲“守、迫、飛、益、
爲、語、寶”六首；令壽閣有《擬古詩仍次其韻》，韻脚爲“飯、迫”二
首；幽閑堂次作《西北有高樓》《明月皎夜光》《庭前有奇樹》《驅車
上東門》《去者日以疏》《人生不滿百》六首，韻脚分别爲“飛、益、
時、素、因、期”；洪顯周有《擬古詩十九首》，韻脚爲“守、辛、爲、
察”四首。①

　　洪仁謨家庭與金盛達家庭一樣都是朝鮮歷史上著名的文學
之家，家庭内部的文學活動也非常活躍，洪氏家庭雖然没有像金
盛達家庭的《安東世稿》《聯珠録》那樣專門的唱和集，但每個人都
有文集傳世，將文集中的作品進行比對，除上面提到的唱和古人
之作，家庭成員中其他的詩作往還同樣非常頻繁。如洪仁謨有
《隴西雜詠得高字》《得卧字》二首，令壽閣有《以“何如高卧東窗”
分韻賦各體》數首，幽閑堂有《分韻得窗字》《又得何字》《又得卧
字》《又得高字》四首，洪奭周有《又以卧字賦五古》《憲仲用如字集
句，又賦之》二首。② 根據洪奭周的詩題《憲仲用如字集句又賦
之》，可知洪吉周也参加了此次家庭成員間分韻賦詩的活動。　又

---

① 數人詩作分别見《淵泉集》卷三（《韓國文集叢刊》第 293 册，頁 72）、《足睡堂
　集》卷四（《韓國文集叢刊續》第 103 册，頁 632）、《令壽閣稿》（《朝鮮時代女性
　詩文集全編》上册，頁 637）、《幽閑集》（《朝鮮時代女性詩文集全編》中册，頁
　901）、《海居齋詩鈔》卷一（《洪顯周詩文稿》第 6 册，頁 1a）。
② 數人詩作分别見《足睡堂集》卷三（《韓國文集叢刊續》第 103 册，頁 631）、《令
　壽閣稿》（《朝鮮時代女性詩文集全編》上册，頁 634）、《幽閑集》（《朝鮮時代女
　性詩文集全編》中册，頁 895－896）、《淵泉集》卷三（《韓國文集叢刊》第 293
　册，頁 70）。

如洪仁謨有《季兒寄示東嘉十詠》十首，令壽閣有《次季兒東嘉十詠》十首，幽閑堂有《東嘉十景》十首，洪奭周有《次永明弟東嘉十景韻》，則此次詩作唱和的倡導者是永明尉洪顯周。① 再如洪仁謨、令壽閣、幽閑堂、洪奭周都有歌詠鷗湖十六景的詩作，②洪奭周的詩題爲《次憲仲寄示鷗湖十六景韻》，則洪吉周同樣參加了此次詩作唱和。略舉數例，我們大概能够瞭解洪氏家庭成員間詩作往還的狀況。

　　同樣，這種家庭間的詩作唱和也延伸到次杜、擬杜之中，其中尤以洪仁謨的倡導之功爲大。因爲徐令壽閣的創作時間集中在1808 年至 1812 年，洪幽閑堂的創作時間是從 1808 年到 1810年，所以可以列表將 1808 年至 1812 年之間洪仁謨與令壽閣、幽閑堂的擬杜、次杜之作進行排列比較（洪仁謨個人的次杜之作暫不考慮）：

---

① 數人詩作分別見《足睡堂集》卷三（《韓國文集叢刊續》第 103 册，頁 633）、《令壽閣稿》（《朝鮮時代女性詩文集全編》上册，頁 637）、《幽閑集》（《朝鮮時代女性詩文集全編》中册，頁 903）、《淵泉集》卷三（《韓國文集叢刊》第 293 册，頁71）。洪顯周《東嘉十景十七歲作》見《海居齋詩鈔》首編（《洪顯周詩文稿》第 5册，頁 1a）。《海居齋詩鈔》首編只收錄洪顯周《東嘉十景》及足睡堂、令壽閣、洪奭周、洪吉周次作，無幽閑堂次詩。後有洪仁謨跋文，云：“己巳（1809）孟秋，季兒自京寄示原韻，伯兒已次其韻同來。時民在献衈，朱墨多暇，乃與淑人及仲兒共步其韻，遂作一軸送示季兒，仍令藏弄。庸作傳示子孫，一以示祖先文墨遊戲之舉，一以勸子孫勤業勿墜之意。俾毋歸一時漫興無益吟詠，則其爲可傳者當如何也？此惟在汝，勉之勉之。老父書于隴西府中，時季秋下瀚。”
② 數人詩作分別見洪仁謨《足睡堂集》卷三《鷗湖十六詠呼韻》（《韓國文集叢刊續》第 103 册，頁 633）、徐令壽閣《令壽閣稿》之《鷗湖十六詠命韻共賦（選七）》（《朝鮮時代女性詩文集全編》上册，頁 636）、洪幽閑堂《幽閑集》之《鷗湖十六詠》（《朝鮮時代女性詩文集全編》中册，頁 898）、洪奭周《淵泉集》卷三《次憲仲寄示鷗湖十六景韻》（《韓國文集叢刊》第 293 册，頁 70）。洪吉周也參加了此次家庭詩作唱和，惜未尋得其詩作。

杜甫	足睡堂洪仁謨	徐令壽閣	洪幽閑堂
蜀相			蜀相（襟）
冬日有懷李白			冬日懷李白
春水		次杜春水	
入宅		和杜入宅	和杜入宅韻
白帝城最高樓			和杜白帝城最高樓韻
吹笛			和杜吹笛韻
初月		和杜初月	和杜初月韻
登牛頭山亭子（叢）	次杜牛頭寺韻（叢）	次杜牛頭山亭子韻憶游歸真寺人（叢）	
晚晴		和杜晴	
天河		次杜天河	
寄高三十五詹事	春日憶鷗湖拈杜韻共賦	憶清潭	
嚴鄭公宅同詠竹	擬杜甫嚴鄭公宅詠竹	次杜嚴公宅詠竹	次杜工部詠竹
課小豎鋤斫舍北果林枝蔓荒穢淨訖移床三首（低）	擬杜鋤斫果林枝蔓移床	待長兒之行用杜韻	次杜鋤果林枝蔓移床韻
玉臺觀			次杜玉臺觀
春日江村			步工部春日江村
水檻遣心（家）			次杜水檻遣心
晚秋陪嚴鄭公摩訶池泛舟			次老杜秋泛摩訶池
觀李固請司馬弟山水圖（壺）			次拾遺觀山水圖（壺）

續表

杜甫	足睡堂洪仁謨	徐令壽閣	洪幽閑堂
小園		次杜小園	
月圓		次杜月圓	
登牛頭山亭子（叢）		次杜韻	
晴（心）	次杜晴韻		次杜晴
峽口（金）			次杜峽口
九日五首（催）	九日登高驛使過期不回因次杜韻		九日次杜
客夜			次杜
秋興八首	次老杜秋興八首	次杜秋興（砧）	次杜子美秋興（砧，花，肥，思，班）
湘夫人祠			次杜湘夫人祠韻
秋野（香）			雪夜次杜韻
至夜			次杜韻至夜
遣意（賒）	次杜		次杜
雙燕			次杜雙燕
王十七侍御掄許攜酒至草堂奉寄此詩便請邀高三十五使君同到（回）		拈杜韻	
晚出左掖		臘日次杜	臘日和杜
題桃樹	次杜桃樹		題桃
江上	次杜江上		次杜江上
奉酬嚴公寄題野亭之作		次杜野亭	
院中晚晴懷西郭茅舍		使自燕還用杜韻	
第五弟豐獨在江左近三四載寂無消息覓使寄此二首（求）		聞舍弟牧楊州	次杜韻；疊呈舅氏
登岳陽樓			和杜登岳陽樓

續表

杜甫	足睡堂洪仁謨	徐令壽閣	洪幽閑堂
瞿塘兩崖			次杜瞿塘兩崖
卜居			次杜卜居
纜船苦風戲題四韻奉簡鄭十三郎判官泛			次杜纜船苦風
登樓			次杜登樓
雨(帷)			次杜雨
曉望白帝城鹽山			次杜
斗鷄;山館		次杜(黃,安)	
雨(臺)		雨中次杜	
雨不絕(歸);溪上(華)	九月初一日次杜(歸)	次杜(歸,華)	次杜溪上(華)
九日登梓州城		小重陽次杜(窮二首)	
收京三首(初);①野望(林);天末懷李白(羅)		次杜(初,林,羅)	
暮春題瀼西新賃草屋(屏);佐還山後寄(携)	次杜(屏,屏,携)	次杜(屏二首)	次杜(屏);次杜(携三首)
長吟		次杜	
野望(林);陪鄭廣文游何將軍山林(苔);又雪(朝);秦州雜詩(聞)	次杜(林)	次杜(林,苔,朝,聞)	
泛江送魏十八倉曹還京	次杜韻送徐僉使有用往揚州衙中	次杜韻送庶弟有用適舍弟楊州任所	
初月		立春次杜	

---

①《收京三首》其一韻脚四字爲"除、居、書、初",令壽閣的《次杜》韻脚爲"除、書、居、初",四個字的順序不同。次韻,亦稱步韻,就是依次用原韻、原字按原次序相和,所以令壽閣這首次韻之作並不嚴格。

　　不考慮洪仁謨個人的次杜詩，也不考慮洪奭周、洪顯周等人的
同次杜詩，在這短短的四年間，洪仁謨、令壽閣、幽閑堂的次杜詩一
共用到 61 題 68 韻杜詩（《登牛頭山亭子》《野望》用到兩次），其中足
睡堂、令壽閣、幽閑堂共同唱和的有《嚴鄭公宅同詠竹》《課小豎鋤
斫舍北果林枝蔓荒穢净訖移床》《秋興八首》《暮春題瀼西新賃草
屋》四題；足睡堂與令壽閣唱和的有《登牛頭山亭子》《寄高三十五
詹事》《雨不絕》《野望》《泛江送魏十八倉曹還京因寄岑中允參范郎
中季明》五題；足睡堂與幽閑堂唱和的有《晴》《九日》《遣意》《題桃
樹》《江上》《佐還山後寄》六題；令壽閣與幽閑堂唱和的有《入宅》
《初月》《晚出左掖》《第五弟豐獨在江左近三四載寂無消息覓使寄
此》《溪上》五題。

　　令壽閣徐氏生長於文學之家，自己也穎悟過人，但輕易不在人
前展露才華，"非與父母昆弟語，未嘗一及文字"。在嫁給洪仁謨
後，也"未嘗觀書"，"絕不肯操筆臨紙，曰：非婦人事也"。[①] 其詩歌
創作也是源於丈夫的要求。如前所言，徐氏作品以與家人的唱和
之作及次韻古人作品爲多，其中次杜詩二十八題，跟家人一起唱和
的有十三題，個人和杜詩十五題，僅爲她一人所用到的杜詩達二十
一首。洪幽閑堂的情況亦頗相似，其婿李大愚云："雅聞恭人通經
史，嫺詩禮，蔚有女士譽。每覿之，不覺有異於人，唯營米鹽治絲麻
謹而已。愛余甚，語纏纏無不盡，獨不及文字事。余恃愛，往往請
之固，而亦不肯答。"[②] 幽閑堂作品也以唱和次韻杜詩爲最多，共三
十八題。除十六題爲跟父母一起唱和次韻之外，其他二十二題都
爲個人次作，用到二十二首杜詩。

　　與金浩然齋相比，令壽閣與幽閑堂對杜詩的學習借鑒又有所
不同。金浩然齋的十三首次杜詩完全是對兄長金時澤詩作的應

---

① 《淵泉集》卷三十五《先妣貞敬夫人大邱徐氏家狀》，《韓國文集叢刊》第 294
　　册，頁 101—102。
② 《幽閑集》李大愚序，《朝鮮時代女性詩文集全編》中册，頁 883。

答,而令壽閣、幽閑堂除了與家庭成員之間的唱和,更多的還是個人對杜詩的仿作、模擬。爲何有這樣的不同,也是一個需要探討的問題。

三　洪氏家族女性次杜原因

　　杜詩在洪氏家族中的盛行,與正祖對杜詩的崇揚密不可分。

　　正祖(1752—1800,1777—1800 在位)可謂朝鮮歷史上最愛好學問的君王,在春邸時即喜好撰書編書,現傳世著述有《弘齋全書》一百册。他對中國文學有精深的理解,通過書籍的編撰以及與朝臣的談話,將他對作家作品的褒貶清晰地傳達出來。據其《群書標記》,正祖早在壬子(1792)就曾親自編撰中國詩歌總集《詩觀》,上起《詩經》,下至明詩,共收詩七萬七千二百一十首,成五百六十卷。正祖親自撰寫了《詩觀》的編撰義例及序,很明確地説明了自己取捨的標準,"自風謡雅頌,大家名家,正始正變,羽翼旁流,以及於金陵之諸子,雪樓之七家,無不俱收並蓄廣加集成,爲五百餘卷。而若孟郊、賈島、徐、袁、鍾、譚四子則不與焉,以其體法寒瘦,音韻噍殺,實非治世之希音。故存拔筆削之際,自以錘秤衮鉞寓於其間,此意不可以不知。"①《詩觀》雖包羅並蓄,但還是強調治世之音,所以不取孟郊、賈島、徐渭、袁宏道、鍾惺、譚元春的作品,因爲"郊島之寒瘦,往往令人幽悄不樂","徐袁之尖新巧靡,鍾譚之牛鬼蛇神",都是正祖要"顯黜而痛排"的。②

①正祖《弘齋全書》卷一百六十三《日得録三》,《韓國文集叢刊》第 267 册,頁193。
②正祖《群書標記二·御定二》,張伯偉編《朝鮮時代書目叢刊》第 2 册,中華書局,2004 年,頁 1001、1005。

　　在中國詩人中,正祖最欣賞的要算杜甫與陸游,《詩觀》中對二
人有極高評價,"杜甫渾浩汪茫,千彙萬狀,兼古今而有之。又以忠
君憂國,傷時念亂爲本旨,讀其詩可以知其世,謂之詩史不亦宜乎?
若其詞氣風調之光焰萬丈,具有古人之定論"。① 一來肯定了杜詩
集大成的地位,二來強調了杜甫忠君愛國的精神,三來突出了杜詩
"詩史"的特點,而這三點頗能得杜詩之要領。關於陸游,正祖云:
"陸游記聞足以貫通,力量足以驅使,才思足以發越,氣魄足以陵
暴。若游者,學杜甫而能得其心者矣。又其忠愛之誠見乎辭者,真
可謂每飯不忘,故其詩浩瀚融貫自有神合,此其所以爲大家也。"②
強調陸游學習杜甫,其忠君愛國之誠,一飯不忘君的精神跟杜甫非
常接近。可以説,正祖是從陸游學杜而神似杜這一點上肯定陸
詩的。

　　此後,正祖還多次贊嘆杜甫與陸游的詩歌作品。《日得録》爲
正祖時朝臣記録正祖言論的典籍,記載時間始於癸卯(1783),第一
類即是《文學》,其中多次論及杜甫及陸游詩作。大約從丁巳
(1797)開始,正祖就有刊印杜甫及陸游律詩的計劃,所以這一年的
《日得録》中,正祖論及杜詩及陸詩的内容尤其多。如論杜詩云:

　　　　子美之於詩,衆美咸備,神而化之,何莫非渢渢大雅之
　　諧音?③
　　　　近體出而詩道一變,然杜陵之近體爲古今冠者,以其有雄
　　渾處雄渾,澹宕處澹宕,謹嚴處謹嚴而然也。④

杜詩已臻詩歌之極致,上承風雅,各體兼善,近體詩更爲古今之冠,
但正祖對杜詩的推崇更源於杜甫忠君愛國的人格,以及以詩記史

---

①《群書標記二·御定二》,《朝鮮時代書目叢刊》第 2 册,頁 999。
②《群書標記二·御定二》,《朝鮮時代書目叢刊》第 2 册,頁 1004。
③《弘齋全書》卷一百六十五《日得録五》,《韓國文集叢刊》第 267 册,頁 237。
④《弘齋全書》卷一百六十四《日得録四》,《韓國文集叢刊》第 267 册,頁 219。

的特點：

> 杜甫詩，理致事實俱備，一代之史也，烏可以一詩人少
> 之哉？①

相對於杜詩幾臻完美的狀況，陸游的詩作缺點非常明顯，正祖對此
也有清晰認識：

> 或以陸詩之太圓熟雌黄之，而予之所取政在於圓熟。比
> 之明清噍殺之音，其優劣何如？此亦矯俗習之一助也。②

> 放翁之富於詩，殆有詩以後初有者，以其平淡無險陂口
> 氣，今人皆笑之。若使放翁有知，豈不笑其笑之者乎？③

陸游詩作豐富，幾爲文人之最。其詩作被認爲過於圓熟平淡，並不
爲當時的朝鮮文人所喜愛，正祖也承認陸詩的圓熟，但“所取政在
於圓熟”，是爲了糾正明末詩壇徐渭、袁宏道的淺率俚俗，以及鍾
惺、譚元春的險僻冷澀，其目的很明確。

　　因爲陸游的詩作並非無可挑剔，所以正祖更多的還是重其詩
尤重其人：

> 放翁生於南渡之後，崎嶇棲遑，備嘗艱難，故發之爲詩者
> 多有激昂感慨之旨，不但以一詩人自期而已。④

> 陸務觀不可但以詩人論，其平生惓惓於恢復大計，誓不與讎
> 賊共戴一天，忠懇義槩，曠世之下猶令人感歎。而潦倒不遇，既
> 無以自攄其蘊，則慷慨壹鬱之志，卓犖偉儻之氣，一發之於吟諷。
> 每飯不忘之義，居然子美後一人，惟其有之，是以似之。即論其
> 篇章之富贍，不惟當世之巨擘，允爲歷代之冠軍。其詩曰“六十

---

①《弘齋全書》卷一百六十五《日得録五》，《韓國文集叢刊》第267册，頁230。
②《弘齋全書》卷一百六十四《日得録四》，《韓國文集叢刊》第267册，頁215。
③《弘齋全書》卷一百六十四《日得録四》，《韓國文集叢刊》第267册，頁219。
④《弘齋全書》卷一百六十五《日得録五》，《韓國文集叢刊》第267册，頁230。

年來萬首詩"，今以全集觀之，殆非誇語，真可謂大家數也。①

正祖視陸游爲杜甫之後"每飯不忘君"的又一人，當南宋君臣上下都陶醉在西湖的美景之中，"直把杭州作汴州"時，他却不忘收復中原的大計，直至生命的最后一刻仍在諄諄告誡後人："王師北定中原日，家祭無忘告乃翁。"其赤誠之心深深打動了正祖，"蓋其詞意之忠厚敦實，近於我國人聲氣，而其人平生所秉又是尊王攘夷之義也"。②　正祖時期，清人入主中原已達一個多世紀，朝鮮國内也已有向清朝學習的呼聲，但因爲明朝對朝鮮有再造之恩，朝鮮國内尊王攘夷的思想根深蒂固，所以陸游詩仍讓正祖"心有戚戚焉"。

"少陵稷契之志，放翁春秋之筆，千載之下使人激仰，不可但以詩道言"，③從丁巳（1797）開始，正祖大力推行編輯刊印杜、陸詩，這一工作分成兩項，一是刊印二家律詩："唐之杜律，宋之陸律，即律家之大匠。……故近使諸臣序此兩家全律將印行之。"④二是從學詩的角度，將二人律詩分韻刊行："若欲以聲韻爲歸，諷誦是便，則但取其格律之詩，洵合於'聲依永，律和聲'之義，此《杜律分韻》之所以作也。"⑤最終形成三項成果，一是《杜陸分韻》，成於戊午（1798）七月，⑥"少陵五言六百二十六首，七言一百五十一首，以韻彙分，總五卷；放翁五言一千九百八十六首，七言二千八百九十一首，以韻彙分，總三十九卷。"⑦二是《二家全律》十五卷，這是在《杜陸分韻》的基礎上完成的，"予既編《杜陸分韻》，復取二家近體詩，

①《弘齋全書》卷一百六十五《日得録五》，《韓國文集叢刊》第 267 册，頁 237。
②《弘齋全書》卷一百六十五《日得録五》，《韓國文集叢刊》第 267 册，頁 232。
③《弘齋全書》卷一百六十四《日得録四》，《韓國文集叢刊》第 267 册，頁 215。
④《弘齋全書》卷一百六十四《日得録四》，《韓國文集叢刊》第 267 册，頁 215。
⑤《弘齋全書》卷一百六十五《日得録五》，《韓國文集叢刊》第 267 册，頁 237。
⑥《正祖實録》卷四十九正祖二十二年七月甲申（22 日）："《杜陸分韻》成，頒賜諸臣。"《朝鮮王朝實録》第 47 册，頁 97。
⑦《群書標記三·御定三》，《朝鮮時代書目叢刊》第 2 册，頁 1071。

依本集序次而全録之，分上下格書之，句句相對，所以便觀覽也。
杜律二卷，陸律十三卷。"①三是《杜律千選》八卷，完成於己未
（1799）十二月，②選"杜律五七言五百首，陸律五七言五百首"。③ 這
三種杜、陸詩選，正祖都親自作序，説明編撰的理由，這對學習杜、
陸詩作起到了極大的推動作用。

　　在正祖的努力下，朝鮮文人再次掀起了學習杜甫、陸游詩作的
熱潮，餘波所及，一直影響到正祖以後的朝代。但因爲陸游作品卷
帙浩瀚，再加上其詩作顯而易見的缺點，所以學陸終不及學杜者聲
勢浩大。這樣的學杜風潮也必然影響到洪氏家族的成員，而正祖
與洪氏家族的深厚淵源，更是洪氏一家接受、學習杜詩的重要
原因。

　　正祖之母爲豐山洪鳳漢（1713—1778）之女，則豐山洪氏爲正
祖外祖家，因此正祖對洪氏家人更多親近之感，洪奭周記載云："吾
家有慶，正廟必致祭文懿公及貞明公主，或併侑靖惠公。癸卯
（1783），先人中司馬；壬子（1792），靖惠公宣謚；乙卯（1795），孝安
公回司馬榜；丁巳（1797），受几杖，皆舉是典。及孝安公捐館，比
葬，致侑者凡再，文皆親製。上常以福星稱公，故其辭曰：'靈夜上
挺，雲星芝醴。於萬瑞徵，佑我恒升。'"④文懿公指洪柱元（1606—
1672），尚宣祖之女貞明公主，封永安尉。靖惠公，指洪象漢
（1701—1769）；孝安公，指洪樂性（1718—1798），洪象漢之子；先
人，指洪仁謨，洪樂性之子。

　　洪氏家族中的幾代人都受到正祖的關照，其中尤以洪樂性爲
甚，除授官職根本無需他人引薦；解職出游，正祖還命其子孫隨行

①《群書標記三·御定三》，《朝鮮時代書目叢刊》第 2 册，頁 1073。
②《正祖實録》卷五十二正祖二十三年十二月辛亥（28 日）："《杜陸千選》成。"
　《朝鮮王朝實録》第 47 册，頁 226。
③《群書標記四·御定四》，《朝鮮時代書目叢刊》第 2 册，頁 1109。
④《淵泉集》卷四十二《家言上》，《韓國文集叢刊》第 294 册，頁 222。

侍候；在其致仕時，正祖更親自宣敎書，稱他爲"安世之規模"。① 因爲對洪樂性的尊重，正祖對其子孫也頗爲關照，不但想超擢任用其子洪義謨（1743—1811），而且還爲其孫子們取名。洪奭周及弟弟洪吉周、從弟洪耆周都是正祖親自命名，連洪顯周出世，正祖也關注到了，不但認爲這是洪家之福，甚至認爲這是"邦國之休"。②

正祖對洪家可謂君恩隆厚，所以他的政治情懷、文學思想必然會在洪家引起强烈反響，學杜即是其中一例，如洪仁謨："獨喜爲詩，長篇短律頃刻累紙，紆餘閑暇，不見窘色。少絶愛王右丞，晚獨丌陶、杜二集，曰：'詩以真澹清遠爲宗，雄麗次之，自蘇、黃以下吾已不欲觀也。'見時爲詩文者厭棄平常語，以纖仄破碎爲工，輒掩目曰：'不祥之徵也。'"③其反對"纖仄破碎"的詩風，與正祖的主張一致。早年喜歡王維作品，晚年則喜歡陶淵明與杜甫。喜歡陶淵明主要是因爲洪仁謨厭棄官場樂游山水與之比較接近，對洪仁謨而言，功名利祿都是束縛，所以他寧愿作泥中龜，也不作籠中鳥，要盡

---

① 《淵泉集》卷四十二《家言上》有如下記載："孝安公事兩朝，受恩顧最厚，前後除拜未嘗藉它人汲引。至正廟季年，寵命尤無虛月。""孝安公受几杖，正廟臨殿，親宣之，其敎書曰：'進退持身端凝，李沆之風範；夷險藉手勤謹，安世之規模。'""戊午（1798）秋，孝安公自江榭歸。正廟遣近臣迎問起居，寵以宸章，有曰：'韶顔白髮遲遲日，丹木黃花灩灩秋。平地神仙添海屋，晚天絲管鬧江樓。'刻揭於鳳夢亭上，護以紅紗。""孝安公既解相職，上疏請往來江外。上許之，曰：'膏車秣馬，倘徉於鏡湖綠野之間，安往不可？'公既出郊，奭周適入侍，上曰：'如何不從與遊乎？'即命馳往。"《韓國文集叢刊》第294册，頁222—223。
② 《淵泉集》卷四十三《家言下》有如下記載："正廟深眷孝獻公（洪義謨），欲以不次用之。嘗注意笠轂之選摁戎使缺，上臨筵問大臣曰：'洪某何如？'復曰：'領相在任，當姑俟之耳。'時孝安公方爲元輔也。""正廟視孝安公子孫如家人，奭周暨弟吉周、從弟耆周同名，皆上所命也。唯顯周未及名。……癸丑冬，正廟謂近臣曰：'聞領相得丈夫孫，此家之福，亦邦國之休也。'蓋顯周以是時生也。"《韓國文集叢刊》第294册，頁229、237。
③ 《淵泉集》卷三十五《先考右副承旨贈領議政府君家狀》，《韓國文集叢刊》第294册，頁100。

情享受園花之美、山竹之綠。① 他屢有棄官行徑，被任命爲思陵參奉，僅七天就辭職了；又曾任平壤庶尹，這是官中肥缺，他居官四十七日也即離去。洪仁謨"既無官情"，與徐令壽閣"約同老江湖上"，拟做一對神仙眷屬。②

　　如果説喜歡陶詩是因爲與陶淵明性情相近，那么喜愛杜詩更多的還是因爲正祖的推崇刺激了洪仁謨對杜詩的學習、接受。在《足睡堂集》中，洪仁謨有較多次杜之作，但到1797年只有7題，從1798年至1812年則有46題，如加上《和夢上高樓》《與俞定山登北麓》這些雖未明言次杜實際是次杜之作的作品，數量還更多。③ 由其次杜之作的前後兩個時期，可清楚地看出正祖提倡杜詩對洪仁

①洪奭周論及洪仁謨云："先人平生不一赴大科，少嘗有詩曰：'名利是機穽，軒冕猶桎梏。患得又患失，何日盡其欲。願學泥塗龜，不作籠中鵠。駑駘皆金勒，駿駒還�ﾁ蹋。園花一春紅，山竹百年綠。榮寵豈能久，翻覆在一局。'又有詩擬示大官失勢罷歸者曰：'循環天理是，自取莫尤人。寒雪隨風盡，長條得雨新。繁華身裏事，寂寞山中身。翻覆如棋局，孤舟泛海津。'皆十七歲作也。"《淵泉集》卷四十三《家言下》，《韓國文集叢刊》第294冊，頁230。
②《淵泉集》卷四十三《家言下》記載云："先人少絶無仕宦意，又以親老，不欲暫去側。以特旨除思陵參奉，在直，賦詩有'鷄啄荒庭爭得食，馬嘶殘櫪亦思家。三時作夢高堂近，五日居官兩鬢華'之句。甫七日脱直去。又有'此行庶報君恩重，不復風塵戀寵榮'之句，遂棄官。後差上號都監監造官，不即出供仕，至被譴就理，乃不得已承命。"又云："先人爲平壤庶尹，邑腴最八路，謂先妣曰：'吾素不識疾苦，又幸多子女，亦已有貴顯者。唯拙於治生，居家用度稍不給，平生所不快唯此一事。今久留是，雖不能植産業爲它日計，其於目前之用則亦快矣。夫無所性而不快者，天下無是理也。快於彼，必損於此，可不懼哉？且吾已老矣，安能强吾性以役役於叢劇也？'居四十七日，歸不復往。"又云："先人既無官情，每與先妣約同老江湖上。先人爲華城判官往來都下，嘗便道登鳳夢亭。先妣聞之，寄書申前約。先人爲之賦詩曰：'青春證約已成翁，野服多年在篋中。湖上烟花三月暮，竹符還愧漢梁鴻。'"《韓國文集叢刊》第294冊，頁232、231、234。
③《和夢上高樓》是杜詩《散愁》的次韻之作，《與俞定山登北麓》是杜詩《奉酬李都督表丈早春作》的次韻詩。

謨創作的影響。

因爲正祖的提倡，再加上洪仁謨的倡導之力，洪氏家族成員對杜詩的學習與接受也呈現很活躍的態勢。洪奭周詩作中有次杜詩7題11首，洪翰周（1798—1868）有次杜詩14題16首，《洪顯周詩文稿》第三册《又又不休卷》與第二十四册《不可無此卷》中有大量按《杜律分韻》順序次作的杜詩。同樣，這一現象在女性創作中也有體現，徐令壽閣“既老，常少睡，而眼澀又不能觀書。在枕上每誦古人詩以遣思慮，然所喜誦唯陶、杜二詩，恒曰：‘他人詩多綺艷，非婦人所宜觀也。’”①喜杜詩與陶淵明詩，可以看出洪仁謨的影響，也可以看出正祖對文學風尚的推動。

四　朝鮮女性次杜詩的成就

十七世紀末期以後，杜詩的影響在三位朝鮮士族女性金浩然齋、徐令壽閣、洪幽閑堂的創作中反應出來，這不是一種偶然的突發現象，而跟這三位女性所處的家庭環境有關。她們分別出身於安東金氏、豐山洪氏這樣的文學世家，受到良好的教育以及文學的熏陶，對杜詩的學習接受受到家庭成員的影響。徐令壽閣、洪幽閑堂的作品中次杜、和杜之作更爲豐富，這是因爲正祖通過親緣關係推動了洪氏家族内部學習杜詩的風氣，使她們對杜詩的學習與接受由被動變爲主動，創作中更多個人次和杜詩的作品。

金浩然齋不但是金氏家族中作品最多的女性，成就也最高，其作品彙體兼備，凡四言、五言、七言、雜言，古詩、律詩、絕句都有創作，張伯偉在解題中認爲：“尤其古體詩爲朝鮮人士所難，……而浩

---

① 《淵泉集》卷四十三《家言下》，《韓國文集叢刊》第294册，頁239。

然齋却擅長之,如五古之《自傷》《雲水行》,七古之《付家兒》《訪法泉》等,篇幅闊大,皆能一氣呵成。其號爲浩然齋,實秉有浩然之氣,故其詩在朝鮮漢文學史上亦彌足珍貴。"①浩然齋的創作有强烈的自我意識,個體形象非常鮮明。其次杜之作雖然源於兄長金時澤的倡導,但在次韻過程中並不爲杜詩及兄長之作所囿,不但立意上有開拓發揮,章法結構、遣詞造句、意象營造上也頗見匠心。

　　金時澤的次杜詩是爲思念弟妹而作,所以作品亦緊扣這一主題,每首詩或屬一人或屬數人,如《次工部憶弟韻》二首,分別悼亡長妹李命世室以及思念金浩然齋;又如《次工部得舍弟消息韻示道以》二首,是明確寫給金時濟(字道以)的;再如《春日憶弟妹次工部贈弟穎詩韻三首》,則是思念衆弟妹的作品。浩然齋響應兄長的倡議,次杜之作有十三首,主題却發生了比較大的變化,其中第一首交待次杜詩的緣由,總述兄弟姐妹南北分隔的相思情懷。第二、三首爲《屬四兄》《屬五兄》,分別贈送李杺室、李恒壽室,表達的是身爲女子嫁作人婦後與家人阻隔不得團聚的惆悵之情,故有"一别幾千里,蓬飄各異州"、"相分近十載,顏面夢中稀"之嘆。② 第四、五首則爲悼亡之作,《悼亡七兄》屬金時凈,《悼亡仲氏》屬李命世室,詩中既有痛失親人的哀傷,又有魂牽夢繞的凄婉。這五首作品受兄長影響頗深,雖然每首作品與金時澤之作所屬對象不同,但緊緊圍繞著思念兄弟姐妹這一主題。從第六首起,浩然齋次杜之作的主題開始發生變化,不僅僅囿於兄弟姐妹之情,而是更多地表達自己遠離家鄉、遠離親人後對家的那份相思、那份懷念,《憶家雜次》二首如此,《效古體》六首亦如此。

　　《憶家雜次》其二云:

――――――――――

① 《朝鮮時代女性詩文集全編》上册,頁 447。
② 金浩然齋《浩然齋集・鰲頭追到》,《朝鮮時代女性詩文集全編》上册,頁 461、
　　462。

　　　柴扉盡日掩，籬外水流聲。雲影催將暝，蟾光乍復明。悠悠牽恨起，黯黯惹愁生。惆悵前期闊，況聞四海兵。[1]

這一首杜甫的原詩爲《月夜憶舍弟》，詩云：

　　　戍鼓斷人行，邊秋一雁聲。露從今夜白，月是故鄉明。有弟皆分散，無家問死生。寄書長不達，況乃未休兵。[2]

金時澤次詩爲《次工部月夜憶舍弟韻示諸弟》，詩云：

　　　悄悄斷人行，消息静無聲。南北春何異，江山月一明。風光催淚落，華髮與愁生。相見那能得，時危且講兵。[3]

杜甫的詩寫於乾元二年(759)，作者身處安史之亂的動蕩中，與兄弟分散，音信不通，所以寫下了這樣一首思親之作。“月是故鄉明”已是千古名句，融入了作者强烈的主觀情感，突出了對故鄉的熱愛與思念。金時澤寫作次杜詩時，清已入主中原60年，國内形勢基本穩定；朝鮮人雖仍懷念明朝，有尊王攘夷之思，並無起兵之事。因爲身處太平時期，所以金時澤的次杜詩相對於杜詩而言，並無强烈的家國感，以及時代艱忍的沉重感。作者還是緊緊團繞思親而來，首言與弟妹相隔久遠，彼此不能互通音信。頷聯意思一轉，雖然家人天各一方，南北景色不同，却能同在一片土地上，共享一輪明月。“江山月一明”反用杜詩之意，頗爲巧妙。頸聯作者因相思而惆悵，正是春光明媚時分，本可以與弟妹們共賞美景，却因天各一方不得實現，所以面對美景忍不住流下思親的泪水，鬢邊的白髮似乎也與愁緒共生。最後一聯因是次韻之作，韻脚必須用“兵”字，所以有“相見那能得，時危且講兵”之語，家人相隔，會面無期；時局動蕩，不知何時又會爆發戰爭，更增加了前途未卜的不安感。但因

---

①《浩然齋集·鼇頭追到》，《朝鮮時代女性詩文集全編》上册，頁463。
②仇兆鼇注《杜詩詳注》卷七，中華書局，1999年，第2册，頁589。
③《聯珠録》，《朝鮮時代女性詩文集全編》上册，頁393。

爲這時無論是清朝還是朝鮮都是相對比較太平的時期，這種要將
個人的思親感情與家國存亡聯繫起來的做法顯得比較牽强，影響
了詩作的自然連貫。

　　杜甫將思親融入國難中，具有很强的歷史感；金時澤緊扣思念
弟妹的主題，也是情真意切。要在次韻之作中有所突破已是非常
困難，浩然齋却能另闢蹊徑，寫出另一份思親之意。"柴扉盡日掩，
籬外水流聲"，首聯描摩居住環境，勾勒出一幅蕭索寂寞的圖景。
柴扉、籬外，暗示家境清貧；盡日掩，説明無人到訪。在清幽的環境
中只聽見屋外潺潺水流聲，寧静中是與世隔離的孤寂。"雲影催將
暝，蟾光乍復明"，隨著夜晚的來臨，天邊雲彩弄月，不時遮掩了月
亮的光華。灑向大地的月光忽明忽暗，更讓人思緒飄忽。詩作自
然過渡到第三聯，"悠悠牽恨起，黯黯惹愁生"，無限相思，無限惆
悵，都在這樣的夜晚油然而生。此聯上下句互文，叠詞"悠悠"、"黯
黯"的使用，既見"恨"與"愁"的綿長與不斷滋長，又見心緒之暗淡
迷惘。動詞"牽"與"惹"的使用同樣很巧妙，灑向大地的月光絲絲
縷縷浸透了人的心懷，如一只手牽惹著人的思緒。無邊的思緒在
詩中無聲無息地蔓延開來，也在讀者的心頭滋長。爲何愁？爲何
恨？作者並未明言。浩然齋緊扣自己所處環境，細膩描畫眼前景
心中意，却給讀者更多想象的空間更多延伸的情緒。最後一聯"惆
悵前期濶，況聞四海兵"，因爲心中蔓延的説不清道不明的"恨"與
"愁"，不免引發對前塵往事的感慨，人生一切難料，更何況天下不
平，戰事頻仍。因爲浩然齋此作並不局限於思念兄弟姊妹這樣的
主題，最後引申出對國事的擔憂反顯得比金時澤的作品更爲自然。
浩然齋的這首次韻之作不但主題有所突破，而且在意境的描寫、意
象的營造、情緒的抒發上都很成功，出色地展現出一位女性文人細
膩的感覺及綿密的情緒。

　　金浩然齋的次杜之作達到很高成就，徐令壽閣及洪幽閑堂也
毫不遜色，各舉一例略窺兩位女性詩人在次杜過程中所展現的才

華。令壽閣與幽閑堂都有和杜《入宅》之作,杜詩云:

> 宋玉歸州宅,雲通白帝城。吾人淹老病,旅食豈才名。峽口風常急,江流氣不平。只應與兒子,飄轉任浮生。

這首詩寫於大曆二年(767)春,這時杜甫流落夔州,由西閣遷至赤甲,[①]寫下了《入宅》三首,此爲其中之一。杜甫這時已56歲,又老又病,却漂泊異鄉,不得回歸家園,所以詩多牢愁。赤甲山在瞿塘關北側,南側爲白鹽山,兩山高聳入雲,氣勢逼人。瞿塘關地勢險峻,風急浪大,江流奔涌,如此景色中彌漫著一種激盪的氣息,正與作者内心的焦慮不安相應,作者以景襯情,自然妥帖。國家形勢未穩,人生充滿無窮變數,自己不知何時才能回歸中原,不免黯然神傷,有點自暴自棄了,"只應與兒子,飄轉任平生",不但自己有家無處回,連自己的孩子也不得安寧,繼續過著漂泊無依的生活。

杜甫的《入宅》充滿不平之氣,以及對人生的失望之情。徐令壽閣的次韻之作却滿懷喜悦,次作寫於戊辰(1808)春天,題中小注云"時奭周歸覲",也即此時其長子由外地歸家,令壽閣作爲母親,難掩内心見到兒子的喜悦之情,寫下《和杜入宅》一首。詩云:

> 門前看玉樹,來自洛陽城。暫解簪纓累,非關進退名。春光官舍晚,草色野堤平。兹會真堪樂,聊將達此生。[②]

首聯直接交待事情的緣由,奭周從開城歸來,令壽閣焦急地在門外等待。在母親的眼中,兒子如"玉樹"般挺拔出色,將一位母親的驕傲表現出來。作爲母親,希望孩子能功成名就,更希望他能快樂,所以説"暫解簪纓累,非關進退名",寬慰洪奭周暫時忘記仕途的疲憊,也不必考慮官場的進退,只是好好休息。第三聯點明了時節,雖然官舍的春光來得好像比較遲,但長堤上已是草色如茵。愛子

---

①《杜詩詳注》卷十八,第4册,頁1606。
②《朝鮮時代女性詩文集全編》上册,頁628。

的歸來令春光更爲明媚，喜悦之情也如草色般滋生蔓延。這樣的快樂只願能長久地持續下去，"兹會真堪樂，聊將達此生"，果真能如此，人生也就没有遺憾了。此詩爲杜詩的次韻之作，但無論是主題還是情感表述、意境營造都截然不同。特別是第三聯，兩首詩都是寫景，杜詩中的景是激蕩的、不安的，給人一種壓迫感；徐詩中的景則是明朗的、寧靜的，讓人覺得充滿希望。

洪幽閑堂的《和杜入宅韻》與徐令壽閣詩一樣，都是因洪奭周歸家而作。雖然兩首詩寫的是同一件事，但徐令壽閣是母親，洪幽閑堂是妹妹，兩詩的角度與立意也就有了很大差別，洪詩云：

> 山風吹我袂，歸客過春城。松嶽憐新別，龍泉慣舊名。烟光小園暗，草色大堤平。棣萼連枝秀，北堂和氣生。①

首聯也是點明事情緣由，兄長由外地歸來，自己也是站在門外等待著兄長的到來，所以有"山風吹我袂"之語。在山風的吹拂下，少女裙袂飛揚，讓作品平添了幾分活潑與生動。次聯，令壽閣從母親的角度希望兒子能忘記在外的疲勞傷痛，好好休整。幽閑堂則緊承首聯而來，進一步描繪了洪奭周人在仕途身不由己的狀態。"松嶽"指開城，"龍泉"指龍泉驛。剛剛告別了開城的親朋，又將踏上龍泉的土地。詩中有對兄長奔波勞碌的安慰，但其情感與令壽閣對兒子的憐惜完全不同。第三聯同樣描寫春光，如果説令壽閣的"春光官舍晚"是長者視角，"烟光小園暗"則是閨閣視角，寫出了春天烟霧迷朦的特點，但"草色大堤平"與徐令壽閣的"草色野堤平"僅一字之差，襲用的痕迹太過明顯，是這首詩的敗筆。最後一聯，作者同樣緊扣自己爲人女爲人妹的身份，從自己的角度觀察了兄長歸來在家中引起的反應，"棣萼"指兄弟，"北堂"指母親。自己家中，兄弟們都是出類拔萃的優秀人才，足以讓母親心懷寬慰，深感

---

① 《朝鮮時代女性詩文集全編》中册，頁 886。

幸福了。

徐令壽閣與洪幽閑堂都有較多的次杜之作，上面僅以《入宅》一首爲例，來分析二人的詩作成就，她們能不爲杜詩所囿，緊扣身邊事件，緊扣自己的身份，寫出自己的感受與情懷。無論是人物形象的塑造還是景物的選擇，都很有特點，其次杜之作已很成熟，達到相當高的水平。

餘　論

杜詩很早就傳入東國，但直到十七世紀中期以後才在金浩然齋、徐令壽閣、洪幽閑堂三位女性文人的作品中有所反饋，出現了較多的次杜之作，這不是一個偶然現象，而跟這三位女性的身份、家庭創作環境緊密相關。她們的次杜之作深受家中男性成員的影響，金浩然齋次杜詩十三首，都是在兄長金時澤的倡導之下完成的，可以説其次杜有一定的被動性。但在徐令壽閣及洪幽閑堂這裏，她們除了與家中男性成員一起次和杜詩，更多的還是個人的次杜之作，徐令壽閣有十五題，洪幽閑堂有二十二題，她們對杜詩的學習與接受已經由金浩然齋的被動變成了主動，這一點與當時整個社會的文學思潮密切相關。正祖在位時期，大力倡導學習杜詩，豐山洪氏是正祖的外祖家，必然會積極響應正祖的文化政策，家中男性成員學杜次杜，女性創作也受到影響，所以在令壽閣與幽閑堂的作品中會出現較多的次杜詩。

文中的三位女性在朝鮮漢文學史上頗有聲名，她們的次杜、和杜之作，都能結合自己的身份及所處環境，無論在表情達意還是意境營造上都很有特色，達到了較高的水平。但仔細分析她們的創作歷程，我們又不能不深感惋惜與遺憾：洪幽閑堂的創作時期只有三年，在婚後"唯營米鹽治絲麻謹而已……獨不及文字事"；徐令壽閣在閨中時，"非與父母昆弟語，未嘗一及文字"，嫁給洪仁謨後，也"未嘗觀書"，在丈夫的鼓勵下才開始寫詩，在丈夫去世後也隨即中止了寫作，真正的創作期只有五年；金浩然齋的創作較豐富，但她的作品竟然没有一首與自己的丈夫宋堯和（1682—1764）相關，宋堯和爲同春先生宋浚吉（1606—1672）之後，也是文學之士，爲什么金浩然齋的創作與他毫不相干呢？

　　朝鮮時代對女性創作有太多的偏見與制約，"我邦閨範不尚文辭，而或有知者不欲傳於閨外，故世所難知"，[1]金浩然齋有著出衆的文學才華，也是朝鮮漢文學史上最具創造力的女性文人之一，後人提及她時雖也會説她"通經史，能詩文"，但更强調的還是她"治婦道愈謹"。[2] 宋明欽（1705—1768）在祭文中描寫了金浩然齋與子弟談詩論史的風采："退從諸兄，昵侍左右。探討經史，點評詩句。開懷爛漫，間以諷諭。每去復來，所聞益新。"但這些都比不上她的德行："嗚呼叔母，允矣女士。有編警身，有書戒子。不泥陳言，自合理致。人或有文，孰如德美。推誠任真，娣姒姙娌。下及卑賤，亦實腹内。迨其哭喪，如慟己私。夫孰使然，無爲而爲。"[3]金浩然齋留下了 200 多篇詩作，似乎都不及她的《自警篇》以及誡子詩《付家兒》更有價值，正如宋明欽祭文中所言"人或有文，孰如德美"。宋堯和在論及浩然齋時也説道："夫人柔嘉慧悟，事姑以誠，事夫以順。通書史，能詩文。詩調清楚，警句逼唐，然不以自衒，惟服女

① 《浩然齋集·浩然齋遺稿》宋朝彬序，《朝鮮時代女性詩文集全編》上册，頁 477。
② 《浩然齋集》附金元行撰《知中樞府事宋公墓表》，《朝鮮時代女性詩文集全編》上册，頁 513。
③ 宋明欽《櫟泉集》卷十五《祭從叔母淑人金氏遷葬文》，《韓國文集叢刊》第 221 册，頁 304。

事,雖其夫未盡知也。"①浩然齋的文學成就在她德行的映襯之下似乎已經微不足道,甚至連她的丈夫都不清楚她的文學創作究竟有些什么。

在朝鮮歷史上,士族女性"不以文字示人"、"人鮮知之"的情況並不是個案,而是普遍現象。她們所接受的教育一般由《小學》、閨訓入門,但個人的才識及對知識的渴望讓她們不願局限於此,由此開始誦讀經史,旁及詩文寫作。女性的學識一來可以幫她們成爲更符合儒家倫理道德規範的女性,二來也可以幫助她們課兒教女,讓整個家庭的學養傳統、優良門風得以沿承。後人在提及她們"略通書史"時,也多從閨範的角度出發,所以這些女子雖然聰穎慧秀,知書識禮,却都不願讓外人知曉。

如李喜馨(1653—1704)爲密庵李栽(1657—1730)之姊,南陽洪億之妻,雖通經史,但不以才學自炫,"終隱而不出";②朴世采(1631—1695)之女、申聖夏(1665—1736)之妻朴氏(1663—1702):"解綴文之法,而並内而不出,雖兄弟鮮得以聞之也。"③金世濂妻爲文化柳氏(1602—1681):"通文詞,亦不以文字示人。"④李維妻爲安東金氏(1705—1729):"觀書過目成誦,……人鮮能知者,其識婦道甚。"⑤

士族女性雖有良好的知識素養,但由於閨範的約束,她們不願意向世人展示自己的才能,甚至以此爲恥,即使像金浩然齋、徐令壽閣、洪幽閑堂這樣生活於相對寬松自由的家庭環境中,創作得到

---

①《浩然齋集·自警篇》金鍾傑跋,《朝鮮時代女性詩文集全編》上册,頁 476。
②李栽《密庵集》卷十八《洪氏姊墓志》,《韓國文集叢刊》第 173 册,頁 380。
③申暻《直庵集》卷十九《先姒遺事》,《韓國文集叢刊》第 216 册,頁 490。
④許穆《記言》别集卷十六《户曹判書金公神道碑銘》,《韓國文集叢刊》第 99 册,頁 145。
⑤李縡《陶庵集》卷四十六《從弟婦孺人安東金氏墓志》,《韓國文集叢刊》第 195 册,頁 466。

父兄或夫婿支持鼓勵的女性，也不能隨心所欲地進行寫作，只能將對文學的喜好與熱愛掩蓋在婦德閨訓之下，甚至因種種原因不得不放棄創作，本來她們也許可以在文學創作上取得更高成就，更爲世人矚目，這如何不讓人感到可惜呢？

翻檢朝鮮時代的漢文典籍時，我們看到很多士族精英家庭的女性都嚴格按照儒家倫理的要求來規範、約束、塑造自己，我們看到她們一個個因不孕而憂鬱，因難產而死亡，因多產而疾病纏身，但她們以自己的堅忍與善良支撐著大家庭的正常運轉，陪著父兄、夫婿一起經歷戰亂、經歷政治斗爭、經歷家庭沉浮，她們是每一個家庭存在的基石，她們也以自己的言行引導著兒女的成長。這些女性大都沒有名字，我們只能通過她們的父系一族或夫系一族來確定她們在歷史上的模糊坐標，但她們的聰明才智還是透過歷史的層層迷霧散發出微弱的光芒，吸引著我們後人去發現她們、瞭解她們、感受她們，而女性真正實現自由抒寫的道路又是如此曲折而漫長。

第七章　朝鮮時代的杜詩評論研究

　　上文分六章從注杜、次杜、集杜三個方面分析了杜詩在朝鮮時代的傳播與接受情況，就筆者收集的相關資料來看，其中次杜、擬杜、集杜之作達到七八十萬字，論杜之言約有一百多萬字。如果說注杜、次杜、集杜屬於實踐操作層面，重在對杜詩的學習理解，以及通過學杜來磨礪詩歌技藝，以提高自身的創作水準，那評論杜甫與杜詩則屬於理論層面，理論可以指導實踐的方向，是理解朝鮮時代杜詩與漢文學之關係的不可或缺的一環，相關資料也更加豐富，涵蓋的層面也很廣泛，有對杜甫人格之頌揚，對杜詩文學史之定位，對杜詩風格特點、藝術特色之分析，在此，筆者僅選擇朝鮮文人對杜甫的形象塑造、性理學家眼中的杜甫、用以考據的杜詩三個方面進行考察，以見不同時期，朝鮮文壇對杜甫接受及評論重心的轉移，以及種種變化與中國文壇、思想界風尚的内在聯繫。從中可以看到，在朝鮮士人筆下，杜甫的形象在轉變，他不只是窮愁瘦弱，也有明朗快樂的一面；他也不再是一介普通文人，作爲"詩聖"、"詩中夫子"，需要接受理學家的道德審視，同樣，他的文字也要經得起考證學者的推敲與檢驗。

一　朝鮮文人眼中的杜甫

朝鮮文學史上比較早地頻繁提及杜甫的人首推徐居正（1420—1488），據統計，其《四佳集》中近 200 次提到杜甫，還有 15 次左右"李杜"、"甫白"並稱，其中明確將自己與杜甫相比，甚至以自己爲杜甫在後世之輪回的表述就有十多次，如"前身我是杜陵老"、"子美乾坤一腐儒，四佳迂闊似耶無"。^① 正因爲徐居正對杜甫極其欽慕向往，也就能對杜甫及杜詩有更深刻的理解與體認，最終在其筆下完成了朝鮮文人對杜甫的形象塑造，此可以《建除體，和洪日休》來概括，詩云：

> 建章門前朝罷回，走馬長安花滿開。除罷萬事無過酒，甕裏澄澄初發醅。滿酌一倒雙耳熱，拔劍起舞歌激烈。平生酷似杜陵老，許身妄擬稷與契。定知儒冠多誤身，蹭蹬聲名三十春。執心一飯不忘君，區區忠義雙鬢新。破帽塞驢何所之，殘杯冷炙潛酸悲。危言駭俗徒取謗，苦吟大（太）瘦誰能知。成都奇勝天下先，浣花草堂真可憐。收芋拾栗未全貧，風流亦足爲儒仙。開卷完讀三四章，殘膏賸馥流芳香。閉户長吟我何者，若比杜老狂更狂。^②

詩中涉及杜甫的儒家信仰、性格特點、人生經歷、漂泊西南、詩作成就等幾個方面，忠義、苦吟、酸悲、草堂、風流、瘦、貧、狂、謗等也成爲解讀杜甫其人其詩的關鍵詞。我們可從以下幾點來分析徐居正

---

① 二詩分別見徐居正《四佳集》詩集卷五《再和六首》之二、詩集卷二十九《無題》，《韓國文集叢刊》第 10 册，頁 314、489。
② 《四佳集》詩集卷九《建除體，和洪日休》，《韓國文集叢刊》第 10 册，頁 345。

對杜甫形象的塑造與完善：

（一）徐居正延續了高麗文人對杜甫忠君愛國的的頌揚，[①]其
《東人詩話》卷上云："古人稱杜甫非特聖於詩，詩皆出於憂國憂民、
一飯不忘君之心。"[②]在其詩文中，徐居正更是多次表達了對杜甫竊
比稷契、致君堯舜的感佩，如"杜甫一生希稷卨"、[③]"杜陵一飯戀君
心"，[④]甚至認爲"少陵忠義可無詩"，[⑤]即使杜甫没有詩作，其忠君愛
國之赤誠也足以光耀世間流芳百世。

（二）抒寫杜甫窮愁老病困頓窘迫之人生。雖然早在高麗朝，
林椿就已將"飢"、"窮"二字與杜甫相聯，[⑥]但如徐居正般頻繁地談
及杜甫之窮愁，在東國文學史上還是第一次，"窮杜甫"、"少陵窮"、
"杜陵窮"、"杜陵愁"、"窮愁杜甫"、"窮愁子美"、"杜陵窮老"的表述
不斷出現他的文字中，並且化用杜甫的三首詩將其窮愁形象具體

①張伯偉在《典範的形成與變異——東亞文學史上的杜詩》中説道："高麗文人
　有愛杜詩者，但他們對杜詩的認識，很大程度上也受到蘇軾的影響，重視其
　憂國愛民、一飯不忘君的思想。"載《東亞漢文學研究的方法與實踐》，中華書
　局，2017年，頁143。
②徐居正《東人詩話》卷上，趙鍾業編《韓國詩話叢編》第1册，太學社，1996年，
　頁424。
③《四佳集》詩集卷五《又用前韻四首》其一，《韓國文集叢刊》第10册，頁302。
　《四佳集》中還有幾處相似的表述，詩集卷八《村居》云："杜老不妨希稷卨。"
　（同上，頁333）詩集卷九《金頤叟借〈北征〉日課，久不還，又期以枉臨，不至，
　肆述卑悰，録以四首》其四："杜老何妨希稷卨。"（同上，頁351）
④《四佳集》詩集補遺二《次晚登肅寧館韻》，《韓國文集叢刊》第11册，頁158。
　其他相似的表述還有詩集卷五十《在村家，晚聞盧宣城思慎拜右議政，不勝
　欣抃，吟成數絶録奉三首》其三："杜陵一飯不忘君。"（同上，頁88）詩集卷五
　十《讀草堂詩》："平生忠義熱中腸。"（同上，頁84）詩集卷三《偶題》："題詩子
　美不忘君。"（《韓國文集叢刊》第10册，頁270）詩集卷七《用蕭進士山海登樓
　詩韻》其三："杜老題詩常戀主。"（同上，頁321）
⑤《四佳集》詩集卷五《三和五首》其三，《韓國文集叢刊》第10册，頁303。
⑥林椿《書懷》云："詩人自古以詩窮，顧我爲詩亦未工。何事年來窮到骨，長飢
　却似杜陵翁。"（《西河集》卷二，《韓國文集叢刊》第1册，頁221）

化：一是《奉贈韋左丞丈二十二韻》中的"騎驢十三載，旅食京華春。
朝扣富兒門，暮隨肥馬塵。殘杯與冷炙，到處潛悲辛"，[1]拎出"子美
杯"一詞來概括其中的酸楚、屈辱；二是《茅屋爲秋風所破歌》所云
"床頭屋漏无乾處，雨脚如麻未斷絶"，[2]用"茅穿"、"屋漏"形容其人
生之窘迫無依；三是《空囊》中的"囊空恐羞澀，留得一錢看"，[3]提煉
出"杜陵錢"一詞，表現其苦中作樂的自嘲與自我寬解。

　　（三）突出杜甫個性中豪與狂的一面。由杜甫的"囊空恐羞澀，
留得一錢看"，我們已看到杜甫的灑脱豁達，徐居正也注意到此點，
數次在詩句中化用杜甫"典衣沽酒"的典故，以見窮帶來的不只是
愁，也可以是"豪"。"典衣沽酒"出自杜甫《曲江二首》"朝回日日典
春衣，每日江頭盡醉歸"，[4]詩作寫於乾元元年（758）暮春，時仍在
安史亂中，杜甫任左拾遺一職。作者賞花玩景，借酒消解對時局
的擔憂以及自己鬱鬱不得志的苦悶。徐居正一方面沿用了此意，
將杜甫的"江頭醉"與屈原的"澤畔醒"相對，表現杜甫通過逃避於
酒以拉開與現實生活的距離，進行自我寬慰。另一方面，作者又
以"杜甫典衣貧亦樂"、"工部詩豪欲典衫"[5]來突出"典衣沽酒"中
的豪邁爽朗之氣。由此引申而來的是杜甫的狂，將杜甫《狂夫》一
詩中"自笑狂夫老更狂"[6]加以放大與强化，《訪金將軍林亭》云
"把筆題詩老杜狂"，《小院》云"李白風流杜甫狂"，《病中述懷》云
"耽詩狂子美"，《一庵專上人房醉歸，明日吟成數絶録奉》其二云

①仇兆鰲注《杜詩詳注》卷一，中華書局，1999年，第1冊，頁73。
②《杜詩詳注》卷十，第3冊，頁831。
③《杜詩詳注》卷八，第2冊，頁620。
④《杜詩詳注》卷六，第2冊，頁446。
⑤二詩分别見於《四佳集》詩集卷十二《春日病起，書懷寄子休五首》其二（《韓
　國文集叢刊》第10冊，頁385）、詩集卷十四《三月三日題示金子固》（同上，頁
　427）。
⑥《杜詩詳注》卷九，第2冊，頁743。

"杜老詩狂老更狂"。① 當他將自己與杜甫相比時,著眼點之一也是"狂",《建除體,和洪日休》云"若比杜老狂更狂",《贈寫真裴護軍》其三云"狂老全勝杜拾遺",②由窮愁老病到豪狂使杜甫的形象更爲豐富立體。

(四)肯定杜甫"詩聖"的文學史地位,如此表述亦很多,如"盛唐人物總能詩,詩聖皆推杜拾遺"。③ 杜甫之所以被稱爲"詩聖",是因爲他上承風騷,下啓後人,且能超越群倫,如"杜陵名續風騷後"、"杜拾遺爲絶世英"、"能詩子美將誰敵",④杜詩之"真"、"妙"亦爲徐居正所稱道。⑤ 詩史上能與杜甫並駕齊驅者只有李白,所以他十多次將"李杜"、"甫白"並稱,認爲"李杜生前當並駕"。⑥ 李杜之所以爲李杜,是因爲他們有自己的詩歌風格、藝術特色,不抄襲模擬,不人云亦云,正因爲"李杜自李杜",⑦他們才能成爲詩壇之典範,能如他們作品之"雄深"者很少。⑧

徐居正精熟杜詩,當有人說"少陵,詩聖也,平生未嘗通押"時,

①四首詩分別出自《四佳集》詩集卷三(《韓國文集叢刊》第 10 册,頁 273)、詩集卷五十一(《韓國文集叢刊》第 11 册,頁 103)、詩集卷三十(同上,頁 14)、詩集卷三十一(同上,頁 19)。

②《四佳集》詩集卷二十,《韓國文集叢刊》第 10 册,頁 431。

③《四佳集》詩集卷五十二《讀岑嘉州集二首》其一,《韓國文集叢刊》第 11 册,頁 137。

④三句詩分別出自《四佳集》詩集卷五十二《書拙稿後》(《韓國文集叢刊》第 11 册,頁 135)、詩集卷四十五《鄭正言次拙韻且寄花牋,依韻奉酬,兼呈朴大諫先生二首》其一(同上,頁 57)、詩集卷五十一《送柳正郎陽春還鄉六首》其三(同上,頁 107)。

⑤《四佳集》詩集卷三十《臘日》云:"詩似杜陵真。"(《韓國文集叢刊》第 11 册,頁 16)詩集卷四十四《三月三日》云:"詩憐工部妙。"(同上,頁 41)

⑥《四佳集》詩集卷十二《三和前韻寄淡叟,兼簡洪吏部》,《韓國文集叢刊》第 10 册,頁 379。

⑦《四佳集》文集卷四《觀光録序》,《韓國文集叢刊》第 11 册,頁 239。

⑧《四佳集》詩集卷五十二《悶久稿》云:"李杜雄深希者少,島郊寒瘦奈吾何。"《韓國文集叢刊》第 11 册,頁 123。

他立即予以反駁："子於杜詩未熟。"①因此他能在自己的詩作中熟練化用杜詩或以杜詩爲典，除上言"杜陵錢"、"子美杯"等，還有"青精飯"、"少陵宅"、"杜甫示兒"、"雨過蘇端"、"勳業頻看鏡"、"行藏獨倚樓"、"詩神瘥可痊"等。另一與杜甫關係密切的是出自李白的"吟詩瘦"，徐居正約化用十次，已全無嘲諷之意，而是表現杜甫以及自己對詩作之沉潛。"杜陵宿"，約出現七次，借杜甫《宿贊公房》，描寫與僧人之交往，表達自己對佛教義理的理解。又約四次化用杜甫《春日憶李白》，如"北樹東雲李杜情"、"杜甫論文思渭北"、"杜甫題詩同渭北"、"杜老尋常憶李白，一樽何日細論文"，②既抒寫李、杜二人惺惺相惜之情誼，亦可見作者對高居詩壇巔峰的二人切磋詩藝之向往。

以上三例，是徐居正沿用、轉化杜詩或與杜甫相關典故的情形，他另有反用杜詩之意的情況，這就使對杜詩的閱讀與理解呈現多樣化的態勢。其用"麗人行"約五次，如下面這兩首：

> 三日曲江多麗人，紛紅香麝綺羅春。風流杜老人休問，背後遥看發興新。

> 浮世而今五旬二，風光正屬三月三。荼蘼酒熟白新潑，躑躅花開紅正酣。俯仰蘭亭已陳迹，風流工部留勝談。我詩欲就復誰和，郊野踏青窮遠探。③

杜甫《麗人行》本爲諷刺楊氏兄妹而作，徐居正却更關注其中的熱

①《東人詩話》卷上，《韓國詩話叢編》第 1 册，頁 456。
②四首詩分別見於《四佳集》詩集卷五十《三用前韻三首》其一（《韓國文集叢刊》第 11 册，頁 97）、詩集卷三《憶應之、平仲》（《韓國文集叢刊》第 10 册，頁 272）、詩集卷九《五月十五日……醉歸，明日有作，錄示任太常先生，轉示諸公》（同上，頁 349）、詩集卷四十六《次韻靈武見寄三首》其三（《韓國文集叢刊》第 11 册，頁 63）。
③二詩分別見《四佳集》詩集卷五十二《讀杜甫麗人行》（《韓國文集叢刊》第 11 册，頁 128）、詩集補遺二《三月三日》（同上，頁 175）。

鬧華奢，[①]頗爲艷羨作者見證並記錄了當時的場景，稱其爲杜甫之風流。

（五）對杜甫成都草堂及漂泊西南特別是夔州詩的評價，此點尤爲重要。杜甫在成都前前後後共逗留了四年的時間，於百花潭也即浣花溪邊、萬里橋西建一草堂，一家人終於有了安居樂業之所。高麗文人已在詩文中提到杜甫草堂，如李奎報《白雲居士語錄》云："李叟異於是，萍蓬四方，居無所定，寥乎無一物可蓄，缺然無所得之實，三者皆不及古人，其於自號也，何如而可乎？或目以爲'草堂先生'，予以子美之故讓而不受。況予之草堂，暫寓也，非居也，隨所寓而號之，其號不亦多乎？"[②]他因杜甫之故不敢用"草堂"自號，更因自己是"暫寓"而非"定居"不配擁用"草堂"之號，言下之意其漂泊無依之狀更勝杜甫。鄭道傳（1342—1398）於消災洞構屋兩間，扁曰"草舍"，感慨云："噫，杜子美在成都構草堂以居，僅閱歲而已，而草堂之名傳千載。予之居草舍幾時？予去之後，草舍爲風雨所漂壞而已耶？野火所延爇朽爲土壤而已耶？抑有聞於後歟？無歟？皆未之知也。"[③]他由草舍聯想到杜甫草堂，推及自己的身後名、身後事，是對杜甫的贊美，也是對自己終將泯滅於塵的傷感。李齊賢（1287—1367）作《洞仙歌·杜子美草堂》云：

　　　百花潭上，但荒烟秋草，猶想君家屋烏好。記當年、遠道

---

①由"背後遥看發興新"來看，這些詩作似乎沿襲了蘇軾《續麗人行》的思路進展，《續麗人行》中的數句云："隔花臨水時一見，只許腰肢背後看。心醉歸來茅屋底，方信人間有西子。"（王文誥輯注，孔凡禮點校《蘇軾詩集》卷十六，中華書局，1982年，頁811）已消解了杜甫《麗人行》中的嘲諷批判之意，更强調詩人對繁華美景之沉醉，對美麗女性之仰慕。但《續麗人行》是"周昉畫背面欠伸内人"的題畫之作，這就與徐居正讀杜甫《麗人行》有意地選擇"風流杜老"、"風流工部"的感發有著明顯差異。

②李奎報《東國李相國集》卷二十，《韓國文集叢刊》第1册，頁502。

③鄭道傳《三峰集》卷四《消災洞記》，《韓國文集叢刊》第5册，頁346。

　　華髮歸來，妻子冷、短褐天吳顛倒。　　　　卜居少塵事，留得囊
錢，買酒尋花被春惱。造物亦何心，枉了賢才，長羈旅、浪生虛
老。却不解消磨盡詩名，百代下令人，暗傷懷抱。①

感慨杜甫生活困頓、漂泊異鄉，更多的是對其有才無處施展，只能將
一腔才情消磨在詩歌創作上的的同情。詞中也提到百花潭，却是一
派蕭索荒涼的景象。權近(1352—1409)《草屋歌》云："杜陵大雅軼騷
些，成都之堂名與劍閣爭嵯峨。"②此與鄭道傳的意思相近，堂以人名，
因爲草堂爲杜甫所居，才能名傳後世，與劍閣爭輝，爲世人景仰。

　　與以上高麗朝文人不同，徐居正提到杜甫草堂時更關注杜甫
在此度過的相對輕松閑適的時光，浣花溪、百花潭、錦里就成爲自
由快樂的象徵，足以讓人忘記杜甫的窮愁老瘦，如《次逍遙亭權兄
見寄詩韻》其一所云："浣花溪上草堂詩，正是逍遙得意時。"③因此
他塑造了一些杜甫"逍遙得意"的畫面，《杜甫醉駄》云："草堂幽處
浣花溪，駄醉歸來山日西。遮莫傍人笑拍手，熊兒捉轡驥兒携。"④
此應是受到了黃庭堅與陳師道的影響，黃庭堅《老杜浣花溪圖引》
云："宗文守家宗武扶，落日寒驢駄醉起。"⑤陳師道《和饒節詠周昉
畫李白真》云："君不見浣花老翁醉騎驢，熊兒捉轡驥子扶。"⑥黃、陳
之作都爲題畫詩，由於中國詩與中國畫的不同傳統，畫家會從詩歌
中汲取更多的抒情因素，如由《麗人行》見帝都遊春之盛，由《醉爲
馬墜諸公携酒相看》見俊快奔突之狀，這是畫家眼中的詩，已將詩

①李齊賢《益齋亂稿》卷十，《韓國文集叢刊》第 5 冊，頁 607。
②權近《陽村集》卷四，《韓國文集叢刊》第 7 冊，頁 43。
③《四佳集》詩集卷五十，《韓國文集叢刊》第 11 冊，頁 98。
④《四佳集》詩集卷四十五《題雙林心上人所藏十畫》，《韓國文集叢刊》第 11
　冊，頁 50。
⑤黃庭堅著，任淵等注，劉尚榮校點《黃庭堅詩集注》之《山谷外集詩注》卷十
　六，中華書局，2003 年，頁 1342。
⑥陳師道著，任淵注，冒廣生補箋，冒懷辛整理《後山詩注補箋》卷十二，中華書
　局，1995 年，頁 430。

中的政治性滌蕩殆盡。① 黃、陳之作與畫意相應，都表現了杜甫飲酒自放的一面。雖然詩畫有別，但當詩人將畫作中的意境重新引入詩中，賦予人物以新的生命時，這些特點也會參與到人物形象的塑造中來，使人物更爲立體。徐居正的《杜甫醉馭》也是題畫詩，同樣勾勒出一家人其樂融融的景象，抒發了杜甫輕鬆愉悦的心情。

"醉馭"畫面是如此鮮明生動，徐居正忍不住再次提起："熊兒捉轡驥兒扶，千古浣花傳新圖。"②這樣的"逍遥得意"也就構成了真正的杜甫風流，如以下數句所云：

> 五柳陶潛宅，百花杜甫潭。風流同晚節，衰病愧朝簪。
> 浣花行樂杜工部，赤壁風流蘇雪堂。
> 錦里風流杜工部，輞川行樂王右丞。③

分別將杜甫與陶潛、蘇軾、王維並舉，與四人相聯的是"風流"與"行樂"，没有懷才不遇，也没有落魄困頓，雖有"衰病"之嘆，也是自我選擇，而非被迫放棄。

徐居正用自己的想象將百花潭、浣花溪塑造成杜甫的世外桃源，杜甫才是這桃源的主人，"錦里已歸杜工部"、"杜甫殘年愛浣花"，④這樣的杜甫，徐居正稱之爲"儒仙"，其忠君愛國的人生理想與超凡脱俗的精神世界得以融合，成就了杜甫的新形象。而"儒仙"生活的世外之地也成爲徐居正魂牽夢繞的地方：生活中，"尋常

①參見張伯偉《東亞文化意象的形成與變遷》一文的第五部分《中國詩與畫的不同傳統》，載《域外漢籍研究集刊》第六輯，中華書局，2010年。
②《四佳集》詩集卷二十八《題無盡亭》，《韓國文集叢刊》第10冊，頁483。
③以上三句分別出自《四佳集》詩集卷五十《自顧》（《韓國文集叢刊》第11冊，頁84）、詩集卷五十《懷古》（同上，頁99）、詩集補遺一《道中望村墅》（同上，頁155）。
④此兩句分別出自《四佳集》詩集卷四十四《題李參議積城別墅》其二（《韓國文集叢刊》第11冊，頁36）、詩集卷八《再和》其五（《韓國文集叢刊》第10冊，頁340）。

自擬浣花村";讀書時,"吟憶百花杜甫潭";睡夢中,"夢尋杜甫百花潭"。① 以杜甫草堂爲參照,徐居正也構建了自己的世外桃源,《夢村》云:

> 夢村無奈浣花村,生事雖微樂事繁。橘柚是奴魚是婢,篔簹生子竹生孫。黃虀已熟分磁椀,綠酒新蒭滿瓦樽。且喜朝昏滋味足,一瓢五鼎不須論。②

雖然生活仍然拮据,但更多的還是賞心樂事。大自然一派生機勃勃的景象,爲自己提供了充足的食材,每日兩餐菜品豐富,讓人心情愉悅。夢村的幸福生活正是作者心目中的杜甫浣花草堂的日常。

由杜甫成都草堂的生活,自然會涉及對其西南時期詩作的評價。對杜甫漂泊西南特別是夔州詩作,中國文學史上的評價分爲兩極,最早看重杜甫夔州詩的當推黃庭堅,他在《與王觀復書三首》之一中說:"(詩文)但當以理爲主,理得而辭順,文章自然出群拔萃,觀杜子美到夔州後詩,韓退之自潮州還朝後文章,皆不煩繩削而合矣。"③以杜甫夔州詩是近乎完美的作品。另一方面,朱熹則對杜甫夔州詩持否定態度,認爲:"杜甫夔州以前詩佳;夔州以後自出規模,不可學。""杜詩初年甚精細,晚年橫逆不可當,只意到處便押一個韻。如自秦州入蜀諸詩,分明如畫,乃其少作也。""人多說杜子美夔州詩好,此不可曉。夔州詩却說得鄭重煩絮,不如他中前有一節詩好。"④徐居正接受的是黃庭堅一脈的影響,其《東人詩話》

---

① 此三句分別出自《四佳集》詩集卷五十《閑園》(《韓國文集叢刊》第 11 冊,頁 84)、詩集補遺一《老矣》(同上,頁 155)、詩集卷五十《夢百花潭》(同上,頁 79)。
② 《四佳集》詩集卷五十《夢村》,《韓國文集叢刊》第 11 冊,頁 87。
③ 黃庭堅《豫章黃先生文集》卷十九,《四部叢刊初編縮本》第 212 冊,上海商務印書館,1936 年,頁 201。
④ 黎靖德編,王星賢點校《朱子語類》卷一百四十《論文下》,中華書局,1986 年,頁 3324、3326。

云:"古人謂子美夔州以後詩尤好,蓋愈老愈奇也。"①他還在詩文中多次誇讚夔州詩,《豐川八景詩》序云:

> 古人云:人傑地靈。蓋地靈則人必傑,人傑則地尤靈。莘於尹,渭於呂,隆於孔明,瀨於嚴光,昌黎之於退之,夔州之於子美,眉之於蘇,涪之於黃,滁之於歐,皆以人而地尤靈。然其傑,未必非地之靈也。②

此是以人與地相得益彰,杜甫到夔州,得江山之助,詩作更佳;而夔州,又因得杜詩傳揚,更增其靈氣。由"越老越奇"與"人傑地靈"一起引申出對西南時期詩作包括湖南一地之作的喜愛,《潼關》一詩概括云:"子美湖南詩最勝。"③

就以上五點來看,徐居正不但頌揚了杜甫忠君愛國的熱忱,肯定其詩聖的地位,還在自己的詩文中大量化用杜甫詩句或以杜詩爲典,塑造杜甫窮愁老病與風流自放的兩面,使杜甫的形象更爲豐滿立體,同時又簡單討論了杜甫漂泊西南時的詩作,肯定了夔州、湖南詩作的價值。雖然徐居正對杜甫、杜詩的評價,較多受到蘇軾、黃庭堅的影響,但在詩文中如此集中地、頻繁地評論杜甫、化用杜詩,在朝鮮漢文學史上還是第一人,基本完成了杜甫的形象塑造以及對杜詩的討論。此後,朝鮮文人多以杜詩爲正宗、大家,杜詩全方位地融入文人生活,用杜甫作比、自嘲,用杜詩爲書齋及亭台樓閣命名,其他如君國之思、仕途困頓、風流自賞、家人親情、友朋交往,乃至生活中的一飯一蔬、路上的一草一木、園中禽水中魚,都能從杜詩中找到養料資源,出現在朝鮮文人的筆下。

杜詩作爲經典在中國及朝鮮文壇確定下來,這一經典是由諸

---

①《東人詩話》卷下,《韓國詩話叢編》第1冊,頁492。
②《四佳集》詩集補遺三,《韓國文集叢刊》第11冊,頁187。
③《四佳集》詩集卷七,《韓國文集叢刊》第10冊,頁320。

多因素構成的綜合體，包括"詩聖"、"集大成"、"詩史"、"點鐵成金"等，①杜詩用典精切，相關歷史事件歷史人物豐富，所以杜詩並不易讀，但由於"子美詩中聖"②的號召力，朝鮮文壇似乎人人都在學杜詩，張維（1587—1638）云："詩有未可廢者，則杜詩何可不讀？"③在這種學杜崇杜風尚的影響下，有些人讀杜詩甚至多達千遍萬遍，如"盧蘇齋（守慎）《論語》、杜詩二千回。……李東岳（安訥）杜詩數千周"，④李獻慶（1719—1791）："唐以下最嗜杜詩韓文，多至千讀。時時自嘆曰：吾無由捨此二人軌轍別成一體，世代之局耶？才調之不及耶？是可歎恨。"⑤他在《題杜子美王宰畫山水圖歌後》更宣稱："不如拓筆取杜讀，讀至千千萬復億。"⑥杜詩成爲文人的必修課程，讀杜、擬杜、次杜、集杜的風氣也頗爲盛行。

　　雖然杜詩是正宗是大家，如鄭經世（1563—1633）云"宇宙詩宗杜少陵"，⑦丁若鏞（1762—1836）云"後世詩律，當以杜工部爲孔子"，⑧但杜詩並非毫無瑕疵，在中國批評杜甫的聲音可謂不絕如

---

①參見張伯偉《典範的形成與變異——東亞文學史上的杜詩》，載《東亞漢文學研究的方法與實踐》，頁 150—154。

②周世鵬《武陵雜稿》卷一《讀東坡詩，與眉叟同賦》，《韓國文集叢刊》第 27 冊，頁 77。

③張維《谿谷集》卷六《重刻〈杜詩諺解〉序》，《韓國文集叢刊》第 92 冊，頁 114。

④金得臣《柏谷集》附錄《終南叢志》，《韓國文集叢刊》第 104 冊，頁 239。李安訥讀杜律遍數更多，有"萬三千遍"之說，李植撰《禮曹判書贈左贊成東岳李公行狀》中記載："讀書必以千百番爲數。嘗聞金慕齋言：'書必萬讀，文方入神。我朝惟容齋公萬讀，故其詩亦入神。'公心服其說，及謫居無事，重讀杜律，有至萬三千遍者。"李植《澤堂集》別集卷九，《韓國文集叢刊》第 88 冊，頁 430。

⑤李獻慶《艮齋集》附錄李升鎮撰《家庭聞見録》，《韓國文集叢刊》第 234 冊，頁 502。

⑥李獻慶《艮齋集》卷九，《韓國文集叢刊》第 234 冊，頁 185。

⑦鄭經世《愚伏集》卷一《招杜術士思忠》，《韓國文集叢刊》第 68 冊，頁 25。

⑧丁若鏞《與猶堂全書》第一集詩文集卷二十一《寄淵兒》，《韓國文集叢刊》第 281 冊，頁 453。

縷，唐代即有人"謗傷"，宋初有人貶杜爲"村夫子"，蘇軾也有專揭
"子美陋句"者。明復古派同樣對杜詩有較多指瑕之論，胡應麟稱
其"利鈍雜陳，巨細咸畜"，[1]王世懋所論更詳：

> 少陵故多變態，其詩有深句，有雄句，有老句，有秀句，有
> 麗句，有險句，有拙句，有累句。後世別爲大家，特高於盛唐
> 者，以其有深句、雄句、老句也；而終不失爲盛唐者，以其有秀
> 句、麗句也。輕淺子弟，往往有薄之者，則以其有險句、拙句、
> 累句也。不知其愈險愈老，正是此老獨得處，故不足難之；獨
> 拙、累之句，我不能爲掩瑕。[2]

明復古派詩論也影響到朝鮮中後期文人對杜詩的看法，他們的詩
論也開始有批評杜詩之語，其中又以李睟光（1563—1628）爲代表，
其《芝峰類説》"文章部"卷八至卷十四共收録詩話約 1300 多條，與
杜詩相關者約 135 條，[3]對杜詩字詞、用韻、用典等的指摘都不少，
與明復古詩論的承繼關係也很清晰，如下面兩條：

> 王世貞曰："七言排律創自老杜，然亦不得佳。蓋七字爲
> 句，束以聲偶，氣力已盡矣。又衍之使長，調高則難續而傷篇，
> 調卑則易冗而傷句。"信哉斯言也。
> 杜詩："戰連唇齒國，軍急羽毛書。"注：有急則插羽於檄，
> 謂之羽檄。今加一"毛"字，則乃剩語。[4]

第一條全引王世貞語，表示贊同；第二條"剩語"，則是王世懋所言
"拙、累之句，我不能爲掩瑕"的反映。

―――――――

[1] 胡應麟《詩藪》内編卷四《近體上・五言》，上海古籍出版社，1979 年，頁 70。
[2] 王世懋《藝圃擷餘》，何文焕輯《歷代詩話》（下），中華書局，2004 年，頁 777。
[3] 全英蘭《由〈芝峰類説〉看李睟光的杜甫詩論研究》，收入鄭判龍主編《韓國詩
話研究》，延邊大學出版社，1997 年，頁 239。
[4] 兩條分別出自《芝峰類説》卷九（《韓國詩話叢編》第 2 冊，頁 287）、《芝峰類
説》卷十一（同上，頁 325）。

　　與李睟光同時的申欽（1566—1628），以及後來的金萬重
（1637—1692）、李瀷（1681—1673）等也多角度批評了杜詩。詩聖
並非完美，指摘杜詩中的不完美處也就提供了更多學習的角度與
提升的空間，這也是詩論發展的必然，以杜詩爲典範與對杜詩的批
評並不矛盾。

二　性理學影響下的杜詩論

　　在朝鮮文人筆下，杜甫有一形象塑造與完備的過程，杜詩也
有一典範與批評並存的過程。當朱熹的論杜之語傳入朝鮮後，
也對朝鮮文壇造成衝擊，其中影響最大的是論夔州詩與論"同谷
七歌"。

　　我們先來看看朱熹論夔州詩之語，如上文所引，他認爲"杜詩
初年甚精細，晚年橫逆不可當"，"夔州以後自出規模，不可學"，"夔
州詩却説得鄭重煩絮，不如他中前有一節詩好"。朱熹對杜甫夔州
詩持否定態度，是其重法、重古、重正文學觀的反映。他有言：

　　　　頃年學道未能專一之時，亦嘗間考詩之原委，因知古今之
　　詩凡有三變。蓋自《書》《傳》所記，虞、夏以來，下及魏晋，自爲
　　一等。自晋宋間顔、謝以後下及唐初自爲一等。自沈、宋以
　　後，定著律詩，下及今日，又爲一等。然自唐初以前，其爲詩者
　　固有高下，而法猶未變。至律詩出而後詩之與法始皆大變。
　　以至今日，益巧益密，而無復古人之風矣。故嘗妄欲抄取經史
　　諸書所載韻語，下及《文選》、漢魏古詞，以盡乎郭景純、陶淵明
　　之所作，自爲一編，而附於《三百篇》《楚辭》之後，以爲詩之根
　　本準則。又於其下二等之中，擇其近於古者各爲一編，以爲之
　　羽翼輿衛。且以李、杜言之，則如李之《古風五十首》，杜之秦蜀紀行、

《道興》《潼關》《石壕》《夏日》《夏夜》諸篇。律詩則如王維、韋應物輩，亦自有蕭散之趣，未至如今日之細碎卑冗，無餘味也。其不合者，則悉去之，不使其接於吾之耳目而入於吾之胸次，要使方寸之中，無一字世俗言語意思，則其爲詩，不期於高遠而自高遠矣。①

朱熹將詩分三期，至律詩出，詩與法皆大變，愈演愈下，無復古人風。編詩擇近古者，李、杜也只有寥寥數篇。他尚有重法輕變之言：

余嘗以爲天下萬事，皆有一定之法。學之者須循序而漸進。如學詩，則且當以此等爲法，庶幾不失古人本分體制。向後若能成就變化，固未易量，然變亦大是難事。果然變而不失其正，則縱橫妙用何所不可。不幸一失其正，却似反不若守古本舊法以終其身之爲穩也。李、杜、韓、柳，初亦皆學《選》詩者。然杜、韓變多，而柳、李變少。變不可學，而不變可學。故自其變者而學之，不若自其不變者而學之。……學者其毋惑於不煩繩削之説而輕爲放肆以自欺也哉。②

李太白終始學《選》詩，所以好。杜子美詩好者亦多是效《選》體。漸放手，夔州諸詩則不然也。③

學詩當循法度，求變不如求穩。

朱熹之論首先得到朝鮮性理學家的響應，退溪李滉（1501—1570）《答鄭子中講目》云：

朱子論詩取西晉以前，論杜詩取夔州以前。自今觀之，江左諸人詩固不如西晉以前，夔州以後詩亦太橫肆郎當，大概則

①《朱文公文集》卷六十四《與鞏仲至諸書》，《四部叢刊初編縮本》第 231 册，頁 1177。

②《朱文公文集》卷八十四《跋病翁先生詩》，《四部叢刊初編縮本》第 233 册，頁 1520。

③《朱子語類》卷一百四十《論文下》，頁 3326。

然矣。然如建安諸子詩，好者極好，而不好者亦多。子美晚年詩，橫者太橫，亦間有整帖平穩者。而朱子云然，此等處吾輩見未到，不可以臆斷，且守見定言語，俟吾義理熟、眼目高，然後徐議之耳。①

退溪只是部分同意朱熹的意見，説“夔州以後詩亦太橫肆郎當”，此是大略之言，杜甫晚年“整帖平穩”之作也不少。但他並不敢反對朱熹之論，而是認爲朱子所論自有其道理，自己因爲見識短淺還不能完全領略朱子深意，先堅守朱子之論，等“義理熟、眼目高”之後再回頭慢慢體味。可惜，現在未能見到退溪其他關於夔州詩的見解，不知他最終是否平衡了“太橫肆”與“整帖平穩”之間的矛盾。

宋時烈（1607—1689）是朝鮮歷史上唯一被稱爲“子”的大家，亦是著名的性理學者，他同樣對朱熹之論作出了回應，《竹陰集序》云：

蓋聞評人易，評詩難。蓋人有君子小人之分，爲君子所與者爲善流，爲小人所好者爲不善之流，此所以評人易也。至於詩也，其格律之高下，音韻之清濁，既有不齊，而又有正變異體，《三百篇》以後，以至蘇、黃、二陳，其變無窮。而一人之作，亦有先後之異，故晦翁以杜子之夔州以後又爲一變，則詩豈可易評哉！惟聖人則無所不知，故不期於評詩，而一經品題即爲百世之定論，要是至公而明也。②

他肯定了朱熹以夔州詩爲杜詩之變的説法，巧妙地回避了對於夔州詩優劣及風格等的評價，只是抓住一“變”字，認爲朱熹是“無所不知”的聖人，他關於詩的品評也就成爲百世定論。杜甫夔州詩作發生了很大變化，此是公論，並不待朱熹定評，有爭論的是夔州詩

---

① 李滉《退溪集》卷二十五，《韓國文集叢刊》第30册，頁94。
② 宋時烈《宋子大全》卷一百三十九，《韓國文集叢刊》第112册，頁573。

的風格,及能不能學的問題,宋子之論對此並無發明。

朱熹之論也深刻影響到崇奉朱子學的朝鮮文人。李植在《學詩準的》中論律詩云:

> 唐以下律詩百家浩汗,必須精選熟讀。……所當專精師法者,無過於杜,爲先熟讀吟諷,然其橫逸艱晦之作不可學,專取其精細高邁者以爲準的。①

杜律是學習的典範,但有一部分作品不可學,那就是"橫逸艱晦"之作。此段中的"精細高邁"、"橫逸"、"艱晦",與朱子所言"精細"、"橫逆不可當"、"分明如畫",或相同或相近或相反,完全可以爲朱子之言作一注脚,由此可見,澤堂論杜也深受朱子詩學觀的影響。②

再看看朱子論"同谷七歌"之言。據蔡正孫《詩林廣記》記載,杜甫《乾元中寓居同谷縣作歌七首》卒章後有朱子跋語:"杜陵此章,豪宕奇崛,詩流少及之者。至其卒章,欷老嗟卑,則志亦陋矣。人可以不聞道哉?"③"同谷七歌"卒章爲:"男兒生不成名身已老,三年饑走荒山道。長安卿相多少年,富貴應須致身早。山中儒生舊相識,但話宿昔傷懷抱。嗚呼七歌兮悄終曲,仰視皇天白日速。"④"同谷七歌"寫於杜甫"一年四行役"的唐肅宗乾元二年(759),第一首從自身作客的窘困説起,第二首寫全家因饑餓而病倒的慘況,第三首懷念兄弟,第四首懷念寡妹,第五首又回到自身,第六首由一身一家説到國家大局。最後一首集中抒發作者的身世飄零之感,

---

①李植《澤堂集》別集卷十四《學詩準的》,《韓國文集叢刊》第88册,頁517。
②《學詩準的》是李植爲教育子弟後學而作,所以説杜甫夔州以後詩作"不可學"。從詩歌創作及品鑑的角度而言,他對夔州以後詩作亦很欣賞,其評論李好閔(1553—1634)詩作云:"其詩絶去常調,尤忌死語,奇峭挺拔,得老杜夔峽之音,而復出筆墨蹊徑之外。"(《澤堂集》卷九《五峰李相國遺稿後題》,《韓國文集叢刊》第88册,頁159)以杜甫夔峽之作"奇峭挺拔",亦多贊譽之意。
③蔡正孫撰,常振國、降雲點校《詩林廣記》卷二,中華書局,1982年,頁20。
④《杜詩詳注》卷八,第2册,頁699。

突出表現作者對名望、富貴的渴望，這種過於熱切近乎眼饞的直露表述，與儒家提倡的安貧樂道相去甚遠，宋文欽（1710—1752）將其概括爲"干禄希利，所志之陋"，①這也許正是朱子説杜甫"歎老嗟卑"、"志亦陋"、"不聞道"的原因之一。

　　蔡正孫《詩林廣記》很早就傳入朝鮮，世宗二十六年（1444）集賢殿群臣完成的《纂注分類杜詩》已引用了《詩林廣記》中的内容，則朱子對杜甫"不聞道"的批評也應早就爲朝鮮文人所熟知，但直到朴長遠（1612—1671）我們才第一次看到對朱子之論的反饋，他在《惜餘春辭》中云："彼嘆老兮嗟卑，哂七歌兮同谷。"②贊同朱子的"嘆老嗟卑"之論，並由卒章變成對全部七歌的批評。

　　有贊成就有反對，首先提出不同看法的是尹推（1632—1707），他在詩題中就態度鮮明地表明了自己的觀點："適披覽杜詩，有《同谷七歌》，朱子跋之曰：'豪宕奇崛，詩流少及之者，至其卒章歎老嗟卑，則志亦陋矣，人不可不知道乎？'噫！子美乃詩人也，只可觀其豪宕奇崛，又何論其歎老嗟卑也？"在卒章中再次爲杜甫申辯："杜陵同谷七歌極豪逸，文公跋語稱奇崛。從古文人未聞道，嗟老歎卑何足恤。可笑荒山飢走日，縱有高思從何出。……欲效同谷作七歌，謾爲杜陵訴晦翁。嗚呼七章兮更怊悵，極目遠望天無窮。"③尹推提出了幾點看法：第一，"同谷七歌"首先是文學作品，應關注其

_____

① 宋文欽《閑静堂集》卷一《冬，羈宦京城，伏蒙伯氏寄氏和同谷七歌之作，三復詠嘆，感慨交切，輒敢依韻叙懷，却以奉獻。其詞致之卑拙，固非可與論於古人，而至其干禄希利，所志之陋，則誠有愧於朱子不聞道之戒，重爲悼邑云》，《韓國文集叢刊》第 225 册，頁 304。

② 朴長遠《久堂集》卷一，《韓國文集叢刊》第 121 册，頁 7。在此之前，林億齡（1496—1568）在《龍山落帽》一詩中云："杜甫亦何人，屑屑悲衰老。區區强正冠，未必通大道。"（《石川詩集》卷一，《韓國文集叢刊》第 27 册，頁 336）也曾因杜甫的"悲衰老"之言，有對其未得道的批評，但不是對朱子"嘆老嗟卑"之論的回應。

③ 尹推《農隱遺稿》卷二，《韓國文集叢刊》第 143 册，頁 228。

“豪宕奇崛”之處；第二，杜甫首先是文人，不必苛求他聞道；第三，在杜甫“一年四行役”人生最艱難的時候，又如何要求他有“高思”？

此後圍繞“同谷七歌”是贊成還是反對朱子之論，其出發點其實是對杜甫身份的認識：他只是一個文人，或應是一得道的儒者？金鎭圭（1658—1716）《盤谷九歌》云：“昔杜子美流落秦隴，作《同谷七歌》，以叙身世之艱難，弟妹之分離，其辭悲苦，有足感人。”①是從文學的角度評價這組詩，強調其感動人心的力量。但就整個朝鮮漢文學史來看，支持朱子之論者是大多數，對杜甫有更多超越文人的期待。略舉數例如下：

李萬敷（1664—1732）《在陳録》先引用朱子之言，接著感慨云：“凡詩人例多怨尤感憤之辭，故杜陵亦不免穎濱所謂‘唐人工於爲詩，而陋於聞道’者是也。”②

李獻慶（1719—1791）《答鄭司諫書》先肯定了七歌的文學價值，又以朱子之意對鄭司諫提出了批評，云：“杜子美《同谷七歌》有風雅遺意，而朱夫子以歎老嗟卑致惜於卒章。老兄何不以‘老當益壯，窮且益堅’一語時自警省，而邊有此摧頽放倒之語耶？”③

成海應（1760—1839）在《南村六老酬倡詩小序》將六老之詩與“同谷七歌”相比，云：“今六老之詩，皆寫其歡欣之情，發其紆餘之音，間以諧謔，絶無歎老嗟卑之語，可謂之化國之人，而亦可由是而進於道矣。”④

由以上數例來看，支持朱子之論的朝鮮文人在承認“同谷七歌”的藝術成就、文學價值之時，都從“得道”的角度對杜甫提出了更高的要求。爲什麼“得道”如此重要？成大中（1732—1809）進一步說明：“吾輩但能除却歎老嗟卑、憂飢怕貧之念，然後方可做

①金鎭圭《竹泉集》卷二，《韓國文集叢刊》第174册，頁20。
②李萬敷《息山集》別集卷二，《韓國文集叢刊》第179册，頁31。
③李獻慶《艮齋集》卷十三，《韓國文集叢刊》第234册，頁276。
④成海應《研經齋全集》續集册十一，《韓國文集叢刊》第279册，頁213。

究竟工夫。然陶淵明、杜子美之所不能免者，豈易言除却哉？惟
消得閑氣，安得常分，以至安於義命，則貧賤衰老不足動我心
矣。"①因爲只有消除了嘆老嗟卑、憂飢怕貧的想法，才能"做究竟
工夫"；又只有"做究竟工夫"，才能安於義命，二者相輔相成，否則
很容易爲名利富貴干擾，爲老病窮愁憂慮，難免有"摧頹放倒"
之言。

　　與"同谷七歌"相類的還有對"安得廣厦千萬間，大庇天下寒士
俱歡顏"②的評價，此句出自杜甫的《茅屋爲秋風所破歌》，一般認爲
這是杜甫憂國憂民的表現，朝鮮文人也大多延續了這一認識，如金
德五（1680—1748）云："廣厦千間欲庇寒，杜陵非歡屋難完。男兒
志願當如是，容膝當求處土安。"③金鍾正（1722—1787）云："杜陵老
布衣，破屋風雨呼。廣厦千萬間，猶思庇寒儒。安得起此人，共講
憂民謨。"④二人或贊杜甫男兒當如是，或以杜甫在憂民上爲異代
知音。朴宗興（1766—1815）更用四六文改寫《茅屋爲秋風所破
歌》，盛贊杜甫"聽屋漏床床之聲，深念天下寒士之無數"⑤的情懷。
李恒老（1792—1868）則結合朱子批評王通"雜霸鎡基"⑥之語，稱贊
《茅屋爲秋風所破歌》"此詩甚好"，因爲"志士仁人，能爲國家殺身，
此非爲功名也，爲君也，爲民也。非爲君與民也，道理自合如此，若

---

①成大中《青城集》卷五《與元子才書》，《韓國文集叢刊》第 248 册，頁 425。
②《杜詩詳注》卷十《茅屋爲秋風所破歌》，第 3 册，頁 831。
③金德五《癡軒集》卷一《次權用卿萬斗知足堂韻》，《韓國文集叢刊》第 193 册，
　頁 23。
④金鍾正《雲溪漫稿》卷二《臘月夜大風雪，以"牕外正風雪，擁爐開酒缸"爲韻
　賦詩》其七，《韓國文集叢刊續》第 86 册，頁 49。
⑤朴宗興《冷泉遺稿》卷四《廣厦千萬間上梁文》，《韓國文集叢刊續》第 109 册，
　頁 409。
⑥《朱子語類》卷一百三十七《戰國漢唐諸子》："（文中子）説'安我所以安天下，
　存我所以厚蒼生'，都是爲自張本，做雜霸鎡基。"頁 3267。

爲我者安肯如此？"①與王通的"爲我"、"爲功名"不同，杜甫是"爲君爲民"。

在對《茅屋爲秋風所破歌》的贊譽聲中，我們還是聽到了夾雜的幾種不同聲音，李象靖（1711—1781）也是朝鮮著名性理學家，他在《漏窩記》中稱："杜工部因床床屋漏而思庇天下之寒士，志亦大矣。然'廣廈千萬間'之句，亦近於詩人之滑稽而不適於實用，又烏足尚哉？"認爲杜甫"大庇天下寒士俱歡顔"的願望只是詩人信口開河的誇大之言，並不適用於現實生活，根本不值得推崇。重要的是"戒懼於睹聞之前，省慎於隱微之際。察理明而無滲漏之失，責己周而絕罅漏之隙"，②也就是要防微杜漸、未雨綢繆，而不是架漏度時地亡羊補牢。這也是對杜甫有著過高期許，站在性理學的角度，提出了修養性情、提升人格的要求。李仁行（1758—1833）《願豐庵記》云："昔杜少陵蕭然破屋，風雨不能除，身世可謂拙矣。嘗有詩曰：'願得廣廈千萬間大庇天下寒士。'正其所謂'許身太愚'者也。豈獨自謂愚，人之不笑其迂者蓋鮮矣。"③同樣以其所言是大而無當的迂腐之論。李震相（1818—1886）在《大庇洞山亭記》一文中也與李象靖有著相似的評價，他說："昔杜子美欲得千萬間廣廈大庇天下寒士，而不能固瀼西一小屋以庇其身，此空言也。"仍以杜甫之論爲"空言"，自己無一棲身之地，又如何能大庇天下寒士？但他又借朱子"稷契輩口中語"誇贊了杜甫，因爲他"雖處窮阨之中，而不忘經濟之念"。④對《茅屋爲秋風所破歌》褒與貶的兩面在此得以結合，而朱子之論起到了重要作用。

張伯偉云："就杜詩典範的'源點'來說，其核心所指是雙向的，即道德和審美。由於這兩者是融合爲一的，無論是'詩聖'、'集大

①李恒老《華西集》附錄卷二《金平默錄二》，《韓國文集叢刊》第 305 册，頁 358。
②李象靖《大山集》卷四十四，《韓國文集叢刊》第 227 册，頁 351。
③李仁行《新野集》卷六，《韓國文集叢刊續》第 104 册，頁 532。
④李震相《寒洲集》卷二十九，《韓國文集叢刊》第 318 册，頁 105。

成’、‘詩史’，還是‘點鐵成金’，都包孕了道德和藝術兩者，我們也可以說，杜詩典範是一個方向上的兩種意涵。”①杜詩的道德意涵尤爲性理學家所關注，當理學與文學混在一起時，朝鮮文人對杜甫的要求就非常嚴苛，不但杜詩是完美的，杜甫在人格上也必須是完美的。趙綱(1586—1669)《答道春書》云：“詩道實難，詩出性情，故《三百篇》無非性情也。下而魏晉氏諸作，袪性情而入於浮，唐以下則愈浮而愈去性情矣。惟李、杜氏振累代之浮，間出性情語，然豈有如程伯子、朱晦庵之理到之一語乎？”所以他更欣賞程顥的“不須愁日暮，天際是輕陰”、“傍人不識余心樂，將謂偷閑學少年”以及朱子“今朝試揭孤篷看，依舊青山綠樹多”這樣的詩句，每每吟誦起來“不覺手舞而足蹈也”。②他將得道、性理作爲品鑒詩作的第一標準，雖然李白、杜甫振興詩壇，亦有性情之作，他却與理學家缺乏詩意的作品契會於心。權星耉(1771—1814)《書君實所録東國詩後》云：“唐之諸君子激頹而起，雄偉如杜工部者可謂得中興之運，而獨慨夫未入周孔之室，其見博洽而未純，其志嘐嘐而不掩。雖未及於清廟文王之盛，而其宏深鉅麗則有非諸子所及者矣。”③雖然肯定了杜甫在詩學上的貢獻以及地位，仍認爲他未得道，未能入“周孔之室”。

　　如此，當朝鮮文人將文人詩作與理學家作品進行比較時，就有貶抑文人之作的傾向，李、杜亦成爲批評的對象。有人問金在洛(1798—1860)濂、洛與李、杜的差別，他回答説：“風雅之爲體，淡平冲和，該括體用；李、杜鏗韻，點聲轉換，全事富麗。尤翁曰‘作詩可也，不作詩亦可也’，惟是之謂也。今日作詩者，帶性命兼體用，然

①《典範的形成與變異——東亞文學史上的杜詩》，載《東亞漢文學研究的方法與實踐》，頁 154。
②趙綱《龍洲遺稿》卷二十三，《韓國文集叢刊》第 90 册，頁 414。
③權星耉《蘿庵文集》卷一，《韓國歷代文集叢書》第 1274 册，頁 366。

後斯得風雅之旨,庶幾哉?"①他認爲李、杜之作突出的只是韻律的使用及詞藻的富麗,如宋時烈所言,這樣的詩歌不寫也罷。只有以理學入詩,"帶性命兼體用",才可謂上承風雅。這是違背詩歌特點的偏頗之論,由此可見理學家的作品及創作觀在朝鮮文壇是如何深入人心、影響巨大。在這樣的觀念體認中,人生唯一要務就是修養心性,則杜甫在浣花溪邊難得的輕松休閑時光也爲他們所批評:"子美卜浣溪而漫詠敲針之嬉,彼皆騷人寓情之辭,豈若君子養正之教?"②杜甫《江村》云:"老妻畫紙爲棋局,稚子敲針作釣鉤。"③這是杜詩中少見的輕快之作,④但在理學家眼中,這"寓情之辭"是無法與"君子養正之教"相比的,所謂"養正",不外乎儒家修身、齊家、治國、平天下的宏大願望吧?

性理學家影響下的朝鮮詩壇不但對杜甫提出了更高的道德、精神境界,還從引詩論理的角度賦予杜詩所沒有的含義,此點亦受到朱熹的影響。朱子曾引用杜詩"仰面貪看鳥,回頭錯認人"講解《大學》"正心"章,⑤孝宗戊戌(1658)十二月二十七日、顯宗己酉

①金在洛《養蒙齋集》卷二《三休堂詩序》,《韓國歷代文集叢書》第 1639 册,頁 93。
②鄭元容《經山集》卷十一《山下出泉齋上梁文》,《韓國文集叢刊》第 300 册,頁 246。
③《杜詩詳注》卷九,第 2 册,頁 746。
④關於杜甫《江村》一詩歷代有多種解讀,張伯偉曾對前人之論進行辨析,認爲:"這種混雜著自憐自愛又自怨自艾的複雜心情,就構成了杜甫寫作此詩的心理背景。因此,那種認爲《江村》是杜甫'自道其退休之樂'、'亦安分以終餘年而已'的看法,只能是片面而膚淺之見。在杜甫的心境中,'事事幽'只能益見其無聊,所以,他是有著深重的感嘆寄寓在字裏行間的。"(見《抒情詩詮釋的多元性問題——以杜甫〈江村〉的歷代詮釋爲例》,載《政大中文學報》第十期,2008 年 12 月)但因爲朝鮮文人對《江村》一詩的理解多取"自樂"之説,所以本文亦在此論的基礎上展開論述。
⑤朱熹《大學或問》:"心在於此,而心馳於彼,血肉之軀,無所管攝,其不爲'仰面貪看鳥,回頭錯應人'者幾希矣。"見胡廣等纂修,周群、王玉琴校注《四書大全校注》,武漢大學出版社,2015 年,頁 120。

(1669)正月十七日,宋時烈在經筵中兩次爲君主講《大學》,都提到朱子引用"仰面貪看鳥,回頭錯認人"來講"正心",是善喻。①宋時烈解釋這兩句是"心往於鳥而不在於人也",過於簡單,其後的學者大概覺得意猶未盡,多有申論。申暻(1696—1766)《答湖嶺儒林》云:"杜詩恰好取譬,'仰面貪看鳥',是心在於鳥,故'回頭錯應人',爲心不在人也。心既如此,則何以收束檢制而修其身乎?此所以既誠意,又正心;既正心,又修身。功之不可闕,序之不可亂,有如是夫。"②將討論回到了"正心"的主題,以見收束心性的重要性。此後金幹(1646—1732)、金昌協(1651—1708)、韓元震(1682—1751)等人也同樣從性理的角度分析這兩句詩,③遠離了對杜詩文學文本的解讀,而這正是朝鮮文人解讀杜詩的一個特點,由最簡單的詩句,引申出心性的培養、完美人格的追求。

　　杜甫《吾宗》有"在家常早起"④一句,這是最平常的詩句,也是最普通的生活記載,杜甫大概並沒有什麼深文大義蘊含其中,安鼎福(1710—1783)仍可以將其上升到"治心"的高度,其《書贈鄭君顯》云:"杜詩'居家常早起',治家不早起,事務叢脞,治心而怠惰其身,使曉朝清明之氣爲睡魔所困,何哉?"⑤由杜詩引申到修養身心、戒除怠惰之習。杜甫《野人送朱櫻》云:"萬顆勻圓訝許同。"⑥形容滿籃櫻桃似乎一樣大小圓潤,表達其驚訝愉悅及對鄰人的感激佩服之情。這樣一句描寫櫻桃形狀的詩句,金砥行(1716—1774)却

---

①宋時烈《宋子大全》拾遺卷九《經筵講義》,《韓國文集叢刊》第 116 册,頁 180、196。

②申暻《直庵集》卷九,《韓國文集叢刊》第 216 册,頁 279。

③見金幹《厚齋集》卷二十三《傳七章》(《韓國文集叢刊》第 155 册,頁 410)、金昌協《農巖集》卷十六《與洪錫輔》(《韓國文集叢刊》第 162 册,頁 42)、韓元震《南塘集》卷二十三《心經附注答疑》(《韓國文集叢刊》第 201 册,頁 538)。

④《杜詩詳注》卷十九,第 4 册,頁 1683。

⑤安鼎福《順庵集》卷六,《韓國文集叢刊》第 229 册,頁 469。

⑥《杜詩詳注》卷十一,第 3 册,頁 902。

能從中看到與修身正心的關係，其《講説問對》云："杜子美《櫻桃》詩曰'萬顆均（勻）圓訝許同'，古人固訝一物之許同也。此其以形色而言，猶謂之許同，况人心之虛靈而有主宰者乎？心若通始終朱子曰：'心是通貫始終之物，仁是心體本來之妙。'而言，則固不可謂無不同，而但其本體則未嘗不同也。"①以此論人若虛靈不昧則人心並無不同。

朱子引杜詩論心性之學起到了示範作用，也爲朝鮮性理學者引杜論理提供了方便之門，這種種迹象都讓我們研究杜詩在朝鮮半島的傳播與影響以及分析朝鮮文人對杜甫、杜詩的評論時，不得不特別關注理學家的話語。雖然這與從文學文本的角度論杜詩之藝術、風格、寫作技巧等相去甚遠，但由此亦可見朝鮮文人對杜詩之精熟，以及對杜詩之尊崇，而這樣的尊崇在引杜詩考據的過程中被進一步放大了。

三　用於考據的杜詩

杜詩素有"千家注杜"之説，那麽朝鮮文人在詩論、詩話及注解杜詩的過程中討論字詞來源、分析詞義、辯駁前人之説就是題中應有之義了。杜詩《和裴迪登蜀州東亭送客逢早梅相憶見寄》有"江邊一樹垂垂發"②之句，中國諸家注對"垂垂發"的討論主要有兩種意見，一是如楊慎所云："梅花皆下垂放，無向上者，故云垂垂。"認爲"垂垂"是梅花綻放時的普遍形態。另一種觀點認爲"垂垂"是"將及"的意思，"垂垂發"指即將開放。③ 李植在《纂注杜詩澤風堂

①金砥行《密庵集》卷九，《韓國文集叢刊續》第 83 册，頁 376。
②《杜詩詳注》卷九，第 2 册，頁 781。
③參見蕭滌非主編《杜甫全集校注》卷八，人民文學出版社，2014 年，第 4 册，頁 2085—2086。

批解》中即取"將及"之意,認爲"'垂垂發'猶言垂垂老也",並批駁
了第一種看法:"且'垂垂'字非所以狀梅之全體,若謂是倒開梅,則
又晦而未著,首尾皆無據也。"①但就整體來看,朝鮮文壇由"垂垂
發"三字來考證梅花之品種者不乏其人,比較早的是李滉,其《再訪
陶山梅十絶》第八首云:"一花纔背尚堪猜,胡奈垂垂盡倒開。賴是
我從花下看,昂頭一一見心來。"下有自注:

> 第八首"一花"云云,誠齋《梅花》詩:"一花無賴背人開。"
> 余得此重葉梅于南州親舊,其著花一皆倒垂向地。從傍看,望
> 不見花心,必從樹下仰面而看,乃得一一見心,團團可愛。杜
> 詩所謂"江邊一樹垂垂發"者,疑指此一種梅也。②

根據自己親眼所見,認爲杜詩所言梅花爲重葉梅,"垂垂發"是梅花
綻放的樣子,但非花之共性,而是一特定品種的梅花。金永爵
(1802—1868)亦云:"城中評梅者必先數靖陵齋署之植,蓋三百有
餘年于茲。花蒂倒垂,瓣大香郁,與凡梅迥不侔,世稱'羅浮種'。
考《石湖梅譜》,九十餘種,無與此類,獨老杜'江邊一樹垂垂發'者
差近之,洵梅中希珍之品也。"③羅浮梅"花蒂倒垂",與其他九十多
種梅花並不相類,唯與杜詩中所言梅花相近,進一步説明"垂垂發"
並非梅花的普遍形態。如此雖不能確指杜甫所見梅花的品種,亦
可見杜甫描摹景物之細膩,所以申緯(1769—1847)盛讚此句"不甚
刻畫,而活現梅花身分,洵古今絶唱也",④評價極高。

　　此類闡釋杜詩的評論甚多,有些與中國之論相同,有些則可爲
中國杜詩論之補充。又如《自京赴奉先縣詠懷五百字》中的"顧惟

---

①見左江《高麗朝鮮時代杜甫評論資料彙編》附錄《朝鮮李植〈纂注杜詩澤風堂
　批解〉評語輯錄》,上海古籍出版社,2021年,頁606。
②李滉《退溪集》卷四,《韓國文集叢刊》第29册,頁140。
③金永爵《邵亭稿》文稿卷二《古梅山館記》,《韓國文集叢刊續》第126册,頁370。
④申緯《警修堂全稿》册二十三《南鄰鄭夢坡茂宰世翼病中,寄以梅花二詩,且乞
　寫墨竹,將爲揭梅龕也,次韻爲四首答之》,《韓國文集叢刊》第291册,頁500。

螻蟻軰,但自求其穴。胡爲慕大鯨,輒擬偃溟渤"①四句,在中國的杜詩闡釋系統裏,關於"螻蟻"有很明確的兩種意見,一是杜甫自喻,二是喻庸臣、居廊廟者。關於"大鯨"的解釋則有三種:一種是與螻蟻相對,比喻志向遠大之人,此是正面的理解;一種是與"螻蟻"順承,如仇兆鰲所云:"居廊廟者,如螻蟻擬鯨。"此是貶義;第三種將螻蟻比作自求温飽者,大鯨比作竊取名位者,亦是貶義。② 第一種大鯨用作褒義時,將"螻蟻"視作杜甫自喻,則"大鯨"非指作者本人。宋時烈解釋云:"杜詩《詠懷》'螻蟻'、'大鯨',愚意'螻蟻'指時人,大鯨是自喻矣。注説似未安。"③這裏的注應指蔡夢弼注,蔡注云:"螻蟻,物之微者,甫自喻。"宋時烈批駁了蔡氏之説,又提出了新的見解,認爲"大鯨"才是杜甫自喻。就四句來看,作者一面鄙薄苟且偷安的螻蟻之輩,一面向往縱横於大海之上的長鯨,以"大鯨"爲杜甫自喻有其合理性。

在詩話中較早又較多闡釋杜詩的是李睟光,略舉兩例:

> 梁簡文帝《雨》詩云:"漬花枝覺重,濕鳥羽飛遲。"杜詩"花重錦官城",又"冥冥鳥去遲",此也。梁聞人蒨詩云:"林有驚心鳥,園多奪目花。"杜詩"恨别鳥驚心",此也。

> 古詩云:"三五明月滿,四五蟾兔闕。"杜詩曰:"闕月未生天。"按《禮運》曰:"月三五而盈,三五而闕。"注:"望而盈,晦而死也。"然則闕月晦時也。白樂天詩曰:"微月初三夜。"微月,乃指初月爾。④

第一例是説明杜詩字詞之出處,以及化用前人詩作與前代詩作之承繼關係,第二例借古詩及《禮運》來解釋"闕月",並區分與"微月"

---

①《杜詩詳注》卷四,第 1 册,頁 266。

②參見《杜甫全集校注》卷三,第 2 册,頁 688—689。

③宋時烈《宋子大全》卷七十三《與金永叔》,《韓國文集叢刊》第 110 册,頁 446。

④李睟光《芝峰類説》卷十,《韓國詩話叢編》第 2 册,頁 305、312。

之分别。這兩例都是對中國杜詩注解的沿襲,並無新穎之處,但將相關的内容集中在一起,也的確方便了杜詩的學習理解。

但是,杜詩文本在傳播過程中,已經超越了文學文本的内涵,由性理學家解杜詩,我們可以看到他們對於杜甫遠超文人的期許,杜詩也成爲檢驗人的品行、道德的標准之一。"詩聖"、"詩中天子"的贊譽代表著博學、準確、完美,因此,杜詩闡釋在朝鮮文壇的另一表現就成爲考證的依據,滲透到地理、禮儀、服制考據的方方面面。

杜甫《奉贈太常張卿垍二十韻》首句云:"方丈三韓外,崑崙萬國西。"方丈爲三神山之一,《十洲記》云:"方丈洲,在東海中央,東西南北岸,相去正等。方丈,方五千里。"《魏志》云:"韓在帶方之南,東西以海爲限,南與倭接,方可四千里。有三種,一曰馬韓,二曰辰韓,三曰弁韓。"①這引發了朝鮮文人極大的興趣,據不完全統計,約有四五十人在自己的詩文中引用"方丈三韓外"五字。最早出現在金訢(1448—1492)《己亥四月十八日到咸陽,留别克己丈,兼柬館中諸友》一詩中,詩云:"浮查方丈三韓外,繫馬扶桑太古枝。"②這裏只是説坐船出行,"方丈"仍是遥遠神秘之地的象徵比擬,此後的文人則開始將"方丈"與朝鮮的名山相聯繫,考察其真實所在,這一過程不是運用史書、地志,而是依據杜甫詩句。

方丈又名智異、頭流,成汝信(1546—1532)《遊頭流山詩》云:"兹山得名有三稱,頭流智異方丈載古籍。頭流山迥暮雲低,李仁老詩尋青鶴。智異山高萬丈青,圃隱先生贈雲衲。方丈山在帶方南,杜草堂詩中説。兹山神異自古傳,知是千秋名不滅。"③將杜甫詩句與李仁老(1152—1220)、鄭夢周(1337—1392)之語並提,作爲此山得名的依據。任弘亮(1634—1707)在《關東記行》中云:"吾東方頭流稱以方丈,耽羅稱以瀛洲,金剛稱以蓬萊,故世傳三神山在

①《杜詩詳注》卷三,第 1 册,頁 220。
②金訢《顏樂堂集》卷一,《韓國文集叢刊》第 15 册,頁 228。
③成汝信《浮查集》卷二,《韓國文集叢刊》第 56 册,頁 87。

海東。老杜詩曰'方丈三韓外',即此而明知方丈之在我東。"①他因杜詩之言,確信方丈在朝鮮。

有些人也對方丈山是否在朝鮮提出了疑問,但因杜甫的"方丈三韓外"之語,也疑慮盡消了。如朴汝梁(1554—1611)剛開始認爲杜詩此句"未信",但結合對"方丈"的注解,以及國家祭祀智異的行爲,反而以爲:"工部之詩信不虛矣,而古人博物之該亦可見矣。"②不但以杜詩確實可信,還因此認爲杜甫學識淵博。尹東野(1757—1827)《方丈記行序》云:"我鮮國於東海,其言國之名山者,以金剛爲蓬萊,頭流爲方丈,漢拏爲瀛洲,未知是真個三神歟?抑好事者傅會之歟?若以老杜'方丈三韓外'之句觀之,我鮮之有方丈其信矣乎?"③金基洙(1818—1873)《德川遊録》云:"史稱三神山在渤海中,説者以我國之金剛蓬萊、頭流方丈及漢拏瀛洲當之,似涉傅會。然嘗觀少陵詩云'方丈三韓外,崑崙萬國西',據此則方丈之在東晥較然明甚。"④尹東野與金基洙都以金剛爲蓬萊、頭流爲方丈、漢拏爲瀛洲有傅會之嫌,但由杜甫的"方丈三韓外",又覺得方丈在朝鮮可確信無疑。

蔡之洪(1683—1741)的態度最爲糾結,一方面覺得杜甫所言"必有所據",一方面又覺得:"方丈之稱尤未可信,若使三山果在於三韓之地,則以秦皇之威靈,何必遠求於東海之東哉?"⑤由蔡氏的糾結,正可見杜詩的魔力,簡單的五個字,讓人不敢懷疑不敢辯駁,只能相信,只能引爲證據,這大概正是"詩聖"的力量。李滉在《題黄仲舉方丈山遊録》中明確説到:"方丈仙山非世間,秦皇徒慕漢空憐。"⑥以方

---

①任弘亮《敝帚遺稿》卷三,《韓國文集叢刊續》第40冊,頁585。
②朴汝梁《感樹齋集》卷六,《頭流山日録》,《韓國文集叢刊續》第8冊,頁484。
③尹東野《弦窩集》卷五,《韓國文集叢刊續》第105冊,頁84。
④金基洙《柏後集》卷六,《韓國文集叢刊續》第132冊,頁652。
⑤蔡之洪《鳳巖集》卷十三《東征記》,《韓國文集叢刊》第205冊,頁450。
⑥李滉《退溪集》文集卷一,《韓國文集叢刊》第29冊,頁64。

丈爲傳説中的仙山,非人世間所有,柳道源(1721—1791)在進行考
證時仍以"方丈三韓外"爲據,認爲:"方丈山即智異山,在全羅道南
原府東六十里,山勢高大,雄據數百里。白頭山脉流至于此,故又
名頭流。"①詩聖似比理學家更有感召力,性理學家的權威受到了來
自杜詩的挑戰。

杜甫《詠懷古迹》五首之四云:"武侯祠屋長鄰近,一體君臣祭
祀同。"②這兩句只是説先主廟與武侯祠位置相鄰,君臣二人都享受
著來自民間的自發的祭祀與供奉。但到了朝鮮士人眼中,"一體君
臣祭祀同"則成爲臣子配享君王的最好證據。朝鮮肅宗朝(1675—
1720)爲感激明神宗萬曆帝在壬辰倭亂中傾一國之力幫助朝鮮抗
擊日本,要建大報壇,在討論哪些人配祀明神宗時,李瀷云:

> 當時東征之功宜以石星爲主,將士則宜以李如松爲元功,
> 此則余別有所論,不可不祭。……按《通考》,先代帝王之廟自
> 伏羲至隋文凡二十廟,各有配食,今既祭之,何可以無配乎?
> 杜甫詩云"一體君臣祭祀同",此即村閭之私祭而亦並祀君臣,
> 古已有此例矣。③

無視先主廟與諸葛祠並非在同一建築空間裏的實際情況,反以其
爲君臣同祭的例證。鄭澔(1648—1736)在論宋時烈應配享孝宗
(1650—1659在位)時云:"君臣契合,魚水密勿,前則昭烈之於諸
葛,後則孝廟之於時烈。實是異世而同符,表章崇報之典宜無古今
之殊。'一體君臣,同薦祭祀',杜甫詩語,可以徵信也。"④同樣是引
杜詩爲證,並將宋時烈與孝宗的親厚關係與諸葛亮、劉備相比。

---

①《退溪集》附柳道源《考證》卷一,《韓國文集叢刊》第31册,頁279。
②《杜詩詳注》卷十七,第4册,頁1505。
③李瀷《星湖僿説》卷十一《人事門》"大報壇配祭",韓國國立中央圖書館藏英
　　祖三十六年(1760)印本,頁16a。
④鄭澔《丈巖集》卷六《辭副提學疏》,《韓國文集叢刊》第157册,頁132。

　　無論是對"方丈"的考察,還是對"君臣同祀"的運用,都應該從
地志、歷史、儀禮、制度等方面尋找證據,而不是以詩人之説作爲唯
一依據,但朝鮮文人都引杜詩爲證,甚至曲解杜詩爲己用,並强調
其"可徵信"、"信不虚",杜甫也被譽爲"博物",對杜甫及杜詩之尊
崇可見一斑。

　　到朝鮮後期,受清乾嘉學派考據之風的影響,朝鮮文人在文集
及詩話中考證杜詩或以杜詩爲考證之例越發豐富。丁若鏞
(1762—1836)有《雅言覺非》三卷,其《自叙》云:"流俗相傳,語言失
實,承訛襲謬,習焉弗察。偶覺一非,遂起群疑,正誤反真,於斯爲
資。"①因爲察覺語言中有不少錯繆之處,他欲加以糾正,其中就較
多引用杜詩爲例證。如"金吾者,巡徼之司也",隨後引用《漢書·
百官公卿表》《後漢書·百官志》進行解釋,再引杜詩"醉歸應犯夜,
可怕李金吾",以見金吾巡行視察的職能,從而感慨"今邦人忽以義
禁府爲金吾,莫知所由"。② 其他如輪蒩、角、公然、范雎、松筍、跰、
彈棋、蒲鴿、睒等詞語,丁若鏞亦用杜詩來求證其意思。如"角",丁
若鏞甚至根據杜詩的表述來推導其材質:

　　　　杜甫詩云"永夜角聲悲自語",今螺角、木角軍書名之曰哱
　　囉,聲音訾濁,無悲切如訴之音,故邦人每聞號笛,誤認爲角吟。
　　想杜詩嘆其善形,其實杜之所聽不是此聲。……按《舊唐書·
　　音樂志》云"西戎有吹金者,銅角是也,長二尺,形如牛角貝蠡
　　也"。司空曙詩云"雙龍金角曉天悲",杜之所聽應亦金角,故
　　悲切乃爾。③

此條内容較多,丁若鏞由東國角聲無悲切之聲,即斷定杜甫所聽非

①丁若鏞《與猶堂全書》第一集雜纂集卷二十四《雅言覺非》"自叙",《韓國文集
　叢刊》第 281 册,頁 510。
②《與猶堂全書》第一集雜纂集卷二十四《雅言覺非》卷一,頁 511。
③《與猶堂全書》第一集雜纂集卷二十四《雅言覺非》卷二,頁 520。

螺角、木角之聲，唯一的理由就是杜詩善形容，再由《舊唐書》的記載及司空曙的詩作來論證杜甫聽到的是金角聲。只能説丁若鏞也非常迷信杜詩。

　　在詩話中以考據之法論杜詩者首推南羲采。南羲采，約英祖（1725—1776 在位）時期的文人，其《龜磵詩話》是高麗朝鮮詩話中規模最宏大者，彙輯中國數百種典籍中的文化掌故，分門別類進行編排，多論中國詩人詩作，或與朝鮮漢詩比較，間附個人評論。如下面兩條：

> 《摭言》："東晋李鄂，立春以蘆菔、芹芽爲菜盤相饋。"《四時寶鏡》：唐立春，薦春餅生菜，號春盤，取迎新之意，自齊人始。杜詩"盤出高門行白玉，菜傳纖手送青絲"。
>
> 杜詩："陰房鬼火青。"按《淮南子》："人血爲燐。"許慎注："兵死之血爲燐。燐，鬼火之名。"施肩吾《夜行》詩："夜行無月時，古路多荒榛。山鬼遥把火，自照不照人。"①

第一條是引杜詩來考證唐代"春盤"，第二首是引《淮南子》、施肩吾作品來考證杜詩中的"鬼火"二字。此類論杜詩條目缺乏創見，貴在資料豐富，通過字詞源流、史書、詩句等的引用，可以更好地理解杜詩，既見杜甫用典之繁富，亦可見杜詩用於考證之價值。

結　語

　　杜詩最遲在十一世紀八十年代傳入東國，逐漸成爲文人學詩的指南，並最終成爲詩壇最高典範。朝鮮文人學杜、論杜的資料非

---

① 分別見南羲采《龜磵詩話》卷二（《韓國詩話叢編》第 7 册，頁 75）、卷十七（《韓國詩話叢編》第 8 册，頁 161）。

常豐富,從中可明顯看到中國詩壇風氣及學術界風尚的影響。在朝鮮文人論杜詩的過程中,很難說他們有什麼獨特的創見,但由於性理學的強力介入,理學家對道德境界、完美人格的追求,還是令朝鮮時代對杜甫及杜詩的評論烙下了鮮明的印記,形成了自己的特色。

　　首先,朝鮮文壇對杜詩的評價與中國息息相關,北宋文人對杜甫的推崇刺激了杜詩在高麗的傳播與接受。朝鮮王朝建立後,以儒家思想爲立國之根本,杜詩也被視爲有利教化的經典,政府以國家之力推動杜詩在東國的翻刻、注解、編選,大大加快了杜詩在東國的典範化過程,使杜詩成爲無可超越、不可憾動的經典。

　　其次,在杜甫形象塑造的過程中,徐居正起到了重要作用,他在自己的詩文中近兩百次提及杜甫及杜詩,並大量化用杜詩或以杜詩爲典,其所論涉及杜甫忠君愛國的儒家信仰、人生之困頓窮愁、個性之豪狂自放,肯定了杜甫"詩聖"的地位,其中尤爲突出的是他對杜甫成都草堂世外桃源的刻畫以及杜甫西南詩作特別是夔州、湖南之作的贊譽。其所論已涉及杜甫及杜詩的方方面面,杜甫的形象也更爲豐滿立體。其後文人論杜甫很難超越徐居正建構的框架,只是隨著明復古派詩論的影響,在贊譽杜詩的同時,在文人詩論及詩話中開始出現對杜詩累句拙句等的批評。贊譽與批評並存應是更爲健康的詩論模式,也是文學批評發展的必然。

　　再次,朝鮮文人對杜甫及杜詩的評論中,性理學家的身影非常突出,他們的聲音也異常洪亮,影響深遠,而他們評論的方式與內容都受到朱熹的影響。朱熹對杜甫的評價集中在以下幾點:一是對杜甫夔州詩的否定,二是借"同谷七歌"卒章批評杜甫"歎老嗟卑"、"志亦陋"、"不聞道",三是引杜詩論儒家的修身正心立志。以上三點都爲朝鮮性理學家以及受性理學影響的文人所吸收,在李滉、宋時烈、李植等人的作品中,都能看到對以上內容的回應,甚至他們對杜甫的要求更爲嚴苛,對杜甫完美人格的要求已遠遠超出對於普通文人的期許，而引杜詩論理學更遠離了文學文本的闡釋傳統。

最後，因爲杜甫"詩聖"、"詩中夫子"的稱號，强化了杜詩的道德内涵，杜詩也就越發被認爲是完美的，具有了不可超越、不容置疑的魔力，甚至被朝鮮文人用於地理、禮制的考證，如對方丈山位置的討論、對"君臣同祀"的建議，都引杜詩爲據，並將其視爲唯一憑證。隨著清乾嘉學派考據之風的東傳與影響，朝鮮後期詩話中對杜詩字詞進行考證，以及以杜詩作爲考證依據的現象越來越突出，丁若鏞、南羲采所論尤爲豐富，對杜詩之迷信也隨處可見。

以上略及朝鮮文人及學界評論杜甫的三個階段及幾個特點，是較爲簡單直觀的叙述，幾個階段是如何變化的，幾個特點又是如何交融的，仍有進一步深入研究的空間。

附錄一　相聚與流散：
勢道政治下的墨莊雅集

　　朝鮮純祖三十二年（1832）壬辰暮秋的一天，本是一個尋常的日子，却因九個人的一時起意成爲朝鮮漢文學史上的閃光時刻，他們一起次作了杜甫的《秋興八首》，這也是朝鮮文學史上最大規模的一次文人同和《秋興八首》。

　　此次酬唱的發起人是趙萬永（1776—1846），字胤卿，號石厓。參加者有八人：趙寅永（1782—1850），字羲卿，號雲石，爲萬永之弟；李止淵（1777—1841），字景進，號希谷；李紀淵（1783—?），字景國，號海谷，爲止淵之弟；趙秀三（1762—1849），字芝園，號秋齋，一號經畹；權敦仁（1783—1859），字景羲，號彝齋；趙秉鉉（1791—1849），字景吉，號羽堂；李復鉉（1767—1853），字見心，號石見樓；姜溍（1807—1858），字進汝、進如，號對山。

　　參加此次雅集的九人身份差別較大，有世家子弟，有王室後裔，亦有閭巷中人，不同身份的人走到一起需要一些契機，本附録將重點對此進行梳理，以探討政治與文學的關係，分析勢道政治、政局變化如何影響各階層文人的人生及命運，從中亦可略窺朝鮮後期文人交遊網絡的形成、發展及變遷。

一　唱酬九人之關係

　　壬辰雅集的主人是趙寅永,次作《秋興八首》的發起人是趙萬永,趙秉鉉與萬永兄弟同祖不同宗,是二人的子侄輩,三人都出自豐壤趙氏。趙萬永於純祖十三年(1813)增廣文科乙科及第,純祖十八年(1818)曾以問安使書狀官出使瀋陽;純祖十九年(1819),其長女(1808—1890)嫁王世子李旲(1809—1830,字德寅,號敬軒,謚號孝明,追封翼宗)爲世子妃,趙氏一族成爲外戚之家。

　　純祖二十七年(1827)二月,孝明世子"代理庶務",[①]開始重用豐壤趙氏。在此不得不提及安東金氏的"勢道政治"。"所謂'勢道政治',就是因爲受國王信任得掌握政權而擅自運用之謂,如任免官吏、執行王命、上奏、建議乃至處理軍國機務,都可專斷擅行。"[②]也就是權臣當道把持朝政,尤其是外戚專權的狀況。1800年,純祖即位時年僅十一歲,正祖遺命令兵曹兼吏曹判書金祖淳(1765—1832)輔政,次年,金祖淳將女兒嫁與純祖,自己一躍而爲"國丈"。因純祖年幼,且性格軟弱,金祖淳及金氏一族逐漸把控了朝政,開始了安東金氏長達六十年的勢道政治。孝明世子此時重用豐壤趙氏以對抗安東金氏,也是朝廷政治鬥爭、權力平衡的選擇。是年,趙萬永任吏曹判書,兼訓練大將、宣惠廳提調;純祖二十九年(1829)八月至三十二年(1832)九月,又任户曹判書,將人事權、兵權、財權都掌握在手中,權力極盛。同一時期,趙氏一族的趙寅永、

---

①《純祖實録》卷二十八純祖二十七年二月乙卯(9日):"命王世子代理庶務。"《朝鮮王朝實録》第48册,頁271。

②李丙燾著,許宇成譯《韓國史大觀》第十一章《"勢道政治"和洪景來之亂》,臺灣中正書局,1979年,頁397。

趙秉鉉，及萬永之子趙秉龜（1801—1845，字景寶，號游荷）也被大力提拔，宦途順利，逐漸形成趙氏"勢道政治"權力核心。其後的二十多年間，朝鮮朝政就是豐壤趙氏與安東金氏明争暗鬥、此消彼長的過程，很多人的命運包括秋興唱酬的九人都被牽扯其間。

趙萬永"自弱冠工于詩"，[①]喜出遊，喜呼朋引伴，此時他有"國丈"的身份加持，響應者更衆。如純祖二十九年（1829），趙萬永歷省先人墓，李台升（1767—?，字斗臣，號黄庭）、成曾憲（生平不詳）二人相從，有詩成軸；同年，萬永又與李止淵、李晦淵（1779—?，字景養，號白潤，李止淵之弟、李紀淵之兄）、李台升有酬唱詩卷。[②]無論這是趙萬永愛交遊的個人喜好，還是趙氏招攬人才的需要，在他身邊都很容易形成文人群體。

參與秋興唱酬的九人，趙、李兩家兄弟年齡相仿，且是少年友人，有通家之好。早在壬戌（1802）七月，他們就曾共遊清潭，趙寅永有詩題云《七月既望，陪伯氏石厓先生遊於清潭，李景進止淵、景養晦淵、景國紀淵、全士進就行、安大汝光集、明汝光永偕焉》；[③]次年癸亥（1803）九月，趙寅永、李止淵、安光永（1771—?，字明汝）還同遊金剛山一帶，三人有詩集《雲雪録》，李晦淵序首句即云："余與羲卿遊久矣。"[④]

李止淵於純祖五年（1805）文科別試及第，但一直任兵曹佐郎、持平、禮曹參判等低階職位。純祖二十五年（1825）丁憂，1827年七月重返政壇，即任吏曹參判；是年秋，世子妃趙氏（後封神貞王后）

---

① 趙秀三《秋齋集》卷八《石厓趙公週甲壽序》，《韓國文集叢刊》第 271 册，頁 518。

② 趙寅永《雲石遺稿》卷二《伯氏歷省先楸，仍覽谷雲而歸，李斗臣、成稚文憲曾二客從之，有詩成軸，謹次首篇韻》《伯氏石厓公寄示與李希谷止淵留相、白潤倉部、黄庭詞伯酬唱詩卷，謹次郵呈，用博諸公一粲李公止淵時爲南漢留守，其仲氏晦淵時爲太倉官》，《韓國文集叢刊》第 299 册，頁 41、46。

③ 《雲石遺稿》卷一，《韓國文集叢刊》第 229 册，頁 9。

④ 《雲雪録》現藏韓國國立中央圖書館，前有李晦淵序。

產子,李止淵任安胎使。此後他歷任漢城府判尹、禮曹判書、工曹判書等職,重權在握,酬和《秋興八首》之時,他任吏曹判書。李止淵職位之變化,似與趙氏諸人的推薦、扶持密不可分。

　　就現有資料很難判斷權敦仁與趙氏一族的交往始於何時,現最早的有據可循的記載見於趙寅永《秋興唱酬》中的一條自注:"公於十年前北竄,時余在館寮,屢疏請寢之。"此是指純祖二十二年(1822)純祖生母綏嬪朴氏嘉順宮去世一事,純祖欲以歡慶殿爲殯宮,權敦仁認爲逾越禮制。① 權敦仁之疏觸犯了想爲生母盡孝的純祖的逆麟,被貶謫甲山,四個月後才蒙恩放還。當權敦仁被貶謫時,趙寅永曾上疏申救,雖於事無補,亦可見同僚之情誼。趙氏另一成員趙秉鉉與權敦仁也有較多交往,其寫於純祖二十八年(1828)的詩作,有《與希谷李止淵、碧谷金蘭淳、彝齋權敦仁、健翁金陽淳、梨坨洪稚圭、鶴山尹濟弘共賦》《七夕訪黄山金逌根,與彝齋權敦仁賦》等。②

　　權敦仁在純祖朝仕途平平,壬辰六月他由刑曹參判罷職,十月被任命爲咸鏡道觀察使,次和《秋興》之時他正被罷職賦閑。但至憲宗朝(1835—1849)即神貞王后趙氏之子即位後,他的仕途卻極爲順暢,憲宗元年(1835)以進賀兼謝恩正使出使清,回國後,任漢城府判尹、兵曹判書、吏曹判書、刑曹判書等職,憲宗八年(1842)更官至右議政,至憲宗十一年(1845)已是領議政。1832年秋天似乎是其仕途上升的一個轉折點,由權敦仁的仕履經歷來看,他應該也

①《純祖實録》卷二十五純祖二十二年十二月己巳(29日),《朝鮮王朝實録》第48册,頁214。丁若鏞曾解釋此處關涉的禮制:"蓋殿者,古之所謂適寢也。薨於適寢,因以爲殯宮,非正妃則不可也。況不卒于適寢,而移奉于適寢,尤不可也。"(《與猶堂全書》第三集禮集卷二十三《嘉順宮喪禮問答》,《韓國文集叢刊》第284册,頁513)適寢乃正屋,綏嬪非正妃,又非薨逝於此,所以不能以歡慶殿爲殯宮。
②趙秉鉉《成齋集》卷五,《韓國文集叢刊》第301册,頁305。

是趙氏權力集團中的一員。

　　李復鉉爲王室後裔，是綾原大君李俌（1592—1656）的五代孫，但他並未能享受王室的尊榮與富貴，反而沉淪下僚，生活較困頓。他曾任高城郡守、清風府使等職，壬辰二月出任縠城，但在職僅一百三十天就因考績下等，被罷黜歸京。① 就李復鉉《石見樓詩鈔》來看，他與趙氏兄弟並無太多交集，詩集中基本没有與趙氏兄弟或子侄相關的作品。他交往較多的是李氏三兄弟，又與李止淵關係最密切，詩集中相關詩作達十三首。② 李氏兄弟以廣平大君李璵（1425—1444）爲始祖，也是王室後裔，這也許是李復鉉與他們更爲親近，而李氏兄弟也對李復鉉較多關照的原因之一。壬辰六月當他從縠城罷歸時，時任潭陽府使的李晦淵就給了他頗多幫助。③

---

① 申緯集《警修堂全稿》册十八《養硯山房稿二》之《縠城守李見心殿於考績，黜於京察，在官纔滿百日也，即用別詩原韻以慰之》，《韓國文集叢刊》第 291 册，頁 406。李復鉉《石見樓詩鈔》卷下《解官日潭陽伯袖詩來宿而別率書歸興》其二云："馬首鞭鳴渡水飛，亂蟬噪急夕陽暉。爲官一百三十日，悔負陶令早賦歸。"韓國精神文化研究院藏本，頁 11b。

② 李復鉉與李止淵的交往可能開始於純祖二十八年戊子（1828），是年，李止淵"拜弘文提學，授廣州留守"（趙斗淳《心庵遺稿》卷二十三《右議政希谷李公墓表》，《韓國文集叢刊》第 307 册，頁 475），李復鉉亦前往廣州，二人詩文唱和，友誼持續至李止淵去世。李止淵宦途中的大事件，李復鉉都有詩記録。如庚寅（1830），止淵被謫羅州牧使，復鉉有《贈希谷出補羅州牧伯》；癸巳（1833），止淵以陳慰進香正使出使清，復鉉有贐行之作《次北社別希谷上使行次韻》；庚子（1840），止淵被貶，待罪明川，復鉉有《希谷相國北遷明川》安慰之語；次年，止淵於明川去世，歸葬故里，復鉉有《希谷靈櫬自明川爲殯》的哀悼之作。

③ 李復鉉《石見樓詩鈔》卷下有《潭陽伯李景陽枉宿》《和潭陽伯寄來韻》《解官日潭陽伯袖詩來宿而別率書歸興》等詩題，可見李復鉉在任期間與李晦淵交往密切，關係亦親厚。趙寅永《雲石遺稿》卷三《東巖餞秋，伯氏石厓先生未之與，用秋興八韻分屬，敬次以呈》，其中給李復鉉的一首注云："公於今夏南邑罷歸日，白澗李公方任潭陽，委往治送云。"《韓國文集叢刊》第 299 册，頁 57。

　　李復鉉去趙寅永東巖別墅參加雅集，當是由希谷携同前往。
此次酬和《秋興》聲勢頗大，趙氏又是外戚之家，權勢正蒸蒸日上，
對一般人而言，這次聚會都是榮耀之事，現已發現的趙寅永、趙秉
鉉、趙秀三、姜溍詩文集都收入了酬和詩作，唯李復鉉《石見樓詩
鈔》未收入他的十六首作品。

　　上文我們分析了趙氏一族與李氏兄弟以及權敦仁的關係，看
似普通的文字交往背後，實際是政治勢力、權力集團的組合與鞏
固，李復鉉雖身處下僚，也不能脱離這樣的政治氛圍。李復鉉與安
東金氏的核心人物金祖淳是友人，他們留存於文集中的最早互動
見於純祖二年壬戌（1802），是年，李復鉉任高城郡守，寄了一擔山
泉水給金祖淳。[①]　路途遥遥，以泉水相贈，足見二人情誼深厚。李
復鉉詩集中與金祖淳相關詩作有七首，有詩云“童年遊學今猶昨，
忽漫相逢髩各斑”，[②]可知二人也是少年友人，曾同窗學習，由此也
就能理解他與金祖淳的友誼了。李復鉉與金祖淳相厚，政治上就
可能偏向於安東金氏集團，與趙氏的交往較少，並且《石見樓詩鈔》
由其曾孫慶平君晧（1832—1895）編輯校刊於哲宗八年（1857），這
正是安東金氏重新得勢，權勢如日中天的時候，也可能李晧在編選
是集時剔除了與豐壤趙氏相關的内容。[③]

　　參加此次聚會的還有兩位，他們是趙秀三與姜溍，二人都屬於
朝鮮的中人階層。趙秀三人生中最值得驕傲的事件是曾六次隨朝
鮮使團進入中國，五次到達北京，一次前往瀋陽，時間分別是 1789

---

①金祖淳《金陵郡治之南有泉，飲者已百病，四方遏至。村人苦之，塞而廢之且
　　百年。李侯見心復鉉爲宰之周歲，壬戌大雨，山澗汰而泉復焉，飲者又如初
　　而多神效。李侯爲寄一擔，且貽示得新泉詩。合浦之還珠，零陵之復乳，其
　　事異而其迹同，堪補昭代雅史，遂步其韻，兼謝珍重之意》（《楓皋集》卷二，
　　《韓國文集叢刊》第 289 册，頁 32），詩題詳細交待了事情的原委。
②《石見樓詩鈔》卷下《廣州路猝遇楓皋太史，欣紓阻衷，即席命韻同作》，頁 1a。
③詩題及内容中未明確提及趙氏兄弟的作品也偶有留存，如《石見樓詩鈔》卷下
　　有《集老人亭飲弛酒禁日也》（頁 14a），老人亭爲趙萬永墨溪山莊内的亭閣。

年、1800 年、1803 年、1806 年、1818 年、1829 年。

　　趙秀三與趙氏兄弟的淵源可以上溯至二人之父趙鎮寛（1739—1808，字裕叔，號柯汀），其自道云："粤昔柯汀老大人，三言呼我幕中賓。"①因此他與萬永、寅永很早就相識並結交。純祖十八年（1818），趙萬永以書狀官出使瀋陽，趙秀三隨同前往。純祖十五年（1815），趙寅永曾跟隨副使趙鐘永（1771—1829）前往北京，與劉喜海交往尤密，二人一直保持著書信聯繫。純祖二十五年（1825），趙寅永任嶺南觀察史，不方便與劉喜海通信，就將回信的任務交給了任記室參軍的趙秀三。② 純祖二十九年（1829），趙秉龜以冬至行書狀官出使清朝，趙秀三也隨行，完成了他的第六次中國之行。這次他在北京得與劉喜海見面，二人開始了真正的交往。③ 趙秀三與趙氏兄弟乃至子侄的交誼都很深厚，也就常常出入趙家。趙萬永有墨溪山莊，趙秀三也是常客。壬辰秋，趙氏兄弟發起餞秋之聚時，趙秀三自然成爲其中的一員。

　　參加聚會的最後一人是姜溍，他是豹庵姜世晃（1713—1791）的曾孫，因其父姜彝大爲庶出，他也就成爲庶出子孫。朝鮮朝明確嫡庶差別，對庶孽的限制非常嚴格，根據《經國大典》的相關條文，庶孽子孫不得由科舉進入仕途，爲官不得任高官歷清顯，並只能擁有極少的財産，④這就使得庶孽中大量優秀人才沉滯困頓，淪爲中人階層。

　　姜世晃"書畫雙絶，尤工墨竹"，姜溍承家學，"書畫酷類豹翁，長於詩詞"，⑤也可謂"詩書畫三絶"，但因爲是庶出，也就失去了參

---

①《秋齋集》卷六《輓豐恩府院君石厓趙忠敬公十二首》其一，《韓國文集叢刊》第 271 册，頁 484。

②《秋齋集》卷八《寄劉燕亭喜海書》，《韓國文集叢刊》第 271 册，頁 528。

③《秋齋集》卷八《與劉燕亭書》，《韓國文集叢刊》第 271 册，頁 528。

④參見《經國大典》卷一《吏典・限品叙用》、卷二《禮典・諸科》、卷五《刑典・私賤》相關條目，亞細亞文化社，1983 年，頁 157、208、491、494。

⑤姜溍《對山集》金學性序，《韓國文集叢刊續》第 128 册，頁 282。

加科舉步入仕途的可能。所幸他的才華吸引了趙氏兄弟，爲他開啓了一扇命運之門，“弱冠受知於石厓趙忠敬公，石厓奇其才，待以席上之珍。石厓季弟雲石文忠公以詞林宗匠，於詩文少詡可，獨於對山獎與之不置，評其詩曰：錦帔霞珮，鳳管鸞笙，殆非烟火人口氣。”①姜潛在二十歲左右得到趙氏兄弟的賞識，純祖三十一年（1831），趙萬永有度支點漕之行，就携姜潛、趙秀三同行，姜潛有詩作《雨中陪石厓趙公萬永度支點漕之行，乘流拈韻，李黄庭台升、趙秋齋秀三偕焉》，②趙秀三亦有同韻之作記此事《陪石厓趙尚書點漕之行，泛船拈韻三首》。③

　　時間來到次和《秋興八首》的1832年秋天，這正是豐壤趙氏權力的上升期，趙萬永爲户曹判書，正二品，又兼訓練大將、宣惠提調等職；趙寅永爲議政府右參贊，正二品；趙秉鉉爲吏曹參議，正三品；未參加聚會的趙秉龜爲左副承旨，在次年一月就升任成均館大司成，正三品，離他步入仕途的1822年只用了十年的時間。

　　參加聚會的另外六人，身份各異，與趙氏的關係也不盡相同。李止淵、紀淵兄弟與趙氏兄弟是知交好友，也是政壇上的夥伴，李止淵此時爲吏曹判書，正二品；趙萬永及李復鉉稱海谷爲“知申”，則李紀淵此時任承政院都承旨④一職，正二品，都手握實權。權敦仁剛由吏曹參判罷職賦閑，頗爲失落，也許需要通過結交趙氏獲得政治上的支持，爲再次進入官場進行鋪墊。李復鉉爲王室後裔，與同出璿源的李氏兄弟關係深厚，但因他與安東金氏集團的金祖淳較親近，在此次聚會中處境就較爲尷尬。趙秀三與姜潛都屬於中人階層，生活較困頓，需要依附權勢之家獲得更多機會，能得到趙

---

① 《對山集》朴承輝序，《韓國文集叢刊》第128册，頁283。
② 《對山集》卷一，《韓國文集叢刊》第271册，頁286。
③ 《秋齋集》卷五，頁459。
④ 《宣祖實録》卷十九宣祖十八年（1585）四月己巳（28日）：“都承旨，乃一院之長，即古之知申事也。”《朝鮮王朝實録》第21册，頁419。

氏兄弟的賞識與幫助對他們的人生大有助益。雖然他們的身份地位與趙氏兄弟相去甚遠，但因爲遠離權力中心，遠離政治，反而在與趙氏兄弟的交往過程中顯得更爲輕松自在。

二　墨溪山莊之雅集

此次《秋興酬唱》是一次偶發的文人雅集，還是他們較爲固定的有組織的文學社團活動，也是值得探討的問題。趙萬永在贈李止淵的詩作中提到"北社無人同秉燭"，北社是否是詩社之稱呢？

在數人文集中，趙秀三有詩云《余將作南行，北社諸公餞於墨莊》，①《輓豐恩府院君石厓趙忠敬公十二首》其五又云："是時北社猶全盛，耆老康强賦遂初。"②趙寅永《小春一日登老人亭》其一云："今夜雲箋邀北社，一秋霜葉謝西峰。"③三人在詩題或詩作中都提到了"北社"，而"北社"是與墨莊、老人亭、趙萬永緊密相聯的。

李復鉉有《次北社別希谷上使行人》，④李止淵又有《以進香使將赴燕與諸公會石厓宅飲餞》，⑤二人詩題相應，可見在石厓趙萬永家爲李止淵餞行是"北社"成員一起舉行的活動。趙秉鉉《寄芝園老人趙秀三甲午》詩云："詩社當年結交敦，墨莊岩墅酒留痕。"⑥甲午是1834年，詩中明確提到詩社，墨溪山莊正是詩社的活動地點。

---

① 《秋齋集》卷五，《韓國文集叢刊》第271册，頁452。
② 《秋齋集》卷六，《韓國文集叢刊》第271册，頁484。
③ 《雲石遺稿》卷三，《韓國文集叢刊》第299册，頁54。
④ 《石見樓詩鈔》卷下，頁14b。
⑤ 李止淵《希谷燕行詩》，林基中編《燕行録續集》第132册，尚書院，2008年，頁173。
⑥ 《成齋集》卷五，《韓國文集叢刊》第301册，頁311。

　　由以上作品可以推知，"北社"應是詩社的指稱，主要活動地點是趙萬永的墨溪山莊。

　　據趙寅永寫於憲宗三年丁酉（1837）的《墨莊分韻詩帖跋》所云："莊在紫閣峰下，即吾宗歸鹿相公刻詩處。近吾伯氏石厓公得之荒蕪之餘，疏淤剔翳，環以嘉植，儼成一名園。而舊名老人之場，故仍以老人顏其亭，蓋寓佚老之義也。"①墨莊在紫閣峰下，原屬歸鹿趙顯命（1691—1752），趙萬永對墨莊進行了修繕整理、綠化改造，使之成爲一代名園，内有老人亭、鯈魚閣、多種樓等亭台樓榭。②墨溪山莊又有墨莊、墨溪、老溪等別稱，又或者以老人亭指代，趙秀三所云"南園"也指墨莊。趙寅永文集中第一次提到墨莊是寫於純祖二十九年（1829）的《墨莊春夜》，墨溪山莊大概就重修於是年前後。由於趙萬永的身份地位以及豐壤趙氏在朝政上的影響力，墨溪山莊也就成爲文人雅集、政客聚會的名所。

　　現可追溯的第一次墨莊雅集在純祖三十一年（1831）十月。由趙秉鉉《墨溪山莊，石厓、雲石兩叔、希谷李景進、黄庭李台升、芝園趙秀三共賦》③來看，參加此次聚會的有趙萬永、趙寅永、李止淵、趙秉鉉、李台升、趙秀三六人。此次雅集趙寅永有《小春一日登老人亭》④三首七律，分押"重、霄、歸"三韻；趙秀三有《小春一日遊南園三首》，⑤與趙寅永之作同韻同字；趙秉鉉《墨溪山莊，石厓、雲石兩叔、希谷李景進、黄庭李台升、芝園趙秀三共賦》一首韻字爲"霄"。

---

①《雲石遺稿》卷十，頁 208。
②《對山集》卷二《宿玉山浦，卧念趙忠敬公平昔眷愛，淚潸潸漬席，遂起走筆，可謂長歌之甚也》其五云："池臺如舊夕流螢，多種樓前草滿庭。聽雨看花渾漫想，今年不到老人亭。多種樓、老人亭，俱公榭名。"（頁 319）《雲石遺稿》卷十《鯈魚閣記》云："伯氏石厓先生，近於墨溪山莊跨水爲閣，懸其額曰'鯈魚'，蓋濠梁意也。"（《韓國文集叢刊》第 299 册，頁 199）
③《成齋集》卷五，《韓國文集叢刊》第 301 册，頁 308。
④《雲石遺稿》卷三，《韓國文集叢刊》第 299 册，頁 54。
⑤《秋齋集》卷五，《韓國文集叢刊》第 271 册，頁 446。

陰曆十月因天氣温暖如春又名"小春"，趙寅永云："山空碧澗留餘響，秋盡黄花剩幾條。"趙秀三云："向曉繁星爭北拱，經秋一雁後南飛。"無論是菊花零落，還是大雁南飛，都是秋冬之交的物象。

　寅永之作主要抒發流連山水的樂趣及對歸隱的向往，"歸"一首云："白首可從方外去，紅塵不向此間飛。"將"方外"與"紅塵"相對，隱含其中的是仕與隱的矛盾。趙秀三更關注詩文本身，如"盛世文章藏木石，暮年奇氣托芝松"、"千首詩篇雙鬢雪，種芷無地可東歸"，自己雖已人到暮年，人生困頓，但還有詩文可以寄興，有美景可以欣賞，也足慰生平了。

　壬辰秋興唱酬後，大概是第二年（1833）的春天，墨溪山莊再次進行雅集，姜溍詩題云《老溪赴石厓趙公、雲石趙公寅永雅集，同希谷李公止淵、海谷李公紀淵、彝齋權公敦仁、石見李丈復鉉、李黄庭、李怡雲在綱拈韻》，[①]則此次聚會有趙萬永、趙寅永、李止淵、李紀淵、權敦仁、李復鉉、李台升、李在綱（生平不詳）、姜溍，與秋興唱酬相比少了趙秉鉉、趙秀三兩人，增加了李台升與李在綱，都是九人。實際上趙秀三應該也參加了雅集，姜溍一詩韻字爲"泥、低、西、齊"，趙秀三《老溪春日二首》[②]其一與此韻同字同，應是同一次雅集的唱和之作，詩云"山遊經歲又南溪，賓主相忘醉似泥"，似非想象之辭，酒席上觥籌交錯、賓主盡歡的景象如在目前。

　趙秀三與姜溍文集的編排看似按時間排列，實際上時間軸並不準確，此次雅集之作在姜溍《對山集》中排在明確標出 1831、1832 年的詩作之間，趙秀三之作則編在 1831 年的詩作之前。但在壬辰暮秋酬唱時，李復鉉贈趙秀三詩作稱"嗟吾於世本相忘，七十之年初見翁"，則二人當時是初次見面，所以此次二人共同參加的雅集必然在 1832 年暮秋之後。同一次雅集的九人有八人能再次聚首，

───────────

① 《對山集》卷一，頁 286。
② 《秋齋集》卷五，頁 447。

兩次聚會的時間相隔應不會太久，最大的可能就是 1833 年的春天。

　　是年夏天，墨溪山莊又迎來一次較大型的雅集，姜潛有詩題《老溪流夏，赴石厓、雲石兩公避暑小集。共淵泉金公履陽、希谷李公、小華李公光文、李黄庭、李怡雲、姜陽齋在應，任鏡湖百淵拈韻》，①詩歌韻字爲"言、痕、門、存"。趙寅永集有《墨莊雨後，陪伯氏與金淵泉先生、李白潤遣暑》②三首，第一首與姜潛之作韻同字同，可以推知這是二人的唱和之作。趙寅永《雲石遺稿》按時間編排，則此次雅集發生在純祖三十三年（1833）的夏天，結合二人詩題可知參加雅集者有趙萬永、趙寅永、金履陽、李止淵、李晦淵、李光文、李台升、李在絅、姜在應、任百淵、姜潛 11 人。其中金履陽（1755—1845），字而剛、命汝，號淵泉，出自安東金氏，時年 79 歲，是座中最年長者。李光文（1778—1838），字景博，號小華；姜在應（1794—？），字子鐘，號陽齋；任百淵（1802—？），字溥卿，號鏡湖。參與者的身份與秋興唱酬一樣都比較複雜，有致仕的官員，如金履陽；有位高權重者，如趙氏、李氏兄弟；有沉淪下僚者，如李台升；還有尚未入仕者，如姜在應、任百淵；亦有庶孽出身的姜潛。

　　就趙寅永的三首詩來看，主要寫忙裏偷閑逍遥山水的樂趣；姜潛的詩作將此次雅集與蘭亭之會相比，聚會衆人雖身份各異，最大年齡差爲一甲子，但景美人佳，皆可入詩入畫。金履陽《風月集》中有《流夏下浣，會於老人亭，積雨新晴，泉石清凉，可忘暑也》③三首，與趙寅永、姜潛之作同韻同字，也是同一場合下的唱和之作。由其詩題可以更清楚地知道此次雅集發生在一個雨過天晴的日子，他的三首詩第一首講營造山莊之不易，第二首寫山莊之景及山莊内的活動，第三首則是寫雅集的人，其中"每嘆黄庭樓下邑，又將希谷

————————

①《對山集》卷一，《韓國文集叢刊》第 128 册，頁 295。

②《雲石遺稿》卷三，《韓國文集叢刊》第 299 册，頁 58。

③金履陽《風月集》，《韓國歷代文集叢書》第 3061 册，頁 99。

出邊門"一聯,一是感慨黃庭李台升一直沉淪下僚,二是爲希谷李止淵在不久之後的七月即將出使清朝而悵然。

　　1833年是墨莊雅集非常活躍的一年,上文提及的趙秀三《余將作南行,北社諸公餞於墨莊》約寫於是年;李止淵是年七月以謝恩進香正使出使清朝,北社衆人也是在墨莊聚會爲他餞行。其後,在墨溪山莊進行雅集已是一種常態,由趙秀三文集來看,除上文提到的《小春一日遊南園三首》《老溪春日二首》以外,還有卷三《春仲遊老人亭,五宿而歸》(頁412),卷五《墨莊夏日二首》(頁448)、《墨莊再會》(頁448)、《余將作南行,北社諸公餞于墨莊》(頁452)、《秋雨南園》(頁458),卷六《石厓宅守歲》(頁466)、《南園初夏》(頁467)、《墨莊避暑十韻》(頁467)、《老人亭夏日二首》(頁469)、《墨莊漫詠三首》(頁469)、《墨莊雅課》(頁469)、《墨莊再會》(頁470)、《老人亭》(頁470)、《墨溪春日,與尚玄沈大受同賦四首》(頁470)、《老溪夏日二首》(頁472)、《七月五日,老溪銷暑六首》(頁472)、《老溪秋後,和對山韻》(頁473)、《老人亭避暑十一首》(頁474)、《老溪銷夏三首》(頁475)、《墨谿銷夏四首》(頁475)、《甲辰(1844)新春,墨莊雅課二首》(頁479)、《老溪秋詠二首》(頁480)、《南園早起,步入山中偶作》(頁481)、《六月既望,聽雨南園三首》(頁482)、《送春日,又叠南園舊遊韻》(頁484)等作品,一直到憲宗十一年(1845)左右,他都經常流連在墨溪山莊,避暑消夏,迎春送秋,雅集宴飲,甚至會在趙萬永家守歲迎新年。由趙秀三詩作可見墨莊雅集之頻繁,但因其詩題過簡,又未有任何注解説明,且未能從他人詩作中找到對應作品,也就不能確定都有哪些人在什麼時間參與了聚會,實屬遺憾。

　　另有兩次雅集可以找到清晰證據。一是憲宗三年(1837)丁酉孟夏,趙寅永《墨莊分韻詩帖跋》云:

　　　　上之三年丁酉孟夏,致政相國金陵南公、原任相國玄圃李公、斗室沈公相國、苣溪朴公、致政尚書淵泉金公同會於此。

惟朴公今年六十有五，諸公皆七十以上。而金公年最尊，爲八十有三。吾伯氏雖最少，亦六十有二。遂以年叙分韻而識之。[①]

參加雅集的有南公轍（1760—1840，字元平，號思潁、金陵）、李相璜（1763—1841，字周玉，號漁桐、玄圃）、沈象奎（1766—1838，字可權、穉教，號斗室、彝下）、朴宗薰（1773—1841，字舜可，號荳溪）、金履陽及主人趙萬永。此次雅集與前三次大不相同，參與者都是位高權重、聲名顯赫之人。金履陽、趙萬永爲王室外戚，金履陽之孫娶純祖之女，趙萬永之女嫁純祖之子；南公轍爲正祖、純祖朝重臣；另三人都是《純祖實錄》的編纂者，衆人很可能是爲討論《純祖實錄》的編寫事宜才聚在一起的。

此次雅集的六人分韻賦詩，金履陽的詩題爲《石厓別墅在墨溪上，金陵、玄圃、斗室、荳溪諸公來會，分韻“桃花源裹人家”，以年爲序，余得“桃”字》，[②]由詩題可知，六人以“桃花源裹人家”爲韻，按年齡由長到幼各選一字。趙寅永因病未能參與雅集，有詩記事，《墨莊雅集，病未能與，聞諸公分韻，欲各成一律，而只得金淵泉、南金陵公轍兩公詩云》，[③]二詩韻字分別爲“毛、勞、桃、毫”、“加、霞、嘉、花”，與金履陽、南公轍二詩同韻，詩歌内容也是分贈二人，誇贊二人的人生歷程。

參加此次雅集的六人坐到一起，很可能是面和心不和。南公轍與沈象奎都有文集存世，但遍檢二人作品，並無與趙氏兄弟及子侄相關的任何詩文。就他們現留存的作品來看，二人明顯與金祖淳及安東金氏其他諸人交往密切，關係親厚。朴宗薰任實錄總裁官時在右議政之位，憲宗三年（1837）十月升左議政，下一步就應是

---

①《雲石遺稿》卷十，《韓國文集叢刊》第 299 册，頁 208。

②《風月集》，《韓國文集叢刊》第 3061 册，頁 9。

③《雲石遺稿》卷三，《韓國文集叢刊》第 299 册，頁 65。

領議政了。但差不多同時，李相璜復拜領議政，李止淵任右議政，朴氏領相之路被阻。次年（1838）一月，朴宗薰辭相職，任判中樞府事；四月，李相璜亦辭相職，任領中樞府事。相位三人只剩右議政李止淵，豐壤趙氏集團把控了朝廷中樞。由這一時期朝中相位的變更來看，朴宗薰亦非趙氏集團中人，政治集團權力角逐與平衡的結果是豐壤趙氏略佔上風。

　　此次聚會後不久，墨溪山莊再次迎來雅集，趙寅永《伯氏墨莊雅集，分韻得於字》云："谷中車蓋九尚書，恰是清朝洗沐餘。"①可知這又是一次位高權重者的聚會。可惜未能找到其他相關記載，已不能確知參與者有哪些人。

　　到憲宗九年癸卯（1843）季夏，墨溪山莊還有一次重要雅集，趙寅永有詩記事，詩題云《病臥墨莊，伯氏約淵泉、經山、彝齋諸公來會，以"山水有清音"分韻，得有字》，②參加此次雅集的有五人：金履陽、鄭元容（1783—1873，字善之，號經山）、權敦仁、趙萬永、趙寅永。關於此次雅集，鄭元容也有詩作《季夏日，與石厓、雲石、彝齋、金淵泉尚書履陽諸公，會墨溪老人亭，分韻得清字》。③ 趙秀三未能參加雅集，但他根據五人的韻字分別有贈送之作，《呈淵泉金公》爲"山"韻，《呈石厓趙尚書萬永》爲"水"韻，《呈彝齋權尚書敦仁》爲"音"韻，由此我們可以確定與會五人所分韻字。

　　趙寅永與鄭元容寫作的都是五言長詩，可能是當時分韻賦詩的要求。寅永自注中再次提到了丁酉（1837）的孟夏雅集，那時來墨莊作客的有金履陽、南公轍、李相璜、沈象奎、朴宗薰五人，六年後仍健在者唯有金履陽，讓人無比感慨。寅永之作重在寫雅集的衆人，這應是一個夏日雨後，在座最年長者已八十九歲，自己也已是六十二歲的"中叟"，詩中有兄弟友愛、友朋相聚的愉悅，也有時

①《雲石遺稿》卷三，《韓國文集叢刊》第 299 册，頁 65。
②《雲石遺稿》卷四，《韓國文集叢刊》第 299 册，頁 78。
③鄭元容《經山集》卷三，《韓國文集叢刊》第 300 册，頁 73。

光流逝、朋輩零落的惆悵。

　　鄭元容之作與寅永不同，重在寫景記事，頗有六朝餘韻，結構層次清晰，第一層從"蒽舊茂林色"到"喬年有畢卿"，交待事件的緣起；從"嘉賓羅杏梅"到"勝緣何可輕"描寫眾人於山莊中的行事；最後一層感懷抒情，將閑適時光與政治清明相聯繫，感慨聚會者的吏治政績。

　　此次雅集並未就此結束，五人詩作還被制作成詩帖，現留存的有鄭元容一首（見圖二），詩帖上的詩題爲《季夏墨溪山莊陪淵泉大老、石厓、雲石、彝齋諸閣老遊，分韻得清字》，正文部分，詩帖中的"杏莓"在文集中作"杏梅"，其他均相同。詩帖上有鄭元容印章，可見是其本人書寫，字迹清俊，趙秀三稱贊他"詩是唐詩字宋字"[1]並非過譽。其他四人可能當時也書寫了詩帖，但尚未發現，頗爲遺憾。

圖二：癸卯季夏，鄭元容墨莊雅集詩帖

　　墨溪山莊的雅集仍在繼續，憲宗十年甲辰（1844），趙秀三還有詩作《甲辰新春，墨莊雅課二首》。當參加秋興唱酬的趙氏三人都離世後，墨溪山莊、老人亭仍是趙氏後人與友朋雅集的場所。約在哲宗五年（1854）秋，姜溍還曾在墨莊與趙萬永的後人雅集，有詩云

────────

[1]《秋齋集》卷五《呈經山鄭尚書元容》，《韓國文集叢刊》第 271 册，頁 448。

《赴小石趙侍郎秉黌墨溪山莊雅集，與趙秋水秉瑢、李夢坡孝敏共賦》①三首，詩韻分別爲"軀、圍、圍"。由詩題來看，此次雅集共四人：趙秉黌、趙秉瑢、李孝敏、姜潛；此時的墨莊主人爲趙秉黌。趙秉黌（1821—1858），字景曾，號小石，其《墨莊雨中》云"老人亭上臥，此地即吾居"，②可見其主人的姿態。此次聚會趙秉黌也有唱和之作，題爲《秋夜墨莊與對山諸人共賦》三首，用韻爲"軀、圍、疏"。

大約二十五年後，墨莊還有一次有記載的雅集，李建昌（1852—1898）有詩云《小荷尚書見枉，以詩代謝。是夕，小荷陪其伯氏侍郎及南社諸公讌于老人亭》。③趙成夏（1845—1881），字舜韶，號小荷，原爲趙秉駿之子，出繼趙秉龜，爲趙萬永之孫。李建昌此詩約寫於高宗十六年（1879），與壬辰唱酬已相去 47 年的時光，無論是人還是朝鮮政局，乃至世界局勢都發生了巨大變化。雖然李建昌在詩中稱"名園翰墨遺風在，小隊壺觴樂事兼"，實際上墨溪山莊曾經的風光曾經的輝煌與當時的朝鮮一樣已是日薄西山，景況堪憂。

三　唱酬九人之命運

《秋興唱酬》之後，與會九人仍活躍在政治與文學舞臺上，屬於他們的人生還在繼續。趙秀三與姜潛都屬中人階層，很難在仕途上發展，生活也較困頓，更加依附趙氏家族，他們的人生也就與豐壤趙氏捆綁在了一起。

---

①《對山集》卷四，《韓國文集叢刊》第 128 册，頁 355。
②趙秉黌《小石遺稿》卷一，韓國國立中央圖書館所藏本。
③李建昌《明美堂集》卷三，《韓國文集叢刊》第 349 册，頁 39。

　　先看最年輕的姜溍，由其文集來看，其人生中的重要事件都與
壬辰雅集中的趙氏一家及李氏兄弟相關。純祖三十三年（1833）七
月，李止淵以進香正使出使清朝，姜溍也隨同前往，與清人朱善旂
等結交。現《對山集》中收錄姜溍燕行詩 37 題 45 首，清人與他的往
還書信收入《華人魚雁集》中。①

　　純祖三十四年（1834）春，姜溍客於成川，時趙秉龜任成川府
使，②二人交往繁密，姜溍有《成都客中，簡府伯游荷趙公秉龜》二
首、《重簡府伯趙公》《又簡一絶》《降仙樓雨中，與府伯趙公、洪石湖
共賦》數詩記事。③ 此時趙秉龜三十四歲，姜溍二十八歲，二人都很
年輕。姜溍不比在萬永、寅永兄弟面前的拘謹謙恭，更爲瀟灑自
在。由姜溍詩作來看，二人這時可謂縱情聲色竭盡享樂之能事。

　　姜溍自弱冠就受知於趙氏兄弟，憲宗三年（1837），他們推薦姜
溍出任奎章閣檢書官，“雲石趙公一見而深愛，亟稱以當世絶調，朝
夕於左右爲之吹噓，遂選入秘閣爲檢書官”。④ 此可謂姜溍人生的
高光時刻，尹定鉉（1793—1874）云：“正宗戊戌（1778），奎章閣置檢
書官，青莊李懋官、古芸柳惠風、貞蕤朴次修首膺是選。三家之詩
皆卓然成家，世號爲‘檢書體’。後六十年，姜對山進如官檢書而攻
詩，始續三家之絶響。”⑤世人將他與正祖時期同爲庶孽出身的檢書
官李德懋（1741—1793）、柳得恭（1748—1807）、朴齊家（1750—
1805）相比，褒獎備至。

　　憲宗八年（1842）壬寅秋，趙萬永已 67 歲，仍有出遊金剛山的

①《華人魚雁集》，現藏於韓國國立中央圖書館。感謝徐毅教授複印贈送此珍
　貴資料。
②洪淳穆撰《有明朝鮮兵曹判書贈諡文肅趙公游荷神道碑銘》：“甲午出爲成川
　府使。”見“韓國金石文綜合影像情報系統”http://gsm.nricp.go.kr/_third/
　user/main.jsp。
③以上數詩見姜溍《對山集》卷一，《韓國文集叢刊》第 128 册，頁 291—292。
④《對山集》金學性序，《韓國文集叢刊》第 128 册，頁 282。
⑤《對山集》尹定鉉序，《韓國文集叢刊》第 128 册，頁 281。

興致，此次姜溍也同行，由姜溍《金剛歸後，謹次石厓趙公韻示同社諸公並序》①來看，同行者共有趙萬永、李審榘（1784—?，字聖七）、任翼常（1789—?，字稚殷）、姜溍、趙秉夔、洪義福（生平不詳）六人，衆人都有詩歌創作，多少各異，集成四卷。由現存《對山集》來看，姜溍此次楓岳之行詩作始於《永平道中》，終於《金剛歸後，謹次石厓趙公韻示同社諸公並序》，共 29 題 43 首，與序中所言"七十餘首"有較大差距，可見其詩作散佚較多。

　　姜溍是有情有義之人，憲宗六年（1840），李止淵、紀淵兄弟在政治鬥争中落敗，止淵配竄明川府，並於次年（1841）在配所去世；紀淵則安置古今島，至憲宗十五年（1849）才被放還。憲宗九年（1843）姜溍特意前往古今島探望李紀淵，寫下《歷拜海谷李公古今島謫居，臨發》《入島呈海谷》《又呈一絕》等詩作。② 詩中有對往日交遊的追憶，有對當下遠隔天涯、生死殊途的哀婉，亦有對失意之人的寬慰紓解。

　　同年秋，萬永、寅永之侄趙秉駿（1814—1858）前往五臺山曝曬史書。五臺山在江原道的江陵，從都城前往要途經金剛山。趙秉駿在完成職守後，將前往一遊，姜溍此次也同行，有序云："壬寅秋，石厓趙公作海嶽遊，余幸得御矣。松澗内翰秉駿，公之從子也，今秋承命往曝五臺藏史，將復踰嶺，躡公前轍，以余曾遊要與之伴。公又命之，辭不獲。人或有齎糧願遊而竟未就者，余之連年辦此行，亦奇緣也。"③叙述源委很清楚。此次遊金剛山他也有詩作，從《澄岳李寮鏞有贐詩，走筆以謝並序》到《以五律一首答問金剛者》，共 38 首 39 題。

　　憲宗十年（1844）至憲宗十二年（1846），姜溍再次出任奎章閣檢書官，與同僚尹定鉉、洪淳穆、李河錫、李豐翼、朴承輝等都有詩

————————

①《對山集》卷一《金剛歸後，謹次石厓趙公韻示同社諸公並序》，《韓國文集叢刊》第 128 册，頁 301。

②《對山集》卷二，《韓國文集叢刊》第 128 册，頁 304—305。

③《對山集》卷二《澄岳李寮鏞有贐詩，走筆以謝並序》，《韓國文集叢刊》第 128 册，頁 309。

作唱和,但與趙氏相關的消息很少。憲宗十一年(1845)隨著趙秉
龜的去世,趙氏政治集團漸露頹勢;憲宗十二年(1846)趙氏集團的
核心人物萬永亦去逝,姜溍有《輓豐恩府院君石厓趙忠敬公》[①]八
首。次年(1847),姜溍外放爲安峽縣監,一直到哲宗二年(1851)四
月,姜溍仍任此職。[②] 姜溍外放期間,趙寅永對姜溍仍頗爲關照,應
常有饋贈之物。[③] 哲宗元年(1850),趙寅永也去世了,姜溍有《輓雲
石趙文忠公》[④]十六首。在給趙氏兄弟的輓詩中,姜溍頌揚了他們
的文學才能、政治功績,特別是他們汲引人才提携後進的功德,説
趙萬永:"悃愊無華樂任真,憐才恤困藹然仁。珠履不讓三千客,管
庫何論七十人。"他自己也以趙氏門客自居,在給趙寅永的輓詩中
稱:"招賢樂士接平津,我亦公家管庫人。欲説深恩難舉數,而今自
想或前因。"

　　姜溍一直爲趙氏兄弟庇護,受惠良多,趙氏兄弟的離世對他影
響很大,正如朴承輝所言:"中年,石厓、雲石捐館,對山亦蹭蹬鬱
悒。"[⑤]每當夜深人静,想起趙氏兄弟對自己的提携幫助,他不免泪
水漣漣,如《宿玉山浦,卧念趙忠敬公平昔眷愛,淚潸潸漬席,遂起
走筆,可謂長歌之甚也》五首其二云:"一回哭拜一回哀,誰復如公
惜我才。若説泉臺無便已,有應此淚徹泉臺。"[⑥]《宿奉安店,是日即

---

①《對山集》卷二,《韓國文集叢刊》第 128 册,頁 316。

②《哲宗實録》卷三哲宗二年四月戊辰(12 日):"晝講,召見江原道暗行御史李
　啓善,書啓:……安峽縣監姜溍並褒施陞叙。"(《朝鮮王朝實録》第 48 册,頁
　561)可見姜溍至此時仍在安峽縣監任上。

③如姜溍《對山集》卷二《呈雲石趙公謝贈柑子》云:"摘來日域千頭岸,載泊南
　風萬里航。"(《韓國文集叢刊》第 128 册,頁 325)可見此時二人所處之地相距
　遥遥,應是姜溍外放時的事,亦見千里鵝毛之情深意厚。

④《對山集》卷三,《韓國文集叢刊》第 128 册,頁 342。

⑤《對山集》朴承輝序,《韓國文集叢刊》第 128 册,頁 283。

⑥《對山集》卷二,《韓國文集叢刊》第 128 册,頁 319。

故趙忠敬公忌日》又云:"中宵偶灑西州淚,霄漢同舟已十年。"[1]趙氏兄弟離世後,世間没有人像他們一樣惜才愛才,自己只能落拓江湖,詩中抒發了姜潛的感激之情以及當下的落寞與悲涼。

雖然墨溪山莊的雅集還在繼續,但屬於壬辰唱酬的風流韻致已消散於時光中,正如姜潛《懷老溪舊遊有感》所云:"謝傅終南別墅開,如雲車馬共追陪。金蟬玉塵看棋局,嫩柳濃花送酒杯。往日風流俱夢境,十年消息隔泉臺。傷心舊客羊曇在,泣聽空山杜宇哀。"[2]曾經車水馬龍的熱鬧,曾經金蟬玉塵的奢華,曾經尋花賞柳的風雅,曾經門棋飲酒的閑適,是參與者人生中濃墨重彩的一筆,那樣活潑潑的圖景是歷史上、文壇上的精美畫面,讓後人也不由得暢想當時的人物風流。但俱往矣,一切如夢如幻,從此繁華蕩盡,從此生死殊途,唯有活著的人傷心落泪,唯留讀書人一聲嘆息。

與姜潛一樣,趙秀三人生中的很多事件也是與豐壤趙氏捆綁在一起的,純祖十八年(1818),他跟隨問安使書狀官趙萬永出使瀋陽;純祖二十五年(1825),他作爲嶺南觀察使趙寅永的記室參軍前往嶺南,並幫他處理與清朝人的書信往還;純祖二十九年(1829),他又跟隨書狀官趙秉龜第六次進入中國,此時他已 68 歲;純祖三十一年(1831),趙萬永以户曹判書度支點漕,趙秀三也隨行在側,同行的還有姜潛。七十歲以後,他較少跟隨趙氏成員四處奔走,憲宗八年(1842),趙萬永遊金剛山,他未能同行,深表遺憾,有詩作《壬寅仲秋,石厓相公作楓嶽之遊,秀三老不能從,謹賦七言絶句八章,仰獻贐語,俯紓悵懷》,其中一首云:"諺言悲老不悲死,送客今朝方信然。使十餘年前我在,猶堪濯足九龍淵。"[3]爲自己年老不能同行感到失落。

趙秀三與豐壤趙氏關係密切,文集中與趙氏相關的作品極多;

---

①《對山集》卷三,《韓國文集叢刊》第 128 册,頁 337。
②《對山集》卷三,《韓國文集叢刊》第 128 册,頁 330。
③《秋齋集》卷六,《韓國文集叢刊》第 271 册,頁 478。

自墨溪山莊修繕完成後，他更是山莊常客。除了積極參加墨溪山莊的各類雅集、進行詩文唱和外，他與趙氏各人的私下交往也很多，有詩作往還，如《山寺謹次石厓公寄示韻》（卷五，頁 459）、《喜雨詩，奉呈雲石趙公》（卷六，頁 468）、《謹次雲石相公竹芰韻》（卷六，頁 474）、《謹次石厓閣下寄示韻》（卷六，頁 482）、《次石厓相公寄示韻》（卷六，頁 482）、《又庸原韻奉懷雲石相公》（卷六，頁 482）。當他生病時，還作詩分呈趙萬永、趙寅永、趙秉龜，感謝他們對自己的關心照顧。[1] 趙氏對趙秀三的幫助也體現在禮物饋贈上，如趙萬永曾送他白羽扇，趙寅永在除夕夜送他三千錢，幫他過個好年。[2]

　　趙秀三還主動介入豐壤趙氏衆人的生活，一是寫作較多送別感懷之作，如《至松京，留別雲石趙尚書寅永》（卷三，頁 396）、《奉送按使羽堂趙公秉鉉》（卷四，頁 425）、《途中聞游荷趙上舍秉龜游萊館》（卷四，頁 428）、《游荷上舍將歸京第，書此奉別》（卷四，頁 428）、《送趙羽堂侍郎副价之行二首》（卷五，頁 459），送別對象有趙寅永、趙秉鉉、趙秉龜等人。趙秀三與趙秉龜相差 40 歲，二人可謂忘年交，他在《游荷上舍將歸京第，書此奉別》三、四兩聯中云："客裏逢迎頻解榻，老年離別久牽裾。相思異夜知何處，明月高樓酒醒初。"有客裏相逢的驚喜愉悅，更有面對離別時的不舍。人至老境，分別後是否還能重逢便成未知數，這就使離別多了份不安凄惶。一別之後該如何熬過最初的寂寞？只能登樓賞月懷人，只能借酒澆愁，最後一句有"楊柳岸曉風殘月"的意境，忘年之情誼也蘊含其中。

　　二是喜慶之事定要用詩或文表達自己的祝福，如《雲石相公六十壽詩》（卷六，頁 473）、《三月一日，雲石相公晬日也》（卷六，頁

---

①《秋齋集》卷六《病中述懷，敬呈石厓相公》《敬呈雲石相公》《敬呈游荷相公》，《韓國文集叢刊》第 271 冊，頁 473。

②《秋齋集》卷六《謝石厓公白羽扇》："惟公憫余喝，贈以白羽扇。"（《韓國文集叢刊》第 271 冊，頁 482）《秋齋集》卷六《甲辰除夕》自注云："雲石相公饋錢三千。"（同上，頁 479）

481)、《歲乙巳月正元日，豐恩府院君石厓趙公以年七十入耆社，上
遣史官敦諭，特賜几杖食物衣資，公賦詩識感，遍求和章，敢用原韻
謹奉郢教》(卷六，頁481)、《石厓趙公週甲壽序》(卷八，頁518)、《雲
石趙公五十壽序》(卷八，頁518)。此類作品多贊譽之詞，趙秀三與
趙氏兄弟關係親近，所言即使略有誇張，也不會感覺太過分。憲宗
十一年(1845)三月初一是趙寅永六十四歲生日，趙秀三有詩云：

> 今日今年之暮春，相公六十四弧辰。賜第伯氏光前輩，折
> 桂賢郎躡後塵。併世知音難一介，餘生拭目覩完人。歸家亦
> 用金丹術，大鼎三調驗壽民。公於前月引章乞遞。(《三月一日，
> 雲石相公晬日也》)

在趙秀三眼中，趙寅永的一生可謂完美。正月間，兄長趙萬永年七
十入耆社，憲宗賜几杖、食物、衣資，榮耀備至。其子趙秉夔[1]於憲
宗十年(1844)黃柑製試中居次，直赴殿試；[2]庭試丙科合格，步入仕
途，家族後繼有人。自己官至領議政，此後修道煉丹得長壽，人生
就毫無缺憾了。

　　可是盛極必衰，豐壤趙氏也未能逃過這一規律，也是從憲宗十
一年(1845)開始，趙氏快速走向衰落。是年十一月十一日，趙萬永
長子趙秉龜忽然去世，萬永深受打擊，次年(1846)十月十四日也離
開了人世。趙氏父子相繼離世令趙秀三傷痛不已，先後寫下多首
詩作，如《哭游荷相公》五首(卷六，頁483)、《輓豐恩府院君石厓趙
忠敬公十二首》(卷六，頁484)、《游荷趙公改葬日識感》(卷六，頁
485)、《石厓公小祥夜識感》(卷六，頁486)、《游荷公大祥夜》(卷六，

---

[1]趙秉夔爲趙萬永次子，後過繼給趙寅永。趙斗淳《心庵遺稿》卷二十四《領議
　政文忠趙公寅永神道碑並序》云："無男，取忠敬公第二子秉夔爲嗣。"《韓國
　文集叢刊》第307册，頁491。
[2]《憲宗實錄》卷十一憲宗十年十一月丁亥(24日)："上御崇政殿，設柑製賦，居
　首宋廷和，之次趙秉夔，並直赴殿試。"《朝鮮王朝實錄》第48册，頁504。

頁486）。趙秀三與趙秉龜爲忘年交，可以説是看著他長大的，在《哭游荷相公》中，我們可以看到這樣的親切，也能感受到作者深重的哀傷。趙秉龜去世兩年後，趙秀三都難以接受他已棄世的事實，《游荷公大祥夜》云："不見公三祀，猶疑待遠行。幾何回我夢，萬一報他生。"總感覺他只是出門遠行，説不定哪天就回來了；他一次次出現在夢中，説不定哪天就生還了。趙秉龜之死與殘酷的政治鬥争有著絲絲縷縷的聯繫，趙秀三毫不避諱對其死亡的痛切之感，甚至在《哭游荷相公》中有"千古抱哀冤"的不平之語，大膽表達自己的哀悼思念，足見其忠厚俠義。

其他諸人，從現有文獻來看，李復鉉再未與豐壤趙氏成員有任何聯繫，而李止淵、紀淵兄弟與權敦仁則同爲趙氏勢道政治的重要成員，他們之間更多的還是政治上的牽連，在此要先梳理一下當時的政局。前已言及，孝明世子代理政務時，重用豐壤趙氏對抗安東金氏的勢道政治，此後兩大集團一直明争暗鬥、此消彼長。本來安東金氏勢力强大，孝明世子又於純祖三十年（1830）忽然去世，豐壤趙氏明顯處於劣勢，但純祖二十三年（1832）金祖淳去世，安東金氏內部群龍無首内鬥慘烈，就給了豐壤趙氏壯大的機會。1834年純祖去世，孝明世子與趙氏所生子李奂繼承王位，是爲憲宗。憲宗時年八歲，由大王大妃即純祖之后純元王后金氏垂簾聽政，金氏爲金祖淳之女、純祖之妃。此時趙氏雖爲憲宗之母，但垂簾聽政的是金氏，兩方勢力較均衡。憲宗三年（1837），安東金祖根（1793—1844）之女被册封爲憲宗王妃，是爲孝顯王后，看似安東金氏又多了一重砝碼，但實際情況並非如此。朝鮮的勢道政治是與黨争混雜在一起的，安東金氏內部就存在著你死我活的黨争，由金氏內部的分裂，也就能理解爲何金履陽出身安東金氏，却與趙萬永交好了。到金氏勢道政治的第二代，金祖根與金祖淳之子金左根（1797—1869）因争奪族長之位結怨甚深，純元王后又爲金左根之妹，所以金祖根雖身爲"國丈"，也很難快速發展壓制豐壤趙氏，兩派一直處於膠著狀態。

爲了打破僵局,進一步鞏固權勢,憲宗五年(1839)趙氏集團發動了一場大肆鎮壓天主教的運動,史稱"己亥邪獄"。趙寅永等人打起"衛正斥邪"的大旗,從是年春開始搜捕各地天主教徒,處決了三名法國傳教士與三十多名教徒。同年十月,趙寅永還撰寫《斥邪綸音》,並由憲宗頒布,三天後,趙寅永拜相,官議政府右議政。領議政與左議政之位長期空缺,右議政也就成爲唯一宰相。因爲安東金氏對天主教較寬容,通過"己亥邪獄",豐壤趙氏就可以排除異己,最終壓倒安東金氏,確立起自己的權勢地位。在此過程中,參加壬辰唱酬的趙秉鉉、李止淵、李紀淵等都積極參與其中。

壬辰(1832)之後,李氏兄弟的宦途一直很平順,李止淵歷任吏曹判書、户曹判書、刑曹判書等重要的把握財權、人事權的職務,至憲宗三年(1837)十月,更官至右議政,在任時間兩年整,一直到憲宗五年(1839)十月辭職止。李紀淵同樣平步青雲,先後任工曹判書、右參贊、平安道觀察使、禮曹判書、司憲府大司憲、户曹判書、吏曹判書等職。"己亥邪獄"暴發後,李氏兄弟大力支持,李止淵還奏請嚴查。①

"己亥邪獄"後,豐壤趙氏得勢,安東金氏必然要反撲。大司憲金弘根(1788—1842)首先發難,憲宗六年(1840)七月重提純祖三十年(1830)司果尹尚度(1768—1840)彈劾户曹判書朴宗薰、前留守申緯、御營大將柳相亮一事。是年,孝明世子五月初六去世,八月尹尚度彈劾上述三人,三人都與安東金氏掌門人金祖淳親近,此舉看似豐壤趙氏先下手爲强壓制安東金氏的行爲。但純祖以尹尚度"其論三人語極陰慘,至曰爲人所不忍爲者",將其定配楸子島。純祖在批語中有"如渠鄉谷愚蠢之類豈能自辦? 必有叵測指使之

---

① 《憲宗實録》卷六憲宗五年三月辛丑(5日):"右議政李止淵,以邪學事奏請窮覈,從之。"《朝鮮王朝實録》第48册,頁464。

人欲爲乘時煽亂之計，固當嚴鞫得情，以正人心，以息邪説”，①此時
舊事重提就是要尋找“叵測指使之人”，以至牽連甚廣。尹尚度及
其子尹翰模被凌遲處死，許晟被誅，金陽淳屢被刑訊不服而死，金
正喜（1786—1856）於大静島圍籬安置。此數人的關係，趙寅永在
《請鞫囚金正喜酌處剳》②中所言甚詳，大概尹尚度之疏是金正喜授
意，由金陽淳傳給許晟，再由許晟指使尹尚度出頭。不管事情的是
非曲折，涉事四人三死一流配，足見政治鬥争之殘酷。其中金陽淳
屬安東金氏，金正喜爲慶州金氏，慶州金氏是勳戚家門的代表，與
安東金氏、豐壤趙氏共同形成了朝鮮後期的望族階層，其勢力雖不
及安東金氏與豐壤趙氏，亦不容小覷，所以同樣成爲兩個勢道政治
集團打擊的目標。

　　趙寅永與金正喜二人年歲相當，都是海東金石大家，志趣相
投，關係也親密，二人曾於純祖十七年（1817）一同前往僧伽寺尋訪
新羅真興王巡狩碑，還曾就碑文内容書信往還進行討論。③ 此時爲
了鞏固集團利益，打擊對手，趙寅永首先上疏論金正喜之罪，④最終
金正喜被流配達十三年之久。正如李丙燾在《韓國史大觀》中所概
括的：“朝鮮近世史的大部分，便以這種内部的相剋相害爲主要内
容，尤其純祖一朝歷史，幾幾乎全以中傷、讒誣、傾軋、排擠、陰謀、

---

① 《純祖實録》卷三十一純祖三十年八月癸丑（28 日），《朝鮮王朝實録》第 48
　册，頁 357。
② 《雲石遺稿》卷六，《韓國文集叢刊》第 299 册，頁 124。
③ 《雲石遺稿》卷十《僧伽寺訪碑記》云：“歲丙子（1816）秋，秋史金元春語余曰：
　吾上碑峰，碑有殘字，實新羅真興王碑也。余聞之狂喜，約與之共尋。越明
　年六月八日始踐之，工執墨拓具以從。”（《韓國文集叢刊》第 299 册，頁 191）
　金正喜《阮堂全集》卷二《與趙雲石寅永》云：“再取碑峰古碑反履細閲，第一
　行‘真興太王’下二字，初以爲‘九年’矣，非九年，乃‘巡狩’二字。”（《韓國文
　集叢刊》第 301 册，頁 48）
④ 《憲宗實録》卷七憲宗六年九月辛卯（4 日）：“右議政趙寅永，剳請金正喜裁
　處。”《朝鮮王朝實録》第 48 册，頁 477。

虛構、殺戮等黑暗慘酷記録爲其主流。"①實際上純祖之後的幾朝，
包括憲宗、哲宗、高宗朝，都充滿了血腥與黑暗。

金弘根首先發難，受影響更大的反而是安東金氏與慶州金氏，
安東金氏再次反彈，趙氏樹大難撼，就要先砍斷他們的臂膀。有官
員先後上疏彈劾李止淵、紀淵兄弟結黨營私等種種罪惡，並以李氏
兄弟爲尹氏父子的同謀。②尹氏父子以謀逆之罪被凌遲處死，李氏
兄弟又怎會安然無事？很快，李止淵被流配咸鏡北道的明川，第二
年即客死異鄉；李紀淵則安置古今島，至憲宗十五年（1849）才被放
還。李氏兄弟成爲權力鬥争的犧牲品，他們的遭遇也是豐壤趙氏
的損失，而這同樣是政局平衡的需要。

此番鬥争，豐壤趙氏還是取得了較大優勢，憲宗七年（1841）正
月，大王大妃金氏撤簾歸政，安東金氏的力量略减。四月，趙寅永
升任領議政，趙萬永爲扈衛大將，趙秉龜、趙秉鉉分別爲禁衛大將、
總護使和户曹判書、吏曹判書，掌握兵權、財權和人事權，豐壤趙氏
的勢道政治進入全盛期。

同樣好景不長，戰争從不會止息，朝政從不會風平浪静。憲宗
九年（1843）正月，孝顯王后金氏去世；次年（1844）八月，金祖根又
去世。金左根成爲金氏族長，其與趙氏奪權的態度與手段都極爲
强硬。而趙寅永於憲宗十年（1844）九月辭領相之職，正好給了安
東金氏機會。

首當其冲被攻擊的是趙氏年輕一輩的趙秉鉉與趙秉龜，先是
趙秉鉉因科舉舞弊被彈劾，左遷外放爲平安道觀察使，離開了中央
權力核心。接著趙秉龜又因不法事件被彈劾，竟於憲宗十一年
（1845）十一月十一日憂懼而亡。長子暴亡，趙萬永深受打擊，於憲

①《韓國史大觀》第十一章《"勢道政治"和洪景來之亂》，頁398。
②見《憲宗實録》卷七憲宗六年九月甲寅（27日）、丙辰（29日）李在鶴、沈承澤
　等人上疏，《朝鮮王朝實録》第48册，頁478。

宗十二年(1846)十月去世,豐壤趙氏開始走向衰落。

　　趙秉鉉後來雖重回中央,權力却已被削弱,安東金氏乘勝追擊,憲宗十三年(1847)十月有官員再次彈劾趙秉鉉,到十七日就有"巨濟府島置之命"。[1]憲宗十四年(1848)十二月,憲宗曾下旨放還趙秉鉉等人。但次年(1849)六月,憲宗薨,哲宗即位。哲宗是由安東金氏扶持登上王位的,加上他學識不足,純元王后金氏被封大王大妃,再次垂簾聽政,安東金氏勢力如日中天,豐壤趙氏進一步被打壓,趙秉鉉也岌岌可危。哲宗即位一個月之後的七月二十三日,大王大妃有島置之命,將趙秉鉉流放至全羅道智島;八月二十三日,又有賜死之命;二十九日,趙秉鉉被賜服毒而亡,終年五十九歲。[2]

　　至此,豐壤趙氏唯剩趙寅永一人苦苦支撐,甚至在哲宗元年(1850)十月,趙寅永還第四次出任領議政,但他已是無力回天,兩個月後的十二月六日,趙寅永也去世了,[3]享年六十九歲。

　　壬辰酬唱身居高位的數人唯餘權敦仁一人了,趙寅永去世後,權敦仁繼任領議政一職。他作爲豐壤趙氏集團的一員,在安東金氏當權時,仕途自然不可能一帆風順。哲宗二年(1851),他因在真宗祧遷禮上的不同聲音被罪,七月先付處狼川縣,十月又被流配至順興府。哲宗七年(1856)權敦仁重回政壇,任判府事。十年(1859)一月,有官員再次聲討權敦仁之罪,權敦仁被付處連山縣,四月即卒於禮山付處所。[4]

　　在此之前,李復鉉於哲宗四年(1853)去世,姜溍於哲宗九年

---

①《成齋集》附錄《成齋年譜》,《韓國文集叢刊》第 301 册,頁 569。

②《成齋集》附錄《成齋年譜》:"(八月)甲午二十九日戌時,卒於謫所。"(《韓國文集叢刊》第 301 册,頁 571)

③《哲宗實録》卷二哲宗元年十二月癸亥(6 日):"領議政趙寅永卒。"《朝鮮王朝實録》第 48 册,頁 559。

④《哲宗實録》卷十一哲宗十年四月戊午(18 日):"命前判府事權敦仁蕩滌叙用,先是甲寅,卒逝於禮山付處所。"《朝鮮王朝實録》第 48 册,頁 633。

（1858）去世，李紀淵最後一次在史書中出現是在哲宗四年（1853）
一月，①此時大概亦已作古。俱往矣，風流人物都成笑談。

結　語

　　純祖三十二年壬辰（1832）暮秋的雅集是現在已知的中朝歷史
上最大規模的一次酬唱《秋興八首》，共九人參加，寫作八十首詩，
形成《秋興唱酬》集。這八十首作品都是贈人之作，已遠離悲秋感
懷的主題，是酬和《秋興八首》的變奏。此次雅集，以及《秋興唱酬》
的完成，牽涉很多人與事，可以進一步探討朝鮮後期的王朝政治、
勢道集團、黨爭狀況，也可以借此分析文人團體的形成與運作，以
及他們的人生與政治的關係。簡單概括如下：
　　一、此次雅集並不是一次單純的詩酒唱和的文字之交，因爲九
人的不同身份，也就決定了他們在雅集中不同的角色，以及不同的
心思。唱和的發起人趙萬永爲外戚，趙氏此時正處在權力的上升
期及勢道政治的形成期；李氏兄弟與趙氏兄弟是少年友人，有通家
之好，也是政治上的親密伙伴；權敦仁與李復鉉因罷職賦閑，都有
得到趙氏兄弟提携的願望，李復鉉地位較低，干謁企盼之意表現得
更爲明顯。趙秀三與姜溍是中人階層，於仕途無望，只能依附於趙
氏，趙秀三較年長，是看著趙氏兄弟長大的，詩句中透出親切；姜溍
作爲後生晚輩，則更爲拘謹謙恭。
　　二、因爲九人不同的身份地位以及彼此間親疏遠近甚至不同
陣營的關係，他們在酬和《秋興》時也表現出不同的寫作特點。趙

---

①《哲宗實錄》卷五哲宗四年一月壬申（27 日）：“日講，召見奉朝賀李紀淵。”《朝
　鮮王朝實錄》第 48 册，頁 580。

萬永、趙寅永身居高位，又是豐壤趙氏的核心力量，身處政治鬥爭的峰頭浪尖，難免會有厭倦之感，所以較多仕隱的掙扎、矛盾，但嘗到了權力的甜頭就很難割舍，政治鬥爭的殘酷性又決定了非生即死，注定沒有退路，只能在"會心何必在江湖"中平衡自己的焦慮與不甘。這種仕隱矛盾在李氏兄弟作品中也有較多表現，而位階較低或遠離官場的幾人作品中更多的是對他人的誇贊，以及表達自己的一些訴求。

　　三、當《秋興唱酬》集輯成册後，提請申緯寫序的不是趙氏兄弟，而是李紀淵；申緯序也極爲簡單，介紹了唱酬九人的身份，説明唱酬的規則及内容，並無誇贊之語或對此次唱和意義的分析；我們現在所見到的《秋興唱酬》集也未收入申緯序。其間每個環節都略有異常，仔細翻閲趙寅永、趙秉鉉、申緯三人文集，他們之間的交集很少，寅永、秉鉉各提到一次申緯，申緯文集中除《秋興唱酬》序以外，各提到兩次寅永、一次萬永、一次秉鉉。① 純祖三十年（1830）的尹尚度之疏，申緯也在被彈劾之列，此次事件很明顯是趙氏與金氏的權力鬥争，由此可見，申緯也被納入了金氏勢道集團，雖然他與豐壤趙氏保持著表面的和睦，實際上屬於不同的陣營。這也

①趙寅永《二月十三日，爲參賀班，少坐騎省，省有申紫霞緯所書王右丞櫻桃詩屏，因步其韻，以識慶祝之忱》（《雲石遺稿》卷四，《韓國文集叢刊》第 299 册，頁 76），寫於憲宗七年（1841），與申緯無直接關係；趙秉鉉《送申紫霞緯充節使行臺》（《成齋集》卷二，《韓國文集叢刊》第 301 册，頁 228）寫於純祖十二年（1812），這是早期的交往。申緯有《十一月二十五日，洪澹寧尚書、趙北海樞密、趙雲石主事，同過曹來鶴水部宅，是日即諸公去年過鴨之日也，以余曾有是役見招，拈韻共賦》（《警修堂全稿》册三，《韓國文集叢刊》第 291 册，頁 56），這是純祖十六年（1816）的事；《寒食記事》云："舟中邂逅得佳士，謁者僕射趙雲石余以靖陵獻官來，趙義卿以謁者來。"（同上，頁 61）寫於純祖十七年（1817），這兩次同樣是早期的交往，還曾一起宴飲雅集。此後有《五月五日，趙石崖國舅萬永回甲壽詩二首》（《警修堂全稿》册二十四，《韓國文集叢刊》第 291 册，頁 524），寫於憲宗二年（1836）；《送趙羽堂副使奏請之行二首》（同上，頁 536），寫於憲宗三年（1837），兩組作品都充滿頌揚之辭，並無太多私人情感。

是李復鉉、南公轍、沈象奎等人文集中無從尋找趙氏蹤迹的原因，歷史的表象與背後的真實之間總有很遠的距離，也有著很多的故事。

　　四、因爲豐壤趙氏處於權力核心，又與安東金氏間是你死我活的鬥爭，圍繞在趙氏周圍就不再是單純的個人喜好，而成爲一種政治選擇，這樣的選擇必然會隨著趙氏家族的興盛衰落而發生變化，這在文中身居高位的數人身上表現得尤爲明顯。像姜溍這樣庶孽出身的中人階層，並無任顯官的可能，也就不會對政敵産生太大威脅，但因爲與權勢集團走得太近，也會被卷入政局之中，當趙氏掌權時他可以任檢書官，非常榮耀；當趙氏衰落時，他只能外放出任縣監這樣的低級職位。唯趙秀三在壬辰唱和時已 71 歲，遠離了政治遠離了官場，也就能毫無顧忌地與趙氏家族交往，並且不會因他們的盛衰受影響。

　　五、由墨溪山莊的數次雅集來看，趙氏兄弟交往的人群比較複雜，有高官厚禄者，他們雅集的同時也許還討論著政事，關係到官員的升降、政局的變化。同樣，圍繞在趙氏周圍的低階官員以及閭巷平民也不在少數，這可能是豐壤趙氏收買人心的需要，但也可能是他們真的愛惜人才。比如在與金履陽的交往中，趙萬永就時時不忘將身邊的這些人推薦介紹給他，如趙秀三有《華藏寺》八首，[①]趙萬永次作後又提請金履陽次和，金履陽因此寫作了《次石厓丈用趙老華陽八疊韻》及《再疊前韻》[②]十六首詩。憲宗二年（1836）春，李台升有詩十首，趙萬永次和後同樣提請金履陽次作，金氏有《還家數日，石厓趙公送示李斗臣寄詩十篇並所次，依其數者强拙和上》十首。[③]從趙秀三、李台升到趙萬永再到金履陽的過程，是一次文學的流動，也是爲趙秀三、李台升揚名的過程。

----

①《秋齋集》卷五，《韓國文集叢刊》第 271 册，頁 458。
②《風月集》，《韓國歷代文集叢書》第 3061 册，頁 11—14。
③《風月集》，《韓國歷代文集叢書》第 3061 册，頁 45—48。

　　六、當文人成爲政客,進入權力核心越深,也就越難擺脱政治
的束縛,即使有退隱的願望,也是騎虎難下,很難有真正的自由,甚
至爲了集團的利益,手段會變得越來越殘忍卑劣,由趙寅永上疏論
金正喜之罪就可見一斑。又如趙秉鉉,其父趙得永(1762—1824)
自純祖十二年(1812)至純祖十八年(1818)被流配金甲島,他每年
往返探視,至誠至孝,詩作也恬淡雅致,如寫於純祖六年(1806)的
《閣夜即事》云:"夜深草閣雨聲寒,笑倚瑶琴整葛冠。三叠畫欄呼
酒坐,數叢疏菊捲簾看。翩翩衆鳥歸園樹,兩兩輕鳬浴沼湍。自笑
紅塵無事客,青燈黄卷百年安。"①十六歲的少年,却有一副從容自
在的氣象。在他人生的最後兩年,在流配巨濟島、智島寫給兒孫的
書信中,每一封他都告誡兒孫要多讀書,好好做人,如戊申(1848)
十一月初一在給孫子鳳甲的信中説:"切勿浪遊,切勿爲無益之事,
切勿作亂,切勿爲與人相鬥。日日習字,每日所讀之書必爲善
誦。"②但在歷史上,彈劾他的人稱他"賦性狡慝,宅心憸毒";③現當
代學者也説他"最爲弄權"。④ 無論是恬淡從容,還是機狡弄權,都
是趙秉鉉,如此複雜的面相才是一個真正的人,而不同的立場看到
的是不同的面相,要接近歷史真實,還原歷史人物,就要綜合各種
面相,以客觀審慎的態度分析不同面相出現的原因,從而在歷史中
更好地理解人物,理解其行事,理解其作品。

　　總之,無論是《秋興唱酬》還是墨莊雅集都不是單純的文學行
爲,而是朝鮮後期文學與政治交織的特殊現象,離開政治談文學會
架空文學產生的背景,也就失去其特殊時空下的意義;離開文學談
政治,政治也就缺少了與日常生活的牽連,也就很難看清政治的複

---

① 《成齋集》卷一,《韓國文集叢刊》第 301 册,頁 209。
② 《成齋集》卷十三《寄孫鳳甲戊申至月初一日》,頁 489。
③ 《憲宗實録》卷十四憲宗十三年(1847)十月庚申(14 日),李穆淵疏中語。《朝
　 鮮王朝實録》第 48 册,《韓國文集叢刊》第 301 册,頁 526。
④ 李丙燾《韓國史大觀》第十一章《勢道政治和洪景來之亂》,頁 401。

雜性與事情的來龍去脉。要分析特殊時空下的文學現象，就應該
充分考慮方方面面的聯繫，以及生活其間的形形色色的人、充斥其
間的各種各樣的關係。

附録二　《秋興唱酬》整理

　　按：純祖三十二年壬辰（1832）暮秋，趙萬永、趙寅永、李止淵、李紀淵、權敦仁、趙秉鉉、李復鉉、趙秀三、姜溍九人曾共同次和杜甫《秋興八首》，此是朝鮮漢文學史上最大規模的一次文人同和《秋興八首》，共産生八十首作品，編爲《秋興唱酬》，並由李紀淵提請申緯作序。高麗大學圖書館所藏筆寫本《秋興唱酬》，半郭 20.5 × 13.1cm，有界，6 行 15 字，無魚尾（見圖三），無序跋。現據此本進行整理，收入申緯《題〈秋興唱酬〉卷並序》詩與文。趙寅永、趙秉鉉、趙秀三、姜溍四人之作分別收入《韓國文集叢刊》中的各人文集，個別字詞與《秋興唱酬》有異者直接在文中加括號標出，如"晴（清）"，加下劃線者爲《秋興唱酬》集中字，加括號者爲文集中字；通假字及異體字不標；題目、文字差異較大者則出注。

題《秋興唱酬》卷並序

申緯

　　李海谷樞密紀淵寄示《秋興唱酬》卷，索余題評。卷中之海谷兄希谷冢宰止淵、趙石厓尚書萬永、雲石尚書寅永、羽堂侍郎秉鉉、權彝齋方伯敦仁、李石見明府復鉉，皆當世鴻儒哲匠，而亦皆余墨緣深結

圖三：高麗大學藏筆寫本《秋興唱酬》

者。海上開函，鬚眉森列，離索中足以當把臂入林也。其詩皆用老杜《秋興八首》韻，互相贈答，準八而止，故曰《秋興唱酬》。是唱也，始自石厓，酬遍諸公，人各以一獲八，如連環、如旋宮，凡友于之樂、交好之篤、期勉之深，與夫出處所係、志業所在，一開卷而瞭然具在，是豈但一時興會之繁而止哉？緯既聞命批閱，系以一詩，竊自附於琴曲之將亂。

　　誰謂春秋訖獲麟，聖朝尚見正聲陳。鋪張一代風流盛，憑仗諸公製作新。借韻詩家垂格令，悲秋野老本天人。文章揚搉非吾事，慙汗酬歌拓戟身。

趙萬永

楓菊方闌，樽酒將餞，諸公約雲石作東巖夜會，
余無以從焉，拈老杜《秋興》韻分屬以志懷

秩然朋飲坐東林，君亦於焉髩影森。昭代文章傾嶽下，晴秋臺榭俯城陰。野人莫笑優閒意，宰相寧忘賑濟心。黃葉溪村疎雨裏，紡車聲歇又寒砧。　　屬雲石胞弟

薄髩輕楓對映斜，含杯强欲借韶華。如今狄相收籠藥，畢竟張仙泛海槎。北社無人同秉燭，南城有月幾聽笳。白衣送別知來日，惆悵其於老圃花。　　屬希谷吏部

日聽晨鷄退晚暉，招携東郭帶霏微。翻驚屋裏衣裾冷，共約郊端鴻雁飛。談海波瀾傾已倒，心田杞菊種應違。平生謾説張公去，空使鱸魚自在肥。　　屬海谷知申

樓疑白鶴夜聞棋，秋士逢秋謾自悲。君子居鄉交有道，山人傲世志憂時。雲光無定停還起，松性偏剛落更遲。明月平郊心眼豁，臨歸應動遂初思。　　屬彝齋侍郎

蹄輪後先訪溪山，談笑難爲季孟間。劇意林端非有約，苦吟燈下若相關。愧他九老遺衰殼，安得八仙長醉顏。却想涼宵聯枕几，諸公錯認是朝班。　　屬羽堂賢姪

頎然行色雪盈頭，不待潘郎已感秋。半畝薄田同鶴餒，數間寒屋使人愁。吟詩擬古驚山鬼，垂老無機伴海鷗。從此龍鍾非得已，歸鞭蕭瑟見南州。　　屬石見詞伯

四民以外寸無功，秖在琴棋翰墨中。感物華同之子老，長貧賤有古人風。清談不妨浮雲白，疎髮堪羞晚葉紅。薄宦黃庭多漢落，那由共對兩衰翁。　　屬芝園老客

屨屨相邀路不迍，宅傍疎柳偃西陂。洛中才思傳楊子，吳下詩聲誦竹枝。秋水如心塵累洗，春山可意錦腸移。薄叢纔卸儂無事，

將與君分賞菊垂。　屬對山少年

趙寅永

偶與諸公餞秋東巖，伯氏石厓先生未之與，
用《秋興》八韻分屬敬次以呈

蓋伯氏之詩成於當夜獨坐，拙稿在浹月之後，才不才可推也已[一]

戎垣自古隔雲林，九陌塵晴（清）畫戟森。每向南樓輸月色，時從夜雪憶山陰。年衰謾抱優閒計，位重終懸報答心。牢坐哦詩詩有境，故園秋意入寒砧。　屬石厓

甄盡孤寒絕墨斜，銓門如水國之華。文章價重連城璧，品藻祥騰貫月槎。人外有時携野服，秋邊與客答晨笳。鄉山入望歸無術，又送籬東一度花公有別業在東郊，與鄙莊相距不遠。　屬希谷

蘭臺初步最恩暉（輝），經濟心長薄少微。老去然疑鯤北徙，古來惆（怊）悵雁南飛。清言落塵元無擇，樂意吹篪永不違。吾輩定非山澤士，癯容底事總嫌肥公與我俱有羸病，故云。　屬海谷

朝衣卸下謾拈棋，湖峽秋深鶴唳悲。邐列頻聯嘗藥地，舊僚偏愧製荷時公於十年前北竄，時余在館寮（僚），屢疏請寢之。風騷藝苑名誰擅，經禮儒門澤未遲。欲倩傍人嘲一肚，此中無物復何思。　屬彝齋

君家別墅管湖山，岸樹汀雲夢想間。涉世誰過三折病，歸田猶隔一重關。圭璋瑞彩登彝器，桃李穠華耻俗顏。定識清朝推聞望，俄躋卿列又經班公（君）方擢亞卿，即拜經筵，故云。　屬羽堂

先生休道雪盈頭，剩有豪情抗勁秋。宦橐詩輕千户富，朋筵酒豁百年愁。孫能快讀如神駿，翁未安棲等泛鷗。記取蒼茫投紱日，贈行多賴李潭州公於今夏南邑罷歸日，白澗李公方任潭陽，委往治送，故云。　屬石見

如君安用讀書功，猶是塵埃滾滾中。域外幽燕多舊雨，席（世）

間歧（岐）鵲有遺風。搔頭鏡易千莖白，拄腹倉難一粒紅。莫道吾人差少齒，百年强半亦稱翁。　　屬芝園

　　詩蹊筆逕共迻迤，唐晋尋真坦不陂。室有瑶徽非舊調，家傳墨派又新枝。百年菽水心如結，一種雲烟性豈移。最是送君迴雁地，滿江寒雨欲垂垂。　　屬對山

〔一〕《雲石遺稿》卷二題爲《東巖餞秋，伯氏石厓先生未之與，用〈秋興〉八韻分屬，敬次以呈》。

李止淵

石厓詞伯正

　　身居鐘鼎志巖林，瞥地亭臺入眼森。禽尚舊遊餘信息，羊求新築費光陰。客分半日閒忙界，酒帶三秋送別心。廊廟良籌應備預，徜無窮蔀斷春砧。　　屬雲石

　　東湖亭子水雲斜，別意蒼凉感歲華。春燕自來尋繡幙，白鷗如夢理漁槎。將軍元不離城闕，詩令何能代鼓笳。却憶前冬風雪夜，凫鵝壓酒賦梅花。　　屬石厓

　　池塘芳草謝玄暉，江閣寒梅杜紫微。朝日雙驢城北出，秋天一雁水南飛。聚星亭下名難副，聽雨床前約共違。歲暮風霜根共老，何論竹瘦與蘭肥。　　屬海谷

　　清簟疎簾看奕棋，等閒身外閱歡悲。黄江書屋如前日，香嶽官齰亦一時。與卯君爲同歲好，知申事每退朝遲。崟崎歷落詩成後，緣業何方更所思。　　屬彝齋

　　前秋訪我鹿門山，三笑依然一夜間。近日功名登水部，少時詞賦動江關。風波險路曾携手，雨露平林更對顔。只可忘年詩酒裹，何須馳逐戀朝班。　　屬羽堂

　　蒼然老石穀城頭，來作春風去作秋。卸却民憂方足快，還他本分更何愁。空厨汲水難醫鶴，冷屋披蘆欲伴鷗。古竹詩筒長物在，

有誰郵遞白江州。　　屬石見

　　百種奇書消遣功，玄玄悟在不言中。遨遊強欲諧今俗，窮老猶
然見古風。商嶺手談靈秀紫，燕都首唱瑞陽紅。歷論方技文章外，
字學先稱墨妙翁。　　屬芝園

　　我馬穿郊欲右迤，少年先到澗西陂。臨鱒瘦髮憐霜葉，即席豐
儀映玉枝。可許才宜東閣召，寧憂文作北山移。傳家三絕名當世，
茲會須君繪事垂。　　屬對山

李紀淵

謹奉石厓先生教

　　暇日逍遥翰墨林，簷雲簾月兩森森。巖泉別處生秋想，楓菊來
時踏夕陰。斷飲寧爲調病計，買山曾有謝官心。明朝内院多公事，
歸意先催聞曉砧。　　屬雲石

　　邇來偏感歲光斜，夜雨蕭蕭對棣華。存戒滿盈恒視器，備知艱
險幾登樓。回思蘆渚同携釣，遥夢秋城獨聽笳。留俟兩韓歸老日，
晚香亭下賦黄花。　　屬希谷

　　墨池樓影澹輕暉，尚憶圍棋坐翠微，漫與禽魚曾結約，忽如鴻
燕不同飛。桑鄉休沐秋應好，蓬島逢迎計已違，惆悵斗湖亭上月，
主翁多負錦鱗肥。　　屬石厓

　　宦情零落似枯棋，老去何堪閱世悲。經濟文章非異道，風流儒
雅又明時。偉觀烟樹詩聲壯，仙迹香壇月欲遲。感激主恩涓埃地，
知應難得賦歸思。　　屬彝齋

　　元來居水勝居山，之子濯纓在那間。鳧短鶴修渾謾事，雨馳風
駛總無關。幸緣瓜葛成同趣，歸見芝蘭供笑顔。有約滄洲身未到，
黑頭軒冕耀清班。　　屬羽堂

　　可奈光陰感白頭，又過霜葉一番秋。那令荒歲堪爲病，不得佳
詩便是愁。詎學炎涼同客雁，還他孤潔伴閒鷗。十年尚驗賢侯惠，

民口如碑海上州。　屬石見

　　紫芝曲奏鍊丹功，晚計邀遊酒社中。蓬海訪仙名記石，竹樓吟劍筆生風。塵埃閱歷看頭白，譚笑淋漓剪燭紅。到處雲山琴韻發，人間君亦一閒翁。　屬芝園

　　招携出郭路逶迤，鶴步依人過柳陂。爭道君家多寶樹，果然今日見瓊枝。秋容堪愛清神助，山意相看妙境移。大覺後生元可畏，中州先播筆名垂。　屬對山

權敦仁

石厓詞伯斧政

　　書帶風光映士林，詞源瀾翠互沈森。西清佩履依蘭馥，東郭樓臺有柘陰。月下空鐫文字夢，秋來短髮廟堂心。黃花一夜題襟句，回首層城欲曙砧。　屬雲石

　　蓬勃紅塵髩景斜，遊仙消息感瑤華。衡裁兩院行持橐，耆舊南湖憶釣槎。秋士傳神交竹柏，風詩赴節壓簫笳。一川麋鹿長相對，開遍年年百結花。　屬希谷

　　綠髮聯襟抵暮暉，蘭言透得道之微。不羈士或猶龍性，太瘦吾曾相鶴飛。風雨對時青眼在，溪山好處素心違。呻吟半壁香燈思，污不乘堅與策肥。　屬海谷

　　人情冷暖巧彈棋，獨屏機鋒現大悲。峴首輕裘羊叔子，關中推轂鄭當時。墨莊書疊衣香潤，華屋詞清夜燭遲。東路楓林看更富，不應惆悵卯君思石厓此詩之作專憾於雲石之獨擅郊楓，東路停車，定不思到雲石。　屬石厓

　　已買江居未買山，身如鷗鳥綠波間。樂天緣締曾留社羽堂齋顏扁以"香山書屋"，開府文詞晚動關。世界藏成欺粟顆，風霜落盡抗松顏。十年洛下苔岑契，不是匆匆舊筍班。　屬羽堂

　　紅葉蕭蕭漢渡頭，南歸髩髮又殘秋。貧猶長物剛難遣，詩乃窮

人老且愁。十笏吾廬同托鳥，一帆何處有盟鷗。萬竿修竹玲瓏月，坐憶名湖舊佐州。　屬石見

四時生物日趨功，君自麻絲粟米中。萬里同心燕趙士，千篇一律宋元風。經園去後顛霜白，漣水依然夢燭紅。落落人間棋酒相，倩誰圖畫紫芝翁。　屬芝園

城東衣帶晚迤迤，雨色詩聲轉翠陂。慘綠少年如鵲角，寶華無數出蟾枝。詞源到手翻成決，畫意沾眉淡不移。續續秋香欄一曲，閏重陽句露濃垂對山閏重陽詩有"秋香續續上闌干"之句。　屬對山

趙秉鈜

東巖雲石宅秋夜餞酒，有略（若）干詩。
石厓先生因職守未獲賜臨，拈杜《秋興》（八篇）分寄同遊，仍命步和。
此詩家盛事，一日三復，堪入繪圖（傳）也。止此磨驢，愧在續貂

聯蹄選日入東林，洞裏文星氣蕭森。白傅親朋遊洛下，王家叔侄到山陰。田園晚節思歸賦，軒冕秋毫大耐心。綠墅（野）輞莊生活畫，匏罍風戞數聲砧。　屬雲石先生

鹿川東畔草橫斜，忽憶前遊感髮（鬢）華。風月清談持藻鏡，滄洲夙計繫萍槎。軒窗耐久吟生磬，林壑無慚嘯發笳。曳履星辰知有暇，蘭盟喜續筆頭花。　屬希谷尚書

陽春相答靄秋暉，流水高山隱影微。吟橐共攜紅葉落，芒鞋暫躡白雲飛。蓬洲（山）過躅緣何重，竹逕鄰居夢恐違，仙漏未殘歸未得，江鄉蟹稻自香（生）肥。　屬海谷仁兄

妙手高高不著棋，鶴長鳧短了無悲。鼎彝題品推名士，冠冕詞章值（耀）盛時。疎髮忘形秋淡泊，寒花修契月依遲。都闉亦有容朝隱，雲（風）壁風灘莫謾思。　屬彝齋侍郎

高秋杖屨擬登山，其奈油幢絆此間。東峽看楓轅欲啓，南溪蒔竹戶常關。獨違睡賞勞清夢，分屬詩篇答笑顏。自是林泉期婉晚，

明時靡暇謝鵷班。　　屬石厓丈閣

千首詩成白盡頭，衣巾搖落況逢秋。銅章屢縮貧猶苦，藥譜長繙病且愁。疲骨緣吟林下鶴，幽盟歸伴海邊鷗。有時眉宇雲霞氣，舟自湖南谷口州。　　屬石見詞伯

一局縱橫每奏功，此生契活（計闊）在詩中。平吟鍊嶺金剛月，快受長城碣石風。禿樹鴻聲雙髥白，破床蟲語半燈紅。靈芝晏景（歲晏）無消息，合入深山綺里翁。　　屬芝園老客

門對青山左右迤，伊人宛在澤之陂。賦傳鸚鵡偷雙舌，志笑鷦鷯著一枝。晉士清高林玉列，唐詩悟解鏡花移。英年三絕承先美，虹月何江永夜垂。　　屬對山才子

李復鉉

東巖之集，石厓大先生無由來臨，
以老杜八韻各賦集中枉惠，恭依元韻和呈

松入修簹竹入林，颰颰簡簡又森森。清晨汲引銅泉脉，秋日飛來白嶽陰。文苑新鳴金石響，旱天長作雨雲心。請看殿上握中算，算在鬣鋤及皷砧。　　屬雲石尚書

憶上儵舟帆勢斜，江聲今度五年華。背雲鵬指搏霄路，面水鯿登釣漢槎。南汜芳菲歌緩節，西洲楊柳聽繁笳。文章吏部懸明鏡，看盡門前桃李花。　　屬希谷吏部

待漏院前迎曙暉，一門知敬又知微。珊珊鵷鷺班中響，宛宛脊令原上飛。聖旨長承官不改，壽丹還解道無違。大家拗項去毛設嘗設匏采包木麥圓餅，味淡可茹，寧近持粱刺齒肥。　　屬海谷知申

寒水邀歡散似棋，灘鳴共瀉別離悲。聖明秘史重徵日，昭代文風一變時。玉筍峰高秋皎皎，青菰飯熟夜遲遲。自君步近沙堤上，江北江南空所思。　　屬彝齋侍郎

高名本自重於山，滿帶天香步武間。衆道詞華傾聖代，近聞聲

價動賢關。幽期同入芝蘭室，孤直寧爲桃李顏。共接謝家文酒會，懸知江左一流班。　屬羽堂侍郎

蝸舍山橋老樹頭，擁門黃葉向人秋。它年彤管滯南迹，今日蒼生拱北愁。萬里夕陽斜度鳥，一方烟水獨眠鷗。尚能拜跪恭趨否，擬乞弘農坐嘯州。　自屬

不老要多修煉功，飄飄綠髮散仙中。五更長笛倚樓響，九日桓山落帽風。雨裏青峰城上合，橋前寒葉杖頭紅。嗟吾於世本相忘，七十之年初見翁。　屬芝園

我家南洞上逶迤，紅葉仙樓接近陂與豹庵公於南山之下數十年結鄰，喜見先輩之高矩。今露竹之齋、紅葉之樓，樓前瀑布松聲，一一可憶。昔以芳蘭同贈臭，今於孫竹又生枝。百回瀑布聲中坐，萬里江山筆下移。吟罷君詩看吾髯，雙毛斗覺白垂垂。　屬對山

又賦，全屬石厓先生，恭請郢政

昨夜金風振玉林，三槐庭畔結清森。長含捧日朝天色，散作無塵滿地陰。聖渥可量東海足，將星常拱北宸心。摩挲紅葉題詩句，不讓雲牋搗萬砧。

遲遲下殿陰陰斜，鳴佩聲中兩鬢蕭。今日止戈資廟算，青春衣繡泛河槎。平時練卒聞鳴鼓，上直巡更只信笳。別是床前唐棣萼，高秋晚節對寒花。

凄凄霜露感秋暉，宰上凉陰合翠微。雉嶽東來紅樹出，龍津南去白雲飛。午橋歸老空神往，丙舍因家始願違。晚飯迷源羹正滑，心知菘葉雨前肥。

勳靜方圓心上棋，荒年報政大慈悲。三階九闕鳳凰日，一月六調龍馬時。從古青雲皆驥附，至今白首獨駑遲。忽遇梁園授簡地，試憑妍辭抽秘思。

秋光如水樹如山，明月來時山水間。魯國諸生傾半席，漢家元帥鎮重關。緗簾宛轉凉鍾響，絺葉參差數嶂顏。天賜嬋妍一霽夕，

雨師風伯退晨班。

　　上遊風物大航頭，一宿斗江又抄秋。總是恩波閒浴日，長懷霄漢暫離愁。新圖粉壁開黃鶴，明月蘆花弄白鷗。已獻凶年饑歲策，只今從事缺青州。

　　昕夕諄諄納聖功，不離上下典謨中。仁天雨露逢堯日，薰殿光華協舜風。山有栲臺秀眉皓，園傾葵藿太陽紅。巋然特立中山相，元是蒐原放鹿翁。

　　東出青門澗道迤，月鄉秋夜宿巖陂。招邀天上神仙侶，攀折山中桂樹枝。詞伯金壇斗文動，丈人瓊韻角聲移。烏紗纖愁龍眠手，千褉芳名圖上垂。

趙秀三

　　壬辰暮秋，雲石公與諸公作餞酒之會於東巖。會者八人，而石厓公時不能從焉，庸老杜《秋興八首》韻賦詩分屬，各要和章。秀三名亦在其中故，雖不敢辭，然狂妄忝踰，愧懼實深[一]

　　弱冠英華動士林，瓊柯碧樹映森森。酣歌夜室呼高燭，機務朝堂視寸陰。綠野平泉餘晚計，白雲紅葉引歸心。金門聽漏回晨夢，小雨村墟斷續砧。　　呈雲石

　　鹿川川路接脩斜，錦葉離離向鬢華。達識經時無詭轍，虛心涉世有浮槎。公朝仕籍懸稱錘，暇日詩壇動鼓笳。吏部風流元愛酒，淵明非獨掇黃花。　　呈希谷

　　蘊玉含珠迴自暉，詩來眉宇見幾微。鳴珂北闕雞人報，返節東藩駟牡飛。身似秋峰塵不染，心將止水澹無違。十年記得芝山語，咬菜從容勝嚼肥。　　呈海谷

　　一著名途喻奕棋，嬴輸徒爲俗忻悲。已知歐老能求士，難道坡公不合時。黃菊傍疇秋氣滿，青山繞宅月來遲。漫天風雪安陵館，跋燭論文耿所思。　　呈彝齋

新詩題徧好溪山，少日才名韋杜間。平步花磚登宰列，高懸藻鑑長賢關。荀香黯黯常留席，鼎説纚纚輒解顏。認想竹林豪飲夜，山王應復趁晨班。　　呈羽堂

千首難饒一禿頭，蛩（螿）蟬何物性吟秋。南湖解綬寧因病，背郭無田不管愁。霜露淒清來遠雁，滄波浩蕩泛輕鷗。如今莫售文章價，孰爲高人買沃州。　　呈石見

詩家結搆梓人功，五鳳樓高起眼中。竪柱橫梁森尺度，揮毫落紙運斤風。旌旗河北嚴軍令，組繡江東掃女紅。秋葉春花無限好，偏憐蕭瑟兩詞翁。　　呈石厓

傍流別派摠逶迤，對此汪汪千頃陂。地步雍容非泛駕，天譚超詣絕駢枝。求書遠客門常咽，愛畫幽人坐更移。曾到水聲山色裏，豹翁霜髮見垂垂。　　呈對山

〔一〕《秋齋集》卷三題爲《壬辰暮秋，和雲石相公與諸公作餞酒之會於東嶽，時在座八人，而石厓公不能從焉，庸老杜〈秋興八首〉韻賦詩分屬，各要和章》。

姜　潯

壬辰秋暮，潯陪雲石諸公往東巖別墅餞醪，時石厓大爺以元戎未得臨止，夜次老杜《秋興》韻分屬之，潯亦預焉，遂依次原韻以呈[一]

明時鐘鼎亦山林，論道優閒道氣森。神對木天爲主客，手拈花曆較晴陰。定知風月全真樂，不是江湖有退心。忽憶湘（緗）簾秋竹院，數聲鴻外動清砧。　　呈雲石

祥回東壁（璧）筆橫斜，就實高吟自斂華。北斗幾人瞻吏部，西溟近日返神槎。犀靈（靈犀）透照通秋水，竿籟衝飛壓亂笳。冀馬黔驢明啓事，五花判下摠成花。　　呈希谷

銅樓待漏捧宸暉，丹鳳詞臣坐翠微。氣宇當鑪人鏡朗，風雲在

塵玉花飛。簾開畫樹新知遍，笛落滄江舊夢違。鶴膝蜂腰宮體咏，
綠苔龕裏報紅肥。　　　呈海谷

　　精通造句似彈棋，力掃迷塵發大悲。藻綵臨民驚遠俗，丹心酬
國稱（補）明時。白松扇面神全合潘曾見公書公詩一絕于扇面以贈人，今
尚未忘，〔二〕青翰舟邊望更遲。楊子江頭行柳綠，〔三〕陽關折贈動離思
楊子江頭行柳綠，公詩也。　　　呈彝齋

　　陸家春水謝家山，咳雨噸風澹宕間。曳履星辰朝帝座，上眉言
語透禪關。秋雲紈扇銀毫脚，梅月金箋麝墨顏。五典笙簧經國字，
漢京何獨擅枚班。　　　呈羽堂

　　七尺頎蒼過杖頭，鍊吟鬚髮百根秋。吾家山水緣何重公與潘家
舊鄰，每説山色水聲樓，皆潘家樓名，南國烟花去後愁。萬里晴雲摩病
鶴，一江明月夢寒鷗。騷垣俠氣公兼得，白帝青楓想蜀州。　　　呈
石臾

　　宿將騷壇獨擅功，晚來觀世玉壺中。千年鬖古金臺色，萬里身
輕海嶽風。呼我仙人秋眼綠，發君巾篋夜窗紅。芝歌一望巴陵道，
端似祇園畫裏翁。　　　呈芝園

　　繡颭牙旗影轉迤，青油傳命度南陂。宵紅蠟燭繙經葉，秋白金
鐏舞戟枝。妓竊篇章珠瑟按，人將富貴畫屏移。風流王謝多賓客，
楊柳芙蓉共覆垂。　　　呈石厓

〔一〕《對山集》卷一題爲《暮秋，陪雲石諸公往遊東嶽，謹次石厓公〈秋興〉詩韻
　　分呈》。
〔二〕此句《對山集》中爲“余曾見公書一絕於扇面，至今未忘。”
〔三〕“楊子江頭行柳綠”一句下《對山集》有注云：“此公贈行詩也。”

後　記

　　此書稿完成于 2021 年年底,但我一直寫不好開篇的緒論或引言,在仍然酷熱的 2022 年 9 月的深圳,我因此非常焦慮。

　　我在讀研的一年級就接觸到李植的《纂注杜詩澤風堂批解》,並在導師張伯偉教授的指導下輯錄其中的批語,在對域外漢籍毫無瞭解,對杜甫、杜詩的瞭解也極爲有限的情況下,憑著一腔孤勇一頭扎進了朝鮮漢文學的杜詩中,這已是二十五六年前的事情了。現在回頭看看,我只能感慨一聲:真是無知者無畏。

　　這二十五六年的時間裏,我共收集朝鮮漢籍中的杜甫、杜詩評論資料一百多萬字,次杜、集杜、擬杜等作品七八十萬字,已出的書有兩種:《李植杜詩批解研究》(中華書局,2007 年)、《高麗朝鮮時代杜甫評論資料彙編》(上海古籍出版社,2021 年),以及這一本《杜詩與朝鮮時代漢文學》。至此,我與朝鮮漢文學中的杜詩相愛相殺的二十五六年終于可以告一段落了。

　　每書三問:有什么方法上的突破嗎? 有什么理論上的提升嗎?有什么意義與價值嗎? 每次的自問自答都讓自己很心虛,我不敢説自己的工作有什么價值或意義,唯一能説的是我努力了,認真地讀了一些書,認真地爬梳了資料,認真地將自己的點滴所得寫了下來。如果有人讀了這些書,覺得還有點意思,我會很感動。

　　雖然與杜甫、杜詩、朝鮮漢文學打了二十五六年的交道,但我並不認爲自己有資格研究杜甫。洪業先生説:“我不敢輕言自己完全懂得了作爲詩人的杜甫。我相信我對於作爲個人的杜甫已經有了相當準確的了解。"（洪業著，曾祥波譯《杜甫：中國最偉大的詩人》，上海古籍出版社，2020年，頁316）我連這樣的自信也没有，杜甫太偉大了，他對人對事的真誠熱情，於國於民的熱切愛意，都是我所景仰所向往而做不到的。我一直認爲自己有些社恐，恨不能躲進套子里，與世界與人群永不交集，我不知道這樣的自己如何才能真正讀懂杜甫，如何才能體會他的偉大之處。不管懂不懂，有没有資格，我都走了這么久這么遠，它讓我這二十五六年的生命稍許有了一些價值。

人的價值與意義都是後世附加上去的，正如杜甫，他生前寂寞，身後榮光，他的意義與價值是一千兩百多年裏一點點被闡發與叠加的，我只不過在此過程中又添加了一筆。但人的意義與價值又是如何體現的呢？必須活成杜甫、李白般才有意義嗎？我書中個案研究中的人物雖然都有作品有文集傳世，但他們進入我的研究視野，只是因爲他們與杜甫、杜詩發生了關聯，用各自的方式體現了杜詩在他們生活中的樣態。他們大都只是朝鮮時代的普通文人，他們的存在不會改變文壇風貌，不會影響歷史進程，但他們的集合體却又體現了杜詩的力量，普通人的無意識行爲便成爲證明杜甫偉大之證據，於是他們互相成就了彼此的意義與價值。

人是如此奇妙的生物，每一個人都是一個獨特的個體，我關心我的每一位研究對象，關心他們寫下每一首詩作時的處境與心境，關心他們在人際交往中的心態與情緒，在此過程中，我能感受到我的研究對象是一個個活生生的人，他們不只是一首詩或一篇文章的依附物，而是他們作爲人賦予一首詩一篇文章以生命，我很高興我的研究對象都有著活潑潑的生命。

當我完成第一本書《李植杜詩批解研究》時，我很慶幸自己一直行走在校園里；當我寫完這第三本也許是最後一本與杜詩、杜甫相關的書時，我想的是爲這一課題畫一個句號，爲我二十五六年的人生做一個總結，或許我也可以有另一種生命的樣態。如果杜甫生活在當下，他會過一種怎樣的人生、寫下怎樣的詩篇呢？真是讓人好奇。

在此，我要一如既往地感謝很多人。首先要感謝導師張伯偉教授，如果沒有來自他的"善意的壓力"，我在這條路上不會走得如此久如此踏實。我要感謝友人們的鼓勵，他們讓我覺得自己並不孤獨；我要感謝家人們的支持，讓我能心無旁鶩地工作。特別要感謝我八十五歲老母親一日三餐的投餵，人到五十，還被人當孩子一樣寵著，這應該是幸福的極致了吧。

2022 年 9 月 18 日於三一齋